BASTEI
LÜBBE
TASCHENBUCH

**Über die Autoren:**

**Judith C. Vogt** wurde 1981 geboren und wuchs im Heinrich-Böll-Ort Langenbroich auf. Sie ist gelernte Buchhändlerin. **Christian Vogt**, geboren 1979, stammt aus Kommern, studierte in Aachen und ist Physiker. Gemeinsam haben sie zahlreiche Romane veröffentlicht, darunter auch den Steampunk-Roman Die zerbrochene Puppe, für den sie 2013 den Deutschen Phantastik Preis in der Kategorie »Bester deutschsprachiger Roman« erhielten. 2014 gewannen sie nochmals den Deutschen Phantastik Preis, diesmal für die beste Anthologie. Das Ehepaar wohnt mit seinen Kindern in Aachen.

JUDITH & CHRISTIAN VOGT

# DIE 13 GEZEICHNETEN

ROMAN

BASTEI LÜBBE TASCHENBUCH

BASTEI LÜBBE TASCHENBUCH
Band 20 892

Dieser Titel ist auch als E-Book erschienen

MIX
Papier aus verantwortungsvollen Quellen
FSC® C019821

Originalausgabe

Dieses Werk wurde vermittelt durch Castle Gate Agency,
Literarische Agentur Harald Kiesel, 69198 Schriesheim
(www.castlegate-agency.com)


Textredaktion: Julia Abrahams, Köln
Kartenillustration: Hannah Möllmann, Köln
Titelillustration: © Raymond Minnaar
Umschlaggestaltung: Guter Punkt, München | www.guter-punkt.de
Satz: Urban SatzKonzept, Düsseldorf
Gesetzt aus der Garamond
Druck und Verarbeitung: C. H. Beck, Nördlingen
Printed in Germany
ISBN 978-3-404-20892-0

5 4 3 2 1

Sie finden uns im Internet unter www.luebbe.de
Bitte beachten Sie auch: www.lesejury.de

# Widmung

Wir widmen dieses Buch Mia und Tobi,
die es gleichermaßen verstehen,
sich und andere zu begeistern.
Die Tanzszene jedoch –
die widmen wir Thomas Michalski.

# Kapitel I

Kurz vor Mitternacht befand sich Dawyd gerade auf dem Rückweg von einem Ehrenhändel, der ihn beinahe sein Leben gekostet hatte.

Er pfiff ein Liedchen gegen die Dunkelheit, die wenigen Laternen warfen von den Giebeln der Häuser obskure Schatten hinunter in die Straßen. Die Sperrstunde würde in wenigen Minuten anbrechen. Er wusste, dass es nicht das Klügste war, die Blauröcke um diese Uhrzeit auf sich aufmerksam zu machen, doch nach dem glimpflich geendeten Duell hatte der Alkohol seine Stimmung gehoben. Wenn er dem Tod von der Schippe springen konnte, dann auch den Blauröcken und erst recht seiner Vermieterin.

Das verknöcherte Weibsbild hatte ihm am Vorabend noch gedroht, die Tür zu verschließen und ihn nicht wieder auf sein Zimmer zu lassen. Er glaubte jedoch nicht, dass sie es ernst meinte – und vertraute wie immer auf sein Glück. Und falls sie ihn nicht mehr hineinließe: Das silberne Amulett mit den Bildern seiner Eltern stellte das einzig Wertvolle dar, das sie sich unter den Nagel reißen konnte.

Der Stich zwischen die Rippen, der seine Lunge punktiert und das Duell beendet hatte, brannte noch ein wenig. Dawyd bewegte prüfend die Schulter vor und zurück und dachte über seinen beinahe fatalen Fehler nach. Er hatte nicht nachgesetzt, hatte nach seinem Stich durchs Wams des anderen das Duell für beendet gehalten. Hatte die Arme bereits ausgebreitet und den Blick zum Richter gewandt, obwohl er genau gewusst hatte, dass der andere noch nicht am Boden gelegen hatte. Und seine Reflexe waren doch nicht so verlässlich gewesen, wie er es sich einzubilden pflegte. Er musste vor dem nächsten Duell wirklich häufiger zu den Übungen erscheinen! Das dunkelrote Bier, das im *Invaliden*, der Schankstube am Sandplatz, gezapft wurde, hatte den Blutgeschmack aus seinem Mund vertrieben – nicht jedoch die Gedanken aus seinem Kopf.

Er würde Geld auftreiben müssen, um das Heilzeichen zu bezahlen. Der Heiler kannte ihn gut genug, um ihn anschreiben zu lassen, doch es konnte nicht ewig so weitergehen. Dunkle Zeiten drohten selbst für jemanden wie Dawyd. Die Leibrente der Schwertfechter war von der Besatzungsmacht gestrichen worden, und seither übernahm die Gilde nur einen Bruchteil davon aus eigenen Mitteln. Der Zulauf im *Invaliden* und im Sandhaus der beiden Fechtgilden war mittlerweile überschaubar. Der eine oder andere, so hieß es, hatte sich bereits Arbeit gesucht. *Soll ich etwa in die Manufakturen gehen?*, dachte er mit einem Schaudern, und sein gepfiffenes Lied verstummte. *Nein, vorher soll mich der Krumme Mann holen!*

Er hatte sich der Fechtkunst verschrieben, und für sein tägliches Brot hatte er genau drei Aufgaben zu erledigen: Er behauptete mit seinen Kameraden von der Goldenen Gilde den Platz im Gildenrat, indem sie tagtäglich bewiesen, dass sie besser waren als ihre Konkurrenten, die Stählernen Fechter. Er focht Gerichtskämpfe, Schicksalsduelle, aus, bei denen sich zwei Kläger vor Gericht darauf einigten, jeweils einen Fechter zu stellen. Der Ausgang des Duells entschied den Ausgang der Gerichtsstreitigkeit – und der Stich durch Dawyds Lunge hatte den Gerichtsfall zu Ungunsten seines Klienten entschieden. Und seine dritte Aufgabe: Er diente der Stadt im Ernstfall als Klinge.

Die Besatzer würden nicht ewig bleiben. Irgendwann würden die aquinzischen Soldaten zu fernen Fronten und neuen Kriegen abmarschieren und den Gilden wieder die Administration der Stadt übertragen, und dann würde alles zum Alten zurückkehren. Und er zu seinen drei Aufgaben.

Dawyd blickte zerknirscht zum Hultaturm hinauf, der dem Marktplatz vorstand. Wie ein verstümmelter Finger ragte das Holzbauwerk auf, das die Gilde und das Schatzhaus der Zimmerleute und Schreiner beheimatet hatte. Ohne das gepfiffene Lied stockten nun auch Dawyds Schritte.

Er erinnerte sich nur zu gut daran, wie er den Hultaturm hatte brennen sehen. Die Flammen waren so hoch geschlagen, dass sie auf die Brücke über die Schlang übergegriffen hatten, auf Wohnhäuser, die auch jetzt noch nur leidlich wiederhergestellt waren. An den Hultaturm jedoch durfte niemand Hand anlegen. Er strahlte als Mahnmal, als gigantisches Stück Holzkohle immer noch den Schrecken der Eroberung aus.

*Irgendwann sind sie wieder fort. Und dann wird der Turm wieder aufgebaut. Und die Fechter bekommen wieder ihre Leibrente.*

Die Leibrente. Er lachte trocken, ein seltsames Sakrileg von einem Geräusch in der verordneten Stille der Nacht. Für Fechter, die nicht gefochten hatten! Deren Schwerter in den Scheiden, den Truhen und den Rüstkammern im Sandhaus geblieben waren, weil die Gilden den Besatzern einfach die Tore geöffnet hatten! Die Reue für jenen schwarzen Tag im vergangenen Jahr, jenen dunkelsten Tag in Sygnas unzweifelhaft düsterer Geschichte, schmeckte metallen wie das Blut in seiner Kehle, das vom Stich in die Lunge aufgestiegen war.

Seine Gedanken kehrten in die Gegenwart zurück: Noch konnte es sich die Gilde leisten, zeichenkundige Heiler zu bezahlen, die dafür sorgten, dass auf unter normalen Umständen tödliche Stiche nicht der Tod folgte. Die Gilde zahlte ihnen einen Stundenlohn für ihre Anwesenheit bei den Kämpfen – die Kosten für das Heilzeichen jedoch musste der Verletzte selbst löhnen. Ein Stich in die Rippen war nicht billig – ein Stich ins Herz oder ins Auge konnte eventuell jedoch sein Leben kosten. Er musste besser werden! Ab morgen würde er die Waffenübungen nicht mehr schwänzen und nur abends zu den Duellen aufkreuzen, das versprach er sich selbst! Aber erst einmal musste er ein paar Stunden Schlaf bekommen, sonst war er ohnehin zu nichts zu gebrauchen.

*Was ist, wenn die Vettel mich wirklich nicht reinlässt?* Dawyd wusste, wie sein Lächeln auf Frauen wirkte, und er hatte es viele Male zu seinen Gunsten ausgenutzt. Den jüngeren ließ es das Herz schneller schlagen, bei den älteren führte es dazu, dass sie ihn mit Nachsicht behandelten. Nur an seiner Vermieterin schien es einfach abzuprallen.

In eben diesen Gedanken hinein fühlte Dawyd ein zartes Ziehen an seinem Gürtel.

*Verflucht!* Wie war der Dieb auf diesem menschenleeren Platz so nah an ihn herangekommen, ohne dass er es gemerkt hatte? Nun ja, so hatte er zumindest direkt Gelegenheit, seine Reflexe zu testen. Mit der Linken packte er blitzschnell die Hand des Diebs und zog gleichzeitig mit der Rechten das Messer, das er waagrecht im Gürtel am Rücken trug. Die schmalen Finger wollten sich seinem Griff entwinden, doch er packte fester zu und zog ein sich windendes Kind unter dem regennassen Öltuch hervor, das den Marktstand vor der Witterung schützte.

Die Stadt war vollkommen leise, und auch das Gör schrie nicht auf, sondern knirschte nur laut mit den Zähnen, als er ihm das Handgelenk so verdrehte, dass es aus seiner ohnehin gebückten Haltung auf die Knie sackte. Das Kopfsteinpflaster glänzte schwarz, und ein heftiger Windstoß in den angrenzenden engen Dreiermarktgassen rüttelte an der Laterne. Das Licht darin flackerte auf. Dawyd blickte in ein Gesicht, das mit zusammengepressten Lippen zu ihm aufsah. Die übliche Mischung aus Schmutz und großen flehenden Augen machte jede Alters- oder Geschlechtsbestimmung unmöglich.

Dennoch war es zu groß, um noch zu der Rotte der jüngeren Rotzgören zu gehören, die vor allen Dingen bettelten oder tagsüber auf dem Markt einfach in die Stände griffen und dann schnell davonliefen. Seit die Stadt unter Besatzung stand, gab es noch mehr von der Sorte. Dieses hier war jedoch schon geschickter und abgebrühter – abgebrüht genug, um sieben Minuten vor Mitternacht einem der wenigen bewaffneten Männer aufzulauern, die die Stadt Sygna noch aufzubieten hatte. Vielleicht dreizehn, vierzehn Jahre alt, schätzte er.

»Gnade, Herr«, brachte es schließlich hervor, dabei zeigte es schmerzverzerrt seine schiefen Zähne, von denen ein vorstehender Schneidezahn abgebrochen war.

Die langen Haare waren in verfilzten Zöpfen aus dem Gesicht gehalten – vermutlich, um nicht zu stören, während die Finger sich ihren Weg in Taschen und Beutel suchten oder mit Dietrichen Wege in Häuser und Keller öffneten.

»Ich tu's nicht wieder«, beteuerte sie – er war zu dem Schluss gekommen, dass es sich vermutlich um ein Mädchen handelte – und verzog das Gesicht zu einem unechten Grinsen.

»Na, das sicher nicht. Weil ich dich der Wache übergebe«, knurrte Dawyd. Er mochte es nicht – aber die Aquintianer waren nun einmal die Obrigkeit in der Stadt. Das Kind war ein Dieb. Und er war der Bestohlene.

»Nein«, presste sie hervor, während er sie auf die Füße zerrte. Er hielt ihr Handgelenk nach wie vor so verdreht, dass sie vor Schmerz zischte. »Das kannst du nicht tun! Das sind die Feinde!«

»Die Blauröcke sorgen hier jetzt für Ordnung – und jemand, der mich beklauen will, ist doch wohl eher mein Feind als jemand, der denjenigen wegsperrt, der mich beklaut.«

»Ich habe dich nicht beklaut! Ich ... Es ist doch gar nichts drin in deinem verdammten Beutel!«

So weit war sie also schon gewesen – seine Reflexe benötigten eindeutig mehr Schulung!

Er schleifte sie in die regendunkle Dreiermarktgasse, in der bereits die Gerüche des beinahe stehenden Gewässers der aufgestauten Schlang hingen. Von hier waren bereits die regelmäßigeren Lichter der Steinmetz-Allee zu erkennen, er sah sie im Wind schaukeln. Auf der Allee patrouillierten immer ein paar Soldaten, da würde er das Balg loswerden.

»Lieferst du mich wirklich den Blauröcken aus?«, zischte das Mädchen mit nüchterner Eindringlichkeit. »Wirklich?«

Er reagierte nicht. Presste die Lippen zusammen. Zerrte das Gör durch die enge Gasse, und seine eigenen Schritte schienen die Sekunden seiner Entscheidung herabzuzählen.

Lieferte er sie wirklich den Blauröcken aus?

Diebe laufen zu lassen war nun wirklich nicht der Ehre eines Mannes zuträglich, der die Stadt eigentlich beschützen sollte. Aber ein Kind den Besatzungstruppen auszuliefern war es auch nicht.

»Ich kann ... ich kann etwas tauschen! Gegen meine Freiheit!«, beteuerte das Mädchen in seine Gedanken hinein. »Bitte!«

»Was denn? Bietest du mir gleich etwa an, mir eine unvergessliche Freude zu bereiten mit deinem Maul voller schiefer Zähne? Nein, danke. Ich glaube nicht, dass du etwas hast, was ich haben wollen würde. Du siehst aus, als würdest du dein eigenes Gewicht noch einmal in Flöhen herumschleppen.«

Dennoch hielt er kurz inne, presste sie mit einer Hand an ihrem Kragen gegen eine Fachwerkwand. Sie spuckte ihm wütend auf das zerrissene Hemd. Es war blutdurchtränkt, und durch den unverkennbaren Schnitt schimmerte der mit einem Zeichen versehene Verband des Heilers. Dass sie ihn angespuckt hatte, bekräftigte seinen Entschluss – das hier war Abschaum, und Abschaum kannte er zur Genüge. Er knurrte wütend und stieß das Mädchen gnadenlos in das Licht der Steinmetz-Allee. Die Kolosse der dreizehn Altmeister säumten sie und überragten die dunkel drohenden Hausfassaden im Schatten dahinter.

Drei Blauröcke mit ihren unverkennbaren hohen Mützen standen um einen vierten Kameraden herum, der dem Altmeister des Wortzeichens auf die kolossalen Zehen pinkelte.

»Heda!«, rief Dawyd. »Ich habe hier einen Dieb gefangen!«

»Du Schwein!«, zischte das Mädchen und wehrte sich heftiger, versuchte ihn zu beißen, doch er verdrehte ihr Handgelenk so sehr, dass es knackte, und sie verharrte zurückgebeugt in denkbar unbequemer Pose, vor Schmerz und Schreck erstarrt.

Die drei Blauröcke fuhren herum. Hastig beendete der vierte sein Tun. Der im Rang am höchsten stehende Soldat, mit goldenen Fransen an den Schulterklappen, trat einen Schritt vor und sagte: »Sehr gut, Bürger.«

Er musterte Dawyd kurz, sein Blick verharrte länger auf der

Scheide des Anderthalbhänders und noch ein wenig länger auf dem blutigen Hemd. »Ah, Fechtergilde. Ehrenhändel?«

»Schicksalsurteil«, nickte Dawyd knapp und kämpfte kurz gegen das erneut zappelnde Gör an, das sich offenbar mit dem Schmerz im Handgelenk abgefunden hatte.

»Darf ich sie Euch einfach übergeben?«

»Seid Ihr verletzt?«

»Nicht der Rede wert«, lächelte Dawyd ein wenig verkrampft. Die Bändigung des Mädchens wurde zunehmend schwieriger, und das Heilzeichen befreite ihn nicht vollkommen von jeglichem Wundschmerz. Erleichtert atmete er aus, als zwei der Männer dem Mädchen die Arme auf den Rücken drehten und sie zwischen sich nahmen.

»Na, dann einen schönen Abend, Bürger«, sagte ein Blaurock, während ein anderer zu einer der erleuchteten Turmuhren wies und sagte: »Sperrstunde, Bürger. Sonst müssen wir dich auch mitnehmen.«

»Ich bin fast zu Hause«, murmelte Dawyd, und mit der plötzlichen Einsicht, eine falsche Entscheidung getroffen zu haben, wünschte er die Soldaten in Gedanken zur Hölle.

»So, dann wollen wir mal sehen«, knurrte einer der Soldaten, ein langer Kerl mit Backenbart, während er Dawyd den Rücken zuwandte. »Du wirst wohl kaum noch jemanden mit deinen Langfingern belästigen, wenn dir nur noch eine Hand bleibt!«

»Was machen wir denn mit ihr?«, fragte einer der Soldaten seinen Vorgesetzten. »Wir haben doch Order ...?« Er verstummte und schoss einen raschen Blick in Dawyds Richtung.

Das Mädchen wandte den Kopf, um Dawyd ein letztes Mal hasserfüllt anzustarren. »Du bist ein guter Bürger! Der aquinzischen Nation!«, schrie sie, und ihre Stimme hallte unheimlich von den Altmeisterstatuen wider, als würden sie alle mit der hellen Kinderstimme an Dawyds Gewissen appellieren.

»Sei still!«, befahl ihr einer der Soldaten. Seine Art zu reden, der Klang seines Dialekts, die Fremdartigkeit, die daran gemahnte, dass die Aquintianer Sygna mit Waffengewalt genommen und ihrem Kaiserreich einverleibt hatten, ließ Dawyd schaudern. Nun nahmen sie die kleine Verbrecherin mit, um ihr eine ihrer schmutzigen Hände abzuschlagen.

Das hätten die früheren Büttel nach einer Anhörung vielleicht auch so gehandhabt – und doch war es etwas anderes, und das sagte ihm der Blick des Mädchens ebenso eindringlich wie das Echo der Schritte zwischen den Altmeistern, von deren Händen die Laternen baumelten.

Dawyd fror, während er den Blauröcken hinterherstarrte.

Sie gingen auf das niedergerissene Weberviertel zu, in dem die Besatzer den Aufstand der Tuchweber und Färber zerschlagen und nun Manufakturen errichtet hatten. Sie würden das Gör über die Altmeisterstraße zur Alten Stadtmauer bringen. Zum Aufweg, der sich durch die Prunkgebäude am Bleiberg wand. Hinauf in die Festung, die den Bleiberg mit ihrem erneuerten Palisadenring wie eine verfallene, etwas zu tief gerutschte Krone umgab.

Dawyd fragte sich, wie viel Zeit dem Mädchen noch mit zwei Händen vergönnt war. Die Blauröcke waren weder für ihre Gnade berühmt noch für ihr Trödeln. Vermutlich würden sie das Urteil ohne das Bemühen einer Gerichtsbarkeit vollziehen. Wie es im Kriegszustand üblich war.

»Ach, verdammt«, murmelte Dawyd und machte sich auf den Weg, kreuzte die Allee und bog in die Werermarktgasse ein.

Auch hier – Düsternis und verhangene Marktstände. An der nächsten Kreuzung bog er nach rechts ab. Er tastete nach seinem Mantel und zog die Kapuze tief in die Stirn – sie war vom jüngsten Regenguss noch klatschnass und klebte sofort an seinen kinnlangen Locken. Und dann tat er etwas, das er mit Sicherheit bereuen würde: Er zog das Lange Schwert – lautlos glitt es aus der Lederscheide – und begann zu laufen, parallel zur Steinmetz-Allee und mit einem fassungslosen Fluch auf den Lippen.

Er konnte einfach nicht glauben, was er gerade tat. Er beschloss, nicht allzu lange darüber nachzudenken. Er hatte schon

Dümmeres getan, redete er sich ein, und das entsprach vermutlich der Wahrheit. Seine Kameraden nannten ihn nicht umsonst Dawyd das Maul – wie sehr er diesen Namen verdiente! Die Chancen darauf, dass er jemals Dawyd das Hirn genannt würde, schwanden ins Bodenlose.

Als er wieder auf die Steinmetz-Allee einbog, schlugen die Turmuhren gerade gleichzeitig die zwölfte Stunde und verkündeten somit, dass das Betreten der Straße unter Strafe verboten war. Dawyd sah den vier Soldaten entgegen, die nun stehen blieben, das Mädchen zwischen sich, und ihn verwirrt anstarrten.

»Bürger!«, rief dann der Kommandant. »Du bist vor der Sperrstunde gewarnt worden. Und das Tragen deiner Waffe ist dir vielleicht gestattet, doch das Ziehen keinesfalls. Weise dich aus!«

Dawyd hob die Hand mit dem Siegelring der Goldfechter und dabei auch das Heft seines Anderthalbhänders. »Zum Genüge der Goldenen Gilde«, flüsterte er seinem Schwert hastig zu, denn ohne diesen Schwur ging kein Schwertfechter von Sygna in den Kampf.

»Ich muss Euch ersuchen, das Mädchen laufenzulassen«, sagte er dann laut.

»Ist das ein Trick? Gehörst du zu Dreifinger und seinem Rebellenpack?«, gellte die Stimme des Kommandanten nun aufgebracht, und der spitze Schnurrbart des Mannes zuckte. Sofort sicherten zwei seiner Soldaten mit Hellebarden nach links und rechts, während der dritte die Muskete von der Schulter gleiten ließ und, den Lauf vor sich, einmal rundherum sicherte. Sie bemühten sich, das Straßenkind dabei in ihrer Mitte zu behalten, doch die Kleine war schmaler und gewandter, als es den Anschein hatte, und warf sich zwischen zweien von ihnen hindurch und auf den Boden. Dawyd glaubte, seine Augen spielten ihm einen Streich, denn sie verschwand so plötzlich in der Dunkelheit, dass er nicht sagen konnte, wohin sie verschwunden war. Auch die beiden Soldaten schrien auf.

Der Kommandant zog den Degen und trat einen Schritt auf Dawyd zu, während seine Untergebenen auf Hausdächer zielten oder in die schwarzen Mündungen finsterer Gassen stierten, als fürchteten sie um ihr blankes Leben.

*Sehr gut*, dachte Dawyd, wie stets bereit, sein Glück zu strapazieren. *Sie rechnen damit, dass ich Teil eines Hinterhalts bin!*

»Ihr seid umstellt!«, bluffte er, doch der Kommandant fiel ihm ins Wort: »Leiste keinen Widerstand, Fechter, und du wirst eine Verhandlung bekommen. Ansonsten erhältst du hier und jetzt eine Kugel.«

»Ich möchte widersprechen«, entgegnete Dawyd, stieß mit einem Ausfall vor, setzte einen, zwei Schritte nach, wischte den Degen seines Gegners mit einem Schlag seiner eigenen Klinge beiseite, schnitt mit einer geschmeidigen Bewegung durch den Ärmel der blauen Uniform und legte die Spitze des Anderthalbhänders an die Kehle des Kommandanten. Es war eine schöne Sequenz, die in diesem Fall in der Praxis beinahe ebenso gut funktioniert hatte wie im Training, und erst als er die Spitze des Langen Schwerts auf dem hervorquellenden Adamsapfel liegen sah, übergoss ihn wie ein kalter Regenguss, dass dies kein Scherz war, kein Training, keine Tat, aus der er sich mit einem Lächeln würde herauswinden können. Es setzte ihn auf eine Stufe mit jenen Aufständischen, die schon seit der Übergabe der Stadt an die Besatzer Hinterhalte legten, meuchelten und die aquinzischen Soldaten damit erst dazu brachten, so hart durchzugreifen. Er keuchte, doch lauter noch war das Geräusch, das der Kommandant von sich gab, mit blutendem Arm zur Salzsäule erstarrt. Zutiefst entsetzt starrte der Kommandant ihn über die lange Klinge an.

»Das ist dein Todesurteil, Bursche«, presste er mit verzerrtem Mund hervor.

»Verdammte Scheiße!«, fluchte Dawyd. Das Mädchen war längst abgehauen, und selbst wenn er es ihr gleichtat, steckte er in gewaltigen Schwierigkeiten. Wie lange mochte es wohl dauern, bis die Soldaten in den Fechtergilden herausfanden, dass der Einzige, der den Sandplatz mit zerrissenem Hemd verlassen hatte und auf den die Beschreibung passte, Dawyd Iackmar war? Einen Tag? Zwei?

Er zog das Schwert zurück, fuhr herum und versuchte, sich mit einem langen Satz in den Schatten der Vierermarktgasse in Sicherheit zu bringen.

»Feuer! Jetzt schieß den Bastard schon nieder!«, schrie der Kommandant hinter ihm dem Schützen zu. »Aber folgt ihm nicht! Wir haben unsere Order!« Dawyd Iackmar rannte, als säße ihm der Krumme Mann der Tiefe im Nacken. Ein Schuss zerfetzte die Fugen der Backsteinmauer zu seiner Rechten, doch bevor die beiden Soldaten mit den sperrigen Hellebarden die Gasse erreicht hatten, war er bereits ins Labyrinth der Sygnaer Sträßchen eingetaucht.

Ismayl wartete und lauschte in die hereinbrechende Nacht. Hier war es still, nur in den gut gestellten Meistervierteln unterhalb der Festung hingen menschliche Laute wie in einem Bienenstock – ein Bienenstock, der nur schlief, wenn die Nacht schon weit vorangeschritten war. Früher hatte die ganze Stadt ihren eigenen Rhythmus gehabt, ein wenig entkoppelt vom Lauf der Sonne. Nun brachten die Blauröcke sie zur Ruhe, und wer dort im Meisterviertel noch auf den Beinen war, hatte sich gut mit ihnen gestellt. Ismayl presste die Lippen zusammen.

Gut mit ihnen gestellt – kurz war ihm, als hörte er seinen alten Meister höhnisch darüber lachen. Er war ein Virtuose des Spotts gewesen, jemand, der anderen den Spiegel auf unvergleichliche Weise vorhielt. Dafür hatte er längst bezahlt, und mit Ismayl beschritt nur ein schwaches, unzulängliches Spiegelbild des Meisterpoeten diese Seite der Welt. Er schluckte und schmeckte Tinte. Das war nicht gut – das Zeichen durfte sich nicht zu früh von seiner Zunge lösen.

Für einen Moment wünschte er sich, jenes magische Zeichen zu beherrschen, das Dunkelheit brachte, die von Augen nicht durchdrungen werden konnte. Jendra konnte es ritzen, und die Dunkelheit floss dann um sie herum herab wie Tinte.

Tatsächliche Tinte zierte seine Zunge. Er atmete mit leicht geöffnetem Mund, musste das Zeichen überreden, länger zu bleiben.

Natürlich war es ihm unmöglich, Jendras Zeichen zu erlernen: Obwohl die Diebe und das Gesindel der Unterwelt bereits seit Hunderten von Jahren nicht mehr von einer Gilde regiert wurden, erlegten sie sich die gleichen Regeln zur Weitergabe der Zeichen auf, der sich auch die rechtmäßigen Handwerksmeister und Gildenvorsteher beugten. Dieses Wissen war kostbar; eigentlich war es ein Wunder, dass Jendra in ihrem Alter bereits eines der Zeichen erlernt hatte.

Und dennoch hätte Ismayl einiges für ein Verborgenes Zeichen gegeben. Stattdessen stand er hier, mit einem Zeichen auf der Zunge und einem weiteren auf der Klinge, und obwohl beide ihm den Hals retten konnten, fühlte er sich entblößt wie jemand, der nackt zu einem Wintnachtsumzug geht.

*Wann kommt Jendra denn nun endlich?*

Ismayl wechselte das Schwert unbehaglich von einer Hand in die andere. Seine Augen wanderten im Licht der Laternen über das kleine, stumpfschwarze Zeichen, das unterhalb der Parierstange in die Klinge eingeprägt war. Filigrane Linien formten sich zu einem endlosen Knoten. In seine Gedanken hinein tippte ihm eine Hand auf die Schulter. Er fuhr mit einem unterdrückten Schrei herum, und Jendra bedachte ihn mit dem süßesten Lächeln, das ihr schmutziges Koboldgesicht zustande brachte. Sie war völlig lautlos hinter ihm vom Balkon gesprungen.

»Es ist so gelaufen, wie ich gesagt hab«, grinste sie zufrieden. »Du bist dran.«

Sie verschwand wieder – natürlich nicht einfach so, nicht spurlos, nicht wie vom Erdboden verschluckt. Trotzdem ging alles schneller, als Ismayl es sich wünschte.

Jendra tauchte in den nächstgelegenen Treppenturm, und Ismayl fuhr gerade rechtzeitig herum, um den Fechter im Eingang der Gasse zu sehen. Als Ismayl ihm in den Weg trat, kam er aus dem Lauf zum Stehen. Sofort heftete sich sein Blick auf die Waffe, die Ismayl in der Hand hielt.

»Was soll das? Wer bist du? Du gehörst nicht …« Kurzes Zögern, er musterte Ismayls Gesicht. »Du gehörst nicht zu den Soldaten!«

»Ich ermahne dich, Dawyd das Maul, ein Duell mit mir zu fechten«, brachte Ismayl mit einem Würgen in der Kehle hervor, und die Worte flossen an der Tinte vorbei, an den Wirbeln des Zeichens auf Ismayls Zunge.

Der Fechter schüttelte den Kopf, nicht in Verneinung, sondern als wolle er Ismayls Forderung abschütteln. Dann jedoch hob er in einer flüssigen und dennoch zeremoniell anmutenden Bewegung das Schwert, das er in der Rechten hielt. »Ich bin immer für ein Duell zu haben«, grinste er, ermuntert durch Ismayls von Zeichenkraft verstärkten Worten, und hob das Gehilz, das Heft seines Schwerts, vor sein Gesicht. Er sah sich kurz um, doch die Duellforderung flößte ihm Wagemut ein, das wusste Ismayl. Offenbar glaubte er, dass er seine Verfolger abgeschüttelt hatte. »Zum Genüge der Goldenen Gilde!«

Jetzt, da es so weit war, wäre Ismayl gern noch einmal pinkeln gegangen. Seine Hände waren schweißnass. Aber mit Worten zu spielen, das war immerhin seine Profession. Er schmeckte die letzten Reste des Zeichens. Es blieb ihm keine Zeit mehr, es musste jetzt geschehen.

»Hilfe!«, gellte er in die Nacht, und wieder verstärkte das Zeichen die Dringlichkeit seiner Worte. »Garde! Der aufständische Fechter!«

Dawyd runzelte die Stirn. »Was soll das? Hast du keine Ehre im Leib? Bist du von den Stählernen Fechtern?«

Vom Dach kam ein leiser Pfiff der Bestätigung – Jendra kündigte wie abgesprochen an, dass die Bewaffneten seinem Ruf folgten. Ismayl fühlte sich, als müsse er sich übergeben. Unverkennbar hallten nun Rufe und Getrappel auf der Steinmetz-Allee, doch Ismayl wusste, dass die Soldaten noch sicherlich hundert Schritt zurücklegen mussten. Dem schlichten Hilferuf eines Sygnaer Bürgers wäre sicherlich nicht der ganze Wachtrupp gefolgt, wo sie doch Order hatten, Wertvolleres zu bewachen – doch Ismayls Wortzeichen wusste, wie es Menschen zu Taten motivierte.

Das galt jedoch auch für den Fechter, der nun ebenfalls jegliche Vorsicht aus seinem Geist verbannt hatte und ihn breit angrinste. »Ich gebe dir einen Grund, um Hilfe zu rufen. Hol ihn dir ab!«

Das Schwert des anderen wirkte einen guten Finger länger als das in Ismayls Händen – und so spitz ... Andererseits konnte er kein Zeichen erkennen, das im Stahl prangte. Und das Zeichen im Stahl seiner eigenen Waffe war schließlich das einzig Wehrhafte, das er selbst außer spitzen Worte mit zum Duell gebracht hatte. Er hatte ansonsten wenig Ahnung, wie man mit einem Schwert kämpfte.

»Wird es jeden Hieb von mir abwenden?«, hatte er Elisabeda gefragt, als sie es ihm übergeben hatte. Sie hatte gelacht und den Kopf geschüttelt. »So etwas konnten nur die Zeichen der Fechter, und die sind lange vergessen. Dieses Zeichen da kann nur die Eigenschaft des Metalls verändern.«

»Also schneidet es durch das Schwert des anderen hindurch?«, hatte Ismayl versucht, sich zu versichern, doch Elisabeda hatte lediglich zerknirscht gelächelt. »Nein, es ist eines der nutzlosesten Eisenzeichen, Ismayl, aber keines könnte dir in einem solchen Kampf besser zu Diensten sein.«

Der Fechter verlor wenig Zeit. Ismayl war durchaus versiert in Kneipenschlägereien, im Hinterhalten und in Ablenkungsmanövern jeglicher Art, doch in einem fairen Kampf gegen einen echten Fechter hatte ein falscher Schwertschwinger wie er keine Chance.

»Bring das Schwert einfach zwischen dich und den Hieb«, hatte Elisabeda ihm geraten.

Ein exzellenter Rat. Der andere machte einen weiten Schritt nach vorn und zur Seite, während Ismayl versuchte, der Bewegung mit seiner Schwertspitze zu folgen. Ohne dass er den Hieb im Ansatz hatte erkennen können, fuhr die lange Klinge des Goldfechters auf ihn nieder. Ismayl schrie auf, stolperte einen hastigen Schritt zurück und brachte sein eigenes Schwert hoch.

Klank.

»Das Zeichen magnetisiert deine Klinge«, hatte Elisabeda gesagt – und ihr Zeichen hatte Wort gehalten.

»Was zur …«, schrie Ismayls Gegner mit wutverzerrtem Gesicht, als seine Klinge kleben blieb, als habe er in einen Klumpen Harz geschlagen. Seine Augen blitzten, die Narbe über der Augenbraue, der traditionelle Schmiss, trat blass im geröteten Gesicht hervor.

»Du … du bist gar kein Fechter! Eine hässliche Fratze wie deine wäre mir doch schon mal aufgefallen«, zischte der Kerl nun und hebelte an seiner Klinge herum. Ismayl kämpfte darum, das Schwert nicht aus der Hand gerissen zu bekommen.

Mit einem Ruck und einem Keuchen kamen sie voneinander frei. Der Goldfechter presste die Lippen zusammen und attackierte sofort mit heimtückischen Stichen, um Ismayls Klinge zu entgehen. Zwei Stiche gingen fehl, weil Ismayl erneut zurücktaumelte. Den dritten fing er wieder mit dem magnetischen Schwert auf, bevor die Sache noch tödlich endete.

Klonk.

»Hör mir zu …«, sagte Ismayl im Verschwörerton, als der andere wieder darum kämpfte, sein Schwert zu befreien. Ismayl spürte, dass das Zeichen auf seiner Zunge zerflossen war. Dass es nur noch seine eigenen Worte waren, nicht mehr. »Die Blauröcke kom …«

»Der Aufständische!«, gellte es da durch die Seitenstraße. Das Licht der Straßenlaternen malte die Silhouetten gewaltiger, als sie tatsächlich waren. »Waffen sinken lassen, im Namen der Blauen Garde!«, brüllte eine zweite Stimme. Die Soldaten hielten ihre Waffen angriffslustig vor sich.

»Lass mein verdammtes Schwert los!«, presste der Goldfechter hervor.

»Ich kann nicht«, gab Ismayl zu. »Aber jetzt sollten wir laufen!«

»Ohne mein Schwert laufe ich nicht!«

War Ismayl zuvor ganz auf den Goldfechter mit dem Mordwerkzeug in der Hand konzentriert gewesen, so nahm er jetzt wieder die gesamte Lage in Augenschein. Dort, wo die schmalere Weber-Allee in die statuengesäumte Prunkstraße mündete, hatten sich fünf oder sechs weitere Blauröcke eingefunden. Das Ruinenfeld begann jenseits der Weber-Allee, und inmitten der zerfallenen Bauten, selbige als Steinbrüche nutzend, lagen die flachen Baracken der neuen Manufakturen.

Der Fechter riss mit einem wütenden Schrei an seinem Schwert, doch Ismayl ließ einfach los und zog das vertraute lange Messer aus dem Gürtel. Der Goldfechter stolperte mit den zwei Schwertern in der Hand zurück, prallte gegen die Häuserwand zur Linken.

»Du Ratte«, keuchte er und zog sich beim Anblick der Soldaten so tief in die Schatten zurück, wie es ging.

»Ich habe gehört, du läufst schnell!«, presste Ismayl hervor. In der Theorie hatte Jendras Plan durchführbar geklungen und nicht annähernd so tödlich.

»Leck mich!«

»Im Namen des Kaisers! Ich stelle dich unter Arrest!«, drohte der Gardist von weiter vorn.

»Ich bin unschuldig!«, gellte die Stimme des Goldfechters, während es ihm endlich gelang, die beiden Schwerter wieder voneinander zu trennen.

»Rebellenpack! Den Frieden des Kaisers zu stören!«, kam die Antwort, und Ismayl, der sich ebenfalls in der Dunkelheit Schritt für Schritt von dem in die Gasse zielenden Musketenlauf entfernte, zählte in einem kurzen, eitlen Moment des Triumphs, dass sogar sieben Blauröcke auf seinen Ruf hin ihren Posten verlassen hatten. Es war noch keine Sperrstunde, und Ismayl trug keine unerlaubte Waffe – er konnte nun einfach hervortreten und sich als Geretteter dankbar erweisen. Sie würden nicht auf Dawyd schießen, wenn noch ein unschuldiger Bürger mit erhobenen Händen zwischen ihnen und ihrem Ziel stand.

Er hob bereits die Hände – doch dann schoss eine Erinnerung an das spöttische Lachen seines Meisters durch seinen Kopf.

*Wie sicher bist du dir?*, schien er zu fragen, und er hatte es stets vermocht, Fragen zu stellen, die andere dazu brachten, selbst zu hinterfragen. Ismayl blieb stehen und blickte in die Richtung, in der er Dawyd vermutete.

»Jetzt!«, murmelte er eher für sich. Denn die, die er damit meinte, war weit außerhalb seiner Hörweite. Doch als hätte sie ihn verstanden oder einfach das gleiche Gefühl für die Situation, erloschen alle Laternen. Die eine, die an einem Seil über die Gasse gespannt war, aber auch die großen, die in den Händen der Altmeister in der Allee die Nacht zurückgedrängt hatten. Wie von Geisterhand erstickten die Flammen an den petroleumgetränkten Dochten.

»Feuer!«, befahl der Kommandant der Soldaten als kaltblütige Schlussfolgerung auf die plötzliche, übernatürliche Dunkelheit.

Ismayl warf sich zur Seite in eine Nische der Hauswand. »Fechter! Runter mit dir!«, schrie er, und er konnte nicht sehen, ob der andere gehorchte. Etwas krachte mit einem metallenen Geräusch – Ismayl interpretierte es als den Laut eines geworfenen magnetischen Schwerts, das gegen einen stählernen Kürass prallt. Dann wurde die Muskete abgefeuert. Diese verfluchte Höllenwaffe, der die Armee des Kaisers Sieg um Sieg verdankte! Die Rohre spien Feuer, Krachen zerriss die Luft, Steine splitterten, Männer mit Degen und Hellebarden rückten vor, um ihren Gegnern den Rest zu geben.

Ismayl ließ den ersten an der Nische vorbei in die pechschwarze Dunkelheit laufen. Dem zweiten, obwohl er ihn nur als hastige Bewegung und Schemen wahrnahm, stieß er blindlings das Messer in die Seite. Es traf zunächst auf Stahl, glitt daran ab und fand bald schutzloses Fleisch. Der Mann schrie auf, ein weiterer rief: »Ein Hinterhalt! Schickt nach Verstärkung!«, und das musste Ismayl eigentlich gutheißen, denn das bedeutete, dass der Weg für seine Kampfgefährten im Weberviertel frei wurde. Trotzdem jagte ihm der Ruf eine Heidenangst ein. »Fechter!«, rief er ins Gewühl.

»Verdammt, ja!«, kam ein Keuchen zurück, begleitet von einem hässlichen schneidenden Geräusch und einem weiteren Schrei aus einer Soldatenkehle. »Ich glaub, ich hab jemanden umgebracht!«

Ismayl hörte das Knirschen eines Soldatendegens an der Wand, zu nah bei seinem Kopf raspelte es Splitter von den Stuckarbeiten. Von oben schimmerte lediglich der wolkenverhangene Mond – zu weit weg und zu finster, um die Gasse zu erhellen. Ismayl stieß wieder mit seinem Messer zu, duckte sich in die Nische, sprang erneut daraus hervor und wagte noch einen Stich. Ein Schrei, ein ungläubiges Ächzen.

»Fechter! Hierher, durch die Tür!«, zischte Ismayl, und wenn Jendra nun wirklich jede Facette ihres Plans berücksichtigt hatte, würde sich die Tür des von der Nische verborgenen Seiteneingangs mittlerweile hoffentlich öffnen lassen. Mit der freien Linken tastete Ismayl nach dem Türknauf – und fand ihn nicht. Stattdessen stolperte er direkt über die Schwelle.

»Scht!«, flüsterte Jendra und zerrte ihn in den Korridor. Er versuchte, weder sie noch sich mit seinem Messer zu verletzen, und lehnte sich keuchend gegen die Wand. Hier drinnen war es noch düsterer als draußen. Sie stieß die Tür zu, es klickte, als sie sie verschloss. Pechschwarze Dunkelheit, Hämmern von Fäusten gegen das Holz der Tür.

»Dawyd, bist du unverletzt?«, fragte Jendra.

»Wer ist das?«

»Das bin ich«, knurrte eine Stimme. Ismayl hatte trotz des engen Korridors noch gar nicht begriffen, dass es Jendra gelungen war, auch den Fechter in den Flur zu ziehen.

»Kommt mit«, sagte Jendra – er konnte ihr Grinsen hören. »Aber Vorsicht – es geht eine Treppe hoch!«

Ignaz wartete auf dem Katzbuckel.

Die alte innere Stadtmauer zog sich an dieser Stelle über einen Hügel am Fuße des Bleibergs, bevor sie in marode Trümmer auslief, die niemand mehr benötigte. Ignaz mochte die alte Mauer. Sie war selbst an den höchsten Stellen kein Vergleich zum neuen Prunkbauwerk mit den Schanzen, das sie dennoch nicht vor den Truppen Kaiser Yulians hatte bewahren können. Der Fall der Stadt hatte nichts mit Schanzen zu tun gehabt. Er war von innen heraus eingeleitet worden. Menschen, die glaubten, viel zu verlieren zu haben, hatten geschachert – und gewonnen. Zumindest für sich selbst.

Ignaz ließ seine Beine von der Mauer baumeln. Er hatte einige unwägbare Karten auf der Hand gehabt – die unwägbarste davon Jendras neuste goldene Karte: der Fechter –, aber das Spiel war dennoch aufgegangen.

Jendra hatte gute Arbeit geleistet und im Voraus einiges über den jungen Mann herausgefunden. Es war nicht schwer gewesen, denn er hatte vor seiner Zeit als Fechter einige krumme Dinger mit der Sygnaer Unterwelt gedreht, die Jendras Heimat war. Dem Adoptivsohn eines Lehrers stand jedoch stets eine Hintertür aus der Gosse offen, und wenn er auf noch so schiefe Bahnen geriet. Seine Eltern hatten ihn bei den Fechtern in die Lehre geschickt, und seitdem hatte er dem Zwielicht entsagt. Er hatte jedoch immer noch ein Faible dafür, zur falschen Zeit am falschen Ort zu sein. Seine Eltern hatten ihm die kriminellen Flegeljahre nie vergeben, und so banden ihn nur wenige Bekanntschaften und noch weniger ehrliche Freundschaften.

Dawyd Jackman, nicht ohne Grund »das Maul« genannt, war genau der Mann, den Ignaz suchte.

Er lächelte und blickte über die Stadt; oder vielmehr durch sie hindurch, denn die meisten Häuser im neuen Teil der Stadt überragten die Mauer mittlerweile.

Die Ruinen des Weberbezirks konnte er dennoch wie eine schwärende Wunde wahrnehmen – fünf Straßenzüge im Süden, die Straßenbeleuchtung glomm wieder, und die ausrückenden

Suchtrupps trugen Laternen, deren Lichtpunkte im Weberbezirk leuchteten. Ismayls Wortzeichen und der Goldfechter hatten einen Großteil des Wachtrupps abgezogen, und mit dem Rest hatten es Elisabeda, Neigel und Jannis' Leute mit der Schützenhilfe durch Jendras Schattenzeichen aufnehmen können.

Die Soldaten dort unten würden nichts mehr finden. Weder die Täter noch deren Diebesgut. Die mit kruder Zeichenmagie versehenen Musketen hatten Jannis' Leute über den unterirdisch verlaufenden Gaubach in ein Versteck gebracht; damit würde kein Blaurock mehr ausgestattet werden.

Ignaz zerbrach sich den Kopf über die Musketen. Wie konnten die schlampig daraufgepressten Zeichen den Effekt erzielen, auf den es die Aquintianer abgesehen hatten? Wie war es möglich, dass in den Manufakturen Zeichen gewirkt wurden – von Leuten, die sie nie gelernt hatten? Neue, unsaubere Zeichen, die machtlos hätten sein sollen, es aber nicht waren.

Schritte rissen Ignaz aus seinen Gedanken.

Der Goldfechter sah alles andere als glücklich aus, als er auf die Mauerkrone kletterte. Er war schmutzig, verschrammt und starrte finster vor sich hin. Ismayl hinter ihm strahlte dagegen erleichtert, und auch Jendra kauerte bereits mit einem Grinsen im Schatten der Mauerzinnen. Ignaz hatte sie nicht kommen hören.

Er stand auf und griff mit der verkrüppelten Rechten nach der Kapuze, die er ins Gesicht gezogen hatte. Er schlug sie zurück.

»Ihr seid das also! Dreifinger!«, knirschte der Fechter, schüttelte dann ungläubig den Kopf und lachte.

»Willkommen, willkommen«, sprach Ismayl feierlich an Ignaz Dreifingers Stelle und deutete eine übertriebene Verbeugung an, »bei den Rebellen von Sygna!«

Dawyd saß in Gesellschaft seiner neuen Bekanntschaften in der erstaunlich gewöhnlichen Dachkammer eines offenbar recht schmalen Gebäudes. Genau wusste er es nicht, denn er war mit verbundenen Augen hergeführt worden. Inzwischen war ihm die Augenbinde zwar wieder abgenommen worden, doch draußen herrschte finsterste Nacht, die Fenster waren verhangen und die Kammer so vollgestellt, dass er sich kaum ein Bild vom dem Gebäude machen konnte. Weit konnte es jedoch nicht vom Katzbuckel entfernt liegen, auch wenn der verrückte Dreifinger ihn durch Umwege in der Kanalisation und im Gewirr der unterirdischen Bachbetten zu verwirren versucht hatte.

Die Augen hatten sie ihm erst verbunden, als sie die Ziegelkavernen der Abwasserkanäle wieder verlassen hatten, und somit hatte sich Dawyd das ganze letzte Stück des Wegs vollends auf den Geruch konzentrieren können, den seine Kleidung nun ausdünstete. Die Kanäle waren nicht nur angefüllt mit den Abwässern und Fäkalien von Sygnas Bürgern, sondern auch noch mit den Schlämmen, Laugen und Giften der Manufakturen. Durch die Kanalisation flutete das Gemisch in die Bäche und mit ihnen in den Schlangfluss und mit jenem wiederum aus der Stadt hinaus – und was scherte es die besetzte Stadt, deren Bewohner sie seit der Besatzung nur unter harten Auflagen oder als zur Armee gepresste Soldaten verlassen durften, was jenseits der Mauern mit den zu einem Fluss angeschwollenen unterirdischen Bächen geschah?

Dawyd rieb seine Handgelenke, als hätte man ihm gerade die Fesseln gelöst – doch er war natürlich nie gebunden gewesen. Was ihn band, waren seine eigenen Gedanken. Die aquinzische Stadtwache hatte Grund gehabt, auf ihn zu schießen.

*Du kannst nicht zurück*, murmelte es in seinem Geist, und er versuchte, diesen Gedanken, der sich wie eine geballte Faust in seinen Magen bohrte, von sich zu schieben.

*Es war alles nur ein Missverständnis. Natürlich kann ich zurück*, antwortete er, wenn die Stimme zu laut wurde, doch das konnte sie nicht zum Schweigen bringen. Menschen waren schon wegen geringerer Missverständnisse hingerichtet worden.

»Das stellt Ihr Euch gut vor, nicht wahr?«, murmelte er, hob seinen Blick von seinen Händen und sah in Dreifingers verstörend gelassenes Gesicht. »Ein Goldfechter – an der Seite Eurer abgerissenen Bande?«

Nun wartete Dawyd auf große Worte, eine Rede vielleicht, definitiv eine Moralkeule, die nicht einmal ein Fechter parieren konnte, gute Argumente, die ihn veranlassen sollten, die Reihen des berüchtigten Aufständlers zu verstärken. Stattdessen: »Welche Wahl bleibt dir denn?«

»Welche ... welche Wahl? Jede Wahl!«

»Du hast unserer kleinen Jendra die rechte Hand gerettet. Und viel Blut steckt nicht in ihr drin – vielleicht wär sie sogar dran krepiert. Damit hast du die Blauröcke verärgert, und sie werden dir nicht die Dankbarkeit erweisen, die Jendra dir erwiesen hat. Also – welche Wahl bleibt dir, wenn nicht die dankbare Seite zu wählen?«

Dieser Mann hatte eine Art, dass es Dawyd beinahe schien, als gehöre die Stimme in seinem Kopf nicht zu ihm selbst, sondern zu Dreifinger. Wie wenige Männer mochte der Kerl befehligen, dass es ihm auf einen einzelnen Goldfechter ankam?

*Nein*, hielt Dawyd in Gedanken stolz dagegen. *Ein Goldfechter macht immer einen Unterschied*.

Er hatte immerhin das Mädchen gerettet, Jendra – aber hatte sie wirklich in Schwierigkeiten gesteckt? Wann hatten sie beschlossen, dass sie ihn zu einem der Ihren machen wollten?

Misstrauisch schielte er zu Jendra hinüber, die sich auf einem der drei Lehnstühle mit ihren spitzen Knien und Ellbogen zusammengerollt hatte.

»Und wie erweist du deine Dankbarkeit, Dreifinger?«, unterbrach Dawyd seine eigenen Gedanken.

»Wie jeder Goldjunge sehnst du dich doch nach einer Gelegenheit, oder, Maul?«, lächelte der Anführer der Aufrührer. Es ließ ihn zugleich freundlicher und unnahbarer erscheinen. Es war ein Lächeln, wie es nur ein aufrechter Schurke zustande brachte, doch das Licht der Kerzen wandelte seine Augen in ein warmes Grün. Dawyd schüttelte den Kopf.

»Was soll das heißen?«

»Eine Gelegenheit, dich außerhalb des Sandhauses zu beweisen.«

»Das ist verboten«, murmelte Dawyd. Er zügelte die hilflose Wut, die in ihm hochkochte. Was hatte Dreifinger mit Jendras Hilfe eingefädelt? Was hatte er, Dawyd, selbst entschieden? Für wie durchschaubar hielt dieser Mann einen Goldfechter, dass er ihn mit Versprechen auf einen Kampf außerhalb der Grenzen der Gilden zu ködern versuchte?

»Unsere Dankbarkeit ermöglicht es dir nun, dich den Verbotenen anzuschließen, um das Verbotene zu tun. Hilf uns dabei, Verbotenes zu tun!«

»Ich verzichte, danke.«

Dawyd lehnte sich zurück und verschwand beinahe in den Schatten zwischen den Möbeln. Nur drei Kerzen erhellten den Raum, und Schränke, Kommoden, ein kleiner Tisch und drei Stühle, besetzt von ihm, Dreifinger und Jendra, taten ihr Bestes, das Licht zu verschlingen. Selbst in den Winkeln des Dachgebälks hingen kleine Regale und Kästen. Dawyd hatte keine Ahnung, was sich in all diesen Schränkchen befand, doch er erkannte, dass ihnen die gleiche Handschrift inne lag – die verzierten Rahmen, die Knäufe der Schranktüren, die Muster, die sich selbst über den Türrahmen zur Stiege wanden, das dunkle Holz, dessen Maserung auf die Gestaltung selbst Einfluss genommen zu haben schien.

»Ihr seid Schreiner«, erinnerte sich Dawyd daran, was er über Dreifinger wusste. Der verzog das Gesicht erneut zu einem Lächeln, jedoch glommen diesmal seine Augen nicht auf, sondern blieben kühl und dunkel in ihren verschatteten Höhlen.

»Ich *war* Schreiner«, sagte der Mann ohne weitere Regung. Er mochte um die vierzig sein, kein Alter, um einen Beruf hinzuwerfen, in dem man so gut war, wie all diese Werkstücke es verrieten. Er hob seine dreifingrige Rechte. Nur noch der kleine, der Ringfinger und eine gute Hälfte des Mittelfingers waren ihm geblieben.

»Man erzählt sich in den Straßen, das waren die Aquintianer. Die dich verkrüppelt und dadurch zu ihrem ärgsten Feind gemacht haben«, murmelte Dawyd.

»Das ist gut, dass man das sagt. Es ist gut, dass man redet«, grinste Dreifinger, fuhr sich mit seinen drei Fingern über den kurzen graumelierten Bart und streckte Dawyd dann die grässlich verstümmelte Hand hin. »Gestatten? Ignaz Dreifinger.«

Dawyd ergriff den Überrest dieser Hand und schüttelte ihn, ohne zu viel über die verstümmelten Glieder nachzudenken.

»Erfreut. Dawyd Iackmar, Goldene Gilde der Fechter, zu Euren Diensten. Also, natürlich nicht. Der Höflichkeit halber, aber nicht tatsächlich zu Diensten. Denn ich werde jetzt gehen und mich nicht mit Euch und Eurem Hunger nach Rache einlassen.«

Ignaz musterte ihn ernst. Spätestens jetzt erwartete Dawyd die flammende Ansprache wider die Despoten, die sich Sygna unterjocht hatten, wider Kaiser Yulian und seine Truppen und wider die Aquintianer, die der Stadt ihr kostbarstes Gut, die Zeichen, zu rauben versuchten. Doch die Ansprache kam auch diesmal nicht.

»Dann solltest du untertauchen, Dawyd das Maul«, sagte Ignaz leise, sein Blick wurde völlig ausdruckslos, er ließ Dawyds Hand los und lehnte sich zurück. »Denn dann genießt du nicht mehr mein Obdach. Meinen Schutz. Und mein Versprechen, dass die Blauröcke dich nicht finden werden.«

Dawyd zuckte betont gelassen mit den Schultern und streckte die Beine unter dem kleinen Tischchen von sich. »Ich komme schon zurecht, Meister Dreifinger.«

Ignaz spiegelte beinahe exakt Dawyds Bewegung, nur knapp verfehlten sich ihre Füße unter dem Tisch. »Wenn du meinst. Aber selbst die Blauröcke sind klug genug, um zuallererst bei der Gilde nach einem ihrer Fechter zu fragen. Und die Gilde, wenn ich das recht sehe, zahlt ihren Mitgliedern immer noch aus eigenen Mitteln einen mickrigen Ersatz für die Leibrente. Für ihren … unermüdlichen Einsatz als Unruhestifter und aufgeblasene Gockel. Wie gedenkst du, deinen Lebenswandel nach deinem waghalsigen Kampf gegen die Besatzer und für Mutter Stadt zu finanzieren? Oder willst du aus der Stadt fliehen?«

Dawyd atmete tief ein, er fühlte, wie seine Lungen dabei verräterisch zitterten. Als habe er Angst. Er fühlte den Stich oder die Narbe des Stichs, den er erlitten hatte, bis tief in seinen Brustkorb.

»Ich muss zu meiner Gilde. Meine Ehre gebietet es mir, dass ich mich Seidenschneid erkläre. Und danach ...« Er brach ab. Er wusste es nicht. Vielleicht würde sich die Antwort im Sandhaus ergeben, vielleicht würde Timotis Seidenschneid, der Zunftmeister der Goldfechter, ihm eine Möglichkeit eröffnen, wie er sich retten konnte. Wie er Abbitte vor den Besatzern leisten konnte ...

Aber er war immer zurechtgekommen. Er hatte schon einmal unbekümmert den Weg nach unten gewählt, den Weg fort von der Gesellschaft, in die er gehörte, und diesen Fehler würde er nicht noch einmal machen. Er gehörte nun der Goldenen Gilde an, und diese bot ihm Schutz.

Ignaz musterte ihn, ein Auge ein wenig mehr verengt als das andere.

»Wer wäre ich, einem Mann die Ehre zu nehmen?«, murmelte er dann. Das schmale Gör hob seinen Kopf und gab ein langgezogenes »Pfft« von sich, als pfeife es auf die Ehre. Es schüttelte ungläubig den Kopf.

»Ismayl wird dich begleiten«, ergänzte Ignaz, und nichts an ihm verriet Enttäuschung oder Zögern. Er stand auf. Aus seiner geballten Linken entrollte sich das Tuch, mit dem Dawyds Augen verbunden gewesen waren. Dawyd überspielte seine Furcht – vielleicht die erste Lektion, die er als Fechter gelernt hatte – und lachte höhnisch: »Zwei schlechte Nachrichten – wieder hinab in die Kanalisation, und das auch noch in Gesellschaft dieses eselhaften ... Schauspielers! Womit habe ich das verdient?«

Ismayl öffnete am oberen Ende der glitschigen Treppenstufen ein vergittertes Tor, zog dem Fechter mit der anderen Hand die Augenbinde von den Locken und verbeugte sich mit einem Kratzfuß, wie er es auf dem Katzbuckel getan hatte.

»Näher ans Sandhaus heran führen uns die Kanalausgänge nicht«, sagte er und spähte, ein klein wenig beunruhigt, nach draußen.

Der Morgen war bereits hereingebrochen, und die ehrlichen Handwerker und Händler Sygnas begannen ihr Tagwerk. Nach allem, was Ismayl vom Sandhaus wusste, wurde dort noch der Rausch ausgeschlafen. Er konnte beim besten Willen nicht sagen, was Ignaz sich davon versprach, Dawyd wieder laufen zu lassen.

»So verdreckt kann ich mich dort nicht sehen lassen«, seufzte der Fechter und breitete die Arme dramatisch zu den Seiten hin aus. Ismayl wies mit dem Kinn auf das Hemd, das an den meisten Stellen nicht mehr in Dawyds Gürtel steckte. Die halb aufgerollten Ärmel spannten um die wohlakzentuierten Unterarme des Mannes, vor allen Dingen wurde es aber von einem Blutfleck über dem rechten Rippenbogen dominiert. Auch an mehreren anderen Stellen hatte das Hemd schon gelitten.

»So hast du doch vorher schon ausgesehen«, gab Ismayl lediglich zurück.

»Das Blut meinte ich nicht. Das trägt man im Sandhaus so.«

»Reicht das, was die Gilde euch noch an Leibrente zahlt, nicht für ein neues Hemd? Es soll ja immer noch recht stattlich ausfallen dafür, dass deiner Gilde der Geldhahn zugedreht worden ist.«

Etwas flackerte in Dawyds Augen auf, etwas Seltsames – wie Scham. »Ich meinte den Gestank!«, zischte er.

»Sieh her und lerne für all deine zukünftigen Reisen in der Kanalisation!«, forderte Ismayl ihn auf, nahm einen gut verschnürten Öltuchbeutel von der Schulter und reichte ihn dem Fechter.

»Die es nicht geben wird. Dies hier war meine letzte. Ich bin nicht der Typ ... für Reisen dieser Art!«

»Wer ist das schon?«, lächelte Ismayl schmal. Ein wenig ungeduldig zog er Dawyd aus dem miefenden Abgang, der hinab in die Gedärme der Stadt führte, hinein in eine Gasse im Schatten der Ruinen der Stadtmauer. Eine Ratte huschte davon, ihre kratzenden Krallen auf den Pflastersteinen verstärkten die Stille noch.

Dawyd öffnete den Beutel und zog jeweils zwei Hemden und Kniehosen hervor. »Ich brauche keine Almosen. Mein Hemd ... ist Absicht.« Er pausierte kurz, als suche er nach Ismayls Namen. Vergeblich. »Schmierenkomödiant.«

Ismayl verzog das Gesicht.

»Ismayl genannt Schönauge«, murmelte er. »Und das andere Paar Hosen und das Hemd sind für mich. Oder dachtest du, *ich* würde mit dem Gestank Vorlieb nehmen? Nein, im Gegensatz zu dir bevorzuge ich nicht nur duftende, sondern auch unbesudelte Kleider.«

Schweigend schälten sie sich nebeneinander aus Hemd und Hose. Ismayl wandte Dawyd den Rücken zu – nicht nur weil er sich vor dem anderen genierte, sondern auch weil er sich somit selbst daran hinderte, den geradezu lächerlich gutgebauten Fechter neidvoll anzusehen.

»Warum heißt du Schönauge?«, fragte der auch prompt. Ismayl fuhr zu ihm herum, als Dawyd gerade die Kniehosen hochzog und mit seinem Gürtel und Waffengehänge haderte. Seufzend schob er seine bestrumpften Füße wieder in die schlammverkrusteten hohen Stiefel. Ismayl tat es ihm gleich und zog sich das weite Leinenhemd so rasch über den Kopf, dass er sich prompt darin verhedderte und Dawyd noch ein paar Blicke auf seine schlaffe weiße Haut gewährte. Wütend über sich selbst zerrte er das Hemd an sich herab und ordnete den Kragen, der über die Schultern reichte. Besonders gut angezogen waren sie nicht, doch sie würden auch keine Aufmerksamkeit auf sich ziehen.

Dann richtete er sich auf und trat noch einen Schritt näher auf den Fechter zu, damit der ihn deutlich sehen konnte, denn obwohl der Himmel bereits heller wurde, hing in dieser Gasse noch immer die Dämmerung fest. »Sieh mich an, Dawyd das Maul! Man nennt mich Schönauge – weil ich schöne Augen habe.«

Dawyd öffnete den Mund, um darauf etwas zu erwidern, hob dann aber lediglich die Brauen, lächelte einnehmend und legte Ismayl gönnerhaft den Arm um die Schulter. »Und darauf legen bekanntlich die Damen wert«, rang er sich schließlich ab.

Ismayl wand sich unter dem Arm hervor, nahm seine und Dawyds stinkende Kleidung und schob sie unter einen zerbröckelnden Steinquader, der sich aus der alten Mauerkrone gelöst hatte und auf der Gasse zum Liegen gekommen war.

Sie traten ins Licht der Höveschstraße, an der gerade die Fensterläden geöffnet wurden. Viele Werkstätten standen jedoch leer, zahlreiche ehemalige Handwerksmeister und -gesellen waren bereits auf dem Weg in die Manufakturen, die die Aquintianer eingeführt hatten. Die Händler präsentierten nur noch bescheidene Waren. Mehr gab es vielleicht unter der Hand, doch danach zu fragen barg Risiken. Jeder konnte einen mittlerweile an die Besatzer verraten. Nur dann gab es schließlich etwas Ordentliches zu beißen.

Ismayl sah sich dennoch nicht missgelaunt um – die Zustände waren nun einmal so, und er hatte schlichtweg nicht die Kraft, sich jeden Tag deswegen schlecht zu fühlen. Er hörte zwei Frauen, die Wasser schleppten und sich über die nächtlichen Ereignisse im Weberviertel unterhielten. Er stieß Dawyd stolz in die Seite, doch dieser presste grimmig die Kiefer aufeinander.

Als sie die beiden Wäscherinnen hinter sich gelassen hatten, lehnte er sich ganz leicht zu Ismayl hin und wisperte: »Du freust dich, wenn sie reden, ja? Du bist mich wohl noch nicht leid. Du hoffst, dass ich mit dir zu Dreifinger zurückkehre, was auch immer der Zimmermann davon haben mag!«

»Er ist Schreiner, kein Zimmermann«, flüsterte Ismayl zurück. »Oder war es, vielmehr.«

»Bevor sie ihn verstümmelt haben, ja? Lautet so nicht die Geschichte?«

»So lautet sie, Maul. Und sie stimmt. Sie haben ihn gefangen genommen, weil er in den Reihen derer stand, die gekämpft haben, obwohl die Stadt bereits übergeben worden war. Auch er beging vielleicht den Irrtum zu glauben, seine Gilde könne ihn von der Anschuldigung des Verrats freikaufen. Stattdessen hat der Rote ihn gekriegt und viel Spaß mit ihm gehabt, Goldfechter. Der Rote ist ein Sammler, und ich wette, die Finger eines Fechters fehlen ihm noch in seiner Sammlung.«

Dawyd starrte ihn an und stolperte dabei beinahe über einen herausstehenden Pflasterstein. »Der Rote Rufin«, flüsterte er, wie ein Kind den Namen des Krummen Manns der Tiefe auf den Lippen führt, wenn seine Eltern fragen, warum es das Zubettgehen fürchtet. »Du kannst einem Angst machen!«

Schönauge nickte und zwinkerte mit den Wimpern. »Natürlich. Ich bin kein Schmierenkomödiant, Maul. Ich bin Dichter.«

Dawyd verzog die Lippen, als habe Ismayl ihm die kanalstinkende Kleidung darangehalten. »Und warum schickt Ignaz einen Dichter mit, wenn er befürchtet, dass die Männer des Kaisers mich einkassieren?«, murmelte er. »Sollst du meinen Tod besingen? Oder hast du dein verdammtes magnetisches Schwert dabei?«

»Nein, du hast es einem von ihnen an den Kopf geworfen«, erinnerte ihn Ismayl, während sie von der Höveschstraße in den Torbogen des Sandhauses einbogen. »Und ich wäre selbst froh, wenn ich eine beruhigendere Antwort auf deine erste Frage hätte.«

Das von der Luft der Stadt gedunkelte dreistöckige Gildenhaus mit der bewegten Geschichte umfriedete mit seinen Flügelgebäuden den sandbedeckten Innenhof. Die vierte Seite schirmte eine Mauer aus rotem Stein zur Straße hin ab, darin eingelassen war eine schmale Pforte mit einem hohen Torbogen aus Ziegelsteinen. Im Schlussstein des Bogens war noch das alte Wappen der Fechter zu erkennen, bevor die Gilde sich geteilt hatte.

Niemand bewachte die Pforte. Es war zu früh am Morgen.

»Wo sind denn alle?«

»Weißt du, wonach die Straße hier benannt ist?«

»Die Höveschstraße?« Ismayl wiegte den Kopf hin und her. Hier, im inneren Kreis der verfallenen Stadtmauer führten die Straßen alte Namen, und die Sprache hatte sich seither ebenso verändert wie die Stadt. »Nach einem Hof?«

»Hübsch«, korrigierte Dawyd mit Triumph im Blick. Er schlug sicherlich nicht oft andere Menschen mit seinem Verstand. »Das Sandhaus lag früher im Hübschlerviertel, als es noch eine ganze Gilde der Kurtisanen gab. Vor Hunderten von Jahren.« Er wies in die Straße, die breit und von massiven hohen Steinhäusern gesäumt war, auf deren spitzen Giebeln Ismayl noch Spuren alter Bemalung erkennen konnte. »Es war ein ganz ehrbarer Beruf. Respektable Handwerkerinnen sozusagen. Und immer noch kann man sich hier sehr gut bis in den Morgen hinein die Zeit vertreiben.« Er taxierte Ismayl mit überheblichem Blick, während er das Tor mit einem Schlüssel aufschloss. »Ich überlasse es also deiner Vorstellung, wo die Gildenfechter jetzt sind.«

»Dann haben die Goldfechter nun wohl ihren Platz eingenommen und gehen gerade ihrem Nebenberuf nach. Weil sie allesamt so gut gebaut sind wie du«, erwiderte Ismayl gewitzt.

Dawyd knurrte. »Ach, setz dich auf deinen Finger, Schönauge! So früh ist einfach noch niemand hier, wir arbeiten meist bis tief in die Nacht und gehen uns danach noch ein wenig vergnügen!«

»Arbeiten und vergnügen. Mit Klingen. Und Rotbier. Und Hübschlerinnen.« Ismayl nickte. »Aber ja. Ich verstehe absolut. Und von solch anstrengender Tätigkeit müsst ihr euch dann, wenn sich der normalsterbliche Arbeiter in den Manufakturen knechten lässt, erholen.«

Dawyd ging durch die Pforte, und Ismayl dachte kurz, der

Fechter würde ihn einfach davor stehen lassen. Dann jedoch hielt er die Tür auf, sah sich düster nach ihm um und murmelte: »Warte nur. Bald geht es uns genauso dreckig wie dem nächstbesten Mann. Aber bis dahin bin ich entschlossen, noch ein paar Fechtern von der Stahlbande aufs Maul zu hauen.« Bei den letzten Worten warf er einen finsteren Blick zum rechten Flügel des Sandhauses, auf dessen bleiverkleideten Fensterläden das Siegel der Stählernen Fechtergilde prangte.

Ismayl verzichtete darauf, Dawyd zu sagen, statt auf den Tag zu warten, an dem seiner Gilde das Geld ausginge, solle er sich lieber heute Ignaz Dreifinger anschließen.

*Keine Lektionen in Moral,* hatte Ignaz ihm eingeschärft.

Also hielt er den Mund und folgte Dawyd ins Sandhaus.

Das Erdgeschoss des weiten Hauptgebäudes ergoss sich über breite, von Säulen gesäumte und von einem weißen Vordach gekrönte Treppenstufen auf den Sandplatz. Oberhalb der Prunktreppe befand sich nicht nur die eindrucksvolle, zweigeteilte Eingangshalle der beiden Gilden, sondern auch, hinter dem kleineren Seiteneingang, der *Invalide,* die legendäre Schenke des Sandhauses. Dawyd bog mit langen, zielstrebigen Schritten von der Haupttreppe dorthin ab. Dabei lag seine Hand auf dem Knauf des Langen Schwerts an seiner linken Seite, und Ismayl entging nicht, dass sein Blick, seiner geraden und stolzen Körperhaltung zum Trotz, immer nach links und rechts flackerte, als befürchte er Blauröcke im Schatten der Säulen.

Dawyd sah durch die Butzenglasscheibe ins Innere der Schenke. Über der Tür gaben kunstvoll geschnitzte Verstümmelte – Einbeinige, Einarmige, Einäugige – schäumende Humpen Rotbier weiter. Ismayl blickte hinauf und fragte sich, ob Ignaz wohl den Schreiner kannte, der den *Invaliden* so verziert hatte, oder ob die Schnitzerei älter war. Über diesen Teil der Stadt wusste Ismayl bedauerlich wenig – ein eigenes Viertel für Hübschlerinnen und Liebesdiener! Ob die Menschen, die nun in den Häusern wohnten, wohl davon wussten? Er musste ein paar Geschichten in Erfahrung bringen …

Doch seit keine Dichter mehr auf freiem Fuß waren, war es immer schwieriger geworden, Menschen dazu zu bringen, Geschichten zu erzählen. Ismayl nahm eine Feder vom Gürtel.

»Das ist die falsche Fechtwaffe«, spottete Dawyd, und sein Atem malte Dunst an die Scheiben.

*Wenn du wüsstest*, dachte Ismayl. *Manchmal ist die Feder mächtiger als das Schwert.* Doch dieser Gedanke blieb schal. Für ihn war der Entschluss, sich Ignaz' Sache anzuschließen, leichter gewesen als für Dawyd. Er hatte erfahren müssen, dass auf kurze Sicht nichts mächtiger war als das Schwert. Dass das Schwert die Feder zerhacken konnte, bis ihre kleinen Äste in alle Himmelsrichtungen davonwirbelten, langsam, aber unausweichlich dem Boden entgegen. Ismayl schüttelte den Gedanken ab.

»Immerhin ist sie nicht magnetisch«, erwiderte Ismayl, nahm sein kleines Messer und schnitt den ausgefransten Kiel der Feder sauber an. Die Reste rieselten zu Boden. Nun konnte er wieder damit schreiben, und das würde er vielleicht noch bitter nötig haben, je nachdem, was im Sandhaus vor sich ging. Das Schwert war mächtiger als die Feder – doch wenn er schnell genug war, würden Schwerter vielleicht in ihren Scheiden verweilen, und der Feder würde ein kurzer Sieg zuteil.

Dawyd drückte beinahe zaghaft die Klinke – die Tür öffnete sich knarrend. Die Schankstube lag dunkel und voller alter Gerüche vor ihnen. Das schwere Rotbier war in jedes Holzfurnier der Wand, in jede Fliesenfuge eingezogen, und selbst in den Deckenbalken hatte sich der Geruch nach Schaumkronen und ölig-rotem Bier festgesetzt.

Sie tauschten einen kurzen Blick, dann nickte Dawyd entschlossen, sein Kiefer schob sich etwas vor, als er die Zähne zusammenbiss und eintrat. Ismayl hatte noch den Kopf schütteln wollen – er brauchte noch Vorbereitungszeit! Doch jemand wie Dawyd gab nichts auf die Befindlichkeiten von jemandem wie ihm.

Weit hinten glomm ein kleines Licht.

Dawyd zog, ohne zu zögern, sein Schwert. Ismayl verfiel in

Hektik; immer, immer hatte er zu wenig Vorbereitungszeit für seine Feinarbeit, und wen wunderte es dann noch, dass seine Feder gegen Schwerter versagte?

»Dawyd? Dawyd Iackmar?«, kam eine Stimme aus dem hinteren Teil der Schenke. »Dass du dich hertraust, Junge. Dass du dich hertraust!«

Ismayl trat ebenfalls ins Dämmerlicht der Kneipe ein, während er gleichzeitig ein kleines Tintenfläschchen aus der Tasche an seinem Gürtel fischte. Er entkorkte es und stellte es auf einen der Tische, um den herum die Stühle ordentlich geradegerückt waren. Vom Korken tropfte ihm ein wenig Tinte auf den Tisch, und nervös wischte er mit dem Daumen darüber. Dawyd hingegen schien sich zu entspannen. Das Schwert hielt er noch in der Hand, doch er stand nicht mehr in dieser Fechterpose, dieser leichtfüßigen Habachtstellung.

»Joseffe«, sagte er. »Bist du schon wach oder noch auf?«

»Noch, mein Junge«, seufzte der Ältere. »Noch. Ich räume auf. Lass mich dir ein Bier einschenken. Deinem Freund auch eines?«

Mit zitternden Fingern tauchte Ismayl den Federkiel in die schwarze Tinte. *Zu wenig Zeit. Immer zu wenig Zeit* … Von der Tür schien das graue Morgenlicht über die Feder, als das Schwarz von ihr herab in den Hals des kleinen, bauchigen Fläschchens rann.

»Ich weiß nicht. Bier, Schönauge? Oder willst du erst noch einen Brief schreiben?«

Ismayl antwortete nicht gleich. Er sah auf, schüttelte den Kopf, nickte, brachte dann hervor: »Verschenkt er immer sein Bier?«

»Wer ist das, Dawyd? Stell mir den Burschen mal vor. Wie kommt's, dass er noch nie hier war?«

Ismayl war schon zu oft Zielscheibe des Spotts solch gutgebauter junger Männer wie den Fechtern geworden, um deren Kneipen tunlichst zu meiden. Der *Invalide* im Gildenhaus war kein Ort, an dem er sich jemals freiwillig herumtreiben würde, egal wie gut die Geschichten waren, die hier erzählt wurden. Die Schenke stellte eine Einnahmequelle der Goldfechter dar. Die Stählernen, Mitglieder der zweiten Schwertfechtergilde der Stadt und Erzrivalen der Goldfechter um die Position im Zunftrat, hielten sich ebenfalls meist von der Schenke fern. Dadurch verkehrten hier fast nur Goldfechter und vermutlich der eine oder andere bezahlte Heiler, das eine oder andere leichte Mädchen und einige Schaulustige von außerhalb. Da das Geld jedoch gewissermaßen im Kreislauf zwischen Goldgilde und dem *Invaliden* versiegte, wurde der Niedergang der Gilde nur hinausgezögert, während man mit dem immer dünner werdenden Rotbier besseren Zeiten hinterhertrank.

Die Aquintianer richteten die Zünfte zugrunde. Dem Gildenrat war von heute auf morgen die Macht in der Stadt entzogen worden, bei den einzelnen Handwerksmeistern geschah es schleichend – je nachdem, für wie gefährlich man sie erachtete. Offenbar stellte es für die Besatzer kein Risiko dar, zwei Gilden unter Waffen zu tolerieren, solange ihnen allmählich das Geld ausging und sie sich in ihrer Konkurrenz gegenseitig beschäftigten. Ein Beweis mehr dafür, dass die Fechter der Goldenen und der Stählernen Gilde ihre Leibrente, um im Fall eines Militäreinsatzes als Offiziere dienen zu können, nicht verdient hatten. Solch einen Fall würde es nun ohnehin nicht mehr geben, denn nun gab es ja die Blauröcke, und sie hatten ihre eigenen Offiziere mitgebracht.

Es gab wirklich keinen Grund, warum der Wirt des *Invaliden* sein Bier verschenken sollte.

»Er ist kein Freund von mir«, sagte Dawyd, stockte dann jedoch. »Er ist nur … Er hilft mir nur ein bisschen.«

»Hält die Augen für dich offen. Deinen Rücken im Blick«, vermutete der Wirt.

»So ungefähr«, nickte Dawyd verhalten und trat tiefer in den Raum hinein – zwischen Tischen hindurch, auf die im schmalen Licht kaum auszumachende Theke zu.

Ismayl hob den Federkiel.

»Hör mal, du weißt es offenbar schon, Joseffe. War jemand hier und hat gefragt? Waren Soldaten hier? Was sagt der Gildenmeister?«

»Du bist ihm eine Erklärung schuldig, Dawyd. Er will, dass du bei ihm vorstellig wirst. Er wartet bereits auf dich.«

»Jetzt?«

Der Wirt schwieg kurz. »Du bist doch auch *jetzt* hier, oder nicht? Ich halt mich raus, Iackmar. Ich halt mich da raus. Ich will damit nichts zu tun haben.«

»Dawyd«, sagte Ismayl, der Federkiel lag beinahe auf seiner Lippe, »lass uns *draußen* mit deinem Gildenmeister reden.«

»Meister Seidenschneid zitiert deinen Freund ins Schwertzimmer, Kerl«, fuhr Joseffes Stimme harsch zu Ismayl hinüber. »Ein Dahergelaufener wird sicherlich nicht bestimmen, wo ein solch schwerwiegendes Gespräch stattzufinden hat.«

Ismayl traf einen Entschluss. Die Dunkelheit, das kleine Licht, die Stimme des Wirts – das alles schrie ihm zu, dass es längst zu spät für Dawyd war, sich zu entschuldigen.

*Ganz wie Ignaz es gesagt hat. Ganz wie Ignaz es gehofft hat! Aber ich stecke jetzt in Schwierigkeiten und nicht Dreifinger! Die Feder ist mächtiger als das Schwert – im Haus der Schwertfechter?*

Ein lächerlicher Gedanke ... Er hob die Feder zu seinem Mund, streckte die Zunge heraus und setzte den Kiel auf dem weichen, unwillkürlich zuckenden Muskel an. Er zeichnete den Halbkreis – schnell, bevor die Zunge die Tinte vom Kiel gesogen hatte! Dann die drei hohen Spitzen und den abschließenden Bogen. Bitter schmeckte das Zeichen, und er spürte, wie es dort brannte, wo die spitze Feder seine Zunge geritzt hatte. Er verschloss das Tintenfläschchen und griff es mit einer Hand.

»Dawyd und ich werden draußen warten, während Ihr den Gildenmeister ruft, Joseffe, Herr des *Invaliden* und des meisterlichen Biers, das so weit über das Sandhaus hinaus bekannt ist.«

Der Mann lachte leise auf, als sei er verlegen.

»Nun gut, junger Mann. Meisterliches Bier, jaja.«

»Dawyd, wir gehen nach draußen.«

»Ja, das ist besser«, sagte Dawyd nachdenklich. »Wenn er mich auf dem Fechtplatz sieht, wird Meister Seidenschneid erkennen, dass er einem Mann wie mir den Gildenschutz gewähren sollte.«

»Klar. Einem Mann wie dir«, sagte Joseffe ausdruckslos. Dawyd wandte sich von ihm ab, trat die wenigen Schritte zurück zu Ismayl, der rasch seinen Arm packte und ihn zur Tür schob.

»Dawyd ist kein übler Kerl, oder, Joseffe?«, fragte Ismayl über die Schulter.

»Übel, nein – ein feiner Fechter ist er.«

»Du würdest ihn doch warnen, wenn Soldaten im Sandhaus wären, oder nicht?«

Joseffes Gesicht verformte sich zu einer Maske widerstreitender Gefühle, Ismayl konnte es im Schein der kleinen Funzel erkennen. Der Wirt zischte Dawyd zu: »Sie sind hier, Dawyd. Sie sind schon hier!«

Dawyd schüttelte zweifelnd den Kopf, oder zumindest begann er mit der Bewegung, als Joseffe leise flüsterte: »Macht, dass ihr wegkommt, Jungs. Sie sind beim Meister drinnen. Haben uns heute Morgen aus den Betten geholt.«

Ismayl trat mit Dawyd in den Lichtkegel der geöffneten Tür.

»Sieh mich an«, flüsterte er und streckte dem Fechter die Zunge heraus. »Ist das Zeichen noch sichtbar?«

»Das ... das ...? Da ist etwas Schwarzes auf deiner Zunge, ja.«

Es war nur ein minderes Zeichen. Echte Entschlossenheit würde es nicht beugen und Wahrheiten nicht brechen.

In diesem Moment hörten sie Schritte – nicht im *Invaliden*, sondern in den hallenden, breiten Korridoren des Sandhauses dahinter. Eine Tür schlug auf. Stiefel klackten auf polierten Steinfliesen.

»Weg hier!«, zischte der Fechter, setzte durch die Tür, und nun war er es, der Ismayl mit sich zerrte. Der Dichter schluckte erneut bitteren Speichel herunter, er konnte regelrecht spüren, wie sich das Zeichen auflöste, wie es seine Zunge stumpf und geschwollen zurückließ.

»Halt!«, schrie eine Stimme, als Dawyd die vorletzte breite Stufe vor dem Sandplatz erreicht hatte. Er tat einen langen Schritt auf den Platz, fuhr in einer beneidenswert geschmeidigen Bewegung herum, dass der Sand unter seinen Fersen knirschte, und hielt das Schwert neben sich in einer Haltung, aus der er ebenso plötzlich zu einem Stich wie zu einem Hau ansetzen konnte.

Aus dem Haupttor des Sandhauses – linker Torflügel stumpf und stählern, rechter mit vergoldeten Intarsien versehen – traten drei Blauröcke. Ismayl wendete nervös das verschlossene Tintenfläschchen in seiner schweißnassen Hand. Er atmete scharf über seine gezeichnete Zunge hinweg ein – leierte die letzte Kraft aus dem Zeichen heraus.

»Anhalten! Der, den ihr sucht, hat sich als Verräter unter euch eingeschlichen! Schlagt ihm die Mütze vom Kopf!«

Ismayl fühlte, wie das Wortzeichen an ihren Gedanken zerrte. Zweifel säte. Dann versickerte – es war nicht mehr stark genug, um Zweifel zu Wahrheit werden zu lassen.

Der Vorderste hielt dennoch an, drehte sich wutschnaubend zu seinem schnurrbärtigen Hintermann und zerrte ihm die hohe Mütze mit der metallenen Plakette vom Kopf.

»Bist du von Sinnen?«, brüllte der dritte Soldat, offenbar ein Korporal oder dergleichen, und Ismayl packte nun wieder Dawyd, der aussah, als sei er entschlossen, es mit den Blauröcken aufzunehmen.

»Wir laufen!«, beschwor er ihn, und obwohl sein Wortzeichen abgenutzt war, nickte der Fechter und hob sein Schwert, um weder sich selbst noch Ismayl beim Laufen zu verletzen.

»Es sieht nicht so aus, als würde meine Gilde mich freikaufen«, presste er hervor, als er sich umwandte, um über den Sandplatz zu spurten. Ismayl kam kaum hinterher.

»Legt an!«, schrie der Korporal, und dem Dichter wurde schmerzlich bewusst, dass es nicht darauf ankam, ob er schneller lief als die Blauröcke, wenn die Besatzer mit Musketen bewaffnet waren. Es bewies zudem, mit welcher Vehemenz die Obrigkeit nach Dawyd suchen ließ.

Ismayl sah über die Schulter zurück, schlug Haken und machte sich klein, während ihre fliehenden Schritte wie dumpfe Trommelschläge über den Sandplatz hallten.

Vom Vordach über den drei Soldaten baumelten zwei kleine Füße. Ismayl jubelte innerlich: An der Kante über dem prunkvollen Säulenportikus saß Jendra und ließ wie beiläufig zwei rauchende Krüge auf die Steinstufen fallen. Sie zerbarsten mit einem synchronen Knall, die Donnerbüchsen spien Feuer in den Rauch, der aus den Krügen quoll, die Männer schrien – die Kugeln verfehlten Dawyd und Ismayl und blieben mit einem hässlichen Geräusch im Mauerwerk stecken. Eine durchfuhr schmauchend einen Mann aus Strohmatten, der auf dem Sandplatz als Übungspuppe diente. Ismayl stolperte, rappelte sich auf, sah noch einmal zu Jendra zurück, die ihn stumm mit zwei geballten Fäusten anfeuerte, als sei er lediglich ein Läufer beim Wettstreit auf einer Bahn.

Der Atem pfiff ihm schon in den Lungen, als er am Tor ankam, das Dawyd aufriss. Bitter krochen die Reste des Zeichens in seine Kehle, in seine Nase und ließen seine Augen tränen. Die Männer auf der großen Freitreppe arbeiteten sich hustend und röchelnd aus dem Rauch. Jendra war verschwunden, wie es ihre Art war.

Dawyd schlug die Tür hinter ihnen ins Schloss und nahm sich die Zeit, die Pforte abzuschließen. »Bring mich wieder zu Dreifinger. Und ohne ein einziges ›Ich hab es ja gesagt‹!«

Dawyd und Ismayl rannten die Höveschstraße hinab. Hinter ihnen wurde an der Pforte gerüttelt, geflucht. Ismayl war schwindelig, nicht so sehr aus Angst oder wegen des unvermittelten Laufs, sondern eher weil das Zeichen die Angewohnheit hatte, ihm mit seiner bitteren Tinte zu Kopf zu steigen. Das Kopfsteinpflaster tanzte ihm vor Augen, als Dawyd plötzlich innehielt und ihn in einen Hauseingang zerrte.

»Hier können wir rein«, sagte er und hämmerte gegen die Tür. Kostbare Sekunden später öffnete sie sich einen Spalt.

»Ruda«, strahlte Dawyd. »Du könntest mir noch einmal einen Gefallen …«

Sofort wurde die Tür geschlossen. Durch die Ritzen im Holz hörte Ismayl eine Frauenstimme unmissverständlich sagen: »Mach, dass du wegkommst, Dawyd. Ich bin dir nichts schuldig, und ich will keinen Ärger haben. Sie suchen nach dir.«

»Verdammt, verdammt, verdammt«, fluchte Dawyd und fletschte die Zähne wie ein in die Ecke gedrängtes Tier.

»Die Kanalisation also«, murmelte Ismayl und betete darum, dass er den Weg finden würde, obwohl ihm Sterne vor Augen tanzten. Er atmete ein, atmete aus – und sie rannten auf die dunkel aufragenden Reste der alten Stadtmauer zu.

Als sie das schmiedeeiserne Tor in die Tiefe öffneten, hörten sie Geschrei auf den Straßen, aufgebrachte Stimmen.

*Verdammt. Warum habe ich überhaupt die Kleidung getauscht?*, fragte sich Ismayl, als er in sauberen Hosen hinab in die Dunkelheit und das überbaute Flussbett des stinkenden Rieselbachs stieg.

Ismayl führte Dawyd diesmal ohne Umwege durch die Kanäle. Als sie jedoch an einen Punkt gerieten, den Dawyd von seiner vorangegangenen Reise in die Abgründe der Stadt wiedererkannte – einen alten, wie natürlich wirkenden Durchgang, der in blanken Fels führte und nun mit einer eisernen Platte ohne Scharniere und Klinke versperrt war –, zögerte Ismayl.

»Du willst mir doch nicht wieder die Augen verbinden«, keuchte Dawyd durch die grässlichen Dünste der Unterwelt.

»Ich …« Ismayl musterte ihn eindringlich. »Ich weiß nicht.«

Dawyd lehnte sich mit dem Rücken gegen die kalte, vollkommen rostfreie Metallplatte, die mit langen Eisenzargen im Fels verankert war.

»Ihr habt mich schon zu lange im Dunkeln tappen lassen«,

sagte Dawyd mit möglichst ruhiger Stimme, und seine Wut zu kontrollieren verlangte ihm beinahe mehr ab als die Flucht durch das Höveschviertel und die Kanalisation.

»Es war nicht meine Idee«, wehrte Ismayl schwach ab.

»Hat man dich auch gezwungen? Denunziert, jagen lassen, beinahe in einen Hinterhalt laufen lassen – damit du keine andere Wahl hast, als wieder bei Dreifinger angekrochen zu kommen?«

Ismayl wich seinem Blick gequält aus. Nur durch einen schmalen Schacht, durch den der Rinnstein der Straße seinen Schmodder in den Kanal abfließen ließ, fiel genug Licht, dass Dawyd sein Gegenüber erkennen konnte.

»Nein«, sagte Ismayl schließlich. Als er Dawyds Blick begegnete, stand jedoch wieder Feuer in den schönen Augen des Dichters – dem wahrlich einzig Schönen in seinem weichen und unansehnlichen Gesicht. »Weißt du, was mich zu Ignaz gebracht hat? Dass ich dem Tod von Menschen zusehen musste, die ich geliebt habe. Dass ich nichts mehr hatte. Nichts, außer dem Willen, nicht mehr hilflos zusehen zu wollen. Beschwerst du dich darüber, dass wir dich in Not gebracht haben, Dawyd? Sind nicht deine Eltern am Leben? Ist dein Lehrmeister nicht ein gemachter Mann? Sind deine kleinen Liebschaften nicht alle in Sicherheit? Sind nicht alle Gefahren, denen du bislang ausgesetzt warst, ein Spiel für dich gewesen?«

Sprachlos hörte Dawyd zu, wie Ismayl sich in Rage redete.

»Glaub nicht, jemand wie Jendra würde sich ein Gesicht wie deines nicht merken. Du warst einmal ganz unten, weil du den bösen Buben spielen wolltest. Deine Eltern haben dich aus den Bandenkriegen herausgeholt und dich in die Obhut eines Meisters gegeben, und dabei hat sie das Lehrgeld doch wohl beinahe ruiniert. Und das nur, weil du Gauner spielen wolltest. Als die Aquinzacken auf die Stadt marschierten, da wurdet ihr angewiesen, die Waffen ruhen zu lassen. Offizier für einen Tag wart ihr alle, und kein Blut wurde vergossen, schon gar nicht das eure. Und nun bist du auf Jendras kleinen Plan hereingefallen, dein Leben zu etwas Bedeutsamem zu machen. Glaub mir, Dawyd«, er machte eine Pause und beugte sich vor, »wir sind das Beste, was dir passieren konnte!«

Dawyd rang nach Luft, als hätte der Dichter ihm einen Schlag in den Magen verpasst. Was gab ihm die Macht, so zu reden? Lag dieses Zeichen noch immer auf seiner Zunge? Wie konnten seine Worte so tief vordringen und so feine Schnitte ziehen? Aus dem Reflex heraus stieß er dem anderen die Faust vor die Brust, sodass Ismayl zurücktaumelte, stolperte und in die ekelhafte Brühe fiel. Das Wasser spritzte auf und benetzte Dawyds Gesicht.

»Du weißt nichts über mich!«, schrie er, es hallte in dem Gewölbe des Kanals wider und war sicher noch auf der Straße zu hören, doch das scherte ihn nicht.

»Du hast recht«, sagte Ismayl mit gesenktem Kopf und blieb einfach sitzen. »Ich weiß nicht, ob du ein Held sein willst oder ein Verbrecher. Ob du Glück hattest oder ich nur Pech. Aber ergreife diese Chance, etwas zu bewirken, Dawyd das Maul. Wir brauchen jemanden wie dich. Und du wirst nicht länger im Dunkeln gelassen. Von uns nicht. Und auch nicht von den Besatzern. Die Zeit ist gekommen, dass du alles siehst.«

Dawyd schlug den Hinterkopf gegen die Metallplatte, als könne er sich Vernunft ins Hirn stoßen. Er knirschte mit den Zähnen, tausend Gedanken schwirrten ihm durch den Kopf, keiner davon fassbar. Die Ungerechtigkeit der Lage schnürte ihm die Kehle zu, der Gedanke an die Enttäuschung seiner Eltern, wenn die Soldaten bei ihnen anklopften und erneut nach ihm, einem Verbrecher, suchten. Wie damals …

»Ich bin kein Verbrecher«, sagte er schließlich. »Nicht mehr.«

Er war nur ein dummer Junge gewesen. Gelangweilt. Rebellisch. Er war nun klüger, älter, und den Hang zur Rebellion hatte er hinter sich gelassen. Oder zumindest hatte er das bis gestern Abend noch gedacht.

Er trat vor und reichte Ismayl die Hand. Der Dichter zog sich daran aus dem Kanal.

»Wir sind keine Verbrecher«, nickte Ismayl und entgegnete Dawyds Blick mit mehr als nur Erleichterung. Mit Freude. Kameradschaftlichkeit vielleicht sogar. »Wir sind der Widerstand.«

Ohne Augenbinde führte er ihn den Rest des Wegs bis zu einer Stiege, die sie in die höher gelegenen Kavernen des Bleibergs und von dort aus in den unteren Ring der Altstadt, das Bakkalau-Viertel, brachte, das traditionell das Viertel der Handwerksgesellen war. Ein absurd schmales Häuschen war vor Jahrhunderten in die Ecke zwischen zwei üppigeren Gebäuden gequetscht worden. Nun war das Dach ein wenig eingesunken, und die Fassade lauerte in beunruhigendem Winkel über der Gasse. Ein Baum davor fristete ein ähnlich gebeugtes Dasein. Ein Haus wie gemacht zum Unterschlupf für Rebellen.

Nur Augenblicke nachdem sie über die Straße gehuscht waren, öffnete sich bereits die Tür, und eine ernst dreinblickende Frau mit offenem dunklem Haar zog sie naserümpfend ins Innere des Verstecks.

»Da seid ihr endlich«, sagte sie einfach, als habe sie nichts anderes erwartet. Sie streckte Dawyd die Hand hin, obwohl er vor Schmutz starrte. »Ich bin Elisabeda.«

# Kapitel II

Elisabeda hing unter einer Brücke. Angesichts des strömenden Regens war es sicherlich vorzuziehen, sich unter die Brücke zu klammern, als darauf auszuharren. Dennoch war sie durchgefroren, und ihre Muskeln schmerzten. Wie Spinnen hingen sie, Ismayl, Neigel, Jendra und der Goldfechter in der hölzernen Konstruktion aus Stützbalken, die der Brücke Stabilität verlieh – verborgen vor den Blicken der wenigen Passanten, sie sich in diesem Sauwetter auf die Straße wagten.

»Wie lange dauert das denn noch?«, hauchte Dawyd neben ihr. Elisabeda hatte es aufgegeben, auf diese Frage, die er alle paar Minuten stellte, zu antworten. Dass Jendra den Fechter als Zugewinn für ihre Sache ausgewählt hatte, hatte sie gutgeheißen, auch wenn es nicht ohne Risiko für Ismayl und das Mädchen abgelaufen war.

Ignaz' Kernzelle des Aufstands war klein, manchmal zu klein, und Elisabeda hatte ihn lange bearbeiten müssen, damit er zustimmte, dass sie mehr – und bessere – Kämpfer benötigten. Es gab noch eine andere Gruppe im Untergrund. Bei Tageslicht führten deren Mitglieder ein Leben im Buckelviertel, und nach Dämmerungseinbruch schmuggelten sie Musketen oder verbreiteten Nachrichten oder sammelten Informationen. Doch auch diese Menschen waren keine Kämpfer, und die meisten von ihnen hatten Familien, Verantwortung. Sie riskierten bereits viel zu viel. Wer konnte schon alles geben, so wie Ignaz?

Wie sie. Sie schüttelte das dumpfe Gefühl des Verlusts ab. Trauerte Ignaz seinem alten Leben noch hinterher? Seinem Können als Schreiner? Seinen geschickten Händen? Er nahm, was er hatte, und machte daraus, was er konnte. Er hatte sie aus demselben Holz geschnitzt, nachdem sie beinahe zerbrochen war.

Mit Dawyd war es etwas ganz anderes. Sie hatten ihn in eine Lage gebracht, in der ihm keine Wahl geblieben war. *Sie* – nicht die Aquintianer, nicht die Arbeit in den Manufakturen. Sie, Elisabeda, hatte ihn zusammen mit Jendra und Ismayl in ihre Reihen gepresst, weil sie einen Mann mit seinem Können benötigten. Und dennoch – beim Großen Handwerker – fehlte es ihr an Mitleid, je mehr ihr der selbstgefällige Schönling auf die Nerven ging. Regen rann die Holzbalken herab und tropfte ihr beständig in den Nacken.

Bei der Zimmerleutsbrück handelte sich um eine Brücke von beachtlicher Höhe, wenn man die mäßige Breite des Schlangbeckens bedachte, die sie überspannte. Mit dieser Holzkonstruktion hatte sich die Gilde der Zimmerleute ein Denkmal gesetzt. Auf der Ostseite, wo vor allen Dingen reiche Bürger die Häuser am Ufer bewohnten, wurde sie von einem wuchtigen Torhaus umrahmt, einer stolzen Bürgerresidenz, die vier Stockwerke hoch in den Himmel ragte. Im Westen jedoch wachte Altmeister Ebrahym Hobelstich über den Zugang der von der Brücke ausgehenden Straße zum Großen Hultaplatz. Der Altmeister, obgleich Zimmermann, blickte ehrwürdig steinern über die Schlang, die Füße rechts und links der Brücke aufgepflanzt, sodass man zwischen seinen Beinen hindurchgehen musste, wenn man die Brücke überquerte. Natürlich war »unter Ebrahyms Gehrock schauen« zu einem feststehenden Satz in der Stadt geworden, wenn man zum Ausdruck bringen wollte, dass man den Weg zum Großen Hultaplatz einschlug.

Der Überfall wäre ihnen mit Sicherheit deutlich einfacher gefallen, hätten sie aus dem Torhaus heraus angreifen können, anstatt wie Ratten im Gebälk unter der Brücke zu kauern. Zudem war es der Alchimist Malachias, der im Torhaus mit dem spitzen Giebel wohnte. Der blasierte Kerl hatte sich schier überschlagen, um sich den Besatzern in die Arme zu werfen, kaum dass die Stadt sich ergeben hatte. Meister Malachias redete ihnen aus Sorge um seine Pfründe nach dem Mund und fand in den Aquintianern einen neuen Absatzmarkt für seine Tinkturen. Wie gern hätte Elisabeda für diese Mission seinen opulenten Wohnturm besetzt und ihn geknebelt in einen seiner Schränke voller Fläschchen mit stinkenden Lösungen und ätzenden Flüssigkeiten gesperrt. Solch eine Abreibung hätte ihm sicher nicht geschadet, doch Ignaz hatte ihnen rigoros verboten, einen Bürger Sygnas zu drangsalieren – Kollaborateur hin oder her. Elisabeda hatte nicht zum ersten und auch sicher nicht zum letzten Mal über dieses Thema mit ihm gestritten.

*Wir konnten Dawyd aus seinem alten Leben reißen. Aber bei einem reichen alten Sack Mehl wie Malachias üben wir unangebrachte Rücksicht?*

Also hingen sie nun dort, Flusswasser unter sich, Regenwasser im Nacken, und warteten.

»Jendra«, raunte Elisabeda nach links. »Sie sind spät.«

»Keine Sorge.« Das Straßenmädchen strahlte. »Sie werden kommen. Die Ratten haben es gehört, und die Spatzen pfeifen es von den Dächern. Ich sehe aber besser noch mal nach meiner Überraschung.« Behände zog sie sich nach oben, kraxelte von Balken zu Balken und verschwand über die Brüstung auf die Brücke. Dawyd gähnte demonstrativ neben Elisabeda.

Kurze Zeit darauf schob sich Jendras Schopf kopfüber in ihr Blickfeld. Nasse Strähnen klebten an ihrer Stirn. Sie grinste und hob eine faustgroße Tonkugel. Die Miene der Schmiedin verfinsterte sich, als sie das Symbol darauf erblickte. Rauten und Wellen – geläufige Zeichenfragmente der Alchimie. Und darunter die Sigille der Werkstatt des Meisters Malachias.

Ismayl murmelte: »Das hätten wir uns ja denken können, als du uns ein großartiges Ablenkungsmanöver in Aussicht gestellt hast.«

Schmal-Jendra nickte eifrig. »Genau. Feuerpulver. Laut, bunt und vor allem heiß.«

»Ignaz reißt dir den Kopf ab, wenn er davon erfährt«, knurrte Elisabeda. Sie fixierte Jendra mit wütendem Blick, zuckte dann aber mit den Schultern. »Aber was soll's? Meister Malachias wird den Verlust einiger Feuertöpfe wohl verkraften, und Ignaz braucht die Details ja nicht zu erfahren.«

»Einigkeit scheint eure größte Stärke …«, setzte Dawyd zu einem spöttischen Kommentar an, als Elisabeda ihn zischend unterbrach: »Still jetzt!«

Das Rumpeln von Rädern auf Kopfsteinpflaster schallte zu ihnen herunter, begleitet von plaudernden Stimmen mit aquinzischem Dialekt. Sie kamen rasch näher.

»Es geht los!«, hauchte Elisabeda.

Neigel, der Müllerlehrling, bisher von stoischer Ruhe erfüllt, leckte sich über die Lippen, legte sich auf eine Querverstrebung zurück und spannte seine Armbrust, deren Sehne er mit einem Greifarm zurückbog. Ismayl zog sich an den Balken hoch, das lange Messer glitt aus der Scheide in seine Hand, ein wenig unbehaglich sah er Elisabeda an. Sie wusste, dass er sich im Kampf unwohl fühlte, doch in dieser Mission musste das Schwert gezogen werden, damit die Feder erhalten blieb. Für niemanden war der Inhalt der Kutsche wichtiger als für Ismayl. Für niemanden würde es fataler sein, wenn sie scheiterten.

Jendra jedoch kam die wichtigste Aufgabe zu. Sie hatte zuvor ihren Zinken ins Brückenholz geritzt. Nun vollendete sie das Verborgene Zeichen, dessen Kenntnis sie unverzichtbar für Ignaz' Sache machte, indem sie die letzten Striche mit dem Messer ins Holz grub. Zunächst unmerklich wurde das Licht der Fenster und Laternen in der regenverhangenen Nacht gedämpft, als wickelten sich hauchdünne Seidentücher in immer mehr Lagen darum, bis es schließlich so aussah, als balle sich Nebel um die Lichtquellen. Gleichzeitig wurde es eisig kalt, als die Dunkelheit des Verborgenen Zeichens die Brücke eroberte.

Keinen Moment zu spät, denn das schwere Fuhrwerk polterte über die Bohlen der Brücke. In der Mitte des schlanken Bogens, gleichermaßen weit vom Torhaus wie von der Statue entfernt, stießen die Wachen erste Warnrufe aus, als die Finsternis zum Schneiden dick wurde. Doch die Rufe waren gedämpft, als verschlucke die unnatürliche Dunkelheit nicht nur Licht, sondern auch Schall.

Stille und Finsternis umfing die Aquintianer, als das Feuer der Lunte die Feuertöpfe fand – und Stille und Finsternis zerfetzte.

Dawyd fand noch Muße, heftig zu fluchen, während er die Balkenkonstruktion erklomm. Vor wenigen Tagen war er ein ehrbarer Fechter der Goldenen Gilde gewesen, mit vielleicht etwas mehr Glück als Verstand und definitiv zu viel Mitleid mit Straßenkindern. Nun war er ein Aufrührer. Einer der berüchtigten Leute des Ignaz Dreifinger. Einer von denen, die der Geheimpolizei der Aquintianer besonders am Herzen lagen.

Er konnte nicht leugnen, dass dieser Gedanke trotz all seines inneren Widerstands einen gewissen Reiz hatte. Während er sich behände durch das in schmauchende Trümmer gefetzte Geländer auf die Bohlen der Brücke schwang, ließ er sein Schwert aus der Scheide fliegen.

Chaos erwartete ihn.

Pulverdampf, Feuer, das panische Wiehern von Pferden, hektische Rufe eines Offiziers nach Ordnung – übertönt von unnatürlich gedämpften Schmerzensschreien. Überall lagen Holztrümmer herum. Ein Schuss löste sich, blind abgefeuert in den Hexenkessel aus Rauch und Flammen und Dunkelheit.

Das Geräusch von berstendem Stein ließ Dawyd herumfahren. Um ihn waberte die Dunkelheit, doch die gewaltige Statue von Altmeister Hobelstich ragte daraus hervor wie ein Berggipfel aus den Wolken. Zu seinem großen Schrecken sah Dawyd, wie die Statue sich bewegte. Die Explosionen der Feuertöpfe mussten den Sockel erschüttert haben, auf dem Ebrahyms Füße platziert waren. Eines der steinernen Beine schien sich nun in prekärer Balance zu befinden: Knirschend ruckte der Altmeister und blieb dann bedenklich windschief in seiner breitbeinigen Pose über dem Nordende der Brücke stehen. Ein erneutes Beben ließ die Brücke erzittern, die ganze Konstruktion litt unter den geborstenen Balken, und schnalzend lösten sich irgendwo unter Dawyd hölzerne Zapfen aus ihren Verankerungen.

Der Donner weiterer Schüsse riss Dawyds Aufmerksamkeit wieder ins Zentrum des Geschehens. Immer noch versperrten Jendras Zeichen und der Rauch der Explosionen die Sicht.

*Du hast eine Schüsselaufgabe inne, Dawyd,* hatte Elisabeda ihn in den Plan eingeweiht.

*Ein Unschuldiger wird gefoltert und getötet werden, Dawyd!*, hatte Ismayl ihn beschworen.

*Für uns ist das unmöglich, aber nicht für einen Fechtkünstler wie dich, Dawyd!*, hatte der gutmütige Neigel ihm versichert. Nur Jendra und Ignaz hatten nichts gesagt, ihm keinen Honig ums Maul geschmiert.

*Dieser schmeichlerische Dichter! Das ist wohl meine letzte Dummheit. Aber dann soll sie wenigstens spektakulär sein*, dachte er bei sich. Er fasste den Griff seines Schwerts fester, hob ihn mit beiden Händen vor seine rechte Schulter und schritt auf die Schemen zu, die sich aus dem Rauch näherten.

»Kommt schon, ihr feigen Aquinzacken! Wer tritt gegen mich an? Zum Genüge der Goldenen Gilde!«

Seine Aufgabe war es, ihre Aufmerksamkeiten zu binden, sie zu beschäftigen, sie daran zu erinnern, dass er sich zur Schande der Blauröcke auf freiem Fuß befand, damit die anderen ihre Arbeit tun konnten. Einem gesuchten Fechter der Goldenen Gilde würden die Aquintianer den Garaus machen wollen, sie würden ihn als größte Bedrohung ausmachen, doch die Dunkelheit würde sie fehlleiten. So war jedenfalls der Plan.

*Außer eine Kugel trifft mich in den Kopf und beendet die Sache vorzeitig*, fuhr es ihm schmerzlich durch denselben, denn die eisige, in die Schichten der durchnässten Kleidung dringende Dunkelheit gewährte ihm zwar Schutz vor den zielenden Blicken und die erste Salve war bereits verschossen, doch die Winkel, in denen er sich ihnen nähern konnte, waren begrenzt, und ein paar nachgeladene und wohlgeratene Schüsse konnten Dreifinger rasch wieder seines Fechters berauben.

*Und würden sie mir wohl eine Träne nachweinen?* Musketen – sie waren der Grund, warum Aquintien das freie und ehrwürdige Sygna überhaupt hatte einnehmen können. Er glaubte, das Feuer aus den Mündungen züngeln zu sehen – aber nein, dieses Kind, Jendra, war mit ihrer diebischen Dunkelheit großzügig gewesen. Kein Licht, kein Feuer – und der einzige Schemen, der sich vor ihm aus der Finsternis schälte, schoss nicht. Er raste stattdessen auf ihn zu – mit einem Wiehern –, weitere Schemen gesellten sich galoppierend hinzu!

Dawyd sah sich nicht mit Blauröcken, sondern deren Gäulen konfrontiert. Elisabeda hatte planmäßig die Kutschpferde von ihren Geschirren befreit, und nun rannten sie in Panik vor dem Nachhall der Explosionen und dem Knirschen und Beben der Brücke davon. Ihre Hufe trommelten wie ein Unwetter auf den Bohlen und drohten, Dawyd unter sich zu zertrampeln. Er sprang zur Seite, rollte sich ab und kam wieder hoch, die Klinge weiterhin in der Hand. Doch er hatte keine Zeit zu verschnaufen. Etwas prallte mit einem ohrenbetäubenden Krachen und Donnern auf die Brücke. Die Erschütterung ließ das Holz tanzen wie ein Spielmannsfluch und durchlief die ganze Brücke in Wellenbewegungen, die Übelkeit in Dawyds Magen entzündeten.

Der steinerne Altmeister ragte nicht mehr über der Brücke auf.

*Die Brücke bricht zusammen. Das Straßenkind hat die Brücke eingerissen!*, schoss es ihm durch den Kopf, als er sich aufrappelte. Doch er kam nicht dazu, den Gedanken zu Ende zu denken – darüber nachzudenken, was ihm blühte, wenn er zusammen mit der Brücke in die Schlang stürzte.

Er riss das Schwert hoch. Seine im Sandhaus schmerzhaft erlernten Reflexe bewahrten ihn im letzten Moment davor, aufgespießt zu werden. Ein Blaurock war aus den Rauchschwaden und der Dunkelheit mit dem Degen voraus auf ihn zugestürmt. Dawyd lenkte den eher blindlings vorausgestreckten Stich mit dem Gehilz seiner Waffe ab, sodass sich die Klinge ins Holz des

Brückengeländers bohrte. Danach schnellte Dawyds Waffenhand hoch. Er rammte seine Parierstange unter das Kinn des Soldaten, sodass dessen Mütze nach hinten gerissen wurde und nur noch an der Kordel unter dem Kinn des Mannes hängen blieb. Der Goldfechter hielt den Druck aufrecht, zwang den Oberkörper des Soldaten zur Drehung über das Geländer, packte mit der Linken den Uniformgürtel, und kurz darauf stürzte der Blaurock auch schon mit einem unrühmlichen Kreischen von der Brücke, die trotz des markerschütternden Bebens immer noch hielt.

*So viel also zur berühmten Garde Aquintiens!*

Und so viel zur Qualität einer Sygnaer Holzbrücke – doch bevor seine Gedanken zur Brücke zurückkehren konnten, musste sich Dawyd schon mit den Kumpanen seines gefallenen Kontrahenten auseinandersetzen. Er konnte die anderen nicht einmal mehr erahnen, war ganz auf sich allein gestellt, während die Brücke unter ihm ächzte und er die Spannung der Balken durch die Stiefelsohlen spüren konnte. Und er war kein guter Schwimmer. Zwei weitere Klingen stießen auf ihn ein, während ein dritter Soldat mit hektischen Stößen seine Muskete nachlud.

*Drei gegen einen.* Dawyd musste zusehen, dass er seine Feinde schnell loswurde, wenn er das hier an einem Stück überstehen wollte – und täuschte er sich, oder hatte sich die Dunkelheit bereits wieder ein Stück gehoben? Wie viele warteten noch darauf, dass sie wieder besser zielen konnten, um ihre zweite Salve zu verschießen?

Er wartete nicht darauf, dass die drei Soldaten ihn in die Zange nahmen, sondern stürmte in den Stich des Mannes zur Linken hinein. Er fing den schmalen Degen mit dem starken Teil seines Schwerts, nutzte die Kraft, die er dort ansetzen konnte, um die gegnerische Waffe nach oben über seinen Kopf hinweggleiten zu lassen, und bohrte gleichzeitig seinen Ort, die Schwertspitze in der Sprache der Fechter, durch die Brust seines Feindes. Eine schnörkellose Standardriposte, aber effektiv gegen einen im Zweikampf ungeübten Blaurock.

Klinge zurückziehen. Sofort ein, zwei Schritte zurückweichen, Stahl zwischen sich und die zuckenden Stiche des zweiten Soldaten bringen. Danach senkte er die Spitze des Schwerts zu Boden. Diese Schwerthut stellte Dawyds schmalen Grat zwischen einer wohlüberlegten Einladung für einen Angriff und bloßem Leichtsinn dar. Dawyd behielt die Nerven, hieb mit der Klinge im rechten Moment in einem weiten Bogen nach oben, der vorzuckende Degen wurde aus dem Weg geprellt, öffnete eine Blöße, und der Schnitt, der sofort als Abwärtsbewegung auf den Bogen folgte, färbte eine blaue Uniform rot.

Der Körper des Feindes war noch nicht ganz zu Boden gesackt, da blickte Dawyd in die geladene Büchse des dritten.

*Zu langsam!*

Das waren seine letzten Gedanken, als er die Augen schloss. Dawyd wusste, wann er verloren hatte, aber er war nicht hartgesotten genug, um dem Tod offenen Auges ins Gesicht zu blicken. Ein Ruck ging durch den Soldaten, das spürte er. Aber statt des alles beendenden Knalls geschah – nichts. Selbst die Brücke blieb für einen Moment still, auch wenn sie sich inzwischen in einer verzogenen Schräglage befand.

Vorsichtig öffnete Dawyd das rechte Auge. Vor ihm sackte sein Gegner zu Boden, ein Bolzen ragte aus seinem Hals heraus. Er röchelte mit schmerzverzerrter Miene, blutige Bläschen vor dem Mund. Dawyd wagte es, auch das andere Lid zu heben, und blickte auf Neigel, der ihm mit der Armbrust zuwinkte. Er strahlte den Mühlknappen mit einem Gefühl puren Glücks an und bemerkte erst nach einigen Augenblicken, dass er bereits sehr viel weiter sehen konnte – sogar der Wagen, nun verkeilt auf der Brücke stehend, hatte sich aus den Dunkel geschält.

Dort schlug Elisabeda mit einem Hammer auf das Vorhängeschloss der Kutsche ein, auf die die Bezeichnung »Gefängniswagen« ob der schweren Eichenplatten und Eisenbeschläge sehr viel eher zutraf. Zu Elisabedas Füßen lag einer der Blauröcke niedergestreckt. Wie viele von den Kerlen liefen hier herum? Kein schlechter Begleitschutz für einen einzelnen Wagen!

Bei jedem Schlag der Schmiedin loderte das Zeichen, das in ihren Hammer eingraviert war, rötlich auf, und bald glühte auch das Schloss selbst vor Hitze. Noch ein Schlag, und es fiel herab.

Elisabeda öffnete die Tür und zog einen in Lumpen gekleideten Kerl mit Handschellen und Knebel heraus. Der Alte knickte sogleich ein, und Ismayl, das blutige Messer in einer Hand von sich streckend, lief hinüber, damit sie ihn zu zweit stützen konnten.

Doch sie würden nicht weit kommen, denn ein Blaurock, den Schulterklappen zufolge ein Sergeant, rappelte sich von dort auf, wo Schmals Explosion ihn hingeschickt hatte, und wollte sich ihnen in den Weg stellen.

»Heda, Blaurock! Miss dich mit einem echten Gegner, oder habt ihr Aquintianer Angst vor einem fairen Kampf?«, schrie Dawyd seine Herausforderung.

Der Sergeant – mit seinem graumelierten Backenbart und dem abgebrühten Blick wirkte er wie ein Veteran – wandte sich um, spie aus und fixierte Dawyd.

»Hältst dich wohl für was Besseres, Bursche. Wenn du nicht der von der Goldgilde bist! Ich werde dir schon das Maul stopfen!« Der Soldat hob den Säbel über den Kopf in einer klassischen Hut für diese Waffe.

»Schön, dass mir mein Ruf vorauseilt. Eben jener«, Dawyd verbeugte sich, »genannt das Maul. Zu Euren Diensten!«

Dawyds Waffe war die hochwertigere. Länger, besser ausbalanciert, aus gutem Stahl gefertigt. Der Säbel des Veteranen war Manufakturware. Doch ein Säbel ließ sich blitzschnell führen, und der Kerl verstand sich aufs Kriegshandwerk.

Er wich immer wieder vor Dawyds Hieben zurück, wirbelte den Säbel gegen die Hände des Goldfechters. Für einen fatalen Angriff fehlte ihm dabei die Wucht, aber auch hundert Wespenstiche können töten. Bald schimmerte Dawyds Arm rot von blutigen Schnitten durch die Fetzen von Hemd und wattierter Jacke hindurch.

»Rebellenpack! Nie in einem Krieg gewesen, sich aber Kämpfer schimpfen! Tölpel wie du taugen doch nur, um Huren nachzu...«

»Tölpel wie ich verbitten sich diese Beleidigungen! Küsst Ihr mit diesem Mund Eure Mutter?«, fuhr ihm Dawyd ins Wort.

Er trieb seine Klinge nach vorn, nutzte die Masse seiner Waffe, um den Säbel herabzuzwingen und darüber hinweg den Unterkiefer des Blaurocks zu spalten. Der Sergeant stolperte nach hinten und landete auf seinem Hosenboden.

»Das dürfte Euch eine Weile das Schandmaul stopfen.«

Dawyd ließ den Verwundeten zurück und wandte sich zur Flucht – Ismayl und Elisabeda hinterher, die jedoch in den qualvoll langsamen Bewegungen, zu denen sie der Greis in ihrer Mitte gezwungen hatte, angehalten hatten. Auch Jendra stützte sich aufs Brückengeländer und sah zweifelnd hinab.

Er hörte Ismays gepresste Stimme: »Aber dafür brauchen wir noch mal dein Zeichen, Jendra, sonst sind wir fällig!«

Dawyd rief ihr zu: »Nichts wie weg hier. Warum ändern wir den Plan?«

Dann sah er es selbst: Die bedauernswerten Trümmer der Altmeisterstatue versperrten den Weg von der Brücke herab. Dieser Fluchtweg war vereitelt. Seine neuen Kameraden standen vor dem im Schritt geborstenen, einstmals ehrwürdigen Meister Ebrahym. Sein vorangerollter Kopf blickte sie tadelnd an. Tauben hatten seinen Kopf hinter dem Ohr großzügig geweißt.

Am anderen Ende der Brücke, im Torbogen des Alchimisten Malachias, rückte bereits die Verstärkung der Blauröcke an und bildete in diesem Moment die typische doppelte Linie aus stehenden und knienden Soldaten, in der sie ihre Musketen abzufeuern pflegten.

»Mist!«, stieß Dawyd hervor.

Elisabeda packte ihn am linken Arm – dem unverletzten. »Es gibt immer einen anderen Weg!«

Er ahnte, was sie vorhatte, und schüttelte den Kopf. »Nein, das Wasser ist doch niemals tief genug!«

Doch die starken Arme der Schmiedin zogen ihn mit sich.

Über ihnen zerfetzte eine Salve das Geländer, als die Rebellen Dutzende Schritt tief ins Schlangbecken sprangen.

Ignaz spreizte die drei Finger seiner rechten Hand und schloss sie dann wieder um das abgegriffene Holz des Ruders. Der Kahn unter ihm schaukelte sanft in der Strömung des Schlangflusses. Der Fluss, gespeist aus den zahlreichen meist überbauten Bächen und Flüsschen, die dem Bleiberg entsprangen, wand sich schmal und unspektakulär durch Sygna, doch in der Mitte der Altstadt war er bei den großen Umbauten der Gilden vor zwei Jahrhunderten aufgestaut worden, damit die Stadt sich rühmen konnte, einen schiffbaren Fluss mit prunkvollen Brücken zu besitzen so wie jede Stadt von Welt. An der Staumauer wurden mit dem abfließenden Wasser zudem Gewerke betrieben – Fallhämmer, Mühlräder und so fort.

Dass die Schlang hier beinahe stillstand, hatte den Vorteil, dass Ignaz nicht viel rudern musste, um das Boot auf der Stelle zu halten. Elisabeda hatte infrage gestellt, dass er dazu in der Lage war.

Ihre Augen waren dabei fest auf die seinen gerichtet gewesen, statt zu der verstümmelten Hand zu zucken. Er hatte die Hand vor ihr Gesicht gehoben, denn sie war schließlich der Anlass der Frage gewesen, nicht seine Augen.

Ihre Lippen hatten gezuckt, als wünschte sie sich, er würde ihre Bemühungen, die Hand zu ignorieren, nicht stets untergraben.

»Die Schlang ist ein modriger Tümpel«, hatte er gesagt. Seine drei oder vielmehr zweieinhalb verbliebenen Finger waren wieder beweglich, obwohl sie es lange Zeit nicht gewesen waren. Heilzeichen hatten zermalmte Fingerknochen zusammengefügt, Sehnen wieder wachsen lassen.

Finger konnten die Heiler nicht ersetzen, kein Zeichen der Welt würde ihm den Daumen und den Zeigefinger zurückgeben, die Lysandre Rufin, der Commissaire der Geheimpolizei, ihm unter der Folter bis hinab zum Handgelenk hatte abschneiden lassen.

»Ich kann rudern«, hatte er hinzugefügt und gelacht. »Aber klettern kann ich nicht. Du kletterst, Elisabeda. Ich rudere. Wie wir es besprochen haben.«

Also ruderte er nun.

Der Griff seiner drei Finger verkrampfte sich um den Holzschaft des Ruders. Er hatte das Boot unter die Brücke gesteuert, nah am Ufer, hinter dem vordersten massigen, von Algenschleim bedeckten Stützpfeiler, über ihm die hölzernen Bögen, Meisterwerke der Zimmermannskunst.

Es war zu dunkel unter der Brücke, um Elisabeda und die anderen in der Mitte des Bauwerks zu sehen. Er musste auf das Zeichen warten – Jendras hohen dünnen Pfiff. Doch er war geduldig. Dreifinger, Anführer der Aufrührer von Sygna, war nur dann ungeduldig, wenn er keinem Plan folgte.

Gab es einen Plan, so konnte er ertragen, dass die anderen in Lebensgefahr schwebten, dass sie entdeckt werden könnten, dass Zufall sie enthüllen könnte oder Missgeschick. Jendra würde ihm das Signal geben. Er würde den alten Dichter am Ufer auflesen und fortbringen, während die anderen, von Soldaten gehetzt, alle Aufmerksamkeit auf sich ziehen und über den Hultaplatz in die Gassen und bei der alten Stadtmauer in die Kanalisation fliehen würden, in der sich wohl kein Sygnaer und erst recht kein Aquintianer besser auskannte als Jendra und Neigel.

Ignaz lauschte in die Nacht. Nahm das Fauchen der Laternen auf der Brücke im Wind wahr. Die Brücke selbst, die jeden Tritt auf ihr als kleine Erschütterung und dumpfen Ton in den Balken über den Fluss schickte. Der Fluss, dessen träge Wellen am Fundament des Brückenbogens leckten. Die Laute der Stadt jenseits der Sperrstunde. Er hörte das Fuhrwerk bereits, bevor es am entgegengesetzten Ende der Brücke in den Bogen des Torhauses eintauchte. Als es sich dann im düsteren Tunnel von Malachias' Residenz befand, klapperten die Hufe umso lauter gegen ihr Echo an, Räder und Naben ächzten.

Dreifinger spreizte noch einmal die Rechte, um die verkrampften Muskeln zu entspannen. Er sah hinauf und wartete auf das Signal. In der Mitte würden sie die Kutsche überfallen. Elisabeda würde den Dichter zur Statue von Altmeister Ebrahym bringen. In seinem wohlmeinenden Schatten würde der Mann über Treppen hinab ans Ufer gelangen. Ignaz wartete unter der Brücke. Er würde es hören, wenn sie über ihm waren. Er atmete ein und aus. Packte den Schaft des Ruders.

Plötzlich erschütterte eine Explosion die Brücke, die Stille, die Nacht. Farbige Flammen, wie nur ein alchimistisches Gemisch sie hervorbrachte, stieben zur Seite über die Schlang, sodass Ignaz sie selbst aus seinem toten Winkel heraus sehen konnte. Er hörte das Knirschen und Bersten von Holz. Große und kleine Bruchstücke des Brückengeländers regneten herab und trafen auf dem Wasser auf. Schreie und gellendes Wiehern von Pferden, hämmernde Hufe, eine Kutsche, die sich wehrte und verkeilte und schließlich schleifend einen Satz auf den Brückenbalken tat.

Ignaz Dreifinger presste die Lippen zu einem schmalen Strich zusammen und ruderte das Boot unter der Brücke hervor, um bessere Sicht zu haben – nun würde ohnehin niemand mehr Augen für Bewegungen auf dem Wasser haben!

Rückwärts fuhr er aus dem Schatten heraus, über ihm waberte Dunkelheit auf der Brücke, und die Statue von Ebrahym Hobelstich wankte ungnädig mit der Erschütterung der Brücke, deren Balken an mehreren Stellen krachend aus den metallenen Verbundstücken brachen. Ignaz starrte hinauf, zu überrascht für einen Fluch auf den Lippen.

Es war ohnehin ein Schurkenstück, einen Gefangenentransport auf der schönsten Brücke der Altstadt anzugreifen. Wenn dabei die Brücke in Fetzen gesprengt wurde und der Altmeister zerbarst, wäre es ein Frevel, den niemand in Sygna leicht vergessen würde.

Oder vergeben.

Knirschend verdrehte sich Holz. Schnalzend lösten sich Zapfen. Malmend krachte die Statue des Zimmermanns in sich zusammen mit einem Geräusch, als würde Ebrahym aus dem Grabe heraus mit den Zähnen knirschen. Die Brücke erbebte unter dem Aufprall bis ins Mark, Schreie wurden nun auch in den Häusern laut, die die Schlang säumten. Ignaz starrte hinauf mit tausend wortlosen Gedanken, die ihm durch den Kopf fegten. Schließlich tauchte er die Riemen ins Wasser und zog das Boot weiter voran, den Kopf eingezogen, als helfe das etwas gegen die steinernen Trümmer des Altmeisters, die auf ihn herabregneten! Der gewaltige Zimmermannshammer, den der Meister gehalten hatte, verfehlte ihn und das Boot knapp.

Mit einem Schrei fiel ein Sterbender ins Wasser und tauchte nicht wieder daraus auf. Keiner von seinen Leuten. Kein Gebet zum Großen Handwerker verließ Ignaz' zusammengepressten Kiefer. Ignaz besaß kein Gottvertrauen mehr. Wenn auf den Plan, dem er vertraute, kein Verlass mehr war, vertraute er auf Elisabedas Fähigkeit, einen neuen zu ersinnen.

Nur den Alchimisten zu bestehlen war ein Plan, den sie niemals hätte ersinnen dürfen! Seine drei Finger wurden weiß, als er sie um das Ruder krampfte. Einen Gedankenblitz später schrien Stimmen, Körper trafen wie Geschosse auf der Wasseroberfläche auf, und Ignaz konnte nur hoffen, dass ihm niemand genau ins Boot sprang. Waren es Blauröcke, die flohen? War es der Dichter, den er ins Boot hieven musste? Welcher Teil des Plans war noch übrig und nicht in Fetzen gesprengt?

Doch er blieb ruhig, seine Augen arbeiteten sich durch die Finsternis des nachtdunklen Flusses. Fluchen, Prusten, das Schlagen von Armen und Beinen.

»Mein Schwert!«, gurgelte eine Stimme. Nach Luft schnappend und mit Armen und Beinen schlagend, arbeitete sich der Fechter auf das Boot zu.

»Los, weiter, bringt ihn zum Boot!«, hörte Ignaz Elisabedas Stimme, ohne die Schmiedin zu sehen.

Ein Gesicht tauchte aus den Fluten auf, zwei kleine Hände griffen nach der Bootswand, sodass Ignaz sofort sein Gewicht verlagerte. Die schmale Jendra tauchte aus den Fluten auf. Er zog eines der Ruder ins Boot und packte mit der unversehrten Linken Jendras Handgelenk. Ihre Augen rollten panisch – er wusste nicht, ob sie schwimmen konnte.

Er ließ sie los, als sie halb über der Bordwand hing und wie ein Insekt ins Boot krabbelte. Trotz ihrer zierlichen Gestalt wippte der kleine Kahn hin und her. Ein weiterer Hilfesuchender packte das rechte Ruder und riss es Ignaz aus der verstümmelten Hand. Er griff mit der Linken nach – Ismayls blasses Mondgesicht sah ihm aus dem Wasser entgegen.

»Wo ist der Meister?«, zischte Dreifinger und legte beide Hände um den Ruderschaft.

»Er … er … Wir haben ihn!« Auch Ismayl zog sich an Bord, dabei riss mit einem Krachen der wollene Rock über seiner Brust.

»Was ist mit dem Plan? Wann habt ihr beschlossen, dass ihr ein Bad und ein Boot braucht?«, bellte Ignaz. Das Boot schwankte, er tastete mit dem Ruder nach weiteren Schwimmenden. Jendra wurde zu einem kleinen, tropfnassen Häufchen Elend und schüttelte sich nur.

»Nimm die Riemen«, fuhr er Ismayl an. »Und wenn der Alte nicht mehr ins Boot passt, werfe ich euch wieder über Bord, das schwöre ich!«

Ismayl nickte zitternd. Von der Brücke krachten Schüsse in die Nacht. Das Boot kippte bedenklich, Wasser schwappte herein, als Ignaz endlich den alten Mann in Wasser treiben sah und ihn über die Bordwand zog. Mit totenstarrer Miene, als stünde der greise Dichter kurz vor einem Herzanfall, lag er im Kiel des Bootes in einer beachtlichen, eiskalten Pfütze.

»Es tut mir wirklich leid!«, kam es im Brustton der Überzeugung von Ismayls Lippen.

»Kümmer dich um das Verborgene Zeichen!«, zischte Ignaz Jendra zu, doch sie hatte bereits damit begonnen, das Zeichen, das sie am Nachmittag ins Holz des Bootes geritzt hatte, mit der letzten Linie zu vervollkommnen. Als sie ihr kleines Messer absetzte, entstand pechschwarze Dunkelheit auf dem Wasser wie Nebel – gerade in diesem Moment griff noch Dawyds Hand nach dem Bootsrand. Hatte Ignaz zuvor noch durch den Widerschein der Laternen am Ufer und die Reste des Feuers auf der Brücke Schemen ausmachen können, so war er nun vollkommen auf sein Gehör angewiesen.

»Reicht das? Sieht man uns nicht?«, keuchte Ismayl. Die erste Salve hatte sie nicht getroffen, doch oben auf der Brücke wurde nun nachgeladen, während das Ruderboot schräg unter dem Bogen taumelte wie ein herabgefallenes Blatt.

Jendra nickte. »Natürlich sieht man uns nicht! Du hast doch gesagt, es soll dunkel sein. Bin doch nicht blöd.«

Ignaz packte den Alten und setzte ihn vorsichtig auf, während der Fechter sich fluchend an die Bordwand klammerte.

Von Elisabeda und Neigel keine Spur. Die Dunkelheit lag dicht um dem kleinen Kahn.

»Niemand urteilt über seine eigene Dummheit. Das tun andere«, gab Ignaz zurück.

»Mein Schwert«, jammerte Dawyd erneut von der Bordwand, eine seiner Hände platschte vergeblich durchs Wasser – sein langes Schwert lag längst auf dem Grund der Schlang. »Mein ...«

»Zieht den Fechter rein«, schnaubte Ignaz.

»Macht schneller, haut ab!«, hörte er Elisabedas Stimme ein Stück rechts vom Boot.

»Neigel und Elisabeda kommen zurecht«, stieß er hervor und tauchte die Ruder ein.

Als die nächste Salve aufs Wasser prasselte, war das Boot bereits stromabwärts auf dem Weg zum Wehr, während die Dunkelheit sich wie Wogen ausbreitete. Bald würde es am Ufer von Blauröcken wimmeln, doch sie würden den Kahn nicht finden.

Elisabeda hörte, wie das Boot flussabwärts gesteuert wurde, während sie mit Neigel unter der Brücke Deckung vor den blind abgefeuerten Schüssen suchte. Für Neigel und sich selbst einen Fluchtplan zu ersinnen war ihr ein Leichtes. Jendra würde die anderen durch die Winkel und Hinterhöfe der Stadt in Sicherheit bringen. Elisabeda hoffte, dass der alte Dichter den Weg überstand. Wenn sie einen neuen Plan improvisieren mussten, würde sie jedoch nicht da sein, und das wurmte Elisabeda, obwohl sie wusste, dass Ignaz und die anderen nicht auf den Kopf gefallen waren.

Neigel konnte viel besser schwimmen, als sie geglaubt hatte – sie unterschätzte den Burschen immer noch. Er war eben stark und hatte dieses gutmütige Gesicht, die leicht hängenden, muskulösen Schultern. Einen Kerl wie ihn steckte man leicht in eine Schublade. Nebeneinander schwammen sie durch Jendras Dunkelheit. Schüsse krachten, doch niemand schrie, und die Kugeln trafen nur Wasser.

Elisabeda packte immer wieder nach Neigels Arm, um ihm zu bedeuten, welche Richtung sie einschlagen wollte. Ihre Kleidung klebte schwer und hinderlich an ihrem Leib, auch wenn sie nur ein Hemd und eine Hose trug und ihre Stiefel bereits abgestreift hatte. Der Hammer an ihrem Gürtel zog sie nach unten, doch sie schwamm verbissen weiter. Sie hatte den Fechter nach seinem Schwert rufen hören, als sei es ein lebendiges Wesen, das jeden Moment wieder auftauchen konnte. Sie konnte ihn verstehen, ihr Hammer war ihr genauso lieb und teuer. Sie durchbrachen die Wand aus Schatten – hinter ihnen waberte die Dunkelheit wie eisiger Nebel, vor ihnen lag ein schmaler Uferstreifen. Dahinter ragten die Stadthäuser oberhalb der Ufermauer auf. Sie mussten dorthinauf – wenn sie sahen, dass die Blauröcke Ignaz und den anderen zu nahe kamen, mussten sie die Truppen ablenken, eine falsche Fährte legen.

Als sie sich zitternd und unbeobachtet in der ganz gewöhnlichen Dunkelheit der Nacht aus dem Wasser zogen – Neigel reichte ihr eine Hand, die sie dankend annahm –, spähte sie bereits zurück über die Schlang und zur Brücke hin. Ihre Zähne schlugen zusammen, doch die Kälte wurde von der Notwendigkeit vertrieben, den Überblick zu behalten, wenn das hier zu ihren Gunsten ausgehen sollte.

*Zu unseren Gunsten! Außer dass wir eine Brücke zerstört und sämtliche Blauröcke der Stadt alarmiert haben!* Sie konnte nicht behaupten, glücklich mit dem Verlauf der Nacht zu sein. *Jendra. Es waren diese Feuertöpfe. Wenn sie nicht … Nein.* Das war das Erste gewesen, was Ignaz ihr eingeschärft hatte: Kein ›wenn nicht‹ oder ›wenn nur‹.

Alarmglocken schellten, Befehle hallten durch die Straßen, Soldaten rannten zur Brücke. Sie sah ihre Schemen am anderen Ufer.

»Wie wäre es mit einer Ablenkung?«, fragte sie Neigel.

»An was denkst du?«, fragte seine ruhige, dunkle Stimme, nur wenig beeinträchtigt vom kalten Wasser und der Anstrengung.

Sie überschlug ihre Möglichkeiten. Der Hultamarkt lag nicht weit entfernt, ebenso wenig wie das Weberviertel mit seinen neuen Manufakturen und verdoppelten Patrouillen. Dazwischen die Wohnhäuser schlafender Bürger. Ein bestimmtes Wohnhaus, sie spürte seine Position wie ein Jucken zwischen den Schulterblättern.

Nein, sie würde nicht noch mehr Leute, die beschlossen hatten, nicht zu kämpfen, in diesen Kampf mit hineinziehen. Es war ihre eigene Entscheidung, und Elisabeda hatte dieselbe einst genauso getroffen wie diese Menschen. Und es später bereut.

*Wenn nicht … wenn nur …*

Neigels Hand legte sich auf ihre Schulter, bevor sie einen Entschluss fassen konnte.

»Da!«, stieß er hervor. Sie fuhr herum, gerade rechtzeitig, um einen ausgemergelten Mann aus den Schatten der Ufermauer wanken zu sehen. Er hielt eine Flasche in der Hand und war offenkundig betrunken.

»Nen Schluck? Nach dem kalten Bad?«, bot er ihr an, als er bis auf zehn Schritte heran war.

»Was willst du?«, zischte sie.

»Sie sind in Sicherheit. Das Netz sagt es«, lallte der Mann schlicht. Langsam schälten sich seine Züge aus der Dunkelheit, die nur von den fernen Laternen des Hultamarkts erleuchtet wurde.

»Das Netz«, sagte Neigel und pfiff durch die Zähne.

»Helft ihr uns jetzt doch?«, fragte Elisabeda.

»Wir beobachten nur. Jeder Faden sagt es dem anderen. Ich sage es euch. Einen Schluck?« Er winkte noch einmal mit seiner Flasche.

»Nein, danke. Wir haben noch einen weiten Weg vor uns«, sagte Elisabeda grimmig, packte Neigel am Arm und machte sich auf den Weg zu einer der Treppen, die vom Ufer in die bewohnten Gebiete oberhalb führten. Die dunkleren Gassen der Stadt empfingen sie.

# Kapitel III

Elisabeda wusste, dass es in Ignaz brodelte. Er hatte ihr keinen einzigen Blick zugeworfen, seit sie völlig durchnässt im verlassenen Haupthaus des Zunftgerichts angekommen waren. Sie hatte sich mit Neigel noch in Gassen voller Unrat und in ausgebrannten Häusern verkriechen müssen, bevor sie endlich wohlbehalten im Versteck im Keller des Zunftgerichts angekommen war, und der verfluchte Schreiner sah sie nicht einmal an!

Ismayl reichte ihr trockene Kleider, Männerkleidung. Obwohl auch Schürzen und Röcke zu Verkleidungszwecken in den Verstecken deponiert waren, ging doch nichts über Hosenbeine, wenn es schnell gehen musste. Elisabeda trocknete sich ab, zog sich um und sah dann kurz zu Ismayl hinüber. Der junge Dichter hockte nun neben dem alten Dichter, der auf einer wurmzerfressenen Sitzbank lag und mit schwerem Röcheln atmete.

»Wie geht es ihm?«, fragte sie Ismayl. Auch er zitterte noch, sein Haar war nass, und er warf einen sehnsüchtigen Blick zu Schmal-Jendra hinüber, die sich bemühte, auf dem steinernen Boden ein Feuer zu entzünden, um einen heißen Tee zu brühen.

»Ich weiß nicht. Er ist sehr ausgezehrt. Sie haben ihn nicht gut behandelt.«

»Und wir haben ihn nicht gut gerettet«, knurrte Elisabeda, doch sie sagte es eher, um eine Reaktion von Ignaz zu provozieren. Der verließ einfach nur den Raum. Mit einer Lampe in der Hand stieg er über die Schwelle in die stickige Nebenkammer, von der Elisabeda wusste, dass dort vergilbte Akten in ledernen Kladden ruhten.

»Wieso?«, brach es aus Dawyd hervor. Der Fechter saß auf einem Hocker, tastete an dem Verband um seinen Unterarm herum und zog die Brauen zusammen. »Es hat keiner von uns beim ewigen Großen Handwerker vorstellig werden müssen. Der Alte ist gerettet. Der Einzige, der etwas zu beklagen hat, bin ich: Mein Schwert liegt am Grund der Schlang, aber das ist sicherlich nichts, was du bedauerst! Wieso bist du also nicht zufrieden?«

»Es tut mir leid«, piepste Jendra, neben sich die brennbaren Trümmer eines Stuhls. Sie fütterte die Glut zunächst mit alten Akten, auf denen sich die Flammen kringelten, um sie gelb, braun und schließlich schwarz zu verzehren.

»Wir werden darüber sprechen«, sagte Elisabeda, und das Mädchen wand sich unter ihrem Blick, als erwarte sie eine Standpauke. Doch Elisabeda war es leid, die Stimme der Vernunft auf den Lippen zu führen, und obwohl sie lieber später gesprochen hätte und ohne dass Neigel und Ismayl und die beiden Neuen, Dawyd und der alte Dichtmeister, dabei waren, gab sie nun doch ihrer Wut nach.

»Schmal, vielleicht hältst du mich für deine Mutter«, zischte sie, und die Halbwüchsige zuckte zusammen. »Aber da irrst du dich. Ich habe Kinder, und ich bin hier, weil ich sie liebe und zurückhaben will. Du bist nicht mein Kind. Du erinnerst dich: Meine Söhne sind mit Kaiser Yulians Großer Armee an die Front gezogen. Aber ich führe auch eine Schlacht, Schmal, und ich führe auch Soldaten, und du bist einer meiner Soldaten, und wenn ich dir etwas befehle, dann ist es kein mütterlicher Wunsch. Sondern dann ist es ein Befehl.«

In Jendras Blick brach etwas, hatten ihre Züge vorher etwas Weiches und Nachgiebiges an sich gehabt – vielleicht Reue –, bildete sich nun etwas Hartes und Scharfkantiges heraus – Stolz. Diesen Blick bohrte Jendra wie eine Glasscherbe in Elisabedas Augen, dann wandte das Mädchen ihn ab und spie wütend auf den Boden, in die Flammen starrend.

Niemand sagte etwas. Elisabeda sog den Atem ein und folgte Ignaz in den Nebenraum. Sie schloss die Tür. Ignaz stand vor einem großen Schrank und starrte hinein, als fände er darin nicht völlig unbedeutende Relikte einer alten Rechtsprechung, sondern Antworten auf dringendere Fragen.

»Sprich jetzt mit mir, Ignaz«, knurrte Elisabeda und lehnte den Rücken an die Tür. Je eher, desto besser, und danach würde sie vielleicht die harschen Worte zu Jendra wieder ein wenig zurücknehmen können.

»Ihr habt den Alchimisten bestohlen. Habt *seine* Erfindung, eine Erfindung mit *seinem* Handwerkszeichen, gegen die Besatzer eingesetzt. Habt die Statue eingerissen. Die Brücke in Schutt und Asche gelegt. Die Garde alarmiert. Wozu brauchen wir wohl einen delinquenten Fechter als Ablenkung, wenn wir eine bunte Explosion haben?«

Elisabeda hob das Kinn. Er sah sie immer noch nicht an. Natürlich konnte sie nun sagen, dass sie nichts davon gewusst hatte. Dass Jendra den Diebstahl begangen und die Brandtöpfe gezündet hatte. Doch sie war der Hauptmann, und wenn Jendra eine solche Maßnahme für nötig erachtete hatte, dann deshalb, weil der Hauptmann sich nicht gut genug vorbereitet hatte.

»Ich bedauere, dass es so gekommen ist. Aber wir haben den Dichter. Nur den Sturz ins kalte Wasser hätten wir dem armen Tropf ersparen können.«

Nun wandte Ignaz sich um. Die Lampe warf Schatten über seine Augen, hob das Silber in seinen schwarzen Locken hervor.

»Die Mitglieder der Gilden werden nicht hineingezogen«, sagte er mit einer Grabesstimme.

»Ignaz, Meister Malachias ist ein Kollaborateur«, zischte Elisabeda. »Wenn die Blauröcke jetzt seine Werkstatt auf den Kopf stellen und ihm das Handwerk verbieten, dann hat er vielleicht auf einmal mehr Mitgefühl für aufrechte Menschen, die schon vor Monaten gewagt haben, Widerstand zu leisten!«

»Es geht nicht darum, einem breitärschigen Pfeffersack Moral einzubläuen«, sagte Ignaz gefährlich leise und trat einen Schritt näher. Sie musste kämpfen, um nicht den Blick abzuwenden.

»Warum nicht?«, fragte sie. »Wer bestimmt das?«

»Ich. Wir haben andere Ziele.«

»Und wenn wir auf dem Weg dorthin die Gelegenheit erhalten ...«

»Nein.« Seine Stimme war so leise. So dunkel wie ein Schacht in Gedanken, die sie nicht lesen konnte.

»Wenn wir die ehemaligen Gilden aufwecken ... wachrütteln können ...«

»Nein!«, fiel er ihr ins Wort.

»Warum nicht? Wer soll uns helfen, wenn nicht sie? Wie soll es uns gelingen zu überleben, wenn wir keine Hilfe erhalten?«

»*Ich* bin für das Ziel zuständig, Elisabeda. *Du* für den Weg.«

Sie verschränkte die Arme vor der Brust und wandte den Blick ab. Ignaz war zwei Jahre jünger als sie, doch auf einmal konnte sie nachvollziehen, wie Jendra sich gefühlt hatte, als sie sie gescholten hatte. Wie man sich fühlte, wenn jemand, der viel eher ein Freund als ein Vorgesetzter war, einen als bloßen Soldaten behandelte. Sie zog die Schultern hoch, in ihrem Inneren war Reue zu Stolz geworden.

»Dann ist es so«, sagte sie, öffnete die Tür und ließ Ignaz bei Schränken zurück, in denen die Aufzeichnungen nur noch auf einen letzten Bestimmungszweck als Futter für Jendras kleines Feuer hoffen konnten.

Ein eingeschüchterter Heiler malte mit dem Blut des Sergeanten ein Zeichen auf das Leinen des Verbands. Der Kieferknochen war gerichtet, die grausige Wunde so gut es ging genäht – den Rest musste die Magie des Zeichens tun.

Lysandre Rufin betrachtete den gebückten, ein wenig korpulenten Heiler. Ging es dieser Stadt denn schlecht, wenn der Mann doch offensichtlich genug zu beißen hatte, um weiterhin seine Fettleibigkeit zu pflegen? Rufin versuchte, nicht auf das von einem grausamen Schwerthieb entstellte Gesicht des Sergeanten zu achten, und betrachtete stattdessen die zitternden, weichen Finger des Heilers, die nun eine dicke Salbe auf den Verband auftrugen und diesen dann quer über den Kiefer und die Wange des Soldaten platzierte. Mit wohlgeübten Händen entrollten sie einen schmaleren Verband, der das gezeichnete Leintuch an Ort und Stelle hielt. Der Sergeant, der trotz der Schmerzmittel heftig geatmet hatte, begann sich in dem dunklen Lehnstuhl zu entspannen.

Rufin trat näher, seine Finger liebkosten die Ornamente, die in den Stuhl geschnitzt waren. Die filigranen Streben, die ineinandergreifend den Stuhl dennoch zu etwas Robustem, Gemütlichem machten. Er kannte die Hände, die diesen Stuhl gefertigt hatten.

Lysandre Rufin war ein Sammler. Es ging das Gerücht, dass er die Finger der zeichenkundigen Meister sammelte, die seinem Verhör widerstanden – doch war er Aquintianer und kein Barbar. Finger gehörten auf den Abfall, zu den Ratten oder Schweinen oder … Ach, was wusste ein Mann wie er schon davon, wo Finger landeten? Nein, seine Sammelleidenschaft galt den Zeichen.

Zeichen, die Sygna groß gemacht hatten.

Zeichen, die eifersüchtig gehütet wurden und die kein Meister über die Grenzen der Stadt hatte hinaustragen dürfen.

Zeichen, die Sygna zur einzigen Stadt der zivilisierten Welt machten, in der die Handwerker regierten.

Regiert hatten. Nun regierte – nach verbissenem Kampf, nach Heldentaten, nach Opfern – Kaiser Yulian. Natürlich war es nicht ohne Hilfe von innen gegangen, nicht ohne Verrat. Welcher große Sieg kam schon ohne aus? Es hatte eines frevelnden Handwerksmeisters bedurft, der seine Gilden hinterging und Zeichen zweier Zünfte erlernt hatte. Dieses Wissen hatte er sodann aus Sygna herausgeschmuggelt, um dort zu erschaffen, was sich die ehrbaren Meister der Stadt nie zu träumen gewagt hätten: die Prototypen der Musketen und Kanonen. Aus Stahl getriebene Läufe, versehen sowohl mit Eisernen als auch mit Alchimistischen Zeichen.

Warum die Sygnaer diese Erfindung nie selbst erdacht hatten, war Rufin klar. Jeder Meister durfte nur die Zeichen einer einzigen Gilde kennen und anwenden, und wenn ein Waffenschmied sein Eisernes Zeichen auf eine Mordwaffe prägte, so war dies rechtens, aber wenn ein Mann vor den Rat trat und zugab, sich zusätzlich ein Alchimistisches Zeichen zu eigen gemacht zu haben, dann war das Verrat, und er musste im Kerker verrotten. Auch dass zwei Meister zweier Gilden zusammenarbeiteten, war verpönt – die Gilden wahrten ihre Geheimnisse. Alte Traditionen hemmten den Fortschritt.

Er fuhr mit dem Finger über die Lehne des Stuhls. Das Werk von Ignaz Dreifinger, der noch Ignaz Eicks geheißen hatte, als Lysandre die Stadt zum ersten Mal betreten hatte. Dessen Handschrift nun nicht mehr auf Tischlerwerk prangte, sondern auf Sabotageakten, Entführungen und Zerstörung.

»Ich habe ihn dazu gebracht«, sann Lysandre und sah hinab in das immer noch gequält aussehende Gesicht des Sergeanten.

»Hmm?«, presste der Mann am Verband vorbei.

»Ich habe einen Mann geformt, der nichts mehr erschafft, sondern nur noch zerstört.« Rufin lächelte wehmütig. »Aber wer kann schon immer die Konsequenz seiner Handlung absehen? Ob jener Goldfechter ... das Maul ... wohl erahnte, als sein Mitleid mit dem Straßenkind plötzlich aufflammte, dass dies der erste Schritt dazu war, vogelfrei zu sein?«

»Hng!«, bemerkte der Sergeant.

»Sergeant Pière, es ist sehr bedauerlich, dass Euch der Gefangene abhandenkam.«

Der Sergeant zog die Brauen zusammen und schien sich trotz des Verbands und der tiefen, ohne das Heilzeichen katastrophalen Wunde rechtfertigen zu wollen. Lysandre legte ihm die Hände auf die Schultern.

»Alchimistische Waffen. Die Sprengung einer Statue und die großen Beschädigungen an der Brücke. Ein Goldfechter mit zu großem Mundwerk. Sehr viele Angreifer, deren Zahl von Erzählendem zu Erzählendem beträchtlich schwankt. Durchgehende Pferde. Ich sehe, dass Ihr nichts tun konntet.«

Der Mann nickte heftig, was er offenbar sofort bereute. Er stöhnte und schloss die Augen. Der Schmerz musste durch seinen Schädel rasen. Lysandre bemühte sich, Schmerz nur von außen kennenzulernen.

»Der Dichtmeister in der Kutsche war nicht unwichtig, Sergeant. Aber das wisst Ihr natürlich. Ich sollte sie hinrichten lassen, alle Dichter, die wir noch haben. Das sollte ich.« Rufin musterte den brokatbesetzten Gobelin, der auf der Wand hinter dem Verwundeten Kaiser Yulian hoch zu Ross zeigte. »Es ist mit ihnen wie mit allen, die die Gilden, die Sygna früher beherrschten, nicht auf freiem Fuß sehen wollten: Wer ein Zeichen beherrscht, ist nützlich und zugleich gefährlich. Und tötet man ihn, beraubt man sich selbst des möglichen Nutzens. Und tötet man ihn nicht, kann es sein, dass er durch gewisse Umstände die Freiheit wiedererlangt und viel Unheil stiftet. Das ist bereits zu unserem Vorteil so geschehen. Und in dieser Nacht zu unserem Nachteil.«

Der Sergeant gab einen gepeinigten, zustimmenden Ton von sich. Wann heilte denn die Wunde nun endlich so weit, dass er wieder sprechen konnte? Rufin überlegte, sich einen der überlebenden Soldaten hereinrufen zu lassen, doch er sprach nicht gern mit Männern, die so weit unten im Rang standen. Die Gewöhnlichkeit lag schon ihren Worten inne, und Rufin war nicht geduldig genug, sich die Prahlereien von ordinären Soldaten anzuhören, die ihm gefallen wollten und auf eine Beförderung hofften.

»Die Wortzeichen sind die schwierigsten. Und gleichermaßen die einzigen, die mir einen Nutzen bringen, Sergeant. Ich habe nie ein Handwerk gelernt, und ich bin ganz gewiss nicht talentiert genug, um zum Beispiel diesem Heiler seine Zeichen abzuschauen.«

Der Heiler sah misstrauisch über die Schulter, während er über einer Schüssel, in der sich Blut und Wasser zu einem rosa Gemisch verwölkt hatten, seine Instrumente säuberte.

»Die Gilden hatten ihre Mittel und Wege, um die Zeichen nur an die Würdigen weiterzugeben. Ganz davon abgesehen, dass kein Stümper wie ich in der Lage wäre, sie mit geringer Kunst zu wirken.« Lysandre Rufin, Commissaire der Geheimpolizei, musterte den Sergeanten erneut. Der Mann war kreidebleich, doch seine Augenlider flatterten nicht mehr, als stünde er am Rande der Bewusstlosigkeit. »Ich bin kein Mann des Hammers, des Schwertes, der Heilkunst oder der Alchimie. Ich bin ein

Mann der Worte, Sergeant Pière, und deshalb waren mir die Wortzeichen, die dieser Dichter in sich eingeschlossen hatte, sehr wichtig.«

»'ntschuldigt mein V'sagen!«, presste der Sergeant hervor.

»Ist das eine Forderung? Ein Befehl? Oder lediglich eine Anmerkung zu etwas, das schon geschehen ist?«, fragte Lysandre nach.

»B... bitte!«, bemühte der Sergeant die beiden Silben deutlich aus seinem Mundwinkel.

»Eine Bitte.« Er beugte sich erneut hinter dem Stuhl über den darin eher liegenden als sitzenden Soldaten.

»Haltet Ihr mich für ein Monstrum, Sergeant?«

»N-nein!«

»Glaubt Ihr all den Geschichten?«

»Nein? Oder ... oder doch?« Offenbar wusste der Offizier nicht mehr, was Rufin von ihm hören wollte.

»Wenn Ihr ihnen nicht glaubt – bedenkt nur, wie mächtig sie wären ... hätte einer mit der Macht eines Wortzeichens sie gestreut.« Rufin hob den Kopf und begegnete dem strengen Blick in weichen Gesichtszügen, den Kaiser Yulian ihm vom Wandbehang vom steigenden Schimmel herab zuwarf. »Diese Rebellen haben weit mehr Unheil angerichtet, als es Geschöpfen eines so bescheidenen Mannes wie mir zusteht. Ich muss mein eigenes Monstrum zur Rechenschaft ziehen. Ignaz Dreifinger. Aber seid unbesorgt.«

Lysandre zog ein kleines Klappmesser aus einer Tasche seiner Uniform und holte die Klinge hervor. Er beugte sich über den Sergeanten, der ihn mit aufgerissenen Augen anstarrte, immer noch an den Händen an die Lehnen des Stuhls gefesselt, damit er den Heiler nicht während der schmerzhaften Prozedur strangulierte.

»Nein ... bitte! Verzeiht mir meine Fehler!«, flehte er, und seine Stimme nahm einen erbärmlichen hohen Ton an. »Bitte!«

Rufin setzte das Messer an und schnitt.

»Ich habe bereits einen Plan, wie ich das friedliche Sygna von diesen Aufrührern befreie. Ich brauche nur Wortzeichen. Und mehr treue Soldaten wie Euch, Sergeant Pière.«

Er schnitt einen Zipfel des Verbands ab, der beinahe in den Augenwinkel des Sergeanten geragt hatte.

»Das hätte Euch sicherlich gestört«, sagte er dann und warf den kleinen Fetzen zu Boden, klappte das Messer ein und warf dem Heiler eine Münze mit dem Antlitz des Kaisers hin.

»Gute Arbeit. Ich denke darüber nach, Heilermanufakturen zu errichten. Der Krieg fordert zu viele Tote, der Kaiser ist betrübt. Ich werde Euch darauf ansprechen, Meister der Zeichen.« Der Heiler erwiderte seinen Blick nicht und antwortete auch nicht, doch seine Hand legte sich auf den aquinzischen Weißpfennig – den Albus –, der sich auf dem blankgewetzten Holzboden von Rufins Vorzimmer in der provisorisch wieder aufgebauten Bleibergfestung gedreht hatte.

»Und nun – wenn die Dichter nicht zu mir kommen, muss ich eben zu ihnen.« Er öffnete die Tür. »Lasst mir eine Kutsche inklusive Geleitschutz kommen. Ich will zum Zunftgefängnis aufbrechen.«

Ein Diener nickte rasch. Rufin war kein Freund von Menschen, die zu tief vor ihm buckelten. Er nahm selbst seinen Gehrock vom Haken und warf ihn sich über die Schultern.

»Und lasst Jeronne kommen. Er soll sein … Werkzeug mitbringen. Auch Dichter kann man zum Singen bringen. Vor allen Dingen Dichter. Gute Besserung, Sergeant.« Und damit wandte er sich zum Gehen. Es war Zeit, dass große Ereignisse ins Rollen kamen.

Die Nacht spielte dem alten Dichter Simeon übel mit, er hustete sich beinahe die Seele aus dem Leib, hatte sich jedoch zwischen den Anfällen immer wieder bemüht zu beteuern, dass er bereits in den Kerkern des Zunftgefängnisses an Husten, Ausschlag, Durchfall und Schlimmerem gelitten hatte. Ismayl hatte bei dem alten Mann wachen wollen, war jedoch immer wieder in einen unruhigen Halbschlaf gesunken. Ignaz war wieder aus seiner selbsterwählten Einsamkeit hervorgekommen und hatte sich zu Elisabeda und Dawyd an das kleine Feuer gesetzt, dessen Rauch sich unter der Decke sammelte. Das alte Zunftgericht war nicht ihr komfortabelstes Versteck. Sie nutzten zahllose Unterschlüpfe in der ganzen Stadt – Sygna war nicht nur eine in verwinkelten Lagen wuchernde Großstadt, der Krieg hatte ihr auch noch übel mitgespielt und ließ viele Häuser leerstehen, abbruchreif und marode, von Feuern oder Einschüssen gezeichnet oder von den Lebenden gemieden.

Das Zunftgericht war als eines der ersten Häuser von den Blauröcken abgesperrt worden. Zutritt unter Lebensgefahr verboten, hatte es geheißen, und doch bestand die Gefahr nicht im Gebäude selbst. Das Verbot war ein Symbol dafür, dass die Gilden für null und nichtig erklärt waren. Soldaten patrouillierten hier ab und an, und nur der Keller des großen, weiträumigen Prunkgebäudes bot genügend Schutz vor neugierigen Augen. Wenn sie den Ort verließen, mussten sie alles mitnehmen, was sie hergebracht hatten, damit ihnen die Geheimpolizei des Roten Rufin nicht auf die Schliche kam.

Doch es war nicht nur karg hier, es war zudem eiskalt. Der Frühling hatte verregnet begonnen, und die wenigen Sonnenstrahlen vermochten das Gebäude aus massigen Steinquadern nicht zu wärmen. Ismayl, in seine Decke eingewickelt, glaubte, dass die Kälte auch noch aus jenen sagenhaften unterirdischen Kavernen hochzog, zu denen angeblich nur die Meister der Meister Zugang hatten.

Ach, all die Geschichten, die sich im Laufe der Zeit in Sygna angesammelt hatten! Ismayl hatte Aufnahme in die Gilde der Dichter gesucht, weil ihn diese Geschichten mehr beeindruckten als die bunten Gebilde aus Glas, die sein Vater und seine Brüder geblasen und für teures Geld verkauft hatten.

»Dichtkunst ist ein Beruf für die Grille, nicht für die Ameise«, hatte sein Vater ihm gesagt. »Und du bist eine Ameise, weil du aus einer Familie der Ameisen kommst.«

»Es ist ein Handwerk wie jedes andere auch«, hatte Ismayl abgewinkt. Sein ganzes Leben lang hatte sein Vater versucht, sich eines Zeichens würdig zu erweisen, doch er war daran gescheitert. Vielleicht war er doch eine verkleidete Grille gewesen.

Ismayl hatte von seinem Lehrmeister kurz nach der Gesellenprüfung eines der Wortzeichen gelehrt bekommen und wusste seither, was für eine Verpflichtung es war, eines der zahlreichen Zeichen zu besitzen, mit denen die Handwerker Sygnas ihre Werke veredelten.

Für ein Zeichen brauchte man Hingabe. Man brauchte Treue. Und man musste alle möglichen Schwüre leisten, mehrere Schriftstücke unterzeichnen und sich registrieren lassen. Man musste zeigen, dass man nicht nur sein Handwerk virtuos beherrschte, sondern dass man die Art und Weise verstand, das Zeichen zu wirken.

»Ich gebe dir das Zeichen, das die Menschen an dich fesselt, auf dass deine Worte in ihrem Geist einen tieferen Sinn ergeben als das, was deine Zunge auszudrücken vermag.« So waren die Worte seines Meisters gewesen, der ihm das Zeichen verliehen hatte. Ismayl hatte lange geübt, sich lange selbst diszipliniert, bis endlich seine eigenen Gedanken, nicht nur die Finger, die die Feder hielten, den Weg des Zeichens finden konnten. Es war, als wäre eine Muskete in seinem Kopf abgefeuert worden: Die ganze Zeit hatte er die Ahnung gehabt, dass es geschehen konnte, dass es ihm möglich war, und dann, als hätte er einen zuvor nicht dagewesenen Abzug betätigt, war es ihm wie ein Krachen mitten ins Hirn gefahren und hatte alles verändert.

Sein ganzes Leben. Bevor die Aquintianer kamen und es noch einmal auf den Kopf stellten.

Ismayl erinnerte sich daran, wie auch ihm die Verhaftung gedroht hatte. Wie sein Meister Widerstand geleistet hatte, mitten auf dem Großen Hultamarkt hatte er plötzlich gesprochen und ein Wortzeichen benutzt, das zu den Höheren zählte, weil man es nicht mehr auf die Zunge malen musste. Es war das Zeichen des Chors gewesen. Ismayl hatte es erkannt, und mit einem Chor von Stimmen hatten sich Hunderte erhoben. Bürger, Gefangene, Verängstigte – selbst einige Soldaten hatten sich dem Chor von Meister Aramaeis nicht entziehen können.

Nicht das Verlaufen der Tinte beendete dieses Zeichen. Der Stich mit einem Degen durch die Rippen des Dichters hatte es beendet. Ismayl hatte sich auf ein Dach gerettet und gesehen, wie es weitergegangen war. Gesehen, wie sie die übrigen Dichter knebelten und fesselten und fortschafften. Wie sie Bürger niederhieben und niederschossen, als wären ihre Leben im Gegensatz zu jenen Wortzeichenwirkern nichts wert. Und dann hatte er den Roten Rufin gesehen, der neben Aramaeis niederkniete, seinen Mund öffnete und die Zunge mit spitzen Fingern hervorzog, als erwarte er, etwas darauf zu finden.

Ismayl schrak auf, sein Halbschlaf hatte ihn an Orte geführt, die er normalerweise mied. Sein Blick aus schmerzenden, verschlafenen Augen fuhr zu Ignaz' Hand. Um ein Zeichen zu wirken, benötigte man all sein Können, all seine Kraft. Kein Mann, der Daumen und Zeigefinger so vollständig verloren hatte, würde jemals wieder eines wirken können.

Ignaz sah zu ihm herüber. Er lehnte rückwärts an der Wand, und Elisabedas Kopf ruhte an seiner Schulter, das Gesicht immer noch ernst und voll Missachtung, trotz der Haltung, in die sie unbewusst schlafend gesunken war. Schlief Ignaz denn nie? Oder schlief er, und Ismayls plötzliche Bewegung hatte ihn geweckt? Auch Simeon begann wieder zu husten, und kurz darauf war der ganze Raum wach.

Ismayl stöhnte. Er wusste nicht, ob er überhaupt geschlafen hatte, doch Jendra fuhr neben ihm am Feuer hoch und fragte: »Ist es schon Morgen?«

Elisabeda rückte von Ignaz ab, Neigel brummte: »Nein, sicher noch nicht«, und Dawyd jammerte nicht nur über die Wunden unter seinem Verband, die ganz ohne Heilzeichen zusammenwachsen mussten, sondern lautstärker noch über den Verlust seines Schwerts in den Fluten der Schlang. Es kam Ismayl schon wie ein altes Lied vor.

»Ich … möchte … trinken«, röchelte der alte Dichter. Ismayl half ihm, sich halb aufzusetzen, und hielt ihm einen Becher mit Wasser an die Lippen. Der Alte trank gierig, hustete danach jedoch umso mehr.

»Meister Simeon«, sagte Ignaz schließlich, und Ismayl schrak zusammen, denn er hatte nicht bemerkt, dass Dreifinger so nah hinter ihm stand. »Kennt Ihr den Gesellen Ismayl Schönauge?«

»Nennt mich … nennt mich Zunftmeister Simeon«, brachte der Alte mit heiserer Stimme hervor. Ismayl erbleichte, sein Herz setzte einen Schlag aus.

»Was ist mit Zunftmeister Phelip?«, fragte er ungläubig.

»Er starb.«

»Aber es heißt … sie lassen alle Dichter am Leben, weil sie die Zeichen wollen.«

»Er nahm sich das Leben«, sagte Simeon, seine Nasenflügel bebten, als er nach Atem rang. »Er biss seinen Knebel durch und überredete eine Wache, ihn zu töten. Da ich sein Stellvertreter war … bin ich nun Zunftmeister der Dichter von Sygna. Und ich kenne dich, Schönauge. Der Junge, dem die Herzen zufliegen, obwohl er nicht danach aussieht. Ich erinnere mich an deinen Gesellenvortrag vor dem Gildenrat und daran, wie lange sie noch davon berichteten. Und das ganz ohne Zeichen.«

Ismayl wurde ein wenig rot, obwohl er es hasste, wenn ihn jemand so unumwunden auf seine körperlichen Mängel ansprach. Er wusste, der Zunftmeister hatte es als Lob und nicht als Spott gemeint.

»Könnt Ihr mich Zeichen lehren?«, fragte er deshalb, und seine Stimme war viel leiser als beabsichtigt.

»Wenn ich lange genug lebe, Schönauge, dann lehre ich dich alles, was ich weiß. Die Aquintianer haben es verdient, dass du die Zeichen lernst.«

»Auch Ismayl hat es verdient«, sagte Ignaz mit wärmerer Stimme als zuvor.

»Es ist zweitrangig, wer was verdient und was die Gilden vorschreiben, wenn es darum geht zu bewahren, was unser ist. Die

Aquintianer müssen sterben, Schreinermeister Eicks!«, sagte der Alte plötzlich mit heftiger Entschlossenheit.

»Dreifinger nenne ich mich jetzt«, sagte Ignaz.

»Nehmen sie uns nun also auch schon unsere Namen weg«, stellte der Zunftmeister fest, nur halb schwang die Frage darin mit. »Lange habe ich in den zeichenversiegelten Gefängnissen der Gilde gesessen, Eicks. Erzähle mir, was geschehen ist, seit sie die Dichter gefangen nahmen. Oder nein, lass den Burschen erzählen. Er muss üben, wenn er Zeichen lernen will.«

Dawyd stöhnte.

»Ihr wollt Geschichten erzählen? Schlafen wäre mir lieber! Einen Heiler aus dem Bett zu zerren auch. Oder besser noch: Einen Schmied! Ich habe nicht einmal Geld, ich hoffe, ihr könnt mir das Schwert ersetz…«

»Still«, sagte der Dichter, und Ismayl fühlte die Kraft des Wortes. Es lag noch kein Wortzeichen darin, nur die Erinnerung an bereits gesprochene, die im Mund lagen wie ein süßer oder bitterer Nachgeschmack. Der Raum wurde wieder still. »Ismayl Schönauge. Sprich.«

Und Ismayl sprach. So Vieles war geschehen, seit die Dichter fortgeschafft worden waren. Eingekerkert. Gequält. Simeon hörte Ismayl zu, und auch die anderen lauschten seinen Worten, als erzähle er ihnen etwas Neues. Der alte Dichter legte den Kopf zurück, Schweiß stand auf seiner Stirn, und bei jedem Atemzug quälte sich seine Lunge. Simeon schloss die Augen, doch seine Mimik verriet, dass er nicht schlief. Ismayl erzählte zu ihm gewandt, die weisen tiefen Gesichtszüge musternd. Als er geendet hatte, öffnete der Alte die Augen. Er keuchte und machte Ismayl einmal mehr schmerzhaft bewusst, dass der Sturz von der Brücke ihn schwer mitgenommen hatte, bevor er fragte: »Aber wenn sie in den Manufakturen Werkstücke mit Zeichen erschaffen – woher haben sie die Zeichen? Wer hat sie wem gelehrt? Und wer wirkt sie dort, wenn ihr sagt, dass es einfache Arbeiter sind und nicht die Meister, die dort geknechtet werden?«

Ignaz lehnte sich vor und wischte dem Gildenmeister der

Dichter den Schweiß von der Stirn. »Es ist Zeit, dass wir das herausfinden.«

Über Dawyds Kopf baumelte ein goldener Hahn.

Er packte Elisabedas Arm, bevor sie die Türklinke ergreifen konnte. Die Frau drehte sich unwillig zu ihm um. Ihre Linke lag auf dem Schmiedehammer in ihrem Gürtel. Sie hatte diesen Hammer, was auch immer sie als Frau damit beabsichtigte – doch er hatte kein Schwert mehr, sondern nur Ismayls unwürdiges Messer!

»Was hast du?«, fragte sie ungeduldig, die Rechte tastete bereits nach der Klinke. Durch die Fensterscheiben schimmerte das Licht heimeliger, als es einer Kaschemme wie dem *Goldhahn* zustand.

»Dass wir hier jetzt stehen …«, begann Dawyd. »Ich meine … ist das unsere eigene Entscheidung, oder hat der Alte das gemacht?«

Elisabeda sah ihn an, zunächst etwas entgeistert, dann mit einem spöttischen Lachen. »Glaub mir, Goldjunge, ich weiß, wie man Zeichen wirkt, und er hat keines gewirkt.«

»Aber du bist eine Frau, und keine Frau bekommt die Zeichen gelehrt. Woher willst du es also wissen?«

Sie löste unvermittelt die Rechte von der Tür und versetzte ihm damit eine Ohrfeige, und nun wandte sich auch Ignaz zur Seite und stierte sie beide aus den Tiefen seines breitkrempigen Huts heraus an. Jendra hatte sogar Dawyd annehmbar verkleiden können, sodass man hoffen konnte, er würde nicht von patrouillierenden Soldaten erkannt. Sie hatte seine Haut mit einer Paste gedunkelt und sogar seinen Schmiss überschminkt, dazu Farbe in sein Haar gerieben, bis es rötlich glänzte. Dann hatte sie ihm die längeren Strähnen zusammengebunden und ihn in die modische Kleidung eines aquinzischen Händlers gesteckt. Die weiten Pluderhosen, die am Knie gebunden waren und von dort aus in Dawyds Stiefeln steckten, waren so bunt, dass seine Augen schmerzten.

»Au!«, rief Dawyd aus. »Was soll das?«

»Du hast mich beleidigt! Und du hast meinen Mann beleidigt!«

»Ist … ist er dein Mann?«, fragte Dawyd und deutete auf Ignaz, dessen verräterische Hand in einem schmalen ledernen Handschuh steckte. Beide hatten ihm wenig über sich selbst erzählt.

»Mein Mann war der Schmied Gabril Eisenhammer, Bürschchen!«, zischte Elisabeda und tätschelte den Hammer. »Und er hat mich gelehrt, was die Gilden mich nicht lehren wollten!«

»Und er ist tot? Oder sitzt er auch im Zunftgefängnis?« Dawyd spürte, wie er sich mit seinem Maul um Kopf und Kragen redete. Einmal mehr.

»Er ist tot«, sagte sie ausdruckslos und wandte sich von ihm ab.

»Und wenn der Dichter nun doch Wortzeichen auf uns gewirkt hat? Sie sehen ja vielleicht ganz anders aus als … Eiserne Zeichen, und du würdest es nicht merken.«

»Sie fühlen sich ähnlich an. Du wüsstest, dass sich alle Zeichen, egal was für unterschiedliche Effekte sie erzielen mögen, ähnlich anfühlen, wenn die Fechter besser auf ihre Blutzeichen geachtet hätten.«

Dawyd fluchte innerlich. Diese Geschichte würde der Stählernen und der Goldenen Gilde für alle Ewigkeiten anhaften. Viele der Fechtmeister, die die Blutzeichen, die Zeichen der Fechter, kannten und lehren konnten, waren in ehrenhaften Duellen gestorben, Zeichen hin oder her. Der Schwund unter Fechtern war immer groß. Als nach einer Feldschlacht vor Sygna, in der die Fechter als Offiziere dienten, nur noch drei Zeichenkundige übrig geblieben waren, so ging die Legende – ein Stahlfechter, ein Goldfechter und einer, der beide Gilden unter seiner Führung einen wollte –, erlagen zwei davon den Folgen eines legendären Duells. Der dritte hingegen starb drei Wochen später ohne Ruhm an der Keuche, mit der er sich angeblich bei einer Orgie in einem alten Lusttempel auf der Höveschstraße angesteckt hatte.

»Ich war es nicht, der die Blutzeichen verloren hat, Eisenhammer!« Er deutete eine Verbeugung in ihrem Rücken an, denn sie hatte sich wieder der Tür zugewandt. »Aber ist es nicht etwas überstürzt, so bald nach unserem letzten ... unserer letzten Tat wieder in Erscheinung zu treten? Sollten wir nicht zumindest darüber nachdenken, dass der alte Dichter uns manipuliert haben könnte?«

»Jetzt und hier rechnen sie nicht mit uns«, sagte Ignaz mit einem Grinsen. »Sie rechnen nie mit uns.«

Und mit diesen Worten betraten sie den *Goldhahn*.

Hinter Dawyd wandte sich Ignaz zu Neigel um. »Wenn das übliche Signal zu leise sein sollte – wirf einfach einen Stein in die Scheibe.« Neigel nickte mit seinem ruhigen, stoischen Gesicht und ging an der Fassade des *Goldhahns* vorbei, als sei er nur zufällig mit ihnen zusammen im alten Weberviertel angekommen.

Dawyd trat hinter Elisabeda in das rauchige Licht der Schenke und tauschte den scharfen Geruch der regennassen Straßen, durch deren Gräben und Rinnen sich die Abwässer des Weberviertels ihren Weg in die Kanäle bahnten, gegen den nicht minder unerfreulichen Gestank vieler verschwitzter Männer und Frauen, die sich billigem Fusel und noch billigerem Tabak hingaben.

Als Elisabeda durch die Tür trat – sie schlug gerade noch rechtzeitig ihren Mantel über den Schmiedehammer an ihrer Seite –, wandten sich ihnen alle Augen zu. Dawyd fühlte sich, als würde seine geckenhafte Tarnung im schmierigen Licht der Öllampen abblättern und den gesuchten und von der Goldenen Gilde verstoßenen Fechter enthüllen. Er atmete ein, der Rauch kratzte in seinem Hals, aber, Hölle, er hatte sich doch wohl schon an schlimmeren Orten besinnungslos getrunken! Er atmete aus und betrat die Schänke.

Sicherlich drei Dutzend Augen musterten seine bunte Kniehose. Eine Einäugige an der Theke löste zuerst den Blick und sah ihm ins Gesicht. Kurz fürchtete Dawyd, die Frau zu kennen. Je verlotterter, desto wahrscheinlicher, dass sie sich einmal in denselben Kreisen herumgetrieben hatten. Aber nein, er hatte einst ein ganz anderes Viertel unsicher gemacht, und Sygna war groß. Zudem lag das einige Jahre zurück – er war jung gewesen und weniger gut verkleidet.

Die Frau rief: »Das sieht nach jemandem aus, der vorzüglich Marionett mit euch spielen kann, Jungs!« Die Anzahl der Zähne in ihrem Mund machte der Anzahl ihrer Augen Konkurrenz. Wenn es in Sygna eine Auszeichnung für die schäbigste Hure gab, dann konnte diese Frau sicherlich bereits ihr Zimmer mit den Plaketten kacheln.

»Marionett?«, fragte Ignaz hinter ihm und schloss die Tür. Er beherrschte den aquinzischen Dialekt auf mehr als überzeugende Art und Weise. »Es tut mir leid, die Dame, die Herren. Wir haben eine lange Reise hinter uns, um eine Lieferung in der Josevus-Manufaktur abzuholen, und jetzt sind wir durstig und hungrig. Aber ich weiß nicht, ob wir mit Ihnen spielen sollten.« Ignaz wedelte mit dem Zeigefinger seiner Linken, Dawyd sah es aus dem Augenwinkel. »Sie werden uns doch nicht ausnehmen wollen?«

Vier Spieler und die abgewrackte Frau am Tresen tauschten entzückte Blicke. Dawyd räusperte sich.

»Die Herren könnten mir das Spiel doch zeigen, Vater«, bat er, und seine Stimme klang so seltsam belegt – vielleicht nur, weil er sich vor sich selbst schämte. Sein Dialekt klang wie der eines Schmierenkomödianten.

»Sicher!«, grölte der halbe Tisch und hob Flaschen und Humpen.

»Gönn dem Jungen ein bisschen Spaß, Aquintianer!«, grinste der Wirt. »Und deine Frau und du, ihr trinkt einen und kriegt auch was zu essen.«

»Na, vielen Dank!«, nickte Ignaz demütig und trat in Hut und Mantel an die Theke. Die einäugige Frau auf einem der hohen Hocker machte ihm Platz und drückte sich sogleich näher an Dawyd. »Ich helf' dem Jungen auch, versprochen.«

Dawyd sah sie nicht ohne Grauen an. Und er war ein zu

schlechter Schauspieler, um seine Emotionen verhehlen zu können. Ihr tiefer Ausschnitt zeigte vor allen Dingen zerknitterte Haut. Die Schlüsselbeine standen hervor, als könne er sie wie Hühnerknochen auf einem Teller zwischen zwei Finger nehmen und einem der Hunde vorwerfen, die unter den Tischen lagen. Mit Lippenrot und Lidschatten über dem einen gesunden Auge hatte die Frau versucht, sich vor der Gnadenlosigkeit des Spiegels zu verbergen, ebenso mithilfe der leblosen Strähnen, die ihr kokett ins Gesicht hängen sollten. Doch sie störte sich nicht an seinem Blick, schob sich an ihm vorbei und küsste einen der Männer am Tisch auf die Stirn. Der beachtete sie nicht weiter, sammelte jedoch die Karten seiner Mitspieler ein und mischte sie eilig, um bei einem neuen Spiel zuzulangen. Auch die Männer am Tisch sahen Dawyd bereits abschätzig an.

»Aber … wir spielen doch nicht um Geld, oder?«

»Ja, Ibenezer«, flötete die Frau an ihrem Zahn vorbei. »Zum Erklären geht's doch sicher ohne Geld?«

»Aber wie soll er es denn lernen, wenn wir ohne Geld spielen? Wie sollen wir denn zeigen, wie das Setzen geht – ohne Geld?«, fragte Ibenezers Nebenmann, ein hagerer bärtiger Kerl, dem die Peitsche noch am Gürtel steckte, wie Dawyd bemerkte, als er sich setzte.

»Nein, das ist schon recht. Ich hab ein bisschen was an Handgeld«, sagte Dawyd, zog mit gespieltem Stolz eine Börse hervor, die er von Elisabeda erhalten hatte, und nahm einige Münzen heraus. Die Tischrunde sah neugierig zu, und Dawyd ging sicher, dass sie es silbern und golden blitzen sahen, bevor er die Turnosgroschen auf die blankgewetzte und von feucht eingezogenen Kreisen bedeckte Tischplatte kullern ließ.

»Und du hast wirklich noch nie Marionett gespielt?«, fragte der Alte mit dem struppigen dünnen Bart.

»Noch niemals«, log Dawyd und wollte die vor ihn hingelegten Karten schon aufheben, ganz den Dummen spielend. Die Einäugige half ihm lachend dabei, die dreizehn Erzkarten vor sich aufzureihen. »Die legst du offen vor dich aus. Jeder kriegt alle Karten seiner Farbe. Und die Bank ...« Sie deutete auf den Mann, den sie zuvor Ibenezer genannt hatte. »... kriegt das zweite Spiel, in dem alle vier Farben gemischt sind.«

Ignaz zog sich einen Stuhl heran. »Ach, wo ich euch jetzt so zusehe, kriege ich doch auch Lust. Liebes, verzeihst du mir, wenn ich auch mitspiele?«

»Aber sicher verzeiht sie das, mein Bester!«, sagte Ibenezers Liebchen und schob ihm ebenfalls dreizehn Karten einer Farbe hin. »Da kann jeder mitspielen. Ganz langsam. Wir sind ja unter Freunden.«

Ismayl war sich bewusst, dass Jendra sie beobachtete. Die anderen hatten den Tag damit verbracht, den Feierabend der Manufakturaufseher zu planen, Jendra hatte ihnen bei der Verkleidung geholfen, und nun war es erneut dunkel geworden. Die dunklen Stunden waren die Stunden der Aufständler.

Der Dichtmeister Simeon hatte den ganzen Tag unruhig geschlafen und sich in Fieberträumen gewälzt, doch bei Einbruch der Dunkelheit, als die anderen in die regenverhangene Frühlingsnacht aufbrachen, bat Simeon seinen neuen Schüler, ihm aus diesem Loch von Versteck zu helfen. Bereits über Tag hatte niemand das alte Gerichtsgebäude auch nur oberflächlich gefilzt, und es blieb zu hoffen, dass die Blauröcke das auch bei Nacht nicht tun würden. Ismayl hatte Ignaz darum gebeten, Simeon zu einem Heiler bringen zu dürfen, doch der hatte nur besorgt den Kopf geschüttelt. »Nach einem kranken Dichter werden sie dort zuerst suchen. Er muss sich eine Weile hier erholen, bevor wir es riskieren können, ihn fort- oder jemanden herzubringen.«

Doch Simeon hatte aus dem Kellerloch herausgewollt, um frische Luft in seine gequälten Lungen zu lassen. Ismayl und Jendra hatten den zerbrechlichen Alten gestützt und ihn in den Innenhof des Zunftgerichts gebracht. Unter der ausladenden Linde, die kahl wie ein Gerippe in den Himmel ragte, setzte sich der von der Inhaftierung gebeutelte Meister mit all seinen Decken auf eine feuchte Holzbank und erlitt einen hässlichen Hustenanfall. Die schmale Jendra verschwand in den Schatten, wie es ihre Art war, und legte sich vermutlich irgendwo auf die Lauer, um über Ismayl und Simeon zu wachen. Nur ein kleines Öllämpchen spendete ihnen Licht, und Ismayl fragte sich, ob ein warmes Feuer, ein heißes Bad und eine dicke Brühe nicht angemessener gewesen wären.

»Es tut mir leid«, sagte er zu Simeon. »Wenn wir Euch nicht gerettet hätten, Zunftmeister, dann wärt Ihr jetzt nicht so krank.«

»Und meinst du, der, zu dem sie mich bringen wollten, hätte mich gesund gepflegt?«, hustete der Alte spöttisch.

Ismayl musterte ihn. »Vielleicht ... Es lag ihm sicherlich etwas an Euch.«

Erneut ein Husten, diesmal abfällig, als speie Simeon den Gedanken an den Roten Rufin aus. »Hah. Ja, das wette ich. Du beherrschst schon Zeichen, richtig?«

»Ich beherrsche das Zeichen, das die Menschen an mich fesselt, damit meine Worte in ihrem Geist einen tieferen Sinn ergeben als das, was meine Zunge auszudrücken vermag.«

»Nicht schlecht. Das bedeutsamste der minderen Wortzeichen«, nickte der gebeugte Alte anerkennend. »Minder nicht in seiner Wirksamkeit, sondern seiner Haltbarkeit. Aber du brauchst nicht immer eine Feder, um Zeichen zu malen.«

»Ich weiß, dass es möglich ist, Zeichen zu malen, ohne zu ... na ja, zu malen, aber ich verstehe noch nicht, wie.« Ismayl setzte sich zögerlich neben den Alten.

»Natürlich nicht. Das ist die Sache der Meister«, nickte Simeon. »Doch Traditionen helfen uns nun nicht mehr weiter.«

Der Hof war windgeschützt, doch Moos hatte bereits angefangen, das Mosaik auf dem Boden, das die Wappen aller dreizehn Gilden zeigte, zu beschmutzen. Ismayl puhlte mit der Spitze seines Stiefels an einem Brocken Moos und Erde herum. Danach war das Wappen der Alchimisten und Sterndeuter wieder freigelegt. Es war ein alter Teil des Mosaiks, der sich lange nicht – vielleicht nie – geändert hatte. Andere Gilden waren stets im Wandel. Die Goldene Fechtgilde hatte auch ohne Zeichen ihren Platz im Mosaik wie auch im Gildenrat; die Stählerne noch nicht, durfte sich jedoch Gilde nennen. Das Wappen der Klingenschmiede neben jenem der Harnischmacher und Glockengießer, die erst vor einhundert Jahren zu einer Gilde zusammengelegt worden waren. Die Schreiner und Zimmerleute neben der Zunft der Braumeister, Bäcker und Müller, die nicht einmal dieselben Zeichen nutzten. Die Heiler weit hinten im Schatten, Ismayl hatte sie nur im Vorbeigehen gesehen. Er suchte nach dem Wappen der Dichter, welches diese sich teilten mit den Sängern, den Schriftstellern und den Buchdruckern. Bezeichnenderweise konnte er es nicht ausmachen in der Dunkelheit.

»Was für ein Mensch bist du, Ismayl? Ein Bewahrer? Oder ein Erneuerer?«

Die Worte zogen Ismayls Blick vom Mosaik zurück. Er begegnete dem prüfenden Blick des Alten. »Ein … ein Bewahrer, glaube ich? Ich bin wegen all der … alten Dinge Dichter geworden. Der Geschichten, an die sich kaum noch jemand erinnert. Der Lieder, von denen jeder nur die erste Strophe kennt. Der Geschichten über die Verkehrte Stadt unter Sygna. Der Sagen über die Altmeister, aber auch jenen, die die Altmeister vergessen wollten.«

»Aber wenn du Dreifingers Rachefeldzug mitbeschreiten willst, Junge«, unterbrach ihn Simeon, »dann musst du ein Erneuerer werden! Dann musst du mit deiner Zunge die Zukunft formen und sie den Menschen so deutlich vor Augen stellen, dass ein inneres Feuer sie dorthin treibt.«

»Ich … ich weiß nicht, ob ich das kann.«

»Warum bist du dann bei ihm? Bei Eicks? Dreifinger?«

»Das wisst Ihr doch, Meister«, sagte Ismayl leise, und das Gewicht der Worte sackte ihm in den Magen. »Ich war der Geselle von Meister Aramaeis. Ich sah ihn sterben und alle anderen in die gezeichneten Bleikammern gehen. Ich bin der einzige Dichter auf freiem Fuß in der Stadt. Oder ich war es, bevor wir Euch letzte Nacht befreiten.«

»Dann verabschiedest du dich besser von deinen Kindheitsträumen«, krächzte der alte Dichter, und Ismayl nickte traurig, den Blick abgewandt und auf ein Bild seiner Gedanken gerichtet, seiner Erinnerung. Auf Aramaeis' breit lächelndes Gesicht, das jedoch langsam zu Ignaz' Gesicht zerfloss und dann in die Runzeln des alten Simeon gerann.

Der Alte berührte seinen Arm. »Verüble einem Mann wie mir, der so lange gefangen war, nicht seine Worte, Ismayl. Aber die Zeichen, die nicht gemalt werden, wirkst du mit deiner Zunge. Und was du mit deiner Zunge wirkst, muss zuvorderst in deinem Herzen sein. Und dein Herz muss sich in die richtige Richtung neigen. Nach vorn, nicht nach hinten. Nicht in die Vergangenheit. Du musst nach vorn streben, damit auch die Zeichen, die ich dich lehre, nach vorn wirken. Gedanken zu Taten werden lassen. Zukunft zu Gegenwart. Du weißt, warum die Aquintianer alle Dichter eingekerkert haben, nicht aber alle Weber oder alle Glasbläser – nicht einmal alle Waffenschmiede. Du weißt, dass die Macht der Wortzeichen alle anderen Zeichen überflügelt.«

»Und sie töten uns nicht, weil sie die Zeichen haben wollen. Ist es der Rote Rufin, zu dem sie Euch bringen wollten, als sie Euch vom Gefängnis zur Festung transportierten?«, flüsterte Ismayl.

Der Alte sah ihn mit vogelartiger Eindringlichkeit an. »Der Rote Rufin strebt vor allem anderen nach den Zeichen des Worts. Stell dir vor, er würde sie erhalten.«

Ismayl hielt die Luft an. »Aber er ist nicht unterrichtet. Wie kann er darauf hoffen, sie zu meistern?«

Der Alte lachte heiser und hustete dann. »Wenn ich sie dir beibringen kann, dann kann sie auch eine schlüpfrige Zunge wie die des Roten Rufin erlernen, wenn sie sich nur lang genug verbiegt.«

»Aber du hast gesagt, es muss seinem Herz innewohnen.«

»Oh, das tut es. Seinem Herzen liegt das alles inne.« Simeon klopfte mit den Knöcheln auf Ismayls Rippen. Ismayl straffte sich ein wenig, er hatte wieder so eingefallen dagesessen. Auch darüber hätte Aramaeis gelacht. »Du spottest dir selbst«, hatte er stets gesagt, und Schönauge hatte nie verstanden, ob er damit meinte, dass sein Äußeres seinen Worten spotte – oder umgekehrt.

»Ehrgeiz. Vision. Wille. Eifer. Eitelkeit. All das liegt dem Herzen des Roten Rufin inne. Und du musst mir erst beweisen, dass es auch in dir steckt, Ismayl.«

»Das werde ich. Was muss ich tun?«

»Das machst du gut«, gurrte das Wrack von Frauenzimmer, das sich ihnen als Miryam vorgestellt hatte. »Du bist sicher schlau, sodass du dir merken kannst, welche Karten schon dran waren, ja? Wenn du der Bank jetzt Paroli bietest – dann hast du gewonnen!«

»Oha!«, rief Dawyd aus, der sich bemühte, nicht allzu auffällig dankbar Elisabeda anzustrahlen, die ihm während ihres Gesprächs mit dem Wirt vom Tresen aus bedeutet hatte, auf welche seiner dreizehn Karten er Geld setzen sollte. Eine beachtliche Leistung, denn dieses Rätsel ließ sich nur lösen, indem man genau im Kopf behielt, welche Karten schon gespielt worden waren. Mittlerweile hatte sich auch das andere Dutzend Säufer im *Goldhahn* in ihre Richtung gewandt.

»Dann – Paroli!«, sagte Dawyd und bog die Ecke der Zunftmeister-Karte nach oben. Wenn Elisabeda Recht hatte, wartete ein weiterer Zunftmeister in den Karten, die Ibenezer gleich ziehen würde. Ein gutes Stück Glückssache blieb aber, ob es die erste oder die zweite Karte war, die er vom Stapel zog, denn genau dieser kleine Unterschied bestimmte, ob Dawyd gewann oder die Bank. Mit dem Zittern eines Spielers, das Dawyd nicht einmal schauspielern musste, fieberte er dem Ziehen der Karten entgegen.

»Liebesdienerin!«, verkündete Ibenezer, während er langsam die erste Karte umwandte. »Keiner hat auf die gesetzt? Zu schade für mich! Und die zweite: der Zunftmeister, ja, verdamm mich!« Er lachte ungläubig.

»Der dreifache Gewinn für den jungen Mann!«, jauchzte die Einäugige verzückt. Die letzten beiden Karten, die noch folgten, machten Dawyds Glückssträhne auch nicht mehr zunichte. Ignaz griff in den Haufen kupferner Turnosgroschen und einzelner, meist in der Mitte zerhackter Weißpfennige und Gulden und winkte mit einer Hand voll. »Wenn mein Sohn jetzt auch einmal gewonnen hat, dann geben wir doch auch noch eine Lokalrunde!«, rief er strahlend aus. Elisabeda griff an seine Schulter. »Liebling, aber dann lass uns ein Zimmer suchen, es ist schon spät.«

»Was?«, rief Ignaz, der vermeintlich bierselige aquinzische Kaufmann, aus. »Und den ehrlichen Leuten hier keine Gelegenheit geben, ihr Geld zurückzugewinnen? Es war doch sicher hart verdient!«

Allerlei »Ja!« und »Auf jeden Fall!« und »Bleibt noch!« war vom Tisch zu vernehmen.

»Sagt, was arbeitet Ihr?«, fragte Ignaz, während Miryam die Karten mischte und der Wirt eine Lokalrunde zapfte.

»Wir sind Aufseher«, sagte Ibenezer. »Also, ich und Pitar hier.« Er deutete auf den ältesten Tischnachbarn, der die Peitsche so offensichtlich am Gürtel trug.

»Ah, verstehe. In welcher Manufaktur denn? Heute sahen wir die Gebäude, aber natürlich nur von außen, sie lassen ja niemanden hinein.«

»Tuchmanufaktur, und da hinten sitzen noch ein paar von der Gießerei. Der Struppkopf und der Lange.«

Ignaz grüßte mit einem frisch befüllten Humpen.

»Das ist sicher auch kein leicht verdientes Geld, oder? Sie knapsen ganz schön an euch, nicht wahr?«

»Na ja. Es reicht für den *Goldhahn.* Da endet unser Geld. In Duvis Schatzkästchen.«

»Das kenn ich nur zu gut«, sagte Dawyd, besah sich sein Türmchen aus Münzen und dachte an den *Invaliden.* Und an die Jahre davor, als er, noch kaum Bart am Kinn, das Geld seiner Eltern verprasst hatte.

»Sagt, wo wir gerade von Geld sprechen«, begann Ignaz. Dawyd und er hatten nun drei Spiele gewonnen und zwei verloren. Ignaz war nicht auf die Geschicklichkeit seiner acht Finger angewiesen, sondern auf das rasche Überschlagen von Wahrscheinlichkeiten, und das beherrschte er offenbar nicht schlecht. »Bevor mir meine Frau das Fell über den Kopf zieht … wollen wir nicht um etwas anderes als Geld spielen?«

»Ach was! Wird Euch jetzt doch mulmig?«, spottete Ibenezer, dessen Münztürmchen jedoch ein gutes Stück kürzer war als das der anderen Männer am Tisch – und das, obwohl er nun in allen fünf Spielen die Bank gewesen war. Die Klügeren in den Halbweltgefilden Sygnas argumentierten stets, dass der Spieler der Bank bei Marionett leicht im Vorteil war.

»Ach was, nein«, lächelte Ignaz und schob den Hut etwas aus der Stirn. »Mein Sohn und ich, wir sind neugierig. Es dringt ja nicht viel über Sygna und seine Handwerker nach außen. Sagen wir, wir machen es so: Ich mache im nächsten Spiel die Bank. Der Junge und ich, wir setzen Geld, aber Ihr, Ihr setzt Informationen, wenn das nicht zu viel verlangt ist. Einblicke in die spannende Welt der … der Zeichen? Ist es wahr, dass die Handwerker mit den Zeichen … zaubern?«

»So wahr wir hier sitzen!«, nickte der Alte mit dem dünnen Bart, der ihm bis auf den Bauchnabel hing. »Es ist doch allseits bekannt, dass Sygna seit jeher die Zeichen gehütet hat!«

»Zaubern …«, warf Ibenezer ein und wiegte unbehaglich den Kopf. »Das Wort würde ich hier in Sygna nicht zu laut sagen. Zauberei ist Aberglaube. Die Zeichen sind Handwerkskunst.«

»Aha, gut zu wissen«, gab Ignaz in seinem besten Aquintianerdialekt von sich. »Und um diese Handwerkskunst hat der große Kaiser Yulian die Stadt ja auch genug beneidet, um sie … na ja, jetzt sein Eigentum zu nennen, was?« Er lachte auf, hob den Becher und trank. »Zum Wohlsein!«

»Ich dachte schon, Ihr wolltet auf Euren Kaiser trinken!«, knurrte Ibenezer.

»Doch nicht hier, wo außer uns nur Sygnaer Bürger sind,

deren Gastfreundschaft und Gesellschaft wir genießen!«, erwiderte Ignaz charmant. »Nein, nein. Wenn Ihr Lust auf ein Spielchen habt, bei dem Ihr kein Geld verliert: Verratet uns ein paar Details über die neuen Manufakturen. Wie wirken die Arbeiter in den Manufakturen die Zeichen, wo sie doch keine Handwerksmeister sind? Das habe ich mich schon gefragt, als ich die Trauergestalten eben abrücken sah.«

»Wir setzen also Informationen – aber einmal rausgerückt, können wir die wohl kaum zurückgewinnen!«, protestierte Ibenezer trinkend, während ihm der Gerstensaft das unrasierte Kinn hinabtropfte.

»Das stimmt natürlich«, nickte Ignaz. »Deshalb kriegt Ihr ja auch, wenn Ihr gewinnt ..« Er schob einen Großteil seiner Münzen in die Mitte. »Geld. Versteht mich nicht falsch, es ist nur ein Spiel. Ich könnte meine Landsleute auch einfach fragen, aber dann wird meine Neugierde nicht heute Abend befriedigt und nicht in solch unterhaltsamer Runde.«

Die Männer sahen sich an, eine mulmige Beunruhigung stand ihnen auf die Stirn geschrieben. Dawyd schätzte den Einsatz und schob auch seinen entsprechenden Anteil in die Mitte. Der Tisch bildete nun klar zwei Fronten – die Informationsseite und die Geldseite, und beiden verlangte es nach dem Einsatz der anderen.

»Gut.« Ibenezer machte den Anfang und schlug mit der flachen Hand auf den Tisch. »Stell deine Frage, dann überlege ich, ob wir um die Antwort spielen!«

»Ich auch«, legte sich die fahle, fleckige Hand des alten Pitar dazu.

»Ich schließ mich an«, murmelte der Dritte im Bunde, ein Mann mit krausem Blondhaar und mehr Sommersprossen als Bartstoppeln im Gesicht, und auch die vierte Hand schob sich neben das Geld in die Mitte. Dawyd starrte in das breitknochige Gesicht von Ibenezers drittem Freund.

»Vier Fragen also. Die erste: Wer bringt den Arbeitern die Zeichen bei? Die zweite: Wie gelingt es ihnen, sie zu wirken als

Tagelöhner, die ihr Handwerk nicht von der Pike auf gelernt haben? Die dritte ...« Dawyd stieß Ignaz unter dem Tisch an, denn der Dialekt verschliff sich immer mehr, während der Mann schneller zu sprechen begann. Ignaz zügelte sich. »Die dritte: Werden bald auch Manufakturen bei mir zu Hause gebaut, damit wir nicht mehr all die hübschen gezeichneten Dinge aus Sygna importieren müssen? Und die vierte ...«

»Uff«, unterbrach Ibenezer, löste die Hand vom Tisch und kratzte sich am Kopf. »Ich bin ja kein Handwerker. Wir sind Aufseher. Wir gucken, dass keiner pfuscht oder klaut. Aber wir antworten, wie wir können – falls wir verlieren! Gib ihm das Blatt, Miryam!«

Die scheußliche Frau tat, wie ihr geheißen.

»Vierte Frage: Sind die Arbeiter Handwerker oder Sklaven in den Augen der Aquintianer?«, ergänzte Dawyd plötzlich. Es rutschte ihm einfach so heraus. Dawyd das Maul. Ignaz zuckte nicht einmal mit der Wimper.

»Also, langsam. Sklaven? Nein. Jeder ist doch freiwillig da, und sie zahlen ja auch.«

»Aber du trägst eine Peitsche«, sagte Dawyd zu dem langbärtigen Pitar.

»Ach, das«, winkte der ab. »Das ist nur, falls einer nicht spurt. Wir müssen ja schon für Ordnung sorgen, und ich bin nicht der Kräftigste. Man achtet mich sonst doch nicht.«

»Natürlich, verstehe. Also besser als Sklaven?«

»Jeder sucht es sich selbst aus«, sagte der Alte. »Jeder sucht sich selbst aus, ob er zum Arbeiten in die Manufakturen geht.«

»Wenn man davon absieht, dass das traditionelle Handwerk in der Stadt mit Sanktionen, Steuern und Repressalien belegt ist, dann, ja, ist alles freiwillig.« Dawyd war für einen Moment erstaunt, dass nicht er es war, der nicht seinen Mund hatte halten können. Elisabeda hatte sich am Tresen umgewandt und wischte die Worte nun mit einem halben Lächeln fort. »Entschuldigt die harten Worte. Ich war immer ein großer Bewunderer Sygnaer Handwerkskunst. In ihrer ursprünglichen Form.«

»Ja, ja, schon. Ich auch«, nickte Pitar, der Dame zum Gefallen. »Wir waren ja berühmt dafür. In der ganzen Welt berühmt.«

»Jetzt hast du die vierte Frage ja schon beantwortet!«, sagte Ignaz, hob die Karten ab, verkündete die unterste Karte und winkte den anderen, dass sie ihre Wetten abschließen sollten. Dawyd setzte eine Münze auf den nun wieder geglätteten Zunftmeister. »Und das nur, weil die revolutionären Geister meiner Gattin und meines Sohnes keine Ruhe lassen! Glaubt mir, das ist nicht das erste Mal, dass sie sich nicht an Spielregeln halten!« Er lachte laut, es war ein heiseres, angestrengtes Lachen, doch die Stimmung war bereits bierselig genug, dass es nicht auffiel.

Ignaz legte die obersten beiden Karten mit theatralischer Geste vor sich hin und drehte beide mit der Linken um. Der Mann mit dem breiten knochigen Gesicht seufzte: »Nehmt die billige Antwort auf Eure vierte Frage als mein Entgelt dafür, dass die Bank mich schon in der ersten Runde abgezogen hat!« Er winkte sich mit zwei Fingern einen Schnaps heran und bezahlte mit dem kleinen Vorrat aus Turnosgroschen vor sich.

Dawyd versuchte, sich auf die von Ignaz hingeblätterten Karten zu konzentrieren. Ein Paar, dann das zweite, das dritte, das vierte wanderte vom Stapel, ohne dass die Bank eine weitere Information gewann. Er sollte die Bilder zählen, jedes war in vier Farben im Stapel, und es war entscheidend, den Überblick zu behalten.

Ignaz stieß Dawyd mit dem Fuß an. Dawyd trat dem Hund unterm Tisch vorsichtig auf die Pfote, dass dieser aus dem Schlaf fuhr, mit dem massigen Kopf gegen die Tischplatte stieß und kläffte. Als Pitar sich mit einem ebenfalls gebellten Befehl zu ihm herabbeugte und alle anderen einen irritierten Blick unter den Tisch warfen, tauschte Ignaz rasch die beiden Karten auf seinem Stapel, um sie danach umzudrehen.

Als er die Karten aufdeckte, stöhnte Ibenezer auf. Er und zwei seiner Freunde verloren gegen die Bank – mittlerweile lagen Einsätze in Form von symbolischen Münzen auf fünfen ihrer

Karten. Auch Dawyd schob der Bank theatralisch einen Stapel Münzen hinüber.

»Sehr schön, so profitiert dein alter Herr also endlich einmal von deiner Lust am Spiel«, kommentierte Ignaz, und die Tischrunde lachte.

»Ja, ist er so einer?«, kicherte Miryam und nickte Dawyd zu, als sei er gerade in ihrer Achtung gestiegen.

*Wenn du wüsstest*, dachte Dawyd.

»Wenn ich nun noch eine Lokalrunde zahle«, warf Ignaz ein, »vom teuer erspielten und verlorenen Geld meines Sohnes, dann geht den Herren der Einsatz doch sicher noch leichter von den Lippen, bevor wir die Runde fortsetzen. Habt Erbarmen mit einem neugierigen Kaufmann!«

Ibenezer seufzte und forderte mit ausgestrecktem Arm das nächste Bier, das Elisabeda vom Wirt entgegennahm und herüberreichte. Er trank, wischte sich den dünnen Schaum vom Mund und begann dann: »Also, wie war die erste Frage? Die Zeichen aus Sygna rausbringen, hmm – Manufakturen in Aquintien, das ist sicher schon beschlossen. Aber davon wissen wir nicht genug. Sollen wir sicher auch nicht. Es wurden doch so viele Meister gefangen genommen. Sicher sitzen nicht alle im Zunftgefängnis oder in der Bleibergfestung, bestimmt sind welche verschleppt worden. Oder auch ganz freiwillig gegangen. Ich meine, war ja kein Geheimnis, dass der Gildenrat früher keinen zeichenkundigen Handwerker aus der Stadt gelassen hat. Dem einen oder anderen stand der Sinn vielleicht endlich danach, die Welt zu entdecken! War ja auch kein Geheimnis, dass Leute, die versucht haben, trotzdem rauszukommen …« Er fuhr sich mit dem Finger über die Kehle. »Von wegen: lebenslang Zunftgefängnis. Die Gilden wussten auch mit so was umzugehen, wenn du verstehst.«

»Erschreckend«, sagte Ignaz unbeeindruckt.

»Wir haben Vorarbeiter in den Manufakturen. Das sind Handwerker, wenn auch keine Meister. Manche können mindere Zeichen. Es sind Leute, die die neuen Gesetze und Handelsbeschränkungen nicht mehr verkraften konnten. Also … geldmäßig. Und vielleicht auch andere, vielleicht auch welche, denen man gedroht hat.« Er zuckte auf eine Art und Weise mit den Schultern, die verriet, wie gut er sich damit arrangiert hatte. Der Gedanke brachte ihn nicht mehr um den Schlaf, hatte es vielleicht nie getan. »Sie kümmern sich um die kritischen Handgriffe, aber wenn wir zum Beispiel ganze Wagenladungen Tuche fertigen müssen, dann kann nicht ein einziger Zeichenkundiger alle Zeichen wirken, die die Tuche wetterabweisend machen oder angepasst an die Bedürfnisse eines Kaisers oder eines Soldaten. Dann müssen auch die anderen ran.«

»Und wie? Wie gelingt ihnen das?«, fragte Ignaz und lehnte sich vor. Ibenezer lehnte sich im gleichen Maße zurück. Erneut stieß Dawyd Ignaz an, was der Hund mit einem Knurren quittierte. Die grünen Augen des Rebellenführers waren kalt und hart geworden, ein Ausdruck, der den anderen sicher nicht entging.

»Das musst du nicht mich fragen!«, rief Ibenezer aus. »Frag das sie!« Und er zerrte Miryam auf seinen Schoß. »Sie arbeitet von früh bis spät an den Webstühlen!«

Dawyd sah sie überrascht an. Er hatte gedacht, sie ginge einem nächtlichen Gewerbe nach.

»Nicht«, bat sie Ibenezer flüsternd.

»Komm schon! Ich hab das als Einsatz geleistet, jetzt sind wir's dem Herrn schuldig!«

Sie senkte den Kopf. Dawyd sah Ignaz von der Seite an, er bemitleidete die Frau nun doch in ihrer Scham, und er war geneigt, es bei den bereits geleisteten Antworten zu belassen, doch Dreifinger starrte mit Augen, in denen immer noch etwas Gefährliches lag, obwohl er sich wieder zurückgelehnt hatte.

»Sprich, ich bin neugierig«, flüsterte Ignaz. Die Schenke, in der ihre Unterhaltung schon zuvor die lauteste gewesen war, wurde still. Ein Hund knurrte im Schlaf. Ein Becher wurde abgesetzt, jemand füllte sich aus einer Weinkaraffe die fahlrote Plörre nach, die man hier als Wein ausgab. Regen prasselte gegen die Butzenscheiben. In einer Pfeife knisterte der Tabak.

Miryam sah sich um und starrte mit ihrem einen Auge in so

viele Gesichter, die kalt und abweisend waren und neugierig darauf, ob sie es aussprechen würde.

»Ich muss die Zeichen wirken mit …«

»Mit?« Ignaz war besessen. Dawyd wurde sich mit einem Mal klar darüber, dass er mit einem Besessenen im Bunde war. Vermutlich konnte Ignaz nichts anderes sein, wollte er durchhalten, was er begonnen hatte.

Aber Dawyd? Ihn schauderte – sie hatten ihn gezwungen, und nach dem Streit mit Ismayl hatte er sich fürs Erste gefügt. Aber war er ein Mann von der Sorte, wie Ignaz ihn in seinen Reihen haben wollte?

»Mit mir selbst«, piepste die verbrauchte Miryam und schauderte sichtlich. Ibenezer schlang einen Arm um sie, doch Dawyd fand, die Geste hatte nichts Tröstendes, sondern hinderte sie eher an der Flucht.

»Was heißt das?«, drängte Ignaz. »Wie soll das gehen?«

»Es geht. Sie haben anfangs gesagt, es pikst nur ein wenig, wenn wir uns mit den Nadeln stechen. Hier – in die Finger und die Hände. Und die Arme.« Sie schob mit zittrigen Fingern ihre albern gerüschten Ärmel hoch, und Dawyd bemerkte Hunderte von Stichen, die geschwollen und blau und grün angelaufen waren. Ging dort nicht sogar ein Geflecht von entzündeten Adern ab? »Aber so einfach ist es nicht. Es saugt … es saugt uns aus, das Zeichenwirken.« Sie hob endlich den Blick und sah Ignaz an. »Es macht uns … ich weiß nicht. Alt!«

Ignaz, der erneut nach vorn gerutscht war, ließ sich wieder zurück auf seinen Stuhl plumpsen. Er starrte ins Leere.

»So, geht das Spielchen jetzt weiter? Geh schon, Miri. Geh mir ein Bier holen.« Ibenezer, der Aufseher, klopfte der Tagelöhnerin auf den Hintern, als sie eilig aufstand und zum Tresen huschte, wo sie sich in den Schatten vor den Blicken versteckte. Langsam erhob sich wieder leises Gemurmel, erste stockende Gespräche wurden aufgenommen, als ob alle kurz innegehalten hätten, um abzuwarten, ob jemand eine Peinlichkeit beging. Nun überspielten sie den Moment kollektiver Scham.

Auch Ignaz erhob sich. »Ich muss kurz ein paar Worte mit meiner Frau wechseln. Sie sieht nicht glücklich darüber aus, dass unser Geld nun die Bank stellt.« Der Schreinermeister trat an den Tresen und beugte sich zu Elisabeda, legte einen Arm um sie, als müsse er eine ungehaltene Ehefrau um Erlaubnis bitten.

»Ent... entschuldigt mich auch.« Dawyd sprang auf. Was auch immer sie besprachen, er musste es wissen. Vielleicht, so dämmerte ihm, war er gerade die einzige Stimme der Vernunft in diesem Raum. »Lass doch mal sehen, was es hier noch zu trinken gibt ...« Er beugte sich über die Theke und musterte die speckigen Tonflaschen, auf denen die Namen der gängigsten Sygnaer Schnäpse standen.

»Das können wir nicht tun«, schüttelte Ignaz neben ihm den Kopf.

Duvi, der Wirt, holte gerade Weinflaschen aus dem Hinterzimmer, und die Gespräche waren so laut, dass sie sich kurz unterhalten konnten, ohne zu fürchten, dass man sie überhörte. Ignaz zog ihn näher.

»Ich sage, Ibenezer und der mit der Peitsche sind Verbrecher. Wir statuieren ein Exempel«, flüsterte Elisabeda heiser.

»Was?«, entfuhr es Dawyd. »Wir ... wir haben doch nur mit ihnen gespielt!«

»Verstehst du, was sie tun?« Ignaz seufzte. »Nein, wie könntest du, du weißt nicht, wie es ist, ein Zeichen zu wirken! Du weißt nicht, wie ... was diese Frau erleiden muss!«

»Morgen gehen sie wieder in die Manufakturen und lassen Leute weiter mit ihrem Blut und ihrer Lebenskraft bezahlen. Wir lassen sie heute ihren eigenen Blutzoll zahlen«, flüsterte Elisabeda. »Ich weiß. Keine Sygnaer sollen uns zu spüren bekommen – aber diese beiden? Sie sind schlimmer als die Soldaten!« Ihre Stimme wurde noch leiser. »Die Soldaten wissen nicht, was sie tun, aber diese beiden tun es freiwillig! Lass es allen anderen, die ihr Brot mit so etwas verdienen, eine Mahnung sein! Sie werden nach so etwas zumindest ein paar Tage die Produktion einstellen! Es wird andere abschrecken!«

Die beiden starrten sich in die Augen, und Dawyd begriff kaum, was zwischen ihnen vorging. Schließlich nickte Ignaz. Dawyd sog die Luft ein.

»In Ordnung«, sagte Elisabeda. »Spielt noch dieses Spiel zu Ende.« Sie sagte es laut genug, dass man es am Tisch hörte und jubelte.

All diese dummen, betrunkenen, vom Spiel gefesselten Männer, nicht wissend, dass es nicht ein aquinzischer Händler war, dem sie ins Auge blickten – sondern Ignaz Dreifinger und dem Tod.

Ignaz setzte sich mit einem breiten Lächeln wieder zu ihnen. Als auch Dawyd zum Tisch zurückkehren wollte, legte Elisabeda ihm eine Hand auf den Arm. »Wo ist der Dritte vom Tisch da hinten hin?«

»Was? Keine Ahnung!«

»Da war ein Dritter«, zischte sie. »Hat er die Kneipe verlassen?«

»Ich habe niemanden gesehen und sicher nicht alle gezählt!« Dawyd zuckte mit den Schultern. »Neigel wird sich draußen drum kümmern!« Sie hob eine Augenbraue, lehnte sich dann jedoch wieder gegen die Theke und ließ ihn an den Tisch zurückkehren.

»Ich nehme einen Wein«, säuselte sie dem Wirt mit sehr ansprechend klingendem aquinzischem Dialekt zu. Elisabeda war eigentlich keine Frau, der Dawyd gern beim Säuseln zuhörte – sie war sicherlich schon um die vierzig und konnte damit ohne Weiteres seine Mutter geben, und obwohl sie nicht grob oder ungestalt war, lag ihr etwas Herbes und Kühles inne. Das braune Haar war von ein paar kaltgrauen Strähnen durchzogen. Die dunklen Augen hatten eben mit keiner Wimper gezuckt, als sie den Tod zweier Männer beschlossen hatte. Dawyd musterte sie immer noch, als er sich setzte, und Ignaz nahm geistesabwesend das nächste Paar Spielkarten auf. Als er sie umdrehte, nahm Dawyd sie kaum wahr, zu schwer lagen die Erkenntnisse zu den Manufakturen und sein offensichtlicher Mangel, das Grauen darin vollständig zu erfassen, auf ihm.

Bis vorgestern hatte er allenfalls die eine oder andere betrunkene Rede gegen die Besatzer geschwungen. Aber keinesfalls ein Schwert – und keinesfalls hatte er den Tod von Sygnaern beschlossen, die sich mit der Besatzungsmacht verbündet hatten wie Ibenezer und seine Kumpane.

Wie gedachten sie denn, die Männer umzubringen? Würde Elisabeda ihnen das Bier vergiften? Würden Dawyd und Neigel die toten Leiber danach zur Manufaktur bringen und dort als Mahnmal aufhängen?

*Bedenket, mit wem ihr euch einlasst! Mit ergebensten Grüßen, die Rebellen von Sygna.*

Dawyd schluckte, die Karten verschwammen vor seinem Blick, und auch Ignaz zahlte Geld an den feixenden Zottelbärtigen ohne Anteilnahme und Diskussion, als wolle er es schnell wieder loswerden. Schmutziges Geld, verdient auf dem Rücken unbeleckter Tagelöhner …

In diesem Moment nahm Elisabeda einen Schluck Wein, ließ den Becher fallen, griff sich an die Kehle und rang nach Luft.

»Oh nein!«, schrie Ignaz, beinahe zu früh, als habe er seinen Einsatz bei einem Theaterstück fehleingeschätzt und zu früh mit seiner Rede begonnen. Er sprang auf und eilte zu Elisabeda, die vom Hocker in seine Arme rutschte. »Sie hat es wieder! Ihr Leiden! Das ist nicht der Wein, den sie gewohnt ist!« Er griff Pitar ans Wams und zerrte ihn vom Stuhl. »Du musst mir helfen, Mann! Ibenezer, du auch! Tragt sie mit mir in den Hof! Sie braucht frische Luft!«

»Wollt Ihr betrügen?«, schnaufte plötzlich der Sommersprossige, der die meiste Zeit verbissen geschwiegen und sich auf sein lausiges Spiel konzentriert hatte, während Elisabeda in Ignaz' Armen vornübersank.

»Was soll das Misstrauen, Mann? Sie könnte daran sterben, hat ihr Arzt gesagt!«, schrie Ignaz. »Geh mir aus den Augen, und Ihr beiden, Freunde, helft mir! Junge, du auch!«

Ibenezer und der Alte waren viel zu verdattert, um zu widersprechen. Auch Dawyd ließ seine Karten einfach fallen, wie es sich für einen Sohn gehörte, der ehrliche Angst um seine Mutter ausstand.

»Was kann ich tun, Herr?«, flehte der Wirt ins Chaos. »Ich wusste doch nicht, dass mein Wein nicht gut für sie ist!«

»Sie braucht frische Luft, der Wein muss wieder heraus und danach ... nun ja ... der Abtritt!«, stieß Dawyd hervor.« Wenn es schnell geht, muss sich keiner sorgen, wirklich.«

»Nur schnell muss es gehen!« Ignaz packte Elisabedas Schultern, Ibenezer nahm die beiden Füße, und Pitar half an ihrem rechten Arm, als Ignaz überzeugend vortäuschte, die stöhnende Frau nicht halten zu können. Dawyd ließ sich von Ibenezer vorausscheuchen und öffnete eine zugige Tür in einen kalten, regenüberströmten Innenhof. Die drei schleppten Elisabeda an ihm vorbei. Als sie draußen waren, regte sie sich wieder und richtete sich, von Ignaz immer noch gestützt, auf. Die beiden wechselten einen gefährlichen Blick.

»Schön«, sagte Dawyd mit einem plötzlichen Entschluss – dem einzig möglichen, wenn ihm seine Ehre noch etwas wert war. Er schloss die Tür hinter sich, sperrte den Lärm und das Licht der Kneipe aus und atmete die Regenluft ein. Er griff unter seinen Mantel und zog Ismayls Messer hervor, das der Dichter ihm überlassen hatte anstelle seiner einzigartigen, wertvollen, wie ein Körperteil an ihn gebundenen Waffe. »Und jetzt fordere ich Euch zum Duell, meine Herren. Bis zum letzten Atemzug – zum Genüge der Goldenen Gilde!«

Ignaz starrte ihn an, als würde er ihn nun ohne die Regeln des Ehrenduells ermorden wollen. »Du bist ein Idiot, Dawyd!«, zischte er.

»Aber«, erwiderte das Maul schlagfertig, »ihr habt mich euch selbst eingebrockt!«

# Kapitel IV

Neigel Rotschopf stand gegenüber vom *Goldhahn* Wache. Der Tag in ihrem Versteck hatte unangenehm begonnen, aber die Nacht schien das noch übertrumpfen zu können, denn der Regen hatte sich zu einem Stakkato gesteigert. Überallher rauschte das Wasser: von Dächern und Vordächern, aus Rohren und Rinnen und zwischen den groben Kopfsteinen. Neigel wanderte die Wiedstraße hinauf und hinunter, das Wasser in den Stiefeln fühlte er schon längst nicht mehr. Neigel war hart im Nehmen, immerhin war er gestern noch mit Kleidern am Leib durchs Schlangbecken geschwommen.

Mehr als der Regen machte ihm das Ruinenviertel zu schaffen, in das die Wiedstraße mündete: Dort breitete sich karge, verbrannte Fläche aus. Vor etwas mehr als einem halben Jahr hatten die Aquintianer hier das ganze Weberviertel dem Erdboden gleichgemacht. Nur hier und da waren noch ausgebrannte Fundamente der Webereien, Tuchwerke, Färberwerke und Lehrlingsschulen zu erkennen. Unweit hatten die Aquintianer ihre schmucklosen, klobigen Manufakturhallen errichtet, über die sie mit Adleraugen wachten.

Neigel konnte in einiger Ferne die Weber-Allee sehen; auf der anderen Straßenseite ragten bereits die bulligen Manufakturen auf mit ihren schmalen hohen Fensterschlitzen. In manchen war das Fensterglas bereits beschädigt oder zerstört.

Die Wiedstraße, in der der *Goldhahn* stand, erschien Neigel wie eine der wenigen unbeschädigten, wenn auch heruntergekommenen Gliedmaßen an einem zerpflückten Gerippe, und das ließ ihn die Kälte der Regennacht noch stärker fühlen.

Er konnte keine der hoch aufragenden Turmuhren sehen, die auch in der Nacht mit Licht beschienen die Zeit verkündeten, doch er vermutete, dass die Sperrstunde sehr nah war. Und die Sperrstunde hieß Blaurockpatrouillen, vor allem um die Manufakturen herum. Und insbesondere seit Elisabeda und er die Musketen gestohlen hatten! Er versuchte, sich in die Schatten unter einem Vordach zu drücken; eine einfache Aufgabe selbst für einen großen Kerl wie ihn, denn um die Bevölkerung nicht zum Ausgehen zu ermuntern, wurden Nebenstraßen wie die Wiedstraße nicht mehr offiziell von der Stadt durch Straßenlaternen erleuchtet. Nur hier und da brannte ein privates Licht an einem Hauseingang.

Er wurde hellhörig, als plötzlich Schritte zu hören waren. Jemand war in die Straße eingebogen. Den Atem anhaltend, lauschte er, entspannte sich aber wieder, als er nur ein Paar Füße ausmachen konnte. Er wartete gespannt, bis er die Gestalt im Licht, das aus dem *Goldhahn* fiel, ausmachen konnte.

»Iphram!«, rief er aus.

»Neigel?«, fragte die Stimme, auf die er gehofft hatte. Er lächelte. Noch keine Sperrstunde. Noch keine Patrouille.

»Der und kein anderer«, sagte Neigel und trat tropfnass in die Mitte der Straße.

»Was für ein unfreundlicher Ort für ein Treffen. Hast du nicht *im Goldhahn* gesagt? Ich hatte keine Ahnung, dass du bei diesem Wetter *davor* wartest!«

Iphram wandte sich von der Tür zum heimelig wirkenden Inneren der Schenke ab und trat auf Neigel zu. Er zog sich mit einem Schauder die Kapuze tiefer ins Gesicht.

»Ich … Na ja. Ich hatte auch gedacht, ich wäre im *Goldhahn.*«

»Haben sie dich etwa nicht reingelassen?«, grinste Iphram. Neigels Gegenüber war kleiner, schmaler und vielleicht zehn Jahre älter als er. Außerdem war er … weltgewandter. Neigel hörte ihm gerne zu – doch diesmal würde es Iphram sein, der staunen würde.

»Nein, nein. Ich habe etwas zu tun. Ich stehe nicht einfach so hier draußen herum.«

»Oh, natürlich, das würde ich auch sagen, wenn man mir die Tür vor der Nase zugeschlagen hätte«, spottete Iphram. »Es ist jeden Moment Sperrstunde. Der Wirt vom *Goldhahn* drückt zwar oft noch beide Augen zu – aber rein lässt er niemanden mehr, sobald es geläutet hat. Vielleicht sollten wir hineingehen, ich kann sicher ein gutes Wort für dich ein…«

»Nein. Leider nicht.«

»Geheimnisvoll«, schmunzelte Iphram und stellte sich neben Neigel unter den schmalen Vorbau eines der Wiedstraßengebäude, durch dessen Löcher das Wasser tropfte. Er sah hinüber zu den fettig-beschlagenen Fenstern des *Goldhahns,* als könne er mit seinem neugierigen Blick Gucklöcher hineinschmelzen. »Beschattest du jemanden? Spionierst du? Um wen geht es? Einen Dieb? Falschspieler? Betrüger? Du wirst doch niemanden an die Aquinzacken verraten wollen?«

»Ich hole sicher nicht die Garde. Du etwa?«, fragte Neigel scheinbar unbekümmert.

»So so«, zwinkerte Iphram vielsagend und sah ihn von der Seite an. »Wen behalten wir denn hier im Auge? Freund oder Feind? Und was wirst du tun, wenn die Garde kommt? Ist das gut oder schlecht für uns? Stellst du dich ihnen dann in den Weg?« Iphram griff grinsend an Neigels Oberarm, wo der Stoff des Hemdes sich über den Muskeln spannte.

»Vielleicht bin ich ja auch hier draußen, weil *ich* etwas Verbotenes tun möchte, und das hat gar nichts mit denen da drinnen zu tun«, sagte Neigel mit einem unsicheren Lächeln in die Richtung seines Freundes. Es war schön, dass Iphram gekommen war – doch er hatte stets Angst, der andere würde ihn auslachen und das Weite suchen.

Doch Iphram grinste füchsisch, und Neigel beugte sich zu dem schmaleren Mann herab, bis ihre Nasenspitzen nur noch eine Handbreit voneinander entfernt waren.

»Etwas Verbotenes, ja? Hat das etwa was mit mir zu tun?«, fragte Iphram.

»Vielleicht…« Neigel kam nicht weiter, denn Iphrams Lippen schnitten ihm die Worte ab. Mit einem Gefühl, als wollten sein Herz und sein Magen die Plätze tauschen, erwiderte er den Kuss. Regen! Wachestehen! Blauröcke! Alles wurde unwichtiger, während der Kuss intensiver wurde, und wie stets lief Neigel ein Schauer über den Rücken, den der Regen nicht hatte verursachen können. Er umarmte Iphram, nasser Stoff an nassem Stoff.

»Beim großen Handwerker, Dawyd«, zischte Elisabeda und rappelte sich vollends auf. »Wir haben keine Zeit für so etwas!«

»Ihr habt euch einen Fechter gesucht, der eure Duelle schlägt, dann müsst ihr nun auch damit leben, *wie* ich diese schlagen will!«, presste Dawyd hervor und beschrieb mit seinem Messer eine liegende Acht vor dem Gesicht des verdutzten Ibenezer.

Elisabeda hätte bedenken müssen, dass er es nicht verstehen konnte. Die Fechter hatten ihre Zeichen verloren, und Dawyd konnte nicht wissen, wie es sich *anfühlte*, ein Zeichen zu wirken. Dass es nicht einfach das Zeichnen von Strichen und Bögen und Punkten war, sondern dass man einen Teil der eigenen Seele mit diesem Zeichen verband, diesem Zeichen verschrieb. Dass man eins mit seinem Handwerk werden musste – und werden wollte –, um die Zeichen zu meistern.

Lange Zeit hatte das Gerüst der Gilden geregelt, wer wann ein Zeichen erlernen durfte – oder versuchen konnte, es zu erlernen. Dass es auch andere Wege des Erlernens und des Wirkens gab – dass man das Zeichen nicht zu meistern lernte, sondern sich selbst vom Zeichen meistern ließ, dass man es nicht mit seiner Seele verknüpfte, sondern dass es an der Seele fraß wie eine Ziege am zähesten Kraut, bis es bis zur Wurzel hinabgedrungen war … Nein, den Gedanken konnte sie nicht zu Ende denken. Sie starrte von einem zum anderen, sprachlos, fassungslos und vollkommen gewillt, diese beiden Männer für etwas bezahlen zu lassen, was sie nicht zu verantworten hatten.

*Aber sie haben es mitgespielt, dieses hässliche Spiel! Wir müs-*

*sen den Besatzern zeigen, dass wir es nicht dulden. Wir – die Aufständischen. Wir – die Sygnaer!*

»Komm schon, Bursche. Du wirst doch wohl eine Waffe haben«, knurrte der Goldfechter und riss Elisabeda aus ihren Gedanken. Ignaz hatte Pitar mit dem rechten Arm umklammert, mit der Linken hatte er ein Messer gezogen, dessen Spitze er nun durch die schweren Schichten aus Kleidung schob, die bewies, dass der Bärtige doch ganz gut für seine Aufsehertätigkeit entlohnt wurde. Dawyd fuhr zu Ignaz herum, als er die Bewegung sah: »Nein, Dreifinger! Den nehme ich mir als Zweites vor, du wirst ihm nicht vorher in die Nieren stechen!«

Dawyd hielt Ibenezer in Schach, der mit offenem Mund von einem zum anderen starrte. Der Regen fiel wie ein abscheulicher, lotrechter Vorhang auf sie herab und verwandelte die Schmutzschicht auf den Kisten und Fässern sowie dem Häuschen des Abtritts in zähen Schleim.

Elisabeda zuckte in einer einhaltenden Geste mit den Fingern, und sie war sich sicher, dass Ignaz es gesehen hatte. *Lass ihn. Warte ab.*

»Aber warum?«, fragte Ibenezer, von Dawyd in Schach gehalten, und die Zähne schlugen ihm aufeinander, ob vor Angst oder vor Kälte, wusste Elisabeda nicht zu sagen. »Warum wollt ihr uns umbringen?« Seine Stimme war schwach und jämmerlich. Nun breitete er die Arme aus.

»Du wirst doch wohl eine Waffe haben, Kerl!«, knurrte Dawyd erneut, und es war offensichtlich, dass er nicht wusste, wie es weiterging, wenn der andere das Duell verweigerte.

»Eine Waffe?«, wimmerte Ibenezer. »Nein!«

»Zum Genüge der Goldenen Gilde!«, stieß Dawyd hervor und salutierte mit dem langen Messer.

»Oh, Grundgütiger!«, flüsterte der Vorarbeiter. »Womit habe ich das verdient?«

»Womit?«, blaffte Ignaz in Pitars Ohr, dass dieser vor Schmerz das Gesicht verzog. »Womit, fragst du? Ihr habt den Tod verdient, weil ihr Bürger, weil ihr *Handwerker* von Sygna in den Schmutz der Zwangsarbeit zerrt. Weil ihr den Aquinzacken zuarbeitet. Weil ihr im Gegensatz zu ihnen wisst, welche Untaten ihr begeht, und es trotzdem tut! Weil ihr eure Seelen verkauft habt und die Kraft der Zeichen noch dazu. Weil ihr arme Hunde dazu zwingt, Zeichen zu wirken, die sie nicht verstehen! Weil ihr anderer Leute Seelen an die Besatzer verhökert! Weil es an Leuten wie euch hängt, ob Sygna die Ketten abwerfen wird! Und weil wir ...« Er wurde leiser, ein gefährliches, grimmiges Raunen: »Weil wir die Rebellen von Sygna sind.«

Ibenezer sog die Luft ein, sein Blick zerrte flehend an Elisabeda, die nun auch ein Messer zog, es an der Klinge packte und dem Mann hinhielt.

»Hier. Du hast eine Chance, die dir ein Fechter der Goldenen Gilde gibt. Mach etwas draus«, sagte sie kalt. Ignaz und sie hatten die Entscheidung getroffen, diese Männer dafür zahlen zu lassen, dass sie ihre Seelen verkauft hatten – und die Seelen derer, die sich in den Manufakturen zugrunde richteten. Diese Aufseher waren Schweine, und Elisabeda hatte keine Skrupel, sie zur Schlachtbank zu führen. Dawyds Augen glommen zufrieden, als Ibenezer nach dem Messer tastete. Es war in etwa so lang wie Ismayls Waffe – Elisabeda pflegte mit ihren Waffen stets die maximal erlaubte Länge von einer Elle auszuschöpfen – und nur ein wenig klobiger. Eine Waffe für einen Arm, der das Schwingen eines Hammers gewöhnt war. Aber Ibenezers Peitschenarm würde auch damit klarkommen.

Zitternd hielt er die Waffe vor sich. Dann taumelte er einen Schritt zurück, versuchte, zur Tür zu gelangen, aus deren zugigen Spalten Licht aus dem *Goldhahn* in den Innenhof fiel.

»Hilfe!«, schrie Ibenezer gellend, und Elisabeda stöhnte ungnädig.

»Dawyd, jetzt mach schon!«, befahl sie, und der Goldfechter, der den Fluchtversuch seines Duellgegners lediglich mit einem Fluch und einem Stirnrunzeln quittiert hatte, setzte endlich nach.

»Wehr dich wie ein Mann, du Ratte!«, fuhr er Ibenezer an, der gegen die Tür geprallt war, diese aber nun nicht öffnen konnte, da sie in seine Richtung aufging und er sich dagegenpresste, um nicht in Dawyds Messer zu geraten.

»Hilfe!«, schrie Ibenezer wieder. »Garde! Hilfe, die wollen mich abmurksen!«

Plötzlich hieb er mit einer blitzschnellen Bewegung in Dawyds Richtung. Elisabeda schrak zusammen, doch Dawyd parierte mit Ismayls Messer, wagte einen seitlichen Schritt neben die Klinge des Aufsehers und packte diesen am Handgelenk. Er drückte das Messer von sich und zog sein eigenes Messer über den Hals des um Hilfe Schreienden. Das Gebrüll endete binnen eines Wimpernschlags in einem hilflosen blutigen Gurgeln. Nun schrie auch der Bärtige und versuchte, sich trotz des Messers an seinen Rippen aus Ignaz' Griff zu befreien. Elisabedas Blick zuckte von dem erbarmungswürdigen Blick des sterbenden Ibenezer zu Ignaz, und sie sah, dass dieser sie fixierte. Er hatte die Augenbrauen gehoben, als bitte er sie um Erlaubnis. Sie hatten gemeinsam beschlossen, Rache zu üben und Sygna um zwei Aufseher ärmer zu machen. Was nutzte es, jetzt Gnade walten zu lassen? Dafür war es zu spät. Sie nickte knapp und presste die Lippen zusammen, als Ignaz' Messerspitze mit einer ruckartigen Bewegung seines Arms ihr Ziel traf – einmal, zweimal, viele Male. Dawyd fuhr herum, sah auch Pitar zusammenbrechen – beide noch nicht tot, natürlich nicht, das Sterben nahm sich seine Zeit – und funkelte Ignaz an.

»Das sollte ein Duell werden!«

»Das«, erwiderte Ignaz ungerührt, »sollte eine leise, saubere Sache werden.«

»Das«, entgegnete Elisabeda zuletzt nicht ohne Selbstkritik, »sollte eine Sache werden, bei der wir Informationen sammeln und keine Menschen töten!«

»So kam es also für jeden von uns anders als erwartet«, schloss Ignaz. »Wir müssen hier weg!«

Er hatte den Satz kaum beendet, als die Tür aufgestoßen wurde, eine Frauenstimme zu kreischen begann und sich mehrere vierschrötige Schemen in das Viereck aus ranzigem Talglicht schoben, das sich aus dem Schankraum des *Goldhahns* ergoss.

Elisabedas Blick flackerte in die Dunkelheit. Der Innenhof hätte genauso gut eine gähnende Grube sein können, so rasch wurde ihre Sicht von Schwärze verschlungen. Gab es einen zweiten Ausgang? Konnten sie aufs Dach oder durch andere Hauseingänge fliehen? Oder würden sie sich im Regen und dem unvermeidlichen Gerümpel eines Schenkeninnenhofs einfach die Beine brechen?

Normalerweise fand Elisabeda für solche Fragen im Handumdrehen eine Lösung. Doch die immanente Gefahr und der Zeitdruck setzen ihr zu. Sie konnte nicht klar denken. Aus der Taverne hört sie Geschrei und Rumpeln. Stühle fielen um, mit Sicherheit wurden Messer gezogen und Flaschen und Humpen ergriffen, um als Waffen zu dienen. Plötzlich ertönte ein Donnern vom Eingang her und die dröhnende Stimme: »Keiner rührt sich! Im Namen des Kaisers!«

Neigel konnte alles ausblenden. Den Regen. Die Kälte. Die Tatsache, dass er sich stehend in einer Gasse befand statt im stundenweise gemieteten Zimmer eines der abgewrackteren Lokale der Stadt. Er keuchte, seine Finger fuhren durch Iphrams kurzes, nasses Haar. Seine Hose hing ihm auf den Knien, und er wusste, wenn nun die kaiserlichen Soldaten des Wegs kämen und in diese Gasse leuchtete, hätten sie gleich einen weiteren Straftatbestand neben der Nichteinhaltung der Sperrstunde – und Neigel würde beim Weglaufen über seine eigene Hose fallen. Doch auch das konnte er ausblenden.

Er spürte Iphrams Lippen. Seine Zunge. Sogar seine Zähne. Die Finger, die ihn liebkosten. Mit einem gepressten Schaudern unterdrückte er die erste Welle des Höhepunkts, die durch seinen Körper laufen und ihm die Knie weich werden lassen wollte. Er biss die Zähne zusammen, doch Iphrams Bewegungen wurden drängender, heftiger, intensiver, und dem zweiten Ansturm musste er sich ergeben. Mit einem Stöhnen, das sich seinen Weg durch das ewige Tropfen des Regens wand, kam er in Iphrams Mund. Auch sein Liebhaber gab ein Stöhnen von sich, halb Lust und halb Lachen. Als er aufstand, zog er Neigels Hosenbund mit sich hoch.

Ein wenig beschämt verbarg Neigel sein immer noch steifes Glied wieder, dann stahl sich seine Rechte in den Schritt des Älteren.

»Und du?«, fragte er heiser und rieb durch den Stoff über die Beule darunter. Iphram seufzte, sagte dann jedoch: »Ich spare mich auf. Für eine trockenere Gelegenheit.«

»Sicher?« Neigel war sich bewusst, dass er der Unerfahrene von ihnen war. Er hatte es einmal mit sechzehn mit einem Mädchen versucht, und das war so unrühmlich verlaufen, dass er in den Jahren darauf stets Ausflüchte gefunden hatte, wenn die anderen Müllerburschen zum Tanz oder zu käuflichen Damen aufbrachen. Dass Iphram ihn wollte, erschien ihm immer noch unwirklich. Wollte der andere vielleicht nur deshalb nicht, dass er ihm auch einen Gefallen erwies, weil er sich ungeschickt dabei anstellte? Doch Iphram küsste ihn, als wolle er all seine Zweifel zerstreuen, und Neigel schmeckte sich selbst auf der Zunge des anderen.

Dann hörte er ein Scheppern, das Klirren von Glas, und ihm wurde bewusst, dass er keine Ahnung hatte, was auf der Straße – oder im *Goldhahn* – vor sich ging. Er fluchte und zerrte seinen Gürtel fest.

»Keiner rührt sich! Im Namen des Kaisers!«, durchschnitt eine Stimme die Nacht. Neigel fluchte lautlos, plötzlich machte sich Kälte in seinem Magen breit.

»Verdammt! Sind da Wachen?«, presste er hervor.

»Ja, hast du sie nicht gehört? Ein Kerl hat vorhin die Kneipe verlassen und ist mit ihnen wiedergekommen. Deshalb hab ich dich doch weiter nach hinten geschoben. Oder wolltest du etwa wirklich eine öffentliche Vorführung?« Iphram neckte ihn, doch Neigel stand nicht der Sinn nach Späßen. Er griff nach seinem

Messer, fluchte dann und steckte es zurück. Er konnte nicht mit gezogener Waffe in den *Goldhahn* stürmen! Er schob sich an Iphram vorbei zur Einmündung der Gasse. Warum hatte er keine Ohren für die Schritte dort gehabt? Warum hatte er die anderen im Stich gelassen für ein paar Küsse und Liebkosungen?

»Wirst du mir sagen, was du auf einmal hast?« Iphram hielt ihn an der Schulter fest. »Du kannst jetzt nicht da hingehen. Sie werden dich verhaften!«

»Meine Freunde sind da drin!«, murmelte Neigel, Schweiß stand ihm auf der Stirn.

»Ein Mord!«, gellte es aus dem *Goldhahn* , und Neigel überlief es kalt. »Mörder!«

Iphram starrte ihn von der Seite an. »Und deine Freunde ... waren nicht zum Trinken dort drin«, stellte er dann fest, mit flacher, ruhiger Stimme. Neigel nickte, die Finger um den Griff des Messers gekrümmt.

»Scheiße, was mach ich jetzt? Gibt es ... gibt es einen zweiten Eingang? Hinten? Einen Hof?«

Neigel musterte die gegenüberliegende Häuserfassade. Hinter den Läden der Nachbarhäuser regten sich nun Menschen, Rufe wurden laut. Drei Gardisten standen noch im Eingang des *Goldhahns*, jedoch mit dem Rücken zur Straße, augenscheinlich überfordert von dem, was im Inneren vor sich ging.

»Wir können nur hoffen, dass es einen zweiten Eingang gibt«, sagte Iphram, griff Neigels Arm und zerrte ihn über die Straße auf das Haus neben der Wirtschaft zu. Ein kurzer Moment der Panik, als sich die Tür des Nachbarhauses nicht öffnete und sie den Gardisten so nah waren, dass sein umherirrender Blick das Licht wahrnehmen konnte, das auf den Abzeichen an den Mützen und auf den Läufen der Musketen blitze. Dann gab die Tür des Hauses endlich unter Neigels Schulter nach, und beide Männer stolperten in die pechschwarze Dunkelheit eines Flurs. Neigel fiel beinahe über eine Stufe, die in seltsam verbautem Winkel zu einer Treppe nach oben führte, doch Iphram hatte seinen Griff nicht gelockert und zerrte ihn durch den Flur nach vorn.

*Großer Handwerker, gib, dass wir keine Treppe nach unten fallen!*

»Vorsicht«, keuchte Iphram prompt. »Hier geht es runter!«

Sie tasteten sich vor. Neigel berührte ein Holzgeländer, auf dem feiner Staub lag, der sich löste. Er rieb die Finger aneinander. *Kohlenstaub, Kohlen…*

»… ein Kohlenkeller!«

Iphram tastete an der Wand entlang, auf der Suche nach einem Hinterausgang des Hauses.

»Was willst du im Kohlenkeller?«, fragte er.

»Es gab keine Kohlenklappe nach vorne raus«, stieß Neigel hervor. »Das heißt, sie kriegen über den Hinterhof die Kohlen, und der Keller hat eine Klappe in den Hof!«

»Aber es gibt hier sicher auch eine ebenerdige Tür in den Hinterhof!«

»Ich gehe in den Keller!« Neigel fand das Geländer wieder und hastete die Treppenstufen hinab – die Eile brach ihm beinahe das Genick, als er ausrutschte, doch dann kam er in einem niedrigen Kellergewölbe an, in dem er sich prompt an staubigen Backsteinen den Kopf stieß.

»Verdammt«, fluchte er und tastete sich gebeugt weiter vor. Iphram folgte auf der Treppe, und als er einmal unten angekommen war, schob er rücksichtslos gegen Neigels Rücken. »Schneller! Bevor deine Freunde massakriert werden!«

Neigel stolperte in blinder Hast vorwärts, fiel beinahe in einen Kohlenhaufen, tastete sich von dort aus zur Klappe, die schräg nach oben führte. Seine Finger glitten über die groben Holzbretter, fanden einen Riegel, zerrten daran und öffneten schließlich den Mechanismus. Neigels Atem pfiff, denn von dort draußen konnte er nun Lärm und Elisabedas Stimme hören. Dann zerfetzten zwei Schüsse die Nacht. Er stemmte seine Schultern mit aller Kraft von unten gegen die Klappe, und sie sprang auf. Die Scharniere waren geölter, als er es vermutet hätte, und die Klappe wäre sicher mit ohrenbetäubendem Scheppern gegen die Hauswand geschlagen, wäre nicht Iphrams Hand vorgeschossen und hätte nach der Kante gegriffen. Neigel verlor keine Zeit, schob den Kopf aus der Kohlenklappe und versuchte, sich zu orientieren.

Das schäbige Gebäude, durch das sie gestolpert waren, war länger als das Haus, in dem der *Goldhahn* seine Schankstube eingerichtet hatte, und ragte weiter in den verschachtelten Innenhof hinein. Der Hof lag im Finstern, panische Hühner gackerten. Neigels Augen gewöhnten sich langsam an die Nacht, und er erkannte Käfige mit aufgebrachtem Federvieh, Kisten und einen Berg Küchenabfälle, der offenbar nicht schnell genug verrottete, sowie ein paar schlecht gepflegte Beete.

»Elisabeda!«, zischte er.

Er stemmte sich aus der Klappe und spähte um die Ecke zur Tür des *Goldhahns*. Dort hatten sich zwei Gardisten aufgebaut, die mit ihren Büchsen zielten, zwei andere zogen sich gerade zum Nachladen hinter die breiten Rücken ihrer Kameraden zurück. Diese vier waren hell erleuchtet von den Lampen im Innern der Taverne – der Rest des Hofs lag in Finsternis. Wohin sie zielten und ob sie etwas getroffen hatten, konnte Neigel nicht sagen. »Ignaz!«, versuchte er es erneut. Etwas polterte hinter einem blechernen Eimer, dann blitzte im Licht, das von der Tür in den Hof fiel, der Stahl einer Waffe auf.

»Neigel!«, flüsterte Dawyd ganz in der Nähe. Kein Vorwurf folgte, im Gegenteil, der Fechter klang geradezu erleichtert.

Neigel schob sich Schritt für Schritt durch die Dunkelheit in den Schatten der Hühnerkäfige. Er prallte gegen Dawyd, der ebenfalls hinter den Käfigen kauerte.

»Kommt heraus!«, durchschnitt eine befehlsgewohnte Stimme die Nacht. »Wir haben euch im Visier, die nächsten Schüsse werden treffen!«

»Wenn da ein Kohlenkeller ist ...«, flüsterte Neigel. »Dann muss der Hof einen Zugang zur Straße haben, für Fuhrwerke.«

»Wir können hier kaum die Hand vor Augen sehen!«

»Aber die Kerle auch nicht. Auf die Wiedstraße können wir nicht zurück. Wir können an den Häuserwänden entlang nach dem Tor suchen!«

Schüsse krachten. Hühner schrien entsetzt in Todesangst auf – zu Recht, denn keine Armlänge von Dawyd entfernt zerbarst ein Huhn mit einem schrecklichen Schrei. Neigel und er duckten sich hinter die Käfige.

»Wir müssen weg, schnell, schnell!«, presste Neigel hervor. Er packte Dawyds Schulter, fühlte den ledernen Schulterschutz der Fechter unter dem Leinengewand und schob den Neuen vor sich her zur Hauswand. Er warf einen Blick über die Schulter. Es erleichterte ihn, dass Iphram ihm nicht gefolgt war. Sollte er im Kohlenkeller bleiben und den Kopf unten halten, jemand wie er sollte nicht in so etwas verwickelt werden.

Zwei weitere Schüsse, weitere Hühner starben – an Kugeln und am Schrecken. Holzsplitter fuhren den Fliehenden in die Kleidung, Neigel spürte sie durch sein Hosenbein.

»Degen ziehen und stürmen!«, schrie der Offizier seiner offensichtlich leergeschossenen Truppe zu. Neigel rannte nun ohne Rücksicht in die Dunkelheit, Dawyd dicht hinter sich. Von links sah er plötzlich Elisabeda und Ignaz auftauchen. Kurz erlaubt er sich das Gefühl der Erleichterung darüber, dass sie noch lebten, dann rief ihm das Geschrei der Soldaten wieder die Gefahr hinter ihnen in den Sinn. Neigel fand an der Wand entlang die Ecke des Hofs und änderte die Richtung, doch dabei prallte er gegen ein marodes Holzfass und stieß es um. Regenwasser platschte heraus, Ignaz rutschte auf dem schmierigen Boden aus und wurde von Dawyd aufgefangen – und dann sahen sie vor sich einen spärlichen Schimmer von Licht, das von einer weit entfernten Straßenlaterne durch einen von Weinlaub umrankten steinernen Bogen zwischen zwei Wohnhäusern drang.

Sie liefen, keiner sagte ein Wort. Sie wussten alle, was auf dem Spiel stand, als sie auf die Altmeisterstraße einbogen und ahnten, dass sich jenes Spiel zu ihren Gunsten entscheiden würde, sobald sie die Bollbrücke erreichten.

Neigels Atem pfiff. Er sah, dass Ignaz Schwierigkeiten hatte, mitzuhalten. Ihr Anführer war zwar geistig der Stärkste, aber körperlich der Schwächste von ihnen. Also packte Neigel ihn unterm Arm und zog ihn vorwärts. Während sie die Distanz zu ihren Verfolgern ausbauten, ließ Neigel seinen Gedanken freien Lauf. War er vorhin noch panisch gewesen wegen seiner Unachtsamkeit, fühlte er jetzt ein Triumphgefühl in sich aufsteigen. Sie waren ihren Gegnern wieder einmal entkommen! Und was noch besser war: Sygna kam nicht zur Ruhe. Nacht um Nacht um Nacht jagten nun Patrouillen durch die Straßen. Es würde nur ein Vorgeschmack sein auf alles, was noch folgen würde. Nacht um Nacht um Nacht. Bis die Stadt frei war.

Elisabeda führte sie durch das Elendsviertel im Schatten der Stadtmauer zur Bollbrücke. Sie überspannte keinen Fluss und kein Staubecken, sondern eine Kluft in der Flanke des Bleibergs, an deren Steilwand sich alte Gebäude klammerten – teils in sie hineingeschlagen, die tiefsten von ihnen von den Gilden versiegelt, weil sie zu weit in den Berg führten, dessen Höhlengewirr niemand betreten durfte. Von der Bollbrücke zogen sich Treppen hinab. Ein feuchtes Geländer glitt unter ihren tastenden Händen dahin, während sie Stufe um Stufe nahmen. Hinab ins vertikale Gewirr der Kluft.

*Stufe um Stufe um Stufe. Bis die Stadt frei ist.*

Lysandre Rufin betrat den *Goldhahn* mit nasser Jacke und selbst unter der Kapuze tropfendem Haar. Er war in ziviler Kleidung unterwegs, doch der Sergeant der Patrouille – Nikrou, wenn er nicht irrte – erkannte ihn sofort, als er die Kapuze abstreifte, und nahm Haltung an. Neben Nikrou stand der Wirt, gefasst im Angesicht zweier Leichen und einer Schießerei in seinem Innenhof. Niemand sonst schien gefasst. Die Hunde bellten sich die Seelen aus dem Leib, als wollten sie den Soldaten den Lärm der Musketen heimzahlen. Aus den anderen Häusern drangen aufgebrachte Schreie, und auch in der heruntergekommenen Kaschemme flirrte es vor Aufregung. Niemand durfte die Kneipe verlassen, bevor nicht die Papiere überprüft worden waren.

Auf der anderen Seite neben Sergeant Nikrou stand, ebenfalls regennass, der unscheinbare Gast, der die Patrouille alarmiert hatte. Er war einer von Rufins Leuten, doch beide gaben mit keinem Blick zu verstehen, dass sie einander kannten. Es war wichtig, dass Rufins Augen und Ohren in allen Winkeln der Stadt unerkannt blieben.

Rufin sah sich aufmerksam um, nahm systematisch alle möglichen Dinge zur Kenntnis. Sein Gedächtnis und seine Wahrnehmungsgabe waren nicht außerordentlich, doch er hatte sie geschult. Ungefähr zwanzig Gäste, darunter nur drei Frauen, standen zusammengedrängt und schienen zum größten Teil damit beschäftigt, mit den Nerven am Ende zu sein. Ein Zustand, der umso rascher eintrat, je mehr man getrunken hatte.

Rufin trat zum Sergeanten.

»Zwei Tote«, stellte er mit einem Blick fest. »Die Täter geflohen?«

»Ja, Sire. Beide Toten sind Aufseher aus der Tuchmanufaktur«, erwiderte Nikrou und sah angewidert zu, wie seine Soldaten die schmerzhaft zu Tode gekommenen Männer zum Abtransport bereit machten.

»Die Täter waren Aufständische.«

»Vielleicht. Ausgegeben haben sie sich als unsere Landsmänner, Sire. Als Händlerfamilie.«

»Und trägt das die Handschrift von Händlern oder die Handschrift von Aufständischen?«, fragte Rufin unnachgiebig. Der Sergeant nickte eilig.

»Natürlich, Sire. Wie ich es bislang verstehe, haben sie die beiden mit der Vortäuschung eines Schwächeanfalls in eine Todesfalle gelockt. Nur die Gründe sind mir unklar.«

Eine Frau kniete neben dem jüngeren der beiden Toten, doch sie schluchzte nicht und schrie nicht, nur ihre Fingernägel kratzten wieder und wieder über ihre Handrücken.

»War die Frau dabei?«, fragte Rufin und ging neben ihr in die Hocke.

»Ja, sie sagt, sie haben Marionett gespielt.«

»Von wie vielen reden wir?«

»Drei«, sagte der Sergeant. »Drei, die sich als Händler ausgaben, und vier weitere Mitspieler.« Nikrou sah auf den tropfnassen Rufin herab, der Agent der Geheimpolizei spürte seinen Blick.

»Ist etwas verwunderlich an mir?«, fragte er ruhig.

»Ich … ich bin … erstaunt, dass Ihr bereits hier seid, Sire. Wir sind ja selbst gerade erst eingetroffen. Korporal Mathisse hat mit fünf Männern die Verfolgung aufgenommen und ist noch nicht zurückgekehrt.«

Rufin lächelte schmallippig. »Ich war ohnehin unterwegs, in ähnlicher Angelegenheit. Ich bin glücklich, unserem Kaiser von Nutzen sein zu können.« Er wandte sich an die Frau, deren ruckartige Kratzbewegungen ihn nervöser machten, als er es zugeben wollte. »Meine Dame«, sagte er und räusperte sich. »Sagt, würdet Ihr mir die Mitspieler der Marionettrunde beschreiben? Ist Euch etwas Besonderes aufgefallen? Etwa … eine Verstümmelung an der Hand?«

Sie sah langsam zu ihm auf, als würde sie gerade erst erwachen.

»Einer trug Handschuhe«, flüsterte sie dann, die Stimme so dünn, dass er Mühe hatte, sie in dem Tumult zu verstehen. Die Soldaten begannen, Papiere zu überprüfen, und nicht jedem war dies gleich recht, obwohl Nikrou verkündete, dass nur diejenigen etwas zu befürchten hatten, die keine Papiere bei sich führten oder deren Namen mit den Aktivitäten der Aufständischen in Verbindung gebracht werden konnte. Heute würde kein Verstoß gegen die Sperrstunde geahndet.

»Aber vielleicht war er unbeholfener mit der Rechten?«, hakte Rufin nach.

»Vielleicht«, gab sie zu, aber ihrer Miene war anzusehen, dass sie sich nicht sicher war.

»Beschreibt mir die Gesichter der drei Mörder.«

»Einer war jung. Hübscher Kerl, rötliche Haare, nettes Lächeln.«

»Der Goldfechter«, murmelte Rufin.

»Dawyd Iackmar ist dunkelhaarig«, warf der Sergeant hilfreich ein.

»Nichts, was er nicht hätte ändern können.«

»Eine sagte, sie sei seine Mutter. Vielleicht vierzig, die Haare streng zurückgebunden. Ihre Haut war dunkler als die der beiden Männer.«

»Südlicher Typ. Die Frau mit dem Hammer«, nickte Rufin. »Dann ist der Dritte im Bunde ein schmaler Kerl gewesen, schwarze Locken und Bart mit silbernen Strähnen. Durchdringend grüne Augen, ein kaltes, gleichgültiges Lächeln. Schmale Nase. Nicht hübsch, nicht hässlich. Aber charismatisch.« Er versuchte, sich an weitere Details zu erinnern. Weitere Details des Monsters, das er erschaffen hatte.

Die Frau nickte langsam. »Er trug einen Hut, Handschuhe. Alles wie ein aquinzischer Händler. Und ich hab ihm seine Art zu reden abgekauft. Wirklich, das hab ich.«

»Sein Vater war Aquintianer.« Rufin lächelte über ihre aufgerissenen Augen. »Ja, das wusstet Ihr nicht, oder? Seltsame Fügung des Schicksals, nicht wahr? Er und ich, Kinder derselben Nation.«

Er erhob sich, gleichzeitig wurde die Leiche des Jüngeren auf eine Bahre gehoben, und die Frau wich von der Seite des Toten, als sei er in Flammen aufgegangen. Rufin entging nicht, dass eine ihrer Hände sich um ein kleines Säckchen klammerte, eine Geldbörse höchstwahrscheinlich. Als Commissaire der Geheimpolizei würde er sich jedoch nicht mit kleinen Delikten wie Leichenfledderei befassen.

»Er treibt sich viel herum in letzter Zeit, Sergeant Nikrou. Und auffällig oft in der Nähe der Manufakturen. Ich werde eine Zeichnung für öffentliche Aushänge in Auftrag geben, damit er sich nicht mehr so einfach in Marionettrunden mischen kann wie eine gezinkte Karte.«

Er musterte die Frau noch einmal. Gebückt war sie, verbraucht, und es gehörte nicht viel Phantasie dazu, um zu begreifen, wovon. Sogar eines ihrer Augen hatte sie schon hergegeben – das waren die frühen Arbeiter, mit denen die allerersten Versuche gestartet worden waren. So etwas Unschönes wie der Verlust eines Auges war mittlerweile die Ausnahme.

»Gibt es irgendetwas, egal wie unwichtig es Euch erschienen sein mag, das auf eine Verbindung zu den Ereignissen bei der Zimmerleutsbrück hindeutete?«, drängte Rufin. »Haben sie darüber geredet? Haben sie Fragen zu den Dichtern gestellt, zu den Wortzeichen? Haben sie … haben sie eines davon verwendet?« Die Frau sah ihn an und blinzelte langsam, als müsse sie Klarheit darüber erlangen, welche Antwort er hören wollte.

»Das weiß ich nicht. Gefragt haben sie nur nach den Manufakturen«, murmelte schließlich ihre dürre Stimme. »Da haben sie eine Menge gefragt. Sie haben sogar um die Antworten gespielt.«

»Welche Manufakturen? Ging es um bestimmte Zeichen? Ging es um die Musketen?«

»Nein. Es ging darum, wie wir dort die Zeichen wirken.«

»Und es steht eine Strafe darauf, darüber zu reden. Nicht wahr?«

Sie nickte. »Ibenezer.« Sie wies auf die Leiche, die nun von zwei Männern fortgetragen wurde. »Er hat … er hat's ihnen gesagt. Was er sagte, schien sie sehr aufzuregen.«

Rufin nickte nachdenklich, das leichte Zittern ihrer Stimme ob der Lüge bemerkte er nur am Rande.

»Das heißt, Dreifinger wusste es noch nicht.« Er schüttelte lächelnd den Kopf. »Das muss ein Schock für ihn gewesen sein. Ich fürchte, Ihr seid verhaftet, meine Dame. Wer über die Manufakturen spricht, muss die Konsequenzen spüren. Vielleicht fällt Euch in den Kerkern ja noch mehr ein.«

Sie senkte nur den Kopf, als habe sie nichts anderes erwartet. Eine solche Schicksalsergebenheit störte Rufin. Er war kurz davor, ihr darzulegen, woran er erkannt hatte, dass sie es war, die das Schweigegebot gebrochen hatte. Ihr zu erläutern, warum ihr Ungehorsam bestraft werden musste, doch sie sah nicht so aus, als könne es eine Strafe geben, mit der er sie treffen würde. Er seufzte. Diese Sygnaer waren ein schwieriges Völkchen. Jahrhunderte der Selbstisolation trugen keine schmackhaften Früchte.

Rufin ließ sich auf einem Stuhl nieder, um ihn herum brodelte der *Goldhahn* wie ein Suppenkessel über dem Feuer. Als eine weitere Patrouille zur Verstärkung eintraf, sandte Nikrou sie mit den Leichen und der Frau in die Bleibergfeste. Korporal Mathisse kehrte ergebnislos zurück und warf Rufin den Blick eines Hundes zu, der Prügel fürchtete.

Rufin blinzelte verwundert.

»Das ist nicht weiter tragisch, Korporal«, sagte er und wedelte mit der Hand. »Rühren.«

Mathisse stand weniger stramm, aber immer noch angespannt, als rechne er damit, jeden Moment um sein Leben laufen zu müssen. »Es ist nicht weiter tragisch, Korporal, weil wir es hier nur mit drei Aufrührern zu tun hatten: Dreifinger, der sich lieber in Scheiben schneiden lässt, als mit mir zu sprechen. Die Frau, über die ich wahrhaftig noch nicht genug weiß, um den Hebel zu kennen, den ich bei ihr ansetzen kann. Und Iackmar, der vielleicht seit ein paar Tagen, höchstens Wochen, Kontakt zu den Rebellen hat. Verstehst du, Korporal? Dreifinger ist nur die Spitze des Bleibergs. Und die sagenhaften Katakomben unter dem Berg, die sind es, an die ich herankommen muss – im übertragenen Sinne natürlich. Jemand wie Dreifinger wächst oben immer wieder nach.« Er lächelte, ein offenes, freundliches Lächeln, so stellte er es sich zumindest vor. Der Korporal starrte ihn an. »Sie haben den Zunftmeister der Dichter. Was nützt mir die Frau oder der Fechter oder sogar Dreifinger? Ich muss das ganze … das ganze Bild erfassen. Und deshalb ist es nicht tragisch, dass sie dir entkommen sind.«

Der Korporal nickte erleichtert.

»Sergeant Nikrou wird über Strafmaßnahmen entscheiden. Hausdurchsuchungen. So etwas in der Art. Auch die Manufakturaufseher sollten an ihre Pflichten gemahnt werden. Ich denke, ich werde dem Gouverneur Wohnbaracken vorschlagen, damit die Arbeiter nicht mehr ihre Feierabende in den Kneipen der Stadt verbringen. Sergeant?«

»Sire?«

»Der Name des Korporals ist mir entfallen«, sagte Rufin.

»Mathisse, Sire.«

»Ich erwarte seine Degradierung.«

Geistesabwesend wandte er sich von den Soldaten ab, ließ seinen Blick zur Theke und zum Tisch mit den Marionettkarten wandern. Er trat hinüber und nahm einige Karten auf. Seine Augen fielen auf eine der höchsten Karten im Spiel: das Zeichen der Feder.

*Was ist mit den Wortzeichen, Dreifinger? Wer wird sie zuerst erbeuten – du oder ich?* Er lächelte. Es war ein Rennen, und keine Frage, wer es gewann.

*Nicht der Krüppel. Der Krüppel gewinnt keine Rennen.* Rufin schlug seinen Mantel wieder vor der Brust zusammen. Er musste zusehen, dass er sich an die Spitze setzte. Noch heute Nacht würde er die Ruhe im Zunftgefängnis stören.

Lysandre Rufin arbeitete gern des Nachts.

Jendra hatte Simeon und Ismayl eine Weile zugehört. Es war nicht nur kalt und nass und langweilig geworden, nein, sie hatte zudem das Gefühl erlangt, nicht dorthin zu gehören. Niemand aus dem Verborgenen Hof sollte auf der Lauer liegen, wenn Zeichen gelehrt wurden, die nicht zu denen des Hofes gehörten. Natürlich lauerten die Verborgenen auf alles Mögliche, belauschten, was ihnen zu Ohren kam, und ergaunerten, was nicht ihnen gehörte – doch all dies traf nicht auf die Zeichen zu.

Die Zeichen wurden nicht nur von den Gilden behütet, sondern auch vom Kodex des Verborgenen Hofs. Vielleicht war es etwas, das den Zeichen selbst innelag: Sie verbreiteten Respekt, und wer nicht für sie bestimmt war, sollte sich von ihnen fernhalten.

Jendra war von Elisabeda zu Ismayls und besonders Simeons

Schutz abgestellt worden, doch sie war sich ganz sicher, dass ein kleiner Ausflug in einem Radius, in dem ihr die Laternen der Patrouillen auffallen würden, nicht schaden konnte.

Sie musste eine Beziehung pflegen. Viel zu lange schon hatte sie sich nicht blicken lassen bei einer Angehörigen jener Familie, die ihr etwas schuldeten. Ihr reines Gewissen, zum Beispiel, dachte Jendra zerknirscht. Gleichzeitig stand jedoch auch Jendra bei ihnen in der Schuld, denn sie musste um jeden Preis verhindern, dass einer von ihnen die Wahrheit ausplauderte. Die ganze schmutzige Wahrheit. Wie sie in jener Nacht vor zehn Monaten und siebzehn Tagen eine Stadt in den Untergang geführt hatte.

Natürlich, ohne es zu wissen.

Niemand hatte in dieser Nacht gewusst, was er tat, oder vielmehr, worin seine Taten münden würden. Niemand. Auch kein Gassenmädchen aus dem Verborgenen Hof, gesandt an eines anderen Stelle, um eines anderen Tat zu begehen. Wie hätte sie ahnen können, was für eine Tat es war!

Schmal-Jendra schob sich Stück für Stück auf dem Dachfirst des Zunftgerichts weiter, bis sie zum flacheren Anbau kam.

Es war nicht weit. Sie sah über das finstere Zunftviertel. Keine Patrouillen. Keine schwankenden Lampen, abgesehen von der Laterne, die mit schwarzen Blenden vor dem Glas in ihrer Hand baumelte. Sie presste die Lippen zusammen.

Es war nicht weit. Sie würde bald zurück sein.

Mit einem gewagten Sprung durch Nacht und Regen landete sie auf dem Nachbargebäude, der Festhalle, in der früher alle paar Wochen die großen Feiertage der Gilden begangen worden waren. Früher hatten geflochtene Kränze unterm Gebälk gehangen. Früher hatten hier Musiker aufgespielt. Leute das Tanzbein geschwungen. Hier war das Wohl und Wehe von Lehrlingen, Gesellen und Meistern besprochen und verhandelt worden, bei einem Bier, einem Wein oder einem Gebrannten. Jendra war noch nie in dieser Halle gewesen, stets nur vor den Fenstern, auf dem Dach, neben den Türen, den hellen Schein genießend, wie es alle aus dem Verborgenen Hof zu tun pflegten.

Es war Handtag. Kilianna würde bereits Ausschau nach Jendra halten.

An jedem Handtag, dem zweiten Tag in der Woche, war Kilianna auf alles gefasst. Früher war das der Tag gewesen, an dem sie sich mit den anderen Frauen getroffen hatte, den Gleichwerkerinnen, die danach strebten, ein Handwerk zu meistern, obwohl die Gilden es Frauen untersagten. Doch nun, da ohnehin jene Verbote der Gilden, gegen die sie sich hatten auflehnen wollen, nichtig waren, fühlten sich Handtage seltsam an.

Nicht wenige Gildenmeister und Handwerker hatten Kilianna Erdhand bereits als Salonrevolutionärin bezeichnet. Doch sie lehnte sich nicht gegen die Besatzer auf – das konnte sie sich als Tochter des Großgildenmeisters nicht erlauben. Es könnte grässliche Konsequenzen für ihren Vater haben ... Nein, sie hatte sich gegen Sygna, sein Recht und Gesetz aufgelehnt, und nun befand sie sich in der seltsamen Situation, dass sie sich den alten Zustand, den, gegen den sie rebelliert hatte, zurückwünschte. Doch nach ihren Wünschen war es noch nie gegangen.

Kiliannas Vater war ein prinzipientreuer Mann. Er hatte vier fleißige Söhne, von denen es jeder mindestens zum Handwerksmeister gebracht hatte und einer sogar zum Gildenratsmitglied. Er hatte drei pflichtbewusste Töchter, die mindestens Handwerksmeister geheiratet hatten, eine sogar ein Gildenratsmitglied. Und er hatte Kilianna, die Nachzüglerin, das Kind einer bereits sterbenden Ehe. Kilianna war in ebenso viel Reichtum wie Nachlässigkeit groß geworden.

Es hätte ihren Charakter durchaus verderben können.

Vielleicht hatte es das auch. Manchmal war sie sich nicht sicher. Salonrevolutionärin – klang da nicht mit, dass sie aus Langeweile ausbrechen wollte? Gegen Sicherheit rebellierte? Zu viel Geld hatte, mit dem sie nichts anzufangen wusste?

Kilianna Erdhand, Tochter des Großgildenmeisters Zachari Erdhand, des obersten Kopfes des zwölfköpfigen Gildenrats, sah in die kleine stumpfe Scheibe des alten Hauses, durch das sie, wie an jedem Handtag, durch die Kavernen unter der Stadt gelangt war. Durch Gänge, die seit Menschengedenken versiegelt und verboten waren. Es gab jedoch immer Sygnaer, deren Faszination für das sagenhafte Innere des Bleibergs niemals ganz abgebrochen war und die sich herausnahmen, Gebote und Gesetze zu beugen, um sie zu erkunden.

*Die Verkehrte Stadt.* Auf Kilianna hatte sie schon immer eine magische Anziehungskraft besessen. Wie Sygna nach oben strebte – verwinkelt, gewaltig, sich stets selbst übertreffend –, so ragte die Verkehrte Stadt nach unten, so hieß es. Den normal sterblichen Sygnaern war der Zugang verboten – doch die Mitglieder des Gildenrats, die Bewohner des Meisterviertels, hatten es sich immer herausgenommen, Teile der Höhlen als Speicher oder Weinkeller zu benutzen, als Abkürzung oder Treffpunkt. Einer von Kiliannas älteren Brüdern hatte sie einst hinuntergeführt, um ihr zu beweisen, dass die Spukgeschichten vom Krummen Mann der Tiefe stimmen mussten, mit denen er sie in Angst und Schrecken versetzte.

Besonders tief war Kilianna seither nicht in die Kavernen vorgedrungen. Sie nutzte alte, abgewetzte Gänge nahe der Oberfläche, um zu eben diesem verlassenen Gebäude zu kommen, das seit vier Jahren zu ihrem geheimen Zufluchtsort geworden war. Es lag am Fuße des Bleibergs zwei Stadtviertel tiefer als der Stadtpalast, den der Großgildenmeister in seinen Amtsperioden bewohnte. Kilianna war in ihren dreiundzwanzig Lebensjahren schon zweimal aus- und zweimal wieder dort eingezogen – länger als ihr Vater war noch niemand zuvor Großgildenmeister gewesen, wenn auch mit Unterbrechungen und den Amtszeiten weniger geeigneter Kandidaten dazwischen.

In diesem Gebäude, einem gebeugten Haus im Zunftviertel, hatte ihre Salonrevolution ihren Anfang genommen. Es stand in einem Karree mit mehreren langgestreckten Nebengebäuden, eingefasst von alten, knorrigen Eichbäumen. Das Gebäude war wegen Erbstreitigkeiten unbenutzt, ab und an verjagte ein Verwalter Straßenkinder, die sich hier eingenistet hatten. Sie hatte ihm gute Argumente in Form von silbernen Weißpfennigen geliefert, und er hatte immer am Handtag weggesehen.

*Vielleicht wäre es an der Zeit, dass Gerichtsfechter diese Streitigkeiten beilegten*, dachte Kilianna mit einem grimmigen Lächeln. Die Aquintianer hatten die Gerichtsbarkeit übernommen, kümmerten sich aber nicht um die kleinen Querelen von Erbschafts- oder Nachbarschaftsstreitigkeiten. Letztere stellten das einzige Auskommen dar, das die Goldfechter heutzutage noch hatten …

Nun war sie allein hier. Unter dem Dach, mit einer Kerze bewaffnet, den Blick in die stumpfen Fensterscheiben gerichtet. Sie wusste nicht, wer manchmal kam, um mit ihr zu sprechen. Sie wusste nur, *dass* jemand kam. Nicht an jedem Handtag – aber manchmal wurde ihr Warten belohnt.

Sie hatte so lange von einem besseren Sygna geträumt – und nun sollte sie die Hände in den Schoß legen, nun, da sich alles zum noch Schlechteren gewandelt hatte? Sie wusste nicht, wohin ihr Dialog mit der Dunkelheit führen würde – doch er gab ihr das Gefühl, irgendwann etwas ändern zu können.

Sie starrte durch die Fensterscheibe in die Nacht. Eine niedriger gelegene Straßenlaterne, deren Licht nicht zu ihr nach oben drang, bildete in Regen und Dunst einen Hof. Keiner war auf den Straßen unterwegs. Es war kalt und ungemütlich, und Kilianna zog den Mantel enger um ihre Schultern.

Sie ahnte, dass sie Teil von etwas Größerem war. Während sie auf ihr regenverlaufenes Spiegelbild in der Fensterscheibe blickte, sah sie, wie ein Licht auf dem gegenüberliegenden Dach aufflackerte, ganz kurz nur wie das Aufglimmen eines Schwefelholzes. Nichts, was Verdacht erregen würde, wenn jemand, beispielsweise ein aquinzischer Soldat, es zufällig aus der Ferne sah.

Kilianna sog die Luft ein, sie sah ihrem Spiegelbild das Erschrecken an. Ein freudiges Erschrecken, ihre Mundwinkel zuckten nach oben, bevor sie die Lippen zusammenpresste. Nur keinen Fehler machen! Sie zog das kleine Notizbüchlein hervor. Die Seiten waren eingerissen, das Leder abgewetzt. Sie hatte es hier im Haus gefunden und war sich doch ganz sicher gewesen, dass es erst kürzlich von jemandem dort »vergessen« worden war. Darin befand sich ein Alphabet und, dazu passend, eine Chiffrierung, die sich mit einer Abblendlaterne darstellen ließ – oder einfach, indem man die Hand vor eine Kerzenflamme hielt, wenn der andere so nah war wie ihr Gegenüber auf dem Dach.

Sie hatte sich umgehört, hatte in Büchern nachgelesen – nirgends war diese Chiffre beschrieben, und sie ging davon aus, dass jemand sie erfunden und für sie hinterlassen hatte. Kilianna kannte sie nun – und wer auch immer auf dem Dach saß, kannte sie auch.

*Dreifinger.* Sie stellte sich manchmal vor, er sei es, der dort mit einer Laterne auf dem Dach saß – heute im Regen, immer im Dunkeln. Sie kannte ihn, oh ja, wer kannte ihn nicht? Das *Enfant terrible*, das Ausnahmetalent, der Exzentriker, auf den die Meister geflucht hatten. Er hatte nie geheiratet, und obwohl Kilianna ihm keine schönen Augen gemacht hatte – er war auch sicherlich fast zwei Jahrzehnte älter als sie –, musste sie zugeben, dass sie manchmal darüber nachdachte, ob er es war, der durch dieses kleine Fenster zu ihr hineinstarrte und auf ihre Botschaften wartete wie sie auf seine.

Sein Ruf war unvergleichlich. Die Geschichte, wie er sich selbst zum Meister seines Handwerks gemacht hatte, war legendär. Sie war damals noch ein Kind gewesen, zu klein, um zu begreifen, was seine Auflehnung bedeutete. Zu klein, um zu ahnen, dass sie selbst sich einmal gegen die starren Regeln der Zunftgesellschaft auflehnen würde …

Der Schein der Blendlaterne flackerte wieder auf. Die Signale kamen langsam, damit sie auf der beschriebenen Seite des Büchleins danach suchen konnte. Sie schrieb die Buchstaben auf.

»Brücke war Unfall. Stimmung?« Danach das kurze Aufblitzen als Signal dafür, dass der Satz beendet war.

»Vater sorgt für Ruhe«, signalisierte Kilianna, abgeschlossen vom gleichen Signal, zurück und hoffte, dass es trotz weniger Buchstaben verständlich war. Ihr Vater, als von den Gilden gewählter Regent der Stadt, war durch den aquinzischen Gouverneur abgesetzt worden, aber die Besatzungsmacht hätte eine schwere Zeit, sich durchzusetzen, ohne das Einlenken und die Zugeständnisse der Besetzten. Zachari Erdhand hatte sich geschickt einigen Einfluss erhandelt und beriet nun den Gouverneur Rodolph Tranquil, der die heruntergekommene Bleibergfeste wieder wohnlich hatte machen lassen, um sich dort mit seinen Truppen niederzulassen. Die Beschädigung der Zimmerleutsbrück war eine große Sache gewesen und nicht gerade geschickt, wenn man vermeiden wollte, dass die Sygnaer Angst vor der Zerstörungswut der Rebellen bekamen. Gouverneur Tranquil konnte solch eine Stimmung allzu leicht für sich ausnutzen und einen Sturm der Entrüstung heraufbeschwören, und Kilianna war sich sicher, dass dieser Sturm die Bürger nur noch nicht erreicht hatte. Vielleicht hatte der Gouverneur auch gerade Wichtigeres zu tun. Mit großer Konzentration sandte sie eine weitere Botschaft nach draußen.

»Sie öffnen Zugänge von Kavernen.«

Das hatte ein langes, dunkles Schweigen zur Folge. Sie wusste, wie ihr Gegenüber fühlen musste. Im Schein ihrer Kerze sah sie zum Fenster, sah das eigene Gesicht düster in eine unwägbare Zukunft blicken.

Sygna barg Geheimnisse – das hatte es immer schon getan. Wenn man hier lebte, musste man wissen, welche davon man enthüllte, welche davon man nutzte – und welche man schlafen ließ. Wenn man Sygna nur besetzte, mochte sich das anders verhalten. Die Aquintianer hungerten nach jedem Geheimnis.

»Wer?«, kam schließlich als Antwort.

»Soldaten«, signalisierte sie zurück.

»Wer leitet?«

»Ich finde heraus«, versprach sie.

»Nächte unsicher. Übergabe Augtag. Mittag. Hopfplatz.«

Es war eine lange Botschaft, und sie hielt den Atem an, während ihre Augen zwischen der Laterne und dem Buch hin und her flogen. Sie schrieb es eilig auf, starrte auf die Buchstaben, die sich langsam zu einem Sinn formten.

»An wen?«, schrieb sie zurück, die Hand vor der Kerzenflamme zitterte ein wenig. Ein Treffen würde sie Angesicht zu Angesicht mit den Rebellen bringen. Keine Straße und keine Nacht würden sie trennen, kein Regenguss, kein erfundenes Alphabet.

»Wirst es wissen. Ende«, war die Antwort. Danach flackerte die Lampe nicht mehr. Das Licht war aus, das Dach dunkel. Kiliannas Atem ließ die Flamme beben. Sie sah im unsteten Spiegelbild, dass sie erneut die Lippen zusammenpresste. Sie riss den Zettel, auf den sie die codierten Botschaften geschrieben hatte, aus dem Buch und hielt ihn in die Flamme. Kurz loderte er auf, dann fraß die Hitze sich schwarz ins Papier und nahm die Buchstaben mit sich. Sie ließ ihn fallen, trat den Rest mit ihrem Schuh aus.

»Augtag«, flüsterte sie. »Ich werde es wissen.«

Aber vorher musste sie zurück, durch die Gänge unter dem Viertel, und dort nach Soldaten suchen.

Das war das Gute daran, eine Frau zu sein. Nichts als eine Salonrevolutionärin. Sie würde Augen und Ohren offenhalten, und wenn einer der aquinzischen Soldaten sie fragte, was sie dort zu suchen hatte, würde sie sich dumm stellen. Sagen, sie habe sich im Keller des Stadtpalasts verlaufen.

»Warum?«, würde sie sagen, lächeln und ihm einen Wimpernaufschlag schenken. »Versteckt Ihr etwa etwas, das ich nicht sehen soll?« Und dann würde sie lachen und den Rückweg antreten.

Beim Gedanken daran wurde ihr dennoch schummrig. Kein Salon, der sie beschützen würde.

Kilianna Erdhand, Informantin von Dreifinger.

Jendra kehrte rechtzeitig zum Gerichtsgebäude zurück, um Ismayl dabei zu helfen, Simeon wieder nach drinnen, in den feuchten und klammen Keller zu schaffen. Ihr schlechtes Gewissen meldete sich, auch wenn Ismayl nicht einmal bemerkt hatte, dass sie ihren Posten verlassen hatte. Wie immer hatte Jendra auf ihr Glück vertraut: Wenn jemand heute Gelegenheit hatte, sich mit Aquintianern zu schlagen, dann waren es Elisabeda, Ignaz und die anderen. Dennoch atmete sie auf, als sie die beiden Dichter so vorfand, wie sie sie verlassen hatte.

Danach vertrat sie sich noch in der aufklarenden Nacht die Beine – sie hatte eine Abneigung gegen muffige Kellerräume, außerdem kam sie ihrer kleinen Obsession nach: Sie konnte es nicht leiden, wenn Türen verschlossen waren. Sie musste sie öffnen, und die Türen im Zunftviertel waren qualitativ hochwertig und eine besondere Herausforderung. Sie versuchte sich am alten Ratshaus der Harnischmacher und Glockengießer, und den ersten Dietrich hatte sie bereits verbogen, als ein bekanntes Gesicht sich aus den Schatten schälte, die ihre kleine Laterne warf. Es war einer ihrer »Freunde« vom Verborgenen Hof. Die Vergessenen der Gesellschaft – Säufer und Stadtstreicher, Stricher und Straßenkinder, die nicht beachtet wurden und deren Ohren überall waren – würden niemals eine offene Position beziehen, doch sie bezahlten ihre Schulden mit Informationen und verkauften Informationen. Sie nannten sich das Netz.

»Sie haben wieder Schwierigkeiten. Wie immer«, sagte der vielleicht dreizehnjährige Bursche unvermittelt, dessen schwärzliche Zahnstummel verrieten, dass er sicherlich nicht in den Genuss der Süßigkeiten der Oberschicht kam, sondern das falsche Zeug rauchte.

»Wo sind sie?«, flüsterte Jendra in die viel zu angespannt lauschende Dunkelheit.

»Der Letzte von uns hat sie in der Kluft gesehen. Wir haben Posten aufgestellt.«

»Und ihr verkauft die Information auch nicht an die Falschen?«, knurrte Jendra den Burschen an. Der zuckte mit den Schultern und grinste.

»Kannst mich ja besser bezahlen. Ich nehm auch körperliche Zuwendung.«

»Im Leben nicht!«

»Auch nicht, wenn es um das Leben deiner Freunde geht?«

»Ach, bitte!«, zischte sie aufgebracht. »Ich habe von der Schmiedin gehört, dass das Netz sich längst für eine Seite entschieden hat.«

Er verzog das Gesicht zu einer Grimasse. »Ja, das ist richtig. Wollte dich nur aufziehen.«

»Mit wem haben sie sich angelegt?«

»Soldaten, wie immer. Viele. Der Rote ist auch gesehen worden.«

Jendra sog die Luft ein und wusste nichts zu sagen. Sie musste mit Ismayl sprechen, mit ihm allein – aber sie durften Simeon nicht allein lassen. Er war wertvoll, und Ignaz hatte sie auf seinen Schutz eingeschworen, was auch geschah ... Auch wenn sie sich heute schon zum zweiten Mal weggestohlen hatte. Sie biss sich mit ihrem abgebrochenen Schneidezahn auf die Lippe. Das Gerichtsgebäude machte sie nun einmal trübsinnig, wenn sie zu lange dort blieb! Und sie war ja rasch zurück ...

»Warten sie, bis die Luft rein ist?«

»Kann sein. Einer meinte, vielleicht brechen sie in der Kluft einen Zugang auf. Du weißt schon. In die Verkehrte Stadt.«

Jendra zog ihre Dietriche aus dem schweren Türschloss.

»Das wäre jetzt nicht gut. Gar nicht gut. Die Aquinzacken sind nämlich auch da unten!«

Kilianna Erdhand wog die zweite Kerze in der Hand. Sie hatte die, mit der sie mit dem Rebellen Neuigkeiten ausgetauscht hatte, wieder in die kleine Lampe gestellt, in der sie windgeschützt war, doch sie war bereits zu nicht viel mehr als einem Stummel zusammengeschrumpft. Kilianna hatte stets noch eine zweite bei sich – wenn sie eines nicht wollte, dann in den uralten Gängen von der Dunkelheit überrascht werden. Doch wie lange würde diese zweite Kerze brennen? Konnte sie einen Spaziergang in die ihr fremden Gefilde der Verkehrten Stadt wagen?

Sie öffnete die Falltür in den Keller und kletterte vorsichtig die Stiege hinab. Hinter einem Bretterverschlag, in dem einst Rüben oder Kartoffeln gelagert worden waren, lag der Eingang, den sie nutzte. Eine metallene Klappe, deren große eiserne Beschläge aufgestemmt worden waren, um eine Öffnung zu schaffen. Vor Jahrhunderten schon waren alle Zugänge, die weiter hinab als in Keller führten, verschlossen worden. Doch nicht alle Verbote wurden befolgt, und nicht alle Verschlüsse überdauerten die Zeit. Kilianna war dankbar, dass sich hier jemand vor ihr zu schaffen gemacht hatte. Sie hatte das Gefühl, sie mache sich weniger strafbar, wenn sie die Tat eines anderen nutzte.

Sie zwängte sich über den Kartoffelverschlag hinweg und durch die Lücke in die Dunkelheit dahinter. Nur zögerlich wich die Dunkelheit dahinter dem Licht ihrer Kerze. Sie packte die Kante der Metallabdeckung und zog kräftig daran. Mit einem widerstrebenden Knirschen, das durch Mark und Bein ging, schloss sich die Öffnung hinter ihr zumindest provisorisch.

Kilianna kannte den Weg – immer am Handtag benutzte sie die steilen Gänge in der Flanke des Bergs. Und dennoch wurden sie ihr nie vertraut. Sie konnte nicht einmal sagen, ob die Wege und gewendelten Kehren, die mal durch Hallen führten und mal so eng waren, als seien sie für kleinere Wesen als sie gedacht, von Menschenhand erschaffen waren oder natürlich gewachsen. Vielleicht durch die Entstehung des Bleibergs, vielleicht durch Adern des namengebenden Elements, das vor Urzeiten abgebaut worden war, oder durch Auswaschungen von Wasser?

Wenn die Gänge durch Menschenhand entstanden waren, warum wusste niemand mehr, welchem Zweck sie gedient hatten? Wo führten jene hin, die weiter in die Tiefe führten?

Niemand baute mehr Blei ab im Bleiberg. Kilianna war sich

nicht einmal sicher, ob dort je Bergmänner in die Tiefe gestiegen waren.

Die Verkehrte Stadt war bereits so lange ein Ort, über den man nicht sprach, dass Kilianna nicht einmal in der Bibliothek der Zünfte mehr als Ammenmärchen gefunden hatte.

Ammenmärchen. Kurz flackerte die Kerzenflamme, als würden Kiliannas Gedanken sie verwirbeln. Der Krumme Mann der Tiefe. Ihr Herz setzte einen Schlag aus, schiere Angst packte sie, als könne man das Schreckgespenst der Stadt bereits mit einem simplen Gedanken rufen.

*Ein Ammenmärchen, nichts weiter!*, beschwor sie sich und ballte die Faust fester um die zweite Kerze. *Und wenn er kommt – dann wird es zuerst die Aquintianer treffen!*

Schritt für Schritt brachte sie den schlüpfrigen Gang hinter sich, der sie unter dem Haus ihrer Verschwörung weiter nach unten führte. Die Wände liefen auseinander, und der Gang ging organisch in eine höhere Kammer über. Auf Hüfthöhe begann das, was Kilianna in Gedanken die »Wendeltreppe« nannte. Hier schraubte der Gang sich schräg nach oben – jedoch ohne Treppenstufen, und oft genug, wenn der Berg launisch war, rann Wasser herab und machte den Aufstieg schwer. Doch die Wendeltreppe führte nicht nur nach oben, sondern auch weiter in die Tiefe. Kilianna stellte erst die Kerze ab, legte die zweite daneben und zog sich dann in ihrem einfachen Kleid, das ihr dennoch im Wege war, auf den Absatz, hinter dem die Wendeltreppe begann. Als habe ein Wurm sich seinen Weg gefressen und dabei nicht auf Notwendigkeiten der Benutzung dieses Gangs geachtet, war der Boden uneben. Der Gang schlängelte sich um eine kleine unregelmäßige Beule, die ihn so verengte, dass Kilianna sich regelrecht hindurchquetschen musste. Dann führte er weiter in die Tiefe.

Dorthin war sie noch nie gegangen. Doch von dort hatte sie Stimmen gehört. Stimmen der Besatzer. Sie verharrte mit vom rinnenden Wasser schmutzigen Händen und nahm vorsichtig Kerze und Lampe wieder an sich. Ihr Kleid starrte bereits vor Schmutz, da, wo sie die Knie aufgesetzt hatte.

»Was fürchte ich mehr?«, flüsterte sie, und raschelnd wie Papier kehrte ihre Stimme aus allen Windungen zurück. »Die Aquintianer oder ...«

... den Krummen Mann der Tiefe. Sie hatte es aussprechen wollen, doch ihre Zunge versagte ihr den Dienst. Sie hatte es gegen diese dunkle, feuchte Endlosigkeit der gewundenen Gänge flüstern wollen, doch plötzlich schien es ihr, als bliebe es besser unausgesprochen.

»Ich fürchte nichts«, ergänzte sie mit trotzigem Wispern. Sie kroch durch die Verengung. Dann öffnete sich vor ihr die Windung der Wendeltreppe in die Tiefe.

Dawyd klammerte sich an den Griff seines Messers.

Nicht *seines* Messers – Ismayls Messers! Dawyd fehlte sein Schwert, als habe er ein Körperteil verloren.

Die Luft stach in seinen Lungen nach dem kräftezehrenden Sprint, dem gefährlichen Klettern an den Ruinen des Steilhangs der Kluft und der geflüsterten Diskussion mit Elisabeda über den Eingang, den sie in die schwarzen Stollen genommen hatten.

Außerdem rochen die Gänge abgestanden, säuerlich, und auch das biss ihm in Nase und Rachen. Neigel hielt eine Kerze in den Händen – mehr hatten sie nicht dabei.

»Gut, dass Jendra nicht hier ist«, sagte Elisabeda leichthin. »Sonst würden wir uns ärgern, dass sie nur Finsternis verbreiten kann, aber kein Licht.«

Ignaz' Gesicht war mit harten Schatten gezeichnet, aus seinen Lippen war alles Blut gewichen. Dawyd fragte sich, wie lange der Kerkeraufenthalt des Schreiners her war – und ob er ihn noch auf andere Weise gezeichnet hatte als an der Hand. Elisabeda hatte ihn beiläufig am Arm gepackt, doch Dawyd war nicht entgangen, dass auch Neigel ihrem Anführer einige Male bei ihrer Flucht vorangeholfen hatte.

»Übernimm die Führung«, sagte Ignaz zu ihr und löste seinen Arm aus ihrem Griff.

»Warum ich? Ich war noch niemals hier unten.«

»Keiner von uns war jemals hier unten«, entgegnete Ignaz, und korrigierte sich gleich wieder. »Zumindest nicht in diesem Teil. Wir bleiben nah an der Oberfläche. Es ist nicht unmöglich. Du gehst voran.«

Beide tauschten einen kurzen Blick, den Dawyd im Kerzenlicht nicht deuten konnte. Was ging es ihn auch an? Diese beiden hatten einen Fechter rekrutiert, doch sie erwarteten keine fairen Duelle von ihm, sondern hinterlistiges Meucheln. Sie hatten einen Fechter rekrutiert, der sein Schwert verloren hatte und damit einen wichtigen Teil von dem, was ihn ausmachte. Seinen wertvollsten Besitz. Seinen Berufsethos. Seine Ehre. Er ließ das Messer, das in der Scheide am Gürtel steckte, mit einem Gefühl des Ekels los.

Neigel trat hinter Dawyd hervor und überreichte Elisabeda die Kerze. Über breite und teils kniehohe Treppenabsätze mit weichen, welligen Kanten begannen sie ihren Abstieg nach unten. Nur ihr Atmen und die gedämpften Tritte, ab und zu das Tröpfeln und Platschen von Wasser durchbrach die Stille.

»Wir hätten einfach gehen können«, sagte Dawyd, als er es nicht mehr ertragen konnte. »Ihr habt doch genug von ihnen erfahren. Zu den Manufakturen. Oder? Warum noch zwei Leute töten? Die nicht einmal Aquintianer waren? Wir hätten das Spiel beenden und gehen können.«

Ignaz warf einen Blick über die Schulter, doch da sein Gesicht im Schatten lag, konnte er nichts daraus lesen.

»Du hast recht«, erwiderte er leise.

»Ich … Ja? Ich habe recht?«, fragte Dawyd verdattert.

»Nein«, sagte Elisabeda weiter vorne. »Einer der Gäste hatte den *Hahn* bereits verlassen, während die Männer die Fragen beantwortet haben. Er hat die Garde geholt. Wir wären nicht ohne Konfrontation da herausgekommen. Und wenn sie uns im Schankraum erwischt hätten statt auf dem Hof, hätte es schlechter für uns ausgesehen.«

»Wären wir doch! Wenn wir direkt gegangen wären, statt sie

in den Innenhof zu locken! Oder wenn der Große hier uns gewarnt hätte! Oder den Verräter gestellt hätte, der die Kneipe verlassen hat!«, fuhr Dawyd dennoch fort. *Hätte, hätte, Zunftratskette …*, ging ihm das Sprichwort durch den Kopf.

Der Müllerbursche hinter ihm begann zu stammeln. »Ich … ich … war die Straße ein Stück runtergegangen. Hab zum Ruinenfeld rübergeguckt. Hab den Kerl nicht gesehen.«

»Toll gemacht«, knurrte Dawyd. »Das nächste Mal zeige ich dir gerne, wie Wache stehen geht, und ihr könnt allein Sygnaer Bürger töten.«

Ignaz vor ihm zuckte zusammen.

»Du verstehst das nicht«, presste er hervor, seine Stimme erstickt. »Sie haben …« Er schwieg kurz, dann war seine Stimme wieder normal. »Sie hatten es verdient.«

Elisabeda flüsterte in das Licht der Kerze: »Du machst es dir zu einfach.«

Dann kamen sie am Grund der breiten, eigenartigen Treppe an. In Wellen, als befänden sie sich am Grund eines flachen Meers, dehnte sich über ihnen eine viel zu niedrige Decke aus. Dawyd zog den Kopf ein, und Neigel musste sich bücken. Die Kerzenflamme ließ die ausgewaschenen Wogen über ihren Köpfen tanzen, doch sie konnten nicht einschätzen, wie weit sich die niedrige Kaverne zu allen Seiten erstreckte. Elisabeda hielt kurz inne. Dann wies sie mit der Hand nach rechts. »Dann bleiben wir an der Bergflanke.«

»Woher will sie das wissen? Die Treppe hat doch eine Biegung gemacht«, murrte Dawyd, unzufrieden mit dem Verlauf des vorangegangenen Gesprächs.

»Vertrau ihr einfach«, sagte Ignaz, doch wie konnte er so etwas von Dawyd verlangen? Sie sagten ihm nicht, was genau das Grauen war, das sie über die Manufakturen herausgefunden hatten. Sie sagten ihm nicht, warum es in Ordnung war, zwei Aufseher zu töten, um ein Exempel zu statuieren, es in der Nacht zuvor aber noch undenkbar gewesen war, einen kollaborierenden Alchimisten zu bestehlen. Sie sagten ihm nicht, welchen

Preis er nach Schwert und Ehre als Nächstes würde zahlen müssen.

»Damit ich euch einfach vertraue …«, begann Dawyd.

»Seid still«, flüsterte Neigel mit nichts als Angst in seiner dunklen Stimme. »Wir sind schon zu tief.«

Dawyd schluckte. Eine Kerze war alles, was ihnen blieb.

Kilianna entzündete die zweite Kerze an der ersten. Mit Unbehagen drückte sie sie in das heiße Wachs, in das sich der alte Stummel auflöste, und wartete, bis sie stabil in ihrem Halter stand. Sie schloss das Glastürchen der Lampe und atmete durch.

So tief war sie noch niemals zuvor gewesen. Und langsam bekam sie eine Ahnung, warum das Innere des Bergs die Verkehrte Stadt genannt wurde. Sie spähte aus einem hochgelegenen Durchlass in eine Art Höhle. Als habe sie eine Schicht durchdrungen und eine weitere betreten, waren nun die organischen Formen Spitzen und Kanten und vieleckigen Durchgängen gewichen.

Vor ihrem Tunneleingang schraubte sich eine Treppe in die Tiefe, die aus vielen ungleichmäßigen Dreiecken geformt war – doch auch das konnte noch natürlichen Ursprungs sein, eine ihr unbekannte kristalline Form. Kilianna war gebildet genug, um sich Vieles denken zu können, doch für den Raum, in den diese Treppe mündete, hatte sie keine Erklärung.

Die Aquintianer waren bereits vor ihr hier eingetroffen. Sie hatten überall Laternen und Fackeln aufgestellt, und Kilianna konnte Soldaten ohne Waffen in der Höhle herumlaufen sehen. Von der Decke der Kaverne ragten spitze Gebilde wie Hausdächer, die auf dem Kopf standen. Türme begannen oben und verjüngten sich nach unten, bis sie sich, nicht breiter als die Schultern eines Mannes, mit dem Boden vereinten. Grob geschlagene Löcher führten wie Türen oder Fenster aus der leeren Luft ins Innere. Irrwitzig verdrehte und erstarrte Gebäude klebten ineinander, eckige Formen, die innen hohl waren, hingen wie Waben herab, Treppen drehten sich in sich selbst. Die Decke der Höhle mit ihrem krummen Albtraumdorf hing sicherlich zehn Schritt über Kilianna, und sie versuchte, Sinn aus dem zu machen, was die Schatten der unzähligen Lampen formten.

Waren dies wirklich Gebäude? Aber wer würde kopfüber wohnen? Die Ausgeburt von Wahnsinnigen, über die Sygna seit Jahrhunderten Schweigen verhängt hatte? Oder war es nur eine Laune der Natur, aus der die unzähligen gruseligen Legenden über die Verkehrte Stadt erwachsen waren?

Ab und an gellte unter ihr ein Ruf, ein Befehl. Dann taten einige Soldaten, wie ihnen geheißen, brachten Leitern oder Spitzhacken oder Hämmer. Sie stellten die Leitern auf, befestigten Haken und Seile, erklommen und untersuchten die Formen. Öffneten und erweiterten Durchgänge. Schlugen Mauern ein.

Ihr Tun hallte durch die Kaverne, und Kilianna fürchtete mit ihrer kleinen Kerze nicht, gesehen zu werden. Sie fürchtete, dass etwas kommen und sie alle für die Laute bestrafen würde, mit der sie die Stille der Verkehrten Stadt durchbrachen. Doch es geschah nichts. Als seien Augen und Ohren – falls es sie denn gab – auf etwas anderes gerichtet.

Dawyd wollte etwas sagen, das die grässliche Vorahnung, die ihnen hier unten durch Mark und Bein drang, vertreiben würde. Er wollte das schlechte Gefühl, das ihn schüttelte, mit einem Lachen abtun, doch seine Stimme versagt ihm den Dienst, und er brachte lediglich ersticktes Würgen hervor. Das Atmen der anderen dröhnte ihm in den Ohren – oder war es sein eigener Herzschlag?

Feindselig drängte sich die Dunkelheit um die viel zu niedrig gebrannte Kerze und griff nach der Flamme. Es kam Dawyd so vor, als lauerte hier unten der Ursprung aller Finsternis – etwas, wovon der Nachthimmel nur ein Nachhall war.

Dawyd packte Ignaz' Schulter und schüttelte ihn wortlos – er musste ihn zum Umkehren bewegen! Sie durften nicht tiefer in diese Gänge vordringen, alles in ihm schien dagegen zu protestieren. Selbst seine Haare standen zu Berge. Die Schulter des anderen Mannes war knochig und kraftlos unter Dawyds zitternder Hand. Ignaz vor ihm nickte wild, als wüsste er auch ohne Worte, was Dawyd ihm sagen wollte, und presste kurz seine Handballen gegen seine Augenlider, als versuche er, bei klarem Verstand zu bleiben.

»Es …«, brachte er hervor. »Es sind … Es fühlt …«

Elisabeda hielt an, ihr Atem ballte sich zu Dunst vor ihrem Mund – doch nur bei ihr und Ignaz konnte Dawyd das beobachten. Er stutzte. War es so kalt hier unten? Er empfand es eher als stickig-warm, aber es erschien ihm auch nicht undenkbar, dass dieser unwirkliche Hauch, der ihn innerlich erstarren ließ, auf jeden eine andere Wirkung hatte. Sie standen in einem Hohlraum, der weiter hinaufführte wie ein Turm – wie weit, das konnte Dawyd nicht sehen. Unregelmäßige Öffnungen gingen davon ab, keine davon wirkte einladend, schwarze Löcher in der Dunkelheit. Dennoch mussten sie hoch, sie mussten an die Oberfläche. Wäre er allein gewesen, hätte er sich längst auf dem Absatz umgedreht und wäre den Weg zurückgelaufen, den er gekommen war. Und wenn an der Kluft immer noch Soldaten nach ihnen suchten, hätte er sich ihnen mit Freuden und Ismayls verdammtem Messer in der Hand gestellt. Oder sich vorher hoffnungslos verlaufen.

Elisabeda deutete schwach nach oben, dabei verlor sie beinahe die um mehrere Fingerbreit geschrumpfte Kerze. Dawyd reagierte mit einem hastigen Schritt und einem Vorzucken seiner Hand. Erschrocken sah Elisabeda ihn an, dann reichte sie ihm wortlos die Kerze und verschränkte schlotternd die Arme vor der Brust. Ihre Hand war gerötet vom heißen Wachs, das ihr über die Finger gelaufen war. Ihre Zähne schlugen aufeinander. Dawyd nahm vorsichtig die Kerze entgegen und nickte ihr aufmunternd zu, ohne sich selbst zuversichtlich zu fühlen.

»Wir müssen uns so weit rechts wie möglich halten – an der Flanke des Bergs entlang«, beharrte Elisabeda schlotternd.

»Gebe der Große Handwerker, dass du recht hast«, wollte Dawyd sagen, doch die Worte verkümmerten zu einem unbestimmten Flüstern. Er hoffte, dass sie nicht ins innerste Gewirr des Bergs gerieten, von dem er nur Schauergeschichten gehört hatte …

Er blickte hoch, folgte ihrem ausgestreckten, zitternden Finger zu einer der Öffnungen hin. Der Gang gähnte etwa eine halbe Mannslänge über ihm. Er nickte und wollte die Kerze schon an Neigel weiterreichen, um Elisabeda eine Räuberleiter anzubieten, als der große, kantige Müllerbursche bereits an ihm vorbeitrat und sich an die Wand lehnte. Sein Gesicht tauchte in den Lichtschein, ihm stand der Schweiß auf der Stirn, und er hatte die Lippen in seinem sommersprossigen Gesicht zusammengepresst.

Dawyd kämpfte für einen Moment die grässliche Angst nieder, die die Dunkelheit in ihm wachrief. Das Innere des Bergs. Die Verkehrte Stadt.

»Warum … warum ist euch kalt?«, flüsterte er bei Neigels schweißüberströmtem Anblick in Elisabedas Richtung, und das Wispern drehte sich in Echos den Turm hinauf. »Es ist so heiß hier unten.«

Ignaz und Elisabeda wollten antworten, doch die Zähne schlugen ihnen aufeinander, sie rangen nach Luft.

»Eisig«, presste Elisabeda schließlich hervor, und der Dunst vor ihren Lippen gab ihr recht.

Neigel warf Dawyd einen beunruhigten Blick zu und nickte dann nach oben.

»Lass uns weitermachen«, brummte er. »Nach oben.«

»Was ist es, das euch so frieren lässt?« Dawyd drehte sich mit der Kerze um sich selbst, schon diese Ausläufer der sagenumwobenen Verkehrten Stadt schienen sich seinem Verständnis auf eine Weise zu entziehen, die ihn rasend machte. Er hätte zu gerne jemanden in den Schatten entdeckt, dem er die Schuld für diesen faulen Zauber geben konnte. Jemanden, der Zeichen auf sie wirkte, die Dawyd nicht verstehen konnte, der sich einen Spaß auf ihre Kosten erlaubte. Doch um sie herum war alles leblos, still, und die Ahnung, die in diesen Gängen lauerte, war Dawyd zutiefst unerklärlich und unangenehm.

»Zeichen«, blaffte Neigel, als trieben ihn gerade dieselben Gedanken um, während Elisabeda zitternd auf seine Hände stieg und sich an seinen Schultern hochzog. Er stemmte sie höher, dabei wurde das Echo des harmlosen Worts herrischer und herrischer im Turm – es schraubte sich hin und her bis in die Spitze und kam von dort zurück wie ein Vorwurf. Dawyd schluckte.

*Dieser verdammte Bockmist mit den Zeichen! Ich wünschte, mir würde mal jemand erklären, wie sie funktionieren!*, fluchte er innerlich und fragte sich, ob auch Neigel im Dunkeln tappte wie er. Doch das Echo, das erst verhallte, als Elisabeda sich bereits in den Gang zog, lehrte ihn, nicht laut nachzufragen. Neigel stemmte nun Ignaz hoch, reichte diesem die Kerze und sah dann entschuldigend Dawyd an. Das Echo schien auch ihn eingeschüchtert zu haben, denn er deutete nur nach oben, wies auf sich selbst und machte eine rudernde Bewegung mit der Hand.

»Bitte, was?«, flüsterte Dawyd, so leise er konnte. Die Worte flatterten wie Fledermäuse davon.

»Ich muss zuerst hoch. Ich ziehe dann dich rauf. Es sei denn, du willst mich ziehen.« Neigel grinste kurz sein gutmütiges Schafgrinsen.

Ohne Einsprüche half Dawyd dem schweren Kerl in die Höhe – obwohl er bei anderer Gelegenheit sicherlich behauptet hätte, ihn ebenso gut von oben hochziehen zu können wie dieser ihn. Ismayl mochte denken, Dawyd sei nur ein Großmaul mit guten Reflexen, doch er hatte seinen Körper jahrelang nach der Lechterauer Schwertschule gestählt. Als Neigel ihn jedoch erklomm wie eine wacklige Leiter, er die Stiefel des Rebellen im Magen, an der Kehle und auf der Schulter spürte, wurde er sich bewusst, dass sein Maul diese Behauptung leicht aufstellen konnte, während sein Körper Mühe hatte, sie zu halten. Als

Neigel endlich oben war, langte er sofort nach unten und zog Dawyd mit einer Leichtigkeit hoch, als sei dieser ein Dichtertöchterchen. Mit einem Keuchen landete er in einem viel zu schmalen Gang, der sich jedoch in einer unangenehmen Schraube nach oben wand. Ignaz und Elisabeda, nun wieder voraus, schoben sich auf Händen und Knien in die steile Windung. Sie hatten es ebenso eilig wie er, den Ausgang aus diesem unheilvollen Labyrinth zu finden.

Kilianna sah so angespannt in die herabtropfenden Formen der Verkehrten Stadt, versuchte so angestrengt, herauszuhören, was die Soldaten dort suchten, und zu erspähen, wer sie befehligte, dass sie die Stimme am Fuße der aus kristallenen Ecken gefertigten Treppe, die zu ihr hochführte, beinahe zu spät hörte.

»Der Gouverneur hat die Order gegeben, erst tiefer hinabzusteigen, wenn wir wissen, womit wir es zu tun haben«, sagte eine Männerstimme direkt unter ihr. Erschrocken schob sie sich Handbreit um Handbreit zurück, ihre Kerzenflamme zitterte. Wenn jemand die Treppe hochkäme und diesen Gang beträte, würde er direkt über sie stolpern.

»Das weiß ich, Colonel Gourgin. Aber die neusten Erkenntnisse treiben mich an.«

»Dann bringt diese Erkenntnisse dem Gouverneur!« Der Mann namens Gourgin seufzte. »Als Zivilist seid Ihr in dieser militärischen Operation uns unter...«

»Aber sicher, Colonel«, betonte der Angesprochene, der ebenfalls im Dialekt Aquintiens sprach, den Kilianna zunächst belächelt hatte, der ihr jedoch seit den Anfängen der Besatzung immer mehr Angst einflößte. »Der Weg zur Festung ist weit und meine Zeit kostbar. Wie besser wäre sie investiert, wenn ich nicht nur sagen könnte, was das hier *nicht ist*, sondern gleich sagen könnte, *was es ist*.«

»Ich verstehe nicht!«

»Noch nicht, Colonel. Noch nicht. Nur eines, etwas, das vielleicht auch Ihr versteht: Diese Gebilde da hinten sind von Spuren übersät, die Werkzeuge hinterlassen, wenn man sie ansetzt. Die hängenden Gebäude sind Menschenwerk. Aber zu welchem Zweck baut man so etwas?«

»Ich verstehe nicht«, wiederholte der Colonel. Kilianna schob sich weiter zurück, doch zugleich wollte sie weiter mithören können. Waren das nicht genau die Informationen, die sie am nächsten Augtag würde übergeben können? War es nicht das, was Dreifinger von ihr zu wissen begehrte? Sie verharrte in ihrer Bewegung, zog die kleine Laterne an sich und verschattete sie mit den Händen.

»Was mein fachmännisches Auge mir verrät, Colonel: Dies hier ist nicht einfach von der Decke getropft. Es ist gemeißelt worden, gemauert, gefügt und geformt. Werkzeuge dafür sind mal auf ordentliche Weise eingesetzt worden wie von Menschen, die darin unterwiesen sind, und mal völlig manisch in den Stein getrieben. Es war Wille dahinter, aber nicht immer auch Verstand. Aber auch kein Unverstand, Colonel! Das auch nicht! Es ist … ein Vorposten, eine Spielwiese, ein Experiment, ein erster Versuch oder auch der letzte Versuch von umnachteten Geistern. Hier unten in der Dunkelheit. Denkt Euch nur. Versucht es, Euch vorzustellen.«

»Aber wer …?«

»Haben Eure Leute etwas gefunden? Gegenstände? Knochen? Spuren? *Irgend. Etwas?*«, betonte der Zivilist. Der andere antwortete nicht. »Seht Ihr. Hier ist nichts. Wertloser Stein. Wahnsinnige Methode. Interessant vielleicht für Völkerkundler. Historiker. Diese … diese Geschichtenerzähler, deren Geschichten immer nur in den Straßen von Sygna bleiben, statt darunter nachzuforschen.«

»Dichter«, korrigierte der Colonel.

»Ja, die«, sagte die Stimme gedankenverloren. »Ich bin hier, um den Reichtum des Kaisers zu mehren. Mir liegt nichts an Stein und Schlagspuren. Ich will finden, was hierhergebracht wurde. Oder was hier gefunden wurde. So tief in der Erde? Hier haben sie doch nach Bodenschätzen gegraben. Vielleicht Dinge gefunden, die wir uns nicht einmal vorstellen können. Eine kleine Stadt, Colonel. Nur eine einzige Stadt im Nirgendwo. In einem Vorgebirge. Kein Weltreich, nur diese eine Stadt. Und Großreiche zittern vor den Meistern, die sie hervorgebracht hat. Ihren Zeichen. Ihren Waffen und ihrem Wissen und ihrer Macht. Bis der Kaiser kam. Bis der Kaiser kam, Colonel. Es ist Zeit, all dieses Wissen und all diese Macht gerecht zu verteilen. Egalitär. Wie es der Wunsch des Kaisers ist. Jedem die gleichen Chancen auf sein Glück.«

»Es lebe der Kaiser«, brummte der Colonel.

»Oh ja. Es lebe der Kaiser. Und nun gebt mir ein paar Männer, und lasst mich meine Arbeit tun. Hier – in dieser Höhle ist nichts zu finden. Wir müssen tiefer in den Berg.« Tritte auf der Treppe. Leichtes Scheppern, wie metallene Gegenstände, gedämpft vom Stoff einer Tasche. Kilianna richtete sich auf die Knie auf, dann gebückt auf die Füße, schlang einen Zipfel ihres Kleids um die kleine Laterne und huschte rückwärts durch den Gang mit angehaltenem Atem.

Sie hatte es sich so einfach vorgestellt! Das Dummchen vortäuschen, wenn jemand sie erwischte – sie ahnte, dass das bei diesem Mann keine Wirkung zeigen würde. Sie tastete sich zurück. Die Stimme erscholl noch einmal: »Ach ja, und sagt Euren Soldaten doch, sie sollen sich beeilen, mir zu folgen. Sonst werden sie mich wohl kaum einholen. Meine Zeit ist kostbar, die Nacht wahrhaft nicht mehr jung, und ich will Vorzeigbares, bevor ich das Bett aufsuche.«

Damit hatte der Mann des Kaisers das Ende der Treppe erreicht und betrat den Gang, in dem Kilianna immer weiter zurückwich. Die Öllampe in seiner Hand brannte in einem hellen, weißen Feuer, das die Kunst der Alchimisten erahnen ließ und sofort einen Lichtkeil in den Tunnel warf – und den Mann als Schemen hinter der Laterne wabern ließ. Erkennen konnte sie ihn nicht, er schien ihr groß, doch seine Lampe leuchtete nur nach vorn, um ihren Träger nicht zu blenden.

Ihre Brust krampfte sich zusammen, eine Faust griff nach ihrem Herz, und kurz dachte sie, ihr würden die Tränen kommen. Doch dann fasste sie sich: Sie war allein, aber das war dieser Mann auch. Und sie hatte einen Vorsprung – sie wandte sich um und rannte einfach los.

»Wer ist da?«, rief er ihr nach, doch er schien die Verfolgung nicht aufzunehmen. Sie rannte einige lange Schritte – bevor sie zu erfassen begann, dass sie eine falsche Abzweigung genommen hatte. Mit einem Schrei stürzte sie über eine ausgetretene Rampe in die Tiefe.

»Wirklich, Jendra, ich würde ihn hier nur aus einem einzigen Grund allein lassen, und zwar, um ihm einen Heiler herzuschaffen!«

»Aber wir müssen ihnen helfen!«, flehte das Mädchen, und Ismayl konnte in ihren Augen sehen, was sich in ihren Gedanken abspielte. Angst, die anderen zu verlieren. Angst, nur mit ihm zurückzubleiben, ohne jemanden mit einem Plan. Angst, die anderen zu enttäuschen. Und die Hoffnung, Elisabeda und Ignaz – und den hübschen Dawyd – retten zu können und sich ihre Dankbarkeit zu erarbeiten und so die Schmach zu tilgen, die sie am Abend zuvor erlitten hatte. Er sah all diese Dinge so klar, als seien sie mit einem Messer in Wachs geschnitten.

Die Lektionen des alten Simeon bohrten immer noch ihre Fühler in ihn und ließen ihn roh und unfertig zurück, empfindlich für jede Störung. Er kannte dieses Gefühl und wusste, dass es ein Teil des Lernprozesses war, doch es war der gefährlichste Teil: Die Zeit, in der man das Zeichen nicht beherrschte, es jedoch bereits in sich trug und es sich dort wie ein Wurm in den Geist fraß. Ismayl war hungrig darauf, das Zeichen zu verwenden, doch es schien auch ihn benutzen zu wollen. Von einem fähigen Meister geführt, behielt meist der Handwerker die Oberhand. Doch dieser fähige Meister quälte sich gerade auf seinem behelfsmäßigen Lager mit Hustenkrämpfen und Fieberschüben, und Ismayl saß neben ihm und kühlte ihm die glühende Stirn mit feuchten Lappen, während er selbst in der Kellerluft fror.

»Ignaz' Befehl war eindeutig! Wir dürfen ihn nicht allein lassen. Und ich sage: Wir dürfen ihn nicht sterben lassen! Nur durch unsere Dummheit auf der Brücke ist er in diesem Zustand! Er hat doch noch so viel ... Er kann doch nicht ... Er hütet so viel Wissen, und es wäre einfach ... fort.« Diese Aussicht lag wie eine weiße Hülle, wie ein Leichentuch, über Simeon. Ismayl kämpfte gegen die Tränen. »Du musst einen Heiler holen. Ich bleibe hier bei ihm.«

Jendra verließ den Keller, aber ob sie seiner Bitte nachkam oder nicht, wusste er nicht. Die Nacht war schon viel zu weit fortgeschritten, er selbst viel zu ausgelaugt, um sich Sorgen um Jendra zu machen. Und das Zeichen zog und zerrte an ihm. Nach einer Ewigkeit angefüllt mit Gedanken, an die er sich schon Wimpernschläge später nicht mehr erinnern konnte, einem Äon von Erinnerungen, die er nie erlebt hatte und die ihm zerflossen wie Schnee zwischen den Fingern, öffnete Simeon die Augen.

»Es tut mir leid«, wisperte Ismayl. »Es ist meine Schuld. Jendra hat mich gefragt, warum wir den Alchimisten nicht in die Sache hineinziehen dürfen, und ich habe gesagt, es geschähe ihm recht, wenn wir's täten. Wir haben die Brücke gesprengt. Wir haben Euch nicht befreit, Meister, sondern lassen Euch mit einer Lungenentzündung in einem Kellerloch verrotten ...« Er wollte noch sagen, dass er es nicht zulassen würde, doch der Alte lächelte nur und nahm Ismayls Hand. Seine Nasenflügel zitterten, als er nach Luft rang und sagte: »Du siehst ja immer noch in die Vergangenheit, Schönauge. Das lässt sich nicht mehr ändern. Du musst es hinnehmen wie Ignaz seine drei Finger.« Die knochige, altersfleckige Hand drückte schwach die seine, doch Ismayl empfand seine wache Gegenwart plötzlich als großen Trost. »Ich habe noch viel, was ich dir beibringen kann. Versuche einfach, diese Zukunft wahr werden zu lassen.«

Ismayl nickte, doch sein Geist fand keine Geschichte, die lichter aussah als die Düsternis des Zunftgerichtkellers.

Kilianna rappelte sich auf. Bei der Schlitterpartie über die Rampe hatte sie sich einige schmerzhafte Schürfwunden zugezogen. Die Kerze war erloschen und das Glas der kleinen Laterne gesprungen. Der Lichtstrahl des Aquintianers hinter ihr war ebenfalls nicht mehr zu sehen. Sie stolperte vorwärts, sich an der Wand entlangtastend, immer in der Hoffnung, dass kein weiterer Abgrund vor ihr gähnte. Erst als sie sich mit zusammengebissenen Zähnen und tanzender Dunkelheit vor ihren Augen in einen weiteren, niedrigen Gang vorwärtsgearbeitet hatte, hielt sie inne, um ein Schwefelholz anzureißen. Sie zog es mehrmals über die raue Steinwand, bevor es sich entzündete, dann hielt sie es an den Docht der Kerze, die nun durch das verschüttete Wachs erheblich kürzer schien.

Die Kerzenflamme glomm auf, kam dann zur Ruhe, wobei sie etwas schief lag. Es musste also einen kaum spürbaren Lufthauch geben. Bedeutete das, dass eine Öffnung nach draußen nicht fern war? Doch Kilianna hatte nur eine mögliche Richtung zur Verfügung. Sie hob ihren Blick von der Laterne. Der niedrige Gang, in den sie gekrochen war, krümmte sich in einer langgezogenen Spirale abwärts – immer weiter abwärts. Schicksalsergeben nahm sie ihren Weg wieder auf. Zumindest würde ihr der Aquintianer hierhin sicher nicht folgen … Doch dann sah sie vor sich das Leuchten einer anderen Lampe und erstarrte.

Dawyd hatte die Führung übernommen. Elisabeda und Ignaz wirkten wie Schlafwandler, die Neigel vor sich hertrieb.

Wenn er hätte raten müssen, was diesen Zustand verursachte, hätte er getippt, dass ihre Schwäche, das Frieren, die wachsende Orientierungslosigkeit daran lagen, dass sie zeichenkundig waren. Neigel und er kannten keine Zeichen – und die Gänge waren albtraumhaft, aber beeinträchtigten sie nicht in diesem Maße. Jetzt lag es an ihnen, einen Ausgang zu finden – ausgerechnet! Die meisten Ausgänge würden versiegelt sein und waren von dieser Seite, zumal im Dunkeln, vielleicht gar nicht mehr zu erkennen. Doch der Weg führte nun immerhin als steile Rampe nach oben, der Gang selbst wirkte grob, doch das wertete er als gutes Zeichen, denn Elisabeda schüttelte stets bei Abzweigungen heftig den Kopf, die in ebenere, glattere Tunnel führten.

Als sie die Rampe keuchend hinter sich gebracht hatten – Neigel und er in ihrer aquinzischen Mode schwitzend, Ignaz und Elisabeda mit vor dem Mund kondensierendem Atem –, sahen sie vor sich das Licht einer kleinen Kerzenflamme. Dawyd zog sofort das Messer, die Härchen in seinem Nacken stellten sich auf, und als hätten sie ein Kommando an den Rest seines Körpers gesandt, spannten sich seine Muskeln, bereit zuzustechen.

Das Licht war ein gutes Stück voraus und bewegte sich nicht. Es kam von einer Laterne, die auch die Form eines Menschen erhellte. Ohne zu zögern und ohne sich zur Bestätigung nach den anderen umzudrehen, drückte er die eigene Kerze mit einer knappen Bewegung an der Höhlenwand aus und schlich Schritt um Schritt vorwärts. Er war dieses verdammte Labyrinth aus Gängen derartig leid. Egal, wer dort vorn stand – er oder sie würde ihm aus der Verkehrten Stadt heraushelfen! Und wenn es ein Aquintianer war, würde Dawyd ihn mit vorgehaltener Waffe dazu zwingen.

*Was, wenn es etwas anderes ist?*, fragte eine plötzliche, abergläubische Stimme in seinem Inneren. *Was, wenn es etwas aus den Eingeweiden des Bergs ist?*

Doch der Berg war nur Stein. Seltsamkeiten aus Stein.

Dawyd hielt das Messer vor sich und legte das letzte Stück in langen, lautlosen Sätzen zurück.

Kilianna sah in die Dunkelheit und blinzelte. Das Licht vor ihr bewegte sich nicht. Sie atmete – einen, zwei, drei Atemzüge.

Nichts geschah. Schließlich kroch sie näher, der Schreck lag noch wie ein nasses Kleidungsstück an ihrem Körper. Als sie sich näherte, breitete das Licht sich aus, wie Sonnenlicht auf einem Tümpel schillerte es auf einer glatten Oberfläche. Sie schob sich Stück für Stück näher, bis sie die Hand ausstrecken konnte – eine blutig abgeschürfte Hand, an deren Fingern zwei Nägel abgebrochen waren von ihrem Sturz. Sie legte die Hand auf das, was den Gang beendete. Es war Glas. Oder Kristall. Oder ein Spiegel. Glatt und kalt, jedoch nicht ganz eben, in Tropfen und Blasen erstarrt.

Sie war so nah, dass ihr Atem sich darauf niederschlug. Was ihr dort entgegenleuchtete, war ihre eigene Kerze. Was ihr dort entgegensah, war ihr eigenes Gesicht, die Augen weit aufgerissen, mit der Miene eines verängstigten Wesens. Dieser Gang war versperrt. Sie schob sich gegen die gläserne Oberfläche und versuchte festzustellen, ob sie hindurchspähen konnte. Da hörte sie weiter hinter sich das Marschieren von Füßen und einige Stimmen – der Colonel hatte dem Zivilisten offenbar die versprochenen Soldaten zur Seite gestellt. Kilianna kauerte sich zusammen, mehr noch, als der Gang sie ohnehin zwang. Sie sah zu ihrer Kerze, die ihr nun viel zu hell erschien. Durch das gesprungene Glas der Laterne blies sie sie aus. Der Fels hing über ihr wie ein Mühlstein über dem Korn, das zermahlen werden würde. Sie hielt den Atem an.

Doch niemand stieg ihr hinterher in den engen Gang, in dem sie sich verkrochen hatte – die Schritte verhallten in dem breiteren Tunnel, aus dem sie gekommen war. Zeit verging, und sie wusste nicht, ob sie jemals den Mut haben würde, den Rückweg zu suchen, vorbei an Scharen von Aquintianern! Dann hörte sie ein Klirren – es war ein hässliches Geräusch, das Zerspringen einer widerstrebenden Fensterscheibe. Sie fürchtete kurz, jemand würde sich von der anderen Seite zu ihr vorarbeiten, doch dafür war das Geräusch nicht nah genug. Schließlich sah sie Licht durch das seltsame, wie herabgeflossen wirkende Glas vor ihr.

Sie presste das Gesicht ans Glas und entdeckte, dass sie hindurchsehen konnte: Dahinter erstreckte sich eine Höhle – und ihr kleiner Wurmfraßgang war offenbar nicht der einzige Zugang. Mehrere von Glas versiegelte dunkle Höhlen mündeten in die neu erschlossene Kaverne. Zunächst konnte sie drei Fackeln ausmachen, die in einiger Entfernung von rechts durch einen zweiten Eingang in die Höhle getragen wurden. Nach und nach entzündete die Gruppe von Männern, die sie nur als vage Schemen sah, mehr Lichter und machte damit die Höhle auch für sie sichtbar. Kilianna begann zu ermessen, wie gewaltig das Innere war, als die Männer sich tiefer ins Dunkel vorwagten. Ihre Fackeln erhellten eine große Höhle, die sich tief in den Berg bohrte. Ihre Form erinnerte an das Innere eines liegenden Schneckenhauses.

Kilianna sah ihnen gebannt zu. Zeit war bedeutungslos, die Dunkelheit hier unten ohnehin ewig. Sie presste ihre Stirn gegen die Scheibe, vergaß zu atmen und schnappte ab und zu nach Luft, wenn sie wieder daran dachte. Hinter der Scheibe wurde das Licht nun abertausendmal von den Wänden gebrochen, flirrte und tanzte und irrte immer weiter und weiter vor, je mehr Fackeln aufgestellt wurden. Die Höhle, die sich wie das Innere eines spitzen Schneckenhauses wand, war nicht mit hängenden Gebäuden oder Strukturen ausgefüllt, sondern an den Wänden mit Glas ausgekleidet, als sei Sandstein in einem gewaltigen Feuer flüssig geworden und dann erstarrt. Sie konnte nichts hören, doch sie sah die Soldaten in ihren Uniformen, manchmal weniger als ein paar Schritte von ihr entfernt, wie sie gestikulierten und argumentierten. Und der Zivilist mit seiner großen Tasche schritt entschlossen weiter ins Schneckenhaus vor und schien weniger beeindruckt als vielmehr grimmig zufrieden.

Kiliannas Gedanken traten auf der Stelle. Was lag hier unten verborgen? Was suchte der Mann? Was suchte sie?

Schließlich kam der vom Kaiser gesandte Zivilist in der hinteren Windung des liegenden Schneckenhauses an und stellte seinen voluminösen Seesack ab. Sie sah ihn nur noch als kleine

Figur, doch das Licht spielte so mit ihm, dass sie jede seiner Bewegungen gut erkennen konnte. Er tastete über die Wand. Dann zog er etwas hervor – einen Hammer? Eine Hacke? Er fuhr über eine Stelle an ihrem Stiel, wie ein Handwerker über das Zeichen in seinem Werkzeug fahren würde, bevor er ans Werk ging. Sygna hatte derartig gezeichnetes Werkzeug stets über die Grenzen der Stadt hinaus verkauft, doch dass dieser Mann, ein Fremder, ein verborgenes und verbotenes Wunder im Inneren des Bleibergs damit anrühren wollte, machte Kilianna wütend.

Er schien keinen Wimpernschlag zu zögern, sondern hob das Werkzeug und schlug zu. Kilianna schrie vor Überraschung auf, als sein Schlag das gesamte Glas in der Höhle erschütterte. Das, durch dessen Oberfläche sie wie durch ein Fenster blickte, hieb in einer kraftvollen Schwingung gegen ihre Stirn und stieß einen entsetzlichen schrillen Ton aus, der auf und ab schwoll und sich in ihre Ohren bohrte. Doch der Mann hörte nicht auf, er schlug und schlug und förderte entsetzliche Schreie aus dem Glas. Knirschende Risse zogen sich im Zickzack durch die harmonische Spirale der Höhle, plötzlich barst etwas direkt über dem Kaiserlichen, er riss den Arm hoch, um sich zu schützen, doch es war nur ein Regen aus kleinen, harmlosen Splittern. Kilianna wünschte ihm, die Höhle würde ihn unter sich begraben. Wie betäubt vom Kreischen des Bergs starrte sie weiter durch die Höhle zu diesem Mann hinüber. Seine Eskorte aus Soldaten presste sich die Hände auf die Ohren, die Gesichter schmerzverzerrt. Wieder barst etwas aus der Decke und verfehlte den Aquintianer. Kilianna blinzelte verwirrt. Hinter dem Glas – dort in der Spitze des Schneckenhauses – offenbarte sich kein Stein, kein Fels, kein Sand, keine erstarrte Lava oder irgendetwas, womit Kilianna hätte rechnen können. Unmissverständlich fiel das mannigfache Licht … auf Holz. Einige Meter hinter der Windung aus Glas machte sie eine massive Wand aus Holz aus, schwere Bohlen versperrten den Weg. Die Fugen waren kaum zu erkennen, sodass sie wie ein einzelnes Werkstück wirkte, geschnitten aus dem gigantischsten aller Bäume. Aber bevor sie sich dort durchbohren konnten, mussten die Aquintianer erst die Risse im Glas erweitern, und so ließ der unerschrockene Anführer der Höhlenexpedition den Hammer erneut niederfahren.

In Kiliannas Starren hinein bahnte sich ein schnalzender Riss seinen Weg durch das Kreischen des Glases und über die Scheibe vor ihr.

Der Berg würde einstürzen! Die Aquintianer hatten nicht nur die Gilden gestürzt, die würden ganz Sygna dem Erdboden gleichmachen! Kilianna kroch rückwärts, ohne Hoffnung, jemals rechtzeitig aus dieser stickigen Hölle entkommen zu können. Sie kroch wie von Sinnen durch den viel zu engen Gang, der unter ihren Händen und Knien bebte, und dachte mit dem letzten flatternden Gedanken daran, die Laterne mitzunehmen.

Dawyd bemerkte drei Dinge: Die Gestalt vor ihm trug die hohe Mütze und die Uniform eines Aquintianers. Ein kühler Lufthauch, der nach Regen roch, wehte an ihm vorbei in den Gang. Und ein entsetzliches Kreischen fuhr durch den Berg selbst und ließ Dawyd vor Schmerz zusammenzucken. Auch der Soldat vor ihm fuhr zusammen und dann herum – kurz starrten sich Dawyd und er in die Augen. Die Öllampe neben dem Soldaten flackerte auf. Der Soldat öffnete den Mund. Dawyd besann sich schneller – schon drang sein Messer durch den Stoff der Uniform. Ohne darüber nachzudenken, setzte Dawyd einen geschmeidigen Schritt vorwärts nach, wodurch er die Waffe noch tiefer schob, durch Schichten von Kleidung bis hinein in den Bauch des Soldaten.

*Verdammte Hurensöhne von Aquinzacken! Lassen mich zum zweiten Mal in einer Nacht zum Mörder werden!* Und mit diesem Gedanken vergaß er sogar das Gelöbnis, stets alle Kämpfe mit den einleitenden Worten der Gilde zu beginnen.

Der Soldat wollte schreien, und obwohl der kreischende Ton aus dem Berg sicherlich alles übertönt hätte, ließ Dawyd das Messer einfach stecken, packte den Kerl und presste ihn mit dem Arm an der Kehle gegen die Wand. Der Mann wand sich, Schmerz und Angst und Unverständnis wurden unbarmherzig vom Licht der Öllampe eingefangen. Dawyd hielt ihn fest, und nicht das Messer in den Därmen tötete ihn, sondern Dawyds Arm, der ihm die Luft abschnürte.

»Zum Genüge der Goldenen Gilde«, presste er tonlos am Ohr des Mannes hervor und fühlte sich entsetzlich.

Neigel, Elisabeda und Ignaz waren mittlerweile herbeigeeilt. Dawyd legte die Hand um den Messergriff, und der Soldat sank darunter weg und ließ die klebrig besudelte Waffe in Dawyds Hand zurück.

Der Ton, der den Soldaten aufgeschreckt hatte, verebbte langsam wie das Lied eines Schaustellers, der auf dünnen Weingläsern eine Melodie spielte. Während es verebbte, hörte Dawyd aus der Tiefe einen Herzschlag. *Jetzt werde ich endgültig wahnsinnig*, dachte er.

Aber der Herzschlag war unüberhörbar. Aus der Tiefe des Bergs. Aus seiner eigenen Tiefe.

Er wusste es nicht genau zu sagen. Es war, als schlüge das Herz in ihnen beiden, aber es war sicher nicht sein eigenes.

Er schloss stöhnend die Augen, über den Toten gebeugt, gegen die Wand gekauert. Und er spürte ... noch etwas anderes. Eine Präsenz.

Er spürte, wie es an ihm zerrte, wie es sich einen Weg schnitt, durch alle Schichten seines Seins, um an ihm zu fressen.

Er spürte, dass etwas Tiefes und Schreckliches und Altes, etwas, das völlig ohne Form war und ohne die Schwünge und Linien eines Zeichens, sich nach ihm ausstreckte, Herzschlag für Herzschlag nähertastend – und dann zuckte es zurück, als habe es sich an ihm verbrannt. Langsam, so langsam sah er einen Tropfen Blut im Licht der Laterne von seinem Messer zu Boden tropfen, dort zerplatzen und winzige Tropfen in alle Richtungen fortschicken.

Dann war es vorbei, und er spürte, dass Elisabedas Hand sich um seinen Arm legte.

»Dawyd! Bist du verletzt?« Er sah auf in ihr besorgtes Gesicht, das so viel wärmer sein konnte, als es normalerweise war.

»Hast du das nicht gespürt?«

Sie sah ihn an, Linien gruben sich um ihre Lippen, sie musterte ihn grimmig. Dann schüttelte sie den Kopf. »Wir sind fast draußen. Diese Kälte wird schwächer.«

»Ihr habt … den Herzschlag nicht gehört? Ihr habt nicht … Es hat nicht nach euch gegriffen?«

»Nur den Ton – keinen Herzschlag. Was ist passiert?«, flüsterte sie über dem Toten.

Dawyd schauderte, eine innere Kälte packte nun auch ihn, und ihm fielen wieder die Atemwölkchen vor Elisabedas und Ignaz' Mund auf. Er begann zu verstehen, aber mit dem Verständnis kamen viel mehr Fragen, als sein Verstand fassen konnte. »Was du gesagt hast – dass ich nicht verstehe, was in den Manufakturen geschieht. Dass es die Arbeiter frisst. Dass es der Frau ihr Auge genommen hat. Dass es ihre Seele aufzehrt. Dass niemand, der nicht die Schwünge eines Zeichens beherrscht, dieses wirken kann, wenn er sich nicht an das Zeichen verlieren will …«

»Das habe ich nicht gesagt!«, sagte sie fassungslos.

»Aber das ist es, oder? Das war es, was du hättest sagen können!«

»Aber das hättest du nicht verstanden!«, fuhr sie ihn an.

»Ich weiß. Aber jetzt verstehe ich es. Es ist, als wäre ich … als wäre ich gerade einem begegnet.«

»Einem was?«, zischte sie.

»Einem Zeichen«, wollte Dawyd sagen, doch es war Ignaz' Stimme, die es aussprach und ihm zuvorkam. »Was auch immer gerade geschieht, es ist nicht gut, und es beweist, dass wir nicht im Berg sein sollten. Beeilt euch – vor uns ist der Ausgang, und wenn wir Pech haben, mehr Soldaten!«

*Einem Zeichen.* Dawyd warf einen letzten Blick auf das dunkle Blut, das sich als Pfütze unter dem Toten ausbreitete. Kurz flackerte in ihm der Gedanke auf, dass dieser ohrenbetäubende Ton dieses Gefühl in ihm verursacht hatte. Doch er wusste, dass es nicht der Ton gewesen war. Es war das Blut, das er vergossen hatte, es verband sich irgendwie mit der grausigen Präsenz, die er hier unten spürte. Mit einem grässlichen Schaudern raffte er sich auf, und diesmal war er es, nach dem Neigel griff, um ihn zu stützen.

Nur wenige Dutzend Schritte, dann öffnete sich der Tunnel in eine aufgestemmte Öffnung, die hinaus auf ein steiles Bachbett in der Flanke des Bleibergs führte. Um sie herum ragten steile Mauern auf, und darüber wogten die Kronen blütenbesetzter Bäume. Der Wind zupfte kleine bleiche Blättchen ab und ließ sie auf die Fliehenden schneien. Sie waren an den großen Gärten des hochgelegenen Meisterviertels aus dem Berg getreten, und Sygna räkelte sich unter ihnen wie eine finstere, hartnäckige Geliebte, der man sich mit ebenso viel Lust wie Widerwillen widmet.

# Kapitel V

Ismayl war nichts anderes übrig geblieben, als sich schlafen zu legen. Die letzten Nächte zehrten an ihm und rissen ihn in einen dunklen Strudel von Träumen. Auch am Tage hatten sie nicht genug geschlafen, und obwohl sie den Zunftmeister der Dichter aus der Hand der Aquintianer befreit hatten, lag das düstere Gefühl über seinen Träumen, dass sie versagt hatten. Als schwerer Schatten lastete die Ahnung auf ihm, eingekesselt zu sein, umzingelt von mehr Gegnern, als er im Finsteren erahnen konnte. Mit einem Keuchen fuhr er auf, als die anderen zurückkehrten.

Dawyd warf sich mit einem Stöhnen auf den mit Stroh gefüllten Sack in der Ecke und presste die Hände gegen die Augen. Elisabeda und Ignaz bedeuteten Ismayl, er solle weiterschlafen, und Neigel sackte zu einem regennassen Häuflein zusammen. Ismayl wollte nichts lieber, als wissen, was ihnen widerfahren war, aber sie wirkten nicht, als wollten sie es ihm jetzt berichten. Aber – beim Großen Handwerker! – sie waren unverletzt zurückgekehrt! Neben der Bank, auf der sich der fiebernde Simeon hin und her warf, wandte er sich vorsichtig um und blickte noch kurz zu Jendra, die sich in seinem Rücken zusammengerollt hatte. Doch sie schlief erschöpft, und er war mit seinen Gedanken allein. Er schloss die Augen. Beinahe konnte er die Fieberschübe des Alten körperlich spüren, wie eine Aura waberten sie um den Meisterdichter herum.

*Er braucht einen Heiler. Jemanden, der auch die Zeichen beherrscht, die Krankheiten kurieren.* Diese Heiler waren teuer, denn ihre Künste waren selten. Und je seltener sie waren, desto schärfer befanden sich die Kunstfertigen im Fokus der Besatzer.

*Die Heiler sollten in den Untergrund gehen. Uns helfen anstatt ihnen. Wir könnten sie verstecken ...*

Ismayl spürte, wie seine Augen vor Müdigkeit brannten, doch seine Gedanken wollten keine Ruhe geben. Sie, die Rebellen, plagten sich, versteckten sich in kalten Kellerlöchern, wechselten Nacht für Nacht die Lager, um nicht entdeckt zu werden. Wenn sie doch mehr wären oder Menschen mit Einfluss, auf die es ankam! Handwerksmeister. Gildenvorsteher. Zeichenkundige. Wenn die Alchimisten und die Eisenschmiede sie bewaffnen würden. Die Heiler sich um die Verletzten und Kranken kümmern. Wenn die Fechter zu den Schwertern greifen würden. Sie könnten sie zwingen – Jendra hatte es ihnen praktisch schon vorgemacht, hatte Dawyd ausgesucht und ihm keine Wahl gelassen. Hatte die Feuertöpfe des Alchimisten gestohlen und damit den Verdacht auf ihn gelenkt. Die Aquintianer waren schließlich auch nicht zimperlich damit, Sygnaer Bürger zu instrumentalisieren. Warum sperrte sich Ignaz dagegen, sich Unterstützung von den Gilden zu holen?

*Von den ehemaligen Gilden ...*

Nominell waren sie aufgelöst, nominell gab es keinen Großgildenmeister mehr, keinen Zunftrat – sie mussten doch wütend sein! Es musste Zündstoff vorhanden sein, den man entzünden konnte, wie Jendra die Feuertöpfe entzündet hatte!

*Wozu sind die Wortzeichen da, wenn nicht dafür?*, war Ismayls letzter Gedanke, bevor er einschlief.

Ismayl erwachte vom schweren, rastlosen Atem des alten Dichters. Ignaz kniete bereits neben der Bank, auf der Simeon lag, und band dem Alten Wadenwickel, ungeschickt mit seiner verkrüppelten Hand.

»Er braucht einen Heiler«, sagte Ismayl mit vom Schlaf belegter Stimme. »Jendra hat gestern Nacht noch nach einem gesucht, nach einem aus der Unterstadt, der dem Verborgenen Hof ab und an einen Gefallen erweist.« Er fühlte sich noch wie gelähmt, die Müdigkeit war ihm, wenn das möglich war, im Schlaf noch tiefer in die Knochen gekrochen. Wie lang hatte er geschlafen? Wie spät mochte es wohl sein?

Ignaz nickte mit gerunzelter Stirn. »Sie hat erzählt, dass er nicht da war. Und in der Altstadt an einen Heiler heranzukommen ist schwierig.«

»Wir entführen einfach einen. Wir brauchen ohnehin einen Heiler, wenn wir so weitermachen«, schlug Ismayl vor. Er bemerkte, dass sein langes Messer neben seinem Strohsack lag. Dawyd befand sich nicht im Raum, auch Jendra und Elisabeda waren nicht zu sehen, nur Neigel stieß gerade seine Decken beiseite und roch missgelaunt an seiner eigenen Kleidung.

»Nimm dir was Neues«, sagte Ignaz und wies mit dem Kinn auf die Truhe am Kopfende des niedrigen Raums.

»›Nimm ein Bad‹ sind die Worte, die ich gern hören würde«, entgegnete Neigel.

Ignaz wandte sich wieder Ismayl zu. »Du willst einen Heiler entführen, der dann bei uns bleibt?«, fragte Ignaz und runzelte die Stirn. »So bitter wir solche Verstärkung nötig hätten: Die fähigen Heiler dieser Stadt haben Familien, mit denen man sie und damit uns unter Druck setzen könnte. Das geht nicht. Sie wären ein wunder Punkt.«

»Und jemand wie Dawyd ist kein wunder Punkt?«, fragte Ismayl.

»Nein«, sagte Ignaz einfach. »Dafür hast du gesorgt. Das hast du gut gemacht.«

»Dann wird es Zeit, dass ich mich mit einem Heiler anfreunde. Es würde ja reichen, wenn wir ihn nachts zu uns holen könnten, wenn die Stadt schläft und wir ihn brauchen. Es würde reichen, wenn wir Verletzte zu ihm bringen könnten, im Schutz von Jendras Zeichen oder wie auch immer!«

Ignaz seufzte. »Nein.«

»Warum nein? Wir brauchen solche Leute! Ein Fechter, der kämpfen kann – fein! Aber besser noch wäre jemand, der den Zunftmeister der Dichter aus seinen Fieberträumen holt!«

»Du weißt genau, dass jemand, wie du ihn suchst, kein kleiner Feldscher sein kann, der die Fechter wieder zusammenflickt. Du weißt genau, dass so jemand im Meisterviertel wohnen würde. Und dass Meister von dieser Sorte es den Zugeständnissen der Aquintianer verdanken, dass sie weiterhin im Wohlstand leben. Dass Menschen wie sie uns verraten könnten und sich dabei vielleicht sogar mit Recht sagen würden, sie hätten nur ein paar Störenfriede beseitigt. Welchen von diesen Meistern kennst du, dem du vertraust?«

Ismayl schwieg. Er wälzte Namen auf der Zunge hin und her, doch keiner davon kam heraus. Die besten Heiler der Stadt nahmen viel Geld für die Zeichen, die die Krankheiten aus einem Menschen herauslaufen ließen. Und keinem davon konnte er vertrauen.

»Aber Simeon wird sterben und all seine Zeichen mit ins Grab nehmen.«

Beide wandten den Blick auf das schweißglänzende Gesicht des alten Mannes. Seine Augenlider flatterten. Ignaz schlug trockene Tücher um die Wadenwickel und zog dann die Decke wieder über die Beine des Alten.

»Er kann sich auch ohne Zeichen wieder erholen«, sagte er schließlich, mied jedoch Ismayls Blick. Ismayl starrte ihn wütend an. Einen Heiler in Ignaz' verschworene Gemeinschaft zu holen war eine fixe Idee gewesen, etwas, das er nicht gegen dessen Widerstand durchsetzen konnte. Aber zumindest jemanden mit verbundenen Augen ein einziges Mal herzuführen konnte doch nicht unmöglich sein! Und wenn er es ohne Ignaz' Wissen tun musste!

»Lass es mich versuchen. Jendra und mich. Bitte«, murmelte Ismayl in einem letzten Aufflammen von gutem Willen.

»Ich kann nicht zwei riskieren, um einen zu retten. Jendra und du ... ihr seid zu wichtig.«

»Die Zeichen, die Simeon kennt, sind wichtiger.«

Ignaz lachte freudlos, wandte sich dann endlich wieder zu Ismayl um und legte ihm die Rechte auf die Schulter.

»Und als ich sagte, dass du wichtig seist, dachtest du, ich rede von den Zeichen, die du beherrschst, Schönauge? Von dir als Dichter?«

»Sicher nicht von mir als Mensch«, erwiderte Ismayl spitz, und Ignaz' Augen weiteten sich, als habe er einen unerwarteten Schlag in den Bauch erhalten. Er schwieg kurz, dann löste er die Rechte und wackelte mit den zweieinhalb verbliebenen Fingern.

»Wenn es die Zeichen wären, um die es mir ginge, dann hätte ich mich schon längst in der Schlang ersäuft. Die Idee, die der aquinzische Kaiser hegte – mit der er sein eigenes Land unterwarf und sich zum Führer dieser Nation erhob –, für diese ursprüngliche Idee würde ich mehr als nur meine zeichenkundigen Finger geben. Seine Idee im Großen hat mich im Kleinen angetrieben. Er ist gescheitert. Aber vielleicht werde ich nicht scheitern.«

»Er … Kaiser Yulian ist gescheitert?«, fragte Ismayl, und Ignaz nickte grinsend. Ismayl dachte kurz nach und sagte dann: »Du meinst wohl kaum seine Idee, sein eigenes Volk und anschließend die benachbarten Länder und Städte zu unterwerfen und die Allianz der Noccurner mit Krieg zu überziehen. Du meinst seine Idee, den Adel abzuschaffen. Seine Idee, dass alle Menschen mit gleichen Rechten geboren wurden.«

»Genau. Denn jetzt ist er ein Tyrann.«

»Also ist er gescheitert«, stimmte Ismayl zu.

»Ich glaube wie er, dass alle Menschen mit gleichen Rechten geboren wurden. Nicht nur Sygnaer und Aquintianer. Die Bettlerkinder aus dem Buckelviertel. Die Frauen, denen nie Anerkennung für ihre Arbeit zuteilwird. Die Tagelöhner, denen immer der Zugriff auf die Zeichen verwehrt wurde. Die, die von außerhalb kamen und denen nur die niedersten Berufe freistanden. All die, die vom Gildenrat beherrscht und kleingehalten wurden. Was für ein Mensch wäre ich, wenn du mir nur als Zeichenkundiger etwas wert wärst, Schönauge?«

Ismayl begriff immer noch nicht ganz. »Und *deshalb* können wir keinen Heiler für Simeon entführen?«

»Simeons Zeichen sind wichtig, denn wir befinden uns in einem Unrechtssystem – früher durch die Gilden, heute durch die Aquintianer –, und unsere Gegner werden nicht zögern, gezeichnete Waffen gegen uns einzusetzen. Also müssen auch wir diese Waffen beherrschen, und in deinem Fall sind es Worte, die Klingen und Musketen nutzlos machen können. Glaub nicht, dass ich es leichtnehme, dass ich keine Zeichen mehr wirken kann. Ich war ein Niemand, dem die Zeichen nicht zustanden, und ich habe härter darum gekämpft, sie zu beherrschen und mich Meister nennen zu können, als um irgendetwas anderes in meinem Leben. Das ist nun alles fort, weil die Ungerechtigkeit der Gilden durch das Regime des Kaisers ersetzt wurde.«

Ismayl starrte Ignaz an und sah jemand anderen vor sich. Als habe sich die Hülle des verbissenen Anführers von Ignaz abgeschält und denjenigen zum Vorschein kommen lassen, dessen Geschichte Ismayl stets bewundert hatte. Der, der ihm den Mut eingeflößt hatte, sich gegen seinen Vater und seine Brüder zu stellen und zu Meister Aramaeis in die Lehre zu gehen. Die Geschichte des Sohnes eines Aquintianers und einer Wirtstochter, der sich gegen alle Widerstände Können und sogar Zeichen aneignete und sich Klagen, Gericht und Urteil stellte. Die Gilden hassten diese Geschichte, die Lehrlinge liebten sie, und Ismayl hatte sich niemals getraut, den Schreinermeister danach zu fragen.

»Irgendwann werden wir wieder *für* etwas kämpfen können«, sagte Ismayl aus einem Impuls heraus. »Und nicht nur gegen etwas.«

Ignaz zwinkerte ihm zu. »Dichterzungen«, seufzte er. »Um Gerechtigkeit zu verwirklichen, sind Zeichen nötig. Auch wenn es ohne sie gerechter zugehen würde. Wir haben Simeon wegen seiner Zeichen befreit – damit wir sie haben und nicht unsere Feinde. Oder, wenn er stirbt, damit niemand sie hat.« Ismayl schüttelte energisch den Kopf. »Doch, Schönauge. Die Dichter können einem die Gedanken im Kopf herumdrehen, ein Feuer entzünden, für das es kein Brennmaterial gibt. Ihr seid gefährlich. Und noch gefährlicher sind eure Zeichen in den Händen unserer Feinde.« Er wandte sich wieder Simeon zu, der darum kämpfte aufzuwachen. »Und darum ist mir dein Leben mehr wert als seines: Weil ich dir vertraue.«

»Er würde dich nie manipulieren! Der Kodex der Dichter verbietet es! Und wenn du daran glaubst, dass wir alle gleich sind, dann darfst du nicht über Leben und Tod bestimmen, nur weil du einen von uns persönlich lieber magst!«

Ignaz sah ihn traurig an. »Das ist das Problem mit der Gleichheit. Sie funktioniert im Großen nicht, wie Yulian der Tyrann bewiesen hat. Und im Kleinen funktioniert sie auch nicht. Sie ist ein Ideal, nach dem es zu streben gilt, das aber schwer zu leben ist. Ich werde Jendra losschicken. Sie soll sich umhören, soll nach diesem Heiler suchen, den sie kennt. Du bleibst hier, Ismayl. Wenn Simeon aufwacht, wird er mit dir reden wollen.«

Der Raum roch nach Krankheit und verbrauchter Luft. Ismayl wünschte sich woandershin, doch er wusste, dass sein Platz im Moment hier war. Und wenn er jemandem vertrauen konnte, einen Heiler herzubringen, dann Jendra. Er nickte Ignaz versöhnlich zu.

Die Gilden waren voller Männer, die ein Jemand sein wollten. Der Verborgene Hof lachte über sie. Einst waren auch die Verborgenen Teil des Stadtrats gewesen. Ein Verborgenes Zeichen bedeutete nicht unbedingt, dass es unlauteren Geschäften dienen musste. Jedoch war schon Kreativität angebracht, wollte man es, was die Rechtschaffenheit anging, mit anderen Zeichen gleichsetzen. Naturgemäß hatte die Verborgene Zunft somit auch aus einem Haufen von Schmugglern, Betrügern und Gaunern bestanden, mit dem niemand so recht zusammenarbeiten wollte. Vom Gildenrat dazu gezwungen, hatten sie sich ins Verborgene zurückgezogen, von wo sie auch hergekommen war.

Der Verborgene Hof war voller Männer, die ein Niemand sein wollten. Unerkannt, unerinnert – jedoch nicht unbesungen.

Jendra bat Ismayl gern, ihr die Moritaten und Mörderballaden vorzutragen. Er glaubte sicherlich, es begeistere sie auf eine romantische Art und Weise, wie die meisten Mädchen, die von ermordeten Verlobten und erhängten Verbrechern hören wollten. Doch für Jendra war es wie ein Schloss, das sie öffnen konnte: Wenn sie die Geschichte dahinter durchschaute, war es ihr, als sei eine Tür aus Blutstropfen, blanken Messern und schauerlichen Übertreibungen in ihr aufgesprungen und habe ihr ein wenig Wahrheit enthüllt. Die Grenzen zwischen Niemand und Jemand verschwammen.

Auch Jendra war ein Niemand, und sie war es gern. Schmutzig, wirrhaarig und mit Lumpen am Leib war nicht *sie* den Soldaten in Erinnerung geblieben, in dessen Gewahrsam Dawyd sie überstellt und aus dessen Gewahrsam er sie Minuten später gerettet hatte. *Er* war in Erinnerung geblieben. Wer war mehr ein Jemand als ein Goldfechter mit seiner stolzgeschwellten Brust, seinen Auszeichnungen und Schärpen, seinem Schwert und Harnisch?

Nun waren Jendras Haare gekämmt und zu einem Knoten gebunden, in dem die verfilzten Strähnen nicht auffielen. Ihr sommersprossiges Gesicht war gewaschen, und sie trug das einfache Kleid einer Arbeitertochter. Jendra war ein Niemand mit vielen Gesichtern und konnte sich so frei in der Stadt bewegen, wie es einer unbescholtenen Bürgerstochter zustand.

Im Gegensatz zu den anderen. Ignaz' Gesicht sah sie bereits vom nächsten Alleebaum herab an. Dunkle Locken, kurzer, graugelockter Bart, finsteres Starren, darunter sein Name *Ignaz Dreifinger, ehemals Eicks.* Jendra überflog die Aufforderung, ihn der Obrigkeit zu übergeben, die Belohnung und dann die erneut in großen Lettern angeführten Vergehen. *Zerstörung der altehrwürdigen Zimmerleutsbrück, Ermordung von Soldaten des Kaisers, Ermordung von Sygnaer Bürgern, Rütteln am Stadtfrieden.*

Jendra zog die Brauen hoch. Verrückt, welche Drohungen darin mitschwangen. Er, der nun Dreifinger hieß – es war nicht ungewöhnlich, seinen Nachnamen anzupassen an sein Handwerk, an Errungenschaften oder auch an Spitznamen –, war eine Gefahr für die Stadt. Entweder seine eigenen Taten fügten ihr Schaden zu oder die Folgetaten, die sein Tun bei den Aquintianern provozieren würde.

Unter den Anschuldigungen, etwas kleiner, waren ein weniger gut gelungenes Abbild eines gewissen jungen Goldfechters zu sehen sowie eine grobe Beschreibung von Elisabeda: Frau, südländische Herkunft, mit einem Hammer bewaffnet. Außerdem der Satz, dass vor weiteren Mitgliedern der zerstörerischen Verbrecherbande gewarnt werde und man für Hinweise danke.

Jendra war ein Niemand. Sie schlenderte weiter. Gen Mittag herrschte in ihrem alten Revier, dem Hultamarkt, bereits Aufbruchsstimmung, sie hatte zu lange geschlafen. Der Aufstand lebte nachts, und diese Menschen hier lebten tagsüber. Sie schlenderte zwischen den Ständen hindurch. Die Auswahl der Waren war beschränkt. Der Frühling und der Krieg hielten die Speicher leer, und die Händler drehten ihre verbliebenen Kohlköpfe auf die ansehnlichste Seite herum, während sie bereits unzufrieden ihre Erträge zählten. Doch Jendra stand ohnehin nicht der Sinn nach Kohl. Ignaz' Zelle wurde recht zuverlässig versorgt, in einem Versteck in der alten Stadtmauer fanden sich in einem gut organisierten Rhythmus Spenden in Form von Lebensmitteln, Kleidung und Lampenöl. Besonders frisch oder abwechslungsreich waren auch die Kohlköpfe, Kartoffeln und Rüben dort nicht, aber Jendra hatte schon von ganz anderem gelebt.

Der Hultamarkt war früher ein Markt für Rohstoffe gewesen – vor allen Dingen Holz, daher auch sein Name. Holz aller Sorten, für alle Zwecke, gebracht von Händlern aus dem den Stadtstaat Sygna umgebenden Huskalreich, das nun genauso Teil der glorreichen Nation Aquintien war wie die meisten Länder, von denen Jendra so gehört hatte. Doch auch Stahl, Edelmetalle, Quarzsand, Tonerde, Schmiedekohle hatten hier den Besitzer gewechselt. Heute tauschten auf dem Hultamarkt die heimischen Händler ihre kümmerliche Habe, während auf den anderen Marktplätzen vornehmlich die aquinzischen Händler ihre Stände aufbauten. Dort gab es auch Armenspeisungen, zu denen wöchentlich immer mehr Leute kamen – und direkt daneben natürlich den Ausweg aus der Armut: Bei den Werbern des Heers und der Manufakturen konnte man seine Seele direkt für das eine oder das andere verscherbeln.

Jendra hatte von Elisabeda gehört, was der Abend im *Goldhahn* ergeben hatte, doch sie versuchte, den Gedanken daran, was in den Manufakturen geschah, nicht näher an sich heranzulassen. Jendra wusste, was Zeichen mit jenen anstellten, die nicht würdig waren. Die Halbwelt war voll von ihnen, zitternden Wracks mit flackernden Augen, die sich im Glauben, etwas Besseres verdient zu haben, an der Zeichenmagie versucht hatten. Jendra blickte zu Boden, ging Schritt für Schritt über das Kopfsteinpflaster, von dem der Regen nun verdunstet war und auf dem sie Dawyd bestohlen hatte, um ihn dorthin zu bringen, wo er nun war.

Als sie wieder aufsah, war das kleine Zelt, welches ihr Ziel darstellte, nur noch wenige Schritte entfernt. Sie ging hinüber, läutete ein Glöckchen und wartete, dass man sie hineinbat. Sie musste einige Minuten vor dem Zelt warten, ungeduldig von einem Fuß auf den anderen tretend. Eine Patrouille von Soldaten ging über den Hultamarkt, warf ihr jedoch keinen zweiten Blick zu. Einige Frauen mit Einkaufskörben passierten das kleine Zelt am Rand des Marktes, eine von ihnen musterte Jendra kurz, grüßte mit einem Nicken. Vermutlich hatte sie einen Niemand mit einem anderen Niemand verwechselt.

Schließlich öffnete sich die Zeltklappe, ein erschöpft aussehender Mann mit verbundener Hand trat heraus, und auch er nickte Jendra zu, als sie sich an ihm vorbeidrängte und das Zelt betrat. Es war klein, für nicht mehr zu gebrauchen, als den Leuten im Inneren ein wenig Privatsphäre zu gewähren. Auf einem Stuhl, neben Körben mit sauber aufgewickelten Verbänden und ledernen Mappen mit dem filigranen Besteck der Heiler, saß eine junge Frau mit langem Gesicht und ebensolcher Nase.

»Guten Morgen«, sagte Jendra und knickste artig. »Ich suche den Heiler Adham.«

»Guten Tag«, korrigierte die Frau. »Er ist nicht hier. Vielleicht kann ich dir helfen. Was fehlt dir?«

»Nicht mir. Meinem Vater. Er hat eine Lungenentzündung. Ich wollte ein Mittel kaufen.«

Das Gesicht der Frau verfinsterte sich kurz. »Wie schlimm ist es?«

»Er hat hohes Fieber. Schon seit zwei Nächten. Er ist sehr schwach.«

Sie sah Jendra prüfend an. »Ich kann dir einen stärkenden Trank verkaufen.«

»Ich ... ich weiß nicht, ob das reicht. Wann kommt Adham wieder?«

»Das weiß ich nicht. Mädchen, wir haben nur nährende Tränke, keine alchimistischen Mittel.«

Jendra nickte. »Das ... das weiß ich.« Die Heiler waren die Einzigen, die aus zweierlei Schulen Zeichen lernen konnten: Zeichen der Alchimie und Nährende Zeichen. Alle anderen Kombinationen waren schon seit altvorderen Tagen verboten – und welches Elend sie bringen konnten, hatten die Musketen bewiesen, bei denen zum ersten Mal die Reaktion des Schießpulvers mit der Lenkung durch das zeichenversehene Eisenrohr funktioniert hatte. Das kombinierte Zeichen war entgegen dem Verbot erdacht und an das aquinzische Heer verkauft worden. Nein, jetzt nützten diese Gedanken nichts, sie brauchte Heilkunst und nicht die Kunst zu töten! »Ich brauche einen Trank gegen das Fieber. Meinetwegen einen ... nährenden Trank, das ist mir völlig egal!«

»Das versuche ich dir gerade zu sagen: Wenn es schlecht um deinen Vater steht, braucht er ein alchimistisches Mittel oder sogar den Aderlass. Doch die kann ich dir nicht anbieten.«

»Und Adham? Könnte er mehr anbieten? Beherrscht er den

Aderlass?«, fragte Jendra und sah sich im Zelt um, als könne sich der Marktheiler hinter den Körben versteckt haben.

»Nein. Und nur ich bin hier, also nimm mit mir vorlieb.«

»Kennt er jemanden, der zur Ader lassen kann? Der mir helfen könnte? Geld ist kein Problem, wir haben gespart!«

Die Frau schnaubte. »Gespart? Wer hat denn schon sparen können, wo alles immer teurer wird? Gestohlen hast du wohl eher!«

Jendra seufzte und setzte sich der Frau gegenüber auf den Hocker, auf dem sie die Hilfesuchenden behandelte. »Und wer schert sich im Moment darum, wo das Geld herkommt – wo doch alles immer teurer wird? Wenn Adham mein Geld nicht will, dann nenn mir jemanden, der es will.«

»Du wirst kein Glück haben«, sagte die Frau düster und sackte ein wenig aus ihrer angespannten Haltung in sich zusammen.

»Warum?«

»Hast du es noch nicht gehört?«

»Ich habe nur Steckbriefe gesehen. Was ist sonst noch neu?«

Sie lachte humorlos. »Und ich dachte, die Patrouillen mit den Ausrufern wären schon überall gewesen.«

»Ich habe meinen Vater gepflegt. Ich habe keine Ausrufer gehört.«

»Eine Niederlage im Krieg gegen die Noccurn-Allianz. Die Heiler sind in den frühen Morgenstunden alle zur Feste gerufen worden. Im Dienste unseres ... neuen ... Vaterlands.«

Schon seit einer geraumen Weile fand Rufin einfach zu wenig Schlaf. Es gab aber auch unendlich viel zu tun! Der Tee, der ihn wachhalten sollte, zeigte keine Wirkung mehr, obwohl er schon zwei Tropfen der Mixtur hineingegeben hatte, die der Alchimist ihm gebraut hatte. Ab fünf Tropfen am Tag konnte das Teufelszeug Auswirkungen aufs Herz haben, hatte der Mann gesagt, trotzdem war Rufin kurz davor, das Risiko einzugehen angesichts der Tatsache, dass mindestens drei Dutzend Heiler den mit einigen raschen Balken instandgesetzten Saal der Festungsruine bevölkerten. Sie alle wurden von noch einmal der gleichen Anzahl Soldaten beaufsichtigt. Mehrere Würdenträger von Gouverneur Tranquil saßen ihnen auf einem höher gestellten Podest vor. Es war ein eilig dahergezimmerter Tagungs- und Gerichtssaal. Dabei hatte Sygna ein nicht zu verachtendes Zunftgerichtgebäude – doch nun gab es eine neue Gerichtsbarkeit in der Stadt, und die Zunftgebäude waren verwaist.

Rufin saß am langen Tisch auf dem Podest ganz außen. Als höchstrangiger Agent der Geheimpolizei war er für diese Versammlung weder verantwortlich noch zuständig, und dennoch hatte er seine viel zu kurze Nacht dafür beendet. Es gab noch zu wenige aquinzische Beamte in Sygna, als dass man ihn entbehren konnte. Er betrachtete die Menschen vor sich. Die meisten von ihnen waren Männer, doch er konnte auch zwei Frauen ausmachen – die Heiler und die Alchimisten waren die einzigen Gilden, die in Ausnahmefällen auch Frauen zu Gesellen- und Meisterehren kommen ließen. Die beiden Anwesenden sahen so aus, als wäre ihnen das Durchbeißen in der Männerdomäne aufs Gemüt geschlagen. Rufin musterte sie eindringlich.

Sygna war nicht sehr kinderreich – die Alchimisten verfügten auch zum Verhindern einer Schwangerschaft über Mittelchen. Wenn Frauen nur wenige Schwangerschaften durchlebten, gab es keinen Grund, warum sie dem Kaiser nicht auf genau dieselbe Weise wie Männer dienen konnten. Selbst wenn Rufin sich die jungen oder werdenden Mütter und die Greisinnen wegdachte, wären es bestimmt dreißig Prozent der Frauen, deren Fähigkeiten derzeit ungenutzt blieben.

Sicherlich, in Sygna arbeiteten viele Frauen mittlerweile in den Manufakturen und hatten früher bei ihren Männern oder Vätern die unliebsamen Handlangertätigkeiten verrichtet, wenn sie keinen großen Haushalt zu führen hatten. Doch wenn man national dachte, wenn man das ganze Kaiserreich Yulians einbezog – dann standen dem Kaiser dort sicherlich ein Drittel mehr Soldaten zur Verfügung. Ein Drittel mehr Arbeiter. Ein Drittel mehr wertvolles menschliches Potential. Eine der Frauen reagierte auf Rufins Blick, ihre Brauen zogen sich erst zusammen, doch dann sah die vierschrötige Heilerin zu Boden.

»Lasst bitte durchzählen, Korporal«, befahl nun General Tourni, der oberste Befehlshaber Sygnas. Rufin hatte bereits ein Gespräch am frühen Morgen mit ihm geführt – da war er gerade vom Zunftgefängnis zurückgekehrt, von einer erneuten Konversation mit dem vielversprechendsten der Dichter. Vielversprechend vor allem deshalb, weil Rufin wusste, wo er seine Familie finden konnte. Er würde ihr bald einen Besuch abstatten und dem Inhaftierten vielleicht etwas mitbringen, um seine Zunge zu lösen ...

Ein Soldat ging durch die Reihen und wies jedem Heiler eine Zahl zu.

»Alle mit einer geraden Zahl werden mit mir sowie einem frischen Kontingent Rekruten und Materialwagen aufbrechen, um der Großen Armee an der Front beizustehen«, begann der General unvermittelt. »Es ist die Pflicht von jedem von euch, das Menschenmögliche zu geben. Wir werden euer Verbrauchsmaterial kompensieren.«

Aufgebrachte Laute wanderten durch die Menge. Die Frau, die eine ungerade Zahl erhalten hatte, sah erleichtert drein. Rufin wusste, dass sie keinen Grund zur Erleichterung hatte.

»Unser geliebter Kaiser ist auf dem Nächterfeld auf größeren Widerstand gestoßen als erwartet. Er hat Verluste erlitten. Auch das Kontingent der Sygnaer ist betroffen, also seid euch gewiss: Wenn ihr dort eintrefft, könnt ihr euren Landsleuten helfen. Das sollte keinen von euch zögern lassen.«

»Sire«, meldete sich ein sehr gut gepolsterter Heiler zu Wort. Er trug bescheidene Kleidung, aber sein gemütlicher Bauch ließ keinen Zweifel daran, dass er einer der hochgestellten Meister war, der sich für unersetzlich hielt. »Im Übergabevertrag der Stadt wurde festgelegt, dass die Zeichen in Sygna bleiben. Unser Privileg. Wer Zeichen will, muss nach Sygna kommen.«

Der General starrte den Mann an. Er schüttelte kurz den Kopf, als könne er nicht recht glauben, was er da hörte. Rufin lächelte.

»Es geht um Menschenleben. Um Männer und Burschen, die du vielleicht sogar kennst!«, ließ sich der Gouverneur selbst nun vernehmen. Dabei vollführte er eine seiner großen Gesten, als fege er dieses Thema einfach vom Tisch. Er war ein großer, kantiger Mann mit schlechten Augen, die er stets zusammenkniff, weil er keine Brille trug. Trotz seiner Statur schrie alles an ihm: ›Beamter!‹ Und das war er auch, mit Leib und Seele.

»Gouverneur Tranquil, ich möchte darauf hinweisen ...«

»Wurde nicht im Vertrag auch festgelegt, dass sich Sygna ohne Widerstand in unsere Hände begibt?«, unterbrach Rufin den feisten Heiler. »Ihr könnt einen Blick auf die Zimmerleutsbrück werfen, um zu sehen, wie gut ihr euren Teil der Abmachung gehalten habt.«

»Das sind Kriminelle, Sire! Dafür können wir nichts!«

»Kriminelle, die sicherlich mehr als einer hier im Raum unterstützt«, schnarrte nun auch die einzige Frau am hohen Tisch, die Jurisdikarin Simonee.

»Ihr werdet, so schnell es geht, wieder in die Stadt zurückkehren«, versicherte der General. »Es werden Maßnahmen getroffen, die dafür sorgen, dass *wir* diesen Vertrag nicht noch einmal brechen müssen.«

»Wie treu *ihr*, die Bürger Sygnas, dazu steht«, sagte Rufin gelassen, »wird sich zeigen. Wenn sich kein Rebell mehr unter euch verstecken kann, betrachte ich den Vertrag als gültig und bindend.«

Der Heiler verzog sein Gesicht.

»Habt Ihr eine gerade Zahl erhalten?«, fragte Simonee nach. Er nickte mit einer winzigen Bewegung. »Nun, dann ändern wir das. Eure Kenntnisse werden auch hier gebraucht.«

Auch er sah erleichtert aus, bemerkte Rufin amüsiert.

»Die mit den geraden Zahlen können den Ratssaal verlassen und sich im Hof sammeln. Für jeden steht eine Eskorte bereit, die dabei helfen wird, zügig alles Nötige zusammenzupacken«, sagte der General. Es entstand große Unruhe, als die Hälfte der Heiler zu diskutieren begann, dann jedoch von den anwesenden Soldaten mit den Stangen ihrer Hellebarden nach draußen gedrängt wurde. Rufin schloss die Augen in der Illusion, sich noch wenige Minuten Schlaf zu gönnen. Dann schlug die Tür zu, Ruhe kehrte ein. Er öffnete die Augen und trank den letzten Schluck seines Tees. Bitter verweilte der Geschmack auf seiner Zunge.

»Der Rest von Euch wird uns helfen, etwas aufzubauen, das es uns erleichtern wird, den Vertrag mit den Stadtherren ...«, der Gouverneur berichtigte sich, »... den vormaligen Stadtherren einzuhalten.«

Tranquil schoss einen kurzen Blick zu Rufin hinüber, als wolle er sich vergewissern, dass es ihm wirklich ernst war mit dem Vorschlag, den selbiger dem Gouverneur unterbreitet hatte. Rufin nickte knapp und wandte dann seinen eigenen Blick wieder geradeaus. Er fand die Frau, die immer noch den Kopf gesenkt hielt, und den Heiler, der Sergeant Pières Gesicht geflickt hatte. Der Kerl stand in der hintersten Reihe und presste angespannt die Lippen zusammen.

Der Gouverneur fuhr endlich fort, als habe das, was er sagen wollte, wie ein physisches Hindernis vor ihm gestanden, das er umständlich hatte überwinden müssen.

»Mit Eurer Hilfe werden Heilermanufakturen entstehen. Neue Entwicklungen werden hier ihren Anfang nehmen, die der Großen Armee in vielen Tagesmärschen Entfernung, an Fronten und in Scharmützeln, gewaltige Dienste leisten werden. Heilzeichen auf Verbänden, Tinkturen gegen innere Verletzungen, gegen Knochenbrüche in großen Mengen – Sygna ist der Steinbruch, aus dem die Zukunft gebaut wird.«

Diesmal gab es kein Gemurmel. Keinen Protest. Keine Einwände. Sogar der beleibte Heilmeister senkte den Kopf und schwieg. Die Soldaten, die Beamten, die unmissverständlichen Worte des Gouverneurs. Das alles legte sich wie ein Siegel des Schweigens auf die Anwesenden.

»Nur noch auf ein Wort, Gouverneur«, bat Rufin, als sich die Versammlung auflöste. Auch diese Heiler wurden von Patrouillen nach Hause geleitet, und ihre Häuser standen unter Beobachtung, um sicherzugehen, dass keiner von ihnen floh – in den Untergrund ging ... oder zu den Rebellen. Rufin glaubte nicht an das Schicksal, allerdings hielt er es für möglich, dass manche Zufälle günstiger miteinander verkettet waren als andere.

Der alte Dichter, der entkommen war, war nicht bei bester Gesundheit gewesen, das hatte er bei den Wachen des Zunftgefängnisses herausgefunden. Wenn Dreifinger nun einen Heiler für ihn benötigte – dann war Rufin ihm zuvorgekommen.

»Lysandre? Was kann ich für dich tun?«, fragte der Gouverneur, und auch er sah nicht so aus, als schliefe er gut.

»Die Nachricht von der Front. Wie ernst war die Niederlage?«

Gouverneur Tranquil warf kurz einen Blick um sich, doch es befanden sich nur noch Vertraute im Saal. »Die Noccurn-Allianz hat weitere ... unverhoffte Verbündete mobilisiert. Ein Streit um ein Herzogtum, in dem Yulian dem Erben eine Königskrone versprochen hatte, ging doch durch den bedauerlichen Tod jenes ältesten Sohnes anders aus als erwartet. Ach, es ist wie immer sehr kompliziert. Es heißt außerdem, ein ganz besonderer Söldner aus dem Osten habe ihre Reihen verstärkt. Eine Million Gulden soll er erhalten – und dafür dient er nicht als Mietschwert, sondern befehligt gleich die Heere der Noccurner.«

»Siljonicz«, vermutete Rufin.

»Der wird es sein.« Der Gouverneur seufzte, seine Tränensäcke standen deutlicher hervor als seine zusammengekniffenen Äuglein. »Es gab viele Tote und noch wesentlich mehr Verwundete. Eine blutige Niederlage. Aber kein Grund zur Sorge für uns – der Vormarsch des Kaisers wurde gebremst, aber es wird nicht zum Rückzug kommen. War es das?«

»Ich hörte von Fortschritten in der Tiefe.«

Gouverneur Tranquil nickte langsam, ein wenig unsicher. »Ja, das ist korrekt. Es ist ... etwas gefunden worden. Aber ich weiß noch nicht ...« Die Worte verhallten. Rufin wartete. »Wir sollten uns auf die Oberfläche konzentrieren. Hier schwelt es bereits genug. Wir sollten Gewinn daraus schlagen, dass die Rebellen beinahe diese Brücke zerstört haben. Wenn wir nun anfangen, am Berg zu rühren, kann das die Stimmung wieder in Richtung der Widerständler kippen.«

»Warum pfeifst du den Mann dann nicht zurück, Rudolphe?«, fragte Rufin leise, mehr Interesse als Unmut.

Rudolphe Tranquil sah Rufin lange an, dann antwortete er: »Er ist ein Mann des Kaisers. Ein Vertrauter. Er hat Autorität. Eine andere als ich. Der Kaiser erwartet viel von Sygna. Und nicht alles können wir ihm liefern.«

»Die Manufakturen werden ihn begeistern, sobald sie auch Heilzeichen produzieren.«

»Das hoffe ich. Aber was Lafayet dort gefunden hat ... ist genau nach des Kaisers Geschmack. Versiegelte Höhlen und Durchgänge, die weiter in die Tiefe führen. Glas, Holz, sogar Schatten – das ... wie heißt es, Verborgene Zeichen? Daran arbeiten sie gerade.«

»Die vielleicht als Versiegelungen von jeder der dreizehn Gilden dienen? Oder der dreizehn Urzeichen?«, murmelte Rufin, und der Gouverneur wiegte erneut den Kopf mit dem buschigen Backenbart.

»Das wäre doch ganz dein Thema, Lysandre. Ich bin gespannt, wie die Höhle der Worte aussehen mag.«

»Ein gutes Stichwort«, sagte Rufin und fuhr sich übers Gesicht, vom verwelkten Aussehen des Gouverneurs daran gemahnt, wie er selbst sich fühlte. »Mein Tagwerk wartet.«

Die dunklen, verlassenen Räume des Zunftgerichts bedrückten Elisabeda mehr, als sie zugeben würde. Wappen, Insignien, Gemälde, verzierte Möbel und gedruckte oder handgeschriebene Folianten zeugten noch von der früheren gediegenen Lebendigkeit, die im Gebäude geherrscht hatte, doch ihr kleiner Trupp von Rebellen konnte nur die Kellerräume gefahrlos nutzen. Und diese verbreiteten mit ihren Spinnweben, ihrem Staub und ihrer Finsternis eine bedrückende Atmosphäre, die sich wie eine erstickende Decke über Elisabeda niedersenkte. Dieses Gefühl zwang sie, die Treppen hochzusteigen, durch die getäfelten Korridore zu schleichen und den Innenhof zu betreten.

Stille lag über den vier Flügeln des vielstöckigen Gebäudes, das, wie vieles in der Stadt, weit größer und prunkvoller war, als es für seinen Zweck hätte sein müssen. Sie setzte sich auf eine der Steinbänke, die Hände im Schoß, und atmete die klare Luft. Kein Regen heute – blauer Himmel hatte sich am Morgen raschen Schrittes über der Stadt ausgebreitet. Doch die Beklommenheit in ihrem Inneren konnte er nicht vertreiben. Sie sah auf ihre Hände herab: Schwielig. Von kleinen Brandnarben überzogen. Jede einzelne verdankte sie Gabril, jede einzelne zeugte davon, was er ihr gegeben hatte – ihr Handwerk. Ihm hingegen hatte sie ganz andere Narben zugefügt, als sie jünger waren, schmerzhaftere, unsichtbare. Durch ihre Flucht aus einer arrangierten Ehe in zu jungen Jahren. Ihre Affäre mit einem Goldfechter. Erst der Umstand, dass er ihr das Schmieden beigebracht hatte, hatte sie zueinander finden lassen. Nun war er tot. Sie versuchte, nicht auf diese untätigen Hände zu starren. Diese Hände, die sich gestern nicht schmutzig gemacht hatten, als Ignaz und Dawyd die Aufseher getötet hatten. Diese Hände … Immer wieder fuhr sie nachts aus dem Schlaf und hob sie vor ihr Gesicht, weil sie geträumt hatte, über Gabril zu knien, mit seinem Blut an den Händen … Unfähig, irgendetwas für ihn zu tun.

*Für ihn nicht und für Zach und Johanni nicht. Unfähig habe ich dagesessen, als hätte ich nicht viele Jahre lang gelernt, wie man einen Hammer schwingt …*

Nein. Sie musste aufhören, sich im Kreis zu drehen und immer dieselben Gedanken zu wälzen. Sie hatte ihr Leben mit Gabril hinter sich gelassen. Sie alle hatten ihre früheren Leben hinter sich gelassen. Und, dann hatte sie ihre Hände eben noch einmal mit unsichtbarem Blut befleckt, indem sie Dawyd und Ignaz hatte morden lassen. Wen scherte das? Hatten sie eine Zukunft, in der sie sich darüber würden Gedanken machen müssen? Würde sie nicht einfach in diesem Kampf zugrunde gehen und hoffentlich etwas Besseres hinterlassen als das, was sie im Moment in sich selbst fühlte?

Das Geräusch von Schritten vom Kelleraufgang riss sie aus ihrer Grübelei. Gleichermaßen ertappt wie erleichtert, fuhr sie hoch. Sie löste ihre Hände voneinander und umfasste die Kanten der Sitzfläche. Sie blinzelte.

Ignaz ging über den Hof und betrachtete das Mosaik, als habe er sie gar nicht gesehen. Dann zog er einen Mundwinkel zu einem schiefen Lächeln hoch und setzte sich neben sie. »Worüber grübelst du?«, fragte er. Zwei Finger legten sich wie zufällig auf ihre Hand.

»Über Gabril.«

Sie ließ seine Finger gewähren, die kurze Geste der Verbundenheit. Auch wenn es nur zwei Finger waren, spürte sie, dass sie wärmer waren als ihre Hand. Nicht nur diese Wärme war tröstlich. Er war schon sehr lange ihr Freund. Er war auch Gabrils Freund gewesen.

»Es gibt jetzt Steckbriefe von uns. Das heißt, wir können weniger frei agieren. Das heißt, wir haben mehr Zeit, herumzusitzen und darüber nachzugrübeln, was wir falsch gemacht haben.« Er sagte es sanft und keinesfalls wie einen Vorwurf. Ihr Kopf fuhr trotzdem zu ihm herum; sie musterte ihn scharf.

»Du grübelst wohl nie, was?«

»Doch, ich grüble sehr oft. Der Steckbrief muss mir wie aus dem Gesicht geschnitten sein. Mein alter Freund bei der Geheimpolizei hat sicher geholfen, ihn zu erstellen.«

»Wie viel haben sie als Belohnung ausgesetzt? Haben wir sie schon genug geärgert, dass es sich richtig lohnt? Und gibt es auch ein Bild von mir?«

Ignaz lachte und erwiderte ihren Blick.

»Neigel hat keinen mitgebracht, nur davon erzählt. Vierstellig. Gulden. Von dir gibt es nur eine Beschreibung.«

Sie presste die Lippen zusammen und schluckte. Sygna hatte nie gerne Einwanderer von außen akzeptiert, und die Zahl der Menschen mit dunkler Hautfarbe hielt sich in Grenzen. Unter den einflussreicheren Familien gab es nur eine einzige, die nicht weiß war: ihre Familie. Ihr zerstrittener, in Ungnade gefallener Haufen von Familie.

»Dann werden sie bald wissen, wer ich bin.«

»Sollen wir ... Kann ich irgendetwas tun?«, fragte er nach kurzem Zögern. Er wusste, wie sie zu ihrer Familie stand, wie lange sie schon getrennte Wege gingen.

»Die Einzigen, für die ich etwas tun würde, sind meine Söhne«, flüsterte sie. »Und die sind an der Front.« Die Versuchung war da, die Berührung ihrer Finger zu mehr werden zu lassen, ihren Kopf an seine Schulter zu lehnen, aber sie konnte nicht gleichzeitig über Gabril, über ihre Söhne und ihr früheres Leben nachdenken und mehr Zuneigung von Ignaz annehmen, als sie angenommen hätte, als Gabril noch am Leben war.

»Weißt du, Johannis war von Anfang an dafür, dass wir uns einmischen. Ich habe in ihm immer noch das Kind gesehen, dabei war er ... ist er sechzehn. Ich war in seinem Alter alt genug, um schon zwei Jahre verheiratet zu sein! Aber ich wollte nicht den Fehler meines Vaters wiederholen. Ich wollte, dass er unbehelligt erwachsen werden kann. Er sollte nicht vor der Zeit den Erwachsenen spielen müssen. Also plädierte ich dafür, den Kopf untenzuhalten und dass wir uns den Besatzern fügen. Für meine zwei Söhne. Dabei hätten sie nur ein Nicken von mir gebraucht, um zu den Waffen zu greifen. Um dir zu helfen. Nachdem sie dich gesehen haben, als wir ... als wir dich versteckt haben. Dich zusammengeflickt haben. Da wollten sie nichts sehnlicher, als die Schmiede Schmiede sein lassen und deinen Ideen folgen. Wir hätten das alle tun sollen: Gabril und ich und Johannis und Zacharias. Aber ich habe zu lange gezögert. Bis die Soldaten vor der Tür standen, um die beiden ins Heer zu zwingen. So habe ich alle drei an einem Tag verloren.« *Als sie Gabril über den Haufen geschossen haben*, flüsterten ihre Gedanken und zeigten ihr das

Bild ihrer eigenen blutigen Hände. Wie sie über ihm kniete. Sie redete weiter, doch ihre Stimme wurde brüchig. »Und dabei hätte ich meinen Weg hierher, als Teil deiner Rebellion, doch so viel einfacher haben können.«

Ignaz sagte nichts. Sein Blick ließ nichts von dem erkennen, was in ihm vorging. Doch er legte einen Arm um sie und zog sie näher an sich heran, bis ihr Kinn an seiner Schulter lag.

»Die Vergangenheit ist ein Monstrum«, sagte er. »Bloße Gedanken können es aus der Tiefe locken.«

Eine Tür knarzte in die Stille, die voller schweigender Erinnerungen war.

»Seltsam«, sagte Ignaz und wandte den Kopf zum Knarzen um. »Ist das nicht die Tür, die keiner von uns aufbekommen hat?«

Elisabeda löste sich von ihm und rückte ein Stück ab. Eine Hand fuhr zum Hammer an ihrem Gürtel. Tatsächlich hatte sich die Tür zum östlichen Flügel des Gerichtsgebäudes, die bis dato versperrt gewesen war, geöffnet – und Jendra trat auf den Hof. Sie sah trotz ihres Triumphes über das verzierte Schloss nicht zufrieden aus.

»Die hab ich gestern endlich geknackt. Drei Dinge: Steckbriefe von euch hängen aus. Auch die Sygnaer sollen sich von uns bedroht fühlen.«

»Ich frage mich nur, ob diejenige, deren Idee es war, eine Brücke zu sprengen, auch auf den Steckbriefen zu sehen ist?«, knurrte Ignaz, sofort wieder der verschlossene, zynische Anführer.

»Ich wusste nicht, dass das passieren würde! Ich dachte …«

»Du hast gesagt, drei Dinge«, unterbrach er sie, und sie verschränkte wütend die Arme vor der Brust. »Das mit den Steckbriefen wissen wir schon.«

»Zweitens: Die Heiler wurden in die Feste beordert.«

»Was?«, fragte Elisabeda. »Warum? Ist es … Machen sie das tatsächlich nur wegen Simeon? Damit wir keinen Heiler für ihn finden?«

»Ich glaube eher nicht, denn drittens: Die Aquinzacken sind von der Noccurn-Allianz geschlagen worden. Sie halten die Informationen darüber zurück und spielen die Niederlage herunter – aber wenn sie alle Heiler einkassieren, dann muss ich nicht mal eins und eins zusammenzählen, um zu kapieren, dass man ihnen ganz schön die Zähne ins Maul geschlagen hat.«

»Du meinst, sie bringen die Heiler an die Front?«, murmelte Elisabeda.

Jendra zuckte mit den Schultern. »Nein, natürlich nicht. Der Gildenrat hat ja ein Abkommen mit ihnen, dass keine Handwerker aus der Stadt gebracht werden.« Ihre kratzige Stimme troff vor Zynismus.

»Die schlechten Nachrichten häufen sich«, sagte Ignaz. »Die Manufakturen. Die Dichter. Die Heiler. Da wenden sich zu viele Blätter gegen uns. Gegen die ganze Stadt.«

»So oder so braucht Simeon einen Heiler oder irgendein Alchimistengebräu oder was weiß ich. Also, hört auf zu kuscheln und denkt euch einen Plan aus.«

Elisabeda rückte, halb amüsiert und halb ertappt, zum äußersten Rand der Bank. Ignaz hob eine Augenbraue und strich sich über den Bart. »Du sagst das so einfach«, murmelte er. »Lasst uns mal nachsehen, wie es Simeon geht.«

Kurz darauf traten sie wieder über die Schwelle des grässlichen, einengenden, nach saurem Schweiß riechenden Kellerraums. Ismayl sah aus, als säße er schon seit Tagen hier, doch Hoffnung flammte in seinen Augen auf, als er Jendra sah. Diese Hoffnung verschwand rasch wieder, als sie ihren Bericht beendet hatte und ihm nur eine kleine Tonflasche mit einem Stärkungsmittel reichte.

»Sie werden nicht alle fortschicken«, sagte Elisabeda tröstend. »Es müssen auch Heiler in der Stadt bleiben. Jendra und Neigel gehen auf Beobachtungsposten an der Altmeisterstraße. Sie werden herausfinden, was mit den Heilern passiert, die oben in der

Feste sind. Und sobald sie nicht mehr unter Bewachung stehen, greifen wir uns einen von ihnen und bringen ihn her.«

Ignaz runzelte die Stirn, nickte dann aber. »Wir müssen vorsichtig sein. Es ist auch möglich, dass man uns eine Falle stellt.«

Simeon kämpfte sich auf die knochigen Ellbogen hoch. »Was auch immer ihr tut, wenn ihr einen Heiler entführt: Stürzt ihn nicht von einer Brücke«, knarzte der Alte mit schwacher, vertrockneter Stimme. Alle starrten ihn an. Ein hustendes Lachen folgte. »Und jetzt lasst uns in Ruhe. Ich muss diesen Burschen hier unterrichten, solange das Fieber mich lässt!«

»Ihr braucht Erholung, Meister Simeon«, versuchte Elisabeda es vorsichtig.

Der alte Dichter hob einen knotigen Finger. »Ich brauche vor allen Dingen niemanden, der mir dazwischenredet, während ich gerade genug Atem habe, um zu reden. Schweig, Frau, und lass die Dichter ihr Werk tun.«

Elisabeda sah, wie Ignaz ein Stück die Hände hob und sich abwandte. »Du hast ihn gehört.«

Kopfschüttelnd folgte sie ihm in den Kellergang, Jendra und Dawyd im Schlepptau. Neigel war gerade zu einem Informanten unterwegs.

»Elisabeda«, hörte sie Dawyds Stimme hinter sich. Er klang, als habe auch bei ihm der Kellerraum sein Bestes getan, um ihn niederzudrücken. Er hatte auf ihre Anweisung hin zwei Menschen umgebracht – sie musste vielleicht mit ihm darüber reden, darüber, dass es ihr leidtat, sein Ehrgefühl mit Füßen getreten zu haben. Doch sie war nie gut im Reden gewesen, ihrer Hände Arbeit sprach für sich. »Dein Mann war Schmied, oder?«

»Ja«, sagte sie. Konnte er Gedanken lesen? Oder standen ihr die Erinnerungen an Gabril heute derart ins Gesicht geschrieben?

»Und du hast gestern gesagt, er hat dir Zeichen beigebracht. Also kannst du ebenfalls schmieden, und zwar nicht schlecht.«

»Das ist richtig.«

»Mein Schwert liegt am Grund der Schlang.«

Sie wandte sich zu ihm um. Er fing schon wieder davon an – als bohre nicht der Tod von zwei Sygnaern und einem Aquintier an seiner Ehre, sondern allein sein verlorenes Schwert! »Und jetzt möchtest du ein neues.«

Er hob die Augenbrauen, aus seiner Miene sprach Streitsucht. »Ja, jetzt möchte ich ein neues.«

»Siehst du hier irgendwo einen Amboss? Eine Esse? Schmiedekohle? Werkzeug? Stahl? Einen fähigen Gehilzmacher und einen Schwertfeger?«

»Ich sehe *deinen* Hammer.«

»Ein Hammer macht noch keine Schmiede.«

»Offenbar macht ein Hammer auch keine Schmiedin.«

Sie blinzelte. Ein freudloses, unverschämtes Grinsen flackerte auf seinem Gesicht auf. Ignaz war hinter ihr ebenfalls stehen geblieben. Sie ballte die Faust, bereit, dem eitlen Goldfechter nochmals einen Schlag mitzugeben, wie schon am Abend zuvor.

»Wenn ich ein Schwert habe, muss ich niemanden mehr hinterrücks mit diesem verdammten Filetiermesser abstechen«, presste Dawyd wütend hervor.

Ignaz berührte Elisabedas Schulter. »Er hat recht«, sagte er. »Und ich habe sogar eine Idee, wo du eine Schmiede herbekommst.«

»Was?« Dawyd klang ebenso erstaunt, wie sie sich fühlte.

»Er ist ein Fechter, kein Meuchelmörder«, sagte Ignaz, und Jendra, kaum hinter Dawyd auszumachen, ergänzte: »Die Stadt soll glauben gemacht werden, dass wir Brückeneinreißer und Mörder sind. Dawyd ist Mitglied der Goldenen Gilde! Er sollte in irrwitzigen Kämpfen um das Leben Sygnaer Bürger fechten. Er sollte Soldaten von Mauerkronen treiben und an Kronleuchtern schwingen. So etwas in der Art.« Sie strahlte Dawyd bewundernd an, entgeistert stand ihm der Mund offen.

»Ja. Ja, genau«, sagte er dann, und plötzlich glomm etwas in seinen Augen auf. Elisabeda erkannte, dass sie kurz davor gewesen waren, dieses Feuer unter Zorn und Verbitterung zu ersticken.

»In … in Ordnung«, sagte sie. »Dann … werde ich darüber nachdenken, wie du ein Schwert erhältst.«

»Ich kann dir helfen. Mein erstes war auch eine Anfertigung. Ich habe zugesehen, wie es gemacht wurde!«

»Es war gute Arbeit nach allem, was ich davon gesehen habe«, nickte sie.

»Tu mir nur einen Gefallen: Mach's nicht magnetisch«, grinste Dawyd.

Lysandre Rufin wünschte, er wäre nicht so vorsichtig mit den aufputschenden Tropfen des Alchimisten gewesen. Die Anstrengungen der vergangenen Nächte steckten ihm in den Knochen, dazu kam, dass Verhöre etwas Mühseliges, Langwieriges waren, bei denen der Teufel im Detail steckte.

Der Mann vor ihm, schlank und gutaussehend, wenn auch von den wunden Stellen der Krätze gezeichnet, strich mit zitternden Fingern immer wieder über drei Locken von blondem Haar, die zusammengebunden vor ihm auf dem Tisch lagen.

Rufin war mit der Reaktion zufrieden. Die Dichter waren ein verbissenes Völkchen. Und nicht bei allen konnte man es wagen, auch nur den Knebel zu lösen. Doch Rufin hatte sich vergewissert, dass dieser Mann hier wusste, von wem die drei Locken stammten, die er mitgebracht hatte, bevor er ihm das Reden gestattete.

Rufin hatte der Frau und den Mädchen nicht weh getan. Aber er hatte sichergestellt, dass er es jederzeit konnte. Dass sie sich nicht in die verkrüppelten Hände des Revolutionärs begeben würden.

Der Dichter sah auf. Rufin nickte ihm zu.

»Wie wäre es, wenn wir uns nun unterhalten? Über Zeichen, aber ohne die Nutzung eines selbigen.«

Der Dichter nickte ebenfalls, Rufin gab Jeronne einen Wink, und dieser nahm dem Dichter den Knebel heraus. Der Dichter sagte kein Wort.

»Gehörst du zu denen, die die Zeichen mit ihren ... mit ihren ... Also, sie wirken können, ohne sie auf die Zunge zu malen?«

Der Mann schüttelte den Kopf. Rufin seufzte, zog sein Messer, beugte sich über den Tisch und zerteilte eine Locke in zwei kürzere Strähnen. Der Dichter zuckte zusammen. Dann nickte er.

»Also ja? Du kannst Zeichen wirken, ohne sie aufzumalen. Dichtzeichen. Das ist so korrekt, ja?«

Der Mann nickte. »Wortzeichen«, sagte er heiser.

»Und diese Zeichen ... kann jeder erlernen. Hypothetisch.«

»Das kann ich nicht mit Sicherheit sagen. Die Gilden haben ausgewählt, wer ein Zeichen erhielt. Manche sagten aber auch, das Zeichen suche sich den Handwerker.«

»Ja, ja. Natürlich. Der übliche Aberglaube«, murmelte Rufin. »Hypothetisch, sagte ich. Ist es möglich, es ordentlich zu lernen? Nicht wie die Stümper in den Manufakturen. Ordentlich, sodass man das Zeichen beherrscht und nicht umgekehrt von ihm beherrscht wird. Es ist nicht auf ... Sygnaer Bürger beschränkt, an Blut gebunden oder an bestimmte Familien und ihre Söhne und Töchter?«

»Nein«, bestätigte der Dichter leise, »das ist es nicht.«

»Du kannst es mich also lehren.«

Nun hob der Mann den Blick. Seine Augen flammten wütend.

»Du arroganter Aquinzacke – meinst du, du kannst es von mir lernen, hier im Kerker, ohne dass du irgendeine Ausbildung vorher erhalten hast? Glaubst du, du bist bereit, dich zeichnen zu lassen?«

Rufin hob milde eine Augenbraue, während der Dichter in seiner Rage Speicheltröpfchen über den Tisch spie.

»Du hast keine Ahnung, was es bedeutet, ein Zeichen zu tragen, was es bedeutet, dafür bereit zu sein, reif zu sein! Es braucht Jahre der Lehrzeit! Manche Handwerker arbeiten ein Leben lang darauf hin und schaffen es niemals, aber dir, dir soll es glücken? Du kommst daher und erpresst mich mit meinen Kindern und meiner Frau und gehst wieder mit einem Zeichen auf der Zunge, so dachtest du dir das?«

»Ja«, sagte Rufin. »So dachte ich mir das.«

Der Dichter blinzelte, und kurz fingen sich ihrer beider Blicke. Rufin lehnte sich nun ebenfalls etwas vor.

»Sygnaer, du denkst, ich bin nicht würdig, weil ich keine deiner Zeremonien und Prüfungen, keine deiner Lehrjahre absolviert habe?«, fragte er, jedoch ruhig und besonnen und ohne Speicheltröpfchen. »Ich bin in die Lehre gegangen. Ich habe meine Gesellenprüfung abgelegt. Wer bist du, aus dieser abgeschotteten Stadt heraus darüber urteilen zu wollen?« Er legte den Kopf schief. »Du hingegen hast nicht einmal die Lügen erkannt, die ich ersonnen habe. Die Wahrheiten, die ich offenbart habe. Die Geheimnisse, die ich herausgefunden habe.« Er warf den Locken einen Blick zu, und auch die Augen des Dichters wanderten zu den Haarsträhnen, und seine Schultern sackten herab. »Ich war ein Geselle der Geheimnisse. Der Lügen. Der Wahrheiten. Erspar mir deine Prüfungen und Zeremonien und all die Hülsen, die ihr um die Zeichen gelegt habt. Ich bin würdig, ein Meister zu sein. Ein Meister der Worte.«

Der Dichter schüttelte den Kopf, doch seine Stimme war nicht mehr als ein Flüstern: »Das bist du nicht. Niemals.«

Rufin seufzte. »Ich begehre ein Zeichen von dir. Ich weiß, dass du es hast. Deine Freunde …« Er nickte seitwärts, in die Richtung des Zellentrakts. »… haben mir gesagt, dass du es hast. Du warst am Theater, nicht wahr?«

Der Dichter sah nervös auf und nickte dann.

»Welchen Schaden können deine Zeichen schon anrichten? Sie bewirken, dass man an deinen Lippen hängt. Dass man dir applaudiert nach viel zu langen Monologen. Richtig? Dass deine Zuschauer noch Tage später Wort für Wort über das sprachen, was sie aus deinem Mund gehört haben?«

Ein erneutes Nicken.

»Dieses Zeichen begehre ich von dir.«

»Was willst du schon damit? Auf welcher Bühne spielst du?«, knurrte der Dichter.

»Auf vielen. Du hast doch meine Referenzen gehört. Auf den Bühnen der Täuschung.«

»Ja. Ein Mann wie du könnte selbst mit diesem Zeichen Unheil anrichten«, vermutete der Dichter.

Rufin lehnte sich weiter vor, sodass nicht einmal der Tisch sie auf angemessene Weise zu trennen vermochte. »Dichter«, sagte er leise, obwohl er natürlich den Namen des Mannes in Erfahrung gebracht hatte, »ein Mann wie ich kann mit jedem Zeichen Unheil anrichten. Kannst du auch das Zeichen des bindenden Eides?«

Der Mann nickte mit aufgerissenen Augen. Strähnen, die zu zahlreichen dunkelbraunen Zöpfen geflochten waren und nun im Kerker verfilzten, tanzten dabei um sein Gesicht.

»Das will ich nicht, keine Angst. Aber wenn es dich beruhigt, erlaube ich dir, es auf mich zu wirken, und ich werde den Eid ablegen, dass ich deiner Familie kein Haar krümme. Kein ...« Er sah auf die Strähnen. »... kein weiteres Haar. Dafür lehrst du mich dein anderes Wortzeichen – auf die richtige Weise.«

Der Dichter schloss die Augen und nickte erneut, diesmal langsamer, mit einem Gesicht, hinter dessen regloser Maske Rufins Kenneraugen einen gebrochenen Mann erkannten.

»Damit die höheren Wortzeichen wirken, musst du die Bewegungen, mit denen du die niederen Zeichen auf die Zunge oder auf die Seiten eines Buches schreibst, mit deinem Inneren ... nachvollziehen. Wie ich es dir gestern Abend gezeigt habe. Das war doch ... gestern Abend, oder?«, fragte Simeon nach.

Ismayl konnte nicht leugnen, dass der Stärkungstrunk genau das bewirkt hatte, was er anpries. »Ja, das war gestern Abend.«

»Gut. Ich habe im Kerker schon viel zu viel Zeit verloren. Also, Schönauge. Handwerker heißen wir, nicht wahr? Weil es unsere Hände sind, die das Werk verrichten, richtig?«

»Richtig.«

»Aber die Zeichen, auch wenn wir sie zeichnen, wenn wir sie also wirken ... Du weißt, dass sie nichts bewirken, wenn wir sie einfach nur nachmalen. Korrekt?«

»Ja, Meister.«

»Wir malen sie auf das Werkstück oder das Werkzeug – womit?«

Ismayl zögerte. Dann lächelte er. »Mit unserer Seele.«

»Genau so ist es.« Simeon stieß die Luft aus, als sei er etwas enttäuscht, dass Ismayl nicht »mit einem Stift« oder »mit einem Meißel« gesagt und ihm somit die Pointe geraubt hatte.

»Die Kreise, die das Zeichen zieht, muss ein Handwerker mit seinem Innersten ziehen. Wenn du das Zeichen nur mit den Händen ziehst, wird es nicht funktionieren. Und wenn du es mit der Seele ziehst, du aber nicht vorbereitet bist ... dann zeichnet das Zeichen dich, Schönauge. Verstehst du? Als würdest du eine Peitsche schwingen, die dir eine Narbe ins Gesicht schlägt, weil du nicht weißt, was du tust. Diese Gefahr schwebt über jedem Handwerker und jedem Handwerk. Aber über den Dichtern besonders, denn uns ist es geglückt, was wenigen Handwerker glückt: Wir können auch Zeichen wirken, ohne unsere Hände zu nutzen. Aber das macht die Seele angreifbar, noch angreifbarer, als sie es ohnehin ist. Hast du das verstanden?«

»Ich habe es doch gestern schon verstanden, Meister«, lächelte Ismayl, doch der Alte sah aus, als würde er ihm am liebsten einen Rohrstock über die Finger ziehen.

»Ich habe dir ein Zeichen gegeben, aber es liegt noch wie ein unausgebrütetes Ei in dir, und es kann ein Singvogel darin sein oder eine Schlange. Deshalb ist es wichtig, dass du verstehst.« Simeon sackte auf seinem Lager wieder etwas zurück, und Ismayl betrachtete nervös den Schweiß, der dem Zunftmeister auf der Stirn stand. Er durfte ihn jetzt nicht enttäuschen. Er durfte Ignaz nicht enttäuschen und Elisabeda. Und Sygna.

»Ich verstehe es, Simeon. Ich bin bereit für die Höheren Zeichen.«

Der Alte lächelte gequält. »Aber ob ich wohl bereit bin, sie dich zu lehren, mein Junge? Ich wünschte ... ich wünschte, Aramaeis wäre noch für dich da.«

Ismayl schloss kurz die Augen. Ungebeten schwebte das lächelnde Gesicht seines Meisters vor ihm, der Spitzbart, die in hinreißend nutzlosem Humor glitzernden Augen. Ismayl drängte Tränen zurück. »Ich wünschte, ich wäre für ihn da ... gewesen«, murmelte er.

»Richte deinen Blick nach vorn«, mahnte Simeon – sich selbst und Ismayl. »Was würde Aramaeis wünschen, dass du tust? Jetzt, da niemand mehr seine Stimme hören kann – meine Stimme nicht – Zunftmeister Phelips Stimme nicht. Jetzt, da unsere Stimmen verstummen, ist es deine, die gehört werden muss.«

Ismayl nickte. Er fürchtete sich davor, das neue Zeichen zu erproben. Er musste zeigen, dass er es beherrschte, und gleichzeitig musste er es beschränken, damit niemand mitbekam, dass er es nutzte. Oder zumindest fast niemand ... Er schloss die Augen.

*Jendra. Ignaz. Elisabeda. Simeon ... und ... Kilianna.* Er dachte an niemand anderen, Atemzug um Atemzug konzentrierte er sich auf diese Menschen, die ihm so viel bedeuteten.

Dann öffnete er den Mund. Kein Laut kam heraus, denn vor den Worten musste das Zeichen gewirkt werden. Er atmete aus. Atmete ein. Sein Atem füllte seine Lunge, und mit ihm beugte und krümmte er sein eigenes Sein. Das, was sich so unantastbar in ihm ausbreitete, völlig ungeachtet der Tatsache, dass er zerbrechlich und roh war wie alles, was lebte. Er spürte das Zeichen, und gleichzeitig lächelte Aramaeis ihm zu und nickte, so wie damals, als es Ismayl zum ersten Mal geglückt war, ein Zeichen zu wirken. Mit einer Feder in der Hand und einer Zunge, die sich wund und bitter anfühlte von den vielen Versuchen, bei denen es ihm misslungen war. Er atmete aus. Das Zeichen formte Wirbel zwischen seinen Stimmbändern. Um seine Zunge herum. An seinen Zähnen und Lippen. Kurz wollte es ihn überreden, keine

Worte zu sprechen, sondern einfach zu jubeln – in dem rauschenden, rasenden Gefühl, dass es ihm gelingen würde.

Dann beherrschte er sich und sprach nur ein paar Worte in Simeons Richtung, doch hinaus in die Weite der Stadt. »Wir werden frei sein.«

Er lauschte ihnen hinterher. Eine Weile noch schwang etwas in seinem Inneren nach, bereit, mehr zu sagen, bereit, sich weiter auszustrecken. Dann atmete Ismayl ein, keuchend, und beendete das Zeichen. Erschöpft kippte ihm das Kinn auf die Brust, und er fühlte, wie Simeon von seinem Krankenbett aus seinen Kopf tätschelte.

*Wir werden frei sein.*

Kilianna schrak aus ihren Gedanken auf. Sie fuhr zu Merie herum, die im Innenhof Wäsche schrubbte. Kilianna hatte versucht zu lesen, doch in Gedanken war sie immer noch unter dem Berg. Erst in den frühen Morgenstunden hatte sie den Rückweg an die Oberfläche gefunden und sich beim Hahnenschrei in ihr Bett geschleppt, zitternd, nass und zerschrammt am ganzen Leib.

Ihr Vater war bereits außer Haus, als sie erwachte. Wie an jedem Morgen hatten ihr Vater und das Personal sie ausschlafen lassen. Sie hatte in der Hausbibliothek nach Informationen über die gläserne Höhle gesucht, jedoch nichts gefunden. Nun hielt sie ein Buch in der Hand, in dem sie schon dutzende Male gelesen hatte: »Geschichten vom Krummen Mann«. Es waren Märchen über die Verkehrte Stadt und ihren sagenhaften Schöpfer und ersten Bewohner – den Krummen Mann der Tiefe. Doch auch darin war sie nicht fündig geworden.

»Hast du etwas gesagt?«, rief sie Merie zu, die draußen schrubbte, obwohl es ganz und gar nicht nach Merie geklungen hatte. Es war eine Männerstimme gewesen, und sie konnte sie schneller einordnen, als ihr lieb war. »Wir werden frei sein.«

Es war die von diesem hässlichen Entlein von Dichter, von dessen Gesellenprüfung der ganze Gildenrat geschwärmt hatte.

»Nein, ich hab nichts gesagt«, antwortete Merie.

»Hast du denn auch etwas gehört?«

»Nein«, sagte die junge Magd, die unter ihrem Häubchen älter aussah, als sie war.

»Dann ... dann war es wohl ... auf der Straße«, sagte Kilianna, stand auf und ging zum Fenster. Der mit zurechtgeschnittenen Sträuchern übersäte Park vor dem Ratsherrenschloss dehnte sich, wie erwartet, menschenleer bis zur Mauer aus, die das Anwesen begrenzte. Nur ein paar Amseln regten sich im Gras und stritten sich um Regenwürmer.

»Wo bist du?«, flüsterte Kilianna, doch es kam keine Antwort. »Warum höre ich deine Stimme?« Sie versuchte kurz, sich einzureden, dass sie seinen Namen vergessen hatte. »Ismayl Schönauge«, ergänzte sie dann, doch auch darauf bekam sie nur Schweigen zurück.

Morgen war schon Augtag – und sie hatte mehr Fragen als Antworten für die Rebellen. Für ihren Kontaktmann. Kilianna fuhr mit dem Daumen über die Seiten ihres Buchs und setzte sich seufzend wieder in ihren Lehnstuhl.

War Ismayl Schönauge etwa auf freiem Fuß? Warum sprach er in ihrem Kopf? Oder war es nur Einbildung? Sie hatte monatelang nicht an ihn gedacht, warum sollte sie sich seine Stimme einbilden? Sie hatte nicht einmal gewusst, dass sie sie erkennen würde, wenn sie sie hörte!

Und wenn er frei war – war er bei den Rebellen? Und wenn er bei den Rebellen war – war es dann am Ende nicht Ignaz Dreifinger, der mit der Lampe auf Häuserdächern lag und sie beobachtete ... sondern Ismayl? Sie schnaubte wütend und kam sich sofort albern vor.

Warum unterstellte sie ihm Hintergedanken, wo es doch nur um den Austausch von Informationen ging? Warum fragte sie sich, ob Schönauge wohl bei den Rebellen war, um *sie* zu beeindrucken? Sie schüttelte den Gedanken an ihn ab.

*Augtag. Hopfplatz.*

Sie wurde das Gefühl nicht los, dass ihr Kontakt sie treffen wollte, dass es ihm nicht nur um die Informationen ging. Sie starrte ins Buch, ohne ein Wort zu erfassen. Welche Informationen konnte sie den Aufständischen denn schon bieten? Sie wollte in dieser Nacht nicht in die Höhlen unter der Stadt zurückkehren. Ihre Schürfwunden brannten wie ein Echo auf diese Gedanken, und die kalte Hand der Furcht griff ohne Widerstand in ihren Brustkorb.

Eine Höhle aus Glas. Eine Pforte aus Holz ... Was lag wohl dahinter? Sie sah auf das Wappen der Töpfer über der Salontür – ihr Vater und dessen ganze Ahnenreihe hatten sich den Irdenen Zeichen verschrieben. Gab es auch eine irdene Höhle da unten? Eine goldene Pforte?

Ismayls Stimme schoss ihr wie ein Echo durch den Kopf. Wie mochte eine Höhle aus Worten aussehen?

»Und würd ich nur in deinen Augen die Antwort aller Fragen sehn«, flüsterte Lysandre Rufin, »so müsst ich schaffen nicht und graben, so könnt ich froh zugrunde gehn.«

Der Dichter erwiderte den Blick lange, bevor er mit einem Blinzeln die Augen abwandte.

»Was sagst du, mein Freund?«, fragte Rufin und beugte sich über den Tisch hinweg vor.

Als der Dichter das Gesicht hob, standen Tränen in seinen Augen, doch er antwortete immer noch nicht.

»Sind das Tränen der Wut? Tränen der Trauer? Oder Tränen des Stolzes in deinen Augen? Meister?«, bohrte Rufin. »Was regt sich in dir, wenn ich spreche, mein Freund? Mein Lehrer«?

»Alles davon«, brachte der Dichter hervor, und seine Stimme war schwer von Ergriffenheit – und gleichzeitig von Ekel, von Wut; zehrende, widerstreitende Emotionen. Rufin spürte sie ebenfalls – er beugte sich noch weiter vor, bis seine Stirn und die des Dichters aneinanderlagen, er den Atem des anderen auf seinen Lippen spüren konnte.

»Du weißt es jetzt, nicht wahr? Dass ich würdig bin?«, flüsterte er heiser, und der Dichter nickte, seine Stirn mahlte dabei gegen Rufins Stirn.

»Was empfindest du für mich?«

»Bewunderung. Abscheu. Hass. Liebe.« Er atmete schwer. »Aber zwei davon ruft das Zeichen hervor. Zwei davon sind flüchtig.«

Rufin lächelte. »Du hältst mich doch nicht für einen Mann, der deine ewige Liebe will?«

Der Dichter presste in Widerwillen die Lippen zusammen, doch dann stieß er hervor: »Vielleicht stimmt es doch, was man sich erzählt. Dass das Zeichen sich den Handwerker sucht und nicht umgekehrt. Wozu brauchst du das Zeichen der Schauspieler?«

Rufin ging wieder etwas auf Abstand. »Das Zeichen der Schauspieler«, lachte er, »und niemand ist je auf die Idee gekommen, es für etwas anderes als das Rezitieren schwülstiger Gedichte zu verwenden? Ich sehe schon, bei aller Schaffenskunst wurde es Zeit, dass etwas … aquinzische Kreativität in diese Stadt kommt. Ach, wo wir gerade dabei sind …« Er musterte den Dichter, der sich nicht helfen konnte und ihn hingerissen ansah. »Eine Frau, dunkle Haut, schwarzes Haar, etwa vierzig Jahre alt. Mit einem Hammer bewaffnet, deutet auf das Schreiner- oder Schmiedehandwerk hin. Vielleicht die Frau eines Handwerkers. Vielleicht, aber vielleicht auch nicht das Liebchen von Dreifinger. Wer ist das?«

»Ich habe genug verraten«, sagte der Dichter und fixierte die drei Haarlocken vor sich.

»Ach, dieses Spiel hat Regeln, *Meister?*«, fragte Rufin in gespieltem Erstaunen. »Ich habe immer noch deine Familie in meiner Gewalt.«

»Du hast unter dem Zeichen des Eides geschworen, dass du ihnen kein Haar krümmst und ihnen keinen Schaden zufügst, wenn ich dir das Zeichen gebe!«

»Das habe ich. Aber es gibt verschiedenste Formen des Unbeschadet-Seins. Du bist auch verhältnismäßig unbeschadet, wenn man von der Krätze absieht. Willst du sie frei sehen oder in einer Kerkerzelle?«

»Frei. Natürlich.«

»Die Dunkelhäutige. Sag mir, wer sie ist. Und ich lasse deine Lieben unbeschadet *und* frei.«

»Ich weiß nicht, wer das ist!«

»Denk gut nach, denn ich werde gleich diesen Raum verlassen. Ich bin müde und hungrig, und es liegt an dir, ob ich gut gelaunt bin oder nicht.«

»Es könnte ... es könnte ... Die Jaranjids sind die einzige Familie aus Bhagwa Pranesh, die es hier zu etwas gebracht hat. Aber sie sind vor Jahren schon in Ungnade gefallen. Haben mit den Waffenschmieden von Meister Eisenhammer an Verbotenem geforscht. Zeichen verschiedener Gilden kombiniert. Beide Familien sind ruiniert worden. Vielleicht ist es eine von denen. Jamil Jaranjid hatte einen Haufen Töchter und keinen männlichen Erben in seiner ersten Ehe.«

»Welche Tochter könnte es denn wohl sein?«, fragte Rufin, stand auf und streckte sich.

»Eine von denen wurde ganz jung an einen Eisenhammer verheiratet. Es gab viele Gerüchte. Angeblich schmiedete sie in seiner Werkstatt, hieß es. Angeblich hat er sie Zeichen gelehrt, an der Gilde vorbei. Der Zunftrat hat immer wieder Inspektoren vorbeigeschickt, um sie zu überprüfen. Er gehörte zu den Gleichwerkern.«

»Interessant. Die Gleichwerker. Sie haben eine Zeitlang unseren Kaiser Yulian zum Vorbild genommen, nicht wahr? Gleichheit für alle? Für Südländer, für Frauen, für Leute aus der Gosse? Ein Schreiner namens ... Eicks, oder Aix, um den Namen seines aquinzischen Vaters richtig auszusprechen, hat da ein paar Unruhestifter um sich geschart, richtig?«

Der Dichter nickte. »Werdet Ihr meine Familie in Ruhe lassen?«

»Wie heißt diese Frau?«

»Ich sage es Euch, wenn Ihr mir den Eid leistet, meine Familie in Frieden zu lassen.«

Rufin runzelte die Stirn. »Ich bin mir wahrhaftig nicht sicher, ob ich mehr als einen Eid am Tag leisten sollte. Ich kann den ersten noch spüren.« Er legte die Hand, in der er sich den Schnitt zugefügt hatte, auf sein Herz. Mit einem Tropfen von Rufins Blut hatte der Dichter ihm das Eidzeichen auf die Brust gemalt. »Außerdem habe ich eben noch erklärt, wer von uns beiden die Spielregeln aufstellt. Warum ist es so schwer?« Er schloss die Augen und lenkte seine Gedanken auf sein Inneres, er stellt sich vor, wie er förmlich mit ihnen in sich hineingriff. Mit Fingern aus Lügen. Händen aus Wahrheiten. Lysandre Rufin hatte rasch verstanden, wie ein Zeichen gewirkt wurde, das keine sichtbaren Schwünge, keine lesbaren Formen, keine erkennbaren Linien nutzte. Es entstand in ihm selbst.

»Dein Haus hat einen schönen Garten. Man steigt den Hang hinauf, und dort oben blühen gerade Tausende Schlüsselblumen in steilen Treppenstufen. Deine Töchter sitzen dort und flechten Kränze daraus. Ich höre sie lachen. Sie vermissen dich – aber du wirst zu ihnen zurückkehren, wenn du mir genug Gefallen getan hast.«

Es war kein Gedicht, nicht wie die Zeilen, die er zuvor wieder und wieder rezitiert hatte, um das Zeichen der Schauspieler zu verstehen, um es hervorzubringen und auf die korrekte Art und Weise zwischen den Lauten und ihrer Bedeutung zu verweben. Auch ein Vortrag aus profanen Wörtern ohne Reim konnte mit dem Wortzeichen Gewicht erlangen und sich schwer auf anderer Menschen Seelen legen.

Erneut standen Tränen in den Augen des Dichters, dann seufzte er. »Elisabeda Eisenhammer«, flüsterte er schließlich schicksalsergeben. »Aus der Familie Jaranjid. Ehefrau von Gabril Eisenhammer.«

»Danke. Denk an die Schlüsselblumen. Du kannst sehen, wie schön sie sind, oder? Du konntest … hören, als ich davon erzählte?«

Der Dichter nickte erschöpft. Rufin öffnete die Tür und lächelte ihm noch einmal zu. Jeronne an der verschatteten feuchten Wand der Verhörzelle erwachte zum Leben und trat zum Dichter, um ihn erneut zu knebeln.

»Gib dem Mann etwas Vernünftiges zu essen. Und Salbe gegen die Krätze«, wies Rufin geistesabwesend an. Die Müdigkeit schlug zu wie ein Schmiedehammer, als er den Gang des Zunftgefängnisses betrat. Trotzdem fühlte er Genugtuung ob des Fortschritts, den er erzielt hatte.

Staub rieselte herab. Ein Tritt gegen die Falltür, noch einer, dann schwang sie nach unten auf. Elisabedas Fuß suchte nach einer Sprosse der Leiter, fand sie. Behände kletterte sie nach unten. Dort ließ sie ein längliches Bündel von ihrer Schulter zu Boden gleiten. Das erste Licht des Morgens fiel durch ein einziges schmales Fenster unter der Decke. Es reichte aus, dass sie sich umsehen konnte. Ignaz hatte nicht zu viel versprochen. Ein großer Blasebalg, länger als Elisabeda hoch war und um einiges breiter, hing von der Decke und war mit einer großen, gemauerten Esse verbunden. Reichlich Holzkohle wurde darunter gelagert. Allerhand Hämmer und Zangen hingen an der Wand daneben. In der Mitte des Raums befand sich ein massiger Amboss. Die einzige richtige Tür zu dem Raum war gesplittert, dahinter türmte sich Geröll auf.

»Sieht von hier oben nicht viel beeindruckender aus als jeder andere Keller«, rief Dawyd durch die Falltür hinab. »Wird es ausreichen?«

»Es wird. Mehr als das. Damit kann ich arbeiten«, antwortete Elisabeda, während sie bereits die Kohlen inspizierte, die trocken geblieben waren und von guter Qualität schienen. »Und nun schafft Euren edlen Hintern hier runter, Herr Goldfechter. Es wird Zeit, dass du es mal mit ehrlicher Arbeit versuchst!«

Sie nahm eine Hand voll Kohlen aus einer Schütte, Reisig, ein paar schmale Anzündhölzchen und ein Schwefelholz. Dawyd kletterte mit raschen, geschmeidigen Bewegungen die Leiter hinab, und sie sah ihm mit hochgezogener Braue dabei zu, wie er sich sofort danach die Kleidung abklopfte. Eitler Fechter … Sie grinste, doch ein wenig Scham lag darin verborgen. Er erinnerte sie an einen anderen Fechter – und an eine Zeit, die so weit entfernt schien, als lägen mindestens zwei andere Leben dazwischen.

Ignaz hatte den Blasebalg der Schmiede gefertigt, ebenfalls in einem anderen Leben, in dem die einzigen Aquintianer in der Stadt fahrende Händler gewesen war. Seinen Auftraggeber hatte kurz nach dem Beginn der Besatzung der Schlag getroffen. Danach war er zu keiner anderen Handlung mehr fähig gewesen, als in einem Schaukelstuhl zu sitzen und vor sich hin zu starren. Sein einziger Sohn hätte die Schmiede übernehmen sollen, aber der Kaiser brauchte Soldaten für seine vielen Kriege, und wie Elisabedas Söhne war er gezwungen worden, in die Fremde zu ziehen, um sich mit Leuten zu schlagen, mit denen er nicht im Streit lag.

Elisabedas hielt kurz inne und starrte in die Glut, die sie langsam in der Esse entfachte. Die Schmiede war seitdem verwaist. Zudem hatte einer der wenigen Kanonenschüsse, die innerhalb der Stadt abgefeuert worden waren, das Mauerwerk des oberen Stockwerks einstürzen lassen und die Eingangstür versperrt. Die vergessene Schmiede lag jedoch im Hang des Bleibergs. Sie waren über die Trümmer geklettert und hatten die Luke in den Keller gefunden; eine Luke, an die sich Ignaz erinnert hatte.

»Elisabeda? Wenn du fertig mit dem Ins-Feuer-Starren bist, fangen wir dann an? Je eher es losgeht, desto früher sind wir fertig«, sagte Dawyd, während er sich umsah.

Sie schüttelte den Kopf, wandte sich aber vom Feuer ab und ihm zu. »Der Hahnenschrei ist noch nicht so lange her. Wir machen uns ans Werk, sobald die anderen Schmiede auf dieser Seite des Löschbachs ihr Tagwerk beginnen.« Sie deutete mit dem Kinn auf den Rauchabzug der Esse. »Ihre Hammerschläge und der Rauch ihrer Schmiedefeuer wird unser Tun verbergen.

Falls noch genug von ihnen hier arbeiten statt in den Manufakturen«, ergänzte sie leise. Dawyd trat neben sie und sah den Kohlen beim Durchglühen zu. Elisabeda roch, wie sie zu Leben erwachten, und sie war froh, dass Dawyd neben ihr stand, denn sie wäre lieber gestorben, als unter seinem Blick in Tränen auszubrechen.

»Mein Mann …«, fuhr sie fort und räusperte sich, um ihre belegte Stimme wieder unter Kontrolle zu bringen. »Bevor er starb, hat er an einem besonderen Werkstück gearbeitet. Ein Auftrag für den Großmeister der Stählernen Gilde.« Elisabeda beugte sich zu dem Bündel aus Stoff herab, das sie mit in die Schmiede gebracht hatte, und zog ein Stück Stahl hervor – ein unförmiger Rohling, näher an einem Metallbarren als an einer fertigen Klinge. »Er hat lange gesucht, bevor er einen geeigneten Stahl bei einem Händler aus Riefland gefunden hat, der ihn wiederum aus noch weiter entfernten Landen erstanden hat.«

Gabril hatte diese Klinge nicht beenden können. Riefland gehörte nun zur Noccurn-Allianz und stellte sich – noch – gegen Kaiser Yulian. Alles änderte sich.

Selbst Dawyd schien vor Gabrils Vermächtnis Respekt zu haben, denn er nickte nur. Sie hob das Metall vor seine Augen.

»Wir werden Gabrils Werk beenden, aber nicht der tatenlose Stählerne soll die Klinge erhalten, sondern jemand, der sie im Namen der Freiheit von Sygna führen wird.«

Dawyds Miene änderte sich, sprach von seiner Skepsis. »Also, das ist eine große Ehre, aber bevor ich mit der Balance der Waffe so vertraut bin wie mit meiner eigenen Waffe …«

»Diese Klinge«, unterbrach sie ihn, »wird die im Fluss versunkene bei Weitem übertreffen … Ah, wie passend.«

Der Klang der Schmiedehämmer erwachte in den Gassen, die von der breiten Straße am Löschbach abgingen, die die Stadt davor bewahren sollte, dass ein Brand in einer der Schmieden auf das ganze Bakkalauviertel übersprang.

»Fangen wir an«, sagte Elisabeda feierlich und trat zum Blasebalg. An einem hölzernen Arm drückte sie die untere schwere

Holzplatte nach oben, sodass sich das Leder dazwischen zusammendrückte und mit einem zischenden Geräusch das Feuer der Esse entfachte. Der Blick des Fechters sprach Bände.

»Nein, der Blasebalg wird nicht deine Arbeit sein. Keine Sorge. Ignaz hat mit seinen Fingern auch seine Kunst verloren. Aber seine Schöpfungen zeugen noch immer von seinem früheren Können«, lächelte Elisabeda, als das von Ignaz angebrachte Hölzerne Zeichen im Blasebalg seine Macht entfaltete und den Blasebalg wie von Geisterhand auf und ab bewegte. Ein steter Luftstrom und eine lodernde Glut in der Esse waren das Resultat.

*Für dich, Gabril*, dachte Elisabeda und stieß den Stahl in die Kohlen. Funken sprühten auf.

»Nimm dir den großen Zuschlaghammer da … Nein, das ist doch kein … genau, der mit dem langen Griff. Mit beiden Händen packen.« Sie zog ihren eigenen Hammer aus einer Schlaufe am Gürtel. Die Zeichen darauf würden ihr die Arbeit erleichtern und die nötige Arbeitszeit verkürzen, dennoch stand ihnen noch einiges an Schweiß bevor.

»Du bist der Zuschläger. Du schlägst genau dorthin, wo ich hinschlage. Mit aller Kraft. Das schafft doch sogar ein Fechter, nicht wahr?«

Dawyd murmelte etwas Unverständliches – wahrscheinlich einen despektierlichen Kommentar, und hob den Hammer, als Elisabeda den gelbglühenden Stahl aus der Esse zog.

Neigel und Jendra wechselten sich auf dem Beobachtungsposten am Katzbuckel ab. Von hier oben, auf der von Trümmern übersäten Krone der inneren Stadtmauer, konnten sie die Hauptstraßen überblicken, die sich den Bleiberg hinauf durchs Bakkalau- und die beiden Meisterviertel bis hin zur Feste wanden. Am Nachmittag beobachtete Jendra beunruhigender Ereignisse: Menschen wurden als Gefangene, jeweils eskortiert von mindestens sechs Soldaten, aus dem untersten Ring der Feste geleitet und zu ihren Häusern gebracht. Dort zwangen die Wachen einige der Heiler ganze Wagen mit Ausrüstung zu beladen, andere nahmen nur wenige Taschen und Koffer mit. Doch alle wurden sie gezwungen, ihre Häuser und Familien zu verlassen und abzureisen zu einem unbekannten Ziel – vermutlich die Front. Es gab Geschrei und Lärm, Abschiedsszenen. Jendra schlich über Hausdächer und sah zu, wie Soldaten wie Wespen ausschwärmten, wie Kutscher und Karrenführer Gepäck verluden. Sie erkannte den Großgildenmeister Erdhand, der mit vier Beratern versuchte, jemanden zu finden, den er für die stattfindende Schandtat verantwortlich machen konnte. Schlussendlich ließ Erdhand sich zur Feste bringen, die er betrat und von der Jendra ihn nicht zurückkommen sah. Die Sygnaer, die mit vorgehaltenen Waffen zur Abreise gezwungen wurden, waren tatsächlich allesamt Heiler. Jendra folgte einem kleinen Trupp mit den Augen bis hinunter in die Viertel der Neustadt. Auch der Heiler Adham war unter denen, die die Soldaten zwischen sich genommen hatten. Am südlichen Stadttor trafen all die kleinen Trupps wieder zusammen und machten sich daran, Sygna noch vor der Abenddämmerung zu verlassen. Jendra gab ihren Posten auf und schlich sich hinab in die Gassen der Neustadt, um mehr darüber zu erfahren, was geschah.

Mittlerweile waren viele Menschen auf den Beinen, riefen ihren Unmut heraus, jammerten laut und beklagten die Nichteinhaltung des Vertrags. Doch die Aquintianer schlugen die Widerworte nicht mit Waffengewalt nieder, sondern schickten Ausrufer, die die Namen von Soldaten an der Kriegsfront verlasen. Jendra, aus der gähnenden Fensteröffnung eines verlassenen Bürgerhauses heraus lauschend, hörte die Namen Johannis und Zacharias Eisenhammer. Auch andere Namen kannte sie, jedoch niemanden persönlich. Die Niemande der Halbwelt wurden nicht für den Krieg verpflichtet. Auch Johannis und Zacharias hatte sie nie kennengelernt, doch sie war froh, dass Elisabeda in der Schmiede beschäftigt war und nicht hörte, was der Ausrufer bekanntgab.

Wer dagegen war, so die Verlautbarung, dass diese Sygnaer Bürger nach der verheerenden Schlacht gerettet würden, solle vortreten und dies rechtfertigen. Es sei ein Akt der Gnade, dass die Heilkünstler von Sygna den Söhnen der Stadt geschickt werden würden.

Jendra beobachtete den Auszug der Heiler und zählte die Unglücklichen – es waren siebzehn Männer. Die meisten Soldaten blieben zurück, draußen war weniger Bedeckung für die Heiler nötig. Draußen lauerten keine verzweifelten Ehefrauen und aufgebrachten Bürger – die galt es nur im Inneren der Stadt zu bezwingen.

Siebzehn – von vielleicht drei Dutzend, welche die Gilde der Heiler zählte. Mehr als die Hälfte musste sich noch in der Feste befinden.

Jendra kannte verborgene Wege aus der Stadt heraus.

Vielleicht gab es doch noch eine Möglichkeit, die Heiler zwischen der Stadt und der vorgelagerten Festung, dem Klotz, zu befreien?

*Nein*, verbot sie sich selbst. *Wohin dann mit ihnen? Siebzehn Heiler verstecken – in den Bergen oder in der Stadt? Unmöglich. Und außerdem … die armen Hunde an der Front …*

Hinzu kam, dass sie noch nicht bereit war, den anderen ihr Geheimnis zu offenbaren. Noch nicht. Jendra kannte keinen Weg aus der Stadt, so sah es aus und nicht anders.

Am Abend und in der Nacht behielt Neigel die Bleibergfeste im Auge. Während seiner Wache kehrten die Soldaten, die in der Stadt für Ruhe gesorgt hatten, in den Festungsring zurück, eine Weile geschah nichts. Erst nach der Sperrstunde – Neigel konnte die Augen kaum noch aufhalten – öffnete sich das mit neu angebrachten Metallzargen verstärkte Tor, und ein Trupp von gut zwei Dutzend Soldaten kamen erneut heraus. Diesmal eskortierten sie die anderen Heiler, die Jendra vermisst hatte – sie hatte ihm beim Wachwechsel alles Wichtige gesagt. Sie wurden vermutlich erst jetzt, nach der Sperrstunde heimgebracht, um einen erneuten Tumult auf den Straßen zu verhindern. Neigel beobachtete, wie sie in ihre Häuser und Anwesen zurückgebracht wurden, und auch der Großgildenmeister und seine Berater wurden in ihre Villen eskortiert. Doch auch diesmal rückten die Soldaten nicht ab. Sie bezogen Stellung um die Häuser herum, allerdings wurden weder Karren beladen noch Koffer gepackt.

Neigel wusste beim besten Willen nicht, was er davon halten sollte. Er brauchte den Rat der anderen, also gab er schließlich seinen Posten auf.

Im Morgengrauen stiegen sie wieder auf den Katzbuckel: Jendra, Neigel, Ignaz und Ismayl. Elisabeda und Dawyd waren nach ihrem Tag in der Schmiede wie erschlagen auf ihre Strohsäcke gesunken, und Ignaz hatte angewiesen, sie schlafen zu lassen. Auf diese Weise war auch jemand da, wenn Simeon Hilfe brauchte.

Ismayl war froh, den Keller verlassen zu können, doch er sorgte sich auch um Simeon, der immer öfter im Delirium lag und in dem alles Wasser zu verdunsten schien, das Ismayl hineingab. Sie mussten heute einen sehr fähigen Heilmeister zu ihm bringen, sonst …

*Sonst haben wir ihn nicht gerettet, sondern zum Sterben verdammt*, flüsterte es hilflos in Ismayl.

Er hob mit einer wütenden Geste das Fernglas an seine Augen, es stieß mit dem bronzenen Rand hart an seine Augenbraue.

Es handelte sich um ein solides Handwerksstück aus seiner Glaserfamilie, das ihn im ersten Morgenlicht zu Meister Wohlleibs großzügigem Anwesen hinauflinsen ließ. Dadurch, dass die Meisterviertel höher lagen als der Katzbuckel, konnte er nicht viel ausmachen, doch er sah, dass vor dem schmiedeeisernen Tor auf der weißgepflasterten, breiten Straße zwei Blauröcke neben den Marmorlöwen standen, mit denen Wohlleib sein Grundstück markiert hatte.

»Sie bewachen ihn immer noch. Warum tun sie das?«, murmelte er.

»Vielleicht ist es eine Falle«, knurrte Neigel neben ihm.

»Das ist keine Falle. Die sind doch alle weithin sichtbar!«

»Dann ist es vielleicht eine Warnung«, erwiderte Ignaz.

»Aber für wen? Für uns, weil sie wissen, dass Simeon krank ist? Das wäre reichlich Aufwand! Oder für die Heiler selbst?«

»Sie haben doch viele aus der Stadt gebracht – was haben sie denn jetzt mit den anderen vor?«, fragte Jendra und griff nach dem Fernglas, um selbst hindurchzusehen.

Ismayl schwieg. Schließlich sagte er entschlossen: »Das werden wir nicht rauskriegen, indem wir hinübersehen. Wir können Wohlleib fragen, sobald wir ihn in unser Versteck gebracht haben.«

Erneutes Schweigen. Schließlich wandte Ismayl die Augen von den sich auftürmenden Mauern, Gebäuden, Hecken und blanken Felswänden des Bleibergs ab und entgegnete Ignaz' Blick.

»Was ist? Deshalb sind wir doch hier. Es sind zwei – wir sind zu viert!«, knurrte er und wälzte sich auf dem Bauch liegend zwischen den Trümmern der Mauerkrone in eine angenehmere Position. Kleine Steine und Mörtelbrocken piksten ihn in die Rippen.

»Zwei vor der Tür«, entgegnete Ignaz reglos.

»Wir müssen rauskriegen, was drinnen los ist«, schlug Jendra vor. »Das kann ich machen. Mich kennt noch niemand, und ich bin klein und unauffällig.«

»Und im Meisterviertel fällst du auf wie ein bunter Hund. Sie kontrollieren doch die Eingänge«, sagte Neigel und spähte mit zusammengekniffenen Augen hinüber zum Berg.

»Ich nehme nicht das Tor, du Dummerchen!«, zischte Jendra.

»Es wird hell«, unterbrach Ignaz Jendras unausgegorene Idee.

»Deshalb müssen wir schnell sein«, beharrte Ismayl.

»Deshalb müssen wir abwarten. Heute Nacht lassen sie die Bewachung vielleicht wieder bleiben. Vielleicht hat es oben auf der Burg einen Anlass dazu gegeben, und die Wogen glätten sich. In der Nacht ...«

»In der Nacht«, brach es aus Ismayl hervor, »ist Simeon vielleicht schon tot. Ignaz, er macht es nicht mehr lange. Das könnte ... das könnte seine letzte Chance sein!«

Ignaz wandte den Blick ab. »Verdammte Scheiße«, flüsterte er. »Dann muss Jendra einen unauffälligen Weg für uns rein finden. Und wieder raus, mit einem Mann im Schlepptau, der sich vielleicht wehrt und vielleicht nicht klettern, rennen oder sich verstecken kann! Wir wissen doch, wie die fetten Meister aus dem Meisterviertel so sind.«

Jendra nickte langsam. »Das wird sehr schwierig.«

»Aber du schaffst es«, sagte Ismayl und tätschelte ihr die Schulter. Sie zwinkerte ihm zu.

»Ich muss es zumindest versuchen. Wenn schon ein Dichter zusieht! Der in meinem Kopf sprechen und mir versichern kann, dass wir alle frei sein werden oder so was Theatralisches!« Sie zwinkerte ihm heftig zu, griff sich ein paar Steine und begann, ihr Zeichen darauf zu ritzen – Ismayl wusste, dass sie stets vor dem letzten Strich innehielt, um das Zeichen dann zu vollenden, wenn sie es brauchte.

»Ich musste etwas ausprobieren«, grummelte er.

»Ich weiß«, sagte sie leichthin und steckte die Steine in einen Beutel an ihrem Gürtel – dort klapperte es, und das war sicherlich kein Geld. Zeichensteine konnte Jendra nie genug haben. »Dann sehen wir zu, dass wir durch die Kanäle so nah wie möglich rankommen. Wir könnten auch diesen Eingang in die Tiefe nutzen, den ihr gefunden habt«, schlug Jendra vor.

»Nein!«, sagten Neigel und Ignaz wie aus einem Munde.

»Ihr seid doch sonst nicht so ängstlich. Na gut, in die Kanäle. Aber wenn die Blauröcke eine feine Nase haben, können sie unser Kommen riechen.«

Bregyda beobachtete die beiden bei ihrem Tun aus ihrer ellenhohen Nische im Bruchstein über der Tür zur Schmiede heraus. Sie war eine der wenigen Damen unter den ehrwürdigen Altmeistern von einst, auch wenn ihre knabenhafte Erscheinung mit dem Pagenschnitt diese Tatsache zu verbergen versuchte. Es schien, als wollten diese Darstellungen der Meisterschmiedin, der Schöpferin der Eisernen Zeichen, die Weiblichkeit absprechen, war sie doch die Patronin so männlich anmutender Berufe wie die der Harnischmacher und Waffenschmiede. Selbst die Schmuckschmiede konnten sich auf einen Herrn als Patron berufen.

Als Dawyds Blick zwischen der steinernen Figur Bregydas und Elisabeda hin und her wanderte, wunderte er sich nicht, dass die Altmeisterin eine Frau war. Und Elisabeda schien ihr Andenken durch ihr konzentriertes Tun, das plötzlich zum Vorschein kommende Leuchten in ihren Augen, die zu einem halben Lächeln hochgezogenen Mundwinkel, den präzisen Bewegungen ihrer Hände und die gespannte Kraft ihres ganzen Körpers würdig zu bewahren. Dawyd hatte nie hinterfragt, warum es nur Männern gestattet war, die Schmiedekunst zu erlernen – jetzt tat er es.

Es war erst der zweite Tag ihrer Arbeit, doch heute Morgen war er bereits mit einem Schmerz in den Gliedern erwacht: im Rücken, den Unterarmen, den Händen – und besonders in seinem rechten Arm, der immer noch bandagiert war und in dem die Säbelschnitte noch nicht verheilt waren. Seine Übungen im Schattenfechten, die ein gutes Maß an Kraft und Kondition voraussetzten, hatten ihn nicht auf die Belastungen als Schmiedegehilfe vorbereitet.

Nun endlich zischte die rot-glühende Klinge in einem Fass mit Öl und setzte die Oberfläche der Flüssigkeit in Brand. Vorsichtig zog Elisabeda die Klinge heraus. Sie sah nun schon eher nach einem Schwert aus. Nur da, wo der Griff montiert werden würde, ragte noch ein roher, vierkantiger Erl aus der Klinge. Die Schmiedin prüfte sie eingehend, suchte nach Rissen und Fehlern, nickte schließlich zufrieden.

»Das Härten ist der entscheidende Schritt. Erst das Abschrecken im Ölbad macht ein Stück Stahl zur Waffe. Alles muss dabei stimmen: die Farbe der glühenden Klinge, die Zeit im Bad, die Bewegungen beim Eintauchen. Ansonsten wird das Schwert zu spröde oder zu weich, oder es entsteht ein Riss, und wir dürfen ganz von vorn anfangen«, erklärte Elisabeda.

»Verrat mir eins, Schmiedin! Warum all die Mühe?« Er deutete in Richtung der Zeichen, die in die Klinge gemeißelt waren. »Ich dachte, die Zeichen verleihen der Klinge ihre Macht, warum all die Mühe mit dem Stahl?«

Sie lachte spöttisch auf, wandte sich zu ihm um und fuhr sich mit der Rückseite der behandschuhten Hand über die Stirn. »Das kann nur jemand fragen, dessen Gilde ihre Zeichen verloren hat!«

»Ja, das Thema hatten wir bereits – die alte Leier kannst du dir sparen. Vergiss die Frage einfach«, schnaubte er.

Vor den anderen Gilden war die Sache mit den verlorenen Blutzeichen eine Peinlichkeit, aber da die konkurrierende Fechtergilde auch keine Zeichen wirken konnten, machte man sich unter Duellanten nicht viel daraus. Seine Einstellung dazu hatte sich geändert, seit er sich den Rebellen angeschlossen hat – oder vielmehr angeschlossen worden war. Hätten sie mit Hilfe der Blutzeichen die Besatzung der Aquintianer schon gebrochen?

Dawyd fühlte sich zwischen Jendra, Ignaz, Elisabeda und Ismayl wie ein Tauber, der einer Diskussion folgen wollte. Beinahe – denn unten im Bleiberg, da hatte er, der Taube, ein Geräusch vernommen.

»Verzeihung, Dawyd«, lächelte Elisabeda ungewohnt gnädig. »Ich erklär's dir: Die Zeichen benötigen Kunstfertigkeit. Sie fordern alles von dir, deine Kreativität, deinen Schweiß und dein Herzblut.«

Sie machte sich daran, verschiedene Schleifsteine bereitzulegen. Die lange Klinge legte sie dicht ans Schmiedefeuer. Wenn die Waffe fertig war, würde sie Dawyd vom Boden bis knapp unter die Schulter reichen.

»Ein Zeichen kann nur alle Kraft aus einer Klinge herausholen, wenn ihr bereits Kunst, Kraft, *Finesse* innewohnt. Ein Zeichen auf einer Stümperei ist wertlos. Nein, schlimmer, gefährlich. Das gilt besonders für ein Schwert wie dieses hier, das mehrere Zeichen in sich trägt. Erst nach dem Schmieden, Härten und Schleifen wird sich wirklich zeigen, ob das Ausgangsmaterial und meine Arbeit würdig sind. Im schlimmsten Fall kann sich die Kraft des Zeichens gegen den Schmied wenden – so ähnlich, wie das in den Manufakturen geschieht, wo Stümper gezwungen werden, Zeichen zu wirken.«

Dawyd verstand langsam, was während des verhängnisvollen Marionett-Spiels Ignaz' und Elisabedas Zorn entfacht hatte.

»Zwei Zeichen auf einer Klinge erhöhen die Gefahr des Scheiterns. Nur auf einem hervorragenden Werkstück können sie harmonieren. Deine Klinge trägt sogar drei Zeichen, Dawyd. Ich weiß nicht, ob mir das gelingt. Nur wenige Meister trauen sich an so ein Werk. Und ich bin kein Meister. Ich bin nur eine Frau.«

Sie zwinkerte ihm zu, setzte sich auf einen Hocker und trank einen Schluck Wasser aus einem Tonkrug. »Bisher sieht es so aus, als würde es mir gelingen. Jetzt steht Schwertfeger-Arbeit an: Wir müssen die Klinge herunterschleifen. Und das Gehilz wird nicht so prunkvoll werden, wie es die Klinge verdient, aber es wird seinen Zweck erfüllen. Du kannst mir jetzt leider nicht mehr helfen, Dawyd. Ich habe aber zwei andere Aufgaben für dich. Zum einen musst du nach Meister Simeon sehen. Wer weiß, ob die anderen mittlerweile zurückgekommen sind! Und die zweite: Du kennst doch den Hopfplatz, oder? Jendra hat eine Informantin, mit der dort ein Treffen vereinbart ist …«

Durch die Kanalisation, die am teils schroffen Bleiberg aus Staubecken, unappetitlichen Wasserfällen, reißenden Strömen und offenliegenden Rinnen bestand, kamen sie nur bis zum

Bakkalauviertel. Dort würden sie die Ringmauer des unteren Meisterviertels überwinden müssen. Dieser Teil bereitete Jendra bereits Kopfschmerzen, denn es war schwer genug, einen zwei Zentner schweren Müllerburschen und einen Mann mit siebeneinhalb Fingern eine kurze, mit kunstvollen Reliefs verzierte Steinwand hochzubefördern. Wie würde es sein, einen gemütlichen Meisterheiler hinabzumanövrieren?

Sie kauerten sich oberhalb der kleinen, meist verlassenen Kapelle zu Ehren des Altmeisters der Steinmetze im Efeu, das den vielleicht günstigsten Zugang zum unteren Meisterviertel bot. Die Mauer war nicht hoch – hier in der Altstadt sollte sie nur eine eher symbolische Grenze zwischen den Gesellen im Bakkalauviertel und den Meistern in den Meistervierteln darstellen. Zumindest früher waren die Schichten mal so scharf getrennt gewesen.

Als zwei miteinander lästernde Mägde wieder in ihren jeweiligen Häusern verschwunden waren, gab Jendra das Signal, um die Mauer zu erklimmen. Sie warf ihr mit einem Haken versehenes Seil über die Krone. Es verhakte sich in den rostigen Metallverstrebungen und Spitzen, die die Umgrenzung zierten.

Sie überwanden auch dieses Hindernis, ohne Aufmerksamkeit zu erregen. Auf der anderen Seite befanden sie sich im verwildert-verwunschenen Garten, der zum Anwesen eines Winzermeisters gehörte. Jendra navigierte sie sicher durch den Wein, den selbiger – repräsentativ für seinen größeren Wingert im Südosten – auf einem kleinen, felsigen Stück Südseite anbaute. Die Pflanzen waren noch kahl, doch zwischen den Weinstöcken konnten sie unbemerkt ein weiteres Stück zurücklegen.

»Immerhin können kaum noch Blaurockpatrouillen in den Straßen sein«, sagte Ignaz trocken, als sie am Fuße der Mauer des oberen Meisterviertels angelangt waren. Der Heiler wohnte unterhalb davon, doch im Schatten dieses Gemäuers konnten sie vielleicht von oben in sein Anwesen eindringen. »So viele Soldaten, wie sie für die Heiler abgestellt haben.«

»Gut für uns«, hoffte Jendra. Die Sonne wanderte unablässig höher. Sie sah, wie Ismayl nervös in den Himmel sah. Sie stieß ihn an.

»Tut mir leid«, sagte sie. »Ich wusste nicht, dass du nicht hinkannst, als ich dir die Verabredung heute Mittag eingefädelt hab.«

»Natürlich nicht«, murmelte er, doch sein Gesicht sah aus, als habe er in eine Zitrone gebissen. »Es ist … es ist auch nicht wichtig. Da…-Dawyd kann das genauso gut wie ich.«

»Klar«, nickte sie und schenkte ihm einen mitleidvollen Blick. Ignaz sah zu ihnen herüber, sagte jedoch nichts. Sie wusste sehr gut, dass er glaubte, für Dinge wie Ismayls Gefühle für Kilianna sei in seiner kleinen Revolte kein Platz. Er glaubte außerdem, Jendra wüsste nicht, wie er hingegen Elisabeda anblickte. Er konnte nicht nur Aquintianer an der Nase herumführen, sondern ebenso gut sich selbst.

Jendra brachte sie Stück für Stück näher an das Anwesen von Meister Wohlleib heran, doch es war eine nervenzehrende Aufgabe, denn das Dienstpersonal der Meister war in den Häusern und Gärten beschäftigt, und durch die Hanglage der Villen mussten sie viel näher an allem vorbeischleichen, als Jendra lieb war.

Die Glocken läuteten elf Uhr vormittags, als sie im Garten der Wohlleibs ankamen. Jendra versteckte die anderen mit kundigem Blick hinter einer Gartenlaube, robbte danach durch Blumenrabatten und versuchte, ihre Augen überall zu haben. Ein Fenster zu einem der Baderäume des Meisters stand offen, und wenige Sekunden später war Jendra hindurchgestiegen und kauerte sich in eine Ecke zwischen einer Marmorwanne und einer schweren weißen Holztür.

Sie streckte die Hand nach der Klinke aus und drückte sie herab. Zog die Tür einen winzigen Spalt auf und horchte in den Korridor.

Sie fuhr zusammen, als ein schmiedeeiserner Klopfer an der Eingangstür durch das gesamte Haus dröhnte.

Jendra hörte Stimmen, ein aufgelöster Hausdiener rief nach seinem Herrn, und dann lauschte sie einem Dialog zwischen zwei Männern.

»Meister Wohlleib! Lucas, ist alles in Ordnung?«

»Ja. So weit«, antwortete die zweite, deutlich leisere Stimme. Jendra erkannte den ersten Sprecher sofort: Es war der Großgildenmeister Erdhand persönlich, wer kannte dessen Stimme nicht? Sie wagte einen kurzen Blick, konnte jedoch nur einen weißen, von Stuckarbeiten verzierten Korridor erblicken. Die Eingangshalle, in der die Unterhaltung stattfand, lag offenbar an dessen Ende, doch dorthinzuschleichen war selbst für sie zu gewagt. Schatten ließen sich am besten in Dunkelheit wirken, am helllichten Tag war eine Schattenwolke in etwa so verräterisch wie ein Schild um ihren Hals, auf dem »diebisches Straßenkind« stand.

»Ich habe von ihren Plänen gehört«, sagte Erdhand nun.

»Ja«, erwiderte Wohlleib einsilbig und so leise, dass sie es kaum hören konnte.

»Ich habe mit Gouverneur Tranquil persönlich gesprochen, Lucas. Ich habe ihm gesagt, dass es lächerlich ist. Dass wir erst über ihre neuen Forderungen nachdenken, wenn sie ihre Soldaten aus den Meistervierteln abziehen. Was ist denn das für eine Drohgebärde?«

Keine Antwort von Wohlleib.

»Nun, nun. Du siehst ja schrecklich aus. Setzt dir der Gedanke so zu oder die Soldaten?«

»Alles. Die ganze Situation. Ich weiß nicht ... ich weiß nicht, ob ich nicht vielleicht lieber mit den anderen an die Front gegangen wäre. Uns zu manufakturieren ... Das ... das ist ...«

»Davon kann ja noch gar keine Rede ...«, begann Erdhand, doch Wohlleib fiel ihm ins Wort.

»Wenn die Altmeister davon wüssten, sie würden sich im Grabe umdrehen!«

»Der Gouverneur hat mir versichert, dass sie keinen Meister zwingen werden. Vor Meistern ... haben sie immer noch

Respekt. Und das sollen sie jetzt erst mal dadurch zeigen, dass sie ihre Soldaten hier abziehen. Dann nimmst du heute Abend deinen vorzüglichen Schlaftrunk, schläfst einmal drüber, und morgen sieht alles schon ganz anders aus.«

»Sie werden die Halbmeister zwingen. Und die Gesellen. Und wie immer jede Menge Tagelöhner. Die sich dann zugrunde richten lassen.«

Erdhand erwiderte nichts – das Schweigen wurde unbehaglich. Selbst Jendra hielt die Luft an. Manufakturieren? Die Heilkünste? Mit Hilfe der Gesellen, die ohnehin nur mindere Zeichen beherrschten, und der Halbmeister, denen es zwar gestattet war, einen Betrieb zu gründen, die aber kein Zeichen gemeistert hatten?

»Die Zustände sind besser geworden«, wandte der Großgildenmeister ein. »Dabei handelte es sich um ... Anfangsschwierigkeiten. Als die ... die Manufakturen noch in den Kinderschuhen steckten. So etwas ist normal. Das ist den Handwerkstraditionen nicht anders gegangen.«

»Steht Ihr also dahinter, Zachari?«, murmelte der Meisterheiler. »Ist das Fortschritt? Dass Leuten die Augen verwelkt sind? Die Hände? Ist das die Zukunft?

»Sei nicht albern. Wir müssen geduldig sein und uns arrangieren.«

Jendra platzte beinahe vor Wut. Arrangieren – womit? Einem fetten Bestechungsgeld? Einer aquinzischen Leibrente so üppig wie der Zierrat, den Erdhand an seinen Amtsinsignien – den viel zu überladenen Schärpen, dem langen, klimpernden Zunftohrring und dem hohen Hut – mit sich herumtrug? Arrangierte er sich mit einer Audienz beim Kaiser, bei der Erdhand Yulian vielleicht den kaiserlichen Pisspott halten durfte? Sie presste die Lippen zusammen. Wenn sie Ignaz davon erzählte, würde dieser kalte Blick in seine Augen kriechen, und dann würde er auf Rache sinnen. Sie lächelte grimmig. Der Heiler würde ihm die ganze Geschichte erzählen können, sobald sie ihn mit gezücktem Messer zu Simeon getrieben hatten.

»Der Gouverneur hat mir zugebilligt: Die Soldaten werden aus den Meistervierteln abgezogen. Dann haben wir wieder Luft zum Atmen. Ich habe Tranquil auf Treu und Glauben versichert, dass er von den Meistern nichts zu fürchten hat. Dass sie keine Überwachung benötigen.«

»Werden ... werden auch ... *die anderen* wieder gehen?«, raunte Wohlleib, kaum hörbar.

»Welche anderen?«

Wohlleib zögerte. Verdammt, außerdem sprach er so leise ... Jendra kroch durch den Türspalt und schob sich, mit dem Rücken zur weißen Wand, näher – Schritt für Schritt für Schritt auf ihren nackten Füßen.

»Die Geheimpolizei«, wisperte Wohlleib, und es trug nur knapp zu Jendras Ohren hinüber, in deren angespanntem Körper die Fluchtimpulse bebten.

»Was? Die Ge... Warum sind sie hier?«, flüsterte nun auch Erdhand. Vor Jendra öffnete sich der Korridor zu einer hohen Eingangshalle, in der eine Treppe zu einer offenen Galerie im zweiten Stock führte. Jendra konnte gerade eben die Treppe und eine weitere Tür im Auge behalten. Die beiden Männer waren ihr immer noch verborgen, aber einen weiteren Schritt näher konnte sie sich nicht wagen, denn die Halle war bis auf einen breiten dunkelgrünen Läufer und einige üppig gefüllte Standvasen leer.

*Dass es Leute gibt, die so leben*, dachte sie bei sich, mehr verwundert als wütend.

»Sie ... sie sollen für meine Sicherheit garantieren. Der Rote glaubt, dass ich in Gefahr schwebe. Genau wie Meisterin Salvia und Familie Sanguin.«

Erdhand atmete pfeifend aus. »Davon wusste ich nichts. Sind sie im Haus?«

»Ja. Sie sind inkognito. Bedienstete.« Seine Stimme war kaum hörbar. »Sie beobachten mich. Einer von ihnen war in meinem Schlafgemach, als ich schlief, Zachari!«

Der Großgildenmeister seufzte. »Das ist ja schrecklich! Ignaz

Eicks war immer schon ein Unruhestifter, doch dass er es so weit treiben würde, dass unbescholtene Bürger nicht mehr ruhig schlafen!« Er lachte gespielt. »Auch das geht vorüber, Lucas.«

»Salvia, die Sanguins und ich … Ich kann eins und eins zusammenzählen, Zachari. Sie brauchen einen Heiler, der die Zeichen kennt, die Krankheiten bannen.«

Keine Antwort.

»Ich hoffe …«

»Still, mein Freund. Zu viele Ohren. Ich werde jetzt gehen.« Erdhand schien es plötzlich eilig zu haben. »Die Soldaten werden abgezogen. Wir sehen uns. Bald, hoffe ich.«

»Nicht zu bald«, sagte Wohlleib, nun lauter. »Du kennst doch das Sprichwort: Keinen Freund will man seltener sehen als seinen Heiler.«

Eine schwere Tür schlug zu, Jendra hörte Wohlleib seufzen – und dann trat die Gestalt eines Mannes in der Kleidung eines Dienstboten auf die Empore, lehnte sich mit mildem Interesse ans Geländer und sah herab. Jendra gefror in ihrer kauernden Haltung im Korridor – es war dunkler dort als in der Eingangshalle, doch nicht so dunkel, dass ein plötzlich wie Rauch aufwabernder Schatten nicht bemerkt werden würde.

Der Mann trug das Hemd und Wams eines Dieners, dazu Kniehosen mit leichten Schuhen, doch die Art und Weise, wie er Wohlleib unverschämt von der Empore aus ansah, ohne ein Wort zu sagen, die Art und Weise, wie er die Arme auf das Geländer stützte, verrieten Jendra, dass er kein Diener war. Sie hielt die Luft an und versuchte, sich mit quälend langsamen Bewegungen zurückzuziehen, bevor er auf sie aufmerksam würde.

Dann trat Wohlleib in ihr Sichtfeld – viel zu nah durchquerte er die Halle auf dem Weg zu einer der Türen, die von dieser abgingen. »Ich werde in mein Studierzimmer gehen«, teilte er dem Agenten ungnädig mit, doch dann wandte er den Blick zur Seite und sah sie. Er verhielt in seinem Schritt. Er starrte sie an.

Sein Mund öffnete sich, doch kein Laut kam heraus, und sie las in seinen Augen, wie er abzuwägen versuchte, wer schlimmer war: der Geheimpolizist oberhalb der Treppe oder das Mädchen in ärmlichen Kleidern im Korridor, der zu seinem Badezimmer führte.

Sein Zögern war Entscheidung genug. Der Geheimpolizist stieß ein Knurren aus und hechtete zur Treppe, Jendra entlud endlich die Spannung in ihren Muskeln und sprang in langen Sätzen zurück in den Flur. Einen bloßen Wimpernschlag später schlug sie die schwere weiße Tür des Bads hinter sich zu, verriegelte sie und warf sich bäuchlings durchs Fenster. Im Garten rollte sie sich ab, ein Alarmschrei folgte ihr, gedämpft durch die Tür, doch immer noch in der ganzen, so großzügig offenen, vermaledeiten Villa widerhallend. Sie rannte, machte dabei eine Geste mit allen fünf Fingern, als wolle sie böse Geister abwehren, in die Richtung, in der Neigel, Ignaz und Ismayl auf der Lauer lagen. *Eine Falle. Haut ab.*

Sie selbst rannte nach vorn, sprang durch Blumenbeete, hechtete zwischen alten Goldkiefern hindurch, mit denen die Meister ihre felsigen Vorgärten schmückten – und brach durch eine Hecke zur Straße, die nur unter schmerzhaftem Protest zuließ, dass sie sich hindurchzwängte. Stöhnend und zerkratzt kam sie auf der anderen Seite an – und prallte hart in eine beleibte Person, die zwei mit Silber behängte Schärpen und einen spitzen Hut trug. Der Großgildenmeister schrie, als sie wie ein knochiges Geschoss gegen ihn prallte. Die vier spitznasigen Beamten, die ihn begleiteten, nannten keine tauglichen Reflexe ihr Eigen, und so war Jendra weiter, bevor die Männer sich vom Schreck erholt hatten. In ihrer aufgeschürften Faust schien die Plakette zu pulsieren, die sie von der Schärpe des Großgildenmeisters abgerissen hatte. Aus Versehen natürlich – aber wer wäre sie, das Beutestück loszulassen?

»Eine Diebin!«, schrie der Großgildenmeister sogleich. Es musste einer seiner Lieblingsorden sein, dass er das Fehlen sofort bemerkte. Jendra setzte über eine Mauer und wieder hinein in den Privatweinberg des Winzermeisters – Ignaz, Ismayl und Neigel mussten eben einen beschwerlicheren Weg nehmen, um ihren Verfolgern nicht in die Quere zu kommen! Sie schlitterte den Hang hinab. Selbst, wenn diese Spürhunde des Roten Rufins ihr hier hinab folgen konnten: Sie hatte doch nur den Großgildenmeister bestohlen! Nichts sonst im Sinn gehabt! Und bevor man sie zu einem Leben als Einhand-Jendra verurteilen würde, hatte Dawyd noch reichlich Zeit, sie erneut zu retten.

Sie platschte durch einen kleinen Bachlauf und in eine Rinne, die einen aufragenden Felsbrocken umfasste, um das Wasser zum nächsten Nachbarn zu leiten. Ein Fliegengewicht wie sie konnte auch die Rinnen und Rohre erklimmen, mit denen die Bäche umgeleitet wurden. Am Ende angekommen, floss der Bach erst in einen Zierteich und dann durch eine Mauer, um auf der anderen Seite überbaut durchs Bakkalauviertel zu führen.

Jendra lief am Teich entlang, hörte hinter sich einen alarmierten Schrei und warf sich schnell in das steinerne Rohr. Kalt schlug das Wasser um sie herum zusammen. Sie holte ein letztes Mal Luft und hoffte dann, dass der Bach sie in breitere Kanäle bringen würde, bevor ihr die Luft ausging.

Sie schlitterte schmerzhaft bergab durch die Eingeweide des Bakkalauviertels, um sich herum schleimige Wände aus Stein. Das silberne Abzeichen immer noch zwischen ihren Fingern. Oberhalb der eisigen Fluten eine Handbreit Luft, doch ihr Kopf meist im Wasser. Panik. Das Gefühl zu ertrinken. Dann ein plötzliches Absacken. Sie überschlug sich, ein Aufprall in seichtem Wasser folgte. Jendra stöhnte, alles schmerzte, doch am meisten beschwerte sich ihr Hinterteil über die Landung. Sie befand sich in einem Sammelbecken, in dem sich mehrere Bäche und auch Abflussrohre vereinten. Durch ein Regenrohr von oben drang Licht, doch es war zu schmal, um hinaufzuklettern. Das Schäumen und Rauschen des Wassers übertönte ihr Stöhnen und auch den Laut des Ekels, als sie den Unrat und die Exkremente der wohlgenährten Meister in dem kleinen Teich um sie herum sah.

»Das waren meine besten Kleider!«, murrte sie, stand auf und tröstete sich allein mit der silbernen Ansteckbrosche in ihrer Hand. Von hier aus würde sie zurückfinden.

»Wir müssen trotzdem hinein!«, beharrte Ismayl. Ignaz sah den jungen Dichter an. Sie lagen immer noch unter den dichten Kaskaden einer unmöglich scheinenden Blütenpflanze und drückten sich ins Gras.

»Du hast den Kerl gesehen, der Jendra gefolgt ist. Das war kein einfacher Diener. Das hier ist eine Falle.«

»Unsinn! Sie hat sich von einem Diener erwischen lassen! Das ist alles. Sie werden nicht damit rechnen, dass noch mehr hier sind, wir sollten jetzt nutzen, dass sie alle abgelenkt sind ...«

»Ismayl. Es ist eine Falle«, sagte Ignaz, doch er hielt es nicht für ausgeschlossen, dass Ismayl trotzdem loslaufen und ihnen allen beweisen würde, dass Ignaz recht hatte. Er packte den Burschen am Arm.

»Geh da rein, und ich garantiere dir, heute sterben zwei Dichter.«

Ismayl verzog das Gesicht, als wollte er in Tränen ausbrechen.

»Ich muss ...«

Ignaz verstärkte seinen Griff. »Dadurch gewinnen wir nichts! Wir verlieren nur – und weshalb? Damit du dir sagen kannst: ›Ich hab's aber versucht?‹ Wir *haben* es versucht, Ismayl! Wir haben es versucht und haben es nicht geschafft. Wir brechen jetzt ab.«

Ismayl ließ seinen Kopf auf den Boden fallen, Stirn und Gesicht im Gras. Seine Schultern zuckten. Ignaz ließ seinen Arm nicht los.

»Wenn du dadrin gefangen genommen wirst, Ismayl – du gefährdest nicht nur dich, du gefährdest uns alle! Du weißt zu viel!«

Ismayl zuckte wütend mit den Schultern und blieb liegen.

Kilianna war noch nie auf dem Hopfplatz gewesen. Der Ort war in ihren Kreisen ein wenig verpönt, denn er lag umfasst von den vier größten Brauereien der Stadt, und auf dem Platz in deren Mitte wurde immer gesoffen. Tags, nachts, an Feier- und Werktagen. Hier trafen sich notorische Säufern und Menschen, die sich nur ausnahmsweise amüsieren wollten. Seit der Besatzung saßen vornehmlich Blauröcke in Uniform, die Dienstschluss hatten, an den langen Holztischen. Sie blieben in Grüppchen unter sich, und an anderen Tischen versammelten sich die Stammgäste, die immer schon auf den von zahllosen Hosenböden blankpolierten Bänken gesessen hatten. Allesamt ließen sich das Dunkle, das Rote, das Helle und Trübe, das Ober- oder Untergärige und vielleicht sogar einen der Weißweine schmecken.

Kilianna trug ihr dunkles Haar in einem Zopf um den Kopf gesteckt, darüber eine kleine Haube. Sie hielt einen Korb in der Hand, in den sie ein wenig Gemüse gelegt hatte, damit wirklich niemand einen anderen Verdacht hegte als den, dass eine Bürgerstochter vom Markt kam und dabei einen Schlenker über den Hopfplatz unternahm.

»Los, los!«, ertönte ein Schrei, kaum dass die erste Glocke der zahlreichen Uhrentürme über der Stadt den Mittag ankündigte. »Aus dem Weg mit den Bänken! Tradition ist Tradition!«

Es saßen vielleicht vier Dutzend Männer an Tischen, und sie erhoben sich – manche schon schwerfällig, andere eher gemütlich, während die Blauröcke richtig erpicht darauf schienen, Tische und Bänke an die Fachwerkfassaden der Brauhäuser zu rücken.

»Tradition ist Tradition!«, echoten einige, vornehmlich die Soldaten, die nun wirklich keine Ahnung von Sygnaer Traditionen hatten. Jetzt trat ein Wirt oder vielleicht auch Brauer aus einem der Häuser und klatschte in die Hände.

»Liebe Bürger von Sygna!« Der verschwitzte Kerl mit der Halbglatze warf einen raschen Blick zu den Blauröcken hinüber. »Am letzten Augtag hat das Haus Urquell den Tanz ausgerichtet, und siehe da! Alle Damen nahmen Reißaus, und Herren mussten mit Herren tanzen. Etwas anderes hatte keiner erwartet, der die Urquells kennt, denn sie sparen an allem, am liebsten an Musikern und Freibier.« Alle Umstehenden lachten, und die Trinker, die noch vor der Brauerei Urquell standen, sahen unbehaglich in ihre Zinnhumpen. »Deshalb freut euch, denn den heutigen Augtag-Tanz richte ich aus, Meister Broddem, und mein Bier ist das beste am Platz: das Broddemsteiner Alte! Kommt alle rüber, zuallererst gibt es nun eine Runde Freibier für die Herren.« Er verneigte sich in die Richtung einer runden Matrone, die verstohlen im Schatten des Gebäudes an einem Bier nippte. »Für die Damen wird es Wein geben, denn wir wissen alle, dass Frauen von Wein besser tanzen können!« Er lachte schallend, und seine Gäste fielen ein. »Außerdem habe ich die besten Musiker hergeholt, die besten, liebe Freunde! Möge der Augtag-Tanz beginnen – und der bessere Wirt das bessere Bier ausschenken!«

Jubel von den Gästen, sie stellten sogar ihre Bierkrüge auf den Tischen ab, um zu klatschen. Aus dem Brauhaus kamen fünf Musiker stolziert, eine modisch-abgerissen aussehende Bande mit Fiedeln, einer Harfe, einer Trommel und diversen kleineren Instrumenten wie Maultrommeln, Mundharmonikas und Tambourins.

Kilianna blieb wie angewurzelt stehen. Hatten diese Leute keine anderen Probleme? Die Menschenmenge entlang der an die Seite geschobenen Tische und Bänke war unübersichtlich geworden, es waren zu viele Blauröcke anwesend – und nun sollte auch noch getanzt werden? Wer hatte die Schnapsidee gehabt, sie hier treffen zu wollen? Warum nicht in einer finsteren Gasse, in ihrem verlassenen Verschwörerhaus oder auf dem Markt zwischen zwei Ständen?

*Schönauge*, dachte sie brodelnd. *Wenn es eine Masche ist, um mit mir zu tanzen, dann werde ich ...* Sie ließ ihren Blick wandern, die Soldaten bewirkten, dass ihr unbehaglich zumute wurde. *Ich weiß nicht, was ich dann tun werde.*

Ismayl Schönauge. Seine Gesellenprüfung war von manchen bereits als Meisterstück bezeichnet worden. Er hatte aus den ältesten Erzählungsfragmenten der Stadt einen Vortrag gezimmert, der eine völlig neue Sicht auf das Schöpferepos von Sygna – oder Sygnakus, wie es in seinen Anfangstagen geheißen hatte – geworfen hatte. Ratsherren, Meistern, Dichtern, Sängern und selbst ihrem Vater als Großgildenmeister hatten die Tränen in den Augen gestanden, als Ismayl geendet hatte. Die Geschichte der Urzeichen war zutiefst emotional beladen. Kilianna fand, Ismayl hatte versucht, sich als genialen Chronisten, wortgewandten Erzähler und darüber hinaus als brillanten Querdenker darzustellen. Ihr war es damals etwas zu übertrieben, zu hochtrabend und ambitioniert erschienen ...

Sie hatte ihm applaudiert, natürlich – doch besonders gefallen hatte ihr der Vortrag nicht. Während er vor Stolz strahlte, war Ismayls Blick durch die Zunfthalle gewandert – und an ihr hängen geblieben. Sie hatte höflich gelächelt, doch sein Gesicht war erstarrt, als könne er ihre Gedanken lesen und sei schockiert davon, was er dort entdeckte.

*Vielleicht kann er das tatsächlich. Verdammte Dichter!* Tausend Mal hatten ihm danach ältere und gewichtigere Männer auf die Schulter geklopft. Sein neugeschaffenes Epos wurde in gewissen Kreisen zum Stadtgespräch. Die Buchdrucker rissen sich um die Schriftform. Doch Ismayl hatte ihr einen Brief geschrieben. Ob sie Verbesserungsvorschläge für seinen Text habe – er sei auf ihr Urteil gespannter als auf das aller anderen Menschen. Natürlich. Sie war ja auch die Einzige bei dem Vortrag gewesen, die nicht über fünfzig und bärtig gewesen war. Als an Dichtkunst interessierter Tochter des Großgildenmeisters hatte sie Zugang zu den Vorträgen gehabt, die für alle anderen hinter verschlossenen Türen stattfanden.

Sie hatte ihm nicht geantwortet. Auf diesen Brief nicht und

auch auf die drei anderen nicht. Sie konnte nicht genau sagen, warum, aber sie mochte ihn einfach nicht, und je begieriger er versuchte, ihre Aufmerksamkeit zu erringen, desto weniger wollte sie ihn beachten. Selbst bei einem Feiertag der Dichterzunft, den sie mit ihrem Vater besucht hatte, hatte sie sich größte Mühe gegeben, sich den ganzen Abend von ihm fernzuhalten.

Nur bei diesem einen Tanz, einem Kreistanz, bei dem die Partner wechselten, hatte sie ihm plötzlich gegenübergestanden. Sie hatte den vorgeschriebenen Knicks vollführt, er hatte die vorgeschriebenen drei Mal geklatscht und vermutlich mehr in diesem flüchtigen Tanz gesehen, als sie ihn hatte sehen lassen wollen … Es lag nicht daran, dass er wahrlich keine Schönheit war, zumindest redete sie sich das ein. Bei einem Mann würde ihr der Verstand wichtiger sein als das Aussehen, das hatte sie sich geschworen – aber umgekehrt las sie in seinen Augen, dass sie selbst schön war und die Tochter des einflussreichsten Mannes der Stadt. Sie glaubte ihm nicht, dass er gespannt auf ihre Gedanken und Kommentare zu seinem Epos war: Er wollte nur ein Herz erobern und sich und aller Welt zeigen, *wie gut* er tatsächlich mit seinen Dichterworten war.

Als hätten ihre Erinnerungen an den Tanz es heraufbeschworen, begannen die Musiker mit einem wohlbekannten Tanzstück. Kilianna sah wie ertappt zu ihnen hin – die ersten Herren, einer noch mit einem Zinnhumpen in der Hand, traten auf die Tanzfläche und klatschten drei Mal auffordernd. Sie schüttelte leicht den Kopf, musterte jedes Gesicht, das sie sehen konnte, und erkannte doch keines davon. Augtag. Hopfplatz. Mittag. Das durfte doch nicht wahr sein.

Eine Hand ergriff ihre, eine zweite nahm ihr den Korb ab und stellte ihn zu Boden, eine Stimme mit unverkennbar aquinzischem Dialekt rief: »Und ein Glas Wein für das Mädchen, Broddem!« Ein Kerl zog sie in die Mitte des freigeräumten Platzes.

Sie presste die Lippen zusammen und musterte ihren Tanzpartner: Er war ein aquinzischer Soldat. Wenn das eine Tarnung war, war es eine sehr gute. Dennoch wartete sie ab, ließ zu, dass der Kerl nun ihren Arm packte und die zwei kleinen Zickzacksprünge im Rhythmus von Trommel und Fiedel mit ihr vollführte. Der Mann hatte die blaue Jacke ebenso wie die Mütze ausgezogen, doch er trug noch unverkennbar die weiße Hose und schwarzen Stiefel der Blauröcke.

Er hob die Brauen, als er ihren Blick bemerkte. Sie versuchte, ihre Wut zu mäßigen, und schenkte ihm ein falsches Lächeln. Er übergab sie Sekunden später an einen weiteren Soldaten. Sie hielt das Lächeln aufrecht und knickste, doch innerlich war sie bereit zu morden.

Die abgerissenen Musiker gaben ihr Bestes, und tatsächlich übertraf ihre Musik ihr Äußeres bei Weitem. Die Matrone stürzte sich ebenfalls in die Mitte des Platzes, die Mägde des Brauhauses und eine bereits angetrunkene Frau vervollständigten den Reigen fürs Erste.

Der Sänger begann, heiser zu singen. Er verschliff fast alle Endungen, und seine Art, wohlbekannte Lieder vorzubringen, als wäre er ein Stadtstreicher mit einer besonders schönen Stimme unter all dem Alkohol, sorgte für anerkennendes Lachen ringsum.

Ein Knicks, drei Mal klatschen, die nächsten Schritte – vor, dann eine Wende und drei Schritte rückwärts am Arm des Soldaten, zwei Hopser im Zickzack, dann wechselte sie erneut den Partner. Es war ein junger Bursche mit rötlich-braunem Haar, das sie sofort als gefärbt identifizierte. Auf dem Schopf saß ein Barett aus fester Wolle. Der Kragen eines abgetragenen, aber nichtsdestotrotz eleganten Mantels mit langen Mantelschößen war in nonchalanter Nichtachtung modischer Prinzipien hochgeklappt. Der Kerl grinste sie an, auch sein kurzer, eigentlich ungepflegter Bart schien ihr erzählen zu wollen, dass er sich nicht an Konventionen hielt und trotzdem sein Bestes tat, um gut dabei auszusehen.

Sie sah sich hektisch um, als er drei Mal klatschte, und verpasste sogar den Knicks.

Es war der Goldfechter, dessen Gesicht einem an jedem dicken Baum entgegengrinste. Barett, gefärbte Haare und Kragen hin oder her – man musste ihn doch erkennen! Er nahm ihren Arm, zog sie enger an seine Seite, drei Schritte vor, dann die Wende, drei Schritte rückwärts. Das Pärchen hinter ihnen, oder nun vor ihnen, verpasste den Einsatz und kicherte.

»Bist du der, den sie suchen?«, flüsterte sie bei der nächsten Wende. Er zuckte mit den Schultern. Zwei Sprünge im Zickzack.

»Solange sie nicht mal die Tochter des Großgildenmeisters erkennen, sind sie offenbar betrunken genug«, gab er zurück, zwinkerte, entließ sie mit der charmantesten Geste seines Arms und griff nach der zierlichen Hand der umfangreichen Matrone.

Kilianna sah ihm nach und verpasste schon wieder den Knicks – also war *er* ihr Kontaktmann? Sie verstand nicht, was sie auf diesem Tanz suchten.

Die Musik verklang, die Gruppe Tanzender löste sich in lachende Grüppchen auf. Sie wollte zum berüchtigten Goldfechter hinübergehen, doch er wandte ihr rasch den Rücken zu, nahm ein Freibier von einem Tablett und grölte einen Trinkspruch auf den Wirt mit. Die Musiker zückten sofort wieder ihre Trommelstöcke und Fiedelbögen und begannen das nächste Lied. Ein Kreistanz, die Frauen innen, die Männer außen. Kilianna versuchte, sich so gut es eben ging an die Schritte zu erinnern. Sie waren auf jeden Fall simpel genug, dass sie die, die ihr nicht wieder einfallen wollten, nachahmen konnte. Auch hierbei landete sie in den kurzen Paarrunden an den Händen des Fechters.

»Gestatten? Dawyd Iackmar«, raunte er ihr zu. »Ich hörte, Ihr habt Informationen, die gemeinsamen Freunden nicht unwichtig sind.«

Sie sah zu ihm auf, er war einen halben Kopf größer als sie, und seine Augen waren sicherlich die Hölle für romantisch veranlagte junge Damen: tief und dunkel und voll unterdrückten

Gelächters. Sie war nicht romantisch veranlagt, und ihr beschleunigter Herzschlag war dem Tanz geschuldet.

»Vielleicht finden wir eine ruhigere Ecke?«

»Ein Kerl wie ich und ein Mädchen wie du? Ich denke, unseren Eltern wäre es lieber, wenn wir nach dem Tanz getrennte Wege gingen!«, sagte er mit gespielter Entrüstung.

»Meine Eltern sind nicht hier.«

»Meine auch nicht.«

»Also ... du willst, dass ich dir sage, was ich weiß ... während des Tanzens?«, knurrte sie und trat ihm versehentlich auf den Fuß. Er hob sie in der Taille hoch und stellte sie wieder im Inneren des Kreises ab, gerade als die Hände der Matrone und einer Magd sich ausstreckten, um die ihren zu ergreifen und sie wieder in den Kreistanz zu ziehen. Er warf ihr noch ein Grinsen zu. »Das muss wohl warten!«, sagte er.

Sie schüttelte entrüstet den Kopf. War das ein Spiel? Wenn irgendwer noch schlimmer war als Ismayl Schönauge, dann dieser Kerl!

Nachdem die Musiker eine kurze Pause für ein Bier oder in Kiliannas Falle einen Wein gemacht hatten, hatte Dawyd sich einen Tanz lang zu drei jungen Soldaten gestellt, laut gelacht und Kilianna nicht beachtet. Und auch den nächsten Tanz ließ Dawyd aus. Der vierte Tanz war endlich ein Paartanz.

Dawyd beeilte sich, aus dem Nichts aufzutauchen, bevor einer der Soldaten sich vor ihr verbeugen konnte. Mittlerweile wimmelte es auf dem Platz von Tanzenden. Die Stimmung war trotz der vorangegangenen sorgenvollen Tage so gut, dass Neugierige vom Markt kamen und direkt eingefangen wurden.

Dawyd sah aus seiner Verbeugung zu ihr auf und sagte: »Diese Gelegenheit kann ich mir nicht entgehen lassen, Fräulein. Und Ihr sicher auch nicht.« Sie sah ihn an, als sei er ein Hundehäufchen, in das sie gerade noch vermieden hatte hineinzutreten. Er lächelte aufmunternd – vornehmlich galt das Lächeln ihm selbst, unter einem solchen Blick benötigte er wahrlich Aufmunterung! Sie gab ihm die Hand, er nahm sie und legte den Arm um sie, um sie zur Tanzfläche herumzuschwingen. Sie zischte wütend.

»Aber was denn?«, fragte er. »Wir tanzen doch nur!«

Die Musik begann rasch, und sie bemühten sich, ihr zu folgen. Es war ein schneller Tanz aus den Perlenschnurreichen, und er war definitiv zu anspruchsvoll, um ihn zu tanzen, wenn man angetrunken war und sich unterhalten wollte. Dawyd gab sein Bestes und lachte, wenn sie ihm auf die Füße trat, obwohl ihre Blicke ihn töten wollten.

»Wir könnten diesen Tanz auslassen und uns unterhalten!«, zischte sie.

»Unter der Nase so vieler Soldaten? Das wäre doch viel zu auffällig!«, winkte er ab und drehte sie unter seinem Arm hindurch und wieder zurück. Sie landete fest an seiner Brust, und kurz spürte er alle möglichen Details ihres Körpers. Das Bier oder ihre Nähe ließen ihm Hitze in den Kopf steigen.

»Nun«, sagte er, als seine Füße sich an den Tanz zu gewöhnen schienen. »Neues aus der Tiefe?«

»Mehr Fragen als Antworten«, gab sie verbissen zurück.

»Oh ja. Die habe ich auch«, nickte er. Sie sah ihn ungnädig an, als hielte sie ihn für das dümmste Geschöpf innerhalb der Mauern der Stadt, und er gab sich große Mühe, sie nicht belämmert anzugrinsen. Sie hatte alles daran gesetzt, wie ein graues Hausmäuschen zu wirken, aber selbst das spitzenbesetzte Häubchen konnte nicht verhehlen, dass der Großgildenmeister sich die hübscheste Tochter für zuletzt aufgespart hatte. Er grinste sie nun doch belämmert an und trat auf ihren Fuß. Sie zischte schmerzerfüllt auf, und Dawyd sog betroffen die Luft ein.

»Ich sollte sie bestechen, damit sie etwas spielen, bei dem wir kuscheln können«, sagte Dawyd, und sie schob sich so weit von ihm fort, wie es die Tanzschritte erlaubten. »Zum Reden, meine ich. Um zu reden, wird das – autsch – besser funktionieren!«

»Sitzt du … sitzt du nachts auch bei anderen Damen auf den Dächern, um solch alberne Verabredungen einzufädeln?«, schloss sie erbost, als der Paartanz endete.

»Das war ich nicht!«, sagte er schulterzuckend, zog das Barett in die Stirn und ging zu den Musikern herüber, während die Mägde, verschwitzt vom Tanz, die nächste Runde Bier zwischen den Tanzenden und den Gaffern verteilten. Der eine oder andere zog die Mägde näher an sich heran und raunte ihnen ein Kompliment zu. Dawyd sah stirnrunzelnd zu. So nah sollte Kilianna bloß keiner von dieser ungewaschenen Bande kommen!

Als hätten seine Gedanken ihn beschworen, verbeugte sich auf einmal ein bereits rotnasiger junger Kerl vor ihr, ein Soldat, der vielleicht so alt war wie sie, der angesichts ihrer blassen Arroganz jedoch drei Leben jünger wirkte. Kilianna sah ihn mit all der Herablassung an, die vermutlich Dawyd hatte gelten sollen.

Keinesfalls würde Dawyd dulden, dass diese Geisteshaltung einen Unschuldigen traf! Er schob rasch eine Münze in die Hand des Sängers und murmelte ihm seinen Wunsch zu. Der Sänger ließ die Münze kurz über seine Finger tanzen, dann nickte er, zwinkerte ihm zu und steckte sie ein. Dawyd hechtete zu Kilianna hinüber. Er durfte keine Aufmerksamkeit auf sich ziehen – wenn er nun aber diesen Soldaten verprellte, zöge das vielleicht mehr als nur einen flüchtigen Blick auf sein Gesicht nach sich.

Andererseits war dieser Steckbrief, der in der Stadt aushing, nur leidlich präzise. Ignaz' grimmige Miene bildete er viel besser ab. Dawyd hatte auf dem Hinweg einen Test gewagt – er hatte einen dieser Steckbriefe lange angestarrt und dann eine Passantin gefragt, ob er nun Angst haben müsse, da der Kerl auf dem Steckbrief ihm doch so ähnlich sehe. Sie hatte mit zusammengekniffenen Augen zwischen ihm und der Zeichnung hin und her gesehen und dann geurteilt: »Das ist doch ein Allerweltsgesicht, das könnte jeder junge Kerl sein.«

Trotzdem hatte Kilianna natürlich völlig recht: Was war in Jendra gefahren, dass sie eine Informationsübergabe beim Tanz auf dem Hopfplatz vereinbart hatte? Natürlich hatte das Mädchen Ismayl schicken wollen, von dem noch keine Beschreibung kursierte: Offenbar hatte man nach dem Zwischenfall im Sandhaus noch niemanden gefunden, der irgendetwas über den Dichter hatte sagen können. Doch die Zahl der besser geeigneten Orte und Zeitpunkte in der Stadt ging sicherlich in die Tausende.

Dawyds Dilemma, keine Aufmerksamkeit erregen zu wollen und dennoch diesen Tanz mit Kilianna tanzen zu müssen, löste das Mädchen einfach selbst. Sie stutzte den forschen Soldaten, der sie um den Tanz gebeten hatte, zurecht. Der Abgewiesene wandte sich mit sauertöpfischer Miene ab und wurde von grölenden Kameraden empfangen, die sich nicht zu schade waren, ihm wieder und wieder zu versichern, dass sie es ihm ja vorher gesagt hatten. Dawyd kam vor Kilianna zum Stehen. Sie war keineswegs all ihre Herablassung an den Soldaten losgeworden. Sie schenkte ihm wieder einen unnahbaren, beinahe schon angeekelten Blick.

»Was habt Ihr getan?«, fragte sie.

»Die Musiker bestochen.«

»Und nun wollt Ihr …«

»Mit Euch tanzen, Fräulein Erdhand.«

»Sucht euch ein Mädchen, Burschen, denn wir wurden gerade angehalten, etwas fürs Herz zu spielen!«, rief der Sänger über die Menge der Feiernden. Kilianna zog eine Augenbraue hoch.

»Etwas fürs Herz? Wirklich? Ist es nicht zu auffällig, wenn man uns miteinander sieht?«

»Wir sind beide inkognito. Ein Mädchen und ein junger Mann, die beide ein bisschen zu viel getrunken und sich dabei ein bisschen zu tief in die Augen geschaut haben. So etwas geschieht doch so häufig, dass wir keinen zweiten Blick wert sind.«

»Ich finde auch, dass so etwas keinen zweiten Blick wert ist«, knurrte Kilianna, als die Musik mit jaulender Fiedel begann und Dawyd beide Hände auf ihre Hüfte legte. »Aber andere Menschen scheinen das anders zu sehen.« Sie wies mit dem Kinn auf die Matrone, die mit schmachtendem Blick zur ihnen hinübersah, während ein dürrer langer Kerl sich steif vor ihr verbeugte.

»Leg schon deine Arme um mich«, murmelte Dawyd. »Du bist nicht besonders überzeugend.«

»Ach, jetzt sind wir beim Du?«, fragte sie spitz.

»Wir sind bereits die ganze Zeit beim Du. Alles andere war nur Schein. Wir sind schließlich Verbündete.«

Sie legte seufzend die Arme um seinen Hals, sie taten die auch in diesem Tanz vorgeschriebenen, jedoch sehr langsamen Schritte nach links, dann die wippende Bewegung auf die Zehenballen, dann die Schritte nach rechts. Es war ein alter aquinzischer Tanz – noch aus den Königstagen, die Yulian mit seinem Putsch beendet hatte. Dazu sang nun eine Frauenstimme ein Lied über einen Soldatenjungen, der nicht zu seiner Liebsten zurückkehrte. Es hatte einen faden Beigeschmack, nachdem so viele Sygnaer in die Armee gezwungen worden waren.

»Sanft fällt der Schnee. Der Schnee, der deine Spuren, der deine Heimkehr meinem Blick verhüllt ...«

»Wer hätte gedacht, dass wir mal von gefühlsduseligen Aquinzacken erobert werden«, murmelte Dawyd an Kiliannas Ohr. Sie tanzte auf grauenhaft steife Art.

»Ich werde nach diesem Tanz gehen«, antwortete sie, als sie sich erneut auf die Zehenballen erhoben. »Wenn du also hören willst, was ich weiß, dann solltest du jetzt die Ohren spitzen.«

»Ich bin ganz Ohr, Fräulein Erdhand«, grinste er. »Was treiben die da unten?«

»Hast du diesen grässlichen Ton gehört?«

Er nickte. »Oh ja«, sagte er düster.

»Ich war in der Nacht dort unten«, fuhr sie fort und legte dazu tatsächlich ihre Wange an seine Schulter. Man konnte unmöglich mit anhören, was hier gesprochen wurde, und das war ja wohl Sinn und Zweck dieses Treffens. Er grinste, als er die Wärme ihrer Berührung spürte.

»Ich auch«, sagte er. Ihr Blick ruckte zu ihm hoch, Zorn loderte wieder darin auf. »Aber ich habe nichts gesehen! Ich habe definitiv nur Fragen zu deinen … wenigen Antworten!«, beeilte er sich zu versichern, dass ihre Bemühungen, Informationen zu beschaffen, nicht umsonst gewesen waren.

Sie ließ den Kopf wieder sinken, er spürte die Berührung durch den Mantel und schluckte. Sein Herz schlug rascher, als es bei einem solchen Tanz angemessen war. Er dachte an den dumpfen Herzschlag im Berg.

»Hast du einen Herzschlag dort unten gehört?«

»Einen Herzschlag? Nein.«

»Seltsam. Ich bin wohl der Einzige, der ihn hörte.«

»Bevor der Tanz endet, Dawyd: Ein Mann des Kaisers mit gezeichneten Werkzeugen – keiner vom Militär, eher eine Art Schatzjäger oder so – steigt mit der Unterstützung vieler Soldaten in die Tiefe hinab.«

»In letzter Zeit benötigen sie für alles immer viele Soldaten – wenn die alle an der Front gewesen wären, ich frage mich, ob sie dann nicht gewonnen hätten.«

»Hör mir zu«, flüsterte sie drängend. »Vielleicht … ist dem Kaiser wichtiger, was unter Sygna ist, als das, was an der Front geschieht! Sie haben die Verkehrte Stadt geöffnet, nicht nur die oberflächlichen Gänge, die ich manchmal benutze, sondern die *Stadt.* Ich habe sie gesehen! Und dieser Mann – er sagt, dass sie menschengemacht ist! Dort gibt es wahnsinnige … vollkommen allen Gesetzen der Natur widersprechende Gebäude, und wer sie gebaut hat, muss Geheimnisse besitzen, vielleicht sogar … Zauberkraft oder so etwas.«

»Zauberkraft«, schnaubte Dawyd. »So etwas gibt es nicht.«

»Glaub mir, die Aquintianer sehen unsere Zeichen schon als solche an.«

»Weil sie sie nicht erklären können.«

»Können wir sie denn erklären?«

»Weiß ich nicht«, sagte Dawyd und erinnerte sich erneut an den dumpfen, dunklen Herzschlag, der seine Knochen hatte schwingen lassen. »Ich beherrsche ja keines und kann es nicht sagen.«

»Ich auch nicht. Diese Stadt jedenfalls – oder was ich davon gesehen habe – ist aberwitzig. Die Soldaten haben Order, weitere Eingänge zu öffnen, Wände einzuschlagen und all so etwas. Aber der Mann des Kaisers war unzufrieden und drang noch tiefer vor. Und dabei ... fand er etwas wie eine mit Glas versiegelte Höhle. Als er die Versiegelung zerstört hat, erschallte der Ton. Vielleicht ... vielleicht hat auch der Herzschlag, den du gehört hast, etwas damit zu tun. Sie ...« Kilianna hob den Kopf erneut und blickte ihn an, und er sah erstaunt, dass etwas die Arroganz in ihrem Blick abgelöst hatte: eine Erinnerung voller Angst. Er zog sie ein wenig näher, ihre Augen waren von einem hübschen Braun mit grünen Einsprengseln. Ihre helle Nase war von Sommersprossen übersät, auch wenn Puder sie zu verbergen versuchte.

Er bemühte sich, sich wieder darauf zu konzentrieren, was sie sagte. Ignaz würde nicht gerade glücklich sein, wenn er ihre Augenfarbe perfekt beschreiben, jedoch sich nur bruchstückhaft an die Informationen erinnern konnte, die sie ihm anvertraute.

»Sie öffnen da etwas, das noch tiefer in den Berg hineinreicht als die Bruchstücke der Verkehrten Stadt, die ich gesehen habe. Wer hat es versiegelt, frage ich mich? Erst mit Glas – aber dahinter sah ich Holz, und es sah nicht so aus, als würde der Mann des Kaisers sich davon abhalten lassen. Hat das etwas mit den Zeichen zu tun?«

Dawyd sah sie an, doch er nahm sie nicht wahr. Seine Gedanken waren an einem anderen Ort. Dieser Herzschlag, den er in der Tiefe gespürt hatte, und danach dieses Gefühl, endlich nachvollziehen zu können, was es bedeutete, ein Zeichen zu wirken ... Er konnte immer noch den Nachhall davon spüren, als hätte es eine Tür aufgestoßen und danach nicht wieder vollständig geschlossen, und durch den Spalt fegte nun kühle Luft.

»Und wenn du einen Herzschlag gehört hast – vielleicht ist dort *etwas.* Ein ... ein Wesen?«, flüsterte sie. »Der Grund, weshalb die Verkehrte Stadt seit Jahrhunderten versiegelt ist? Ich habe versucht, etwas in den Büchern meines Vaters darüber herauszubekommen, aber das Einzige, was immer wieder auftaucht, sind die alten Legenden vom Krummen Mann.«

»Und dessen Herzschlag kann es wohl kaum gewesen sein«, sagte Dawyd entschieden. Er würde jetzt nicht anfangen, an den Krummen Mann der Tiefe zu glauben!

»Ich denke, um mehr Antworten darauf zu finden, was dieser Mann des Kaisers sucht ... und was hinter der versiegelten Höhle liegt ... muss ich noch einmal hinunter.«

Die Musik endete in einigen letzten schmachtenden Noten. Sie blieben auf den Zehenspitzen stehen, die Gesichter einander zugewandt, und Dawyd versuchte, eine innere Stimme zum Verstummen zu bringen, die ihm zuschrie, er solle sie küssen. Er wusste, dass Dutzende Augen auf ihnen lagen und genau das erwarteten.

»Dann komme ich mit dir«, sagte er stattdessen und ließ sie los. Sie wandte sich rasch ab. Er konnte nicht sehen, ob sie enttäuscht über das plötzliche Ende des Tanzes war oder erleichtert.

»Ich gehe jetzt«, sagte sie leise und sah sich vorsichtig um.

»Nein, das geht nicht«, sagte er.

»Warum nicht?«

»Ich gehe, und du tanzt noch einen Tanz. Damit niemand nachher erzählen kann, wir hätten uns hier getroffen, hätten eine ganze Menge geredet und seien dann gleichzeitig gegangen.«

»Dann tanz du doch noch, und ich gehe!«

Der Sänger instruierte bereits die Tänzer, sich in einem großen Kreis aufzustellen, immer abwechselnd Dame und Herr. Er selbst schloss sich den Tänzern an, um den Reigen anzuführen.

»Das geht nicht. Es sind ohnehin zu viele Männer in dem Kreis, nachher lande ich noch an der Hand eines altgedienten Offiziers, der mich doch noch erkennt«, grinste Dawyd. »Nein. Sag Jen... dem Kontaktmann, wann du meine Hilfe brauchst, um in die Tiefe zu steigen.«

»Ich brauche deine Hilfe ni…«, wollte sie protestieren, wurde aber bereits vom Sänger gepackt, der sie neben sich zog. Ein älterer Kerl in weißen Hosen und schwarzen Stiefeln – sicherlich ein Blaurockoffizier – griff nach ihrer anderen Hand und lächelte sie kurz an. Dawyd wandte sich ohne weitere Worte ab, ebenfalls mit einem breiten Grinsen, und verließ den Hopfplatz mit wippenden Schritten.

# Kapitel VI

Ismayl war danach zumute zu schreien.

Elisabeda war noch in der Schmiede – Dawyd bei dem Treffen mit Kilianna. Neigel, Ignaz, Jendra und er selbst wären auch mit dem Heiler zu spät gekommen, doch das machte seine Schuldgefühle nicht besser. Dutzende Was-wäre-wenn-Gedanken und Vorwürfe preschten wie wildgewordene Pferde durch seinen Geist.

*Wäre Elisabeda hier gewesen statt in der Schmiede!*

*Wäre Dawyd nicht zu Kilianna aufgebrochen!*

*Wären wir in der Nacht schon bei Wohlleib eingebrochen und hätten ihn aus seinem Bett gezerrt, geknebelt an den Wachen vorbeigeschleift!*

*Hätte Jendra nicht den Altmeister von der Brücke stürzen lassen!*

*Dann würde Simeon noch leben!*

Er hatte noch gelebt, als sie zurück ins Zunftgericht gekommen waren, sein röchelnder Atem hatte sich an letzte Hoffnungen geklammert. Sie hatten einen Sterbenden stundenlang sich selbst überlassen! Er starb für nichts und wieder nichts. Dawyd und Elisabeda hatten ihn für ein verdammtes Schwert allein gelassen! Und er war mit Ignaz, Neigel und Jendra losgezogen, um einen Heiler zu holen – zu viert! Keiner hatte an Simeons Seite gesessen und ihm Wasser eingeflöst, ihm Wadenwickel gemacht, ihm die Stirn gekühlt.

Ismayl hatte sich beeilt, all das zu tun, als sie wieder im Kellerloch angekommen waren. Der Körper des Alten war so schwach gewesen, die Geräusche, die seine Lunge hervorbrachten, kündeten bereits an, was so unumkehrbar endgültig war ... Simeon hatte noch einmal die Augen geöffnet, die Finger hatten schwach nach Ismayls Hand verlangt, und der Alte hatte die Lippen bewegt. Wollte noch letzte Worte in dieser Welt hinterlassen als der Dichter, der er gewesen war. Doch als Ismayl sich über ihn beugte, erstarb das Wispern zu einem hohlen Ringen nach Luft.

Nun weinte Ismayl über der erkaltenden Hand. Der Körper war im Fieber so heiß gewesen – und nun, als er aufgeben hatte, verließ ihn die Hitze wie ein böser Geist. Oder als sei er nichts als ein Gefäß, dessen Inhalt rasch neben dem Feuer abkühlte. Ein Teller Suppe.

Waren sie wirklich nicht mehr? Was wurde denn im Tod aus ihrem Wissen, ihren Geschichten und all dem, was der Zeit trotzte? Warum hatte Simeon das nicht noch an ihn weitergeben dürfen, damit es nicht verloren ging? Fiel all das nur deshalb der Vergessenheit anheim, weil sie mit einem Kranken ins Wasser gesprungen waren?

Ismayl fühlte, wie sich die Gedanken in ihm zusammenballten wie zerknülltes Papier. Dieses Knäuel saugte alles von ihm auf, getränkt in das bittere Gefühl, dass nichts Bedeutung hatte. Dass nichts von dem, was sein Leben auf dieses Blatt geschrieben hatte, irgendetwas wert war.

Am heftigsten weinte Ismayl darüber, dass er weniger um Zunftmeister Simeon Griskiel trauerte als vielmehr um sich selbst, um das Gefühl der Zuversicht, das ihn verlassen hatte. Das ihn schon lange hätte verlassen sollen, schon damals, als er Aramaeis hatte sterben sehen.

Ignaz redete mit ihm, doch er hörte ihn nicht. Er hob den Blick und sah ihn durch Tränen hindurch an und hasste ihn in diesem Moment aus tiefster Seele, und beinahe ebenso sehr hasste er Dawyd, der nicht hier gewesen war, sich nicht gekümmert hatte, wie es so typisch für den eitlen Fechter war. Vermutlich wollte Ignaz ihn damit trösten, dass sie auch bei einer gelungenen Entführung Wohlleibs zu spät gewesen wären, doch was für ein Trost sollte das sein? Der Trost eines Herzlosen, der all seine Gefühle beim Roten Rufin im Kerker gelassen hatte. Bei seinen Fingern. Der nur seine Wut von dort mitgenommen hatte und seine Entschlossenheit.

Ismayl stand einfach auf und ging. Es scherte ihn nicht, was mit der Leiche geschah. Das war nur ein Körper, der dem Schicksal nicht mehr oder weniger wert gewesen war, als dem Feuer der Teller Suppe wert ist, den es erwärmt. Er verließ das Gerichtsgebäude und wanderte ruhelos durch die Straßen, an Patrouillen vorbei und an Steckbriefen. Er hörte und sah nichts, bis er im Ostpark zum Stehen kam.

Der Ostpark war einst ein Friedhof gewesen, direkt außerhalb der alten Stadtmauer gelegen. Ismayl lehnte sich gegen eine rotgefleckte Kupferbirke und ließ seinen Blick einmal über den kleinen Park schweifen. Mehrere von der Schlang abgeleitete Bäche wanden sich hindurch, Weiden beugten sich über das Wasser, als wollten sie sich ertränken. Wie viele Menschen konnte man hier schon begraben? Ismayl sah in der ausgerechnet heute viel zu hell scheinenden Sonne eine mit Stahlplatten versperrte Pforte aufblitzen. Die uralten Steinmetzarbeiten darum herum zeigten Totenschädel und Knochen. Ismayl erinnerte sich an die Geschichten. Die Pforte der Verschiedenen, die durch die Stadtmauer hindurch ins Innere der Bergflanke führte, so weit unten am Hang wie keine andere Tür. Sie kam auch in seinem Epos vor, mit dem er die Gesellenprüfung bestanden hatte. Dort hinein hatten die frühen Bewohner Sygnas ihre Toten gebracht, tief hinein ins Innere des Bergs.

Heute tat man das nicht mehr. Heute wurden die Toten verbrannt und das Innere des Bergs gemieden. Er fragte sich, wie Simeons Körper seinen Weg in die Öfen der Totenbrenner finden würde – oder ob Ignaz Neigel anweisen würde, die sterblichen Überreste irgendwo zu vergraben? War er es dem Dichtermeister nicht schuldig, für eine angemessene Bestattung zu sorgen? Hatte … hatte der Dichter nicht wahrscheinlich auch Familie gehabt?

Ismayl schluckte – er wusste es nicht. Gesprochen hatte Simeon nicht von ihnen. Wenn es einer wissen konnte, dann

Kilianna. Doch sie tanzte vermutlich noch mit Dawyd den Tanz, den Jendra eigentlich für ihn, Ismayl, eingefädelt hatte. Nur ihn hatte Jendra in die Identität ihrer Informantin eingeweiht! Und nun ... schmachtete sie vermutlich Dawyd an.

»Es ist doch ganz einfach«, hatte Jendra gegrinst. »Da bleibt ihr ja nichts übrig, als mitzumachen. Und mit dir zu tanzen.«

»Was, wenn mich einer erkennt? An die Blauröcke verpfeift?«

»Dass ein Dichter auf freiem Fuß ist? Unsinn. Wer dich jemals gehört hat, liebt dich. Und die Blauröcke kennen dich noch nicht.«

»Kilianna war nicht besonders beeindruckt von meinem Vortrag«, hatte er eingewandt.

»Dann sieh zu, dass du sie mit deinen Tanzkünsten beeindruckst!«

So einfach war die Welt für ein Straßenkind. Manchmal beneidete er Jendra. Nichts als das blanke Leben und das, was sie am Leibe trug. Keine Dunkelheit lag auf ihr, obwohl sie Schatten weben konnte. Keine Bosheit, obwohl sie log und stahl und raubte. Nicht die Bürde toter Meister.

*Simeon sagte, ich solle in die Zukunft sehen und nicht in die Vergangenheit.*

Er versuchte es. Doch auch die Zukunft wiegte sich Seite an Seite mit den trübsinnigen Weiden über Bächen, deren Wasser zwischen den Fingern zerrinnen würde, wenn man hineingriff. Ismayl setzte sich unter die Kupferbirke und vergrub das Gesicht in den Händen.

Auch Neigel wanderte wenig später herum, jedoch nicht ganz so ziellos wie der junge Dichter. Mit Jendra hatte er aus einem alten, halb zerfallenen Schuppen, den sie als Versteck nutzten, einen Karren geholt. Darauf den Dichter unzeremoniell unter Sack und Lumpen versteckt. Darüber loses Feuerholz.

Ignaz, der von Glück sagen konnte, dass man ihn zuvor in der hellen Mittagssonne nicht auf Jendras verdrehten Wegen aus dem Meisterviertel hatte kommen sehen, hatte ihnen diese Arbeit überlassen müssen. Neigel hatte kein echtes Bedauern in seinen Augen gesehen, in Gedanken war er schon längst wieder woanders. Ignaz' größtes Talent war wohl, Vergangenes einfach hinter sich zu lassen. Und Simeon war bereits Vergangenheit. Ignaz' Hoffnung lag nun darin, dass er lange genug gelebt hatte, um Ismayl ein wenig weiter voranzubringen.

Neigel schmerzte der Tod des alten Dichters, er hatte gehofft, er würde wieder zu Kräften kommen. Neigel wusste, der Stadt würde Simeons interessanter Charakter ebenso fehlen wie das, was er verkörpert hatte.

*Die Stadt geht langsam den Bach runter.*

Ismayl war noch nicht wieder aufgetaucht, doch Dawyd war von seinem Treffen mit Jendras Informantin, deren Identität Neigel nicht kannte, zurückgekehrt, mit einem breiten Grinsen im Gesicht, das rasch erloschen war, als er sah, was in seiner Abwesenheit geschehen war.

Neigel hatte sich bei den Baracken der Totenbrenner von Jendra getrennt. Den Karren hatten sie dort stehen gelassen und eine Notiz daran gepinnt, die um würdige Bestattung für den Zunftmeister der Dichter bat. Nun führten Neigels Schritte ihn in der hereinbrechenden Abenddämmerung ins Buckelviertel – ins *Verlorener Stern,* eine Kaschemme, gegen die der *Goldhahn* wie ein edles Etablissement wirkte.

Eine Woge der Erleichterung durchflutete ihn, als er ein bekanntes Gesicht in der düster-verwinkelten Kneipe entdeckte, in der geschachert, gehehlt, gehurt, gesoffen und gezockt wurde. Neigel hatte gehofft, dass er Iphram hier finden würde. Er trat langsam näher, warf einige Blicke um sich herum – Blicke, die interessiert wirken sollten, aber nicht so, als hätte er etwas zu befürchten. Schließlich setzte er sich in die Nische auf eine Bank mit dem Rücken zur Wand.

»Ich bin froh, dich endlich wiederzusehen«, lächelte Iphram und winkte einem Mädchen, das offenbar mal Magd, mal Hure in diesem Haus war, sie solle Neigel einen Krug Bier bringen. »Ich hatte … ich hatte zwar gehört, dass deine Freunde … dass man umsonst nach ihnen gesucht hat, aber ich habe mir trotzdem Sorgen gemacht. Um dich.«

»Musstest du nicht«, murmelte Neigel und trank dankbar, als das Bier vor ihm abgestellt wurde. Er sah den Freund von der Seite an. Sog seinen Anblick ein, das wissende Grinsen, die hellen Augen.

Auf so engem Raum zu leben, dabei Angst davor zu haben, entdeckt zu werden, immer die gleichen Gesichter zu sehen, das zehrte an ihnen allen. Jeder von ihnen war seine Freiheit gewöhnt, und weder Elisabeda noch Ignaz waren befehlsgewohnt genug, um sie in einem straffen Drill beieinander zu halten.

»Warst du jeden Abend hier seitdem?«, fragte er und hoffte, wie immer erst *nachdem* die Worte seinen Mund verlassen hatten, dass es nicht zu sehr klang, als heische er um die Freundschaft des anderen.

»Klar. Ich dachte, da du nicht auf dem …«, begann Iphram und schenkte ihm ein Lächeln. Er beugte sich geheimniskrämerisch zu Neigel, doch sie saßen bereits in der dunkelsten Ecke der schäbigen Kneipe, und niemand hörte ihnen zu. »… da du nicht auf dem Steckbrief abgebildet bist, traust du dich vielleicht noch aus … aus den Verstecken, die ihr so habt. Ihr … Habt ihr Verstecke? Sichere Verstecke?«

Neigel stellte das Bier ab und zögerte mit der Antwort. Iphram lachte. »Keine Sorge! Ich will gar nicht wissen, wo sie sind! Ich will sicher sein, dass sie dich da nicht finden.«

»Da finden sie mich nicht. Die Aquinzacken kennen doch nur die großen Straßen und Plätze, die kleinen Rattenlöcher übersehen sie.«

»Du hast mich ganz schön umgehauen«, sagte Iphram unvermittelt und strich über Neigels Arm. »Ich … ich hätte nicht gedacht …« Er brach in eine kurzes, verlegenes Lachen aus. »… dass du für *solche* Leute Wache vorm *Goldhahn* stehst. Ich meine, wenn ich das gewusst hätte ... hätte ich dich vielleicht etwas weniger gründlich ... abgelenkt.«

Neigel trank hastig einen weiteren Schluck Bier.

»Heute musst du aber für niemanden Wache stehen, oder? Du bist einfach nur so hier? Oder ...« Iphram sah sich gespielt hektisch in der Kneipe um. »... oder sind sie hier irgendwo?«

Neigel grinste. »Nein. Diesmal bin ich wirklich nur hier, um dich zu treffen.« Seine Hand fand die Hand des anderen, ihre Finger verschränkten sich. Iphram schob ihrer beider Hände unter den Tisch. Eigentlich scherte sich hier niemand um die moralische Fragwürdigkeit der Besucher, aber es war dennoch besser, wenn eine solche Geste ungesehen blieb.

»Erzählst du mir von ihnen? Oder ist das alles zu geheim?«, fragte Iphram mit verschmitztem Lächeln, während sein Daumen unter dem Tisch Neigels Handrücken streichelte. Neigel lehnte sich zurück und atmete aus. Endlich hatte er einen kurzen Moment, der ihm beinahe friedlich erschien, auch wenn um sie herum gesoffen, gebrüllt und gefummelt wurde. Eine Dirne kreischte auf, als hätte sie sich diesen Moment ausgesucht, um ihn zu stören, und schlug gespielt empört auf eine Hand, die unter ihren Rock gegriffen hatte. Neigel wandte den Blick ab und sah stattdessen Iphram an. »Ich weiß nicht. Ich würde lieber über etwas anderes reden. Aber mir fällt nichts anderes ein.«

»Dann erzähl mir nur so viel, wie du magst. Und verzeih mir meine Neugier. War das wirklich Dreifinger im *Goldhahn*? Mit den beiden anderen, die auf dem Steckbrief sind? Dem Fechter und der Frau?«

»Ja.«

»Wie ... wie viele seid ihr denn? Falls ich das wissen darf?«

»Wir, also, unsere Gruppe? Nur sechs. Ein siebter ... den wir versteckt haben ...« Er seufzte – er hatte dem Ganzen doch entfliehen wollen. »... ist gestorben.«

»Das tut mir leid«, sagte Iphram und fragte nicht, wer es gewesen war oder warum er gestorben war. »Und ... gibt es noch mehr Gruppen? Ihr müsst doch mehr als sechs Leute sein.«

»Mmh«, nickte Neigel, »aber ich kenne niemanden sonst.«

»Besser so. Vermutlich. Hoffen wir, dass dich auch keiner kennt.«

»Mmh.«

»Gestatte mir nur noch eine Frage: Wie bist du an sie geraten? Hast du ... hast du etwas erlebt, das dich ... zu einem von ihnen hat werden lassen?«

Neigel rutschte ein wenig auf der Bank hin und her. »Ich war Mühlknappe beim Müller vom Schlangmund. Die Mühle draußen, zwischen Stadt und Klotz.«

»Die Ölmühle. Der Reiche Müller!«, nickte Iphram.

»Ja, genau der. Der Reiche Müller. Er hat noch anderes getan, als Öl zu pressen. Er hat Spione außerhalb der Stadt gehabt, schon als Aquintien versuchte, das Huskalreich mit Verhandlungen auf ihre Seite zu ziehen. Er hat uns Mühlknappen mit Fässern Öl von seiner Mühle in die Stadt geschickt. Wir haben Informationen hin und her gebracht. Das war immer schon sein Dienst an die Stadt – dafür durfte er der Einzige außerhalb der Stadtmauern sein, der Zeichen beherrschte! Dass wir diese Informationen im Geheimen zum Gildenrat schaffen mussten, fing schon kurz nach dem Fall des Klotzes an, also noch bevor Truppen die Stadt einnahmen.«

»Die Mühle wurde niedergebrannt, bereits in der Anfangszeit der Besatzung«, erinnerte sich Iphram leise.

»Ja. Das Spionagenetz vom Reichen Müller flog auf. Irgendwer hatte geplaudert.« Neigel lachte ohne Freude. »So wie ich gerade vielleicht? Mit einem Freund, in einer Schenke?«

Iphram schüttelte den Kopf. »Du hast nichts von mir zu befürchten. Ich bin ... ich bin kein mutiger Mann. Andere Männer zu lieben ist das Äußerste, was du an Rebellion von mir sehen wirst. Aber ich bewundere Menschen mit mehr Mut. Wie dich.«

»Jedenfalls hat der Rote Rufin davon Wind bekommen, die

Mühle niedergebrannt und den Müller und alle Mühlknappen gekriegt und hinrichten lassen. Ich bin mit der letzten Botschaft des Müllers entkommen: Ignaz sollte alle Informanten in der Stadt warnen, dass Rufin auf ihrer Fährte sei. Außerdem hat er mich aufgenommen.«

Iphram sah ihn an.

»Siehst du? Keine Heldentat. Kein Heldenmut. Eigentlich bin ich nur so etwas wie ein … Findelkind der Rebellen.« Neigel grinste hilflos.

»Außer dass du Teil eines Spionagenetzwerks warst, Neigel. Und jetzt ein Aufständischer«, sagte Iphram leise. »Ist das dein richtiger Name? Neigel?«

Neigel nickte. Iphram rutschte auf der Bank an ihn heran, tiefer in die Schatten hinein. Er löste seine Hand aus Neigels und legte stattdessen den Arm um seine Schulter. Langsam kam er näher, bis ihre Lippen nur noch von der Breite eines Haars getrennt wurden. Neigel fühlte, wie sein Puls raste. Er erwiderte die Umarmung und zog Iphram ganz zu sich heran. Ihre Lippen trafen sich in einem langen, hungrigen Kuss – mochte sie doch jemand sehen im Dunkeln ihrer kleinen Ecke! Neigel wurde wegen weit Schlimmerem gesucht als einem Kuss unter Freunden.

»Ihr sollt mit den Schweinereien aufhören oder ein Zimmer bezahlen«, fuhr die Matrone sie an. »Das hier ist ein sauberes Haus.« Dabei musterte sie sie, als sei Männern wie ihnen alles zuzutrauen.

»Ein sauberes Haus mit schmutzigen Zimmern«, erwiderte er und zückte seine Börse. »Wie viel kostet ein Zimmer für eine Nacht?«

Vielleicht konnte er hier besser schlafen. Fernab von Festung und Soldaten. Sie nannte ihm das Doppelte von dem, was ein Zimmer für Besucher kostete, die dort eines der Mädchen des Hauses vernaschten. Er bezahlte, und sie gingen hinauf, der

Junge tiefrot in seinem liebenswerten, harmlosen, anständigen Gesicht.

Sie verloren keine Zeit. Den unerfahrenen Mühlknappen auszuziehen und zu liebkosen hatte seinen ganz eigenen Reiz, er kostete den Jungen mit einem fast akademischen Interesse. Sie hatten schon zwei Mal ein solches Zimmer geteilt, doch meist hatte Neigel sich vorher bereits deutlich mehr Mut angetrunken. Heute zitterte er vor Aufregung, und die rötlichen Härchen auf seinen Armen standen ihm zu Berge.

»Was für ein Zufall«, murmelte der Junge irgendwann, »dass wir beide rothaarig sind.«

»Hättest du nicht diese wohlakzentuierten Muskeln, man könnte uns kaum auseinanderhalten«, antwortete er grinsend. Er schob Neigel aufs Bett, dessen Laken noch zerwühlt, aber zum Glück nicht mehr warm von den vorherigen Besuchern des Zimmers waren. Auch aus dem Nebenraum klangen eindeutige Geräusche: die Schreie einer über das glaubwürdige Maß begeisterten Frau und das Klatschen zweier – oder mehr – Körper gegeneinander. Neigel sah mit beinahe panischem Gesichtsausdruck zur Wand.

»Stört dich das?«

Er schüttelte den Kopf. »Ich ... ich war früher nie ...«

»Nein, natürlich nicht. Du bist ein anständiger Junge«, neckte er ihn.

»Und du?«

»Du weißt, dass ich am Theater arbeite, oder?«

»Nein. Darüber ... darüber haben wir nie gesprochen.« Der Junge sog scharf die Luft ein, als sich seine Hand an die richtigen Stellen schob.

»Ich bin kein Schauspieler, aber ich arbeite im Hintergrund. Nach den Vorstellungen suchen sich die Schauspieler die finstersten Drogenhöhlen aus, um angemessen zu feiern. Dagegen ist das hier ein Ort der Kultur und Zivilisation.«

»Haben sie dich mitgenommen in ihre ... Drogenhöhlen?«

»Manchmal. Ich habe ... Nun, ich habe es wohl ihnen zu verdanken, dass ich den Mut gefunden habe, mich anderen Männern ... zuzuwenden. Wenn ohnehin um dich herum schon alles verdorben ist, hast du den Mut, auch die Dinge zuzugeben, die dir an dir selbst verdorben schienen.« Er zwinkerte. »Sie auszuprobieren.«

»Also ... hast du schon mit vielen ... Männern ...?«

Er fuhr mit seiner Zunge an der Ohrmuschel des anderen entlang und flüsterte: »Bist du etwa eifersüchtig?«

»N-nein«, keuchte der Junge. »Ich wusste nur nicht, dass das Theater ...« Er stöhnte und verlor den Faden. Dann lachte er. »Der Einzige, den ich kenne, der etwas mit der Dichtergilde zu tun hat, wirkt nicht so ...«

Er küsste die Stoppeln auf dem Kiefer des Jungen. Ein Teil von ihm wünschte sich, es wäre schwerer. Neigel wäre weniger gesprächig. Ein Teil von ihm liebte dieses Spiel und die Herausforderung, die es bot. »Keiner täuscht besser als die Dichter«, grinste er und biss den Jungen ins Kinn. Seine Hand ließ dessen Glied dabei nicht los, streichelte es langsam und verstärkte mit jeder Bewegung den Druck. Neigel rang nach Luft. Er würde es nicht mehr lange aushalten.

»Weiß dein Freund ... aus der Dichtergilde ... denn schon, was im Theater geschieht?«

»Was?«, stöhnte Neigel. Man sah ihm förmlich an, wie sein Verstand verzweifelt versuchte, sich vom Rausch der Zärtlichkeiten zu befreien.

»Dass sie dort graben?«

»Nnng«, machte der Junge. Er begann, die Hand heftiger zu bewegen. Er spürte den Puls des anderen unter seiner Handfläche.

»Später«, flüsterte er. »Erst will ich, dass du kommst.«

»Ihre Augen sind ... wie ... als hätte sie auch dort Sommersprossen, nur dass die Augen braun sind und die Sprenkel grün.«

Obwohl Simeons Tod Dawyds Laune getrübt hatte, hatte er einen Krug Wein aufgetrieben und sich abends im obersten Stockwerk des Zunftgebäudes zu Jendra gesellt. Hier gab es zwei schmale Fenster, in denen sie nun saßen und durch die stumpfen Scheiben hinaussahen. Den Krug ließen sie wandern.

»Du bist wirklich bei den Fechtern besser aufgehoben als bei den Dichtern«, grinste Jendra in den dunkler werdenden Himmel hinter der Scheibe.

»Wie bist du an sie geraten? An die Tochter des Großgildenmeisters? Warum ... kommt sie zu Treffen, wenn du sie darum bittest?«

Jendra trank einen großen Schluck. Es war Weißwein, trocken und sauer. »Ich habe ... ihrem Vater einmal einen Gefallen getan«, sagte sie dann vage und, wie sie hoffte, ausdruckslos.

»Dem Großgildenmeister? Einen Gefallen?«, fragte Dawyd entgeistert und lehnte sich aus seiner Nische, um zu ihr hinüberzusehen.

»Die Gleichwerker, die sagen dir was, oder?«

»Hm«, sagte Dawyd, nicht zufrieden mit ihrer Antwort.

»Das war ja keine Organisation. Das war mehr so ... eine Gesinnung. Ignaz war Teil von dieser Bewegung. Und Kilianna auch. Aber sie haben sich, glaub ich, nicht getroffen oder miteinander gesprochen oder so.« Jendra trank noch einen Schluck, bevor sie den Krug zurückgab. »Kilianna hat sich immer am Handtag heimlich mit anderen Frauen getroffen. Frauen, die ein Handwerk lernen wollten. Die Zeichen lernen wollten. Sie war so etwas wie ... die Berühmtheit, von der die anderen sich das meiste versprochen haben. Wenn sie ihren Vater überzeugen könnte, dann hätte die Bewegung eine Chance.«

»Und welchen Gefallen hast *du* ihm getan?«

*Verdammt.* Er ließ sich wirklich schlecht ablenken. Warum hatte sie sich nicht gleich eine andere Geschichte ausgedacht?

»Das erzähle ich wann anders. Noch darf ich das nicht verraten. Das ... würde dich gefährden. Jeder soll so wenig wissen wie möglich.«

»Ja, ja«, seufzte Dawyd genervt. »Wann nimmst du wieder Kontakt zu ihr auf?«

»Zu Kilianna?«

»Nein, zu ihrem fetten Vater! Natürlich zu ihr. Wem gilt denn sonst wohl jeder meiner Gedanken?«

»So schlimm ist es schon?« Jendras Laune sank trotz des Weins. So war das nicht gedacht gewesen, ganz und gar nicht. Sie wusste, was Kilianna Ismayl bedeutete. Sie spähte in die Straßen hinab – wie immer waren hier im alten Zunftviertel zwischen den ungenutzten Gebäuden keine Straßenlaternen entzündet, als könne die Dunkelheit die Jahrhunderte der Sygnaer Vergangenheit auslöschen.

Kein Ismayl zu sehen.

»Oh ja. Was bleibt mir auch sonst? Das Fechten in der Gilde wurde mir genommen – aber schönen Frauen noch schönere Augen machen, das kann ich noch.«

»Sprichst du nun von deinen Augen oder ihren … Sommersprossenaugen?«

Er zögerte kurz. »Wenn ich ihr schöne Augen mache, dann sind es doch wohl meine. Na gut, du hast recht mit deinen Spitzfindigkeiten. Ich mache schöneren Frauen Augen, die in ihrer Schönheit nicht der Schönheit der Frauenaugen gleichkommen.«

Sie schauderte. »Ismayl ist der mit den schönen Worten, so viel ist klar.«

»Ich bin eben ein Fechter. War … Fechter.«

»Du wirst es wieder sein. Wenn wir den letzten Aquinzacken aus der Stadt geprügelt haben. Dann nimmt die Gilde dich wieder auf.« Sie kicherte. »Vielleicht wählt sie dich sogar zum Oberhaupt, weil du dich in der Revolution verdient gemacht hast.«

Dawyd schnaubte. »Na klar. Und dich machen sie zur Großgildenmeisterin. Aber erst, nachdem Kilianna mir einen Heiratsantrag gemacht hat.«

»Keiner hindert einen am Träumen.«

Er schwieg. Sie hörte ihn trinken und streckte in der Angst, er würde den Krug leeren, die Hand zur Seite aus.

»Den Träumen legen sie doch zuallererst die Ketten an. Stell dir vor, Elisabedas Söhne an der Front, Schüsse, Hauen und Stechen. In ihren Träumen gibt es sicher nur noch Blut und Gewalt«, sagte er, ohne den Krug herzugeben.

»Erzähl mir lieber noch was von dem Tanz«, flüsterte Jendra gedämpft. »Es war wie in einer von Ismayls Geschichten, ja?«

»Es war absurd. Kein zuschauender Aquintianer hat ahnen können, was vor sich ging. Keiner kam auf so eine kühne Idee.« Er reichte ihr den Krug wieder herüber und erging sich in Details. Jede Bewegung schien er in seinem Kopf verewigt zu haben – vielleicht war er darin mehr Fechter als Tänzer. Sie lauschte seiner Stimme und versuchte, nicht über die Träume von Soldaten nachzudenken.

Lieber über die Träume von Rebellen.

Nackt lagen sie nebeneinander, Neigel starrte mit schamvoller Verzückung in den Augen an die Decke. Er stützte den Kopf auf seinen Arm und sah den rothaarigen Mühlknappen belustigt an. »Bleibst du noch? Ich habe das Zimmer bis morgen früh gemietet.«

»Die anderen werden sich Sorgen machen.«

Er lachte kurz. »So sind sie, ja? Besorgt, mit wem du dich herumtreibst?«

»Sie würden sich eher sorgen, dass man mich geschnappt hat.«

»Dich kennt doch noch niemand. Oder?«

»Ich glaube nicht«, sagte Neigel vorsichtig. Seine Stirn legte sich in Falten, als müsse er angestrengt nachdenken. »Du … du hast etwas vom Theater gesagt.«

Er seufzte. »Ich wünschte, ich könnte dir einfach nur eine weitere frivole Geschichte erzählen. Aber du meinst vermutlich, was ich eben sagte. Dass sie dort graben.«

»Ja«, nickte Neigel, und die Falten in der Stirn blieben. »Wer gräbt dort? Wozu?«

»Wer wohl?« Er zuckte mit den Achseln. »Sie graben mitten im Theater. Die Schauspieler sind schließlich da, wo die Dichter auch sind: Im Zunftgefängnis wegen ihrer Zeichen. Offenbar hat einer von ihnen dort etwas ausgeplaudert, ob wahr oder falsch, weiß ich nicht.«

Neigel blinzelte nicht, sondern starrte nur. Manchmal waren ihm die blauen Augen des Müllerburschen unheimlich. Manchmal schien mehr Klugheit in ihrem Blick zu liegen, als er dem Jungen am Anfang zugebilligt hatte.

»Sie graben jedenfalls mitten im Gebäude. Im Rund, vor der Bühne. Sie haben den Marmorboden aufgebrochen und graben in die Tiefe.«

»Ist kein Keller unter dem Theater?«

»Doch! Aber an dieser Stelle offenbar nicht!« Er lachte kurz. »Da arbeite ich seit zwölf Jahren in diesen verwinkelten Requisitenkellern – und es gibt eine Stelle, die zugemauert ist, und ich merke es nicht! Es gibt Hunderte von Räumen da unten ...«

»Was suchen sie?«

Er schwieg kurz, bis die Spannung des anderen beinahe so spürbar war wie die sexuelle Spannung zuvor. Er griff in sein eigenes Inneres, dorthin, wo sein Herz in diesem heftigen Rhythmus schlug, den nur die Erregung der Lügen brachte. Er zog einen Faden daraus hervor. Schloss kurz die Augen. Verwob diesen Faden mit seinen Gedanken, bevor er ihn mit seiner Stimme aussandte.

»Ein ... ein Wortzeichen?«, flüsterte er und spürte, wie die Möglichkeit dessen, was er gerade gesagt hatte, Neigels Blut rauschen ließ. Er spann das Bild noch weiter.

»Sie haben das Theater schwer abgesichert. Fünfzehn, sechzehn Wachen sind es mindestens, wenn nicht mehr. Ich bin dorthin, habe vorgegeben, etwas aus meinen alten Sachen holen zu müssen. Ich habe zwei Männer belauscht.« Er senkte die Stimme zu einem Flüstern – wie farbenfroh die Wörter Gestalt annahmen, wie sie sich fanden, eins das andere! Selbst in seinem eigenen Geist sah er die Geschehnisse vor sich, als seien sie wirklich passiert. »Die Geheimpolizei und ein Neuankömmling, ein Schatzsucher des Kaisers, sollen die Grabung angeordnet haben. Es heißt, sie hätten Informationen, dass dort ein Zeichen versteckt wäre, das die Schauspieler verbannt haben, weil es ganze Menschenmengen unter die Kontrolle eines Einzelnen zwingt. Seit Jahrhunderten soll das Zeichen verloren sein, seit den Feuern unter Albus dem wahnsinnigen Gildenmeister.« Er machte eine kurze Pause, die Feuer entsprangen in seinem Kopf, als habe er eine lebendige Erinnerung an sie. Ach, wie mochte Sygna unter den Urzeichen gewesen sein! Dichter und Schauspieler, Buchdrucker und Schriftsteller mit solch einer Macht! Wer scherte sich schon um Musketen und Kanonen, wenn er die blühende Phantasie ins Leben rufen konnte? Er musste ein Lächeln unterdrücken, sein Herz schlug immer noch rasch. »Wenn sie ein solches Zeichen finden …«

Neigel nickte langsam, die Lippen zusammengepresst. »Und du sagst, du bist nicht mutig, Iphram!«, sagte er mit beinahe so etwas wie Stolz im Blick. »Ich … ich werde mich darum kümmern.«

»Nein! Das … ist zu gefährlich. Sie bewachen es, als würden sie den Krummen Mann persönlich hervorholen! Ihr seid nur zu sechst!«

»Aber Dreifinger kennt mehr«, sagte Neigel entschlossen. »Das heißt aber leider … ich muss gehen. Ich …« Er stockte, senkte den Blick aus blauen Augen. »Es war ein schöner Abend. Danke.«

Lysandre Rufin lachte spöttisch. »Ach was, Neigel. Ich muss dir danken!«

Diese Nacht wechselten die Rebellen von Sygna abermals ihr Versteck. Sie kehrten ins Eckhaus des Bakkalauviertels zurück. Auch dort durften sie nicht auffallen, durften das Feuer im Herd nicht entzünden, damit kein Rauch aus dem Schornstein stieg. Da das Haus sich nur über die Vordertür betreten oder verlassen ließ, kamen sie einzeln und im Schutz der tiefsten Nacht dort an.

Immerhin konnten sie sich im Eckhaus auf mehrere Zimmer aufteilen. Dicke, uralte Vorhänge hingen vor den Fenstern, sodass niemand hineinsehen konnte. Ismayl betrat das Dachgeschoss, das vollgestellt war mit Schreinerarbeiten, von denen er vermutete, dass sie von Ignaz selbst stammten; kleine Melancholien, die er sich aufbewahrt hatte. Ismayl atmete die staubige Luft ein und öffnete eines der Dachfenster, das weit über die Stadt blickte. Er atmete durch. Simeon war tot.

Er hatte vom alten Dichter nicht nur ein Zeichen geerbt, sondern auch eine Verantwortung. Er blickte auf die Stadt hinaus. Straßenlaternen leuchteten stetig, alles andere, jedes Haus, auf das er hinabsehen konnte, lag in Dunkelheit. Er konnte sich keinen Groll gegenüber Ignaz leisten.

Simeon hatte ihn ermahnt, seinen Blick nicht in die Vergangenheit, sondern in die Zukunft zu richten, und genau das würde Ismayl tun.

Er zog die Schublade eines kleinen Schränkchens auf. Sie war mit Intarsien reich verziert, unfassbar fragil erschienen ihm die Blütenmuster, die Boden und Seiten des Fachs bildeten. Ob es schon einmal irgendeinem Zweck gedient hatte? Einem Apotheker vielleicht, der kleine Fläschchen mit Pillen und Tinkturen darin aufbewahrt hatte?

*Nicht die Vergangenheit. Die Zukunft.*

Die Vergangenheit hatte Ismayl immer angezogen. Und selbst Ignaz hob diese Erinnerungen auf. Als Menschen wurden sie doch von ihrer Vergangenheit geformt.

*Um die Zukunft selbst zu formen*, dachte Ismayl und lächelte grimmig. Als Dichter fand er selbst in seinem Kopf nun einmal immer die richtigen Worte …

Er schob die Lade zu und sah erneut aus dem kleinen Fenster hinab auf die Straße. Das Bakkalauviertel bildete den untersten

Ring um den Bleiberg – seine Straßenzüge und Häuserketten fielen in unregelmäßigen Stufen ab, die Bergflanke in mutigen Winkeln bedeckend, bis sie unten auf die Stadtviertel trafen, die bereits ebenerdig im Schlangtal lagen. Von seinem Ausguck aus konnte Ismayl in Hinterhöfe sehen, in Gassen und auf Dachterrassen und Balkone. Alles lag in tiefem Schlaf. Früher war es anders gewesen.

Natürlich hatte man früher um drei Uhr nachts ebenfalls geschlafen. Doch gerade im Bakkalauviertel hatte es immer Gesellenverbindungen gegeben, die irgendetwas zu feiern hatten. Lehrlinge vor oder nach ihren Prüfungen, die sich die späten Stunden um die Ohren schlugen.

In Sygna war mehr Leben gewesen.

Nun sah Ismayl nur eine einzige Bewegung: Der günstig gelegene Zugang zur Kanalisation, der ein Stück die Straße hinauf in einem steilen Treppenschacht in den Berg führte, öffnete sich lautlos (Jendra sorgte dafür, dass sie nicht von quietschenden Angeln verraten wurden), und Neigel schob sich geduckt ins Freie. Ismayl erkannte ihn trotz des Mantels und der Kapuze – und wer sollte sonst schon aus Kanaleingängen schleichen?

Er lehnte sich aufs Fensterbrett, die Nachtluft ließ ihn frösteln. Er sah Neigel dabei zu, wie er, nach allen Seiten spähend, die Straße herabkam, die Tür öffnete und ins Haus trat. Als die Tür hinter ihm zuschlug, lag die Straße wieder leer da, und Ismayl hörte Neigels Fußtritte auf der Treppe in den ersten Stock und dann seine leise, ruhige Stimme.

*Hat er eine Freundin, zu der er ab und zu geht?*, fragte er sich. Oder vielleicht spielte er irgendwo Marionett und amüsierte sich. Ihm drohte kaum Gefahr – niemand hatte ihn bislang bei einer ihrer Aktionen gesehen und als Rebellen erkannt. Er durfte sich nur nicht verplappern, doch Ismayl kannte Neigel gut genug, um zu wissen, dass auch Alkohol seine Zunge nicht lockerte. Er war einer von den Großen, Schweigsamen. Ismayl grinste.

Jendra hätte Neigel zum Tanz mit Kilianna schicken sollen. Es wurmte Ismayl, wie hart die Eifersucht zugeschlagen hatte. Er hatte es noch nicht über sich gebracht, Dawyd nach der Tochter des Großgildenmeisters zu fragen.

Er war ihr seit seiner Gesellenprüfung verfallen. Seit der ganze Raum an seinen Lippen gehangen und sie nur eine ihrer dunklen Augenbrauen gehoben hatte. Seit alle in Jubelstürme ausgebrochen waren und ihm eine große Zukunft prophezeit hatten und sie nur einen höflichen Applaus gespendet hatte. Er wünschte, er wüsste, womit er ihr Herz berühren konnte. Womit er sie das empfinden lassen konnte, was er beim Schreiben seiner Zeilen erwecken wollte. Sie war sein Ansporn, besser zu werden. Sie war das Urteil, das er damals mitgenommen hatte. Vielleicht hatte sie ihn sogar davor bewahrt, die Arroganz eines vermeintlichen Wunderkinds zu entwickeln. Sie hatte mehr von ihm geformt, als sie ahnen konnte.

Er hatte ein paar Mal versucht, es ihr zu sagen. Bei Feiern in der Festhalle im Zunftviertel. Bei Tänzen im Haus ihres Vaters. Wenn er zu Salons geladen war, um zu rezitieren. Doch sie hatte alle Gespräche auf Belangloses beschränkt, und dabei wusste er doch, dass ihr Sinn tiefer ging …

Ismayl seufzte. Er hörte, dass die Stiege zum Dachzimmer erklommen wurde. Eine Hand klopfte einmal an die Falltür, dann öffnete sie sich. Ignaz sah aus der Öffnung hervor – obwohl nur wenig Licht von den Straßenlaternen in die Kammer fiel, war der dunkle Schopf doch unverkennbar.

»Neigel hat wichtige Informationen für uns.«

Ismayl nickte. Zukunft, nicht Vergangenheit. Er kämpfte seine dumpfe Wut auf Ignaz und seine hellodernde Eifersucht auf Dawyd zurück und folgte Dreifinger nach unten.

Elisabeda wusste, dass sie an andere Dinge denken sollte als an das Schwert. Doch es glomm immer wieder wie die Kohlen in der Esse in ihr auf und wärmte, was lange erkaltet gewesen war. Es lockte sie, es ließ ihre Finger kribbeln und ihre Muskeln vor

Sehnsucht schmerzen. Es hatte sie sogar von Gabril träumen lassen, ein sentimentaler Traum von Schnee und Wärme und dem Gefühl der gegenseitigen Vergebung. Von einer Zeit, als sie jünger gewesen waren. Als sie aus Sygna geflohen war. Vor ihm geflohen, vor dem Leben mit ihm.

Sie hatten erst zueinander gefunden, als sie am weitesten voneinander entfernt gewesen waren. Selbst jetzt war sie ihm näher als damals – obwohl seine Asche längst verstreut war und alles, was sie gehabt hatten, nur noch in ihrer eigenen Erinnerung existierte.

Sie verdrängte die Gedanken. Elisabeda wusste, dass es Wichtigeres gab als dieses Schwert.

Neigel hatte sie mitten in der Nacht aus dem Schlaf der hart Arbeitenden gerissen und erzählt, was er von einem Kontakt in der Stadt wusste. Ignaz drängte nicht darauf zu erfahren, wer dieser Informant war, obwohl Elisabeda es interessant fand.

Sie und Ignaz wurden von verschiedensten Menschen in der Stadt unterstützt, und die ehemaligen Spione des Schlangmundmüllers waren nur ein kleiner Teil davon. Viele von diesen waren verhaftet worden, dafür waren neue hinzugekommen. Ismayl hatte eine ganze Menge Bewunderer in der Stadt, von denen einige sicherlich nicht zögern würden, ihm aus der Klemme zu helfen. Ignaz kannte … ja, Ignaz sponn sein ganz eigenes Netz, und nicht einmal sie durfte wissen, wo jedes Ende festgeknotet war. Und Neigel erhielt also Informationen von einem Mann, der seine Augen und Ohren im Theater hatte.

Ismayl saß ganz ruhig neben Elisabeda am Tisch, als Neigel geendet hatte. Sie sah ihn fragend an, doch sein Blick war auf Ignaz gerichtet, der wiederum ins Leere starrte. Ismayls Gesicht war eine Maske aus künstlicher Gelassenheit. Simeons Tod hatte sie alle mitgenommen. Elisabeda war es, die den schlafenden Alten allein gelassen hatte. Als sie aus der Werkstatt zurückgekommen war, hatten Neigel und Jendra seinen Leichnam bereits zu den Totenbrennern gebracht. Es tat ihr leid – alles: der Sprung in die Schlang, an dem sie nicht unwesentlich schuld gewesen war, dass sie ihn allein gelassen hatte, statt über sein Fieber zu wachen. Aber was war ihnen anderes übrig geblieben, als zu springen? Was hätte sie tun können, wenn sie neben ihm gesessen hätte?

*Er wäre vielleicht nicht allein gewesen*, nagte es an ihr. *Das hätte er gespürt. Das spüren sie immer.*

Andererseits war sie nicht gut in der als so weiblich anerkannten Tugend des Krankenpflegens. Sie war nicht gut darin, weinend Händchen zu halten und zum Großen Handwerker zu beten. Sie war nicht gut darin, sich mit Schicksalen abzufinden. Elisabeda war gut im Schmieden und mochte es, sich einzubilden, dass sie auch ihres Schicksals Schmied sein konnte, wenn sie nur immer das zum Material nahm, was das Schicksal ihr vor die Füße warf.

Dennoch: Sie war nicht dagewesen, und Ismayl war zornig und enttäuscht und traurig, und all das zu Recht. Aber nun gab es Wichtigeres, und sie sah ihm die Erleichterung darüber an, dass er etwas gefunden hatte, worauf er seine brütenden Gedanken richten konnte. Vielleicht war es härter für die Dichter: Sie konnten sich nicht Eisen zuwenden oder Glas oder Holz. Sie hatten immer nur ihre eigenen Gedanken, die Kreise zogen und ihre Zeichen malten.

»Wenn es stimmt, ist es sehr beunruhigend«, sagte Ignaz endlich.

Neigel nickte, und Ismayl nickte ebenfalls.

»Also graben sie nicht nur in der Verkehrten Stadt? Wie viele Leute haben sie denn wohl, die graben?«, fragte Dawyd. Er stützte seinen Kopf auf die Hände, und Elisabeda erkannte in der Geste, wie müde er war. »Und wieso? Was erhoffen sie sich davon?«

Ignaz fokussierte seinen Blick und sah Dawyd an. »Anscheinend nicht, was ich gehofft habe: Wertvolles aus alter Zeit oder Erz. Anscheinend sind sie auf den Geschmack der Zeichen gekommen in den vergangenen Monaten. Dem Roten reicht es nicht mehr, sie aus Menschen herauszupressen.«

Ismayl nickte. »Ja. Er lässt überall nach dem suchen, was früher mit dem Vergessen bestraft wurde.«

»Was meinst du damit?«, fragte Dawyd, und Ismayl antwortete leise, als würden solche Geheimnisse unweigerlich Lauscher nach sich ziehen: »Wenn du diese Zeit hier als die schrecklichste Zeit empfindest, die in Sygna je herrschte, dann sei dir sicher, dass es schon schlimmere gab. Sygna hat das Dunkelste gesehen und das Hellste. Und damit das Dunkelste sich nicht wiederholt, entschieden sich die Meister alter Zeiten für das Vergessen. Schriften wurden zerstört, Erzählungen niemals wieder erzählt. Inschriften vernichtet, Zugänge vermauert, Gebäude eingerissen und Bilder verbrannt. Es gibt noch Spuren dieser Geschehnisse, und ich hätte mein Leben damit zubringen können, ihnen nachzugehen.«

»Was? Warum?«, brachte Dawyd hervor. »Wenn sie so schrecklich sind, dann solltest du das Leichentuch doch wohl kaum anheben.«

»Nicht?« Ismayl lächelte halb. »Welchen Sinn hatten die Blutzeichen, bevor die Fechter ihren Kodex um sie herumbauten? Warum gibt es die Zeichen nur in Sygna, während die ganze bekannte Welt ohne sie auskommen muss? Hast du schon von der Zeit des Sklavenstigmas gehört? Von der Zeit der Meisterkaiser? Nein? Weil Altvordere beschlossen haben, dass es vergessen gehört, damit es sich nicht wiederholt.«

»Aber du hast trotzdem danach geforscht!«

»Ja! Weil ich glaube, dass sich etwas nur dann nicht wiederholt, wenn man sich daran erinnert! Und weißt du, wo Erinnerungen bewahrt wurden? Wo Chroniken gehortet werden? Bruchstücke von Inschriften? Wo halbverbrannte Pergamente und hastig gezeichnete Abbilder gesammelt werden?«

Dawyd schüttelte den Kopf. Elisabeda sah zwischen den beiden hin und her und spürte, wie ihr kalt wurde, ohne dass sie sagen konnte, woran es lag. »In Aquintien«, flüsterte sie.

»Richtig«, nickte Ismayl. »Die Aquintianer haben unsere Vergangenheit in besserer Erinnerung, als wir sie haben. Aber sie kennen nur Teile. Legenden. Halbwahrheiten.« Seine Finger wanderten gedankenverloren über die polierten natürlichen Rillen des Tischs, die hell hervortraten und die Linien eines abstrakten Kunstwerks bildeten. »Sie erforschen die Lücken an ihrer Universität. Und jetzt graben sie nach der Wahrheit.«

Ignaz bewegte sich unruhig. Sie spürte unter dem Tisch, wie er seine langen Beine ausstreckte und dabei versehentlich ihre Füße berührte.

»Das ist nicht gut. Wenn sie Wahrheiten entdecken, die wir nicht einmal ahnen!« Er rieb sich mit zweieinhalb Fingern durchs Gesicht. Für die meisten kleinen, unabsichtlichen Bewegungen nutzte er immer noch seine rechte Hand. Elisabeda bemerkte, dass Dawyds Lippen in einem plötzlichen Anflug von Grauen oder Mitleid zuckten, als die Hand so plötzlich in sein Blickfeld trat. Sie war erstaunt, wie sehr der Anblick an ihr rührte. Wie sehr die Hand das drängende Bedürfnis, etwas zu reparieren, was irreparabel war, in ihr wachrief.

Ignaz' Füße bewegten sich unruhig, als lege er bereits große Strecken in Gedanken zurück. »Nun ist nur die Frage: Können wir etwas daran ändern?«, begann er. »Können wir etwas davon verhindern? Wenn sie etwas finden – nehmen wir an, es sei ein Gegenstand, etwas Transportables, das sie zur Festung brächten –, könnten wir es ihnen wegnehmen und in unsere eigenen Verstecke bringen? Und wenn es nichts in der Art ist, wenn es tatsächlich eines oder gar mehrere vergessene Zeichen sind – könnten sie sie lernen? Und wenn ja: Können wir das verhindern? Das Theater ist verhältnismäßig offen – wir kommen hinein und hinaus, Jendra kann die Aquintianer dort drin beobachten, ohne dass sie selbst gesehen wird. Die Höhlen sind schwieriger. Sie haben sehr viele Leute hier, und auch das sollte uns ein Signal geben: wie ernst sie Sygna nehmen. Sie könnten all diese Männer auch in den Krieg schicken, aber sie sind hier. Stattdessen haben sie Halbwüchsige in den Krieg geschickt.«

Elisabeda fühlte, wie ihr Herz einen Schlag aussetzte. Jendra und Ismayl sahen sie kurz an, als hätten sie es gehört. Sie sah an ihnen vorbei und versuchte, nicht an Johanni und Zach zu denken. Es misslang.

»Wie kommen wir in die Höhlen? Wie können wir herauskriegen, was da passiert? Wie können wir es verhindern? Und wo werden sie wohl schneller fündig, wo müssen wir eher eingreifen? Theater oder Verkehrte Stadt? Oder ist beides eins, und sie haben im Theater einen weiteren Zugang nach unten gefunden? Elisabeda?«

Sie hörte ihren Namen, doch sie reagierte nicht direkt.

»Elisabeda, was sagst du?« Ignaz' Fuß stoppte in seinen Bewegungen. Sie spürte ihn an ihrem eigenen Fuß. Sie trugen keine Schuhe, und kurz war die Berührung so intim wie seine Umarmung im Hof des Zunftgerichts drei Tage zuvor.

»Ich habe dich gehört«, sagte sie. Sie war der Hauptmann. »Ich denke nach.«

»Denk nicht so lange wie damals, als wir dem Stier von Meister Aurilhand gegenüberstanden!«, zog er sie auf, und Ismayl lachte. Sie lächelte.

»Ich bin schneller geworden«, sagte sie.

»Was war denn damals?«, fragte Dawyd, doch Jendra bedeutete ihm zu schweigen. »Ich kann mir das Theater ansehen«, sagte sie.

»Es sind viele Wachen dort abgestellt«, warnte Neigel.

»Wenn ich nicht gesehen werde, ist es egal, ob es zwei Dutzend oder zweihundert sind«, grinste Jendra.

»Jendra wird das Theater überprüfen. Wir kennen Neigels Informanten nicht. Vielleicht verhält es sich auch ganz anders, wir brauchen erst einmal ein klareres Bild. Auch Jendras Kontakt ins Meisterviertel sollte eine Möglichkeit erhalten, uns Informationen zu übermitteln, wann immer es neue gibt. Dawyd sagte, es sei zu gefährlich, sie noch einmal auf eigene Faust in der Tiefe nachforschen zu lassen. Dawyd würde sie unterstützen ...«

»Ich würde sie auch unterstützen!«, sagte Ismayl prompt und warf einen Blick wie ein Wurfmesser in Richtung von Dawyd.

»Ruhe«, knurrte Ignaz.

»Wir sollten Leute in den Berg schicken«, fuhr Elisabeda fort. »Vielleicht nehmen sie auch Tagelöhner mit nach unten, dann sollten wir einen Maulwurf dabeihaben. Aufbauend auf neuen Information, entscheiden wir, was zu tun ist.«

Ignaz nickte. Dawyd und Ismayl hatten ihr stummes Duell beendet und nickten ebenfalls. Jendra stand bereits auf.

»Nein«, schüttelte Elisabeda den Kopf. »Ihr seid alle hundemüde. Wir werden erst schlafen, und du wirst morgen ausgeruht ins Theater gehen. Vergiss nicht, dass es auf dem Theaterplatz die Armenspeisung gibt. Zieh dir was Ranziges an, dann fällst du nicht auf.«

Jendra nickte erleichtert und gähnte ausgiebig.

»Vielleicht ist es dann zu spät«, protestierte Ismayl. »Euer Zaudern ...« Er zog erschrocken die Augenbrauen hoch, doch er hatte den Satz bereits begonnen, jetzt musste er da durch. »... wegen des Heilers ... nur deshalb ist Simeon tot!«

Elisabeda sah ihn an und antwortete nicht. Er presste die Lippen aufeinander.

»Wir hätten. Es nicht. Geschafft. Ismayl«, sagte Ignaz so leise, dass es beinahe bedrohlich klang. »Du weißt das, also mach uns alle von dieser Schuld los. Dich eingeschlossen. Das bringt uns nicht weiter.«

»Wir haben mit Simeons Tod auch Wortzeichen verloren, die uns den Hals hätten retten können!«, brachte Ismayl noch hervor, obwohl er rot anlief. Er hatte sich erhoben, und Jendra schob den Tisch beiseite, um die Klappe darunter zu öffnen. Er war der Erste auf der Stiege, doch Elisabeda hörte noch seine wütende Stimme: »Wenn wir im Theater jetzt wieder den Kürzeren ziehen, nur weil wir schlafen ...«

»Aber wir *müssen* schlafen«, sagte Elisabeda bestimmt. »Wie lange, glaubst du, machen wir so weiter? Du hattest nächte- und tagelang keine Ruhe, weil du dich um Simeon gekümmert hast, und bei uns anderen sieht es ebenso aus. Wenn wir müde sind, machen wir Fehler! Ich sage, dass wir jetzt schlafen.«

Schweigen von der Treppe. Elisabeda zuckte mit den Schultern. Schließlich erklangen wieder Ismayls wütende Tritte, er schob sich mit Schultern und Kopf wieder durch die Öffnung der Falltür.

»Ich sage, Ignaz' Freunde sollen uns helfen«, sagte er. »Dann sind wir nicht mehr nur sechs Idioten, die versuchen, eine Stadt mit hunderttausend Mal so vielen Idioten darin zu befreien!«

»Welche Freunde?«, fragte Ignaz lauernd.

»Ich weiß, dass da noch mehr sind! Ich weiß, dass wir immer den Kopf hinhalten, bis wir Gejagte in unserer eigenen Heimat sind! Während andere – was? Ein wenig altes Brot an der Mauer deponieren? Neigel bei einem Bier ein paar Halbwahrheiten anvertrauen und nicht den Mumm haben, mehr daraus zu machen? Das fortschaffen, was wir unter Einsatz unseres Lebens aus den Klauen der Aquinzacken gerissen haben?« Alle Aufmerksamkeit richtete sich auf Ismayl, er schien sie geradezu aufzusaugen. Elisabeda starrte auf seine Lippen, die fortfuhren, nun langsam und eindringlich: »Ignaz, du musst ...«

Sie kämpfte mit sich, gab sich einen plötzlichen Ruck. »Halt«, sagte Elisabeda ruhig, aber unmissverständlich. Sie spürte, was gerade passierte. »Tu das nicht.«

Ismayl wandte den Blick ab, sah die steilen Stufen hinab, bis zu den Ohren rot. Die Lippen zu einem fahlen, blutleeren Strich zusammengepresst.

»Aber ...«, sagte Dawyd verwirrt, »wenn da wirklich noch andere sind ... vielleicht ist es jetzt an der Zeit, dass sie alle zu den Waffen greifen. Vielleicht ist es genau der Zeitpunkt, bevor die Aquinzacken etwas finden, das sie niemals besitzen dürfen!«

»Dawyd, sei still«, sagte Elisabeda wie zu einem ihrer Söhne – ein wenig überdrüssig. »Er hat gerade begonnen, ein Dichterzeichen gegen uns zu wirken. Das er sich auf der Treppe gemalt hat.«

»Nicht *gegen* euch«, flüsterte Ismayl. Beim Sprechen öffnete er seinen Mund kaum – sicherlich, damit niemand das Zeichen sah, das seine Zunge zierte. Seine Wangen brannten.

»Tu das nie wieder. Du kannst auch auf andere Weise Feuer in uns entfachen, Ismayl. Das ist deine besondere Gabe, und du brauchst kein Zeichen dafür. Ein Zeichen wie das führt zu unüberlegtem Handeln, und es führt zu Geschehnissen wie denen, die dein Meister ins Rollen gebracht hat. Und für die man ihn und viele andere getötet hat.«

»Ich weiß«, flüsterte Ismayl, und sie sah, wie er sich hastig die Tränen abwischte. Er war furchtbar aufgewühlt – vermutlich auch einfach übermüdet. Sie beugte sich zu ihm herab und legte ihm eine Hand auf den Arm. »Geh schlafen. Und morgen unterhalten wir uns ohne Zeichen darüber, was wir tun können.«

Ismayl nickte und schleppte sich die Stiege hinab. Sie hörte ihn zur kleinen Stube gehen, die er sich mit Neigel teilte. Dawyd sah verwirrt aus.

»Geht alle schlafen.«

Sie gehorchten. Nur sie und Ignaz blieben in der Dachkammer zurück.

»Wie weit ist das Schwert?«

»Weit«, lächelte sie. »Du wirst es bald sehen.«

Er nickte und erwiderte ihr Lächeln.

»Er hat recht, weißt du?«, sagte sie, und sein Lächeln erstarb. »Wir brauchen tatsächlich Hilfe.«

»Wir müssen erst herausfinden, was passiert. Ohne Wissen keine Pläne. Zumindest keine, die funktionieren.«

»Was weißt du schon darüber?« Sie zwinkerte ihm zu. »Ich bin die Schmiedin. Auch von Plänen. Ja, wir sehen morgen weiter. Aber wenn es so ist, wie Neigels Informant sagt und wie Jendras Kontakt beobachtet hat … dann brauchen wir mehr Leute, die uns helfen. Aktiver, als sie es jetzt tun.«

»Ich kenne ein paar. Zwei, drei«, sagte er verhalten.

»Zwei, drei sind nicht genug, Ignaz. Du weißt das.«

»Ja«, sagte er, und seine Augen wurden wieder zu diesen düsteren Schächten. »Das weiß ich.«

Das bohrende Gefühl, dass sich jeden Moment ein Schlund vor ihr auftun konnte, der sie verschlingen würde, ließ Kilianna nicht los. Sie schlief schlecht, lag stundenlang wach und dachte abwechselnd an Dawyd und an das, was sie in der Tiefe gesehen hatte. Sie musste noch einmal dorthinunter. Sie musste wissen, was dort geschah. Doch sie hatte zu viel Angst und verfluchte sich dafür.

Wenn man sie erwischte ... Es war nicht nur für sie selbst gefährlich, sie zog damit auch ihren Vater in einen Strudel hinab, in dem er untergehen würde. Dass sie sich überhaupt darum scherte, ärgerte sie so sehr, dass sie sich im Bett hin und her warf. Er ging doch beim Gouverneur aus und ein, er, der früher als gewähltes Oberhaupt über die Stadt regiert hatte!

Doch schlimmer als die Angst davor, erwischt zu werden, lastete dieses Gefühl auf ihr, das sie in der Tiefe empfunden hatte: die klar umrissene Angst vor etwas zutiefst Fremdem, das sie ausgedehnt und labyrinthartig umgeben hatte. Die Anwesenheit von etwas Altem, das darin lauerte. Die Gänge, die den Bleiberg durchzogen, waren nicht umsonst verboten. Nein, es war nicht die Furcht, erwischt zu werden, die ihr den Schlaf raubte. Es war das Schreckliche dort unten. Die Tiefe gehörte dem Krummen Mann und nicht den Meistern und ihren Töchtern. Und schon gar nicht den Aquintianern, die keine Ahnung hatten, was sie dort taten.

Sollte sie Dawyds Angebot annehmen? Würde er mit ihr in die Tiefe steigen? Sie mit ihm?

Sie quälte sich früh aus dem Bett, um mit ihrem Vater zu frühstücken. Als sie im Badezimmer vor der marmornen Waschschüssel stand und versuchte, ihr grau wirkendes Gesicht mit kaltem Wasser zu beleben, knirschte es unter ihren Füßen. Sie erkannte sofort, dass es nicht von einem Erdbeben verursacht wurde. Davon hatte sie auf dem Bleiberg schon das eine oder andere miterlebt. Dieses Geräusch war eher wie ein dunkles Rumpeln aus der Tiefe. Dies hier war ein schauerliches Geräusch, als mahlten zwei Felsen gegeneinander. Steinerne Kanten, die wie Backenzähne aufeinanderrieben und einen seltsamen Ruck durch den Boden, durch das Haus und Kiliannas Körper sandten. Dann war es vorbei. Sie hörte noch das Echo ihres eigenen Schreis. Etwas klirrte – vielleicht eine Vase, die umgefallen war? Ein weiterer Schrei der Überraschung, dann Schritte, und das Hausmädchen rief: »Fräulein Erdhand, geht es Euch gut?«

»Ja! Was ... was war das?«

»Ein Beben?«, fragte Meries Stimme mit einem zweifelnden Zittern darin.

»Wollen wir es hoffen«, murmelte Kilianna und putzte sich die Zähne. *Wollen wir hoffen, dass Höhlen eingestürzt sind und alle da unten begraben haben!*

Sie passte ihren Vater beim Frühstück ab. Er saß wie gewöhnlich ohne ihre Mutter, die mit ihrem chronischen Kopfschmerz lange zu schlafen pflegte, am Tisch und sah beim Essen aus dem Fenster und über die Stadt. Die große Glasfront des Salons zeigte Sygna in seiner ganzen Pracht, bis zum Klotz in der Ferne. Nur die Bleibergfeste war nicht zu sehen, denn sie lag schräg oberhalb der Villa des Großgildenmeisters. Im Moment war sie ohnehin in aquinzischer Hand, ein Schandfleck, den Zachari Erdhand gern ausgespart sah. Er aß ohne Appetit, wie Kilianna bemerkte, als sie sich neben ihn setzte. Sara, die Küchenhilfe, brachte ihr Frühstück: Obst mit Sahnejoghurt, wie sie es mochte. Sie rührte darin herum, ebenso hilflos wie ihr Vater.

»Was war das eben?«, fragte sie ihn schließlich. Sein Blick kehrte vom Fenster zurück.

»Guten Morgen, Kilianna«, sagte er steif.

»Guten Morgen, Vater. Was ... was war das? Das Geräusch?«

Er seufzte und zuckte mit den schweren Schultern. Er war nicht fett, aber er wusste seine Schärpen durchaus auszufüllen und bot genug Platz für all die nun bedeutungslosen Orden, die er bald wieder anlegen würde.

»Es kommt aus dem Berg, richtig? Sie graben da.«

Er nickte langsam und vermied es, sie anzusehen.

»Vater, du musst sie daran erinnern, dass es verboten ist! Es ist ... Es steht nicht im Kapitulationsvertrag, aber dann muss das Verbot nachträglich hinein!«

Er lachte kurz und freudlos auf. »Kilianna, nachträglich in den Übergabevertrag?« Er vermied wie immer das Wort Kapitulation. »Womit soll ich das durchsetzen? Was habe ich denn als Druckmittel?«

»Sie kennen die Stadt nicht! Wenn sie da unten graben, dann wird das passieren, weswegen man in alten Zeiten alle Zugänge verschlossen hat! Der Krumme Mann ...«

»Die Kaiserlichen werden sich nicht von Ammenmärchen aufhalten lassen.«

»Der Krumme Mann – nein, lass mich ausreden – ist, wenn er erfunden ist, sicher nicht von ungefähr erfunden worden. Da unten schläft etwas, das nicht gestört werden darf!«

»Und warum nicht?«, fragte er, beinahe desinteressiert.

»Papa, hast du das nicht gehört? Irgendetwas ist im Bleiberg, das weißt du doch besser als jeder andere! Du hast vor vier Jahren noch den Rat davon überzeugt, dass die Verschlüsse an den Zugängen alle erneuert werden! Du hast selbst gesagt, dass es zu viel im Berg gibt, das uns gefährlich werden kann.«

»Wer weiß«, sagte er düster und nachdenklich. »Wenn ich die Zugänge damals hätte öffnen lassen ... vielleicht wäre dann heute alles anders.«

Kilianna starrte ihn verwundert an. »Ach, auf einmal wünschst du dir, alles wäre anders? *Du* hast doch den Vertrag ausgehandelt! *Du* hast doch zugebilligt, dass wir die Stadt kampflos übergeben!«

Er stand auf, sein Frühstück kaum angetastet. Er setzte zu einer Antwort an, doch dann drehte er sich stattdessen um und verließ einfach den Salon. Die hohen, exotischen Pflanzen, die dort zur Zierde aufgestellt waren, wippten, als wollten sie ihm mit ihren langen Blättern und Wedeln nachwinken.

»Du kannst mich nicht so behandeln!«, schrie sie ihm nach. »Du bist mir *Antworten schuldig!*«

Doch er schien der Ansicht zu sein, ihr nichts schuldig zu sein. Wutentbrannt schrie Kilianna auf und stieß die Schale vom Tisch. Als sie zerbrach und Joghurt und Früchte auf dem dicken Teppich landeten, schämte sie sich. Nicht ihren Vater bestrafte sie damit; nicht er würde es aufwischen und reinigen. Mit einem viel zu sehr nach Schluchzen klingenden Laut sprang sie auf. Wenige Momente später trug sie Stiefel und Mantel und verließ das Haus.

Niemand außer Dawyds Freunden würde sich darum kümmern. Dreifinger. Die Frau, die auf den Plakaten beschrieben war. Und wer sonst noch dabei sein mochte. Kilianna stieß ihre Hände in die Manteltasche.

Es wurde Zeit, dass sie selbst handelte.

Ziellos wanderte sie durch die Straßen, während die Sonne höher stieg. Die vergangene Nacht war wieder klar, aber beißend kalt gewesen, und auf den steilen Serpentinen, die den Bleiberg hinabführten, waren die Kopfsteine unter ihren Füßen schlüpfrig vom Raureif. Über Sygna stiegen dünne Rauchfäden in die Luft, fahlgrau wie ausgeatmete Seelen, die einen toten Körper verließen.

Als sie am dritten Plakat mit Dawyds Konterfei vorbeikam, hatte sich immerhin einer der aufgewirbelten Gedanken gesetzt und in einen Entschluss umgewandelt: Sie trat an das Plakat und riss es an der Seite in kurze und längere Streifen. Wenn die Rebellen darauf die Chiffre anwandte, mit der sie sich am Handtag zu unterhalten pflegten, würden sie ihre Botschaft lesen können. Sie wiederholte es an jedem unbeobachteten Plakat, an dem sie vorbeikam. Noch lagen die Meister- und das Bakkalauviertel müde da, Menschen bewegten sich hinter Vorhängen, Abtritte auf Innenhöfen wurden benutzt, Wasser aus den Bächen geholt, Eier aus den Hühnerställen.

Kilianna riss ihre Botschaft in Steckbriefe, während sie vorgab, sie ganz genau lesen zu wollen.

Dann durchquerte sie die Mauer vom Bakkalauviertel in die alten Zunftviertel im Schlangtal, die noch innerhalb der alten Stadtmauer lagen. Sie blickte hinter sich den Hang hinauf, während sie nachdachte.

Etwas weiter im Osten hatte sie die Verkehrte Stadt betreten, um von ihrem geheimen Treffen wieder nach Hause zu kommen. Wo betraten die Soldaten und ihr seltsamer Anführer in Zivil eigentlich die Höhlen?

Und was mochten die Menschen in den umliegenden Vierteln von dem besorgniserregenden Ruck halten, den der Berg vor nicht einmal einer halben Stunde getan hatte? Gab es niemanden, der ebenfalls seiner Empörung Luft machen wollte, der einen Verantwortlichen zur Rede stellen wollte? Sie war immerhin Kilianna Erdhand – auch Dutzende aquinzische Soldaten würden sie nicht daran hindern, Fragen zu stellen und Antworten zu verlangen, daran war ja nichts Illegales!

Sie schlug einen anderen Weg ein – dieser wand sich nicht als Straße in Kurven den Berg hoch, sondern erlaubte Fußgängern, in engen Treppen höher und höher zu steigen. Schließlich wurde sie mit dem Anblick belohnt, nach dem sie Ausschau gehalten hatte: eine aufgebrochene Tür hoch in der Felswand oberhalb eines verfallenen Speicherhauses. Es war ein unzugängliches Tor, aber breit und hoch genug, wenn man eine Plattform davor errichtete, zu der Leitern hinaufführten – was die Soldaten getan hatten. Von hier aus konnte Kilianna bis zu den Kuser Bergen blicken – weit entfernt blitzte Schnee auf den höheren Gipfeln des Gebirges.

Sie blieb auf der Treppe stehen und suchte nach einem Zugang zum Gelände. Das ungenutzte Speicherhaus und seine Umfriedung waren alt und lagen verschachtelt zwischen anderen Grundstücken, sodass sich ihr die kleinen Wege durch schmiedeeiserne Tore oder steinerne Torbögen nicht sofort erschlossen. Während sie noch hinübersah, tat sich etwas am Höhleneingang: Von innen kamen zwei Soldaten. Sie trugen eine schwere Last und verhielten dann an der neu errichteten Plattform, von der aus ein Flaschenzug hinabführte. Sie diskutierten, dann schleppte der vordere einen schlaffen Körper aus der Öffnung und legte ihn auf der Plattform ab. Er zog einen Frachtkorb zu sich herauf, der zweite trat hinzu, und zusammen legten sie den Bewusstlosen – oder Toten? – in den Korb und ließen ihn herab. Dann kletterte der erste die Leiter hinunter, ein dritter Soldat trat in Kiliannas Blickfeld, ebenfalls aus dem Inneren der Höhle, ebenfalls schwer beladen.

Sie blieb wie angewurzelt stehen, sah mit Grausen, wie ein Körper nach dem anderen herausgetragen und mit dem Flaschenzug zu Boden, in den Schatten des Kornspeichers befördert wurde, wo sie sie nicht mehr sehen konnte. Sie musste näher heran! Sie zog sich über eine kleine Mauer, ließ sich auf ein schiefergedecktes windschiefes Dach herab, lief darüber, stieg von dort auf einen Schuppen, durch einen verwilderten Garten und über eine weitere Mauer. Ihre Hände waren rasch von den Stichen junger Brennnesseln übersät und brannten wie verrückt, als sie in der Wildnis rings um den Speicher ankam. Erst jetzt konnte sie die Soldaten und die leblosen Körper wieder sehen. Sie atmete tief durch.

Sie durfte sich frei in der Stadt bewegen. Sie durfte mit den Soldaten reden. Es war ihr Recht als Sygnaerin herauszufinden, was hier geschah. Sie ging geradewegs auf den Soldaten zu, der die Bewusstlosen aus dem Frachtaufzug lud.

»Was ist das hier?«, fragte sie bereits auf die Entfernung, und der Soldat fuhr herum. Ein bulliger Kerl von der Sorte Mann, die sie als stumpf und dumm einstufen würde, und Kilianna schätzte jeden Menschen sofort auf den ersten Blick ein. Nicht immer richtig, aber sie hatte jederzeit Schubladen bereit, in die ihr Gegenüber passte. Dieser hier war ein Widerling, und kurz zog sie die Schultern hoch, weil ihr sein Gesicht wie der Inbegriff dessen erschien, was eine Frau ihres Standes meiden sollte.

»Was willst du, Frau?«, grunzte er.

»Ich will sofort wissen, was hier vorgeht! Im Namen der Menschen von Sygna! Wir haben keinem Öffnen der Kavernen zugestimmt!« Sie kam näher, die Fäuste in den Manteltaschen geballt. Der Soldat hatte die schlaffen Körper nebeneinander in die ins Kraut geschossene Wiese gelegt. Sie lagen so still, dass Kilianna mit einem Schlag klar wurde, dass sie tot waren.

»Wa... warum sind diese Männer tot?« Noch einen Schritt näher – dann wagte sie sich nicht mehr weiter. Sie blieb stehen und starrte auf die Leichname. Die dunklen Uniformen und weißen Hosen starrten vor Dreck und Staub. Und vor Blut, das der Stoff aufgesogen hatte, als sei er hungrig gewesen. Sie hatte Quetschungen erwartet, vielleicht Platzwunden von herabgefallenen Steinen – dieses Knirschen aus der Tiefe hatte doch irgendeine Ursache gehabt! –, doch was sie sah waren Schnitte, Stiche, sogar Schussverletzungen. Gähnende Wunden in Hälsen und Bäuchen. Sie schluckte und wich wieder einen taumelnden Schritt zurück. Konnte dies ... eine Tat der Rebellen sein?

»Ich bin dir keine Rechenschaft schuldig! Hau ab!«, sagte der Bullige und baute sich vor ihr auf, während von oben einer seiner Kameraden rief: »Wir brauchen den Aufzug wieder hier oben!«

Er winkte, und dabei fiel Kiliannas Blick auf seine Hand. Blut klebte daran, zweifelsohne von den Leichen, mit denen er hantiert hatte. Oder ... von einem Kampf?

Mit der anderen Hand wollte er sie wegstoßen.

»Nimm bloß deine Finger weg!«, zischte sie. »Du weißt nicht, wen du vor dir hast!«

»Einen Niemand«, knurrte der Soldat.

Oh nein, dieses Spiel spielte sie nicht mit – er sollte wissen, dass er es nicht mit einer dahergelaufenen Magd zu tun hatte.

»Ich bin Kilianna Erdhand, Tochter des Großgildenmeisters!«, fauchte sie.

Er sah sie perplex an, hinter seiner Stirn schien er abzuwägen, was das für ihn bedeutete. »Na und?«, fragte er schließlich.

»Diese Toten ... gehen uns etwas an!«, schrie sie aufgebracht.

»Wieso? Es sind kaiserliche Soldaten!«, grunzte er zurück. »Hau ab, oder ich versohl dir dein süßes Hinterteil.«

»Wenn du das wagst«, presste sie entgeistert hervor, »dann bist du tot. Du Bastard.«

»Bedrohst du einen Soldaten des Kaisers?«

»Ich will wissen, was hier passiert ist!«, brüllte sie mit aller Autorität, die sie aufbringen konnte.

»Und ich sage noch einmal: Es betrifft die Soldaten des Kaisers und nicht dich! Verschwinde, sonst verhafte ich dich!«

»Mein Vater ...«, begann sie, doch sie erstickte beinahe an den Worten. Ihr Vater war einfach aufgestanden und gegangen, als sie ihn zum Handeln aufgefordert hatte. Ihr Vater würde hier niemanden zur Rechenschaft ziehen. Er würde die Augen verschließen. »Ich wünsche, deinen Namen zu wissen!«, forderte sie stattdessen. »Ich werde mich beim Gouverneur beschweren. Wir sind genauso Bürger der Aquinzischen Nation wie ihr!«

Seine Augen flackerten kurz auf, als sei in ihm zum ersten Mal Zweifel daran erwacht, dass sie ihm nicht ernsthaft schaden konnte. Dann wandte er sich ab. »Dafür hab ich keine Zeit«, murmelte er, lud den nächsten Toten aus, und der Aufzug wurde wieder hinaufgezogen.

»Vorsicht! Hier kommen die ersten Verletzten!«, kam es von oben. »Schick das Mädchen endlich weg!«

Der Soldat nickte, zog den Säbel vom Gürtel und stieß mit der Spitze in Kiliannas Richtung – eine plumpe Drohung. Sie verschränkte die Arme, wich jedoch ein Stück zurück. »Hau jetzt ab!«

Sie zog sich zur Mauer zurück, über die sie gekommen war, obwohl der Soldat sie dort immer noch sehen konnte. Sollte er doch! Dort stemmte sie sich hoch, setzte sich und rieb die rotgeschwollenen Hände. Ihr Herz klopfte heftiger, als sie sich eingestehen wollte, und nicht nur das Nesselgift ließ sie frösteln.

Der erste Verwundete wurde nach unten gelassen. Er blutete aus einer Kopfwunde. Dann ein zweiter, er stöhnte und hielt sich die Schulter, die grob bandagiert war. Der Uniformrock hing ihm nur noch über der anderen Schulter. Die beiden wurden ins Gras gesetzt, direkt neben ihre toten Kameraden. Es folgte ein weiterer Toter. Dann kamen zwei unversehrte Soldaten von oben, gingen mit eingezogenen Köpfen durch den verwilderten Garten und verschwanden hinter dem Kornspeicher aus Kiliannas Sichtfeld. Kiliannas grimmige Neugierde war geweckt, sie musste wissen, wo sie hingingen. Sie ließ sich auf der anderen Seite der kleinen Mauer wieder in die Brennnesseln herunter, gab diesmal besser darauf acht, sich nicht zu stechen, und umrundete den Kornspeicher in entgegengesetzter Richtung. Nahe dem Tor an die Wand gedrückt sah sie, dass sich im zerfallenen Schuppen ein Karren und mehrere Pferde befanden. Ausrüstung stand ebenfalls herum: Hacken, Schaufeln, Seile, Haken, manches davon bereits benutzt, anderes sogar zerbrochen. Die Soldaten schirrten zwei der Tiere vor den Wagen. Kilianna linste kurz ins Innere und lauschte dann an der dünnen, brüchigen Holzwand. Zunächst arbeiteten sie stumm, doch schließlich seufzte der eine.

»Ich will nicht wieder rein«, flüsterte er.

»Wer schon?«

»Ich ... ich kann nicht ...«, begann der erste wieder. Kilianna nahm allen Mut zusammen und spähte erneut um die Ecke in den Speicher hinein. Der Soldat hatte das Tier noch nicht ganz vors Joch geschirrt, doch die Riemen nun fallengelassen und starrte seine Hände an.

»Halt's Maul«, sagte sein Begleiter. »Red einfach nicht drüber, ich will's nicht hören.«

»Ich kann's nicht verstehen«, sagte der erste hell. Er klang jungenhaft, seine Gestalt war schmal, doch er hatte Kilianna den Rücken zugewandt. Also konnte sie nicht sagen, wie alt er wirklich sein mochte. Sie sah Blut an seinem Hosenbein, in langen Sprenkeln hatte es darauf seine Spuren hinterlassen.

»Ich kann nicht verstehen, warum ich das getan habe«, würgte er hervor.

»Du sollst deine gottverdammte Fresse halten!«, brach es aus dem anderen hervor. Er zerrte an den Riemen, und das Pferd scheute, sicherlich auch wegen des Blutgeruchs. Der Soldat riss immer heftiger an den Lederriemen und schrie schließlich seinen Frust ins Ohr des Tiers, das ein schrilles Wiehern von sich gab und nach ihm schnappte. Es rollte mit den Augen vor unverständiger Angst, und Kilianna begann, sich ebenfalls zu fürchten.

»Ich hab ihn umgebracht! Ich ... Wir sind zusammen *aufgewachsen*, Antoin!«, wimmerte der erste, ohne auf den Ausbruch des anderen zu achten. »Ich kenne seine Eltern ... seine Brüder ... Ich ...« Seine Stimme versagte ihm, und er sank zu Füßen des stampfenden Pferdes zusammen und bedeckte sein Gesicht mit den blutverschmierten Händen.

»Reiß dich zusammen! Reiß dich zusammen, verdammt, oder sie bringen uns vors Tribunal! Wir haben es überlebt und so manch anderer nicht, und das ist alles. Es gibt nichts sonst zu erzählen! Hörst du: Wir haben Lafayet geschworen, kein Wort darüber zu verlieren, kein einziges! Die Toten gehen zu den Brennöfen, und keine Frage wird danach gestellt, wie sie gestorben sind!«

Der andere wiegte sich weiter auf dem Boden kniend hin und her. »Verbrannt wie diese lästerlichen Sygnaer! Ihre Körper sollten heimkehren zu Vater und Mutter! In aquinzischer Erde begraben werden ...« Er schluchzte heftig. Der andere hatte sich ein wenig beruhigt und schirrte nun das Pferd zu Ende an.

»Ich schlag dich gleich bewusstlos und lad dich als Erstes auf den Karren, Rondall«, drohte er halblaut. »Und ob's dann ins Lazarett geht oder zu den Totenbrennern, das wirst du dann feststellen, wenn du wieder aufwachst oder auch nicht.«

»Ich habe es verdient ...«, begann der junge Bursche. Der andere packte ihn grob, stieß ihn gegen den Karren und verpasste ihm eine Maulschelle, dass sein Kopf zurückruckte.

»Halt jetzt endlich dein verdammtes Maul!«, drohte er. »Wir haben es alle verdient, jeder, der da lebend rausgekommen ist. Aber wir leben noch, und wir können es nicht ungeschehen machen. Das ... das waren nicht wir, hörst du? Das war ... etwas anderes. Vergiss es einfach!«

Der Junge schluchzte und hielt sich die blutende Lippe. Kilianna brachte sich wieder an der Seitenwand des Schuppens in Sicherheit und lehnte dort schaudernd und mit heftig klopfendem Herzen. Als der Junge den Wagen aus der Scheune führte, war sich Kilianna ziemlich sicher, dass er nie wieder glücklich werden würde. Sie sah nicht weiter zu, wie ein blutüberströmter Blaurock nach dem anderen aus den Höhlen gebracht wurde. Sie floh zurück nach Hause – ihr Vater musste das erfahren. Jetzt *musste* ihr Vater handeln!

Jendra verließ das Haus im Bakkalauviertel übers Dach. Sie kletterte auf ein Nachbardach, von da aus an der Feuertreppe hinab in den nächsten Hof und durch einen weinbewachsenen Laubengang in den angrenzenden Hanggarten. Sie musste nur durch eine moosbesetzte Gasse hinaus auf die Straße. Niemand würde wissen, dass das Eckhaus wieder bewohnt wurde.

Ohnehin würden die Sygnaer sich heute über ganz andere Dinge den Kopf zerbrechen. Sie alle in ihrem Unterschlupf waren von einem Ruck und einem grässlichen Knirschen wachgeworden, das der Berg von sich gegeben hatte.

Das erste Plakat machte sie bereits stutzig: Es war in einer seltsam unzufällig wirkenden Reihenfolge mit kurzen und langen Rissen versehen. Aber so etwas konnte passieren, vom Wind oder vielleicht irgendeinem gelangweilten Säufer zerfetzt.

Auf dem Weg zum Tor ins Zunftviertel sah sie ein weiteres Plakat. Ebenfalls eingerissen, aber in derselben Reihenfolge? Sie starrte darauf und ging dann langsam weiter. Ein unbeschadeter Steckbrief ein paar hundert Meter weiter. Ein vierter eingerissen.

Das war eine Chiffre. Sie überlegte, ob sie zurückgehen und nachprüfen sollte, ob die Reihenfolge der Risse sich änderte – ob sie gerade dem Verlauf einer Botschaft folgte. Sie war ein

Straßenkind, etwas abgerissen und fehl am Platze im gesetzten Bakkalauviertel, aber wie Straßenkinder so waren, hatte sie kein Ziel, keine Richtung, und niemandem würde es auffallen, wenn sie denselben Weg zurückging. Sie würden alle nur ihre Börsen überprüfen oder annehmen, sie behalte ein bestimmtes Haus im Auge. Vielleicht würde man irgendetwas nach ihr werfen, um sie zu vertreiben.

Der Beweis, dass man ihr tatsächlich keinerlei Aufmerksamkeit schenkte, folgte auf dem Fuße. Ein Grüppchen von Frauen wurde von einem Soldaten eskortiert. Die Frauen unterhielten sich nicht und sahen zu Boden. Jendra bemerkten sie nicht einmal.

Sie blickte ihnen nach. All trugen lange Mäntel, Tücher hielten die Haare aus dem Gesicht, der Weg führte sie abwärts zur Altmeisterstraße. Auf dem Weg zu den Manufakturen, vermutete Jendra. Sie verschränkte die Arme. Abgeholt von einem Soldaten. Auch das waren Neuigkeiten, die es zu erzählen lohnte und die Ignaz ebenso ungern würde hören wollen wie dieses scheußliche Geräusch aus der Tiefe.

Jendra hatte sich entschieden. Sie merkte sich die Reihenfolge der Risse an diesem Plakat und lief zurück zu einem der anderen Plakate – es war die gleiche Chiffre. Jendra lehnte sich an eine Häuserwand. Wie bekam sie heraus, wer hier wem was sagen wollte? Wenn es ihre eigene Chiffre aus kurzen und langen Signalen wäre, dann ... Sie erstarrte.

»Treffen«, flüsterte sie. Es *war* ihre Chiffre, ihre, die sie selbst erfunden hatte und die nur zwei Personen in der ganzen Stadt kannten – vorausgesetzt, niemand hatte das Büchlein gefunden, in dem Jendra ihrer Kontaktperson den Code aufgeschrieben hatte.

*Kilianna. Das trifft sich doch gut!*

Vielleicht hatte sie schon Neuigkeiten für sie. Neuigkeiten aus der Tiefe. Wissen über dieses grässliche Geräusch und das kurze Beben. Wissen, das Elisabeda helfen würden, einen Plan zu ersinnen.

Auf Elisabeda war Verlass. Jendra sah sie nicht als ihre Mutter, nein, keinesfalls. Sie war ihr Hauptmann, und sie beabsichtigte, eine Menge von ihr zu lernen.

Jendra schlug den Weg zum Theater ein. Die Armenspeisung würde bereits im Gange sein, und der Hauptmann hatte recht: Einen besseren Zeitpunkt konnte sie nicht wählen, um dort zu spionieren.

Lysandre Rufin lud sich bei Familie Jaranjid zum Frühstück ein. Er hatte im Zimmer, das er sich mit Neigel genommen hatte, nicht schlecht geschlafen, so lächerlich das auch klingen mochte. Außerhalb der Festung schienen ihn die tausend losen Fäden nicht so sehr zu quälen, denen er sich geschworen hatte nachzugehen. Die Frage nach den Heilmanufakturen, die perfide Lüge, die er seinem *Geliebten* mitgegeben hatte – das alles würde sich in den nächsten Tagen entrollen. Und noch viele andere Dinge, auf die er keinen Einfluss hatte oder die ihn nur am Rande berührten. Nach sechs guten Stunden Schlaf war er in die Festung zurückgekehrt, hatte dort notwendige Order für die erste Hälfte des Tags gegeben und den Bericht des unter der Stadt forschenden Höhlenkundlers und Schatzsuchers Aquinçois Lafayet an Gouverneur Tranquil durchgeblättert. Er las das Wechselbad aus freudiger Erregung, furchtsamer Unsicherheit und bitterer Enttäuschung durchaus heraus. Lafayet pflegte ganz andere Methoden als Rufin, um an das zu kommen, was der Kaiser begehrte. Gewissermaßen waren sie Konkurrenten, doch beide im Dienste derselben Nation. Rufin setzte ein freundliches Lächeln auf, als er an die Tür des ehemaligen Meisters Jaranjid klopfte.

Die Tür öffnete sich, eine kleine, schmale Frau mit blassem Gesicht und einem Kleid aus teurem Tuch stand im Durchgang. Jaranjid hatte nach seinem tiefen Fall aus der Gunst der Zünfte sein Haus am beliebten Schlangbeckenufer halten können, doch er hatte alle Nebengebäude vermietet, und auch die Weberei im

Anbau wurde nun von einem anderen Tuchmacher betrieben. Jaranjid hatte die Erlaubnis, in Sygna sein Handwerk ausüben zu dürfen, auf immer verwirkt – doch ausreisen durfte er als Zeichenkundiger auch nicht. Rufin war, wie es sich für den Commissaire der Geheimpolizei gehörte, bestens informiert.

»Seid Ihr Frau Jaranjid?«, fragte er und lüpfte den Hut, den er in der Festung auf den roten Schopf gezogen hatte. Sein Gesicht war, im Gegensatz zu dem seiner Nemesis, in der Stadt noch größtenteils unbekannt. Man erzählte sich lediglich Geschichten von ihm. Vom Roten Rufin.

»Ja?«, erwiderte die Frau mit heller Stimme, als sei sie sich selbst nicht sicher.

»Kann ich mit Jamil Jaranjid sprechen?«, fragte Rufin und wartete höflich vor der Tür, während die Frau diese anlehnte und ins Innere des Hauptgebäudes eilte. Schließlich wurde er hereingebeten.

Jamil Jaranjid saß mit seinem einzigen Sohn, der sicherlich zwanzig Jahre alt war, zu Tisch. Beide standen nicht auf, als Rufin durch den verschachtelten und mit neuen Mauern künstlich verkleinerten Flur trat und im Esszimmer eine Verbeugung andeutete.

»Guten Morgen, die Herren Jaranjid«, sagte er. »Mein Name ist Lysandre Rufin.«

Sofort erstarrten die beiden Männer. Ihre Bewegungen waren wie eingefroren, nicht einmal im Gesicht zeigte sich eine Regung. Rufin lächelte höflich und wartete ab. Auch dieses Zimmer war durch eine Trennwand verkleinert worden, vermutlich um Platz für mehr zahlende Mieter zu schaffen. Eine Tür mit einem schmuddeligen Fenster ging auf einen ungepflegten Innenhof hinaus. Die Frau blieb hinter Rufin im Türrahmen stehen.

»Darf ich mich setzen?«

»Natürlich«, sagte Jamil Jaranjid, ein kräftiger, dunkelhäutiger Mann, neben dem der schmalere jüngere Mann beinahe bleich aussah. Beide hatten das widerspenstige Haar zu kleinen

Haarknoten gebunden. Beim Vater war es bereits vollständig weiß, was ihm einen Hauch von Würde verlieh. Würde, die ihm das schäbige Haus absprechen wollte. Auch die beiden Männer trugen die Kleidung von Menschen mit Wohlstand – doch Rufin ließ sich davon nicht täuschen. Mit den Zeichen war es sicherlich möglich, Tuche auf Jahre hinaus stabil zu halten, sodass dies vielleicht der Abglanz alter Tage war, den er vor sich sah.

Rufin schob einen Stuhl zurück, setzte sich, rückte näher an den Tisch heran. Auf einen ungeduldigen Wink des Patrons hin brachte die Frau einen Teller, ein Messer, eine Tasse. Rufin wartete, bis sie die Tasse mit Tee gefüllt hatte, und nahm sich dann eine Scheibe eines etwas trockenen Weißbrots.

»Wie kann ich Ihnen helfen?«, fragte der ältere Jaranjid ohne die Spur eines Akzents. Rufin hatte es nicht anders erwartet, denn die Familie Jaranjid reichte viele Jahrzehnte in die Geschichte Sygnas zurück. Er versuchte, sich von dem Eindruck zu befreien, den anderen als Fremdling zu betrachten.

*Ich bin der Fremdling.*

»Eure Tochter.«

»Ich habe viele Töchter«, sagte Jamil Jaranjid rasch. Ja, auch das wusste Rufin bereits. Der ehemalige Tuchmachermeister hatte acht Töchter, alle älter als dieser Sohn, der nun mit am Tisch saß, und alle aus seiner ersten Ehe. Erst eine Haushälterin hatte ihm nach dem Tod seiner Frau den erhofften Stammhalter geboren – doch da war er bereits vom Rat geächtet gewesen und hatte kein Wissen, kein Handwerk, keine Werkstatt, die er an ihn weitergeben konnte.

Jaranjids Messer lag auf dem Brot, ohne dass er die Butter abgestreift hätte. Rufin deutete mit einem Nicken darauf. »Ich bitte Euch, esst doch.« Er nahm sich ebenfalls Butter, bestrich eine Scheibe Weißbrot und biss hinein. »Um welche Tochter, glaubt Ihr, geht es mir?«

»Ich … Das weiß ich nicht!«, sagte Jamil, doch sein Sohn senkte den Blick, als müsse er an sich halten, weil die Angst sonst seine Zunge lockerte.

»Und du? Über welche deiner Halbschwestern … würde ich wohl mit dir reden wollen?«

»Elisabeda«, flüsterte Jamils Sohn.

»Und warum wohl sollte mir etwas an Eurer drittältesten Tochter liegen, Herr Jaranjid?«, fragte Rufin und nippte am Tee, verzog das Gesicht und goss sich ein wenig Milch hinein.

»Das weiß ich nicht«, sagte Jaranjid hilflos.

»Weil sie auf den Steckbriefen drauf ist«, flüsterte der Sohn, und der Vater reagierte nicht einmal mit einem Wimpernzucken.

»Herr Jaranjid«, begann Rufin, »ich weiß, dass jeder Vater seine Tochter in Schutz nehmen würde, egal wie sehr er sich schon vor Jahrzehnten mit ihr überworfen hat. Egal wie viele Jahre sie nicht mehr hier vor der Tür stand, um sich nach ihrem Vater zu erkundigen. Und ihrem Bruder. Egal wie tief sie in gewalttätige Machenschaften verstrickt ist.«

Jaranjid rührte sich nicht. Rufin rührte im Tee und fuhr dann fort: »Ihr seid Tuchmacher, Jaranjid. Der Zunftrat hat euch verboten, Euer Handwerk auszuüben, weil Ihr Euch mit einem Schmied namens Eisenhammer gemein gemacht habt, dessen Sohn Eure Tochter geheiratet hat. Mit ihm habt Ihr Zeichen kombiniert, und der Zunftrat hat Euch für diesen … Einfallsreichtum bestraft. Ich bin Aquintianer. Wir haben den Zunftrat abgeschafft, indem wir mit einer Armee einmarschiert sind. Heute verquicken sich in der Ausrüstung der Soldaten Eiserne Zeichen und Gewobene Zeichen auf ganz vorzügliche Weise. Was sollte Euch nun daran hindern, Euer Handwerk wiederaufzunehmen?«

»Was … was soll das heißen?«

Endlich das erhoffte Wimpernzucken. Endlich der Hoffnungsfunke. Rufin liebte es, wenn das geschah.

»Das heißt, Euer Sohn und Ihr könnt wiederaufnehmen, wofür Ihr gelebt habt. Wir werden Euch unterstützen.«

Der Funke wurde gedämpft. »Etwa in Manufakturen?«

»Männer wie Ihr? In Manufakturen?« Rufin lächelte. »Nicht doch. Ihr seid das kreative Potential dieser Stadt.«

Jamil begegnete endlich seinem Blick. »Und dafür … wollt Ihr was? Mich in die Zwickmühle bringen – wem ich treuer bin, meiner Berufung oder meiner Tochter? So gern ich selbst wüsste, wie ich mich entscheiden würde – ich kann Euch nichts über meine Tochter sagen. Ich weiß nicht, wo sie ist. Ich weiß nicht, was sie tut. Ich weiß nicht, wer bei ihr ist.«

»Sie lebt also nicht mehr, wo sie zuletzt wohnte? Wisst Ihr das mit Sicherheit?«

Jamil nickte. »Die Schmiede ist verlassen, ausgeplündert.«

»Ihr Mann, Gabril Eisenhammer – der ist tot?«

Ein erneutes Nicken. Diesmal sprach der Sohn: »Das Letzte, was ich von ihr weiß, ist, dass sie ihre Söhne nicht hergeben wollte. Hat die Hunde losgelassen. Es ist geschossen worden, und ihr Mann ist gestorben.«

»Ihre Söhne hergeben. Hm. Den Werbern?«, hakte Rufin nach und streute sich ein wenig Salz auf sein Butterbrot.

»Ja, als es Zwangseinziehungen gab.«

»Also hat sie alles auf einen Schlag verloren, ja?«, fragte Rufin und sah die Frau vor sich, malte sie sich aus. Die herben Züge ihres Vaters, dunkles Haar, die einfache Kleidung von jemandem, der allen Besitz verloren hat.

Jamil nickte gequält. Rufin sah in seinen Augen die Selbstvorwürfe eines Mannes, der sich niemals um seine Töchter gekümmert hatte, außer als er sie gewinnbringend verheiratet hat.

»Ihre Söhne sind bei der Armee. Zwei Burschen sind es? Oder drei?«

»Zwei«, flüsterte Jamil.

*Dunkelhäutige Mischlinge. Nicht schwierig zu finden.*

»Und wie sind die Namen dieser Söhne? Ich werde ihnen nichts tun, Herr Jaranjid. Aber wenn die Eltern nicht einsichtig sind, bringen manchmal die Kinder … sie zur Vernunft.«

Der Sohn sah den Vater an, der kurz und schmerzerfüllt nickte, als gäbe er ihm die Erlaubnis.

»Zacharias und Johanni Erdhand. Sie müssten … siebzehn, achtzehn sein.«

»Zwillinge?«

»Nein. Zacharias ist der Ältere.«

»Danke«, lächelte Rufin und trank seinen Tee aus. Die Milch machte ihn schmackhafter. Er überlegte, ob er noch mehr über Elisabeda wissen musste. Was für ein Mensch sie war. Doch er entschied sich dagegen. Dieses Haus war wahrhaft ungemütlich.

Er legte ein Schriftstück auf den Tisch, beinahe achtlos, dann stand er auf.

»Darin ist die Erlaubnis des Gouverneurs. Ihr könnt Euer Handwerk wieder aufnehmen. Erzeugnisse sind dem Gouverneur vorzulegen, dann wird er entscheiden, ob er investiert.«

»Aber ... wir haben kein Geld, um die Werkstatt wieder ...«

Rufin wandte sich zur Tür, die blasse Haushälterin stand dort und sah ihn bange an. »Bitte«, unterbrach er. »Wollt Ihr mich mit Details belästigen?«

Die Frau sah ihn angespannt an. Hinter ihr beeilte Jaranjid sich zu sagen: »Nein, natürlich nicht. Der Große Handwerker mit Euch, mein Herr.«

»Alle Tage«, lächelte Rufin und verließ das Haus Jaranjid.

Die Klinge fuhr in weitem Bogen durch die Luft. Dawyd zog sie während des Hiebs leicht an den Körper heran zu einem perfekten Schnitt – wie er es Hunderte Male im Sandhaus geübt hatte.

Der Stapel an Gerichtsakten auf dem Holztisch ragte scheinbar unberührt davon vor ihm auf. Dawyd wusste nicht, warum sich auch hier im Eckhaus Akten befanden, doch Ignaz schien irgendetwas darin gesucht zu haben. Da er es offenbar nicht gefunden hatte, hatte er Elisabeda die Akten überlassen, damit Dawyd ein Testobjekt zur Verfügung hatte. Sie hatten die gepolsterten Stühle an die Wände der dunklen Wohnstube gerückt, um für den Versuch Platz zu schaffen.

»Du hast ... den unbeweglichen Stapel verfehlt?«

Dawyd sah Elisabeda mit gespielter Scham an. »Ich habe das

Treffen wohl verlernt in der Zeit ohne Training! Und außerdem: mein verletzter Arm!«

Er wedelte mit dem bandagierten rechten Unterarm, dann zwinkerte er ihr zu und wischte mit der Hand über den Stapel, sodass sauber abgetrennte Papierschnipsel zu Boden segelten. Der größere Teil blieb an Ort und Stelle: Der Schnitt hatte den Stapel ohne merklichen Widerstand von oben nach schräg unten zerteilt.

»Ich bin einigermaßen beeindruckt«, sagte Elisabeda und nickte, die Arme vor der Brust verschränkt.

»Die Klinge ist aber auch nicht schlecht«, entgegnete Dawyd.

»Ich meinte die Klinge.«

Er verspürte den kurzen Stich des verletzten Stolzes. Es überraschte ihn, wie wichtig ihm die Meinung einer Schmiedin war, die selbstredend nicht viel von seinem Handwerk verstand. Sie kannten sich erst seit wenigen Tagen, aber diese Rebellen standen ihm bereits näher als manche Freunde aus seinem alten Leben, mit denen er immer so schnell Freundschaft geschlossen wie er sie fallen gelassen hatte.

»Hey, das ist nicht so banal, wie es aussieht. Wenn Winkel und Bewegung nur eine Winzigkeit …«

»Ich weiß, Dawyd.« Ein kurzes Lächeln umspielte Elisabedas Mundwinkel. »Wichtig ist zu sehen, wie ihr harmoniert – du und dein neues Schwert.«

Dawyd hielt die Waffe waagerecht vor sich. Das Licht einer Kerzenflamme tanzte über den polierten Stahl und auf den eingestanzten Zeichen nahe am Heft. Die lange Klinge des Anderthalbhänders lief schmal zum Ort, der Schwertspitze, hin zu und eignete sich gleichermaßen zum Stich wie zum Hieb.

»In der Tat scheint ihr gut zueinander zu passen«, sagte Elisabeda zufrieden.

»Sie ist leicht, schnell, liegt gut in der Hand«, bemerkte er.

»Die Säbel der Aquintianer sind ebenfalls verdammt schnell, und ihre Degen haben beinahe deine Reichweite. Du brauchst eine schnelle Klinge. Du wirst keine Scharten auswetzen oder nachschärfen müssen, solange du nicht gegen andere gezeichnete Klingen fichst. Das Gehilz allerdings ist etwas schlicht für einen Goldfechter – Verzierungen sind nicht meine Expertise.« Sie zuckte mit den Schultern.

In der Tat, eine gerade Parierstange, das mit Lederstreifen umwickelte Heft und der schwere, diamantförmige Knauf wiesen nicht die für Goldfechter üblichen elaborierten Verzierungen auf. Doch die schlichte Schönheit des Gehilzes passte gut zum Rest der Klinge – und hob sich deutlich von Manufakturware ab.

»Es ist gut so, wie es ist. Wie du sagst: Eine Klinge sollte zu ihrem Träger passen. Und ich bin schließlich auch nicht mehr so herausgeputzt wie früher.«

»Mehr Sein als Schein?«, fragte sie.

»Mehr Sein als Schein«, bestätigte er.

Sie nickte. »Ich erinnere mich. Ich kannte mal einen Goldfechter … recht gut.« Er wollte gerade fragen, wie sie das meinte, als die Tür aufflog und Jendra in den Raum platzte.

»Die Aquinzacken hecken etwas aus, kommt mit!« Damit verschwand sie auch schon wieder im Flur. Die Schmiedin war bereits halb zur Tür heraus, während Dawyd die Klinge in seine alte Lederscheide steckte. Die Waffe war genauso lang, aber schmaler als seine alte. Fürs Erste würde die Scheide ausreichen. Er rief: »Warte, Elisabeda.« Sie drehte sich zu ihm um, als er weitersprach: »Diese Klinge … ist wirklich eines Meisterschmieds aus Sygna würdig. Es gibt keinen Grund, meine alte Waffe zu vermissen. Danke.«

Elisabeda nickte ihm zu. »Eine solche Waffe hätte ich nicht für irgendwen gefertigt. Ich denke, du wirst damit etwas verändern können, Dawyd Iackmar.«

Derselbe Tisch mit denselben Menschen wie in der Nacht davor – doch diesmal lag Dawyds Hand auf seinem Schwertknauf und ein breites Grinsen auf seinem Gesicht. Er hörte

Jendra zu, sicherlich, er zeigte nur nicht die angemessene Reaktion.

Sie war zur Armenspeisung gegangen und hatte sich von dort ums Theater geschlichen, dessen Neben- und Haupteingänge allesamt bewacht wurden, wenn auch nicht so, dass es von außen auf den ersten Blick auffiel. Sie hatte Stunden gebraucht, mit nichts als einem Klumpen Armenspeisungsbrot im Bauch, bis sie herausgefunden hatte, welche Wache wo postiert war und wie sie hereinkommen konnte. Sie hatte sich vom Dach des Nebengebäudes auf den Säulenportikus des ausladenden Prunkbaus geworfen und Glück gehabt, dass aller Augen in Zeiten wie diesen zu Boden und nicht in den Himmel gerichtet waren. Auf dem Portikus hatte sie ein rundes Fenster im Dachfirst aufgebrochen und war ins Gebälk gekrochen, wo die Lampen aufgehängt waren. Über mit Tüchern verhangene Querverstrebungen war sie vorwärtsgerobbt, bis unter ihr nicht mehr die hohen Logen lagen, sondern der Graben des Orchesters und die Bühne.

»Sie haben die vordersten Ränge abgerissen, den Teppich aufgeschlitzt und die Platten darunter hochgestemmt. Es arbeiten nur Soldaten da, aber an einer kleinen Stelle. Also, es sind höchstens drei, die gleichzeitig arbeiten. Sie haben aber auch Gerät in den Keller geschafft, ich habe gehört, wie sie darüber geredet haben, dass man vielleicht auch von der Seite drankommt. Im Raum sind noch Wachen verteilt, sie haben ihre Augen überall – nur nicht unter dem Dach.« Sie grinste, doch Dawyd war der Einzige, der es erwiderte.

»Konntest du sehen, was sie ausgraben? Wie tief sie sind?«, fragte Elisabeda.

»Ich konnte nicht draufsehen, weil ich nicht so weit in die Mitte gekommen bin. Da hätte man mich von den Saaleingängen sehen können. Und an denen standen auch Blauröcke. Elisabeda, da standen überall Blauröcke! An jedem verdammten Eingang. Ich wette, auch in den Gängen zur Garderobe oder dem Abtritt!«

»Wie viele?«, fragte Elisabeda.

Jendra verzog das Gesicht und wiegte kurz den Kopf hin und her. »Ich schätze, zwei Dutzend. Ich denke, da wird bald irgendwas passieren. Neigels Kumpel war genau zur richtigen Zeit dort.«

Neigel, der bisher in Gedanken versunken schien, sah auf. Dawyd hätte schwören können, dass er alarmiert die Augenbrauen hochzog, als warte er nur darauf, dass Jendra seinen Informanten beim Namen nannte. Als sie es nicht tat, sah er erleichtert aus. Vermutlich war es eine Frau, und Neigel war verliebt in sie. So war es doch immer, dachte Dawyd. Aber eine Schauspielerin hätte er dem grobschlächtigen Neigel gar nicht als Liebchen zugetraut.

»Das wird hart, ist aber nicht unmöglich«, sagte Elisabeda. »Simeon war auch schwer bewacht. Mit etwas Dunkelheit und dem einen oder anderen Ersatzplan ...«

»Nur dass Simeon danach gestorben ist«, murmelte Ismayl, und sie sah ihn mitfühlend, aber ohne einen Ausdruck der Schuld an.

»Ja. Wir brauchen diesmal einen besseren Ersatzplan«, gab sie zu.

»Und wir müssen berücksichtigen, dass wir nicht wissen, was dort ist. Kann man es einfach mitnehmen und fliehen? Oder müssen wir am Ende selbst noch danach graben? Können wir es zerstören, sodass es sich nicht mehr nutzen lässt, was immer es ist?«, gab Ignaz zu bedenken.

»Und das Theater ist zugänglicher als die Brücke – der Saal allein hat sechs Eingänge, dazu Logen und Bühneneingang«, zählte Ismayl auf. »Das ist sehr viel schwieriger als ein Überfall auf einer Brücke!«

»Hast du etwas aufgeschnappt? Was sie dort suchen? Wer hinter der Aktion steckt?«, fragte Elisabeda Jendra.

Das schmale Straßenkind verzog das Gesicht. »Genau wissen es die Soldaten wohl auch nicht. Aber sie haben gesagt, der Rote würde selbst heute noch vorbeikommen. Er wüsste vielleicht mehr, weil er sich noch mit *denen im Kerker* unterhalten würde.«

Ignaz trommelte mit sieben Fingern auf der Tischplatte. »Also ist es, wie wir vermutet haben, und sie sind hinter etwas her, das mit den Dichtern zu tun hat«, knurrte er. »Wir *müssen* heute etwas unternehmen. Heute Nacht. Bevor der Rote sich was auch immer da verborgen liegt unter den Nagel reißt.«

»Wir hätten letzte Nacht schon ...«, warf Ismayl ein, doch Ignaz unterbrach ihn. »Das ist kein Einbruch bei einem Krämer, Ismayl. Wir brauchen Zeit zum Planen.«

»Wenn wir da etwas zerstören müssen«, begann Elisabeda, »dann brauchen wir Alchimie. Und mehr Leute.«

Ignaz und sie maßen sich mit Blicken. Die Schmiedin schob den Kiefer vor, Ignaz zeigte keine Regung und sagte nur nach einigen langen Momenten: »Ich sagte doch: Wir müssen planen.«

»Ah, außerdem bittet mein Kontakt aus der Oberschicht um ein Treffen. Sie hat geheime Nachrichten hinterlassen, die ich entziffert habe«, sagte Jendra nicht ohne Stolz.

»Ein Treffen? Mit wem?«, fragte Ismayl sofort.

»Mit ihm, vermute ich«, sagte Jendra und wies mit dem Kinn auf Dawyd, dessen Herz sofort schneller schlug.

»Wie kommst du darauf?«, fragte Ismayl unwirsch.

»Weil sie das mit Dawyd ausgemacht hat. Dass er ihr helfen wird, wenn sie wieder in die Höhlen will.«

Ismayl sah so unglücklich drein, dass er Dawyd begann leidzutun. Das Schicksal meinte es im Moment nicht gut mit dem Dichter.

»Wenn hier ohnehin noch geplant wird, gehe ich zu ihr«, sagte Dawyd.

»Wohin? Klopfst du an ihre Villa?«

»Wo will sie sich denn treffen?«

»Die Nachricht war sehr kurz«, gab Jendra zu. »Da stand eigentlich nur *Treffen*.«

»Na, hervorragend!«, wollte Dawyd schon sagen, als Jendra fortfuhr: »Vermutlich da, wo sie sonst immer auf meine Botschaften gewartet hat.«

»Und wo ist das?«

»Das zeige ich dir. Heute Abend. Vor dem Abend wird sie nicht da sein. Der übliche Ort, die übliche Zeit – nur ein anderer Wochentag.«

Ignaz und Elisabeda standen auf. Eine Hand mit zweieinhalb Fingern legte sich auf Dawyds Schulter. »Dann geh hin, hör, was sie sagt – und komm zurück, bevor wir losschlagen. Ich denke, wir starten kurz nach Mitternacht, da kommen die Sperrstundenpatrouillen langsam zur Ruhe.«

Dawyd nickte. Sein Herz schlug schneller beim Gedanken an Kilianna.

Bis zum Einbruch der Nacht musste Dawyd warten – obwohl das erste Treffen mit Kilianna am helllichten Tag unter den Augen einer ganzen Meute von bierseligen Soldaten besser ausgegangen war, als er es für möglich gehalten hatte, wollte Jendra nun mehr Vorsicht walten lassen. Jendra erledigte den Tag über noch zwei Botengänge für Elisabeda und Ignaz, während Dawyd vornehmlich mit seinem neuen Schwert herumprobierte.

Vielleicht bat Kilianna Erdhand auch gar nicht um ein Treffen mit ihm. Vielleicht würde sie ihn wieder ansehen wie die Hinterlassenschaft eines Vogels auf einer Kutsche. Aber mit einem Grinsen erkannte er, dass ihn dieser Ausblick nicht abschreckte.

Vielleicht ließ er sich nur deshalb so von ihr behandeln, weil sie die Tochter des Großgildenmeisters war. Dawyd hatte sich stets eingeredet, dass er nicht nur beim Fechten die Herausforderung liebte. Dafür hatte er sich jedoch meist mit Frauen zufriedengegeben, die einem auffordernden Zwinkern von seiner Seite wenig entgegensetzten.

Herausforderungen brachten an sich auch nur Scherereien. Stiche in die Lunge, Schnitte in Armen und Schultern. Für solcherlei Herausforderungen hatte er nun ja wieder eine Klinge, doch die Schnitte, die der Säbel ihm am Arm zugefügt hatte, schmerzten immer noch und erinnerten ihn daran, dass nun kein Heiler mit seinen Zeichen bereitstand, wenn er sich verletzte.

Und wer wusste schon, was ihm bevorstand, wenn er auf andere Herausforderungen als die zum Kampf reagierte? Er grinste. Er war bereit, es herauszufinden.

»Warum grinst du so?«, fragte Ismayl, der in einem der Küchenschränke nach etwas Essbarem wühlte und nicht fündig wurde.

Dawyds Grinsen erlosch. Er wusste sehr wohl, dass es mehrere Gründe gab, weswegen Ismayl im Moment so streitsüchtig war. Dieses ominöse Treffen war einer davon.

»Nichts.« Dann gewann jedoch sein Maul Oberhand über die Zurückhaltung, und er fuhr fort: »Als jemand, der unbehelligt durch die Stadt gehen kann, solltest du uns etwas zu essen organisieren. Während ich unsere Verbündete … betreue.«

»Was soll das heißen, betreue?«, knurrte Ismayl. »Warum gehst du überhaupt und nicht Jendra?«

Etwas an seinem Tonfall provozierte Dawyd, noch weiter in Ismayls nun so offensichtlicher Wunde zu bohren.

»Weil ich Fräulein Erdhand versprochen habe, dass ich ihr helfe, wenn sie meine Hilfe braucht. Wenn sie also um ein Treffen bittet, wen will sie dann wohl sehen? Ein Straßenmädchen mit schiefen Zähnen? Einen Dichter, von dem sie nicht einmal weiß, dass er zu den Rebellen gehört? Oder mich, einen Fechter der Goldenen Gilde, einen gesuchten Rebellen, einen waghalsigen …?« Er breitete die Arme aus, als erstrahle die Küche nun in seinem eigenen Glanz, und fand dann keine weiteren Worte. Ismayl verzerrte sein sonst so gutmütiges Gesicht zu einer wütenden Fratze.

»Du kannst dir schiefe Zähne bei mir abholen«, spie er. »Beleidige Jendra noch einmal …«

»Was denn, wer will denn jetzt über Jendra reden? Wir reden doch über mich!«, grinste Dawyd und wandte sich ab. »Ich hätte gern ein einziges Mal frisches Brot, während ich euch mit meiner werten Anwesenheit beehre. Der Goldfechter hat sein Schwert zurück und ein noch besseres als zuvor. Da wäre es schön, einmal etwas Standesgemäßes essen zu können. Bis dahin, also.«

Er verließ die winzige Küche, und hinter ihm schlug die Tür zur Vorratskammer mit einem Knall zu, begleitet von einer wüsten Beschimpfung, die eines Dichters unwürdig war.

Dawyd zuckte mit den Schultern. Ismayl benahm sich, als sei er in Kilianna verliebt, und das war es doch gewesen, was Dawyd eigentlich hatte herausfinden wollen.

Jendra führte Dawyd unter dem Versprechen, diesen Ort niemandem zu nennen, zum Treffpunkt. Glücklicherweise auf einem oberirdischen Weg, denn seine Kleidung roch ohnehin schon weniger frisch, als es ihm lieb war. Nicht einmal die anderen kannten den geheimen Ort für die Treffen, hatte sie ihm versichert, und niemand außer Ismayl wusste um Kiliannas Identität.

*Und den Treffpunkt kennt nicht einmal er*, grinste Dawyd innerlich, obwohl es ihm wie so oft erging, nachdem er Leute heruntergeputzt hatte, die er als seine Freunde betrachtete: Er fühlte sich ein wenig schuldig.

Bevor Jendra wieder in eine der finsteren Gassen schlüpfen konnte, nahm er sie beiseite. »Warum eigentlich die Geheimhaltung untereinander? Ignaz und Elisabeda wissen auch viel mehr, als sie uns sagen!«

»Ignaz hat das so angeordnet. Man weiß, was man weiß, aber nichts wird weitergegeben, außer es ist nicht zu verhindern. Du verstehst schon.« Sie wackelte vielsagend mit den Fingern. »Es gibt für jeden von uns eine Art der Folter, unter der wir reden würden. Ich lege zum Beispiel wert auf meine Augen. Und du? Was ist, wenn der Rote deine Männlichkeit bedrohen würde?« Sie grinste gehässig.

Er starrte sie an, während sie den Blick an ihm herabwandern ließ. »Dann würde ich sofort reden«, sagte er ohne Zögern.

»Siehst du. Unsere gemeinsame Freundin da oben kann also nur hoffen, dass sie wieder Ignaz fangen und nicht dich, denn Ignaz hat keine Ahnung, wen ich wann wo treffe.«

»Haben sie ihm … Was fehlt ihm denn noch alles?«, fragte Dawyd.

»Nur die Finger, Goldjunge«, sagte Jendra und schlenderte davon. »Danach hatten sie, was sie wollten, und haben ihn laufen lassen.«

»Er hat also geredet, ja?«

Sie blieb stehen, wandte sich jedoch nicht um. »Weißt du nicht, was man sich erzählt? Der Rote hat gekriegt, was er wollte, aber nicht von Dreifinger.«

Er sah sich um. Das mit einer Kette und einem rostigen Schloss verrammelte schmiedeeiserne Tor und der verwilderte Garten dahinter lagen düster da, und auch in den Häusern ringsum regte sich kein Leben. Die Funktion der meisten war von den Aquintianern aufgehoben worden.

»Jetzt warte doch! Ich … Mir erzählt ja nie jemand was. Ich möchte wissen, was damals passiert ist!«

Sie lehnte sich in der feuchten Gasse zwischen Festhalle und den verschachtelten Zunftgebäuden der Winzer und Brauer an die Wand. »Was willst du wissen?«

»Wie er da wieder rausgekommen ist!« Unbestimmt deutete Dawyd mit dem Kinn den Berg hinauf – Richtung Feste.

»Dreifinger war Teil der Gleichwerkerbewegung. So wie Elisabeda und ihr Mann und eine ganze Reihe anderer Handwerksmeister und -gesellen. Als der Gildenrat die Stadt an die Aquinzacken übergeben hat, waren die Gleichwerker nicht einverstanden. Haben die Dichter versteckt und Attentate verübt. Alchimisten unter den Gleichwerkern haben Sprengsätze gebaut, Gase und Gifte gebraut.«

»Moment!«, flüsterte Dawyd. »*Daran* war Ignaz schon beteiligt? An den Anschlägen? Dabei … dabei sind auch Unschuldige gestorben! Und die Stadt hatte schon mit Brief und Siegel kapituliert!«

»Der *Großgildenmeister* hatte mit Brief und Siegel kapituliert!«, zischte Jendra mit mehr als Abscheu im Gesicht. »Und die Fechter haben keine Waffen erhoben! Und die Bürgerwehr wurde gezwungen, weiße Fahnen zu hissen und sich verhaften und schikanieren zu lassen!«

Dawyd wusste darauf nichts zu erwidern. Sie hatte Recht, aber er ebenfalls: Es waren Unbeteiligte gestorben, und das war doch nun genau das, was Ignaz nicht billigte! Er schüttelte verwirrt den Kopf. Jendra fuhr mit unterdrückter Wut fort: »Dass dabei Unschuldige starben, da hatte doch der Rote seine Finger im Spiel! Das hat der fingiert!«

»Sicher?«, fragte Dawyd zweifelnd, und Jendra zog eine Grimasse.

»Und wenn nicht, ist es mir auch egal. Wir hätten alle kämpfen sollen. Wir waren nur zu feige! Jeder hat an sich selbst gedacht und keiner an alle!«

»Außer Ignaz, oder wie?«

»Sein bester Freund war ein Steinmetz, der Anführer der Bürgerwehr. Sie haben ihn durch die Stadt zur Hinrichtung getrieben, haben verkündet, dass sie ihn verschonen, wenn die Aufständischen sich ergeben.«

»Meister Klinkes«, erinnerte sich Dawyd an diesen schwarzen Tag und lehnte sich gegen die Mauer gegenüber von Jendra. »Die beiden waren befreundet?«

»Eine Alchimistin hat die ganze Gruppe verraten, angeblich damit Klinkes begnadigt wird. Die Geheimpolizei hat sie alle eingesackt, und dann …«

»Dann wurde Klinkes erschossen, auf den Knien, mit den Händen über dem Kopf«, murmelte Dawyd. »Trotzdem.«

»Unter der Folter wollten sie die Verstecke der Dichter wissen. Auch da hat ein anderer geredet«, fuhr Jendra fort. »Nicht Ignaz.«

»Woher weißt du das? Und selbst wenn er es gewesen wäre – es war Folter! Würde ihn das zu einem schlechteren Menschen machen?«

»Jeder weiß, dass er nicht geredet hat!«

»Sagt er das selbst?«

»Er redet nie darüber. Aber jeder weiß es!«, beharrte Jendra.

Dawyd grunzte in ironischer Zustimmung. Mochte sie doch zum Helden stilisieren, wen sie wollte.

»Aber dann haben sie ihn immer noch nicht freigelassen. Der Rote wollte Informationen von ihm – es heißt, er wollte alles über die Zeichen von ihm wissen. Der Rote begreift sofort, wo man verletzlich ist, und er wusste, dass Ignaz nichts hat außer seinem Handwerk. Keine Frau. Keine Kinder. Keine Brüder und Schwestern. Keinen Vater und keine Mutter. Und nicht einmal seine gefangenen Freunde brachten ihn zum Reden. Ignaz ist dem Roten aber ebenbürtig. Niemand ist das, wenn nicht er. Er reizte den Roten bis aufs Blut, bis der ein Beil nahm und Ignaz den Daumen bis zum Handgelenk runter abschlug – und den Zeigefinger und den halben Mittelfinger noch dazu. Dann hat Ignaz gelacht – er hat gelacht! – und gesagt, dass er ihm nun nicht mehr zeigen kann, wie die Zeichen gewirkt werden, denn ohne seine Rechte sei seine Kunst dahin.«

»Woher weißt du das alles?«

»Die Halbwelt weiß so etwas! Geschichten wandern aus dem Gefängnis heraus! Na ja, jedenfalls hat der Rote Rufin ihn dann auf die Straße geworfen, blutend und verkrüppelt. Ignaz lag tagelang im Fieber, und Elisabeda und Gabril kümmerten sich um ihn, und immer, wenn das Fieber besonders schlimm wurde, rief er: ›Ich habe den Roten geschlagen!‹ Und dann lachte er.« Bedeutungsvoll sah sie ihn an und wartete auf eine Reaktion.

Dawyd versuchte, den Wahrheitsgehalt anzuzweifeln, doch egal wie sehr er daran zweifelte, er sah Ignaz' Hand vor sich, und Grauen griff nach ihm. Er legte die eigene Hand auf sein Schwert, bewegte jeden einzelnen Finger und fühlte mit ihm die Form des Knaufs nach. Sein Handwerk. Seine Kunst.

»Ignaz redet nicht«, schloss Jendra und stieß sich von der Wand ab, »aber du würdest reden, also pass auf, was du wissen willst.«

Er nickte langsam. »Ja«, murmelte er, »ich passe auf.«

Nachdenkliche Minuten später war er über die Mauer geklettert. Einer der Seitenflügel, der schon länger leerstand als das Hauptgebäude des Notariats, war der Treffpunkt, den Jendra ihm beschrieben hatte. Der Gebäudeflügel war baufällig und schwang sich durch den Park mit den knorrigen Bäumen wieder näher an die bescheideneren Gebäude des Zunftviertels heran. Dawyd betrat ihn durch den beschriebenen Dienstboteneingang, dessen Tür schief in den Angeln hing. Als er die Tür hinter sich zuzog, stand er in einem stockdunklen Flur und verfluchte sich dafür, kein Licht mitgenommen zu haben. Etwas knirschte, und er dachte an das Geräusch, das sie alle am Morgen aus dem Schlaf gerissen hatte, doch es war viel leiser. Ein Echo klang mit, dann folgte ein dumpfer Schlag im Keller unter ihm. Dawyd zuckte zusammen und zog sein Schwert, weil er es nun wieder konnte und sich endlich nicht mehr vorkam wie ein Jahrmarktsschausteller, sondern wie ein Goldfechter. Außerdem hatte er Angst, gestand er sich ein.

Es glitt geräuschlos aus der Lederscheide, doch dann fand es sein erstes Opfer – der Flur war eindeutig zu eng. Was auch immer da aus bereits feuchtem Stuck an der Wand gehangen hatte, es löste sich, als die Schwertspitze es versehentlich traf, und polterte in Bruchstücken zu Boden.

Dawyd hielt die Luft an. Stille trat ein. Als er es wagte zu atmen, roch es nach Kalk und Schimmel und alter, kalter, abgestandener Luft, die jedoch mit einem Zug von weiter vorn heranwehte.

»Wer ist da?«, kam eine Stimme von vorn und unten – dort musste eine Kellertreppe sein. Es knirschte erneut. Dawyd schloss die Augen und wollte das Gefühl, ein ganz besonders dummer Jahrmarksschausteller zu sein, loswerden.

»Der letzte Idiot«, antwortete er. Was er gehört hatte, musste eine Tür im Keller gewesen sein. Nun erschien auch ein Licht am anderen Ende des Flurs. Es wurde mit jedem Augenblick heller, so als käme jemand eine Treppe hinauf.

»Ah. Das passt ja. Den wollte ich treffen«, sagte Kilianna

trocken. Er grinste verzweifelt und steckte das Schwert zurück.

»Dann ...« Er schwankte zwischen einer nicht kommen wollenden schlagfertigen Antwort und einer höflichen Verbeugung und entschied sich dann für keines von beidem, sondern wiederholte einfach: »Dann ...« *Verdammt!*

Sie hatte das Ende der Treppe erreicht, das Licht kam näher, und er machte ihr schwach erleuchtetes Gesicht aus. Sie blieb stehen.

»Ich bin froh, dass du nicht auf dem Dach sitzt und ich alles, was ich zu sagen habe, in dieser Chiffre buchstabieren muss.«

»Das wäre umso lustiger gewesen, weil ich diese Chiffre gar nicht kenne«, gab Dawyd zu. Sie lachte und schüttelte den Kopf.

»Ganz schön unorganisiert, was?« Sie ging an ihm vorbei, ihre Schuhe knirschten auf dem herabgeschlagenen Ornament.

»Wir streiten uns darum, wer am wenigsten wissen will«, murmelte er. »Es ist hochangesehen, so wenig Ahnung wie möglich zu haben.«

Sie sah über die Schulter, eine Augenbraue fragend gehoben, und trat dann in den Nebenraum, in dem ein Tisch, eine Eckbank und mehrere Hocker standen, obwohl alles sonstige Mobiliar, inklusive Vorhängen und Bildern an den Wänden, fehlte. Sie leuchtete zum Fenster, vergewisserte sich, dass die Läden zugeklappt waren, und setzte sich dann auf die Bank.

»Hier haben wir uns immer getroffen«, sagte sie.

»Wer?«

»Die Gleichwerker. Und Gleichwerkerinnen.«

»Ah«, sagte er und nahm sich einen Hocker.

Sie lachte spöttisch. »Du weißt gar nicht, wovon ich rede, oder?«

»Doch. Natürlich. Die ... die das Privileg der Gilden aufweichen wollten.«

»Und die auch als Frauen ein Handwerk ausüben wollten«, ergänzte Kilianna mit dem Blick einer ungnädigen Lehrerin.

»Konntet ihr doch«, sagte er.

»Konnten wir?«

»Ich kenne eine Frau, die das Handwerk – und die Zeichen! – von ihrem Mann gelernt hat.«

»Ach so. Entgegen der Gesetze, unter Androhung entsetzlicher, teils lebenslanger Strafen, abseits von Anerkennung und Rechten und dem Willen des eigenen Ehemanns ausgeliefert. Hm. Tja. Was soll ich sagen?« Sie lehnte sich vor und stellte die Kerze auf den Tisch. »Das reicht uns nicht.«

»Ja. Ja, natürlich nicht«, gab er zu. »Aber ... ist es nicht in Ordnung, die ... die üblichen Frauenarbeiten zu machen? Die sind doch auch wichtig. Haus. Kinder. An Marktständen arbeiten oder als Hebammen oder Heilerinnen oder in ...«

»In Kneipen und Bordellen. Ja, das ist phantastisch. Phantastisch, Dawyd.« Sie sah ihn mit Verachtung im Blick an. Er schluckte. Das hatte er ja fabelhaft hingekriegt.

»Du bist sicher nicht hier, um deine Wut darüber an mir auszulassen?«, fragte er leise, und sie sah beiseite und faltete ihre Hände auf dem Tisch.

»Nein«, sagte sie schließlich. »Ich ... ich habe etwas herausgefunden. Eigentlich ist es nicht einmal etwas Konkretes, aber es ist sehr beunruhigend. Wart ihr unten? Habt ihr da ... habt ihr irgendetwas gemacht?«

Dawyd schüttelte den Kopf. »Etwas, das mit dem Beben zusammenhängt? Wir haben geschlafen. Alle, soweit ich weiß.«

»Ich habe den Eingang gefunden, den sie nutzen. Er ist an der Ostflanke.« Sie zögerte und erwiderte immer noch nicht seinen Blick. »Da unten ist gekämpft worden. Nicht gegen euch, oder?«

»Wie schon gesagt. Es sei denn, wir können es bereits schlafwandelnd mit ihnen aufnehmen«, unternahm er einen inspirationslosen Versuch zu scherzen.

»Habt ihr irgendetwas Neues gehört?«, fragte sie vorsichtig.

Er schüttelte den Kopf. »Ich habe nichts gehört. Außer ...«

Er überlegte kurz und entschied sich dann weiterzureden. »... außer der Vermutung, dass sie ... vergessene Zeichen suchen.«

Jetzt erwiderte sie seinen Blick endlich wieder, mit alarmiert hochgezogenen Augenbrauen.

»An der Ostflanke haben sie Tote und Verwundete herausgetragen«, erzählte sie dann weiter. »Alles Blauröcke. Ein Dutzend Tote, mindestens, und Verwundete mit Schuss- und Stichwunden.«

»Wer hat sie da unten angegriffen?«, fragte Dawyd atemlos.

Sie verschränkte die Arme fest vor ihrem Oberkörper, als sei ihr kalt. »Ich ... ich glaube, sie haben sich gegenseitig angegriffen.«

Er blickte sie an. Sie sah zierlich und verwundbar aus auf der langen Bank in der Ecke. »Warum sollten sie ...«

»Erinnerst du dich, was ich dir beim Tanzen gesagt habe?«

»Nein, ich erinnere mich nur an deine Augen«, sagte er beinahe wahrheitsgemäß. Sie richtete sich stocksteif auf.

»Wage es ja nicht«, begann sie.

»Was denn?«

»Das hier ist nicht ... Hier geht es nicht um Augen und Tanzen und ... ach, verdammt, Iackmar, das ist ...«

»Es war ein Witz. Natürlich erinnere ich mich an alles, was du mir an nützlichen Informationen übermittelt hast, Fräulein Erdhand. Aber ich sah keinen Grund, dafür deine Augen zu vergessen.«

Sie wandte erneut den Blick ab und schüttelte wütend den Kopf. »Dass Leute wie du mich nicht ein einziges Mal ernstnehmen können«, sagte sie. »Meine Augen, mein Haar, mein Kleid, mein Vater, meine Familie, die Gilde, der Palast, mein Stand.« Sie lachte spöttisch. »Das ist doch nur eine Art, uns kleinzuhalten. Indem ihr uns groß macht, auf einen Sockel stellt. Da sind wir dann besonders klein, weil wir uns verpflichtet fühlen, nett danke dafür zu sagen.«

»Ich war nur … Ich wollte nur nett sein!«, sagte er fassungslos. Kilianna Erdhand war völlig verrückt! Keine Frau hatte sich jemals beschwert, wenn er etwas Nettes über ihre Augen gesagt hatte!

Sie schüttelte wütend den Kopf. »Lass es einfach bleiben! Du erinnerst dich, dass ich gesagt habe, es gibt eine Höhle, die mit Glas versiegelt war, und dass sie das Glas aufgebrochen haben. Und dass dahinter Holz war?«

»Ja«, murmelte er, aber seine Gedanken drehten sich immer noch im Kreis um dieses mulmige Gefühl in seinem Inneren, das er zum ersten Mal in der Tiefe verspürt hatte.

»Was ist, wenn sie irgendwo dort angefangen haben, sich gegenseitig zu zerfleischen?«, fragte sie drängend.

»Das verstehe ich nicht!«

»Dawyd, du bist Fechter! Das Gläserne Zeichen. Das Hölzerne Zeichen: Wenn da unten von allen Zeichen … etwas ist …«

»Das Blutzeichen«, fiel bei ihm endlich der Turnosgroschen.

»Ja. Was ist, wenn es etwas mit dem Blutzeichen zu tun hat?«, flüsterte Kilianna eindringlich.

»Die … die sind längst verloren!«

»Alle, die wir kannten.«

Er starrte sie an.

»Aber was, wenn die Aquintianer sie finden? Wenn es noch Spuren der Blutzeichen gibt, dann gehören sie den Gilden!«

Kilianna lachte. »Ja, so etwas Ähnliches habe ich meinem Vater heute Morgen auch gesagt. Aber wer hält sie auf? Er wird es nicht tun – also du und ich? Deine Bande von Aufständischen?«

»Du kannst darauf wetten, dass wir das tun! Sie wollen Leute reinschmuggeln, Tagelöhner.«

»Da sind keine Tagelöhner. Da sind nur Soldaten und dieser Kerl, den ich gesehen habe, der das ganze anleitet.«

»Dann …« Dawyd grübelte. Ihm fiel auf die Schnelle nur eine Möglichkeit ein herauszufinden, was dort unten geschah. »Dann müssen wir im Verborgenen dorthinab. Kannst du es mir zeigen? Mich hinbringen?«

Sie sah auf ihre Hände hinab. Dann nickte sie.

Kilianna führte Dawyd in den Keller, bekämpfte das mulmige Gefühl in ihrem Magen, das sie auch schon beschlichen hatte, als sie vom Gildenmeisterpalast aus hinabgestiegen war und die altbekannten Tunnel zu ihrem Gleichwerkerinnenversteck benutzt hatte. Selbst diese oberflächlichen Gänge, hundert Mal benutzt, erweckten nun in ihr das Gefühl, gefangen zu sein. Fremd zu sein. Unerwünscht. Es wurde mit Dawyd an ihrer Seite nicht besser, und ein Teil von ihr war erleichtert, dass sie nicht gelassener wurde, nur weil nun ein bewaffneter Mann an ihrer Seite war.

Sie war ihn ganz schön angegangen. Stellvertretend für all die Meistersöhne, die ihr in den letzten Jahren den Hof gemacht hatten. Für all die aquinzischen Offiziere, die nun bei ihrem Vater um Nachmittage mit ihr baten. Sie würde ihnen so etwas nicht gewähren. Würde nicht am Klavier sitzen und artige Melodien spielen, während sie ihr über die Ränder von Teetassen begehrliche Blicke zuwerfen konnten.

Sie hatte Freundinnen, die nichts dabei fanden. Im Gegenteil, es war doch von Vorteil, sich mit den Aquintianern gut zu stellen, argumentierten sie. Eine Heirat würde einen vor Schlimmerem bewahren.

Kilianna fror, als der Hauch der tiefen Gänge durch den Stoff ihres Kleides drang.

»Hier entlang«, flüsterte sie und überprüfte, wie viele Kerzen sie diesmal dabei hatte. Es waren fünf Ersatzlichter für ihre Laterne, die sie eingesteckt hatte in der plötzlichen, heftigen Angst, die Gänge hätten sich vielleicht gekrümmt und verschoben und würden sie in die Irre führen. Nichts wäre schlimmer, als nicht wieder herauszufinden …

*Nein. Es gibt sehr wohl Schlimmeres. Es sind nur Höhlen, und was oberhalb geschieht, ist weitaus schlimmer*, sagte sie sich und ballte die Fäuste. Dawyd griff nach ihrem Arm, als wolle er sichergehen, dass er sie nicht verlor, doch sie schüttelte ihn ab. Es war nicht gefährlich hier, nicht steil und nicht schlüpfrig. Es gab keinen Grund, sie anzufassen.

»Ich wollte nur …«

»Sei still«, sagte sie, dessen, was er *nur wollte*, müde.

Sie begannen ihren Weg in die Tiefe.

## Kapitel VII

Jendra kam von der Dachkammer herab und zuckte die Achseln in Elisabedas Richtung.

»Er hat also keinen weiteren Auftrag für dich?«, fragte Elisabeda.

»Ich hab ihn nicht überzeugt. Er sagt, wenn man vorsichtig genug vorgeht, ist es egal, ob einen zwölf Leute nicht sehen oder hundertzwölf.«

»Das kommt mir doch bekannt vor«, sagte Elisabeda und verschränkte die Arme vor der Brust.

»Ja! Weil ich es selbst letzte Nacht gesagt hab! Aber … es ist was anderes, ob *ich* unterm Dach herumkrieche oder *ihr*. Denn: Ihr könnt es nicht!«

»Das ist richtig. Wir können es nicht.«

»Auch nicht mit meinem Zeichen in einem Raum, der bewacht und erleuchtet wird!«

»Auch das ist richtig.«

»Dann überzeug *du* ihn davon! Auf mich will er nicht hören, und wenn wir das im Theater diese Nacht durchziehen wollen, dann wird es höchste Zeit, dass wir uns Verbündete dazuholen. Und die wollen bestimmt ein paar Stunden im Voraus wissen, dass sie heute ihre Haut riskieren müssen! Es ist nicht jeder so spontan wie wir.«

»Ich regle das mit ihm«, sagte Elisabeda und ging zur steilen Stiege, die hinaufführte in die Dachkammer.

»Wickel ihn um den Finger!«, feuerte Jendra sie an. »Ich weiß, dass er was für dich übrig hat.«

Sie funkelte das Mädchen an. »So läuft das hier nicht! Wir sind … so was wie eine militärische Einheit. Wenn hier jemand eine Entscheidung trifft, dann sicher nicht, weil er schöne Augen gemacht bekommt. Außerdem kann er dich hören.«

Jendra grinste nur und zwinkerte. Elisabeda schüttelte den Kopf und stieg hinauf. Oben stemmte sie sich gegen die Falltür und sah direkt in Ignaz' Gesicht, der in einem Sessel saß und ihr mit hochgezogenen Augenbrauen entgegensah.

»Ich weiß, was du mir sagen willst. Aber es kann auch funktionieren, wenn nur wir reingehen. Jendra hat Zündpulver organisiert, das wird reichen.«

»Und zur Not blasen wir dann das Theater mit den Blauröcken in die Luft, oder was ist dein Ausweichplan?« Sie stieg durch die Öffnung, schloss die Falltür, schob den kleinen Tisch wieder darauf und setzte sich ihm gegenüber.

»So viel Zündpulver haben wir nicht«, gab er zu. »Und außerdem bist du für den Ausweichplan zuständig.«

»Nein, Ignaz.« Sie stützte sich auf die Ellbogen. »Ich bin nicht nur für den Ausweichplan zuständig. Ich bin für *alle Pläne* zuständig. Weißt du noch im Oleanderturm? Ich habe dich da rausgeholt, und du hast gesagt, ab jetzt bin ich der Hauptmann bei Einsätzen.«

»Weil ich so erleichtert war. Aber letztlich entscheiden wir unser Vorgehen gemeinsam.«

»Gemeinsam – heißt das, dass wir auch Jendra und Ismayl und Neigel mit zurate ziehen?«

»Nein. Sie sind zu jung. Ihnen fehlt der Überblick. Sie würden uns in große Schwierigkeiten bringen, und du weißt das.«

»Du tust ihnen Unrecht.«

»Vielleicht. So oder so entscheiden wir zwei.«

»Ignaz, sie sind alt genug, um ihre eigenen Menschen zu sein! Sie haben ein Recht auf ...«

»Wenn du der Hauptmann bist, dann hast du die Kommandogewalt. Sie sind dir unterstellt, und wenn es ihnen nicht passt, können sie jederzeit gehen.«

Elisabeda lachte, jedoch ohne Humor. »Aber sicher. Hörst du dir selbst zu? Wir haben sie in die größten Gefahren geschickt, sie werden gesucht und schweben in derselben Lebensgefahr wie du und ich!«

»Und somit sind wir verantwortlich, und somit sind sie eben *nicht* ihre eigenen Menschen, sondern dir und mir unterstellt. Das führt uns zum gleichen Punkt: Sie werden unserem Plan folgen.«

»Deinem Plan«, knurrte Elisabeda und lehnte sich zurück. Plötzlich wollte sie in der finsteren Dachkammer möglichst viel Platz zwischen sich und ihn bringen. »Hier ist meiner, wenn du ihn hören willst: Wir rufen mehr Leute dazu und gehen von allen Seiten ins Theater rein, damit wir sicher sind, dass wir als Sieger herauskommen und nicht wieder als diejenigen, die ein historisches Denkmal zerstören!«

Ignaz blickte sie an, ohne zu blinzeln. Dann nickte er. »In Ordnung. Ich schicke Jendra ins Buckelviertel und sage Jannis und seinen Leuten Bescheid.«

Elisabeda schlug mit der Hand auf den Tisch.

»Das sind, wenn es hochkommt, fünf, sechs Leute! Der Rest von ihnen ist entweder zu alt, zu jung oder hat zu viele Kinder! Du weißt, dass wir keine Schlacht auf dem Rücken der Leute aus dem Buckelviertel gewinnen können!«

»Auch die Ärmsten der Armen haben ein Recht, gegen die Besatzer aufzubegehren«, sagte er ungerührt. »Ich schicke Jendra los, und es wird sich herausstellen, wer kommen wird.«

»Ein Recht, aufzubegehren! Das sind doch leere Phrasen! Denkst du, du kannst mich mit sowas abspeisen?« Er drehte ihr die eigenen Worte im Mund herum! Wütend stand sie auf und ging um den Tisch herum. Ignaz ließ sie nicht aus den Augen. »Ich weiß, dass es mehr Sympathisanten gibt als nur Jannis' Leute! Ich weiß, dass du mehr weißt als ich und dass du darüber den Mund hältst und nicht einmal mich einweihst. Ignaz, es ist wichtig, dass wir uns Hilfe suchen! Heute Nacht müssen sie uns helfen, wer auch immer sie sind.«

Er schüttelte stumm den Kopf, sein Blick wich ihrem aus, und sein Profil war wie aus Stein gemeißelt.

*Aus Holz geschnitzt*, dachte sie verbittert inmitten all dieser Erinnerungsstücke an sein Handwerk.

»Das ist doch Wahnsinn! Wie lange willst du darauf verzichten, dass wir unsere Kräfte mit anderen vereinen?«, zischte sie.

»So lange, bis der richtige Moment kommt.«

»Dies *ist* der richtige Moment! Was ist, wenn du ihn verpasst, weil du glaubst, dass er erst noch kommt? Es geht um ein Wortzeichen, etwas, das den Willen der Stadt vielleicht vollends lähmen wird! Vielleicht etwas, das *uns* lähmen wird, das uns zwingen wird, aus unserem Versteck zu kommen! Was wäre dann? Dies – ist – der – Moment. Jetzt müssen wir alle zuschlagen!«

Sie hatte sich vorgebeugt, wagte es aber nicht, ihn anzuschreien. Sie wollte nicht, dass die anderen sie hörten, doch sie hatte die Fäuste geballt, als befände sie sich in einem Kampf mit ihm. Er ergriff ihre Handgelenke, als befürchte er, sie würde ihn schlagen.

»Elisabeda«, sagte er einfach, sah ihr in die Augen und lächelte, »vertrau mir.«

Sie waren sich so nah, dass sie seinen warmen Atem auf der Haut spüren konnte. Kurz glaubte sie, er würde nun versuchen, *sie* um den Finger zu wickeln. Dass er Jendras Worte gehört hatte, zweifelte sie nicht an. Dort er näherte sich ihr nicht weiter. Sie riss sich los und schob wütend den Tisch beiseite. Er rumpelte auf dem Holzboden. Ignaz hob den rechten Ringfinger an die Lippen.

»Die Leute glauben doch, dass dieses Haus unbewohnt ist«, sagte er und lächelte immer noch.

»Setz dich doch auf meinen Finger«, fluchte sie und öffnete die Falltür. »Ich schicke Jendra zu den Buckelviertelleuten, und ich schreibe auf deinen Gedenkstein: *Er hätte seinen Hauptmann planen lassen sollen.*«

»Tu das, wenn es dich glücklich macht«, sagte er unbewegt. »Du kannst die Falltür offenlassen, ich komme jetzt auch run…«

Elisabeda knallte die Falltür hinter sich zu.

Jendra stand im Flur und hatte die Arme in der herausforderndsten *Was-hab-ich-gesagt*-Geste verschränkt. Mit einem Finger tippte sie wiederholt auf ihren Oberarm. »Wickeln, Hauptmann, wickeln!«

»Sei still, du hast gehört, was er sagt. Hol Jannis und seine Leute. So viele, wie er auftreiben kann.«

Elisabeda ging in das Zimmer, das sie sich mit Jendra teilte, und schlug die Tür hinter sich zu. Es war stockdunkel hier drin, die Stunden waren schon weit fortgeschritten, es würde eine lange Frühlingsnacht werden.

Sygna wirkte, als würde es schlafen, aber sie wusste, *wusste*, dass es wachlag und wartete. Dass man die Schläfrigkeit aus ihm herausschütteln würde.

*Ich könnte es allein tun.*

Sie schüttelte den Kopf ... Nein, wenn sie so anfingen, war es der Anfang vom Ende. Sie war der Hauptmann, aber sie musste Plänen vertrauen, die er bereits geschmiedet hatte, bevor sie dazugekommen war. Sie stemmte die Hände aufs Fensterbrett und sah auf die dunkle Stadt hinaus.

Das Eckhaus war zu eng für eine wütende Schmiedin.

Eine Hand griff nach Kiliannas Arm. Sie blieb stehen und drehte sich zu Dawyd um. »Wenn du nicht in Lebensgefahr bist, würde ich es begrüßen, wenn du mich nicht anfasst«, flüsterte sie, verstummte dann jedoch, als das Licht der Laterne über sein Gesicht wanderte. Er war bleich wie der Tod, Schweiß stand ihm auf der Stirn. Seine Augen waren weit aufgerissen, Panik stand darin.

»Was ist mit dir?«, fragte sie. Er litt doch wohl nicht unter Raumangst – was hatte er dann hier unten zu suchen?

»Hörst du das auch?«, murmelte er.

Sie hörte schon seit geraumer Zeit Geräusche. Schläge von Hämmern und Spitzhacken, das Rumpeln, wenn Gestein fortgeschafft wurde. Auch die Nacht bereitete den Arbeiten offenbar kein Ende.

»Den Herzschlag?«, ergänzte er.

Sie musterte ihn, dabei lauschte sie in die Tiefe. Hatte er nicht bereits beim Tanz so etwas gesagt? Dass er einen Herzschlag in den Höhlen gehört hätte? Es überlief sie kalt trotz der stickigwarmen Luft, und sie musste an das Büchlein denken, in dem sie über den Krummen Mann gelesen hatte.

»Sie hämmern«, sagte sie.

»Nicht das Hämmern«, beharrte er. »Diesen Herzschlag, als ... als würde Blut in den Ohren rauschen oder als würde man etwas ... unter Wasser hören. Einen langsamen, dröhnenden ...« Er schluckte. »Herzschlag eben ...«

»Vielleicht hörst du deinen eigenen Herzschlag? Hast du das schon mal gehabt, in Höhlen oder engen Räumen?«

»Ja, ich habe das schon mal gehabt«, knurrte er ungnädig. »Hier unten und sonst noch niemals!«

Sie musterte ihn prüfend, und er wischte sich mit der Hand über die Stirn.

»Seit wann hörst du das schon?«

»Seit einiger Zeit. Seit du mich diese ... wurmartige Wendeltreppe runtergeführt hast. Lass uns weitergehen«, sagte er.

Dass er hier unten unter Raumangst litt, schien ihr nicht abwegig und schon gar nicht, dass jemand wie er sich weigern würde zuzugeben, dass es an den sie eng umgebenden rohen Höhlenwänden lag. Das Gewicht der Stadt lastete auf ihnen – bei diesem Gedanken wurde ihr ebenfalls mulmig zumute.

Sie wandte sich entschlossen um, die Flamme flackerte in der Laterne. Bald war es nicht mehr schwierig, den Weg zu finden, den die Aquintianer genommen hatten. Überall waren Spuren von ihnen: Sie hatten Gänge verbreitert, hatten an steilen Stellen Seile gespannt, Kisten und Körbe und Wagen voller Geröll waren in größere Höhlen gebracht worden. Eine davon war die, in der Kilianna zum ersten Mal wahrhaftig in die Verkehrte Stadt geblickt hatte, zu den von der Decke hängenden Formationen, die ihr so gebäudeähnlich erschienen waren. Ihre Hand hielt sie stets an der Klappe, mit der sie die Laterne abblenden konnte –

jederzeit rechnete sie mit Blauröcken, die Geröll transportierten oder sogar in ganzen Trupps die Schicht wechselten.

Doch in den vergangenen Tagen schienen die Soldaten immer tiefer und tiefer in die Erde vorgedrungen zu sein: Kilianna hörte sie zwar, aber die oberen Ebenen waren völlig verlassen. Das bot ihr die Gelegenheit, sich genauer umzuschauen, als sie in die Höhle kamen, in der die hängenden Strukturen der Verkehrten Stadt sich aus der Decke nach unten stülpten. Das Licht ihrer Laterne reichte nicht weit, doch sie konnte ausmachen, dass einige davon beschädigt waren, ganze Teile davon lagen zerschlagen am Boden. Dawyd sah mit gerunzelter Stirn hinauf. Die Höhle war so groß, dass sie sich nicht weit hineinwagten aus Angst, von irgendwoher gesehen zu werden.

»Ist es hier besser?«, fragte sie ihn, doch er schüttelte den Kopf.

»Nein. Aber warum haben sie das zerschlagen?«

»Dieser Forscher wirkte mir recht neugierig. Es ist sicher nicht das Einzige, worauf er einschlagen lässt, um zu sehen, was dahinter ist oder darin liegt. Als er die Glashöhle zerstört hat, gab es dieses schreckliche Kreischen.«

»Und direkt danach habe ich diesen Herzschlag gehört«, beharrte er. »Vorher nicht. Als wäre etwas ... freigekommen.«

Abermals schauderte es sie, obwohl sie versuchte, sich diesen Herzschlag rational zu erklären. Sie versuchte, sich nichts anmerken zu lassen. »Komm weiter«, drängte sie. »Wir müssen wissen, was sie tun.«

Dawyd nickte, doch er presste die Lippen zusammen, als müsse er sich beherrschen, nicht einfach davonzulaufen.

Als sie wieder in den Tunnel zurückschlichen, fuhren Dawyds nervöse Finger zum hundertsten Mal über die Details des Schwertgriffs an seiner Seite. Der Knauf, das Leder des Griffs mit der Erhebung, die die Mitte markierte. Die symmetrische, gerade Parierstange. Es wirkte noch ungewohnt an seiner

Seite, aber gleichzeitig beruhigte es ihn, dass wieder ein Gewicht dort hing, das ihm beim Klettern das Leben schwer machte. Er wollte es nicht missen, und die Tage nach dem Sturz in die Schlang waren voller Selbstzweifel gewesen. Selbst die nach wie vor verbundenen Schnittwunden an seinem Arm schmerzten kaum noch, nun da das Schwert ihm bewies, dass er ein Fechter war, zu dem solche Wunden schlicht und einfach gehörten.

Aber dieser Pulsschlag ließ seine Nerven beben, er spürte sie, als würden Saiten eines Musikinstruments einmal durch ihn hindurchlaufen und mit jedem Herzschlag eine Schwingung von sich geben. Es brachte ihn um den Verstand. Er packte den Schwertknauf fester.

Ein Teil von ihm betete zum Großen Handwerker, er möge ihm einen oder zwei Aquintianer schicken, damit er etwas zu tun hatte. Ein anderer Teil von ihm erklärte ihn für verrückt – wenn Kilianna Erdhand mit Dawyd Iackmar in den Höhlen erwischt wurde, würden Jendras Befürchtungen wahr.

*Sie bräuchten nur anzudrohen, dass sie ihr etwas tun. Oder dass sie mir die Finger abschneiden. Oder meine Männlichkeit. Nichts wäre sicher, ich könnte keinesfalls mein Maul in Zaum halten*, dachte er. Ja, in dieser Hinsicht war er offenbar ein Schwächling. Mit dem Schwert in der Hand hingegen – wenn es nur einer oder zwei Aquintianer wären … er hätte etwas zu tun und müsste nicht auf diesen Puls hören …

*Dadumm. Dadumm.* Es machte ihn wahnsinnig.

Seine Gedanken drehten sich im Kreis. Er konnte an kaum etwas anderes denken als an den Wunsch, das Schwert zu ziehen und zu benutzen.

Er war ein Fechter der Goldenen Gilde.

Fechten – das war, was er beherrschte, sein Handwerk. Egal, ob sie ihn nun von der Gilde ausgeschlossen hatten, ob sein Schwert am Schlanggrund lag, ob er und die anderen die Klingen hatten ruhen lassen, als die Große Armee mit ihren neu entwickelten Waffen, Musketen und Kanonen, vor den Toren stand und die Übergabe der Stadt gefordert hatte. Heute würde er nicht zögern. Heute würde er …

»Dawyd!« Kiliannas Hände griffen nach ihm und schoben ihn zurück gegen die Wand. »Bist du verrückt?«

»Was? Warum?« Dieser Herzschlag – der machte ihn verrückt!

»Du kannst nicht einfach weitergehen! Da sind Stimmen!« Sie deutete auf eine Kehre des Tunnels, die er nicht einmal wahrgenommen hatte. Er presste die Finger an die Schläfen, spürte, wie sie ihn ansah.

»Dir geht es wirklich schlecht, oder?«, flüsterte sie.

»Nein! Nein, ich … ich habe mich nur nicht konzentriert. Es ist … alles so dunkel.« Er erwähnte den Herzschlag nicht mehr, der seinen Schädel ausfüllte mit seinem *Dadumm*.

»Trink etwas«, sagte sie und reichte ihm eine kleine Blechflasche mit Wasser, wie die Soldaten sie benutzten. Er trank dankbar. Das Dröhnen schien etwas zurückzutreten.

»Bleib – hier – stehen«, befahl sie, drückte ihm die Laterne in die Hand und schob sich an der Wand entlang weiter vor. Bald verschluckte das Dunkel sie. Dawyd wartete mit klopfendem Herzen, das seltsam asynchron zum alles beherrschenden Puls schlug. Seine Linke sank wieder auf den Schwertgriff, doch er nahm sie ertappt herunter.

War es eines von Elisabedas Zeichen auf der Klinge, das seine Gedanken in solch martialische Kreise gezogen hatte?

Er atmete und versuchte, sich allein darauf zu konzentrieren, und langsam drangen nun die Geräusche, die Kilianna gehört hatte, auch an seine Ohren. Es waren mehrere Männerstimmen, die Worte ununterscheidbar, Schritte von Stiefeln, das Rumpeln der Räder eines Karrens. Dann flog ihm plötzlich eine Gestalt entgegen, es war Kilianna, sie drängte ihn wortlos weiter zurück. Er begriff endlich, wandte sich um und blendete die kleine Lampe ab. Gemeinsam stolperten sie vorwärts, dann erreichten sie die Höhle mit den verkehrten Gebäuden, die wie die Waben von Insekten von der Decke hingen. Dawyd zerrte Kilianna hinter einen Haufen aus Felsbrocken und Geröll und ließ sich neben sie fallen. Er löschte das Licht in der Laterne aus Angst, dass selbst ein schwacher Schein sie verraten würde.

Hatte er sich nicht eben noch einen Kampf gewünscht?

Nun war es Kilianna, die ihre Hände in seinen Arm gekrallt hatte, stellte er mit einer gewissen Befriedigung fest. Er verzichtete auf eine Bemerkung oder Bewegung, denn nun sah er, über den Geröllhaufen spähend, Soldaten mit Pechfackeln und Öllampen, die Schubkarren, Wagen und sogar beladene Esel am Höhleneingang vorbeiführten. Keiner von ihnen blickte auch nur in die große Kaverne, in der Kilianna und Dawyd sich versteckten. Wenige von ihnen unterhielten sich, müde und abgekämpft, die meisten schwiegen.

Er spürte Kiliannas Gesicht an seinem Ohr. So nah waren sie sich nur beim Tanzen gewesen. Ihr Atem vertrieb kurz den Herzschlag.

»Sie wurden woandershin beordert. Ich habe es eben gehört. Sie kommen dort, wo sie beschäftigt waren, nicht weiter.«

»Das heißt, da ist nun niemand mehr, und wir können uns umsehen?«

»Das sollten wir herausfinden.«

»Dafür, dass du gesagt hast, dir fehlt es an Mut, hier herunterzusteigen, bist du nun ganz schön tollkühn.« Er zögerte kurz, doch wie immer: sein Maul! »Ist es, weil ich dabei bin?«

»Bilde dir ja nichts ein«, sagte sie, doch diesmal klang sie bereits weniger ungnädig. »Es ist das Richtige. Irgendjemand muss hier hinuntergehen.«

»Und das sind du und ich. Ich hoffe, die Stadt bedankt sich irgendwann bei uns.«

Der Zug der zur Minenarbeit verdonnerten Soldaten war vorbei. Kilianna und Dawyd blieben noch eine dunkle, zeitlose Weile sitzen, bevor Kilianna ein Schwefelholz zückte und an einem der Steinbruchstücke entzündete. Dawyd hielt ihr die Laterne hin, und Kilianna ließ die Kerze im Inneren wieder aufflammen. Dann schlichen sie weiter. Bald hatten sie die gläserne

Höhle erreicht. Es roch beißend nach Rauch, und das rief Dawyd sofort in Erinnerung, dass Kilianna erzählt hatte, dass dahinter eine hölzerne Pforte warte.

Ihre Laterne warf Licht in Hunderte Splitter, glomm auf Tausenden Scherben. Ihre Schritte knirschten auf Millionen winziger Bruchstücke. Zahllose Risse bildeten ein Spinnennetz in der gläsernen Oberfläche des nach innen führenden Schneckenhauses, und es kam Dawyd so vor, als würde sein Herz immer kleiner und kleiner, während sie weiter in die enger werdende Höhle schritten.

Das Glas lag überall um sie herum in dicken Schichten an den Höhlenwänden, Hacken hatten ihre Spitzen hineingetrieben und nichts als Splitter hervorgeholt. Es brach das Licht der Laterne, Scherben eines größeren Ganzen, das für immer verloren war.

Er hielt die Luft an. Es war wie durch die Kathedrale des Großen Handwerkers zu gehen und zu sehen, dass diese Kathedrale mit Kanonen in Trümmer geschossen worden war.

Sie fanden den hölzernen Eingang, er war aufgebrochen, doch das Holz schien Gegenwehr geleistet zu haben. Es war schwarz verkohlt, Bruchstücke von gezeichneten Werkzeugen lagen herum, die alle ihren Teil dazu beigetragen hatten, das Tor zu öffnen.

»Glas«, flüsterte Dawyd.

»Holz«, sagte Kilianna, und plötzlich lag ihre Hand in seiner, als sie durch das Tor traten. Dawyds Herz tat einen Satz – doch der seltsame Puls, den er hier unten hörte, blieb davon ungerührt. Hinter den hölzernen Bruchstücken lag ein irdener Gang, der in perfekten Schneckenhauswindungen leicht abwärts führte.

Sie mussten eng nebeneinander gehen, denn der Tunnel war sehr schmal, und als Kilianna ihre andere Hand von der Wand löste, sah Dawyd, dass sie von dunklem Staub überzogen war. Überall sonst hatten die Tunnel, Gänge und Höhlen durch Gestein geführt – doch dies hier war eine Röhre aus … Ton? Auch der Boden wirkte, als sei die Röhre erst kürzlich gegraben worden. Mühevoll hatte man sich hindurchgearbeitet und den harten Ton mit Wasser und – dem Geruch nach – alchimistischen Mitteln aufgeweicht.

»Erde«, sagte Kilianna, und Dawyd nickte.

*Eine Höhle aus Glas. Eine Pforte aus Holz. Und dann wieder – eine Höhle aus Erde.* Mit beinahe fiebriger Erwartung sehnte er sich nach dem nächsten Tor.

Sie erreichten einen Durchgang, der komplett aufgebrochen war. Was auch immer sich als Tor oder Versiegelung der Öffnung darin befunden hatte, war fortgeschafft worden. Man hatte es komplett aus der Verankerung gerissen, nichts zeugte mehr davon außer den Angeln, die im Kerzenlicht glänzten.

»Gold«, flüsterte Dawyd und beugte sich zu den Türangeln aus dem warm schimmernden Edelmetall herunter. Hatte hier tatsächlich eine Tür aus Gold den Weg versperrt?

*Vier Zeichen – von dreizehn ... Wie geht es weiter?*

Der Herzschlag wurde so laut, so drängend, dass er sich fühlte, als müsse er dagegen anschreien. Sein eigenes Herz schlug nun im Gleichklang, hämmerte in seiner Brust, ließ das Blut durch seinen Hals schießen. Er spürte, wie seine Adern pulsierten.

Kilianna zog ihn weiter, der Gang wurde noch schmaler, und sie ging vor ihm her. Wie hatten es die Soldaten hier hindurch geschafft? Dawyd hatte das Gefühl zu ersticken, doch gleichzeitig trieb ihn etwas voran, als müsse er nur noch durch eine Tür treten, um an frische Luft zu gelangen, die seine Lungen füllen würde.

Kilianna berührte abermals die Wände. Die Stümpfe von Wurzeln ragten in die Höhle hinein, auch sie abgebrannt, und immer noch hing der Geruch von brennendem Holz dick im Gang, vermengt mit dem Geruch nach Ton und Erde, nach Holz und Metall.

»Das Nährende Zeichen«, wisperte sie, und es war wie eine Beschwörungsformel. Eine Tür, auch diese aufgebrochen mit Hilfe von blanker Gewalt, Zeichenkraft und alchimistischen Sprengstoffen.

»Eisen«, erwiderte er und trat nach Kilianna durch die Öffnung.

Dahinter erahnte Dawyd eine vom Echo her sehr weite Kaverne, auch hier hing noch dick der Geruch nach Rauch und totem Holz.

Mit einem Mal wurde es stockdunkel. Dawyd betastete die Laterne – mit fliegenden Fingern hantierte er am Verschluss herum. Die Dunkelheit sickerte mit Eiseskälte in ihn hinein und ließ den Herzschlag Frost durch ihn hindurchpumpen. Er verbrannte sich die Finger an der Kerze, als er die Laterne geöffnet hatte.

»Verdammt«, murmelte er erstickt. »Das kann nicht sein, die Laterne ist noch an! Warum ist es so dunkel?«

»Dawyd!« Kilianna, die schräg vor ihm stehen geblieben war, tastete nach ihm, fand seinen Gürtel und zog ihn einen halben Schritt zu sich herüber. »Hier! Leg deine Hand hier dran, fühlst du das? Vorsichtig!«

Sie nahm seine Finger, leitete ihn, und er bekam ein Seil zu fassen. Er trat noch einen Schritt näher, doch seine Fußsohlen ertasteten dabei etwas weitaus Beunruhigenderes: Rechts und links brach ihr Pfad ab. Vor ihnen lag ein schmaler Felssteig, und von unten atmete ihnen die Luft eines bodenlosen Falls entgegen. Er sog die Luft ein.

»Vorsichtige Schritte, sagte ich!«, schärfte sie ihm ein und krallte sich in seinem Gürtel fest.

»Das hast du nicht gesagt! Du hast nur gesagt ›Vorsichtig‹, woher soll ich wissen, dass die Höhle hier zu einer Schlucht wird?« Er schluckte trocken und hörte seine eigene Stimme verzweifelter werden. »Was passiert hier? Warum ist es so verdammt dunkel?«

»Das ist das Verborgene Zeichen.« Ihre Stimme klang mehr und mehr mitgenommen. Wohin waren sie unterwegs? Wie konnte das Verborgene Zeichen eine ganze Höhle verbergen?

Dawyd schob sich vorsichtig an Kilianna vorbei nach vorn, er würde sie nicht vorangehen lassen, das gebot ihm seine Fechterehre. Seine Hand lag schweißnass um das grobe Seil. Er schob sich mit gepresstem Atem vorwärts, dem drängenden Herzschlag nach – wenn das der einzige Weg durch eine Schattenhöhle und über einen Schattenabgrund war, dann würde er ihn gehen. Er musste wissen, was am Ende dieses Wegs lag. Kilianna folgte ihm. Eine Hand schob sich wieder in seinen Gürtel, während die andere am Seil lag. Er hörte sie atmen, doch dann verstummte plötzlich alles. Es wurde gespenstisch still. Das Verborgene Zeichen senkte sich wie ein Leichentuch auf sie, doch das Seil leitete sie immer weiter vorwärts. Er malte sich aus, wie dieser Weg erstmals erschlossen worden war – eine Brücke, gerade so breit wie ein Mann und gespannt über unaufhellbarer Finsternis, und die Furcht kroch seine Kehle hinauf in sein Gehirn.

Schließlich kamen sie ans Ende des Seils und damit auch ans Ende des Stegs. Die Laterne flackerte mit einem Mal wieder auf, beruhigte sich aber gleich wieder, die Dunkelheit zog sich zurück, die Kälte blieb hinter ihnen. Kilianna zitterte, und Dawyds Hände waren von kaltem Schweiß bedeckt.

Ein Gang lag vor ihnen, breit und eben. Der ganze Tunnel war bis zum Boden mit Tüchern ausgekleidet.

»Das Gewobene Zeichen!«, sagte Kilianna, trat näher und berührte das Tuch. Dawyd sah, dass es mit schweren Eisenzargen am Gestein befestigt war, es war schmucklos und weiß wie ein Laken.

Kilianna bückte sich und griff eine Kante. Er war nicht neugierig genug, um diese uralten Kavernen weiter in Augenschein nehmen zu wollen. Was an ihrem Ende lag, darauf kam es ihm an. Es zog ihn weiter in die Tiefe.

»Kilianna, lass uns weit…« Es war zu spät.

Kilianna zog das Tuch ein wenig zurück und schnappte nach Luft. Die Wand dahinter glitzerte, als seien winzigen Rubine darin eingelassen, das Kerzenlicht schimmerte rot darauf. Kilianna zog mit einem Ruck an dem Laken und entblößte mehr Wand.

Dawyd folgte ihr wie hypnotisiert und fühlte mit einem Mal doch diese Neugier, diese Begierde herauszufinden, was es mit den Höhlen auf sich hatte, selbst wenn sie ein wenig unter dem Herzschlag zurückblieben. Und dann eine weitere Begierde ... Kilianna seufzte auf und legte ihre Hand auf den bloßen, rotgesprenkelten Felsen.

»Das ist nicht das Gewobene Zeichen«, presste Dawyd hervor und trat neben sie, seltsam angezogen von dem Rot.

»Rausch«, wisperte Kilianna und näherte ihr Gesicht dem Stein, bis ihre Stirn daran ruhte. Sie schloss die Augen, und er betrachtete sie mit Verzückung. Wie wunderschön ihr Gesicht aussah. Wie gelöst ihre Züge. Wie sich ihre Lippen teilten, um zu atmen, wie ihre Wimpern Schatten auf ihre Wangenknochen warfen. Er trat näher an sie heran, legte seine Hand auf die ihre. Der Herzschlag war dumpf und mächtig in ihm, und er spürte, wie sie sich gegen seine Brust lehnte – ihr Rücken an seinen Rippen, ihr Kopf an seinem Kinn. Ein Verlangen, das über fleischliche Lust hinausging, packte ihn. Dieser Rausch hier versprach Ewigkeit, das, was jeder, der den Rausch zelebrierte, begehrte. Dass es niemals vorbeiging. Dass dieses Gefühl unwiederholbar war, aber auch ununterbrochen weitergehen würde bis zum Ende der eigenen Zeit.

Er spürte ihre Haare unter seinen Lippen, ihr Ohr, ihren Hals, ihren Nacken, als er sich an ihr herabküsste. Seine linke Hand lag auf ihrer, die rechte hielt die Laterne, aber er würde sie fallenlassen, und das Licht würde erlöschen und sie in Frieden lassen.

Plötzlich setzte sein Herz einen Schlag aus. Der nächste gewaltige Pulsschlag, den die Höhle in ihm widerhallen ließ, war jedoch so intensiv, dass er ihn von Kilianna wegschleuderte, als hätte ihn jemand geschlagen. Er rang nach Luft, Gedankenfetzen, die ihn ermahnen wollten, einmal kein Idiot zu sein, wirbelten durch die Fetzen von Begierde in seinem Kopf. Er griff nach ihrem Gürtel und zog sie von der Wand fort. Sie schrie auf, aber er sprang schnell vor und zerrte das Laken zurück an Ort und Stelle. Niemals hätte er sich träumen lassen, wie gefährlich das Rauschzeichen sein konnte! Doch der Bann lag immer noch auf

Kilianna, und sie wehrte sich gegen seinen Griff und versuchte, wieder das Tuch zu packen.

*Bloß weg hier!*

Während er sie den Gang entlangzerrte, gab Kilianna sehnsüchtige, verwirrte Laute von sich, die ihn fast um den Verstand brachten. Wie gerne hätte er der Begierde nachgegeben, aber er wusste, dass sie ihren Ursprung nicht in ihm selbst fand, sondern irgendwie aus der Wand troff.

Ein weiteres Tor kam in Sicht, auch bereits von unkundigen, aber sehr entschlossenen Händen geöffnet, worum er dankbar war. Dieses Tor hatte einmal das Gewobene Zeichen symbolisiert: Er sah noch die Fetzen des verbrannten Tuchs, sie waren hart wie Stein, als er die Überbleibsel anfasste. An den Trümmern des von der Decke gefallenen Gesteins erkannte er, welch schweres Gerät die Aquintianer hatten auffahren müssen, um diesen Durchgang zu öffnen. Sie hatten ihn vermutlich ebenfalls gesprengt. Hinter dem offenen Portal roch es nach Feuer und Schlimmerem: sauer, verbrannt, beißend, ätzend.

»Alchimistische Stoffe«, flüsterte Kilianna und befreite sich nun aus seinem Griff. Sie hatte die Fäuste geballt und war offenbar wieder die Alte. Sie schien zu zögern, vielleicht weil sie nicht recht wusste, ob sie ihm oder sich selbst eine Ohrfeige verpassen sollte.

Die Kaverne hinter dem zerstörten Gewobenen Zeichen war so vollständig verwüstet, wie man eine leere Höhle verwüsten konnte. Die Decke war in Teilen eingestürzt – der Boden führte in zerklüfteten Stufen abwärts, und in Pfützen und Spalten fanden sich noch Reste von Flüssigkeiten und anderen alchimistischen Ingredienzen. Es dampfte und zischte und glühte. Eine Wand war nach innen gefallen, und nur mit Müh und Not bahnten sich Kilianna und Dawyd ihren Weg durch die Höhle.

»Die Explosion, die diese Zerstörung verursacht hat, muss wirklich gewaltig gewesen sein. Bestimmt hat sie heute Morgen den Berg erschüttert. Was denkst du?«, presste Dawyd hervor und konnte doch nicht feststellen, ob sie sich hier in der Höhle befanden, die dem Alchimistischen Zeichen gewidmet war, oder ob die Aquintianer sich mit Alchimie einen Weg durch etwas anderes gebahnt hatten. Er reichte Kilianna eine Hand, um ihr eine besonders steile Stelle hinabzuhelfen, doch sie ignorierte ihn und kletterte selbst.

Am anderen Ende der Kaverne wartete ein weiterer verhängter Gang.

»Sieh jetzt bloß nicht unter die Laken«, sagte Dawyd im Versuch, die Wut, die fast spürbar von ihr ausging, mit Humor aufzulösen.

»Ach, wirklich nicht? Danke für den weisen Rat«, zischte sie.

»Was denn? *Ich* habe nicht unter die Tücher geguckt und mit meiner Hand am Stein gerieben!«

»Es … es hat gemacht, dass ich das tue!«, flüsterte sie und mied seinen Blick. Sie betraten den verhangenen Gang, der sich in beinahe schon aggressiven Kehren nach unten wendelte. Dawyd spürte, wie es ihm den Hals zuschnürte – die Dämpfe der Säuren waren hier hineingewabert, doch das war es nicht. Auf den Laken fanden sich Spuren von Blut. Spritzer, Flecken, lange Fäden. Selbst die Nägel, die in die Wand getrieben worden waren, um die Laken an Ort und Stelle zu halten, waren braun verkrustet. Er schluckte schwer.

»Blut«, flüsterte er, und mit einem Mal fragte er sich, was er darunter finden würde, unter diesen alles bedeckenden Tüchern. Welche Zeichen hier wirkten, konnte er sich denken – doch durfte er es wagen, neugierig nach den verlorenen Zeichen seiner Zunft zu forschen?

»Haben sie sich hier gegenseitig getötet?«, flüsterte Kilianna. »Während ihre Vorgesetzten sie antrieben, die Laken aufzuhängen? Die Leichentücher!«

Der Herzschlag wurde dumpf und langsam, und Dawyd fror wie noch nie.

»Kilianna«, flüsterte er.

»Ich bin hier«, sagte sie ungeduldig.

»Ich habe den Herzschlag in der Tiefe nicht einfach so plötzlich gehört.«

»Sagst du mir jetzt etwas, das du mir schon hättest sagen sollen, als wir losgegangen sind?«, wisperte sie mit einer Spur von Wut.

»Nein. Ich ... ich hatte es selbst ... ich hatte es vergessen. Ich höre den Herzschlag – seit ich jemanden umgebracht habe.«

»Wie meinst du das? Wen hast du umgebracht?« Sie blieb nicht stehen, sah sich noch nicht einmal um.

»Einen Soldaten! Bleib stehen!«

»Ich will nicht stehen bleiben!«, zischte sie und ging weiter in die Dunkelheit, welche die Laterne, die er in der Hand hielt, nur unzureichend vertrieb.

»Ich hab ihn umgebracht, und dann ging dieser Herzschlag los!«

»Aha«, sagte sie.

»Was heißt aha?«

»Dass ich auch nicht weiß, was das heißen soll!«

»Aha!«

Mit zitternden Gliedern folgte er ihr rasch die Kehren des Gangs hinunter. Dort wo das Blut das erträgliche Maß überstieg, hatten die Blauröcke mehrere Tücher übereinandergehängt, doch Dawyd konnte sich nur zu gut vorstellen, was geschehen war, und es drehte ihm den Magen um. Nicht weil er die Toten bemitleidete oder die Täter, sondern weil er an den Moment dachte, an dem ihm der Berg ein Gespür für die Zeichen eröffnet hatte, an dem es sich angefühlt hatte, als lichte sich ein Schleier von seinen Augen, der sein ganzes Leben schon dort gewesen war. Der Herzschlag füllte ihn ganz aus.

»Kilianna«, flüsterte er.

»Was ist denn?«, gab sie mit gehetztem Blick über die Schulter zurück. Er streckte eine Hand nach ihr aus, und sie kam zurück und griff nach ihm, um ihn vorwärtszuziehen, so wie er sie von den Rauschzeichen fortgezerrt hatte.

»Danke«, ächzte er.

»Was hast du?«

»Ich weiß nicht«, murmelte er.

»Ziehst du gleich dein Schwert und gehst auf mich los?«, fragte sie und legte sich seinen Arm um die Schultern, um ihn zu stützen. Er zitterte so sehr und konnte nichts dagegen tun.

»Nein! Nein, das ist es nicht. Es ist ... als wäre da etwas in mir drin, und gleich sprengt es mich.«

Sie sah ihn von der Seite an, sagte jedoch nichts und leitete ihn einfach die ungleich hohen Stufen hinab. Dann kam das letzte Tor.

Kilianna besah sich den einfachen Holzrahmen, der mit großen, groben Balken die Decke stützte. Dahinter flackerte schwaches Licht und erhellte eine grobe, dunkle Steinmauer in wenigen Schritten Entfernung. Kilianna atmete den Geruch von Gestein diesmal ohne die Ahnung von Feuer, Alchimiegebräu oder Blut. Die von einem Kerzenschein erhellte gegenüberliegende Wand war nicht einmal eine Mannslänge vom Durchgang entfernt, sodass der Raum oder Gang hinter dem Tor abknicken musste, sonst war das hier einfach eine Sackgasse. Kilianna wagte sich aber nicht nah genug heran, um durch den Durchgang zu spähen.

Es war kein Türblatt vorhanden und auch keine Spuren davon, dass jemand eines entfernt hatte.

»Was fehlt noch?«, flüsterte sie Dawyd zu, und er richtete sich wieder gerade auf und runzelte die Stirn. »Stein?«

»Und Worte!«, fiel ihr ein.

Sie sahen den Torsturz lange zögernd an.

»Die Balken um den Eingang herum sehen nicht aus wie Stein«, gab Dawyd zu bedenken. Sie standen nah beieinander – wenn hinter dem Durchgang Kerzenschein war, konnten dort Wachen stehen. Doch auch ihre geflüsterten Worte hallten im Gang wider, und ihre Schritte hier hinunter waren nicht gerade leise gewesen.

»Aber wie … wie kann es Worte … Kann es eine Tür aus Worten geben?« Sie musterten die Stützbalken. Keine Zeichen waren darin eingeritzt, zumindest keine, die von ihrer Position aus sichtbar waren.

»Und wenn es eine Tür aus Worten ist, wollen wir dann einfach ausprobieren, was sie mit uns anstellt?«, fragte Dawyd an ihrem Ohr.

»Warum … warum ist dieser Weg hier herunter überhaupt mit allen Zeichen gepflastert? Wer hat das gemacht?«

»Irgendwelche Meister«, murmelte Dawyd und zuckte mit den Schultern. »Sie wollten offenbar nicht, dass jemand hier herunterkommt.«

»Hätten sie dann nicht … besser verstecken können, was immer sie hier verstecken wollten, statt eine dreizehnteilige Spur zu legen?«

»Vielleicht sollte es im Notfall wieder auffindbar sein? Von wahren Kennern der Zeichen, von dreizehn Meistern zusammen oder einfach tumben Idioten, die alles kaputtschlagen und verbrennen?«

»Wollen wir dann wirklich wissen, was sich da drin verbirgt?«, fragte sie weiter, zaudernder als auf dem ganzen Weg hier hinab.

»Ich muss«, sagte er.

»Wie kommen wir dann hindurch?«

»Gar nicht, wenn wir es nicht versuchen«, sagte Dawyd. »Kilianna – willst du … willst du hier warten? Mit einer zweiten Kerze? Ich …« Er verstummte.

»Was? Du willst allein da reingehen?«, fragte sie ihn und wunderte sich, dass sie nur noch Fragen in sich fand und keine einzige Antwort.

»Es … es ist dieser Herzschlag. Er will etwas von mir.«

»Der Herzschlag?« Dawyd mit seinem verdammten Herzschlag! Langsam konnte sie sich selbst nicht mehr davon überzeugen, dass er ihn sich einbildete.

»Der Berg. Es ist … schlimmer geworden, mit jedem Schritt,

und ich glaube, ich glaube, ich muss dahin, wohin auch immer dieser Gang führt, sonst bringt es mich um, zerquetscht mich oder zerreißt mich.«

»Aber … das ist doch nur … Du bildest dir das nur ein!«, sagte sie, packte seine Arme und rüttelte ihn, als könnte sie ihn zur Vernunft bringen, doch es gelang ihr nicht einmal, sich selbst davon zu überzeugen, dass seine Empfindungen Einbildung waren. Aber wenn sie es nicht waren, wusste sie noch weniger, was sie davon halten sollte.

»Hah! Das würdest du nicht sagen, wenn du in mir drinstecken würdest!«, brachte er hervor, seine Lippen wirkten im Licht beinahe blau, sein Blick gehetzt. »Ich glaube … es hat mich eben vom Rausch weggerissen. Es wird mich auch hier durchkommen lassen.«

»Warum? Weil es dein *Schicksal* ist? Weil es dich auserwählt hat, was immer es ist? Und es dich zu sich ins Innere des Bergs locken will?« Es war spöttisch dahergeflüstert, aber sie sah, wie Angst in seinem Blick flackerte, noch größere Angst als zuvor. »Ich meinte das nicht ernst!«

»Ja, und ich wollte nur nett sein, als ich über deine Augen gesprochen habe«, mühte er sich ein Grinsen ab. Er löste sich von ihr, machte einen torkelnden Schritt auf das Tor zu.

Sie griff in ihren Beutel am Gürtel und nahm eine Kerze sowie ein Schwefelholz heraus. Sie entzündete erst das eine, dann das andere. Dawyd sah noch einmal zu ihr zurück, dann wankte er vorwärts, und dabei konnte sie sehen, wie der Herzschlag seinen Körper erzittern ließ in einem bösartigen Rhythmus, der nicht sein eigener war.

»Warte!«, zischte sie. Wenn hinter der Tür jemand Wache hielt, musste er sie längst gehört haben. *Verdammt noch mal!* »Sei doch nicht so ein verdammter Idiot.«

Er blieb nun doch stehen. »Ich bin der letzte Idiot, sagte ich doch.«

»Worte – muss man hören.«

»Ich soll mir die Ohren zuhalten?«

Sie ging zu ihm hinüber, vorsichtig den Blick auf die Balken des Durchgangs gerichtet. Sie griff nach der Laterne, öffnete sie, blies die Kerze aus, griff danach, holte sie aus ihrer Befestigung und setzte die neue Kerze hinein. Mit den Fingern formte sie aus dem weichen Wachs eine Kugel, drehte und walkte sie in der Hand und teilte sie dann in vier Stücke.

»Wachs. In die Ohren.«

Ein Grinsen flackerte auf seinem Gesicht auf. »Der älteste Trick der Welt! Und man hat die Hände frei!«

Sie nickte und formte zwei Pfropfen, die sie sich mit etwas Überwindung in die Gehörgänge drückte. Sie verzog das Gesicht. Auch Dawyd verstopfte sich die Ohren. Danach bewegte er den Mund und sagte etwas. Sie hörte nichts mehr. Mit Erleichterung nickte sie und erwiderte: »Ich höre dich nicht mehr.« Ohne ihre Stimme von außen zu hören, klang selbst das Flüstern dumpf in ihrem Kopf. Auch er nickte, hastig, als würde er von diesem Herzschlag gehetzt. Ohne sich noch einmal umzudrehen, trat er nun unter den schlichten Durchgang. Er blieb dort kurz stehen, die Schultern hochgezogen. Die Rechte griff ans Schwert und zog es langsam aus der Scheide. Er tat einen vorsichtigen Schritt nach vorn in die Dunkelheit hinein, und Kilianna folgte mit der Laterne.

Kaum standen sie unter dem Türsturz, drang ein dumpfes Summen an ihr Ohr. Der Ton war mal gleichmäßig, mal ein Stakkato kurzer Laute, aber das Wachs ließ seine Botschaft nicht in Kiliannas Bewusstsein dringen. Was auch immer es war, es hatte keine Macht über sie.

*Das Wortzeichen?*, fragte sie sich, und Neugier nagte an ihr, doch nicht annähernd genug, um sie daran zweifeln zu lassen, dass es gut war, diesen Durchgang mit verstopften Ohren zu durchqueren.

Vorsichtig blieben sie unter dem Torsturz stehen und schoben die Köpfe vor, um in die Höhle dahinter zu lugen. Kilianna hatte mit einer gigantischen Höhle gerechnet, hier, so nah am Ziel. Aber im Vergleich zur ersten mit Glas versiegelten Höhle war diese hier geradezu bescheiden – das Ende eines Stollens, vielleicht so groß wie das Empfangszimmer ihres Vaters. Dennoch schluckte eine ganze Reihe tiefer Nischen in den Wänden das Licht ihrer Laterne und ließ die Grenzen der Höhle in Schwärze verschwimmen.

Wie sie erwartet hatte, war ihre Lichtquelle nicht die einzige. Sie erblickte zwei weitere Laternen. Drei sehr überrascht dreinblickende Aquintianer saßen auf dem Boden und starrten in ihre Richtung. Ein vierter saß mit dem Rücken zu ihnen, fuhr jedoch gerade auf das hektische Gestikulieren eines Kameraden hin herum, während die übrigen Wachen ihre Degen zogen. Einer bewegte die Lippen, doch kein Laut drang an ihr Ohr. Auch die Aquintianer mussten taub sein, sonst hätten sie ihr Kommen bereits früher bemerkt.

Unwillkürlich wich sie einen Schritt zurück, doch da schob sich Dawyd bereits durch den Eingang. Der Fechter stand leicht seitlich, um möglichst wenig Angriffsfläche zu bieten. Das blanke Schwert hielt er vor sich, beide Hände am Heft, die Spitze nach vorne gerichtet. Der Idiot grinste herausfordernd. Wahrscheinlich war er sogar froh, seinen Mut beweisen und ihr mit seinem Können imponieren zu können. Hielt er sich für unsterblich? Vier Veteranen, nichts Geringeres würde der Gouverneur hier zur Bewachung abgestellt haben, gegen einen Fechter und eine Bürgerstochter – selbst Kilianna verstand genug vom Waffenhandwerk, um zu wissen, dass es nur einen Ausgang in diesem Konflikt geben konnte. Plötzlich war sie froh, den Goldfechter zwischen sich und den Soldaten zu wissen – und verfluchte sich dafür.

Sie hatte ihr Leben lang dafür gekämpft, nicht die Maid in Nöten zu sein. Sie brauchte keinen Beschützer! Aber was blieb ihr übrig? Ihre einzige Waffe, ihre spitze Zunge, war durch das Wachs wirkungslos. Aber verkriechen würde sie sich nicht – sie konnte wenigstens dafür sorgen, dass auch Dawyd mit einem Licht im Rücken kämpfen konnte, und sie öffnete die Blende der Laterne so weit wie möglich. Breite Nischen in den Wänden schluckten das Licht, doch der Stollen war so eng, dass es den Männern immerhin unmöglich sein würde, Dawyd zu viert zu attackieren.

In unwirklicher Stille trafen sich die Klingen, nur der entfernteste Laut durchdrang das Wachs. Dawyd wich vor den Durchgang zurück, um keinen Feind in seinen Rücken zu lassen, dadurch musste Kilianna jedoch wieder unter den Balken des Durchgangs treten. Sie presste zusätzlich noch die Hände auf die Ohren, als das Gewisper der Wortzeichen versuchte, auf sie einzudringen.

Einer der Gegner zuckte mit dem Degen vor und hieb dann rechts gegen Dawyds Kopf. Doch Stahl traf auf Stahl. Dann wirbelte der Degen auf die linke Seite, aber Dawyds Klinge war schneller, drehte sich unter dem Schlag. Die Waffe schützte seinen Kopf, und Dawyd schlug gleichzeitig zu, tief in den Unterarm des Soldaten. Der Mann öffnete den Mund zum Schrei, aber wie beim Klingenspiel zuvor drang nur der Hauch des Schmerzenslauts an Kiliannas Ohr. Dann setzte Dawyd nach. Wieder ein kreisender Hieb. Er traf in die Schläfe und durchschlug Knochen. Blut spritzte auf den Felsboden. Kilianna starrte an Dawyd vorbei auf den Soldaten, dessen zerschnittene Mütze zu Boden fiel, als der Goldfechter das lange Schwert zurückzog. Alles war wie in einem brutalen Gemälde. Ohne Geräusche und auch ohne Gefühle.

Kilianna wich stolpernd zurück, als die anderen Soldaten gleichzeitig auf Dawyd einstürmten und sie dadurch gezwungen waren, in den gewundenen lakenverhangenen Gang zurückzuweichen.

*Den Blutgang*, durchfuhr es Kilianna. Sie bemühte sich, im gleichen Abstand zu Dawyd zu bleiben und ihm nicht im Weg zu stehen – ihm nicht und vor allem seinem Schwert nicht. Ihr Atem ging rasch, gepresst, nur das hörte sie und das Rauschen ihres Bluts.

Nachdem ihr Kamerad tot zusammengebrochen war, war aus dem Schlagabtausch mit den Blauröcken eine wahre Keilerei erwachsen. Der Rachedurst der Wachen war geweckt. Kilianna hatte keinen Schimmer, ob das gut oder schlecht war. Immerhin standen jetzt nur noch drei Aquintianer gegen Dawyd.

Der vorderste Kämpfer trug einen Kürass über der Brust und einen spitzen Helm nach Art der Kavallerieoffiziere. Dawyd konnte ihn also nur an Armen und Beinen verletzen, das würde nicht ausreichen! In seinem Schutz trieben die Aquintianer den Goldfechter vor sich her. In dem aufwärts gewundenen, unebenen Gang würden sie ihn in die Enge drängen können, ihn überwältigen und niederstechen, bevor er hinauffliehen konnte. Und vielleicht würde noch Schlimmeres geschehen, wenn sie im Kampf die blutverschmierten Laken von den Wänden rissen.

Als hätte er die gleichen Gedanken gehabt, katapultierte sich Dawyd nach vorn, eine gerade Linie von Fuß bis Schwertspitze, die in Schulterhöhe in den Stahl des Kürass' eindrang und nur einen Lidschlag später hinten wieder austrat.

Kilianna sah erst in diesem Moment die Zeichen auf der Klinge aufblitzen, wie einen Wink des Großen Handwerkers: Dawyd hatte kunstfertige Freunde oder war in der Gilde zu genug Reichtum gekommen, um sich solch eine Klinge leisten zu können!

Dawyd brach seinen Ausfall nicht ab, sondern zog die Klinge zurück und ließ ein wahres Schlaggewitter auf seine Feinde einprasseln, der Gerüstete stolperte verletzt zurück in die Höhle und zwang seine Kameraden ebenfalls zurück.

Dawyd wandte Kilianna für einen Sekundenbruchteil den Kopf zu, um sich zu vergewissern, dass sie in Sicherheit war. Ein tiefer Schnitt lief als rote Spur über seine Wange. Ein Kumpan des Kürassiers hielt den Goldfechter mit langem Degen auf Abstand, doch Dawyd trieb ihn in die Höhle zurück. Die Laterne des Aquintianers lag inzwischen auf dem Boden herum neben den Scherben eines Krugs.

Kilianna, unwillig, unter der Pforte zu verweilen, folgte Dawyd in das Stollenende und drückte sich hinter dem Durchgang an die Wand.

Sie ließ den Blick umherflackern – es musste doch etwas geben, was sie tun konnte, um ihm zu helfen?

Zwei Gegner, einer davon verletzt. Ein weiterer war bereits tot.

*Wo ist der vierte?*

Im Augenwinkel erahnte sie eine Bewegung. Die Laterne in der Hand, fuhr sie herum. Da traf sie ein heftiger Schlag gegen den Kopf. Der Schmerz raubte ihr den Atem. Ihre Knie gaben unter ihr nach, und sie sackte zu Boden.

Sie versuchte krampfhaft, die Benommenheit abzuschütteln, da packte sie der Angreifer an den Haaren und riss sie empor. Glühender Schmerz schoss von ihrer Kopfhaut bis in ihre Zehenspitzen. Sie ruderte mit den Armen, verlor die Laterne aus der Hand.

Sie bekam die Hand zu fassen, die ihre Haare gepackt hielt und schrie. Sie schrie vor Schmerz, vor allem schrie sie jedoch vor Angst. Todesangst. Der Mann zog sie zu sich heran, während sie verzweifelt versuchte, seinen Griff zu lösen. Er roch nach Schweiß und Wein, war aber nüchtern genug, um sich und sie unter Kontrolle halten zu können.

Verzweifelt blickte sie zu Dawyd herüber, doch dieser drehte sich nicht erneut nach ihr um. Wie auch? Er konnte sie so wenig hören wie alle anderen.

Ihr Peiniger, ein älterer Soldat mit einem Backenbart, hielt sie mit der Linken in den Haaren gepackt und stieß sie in Dawyds Richtung, ohne sie loszulassen. In der Rechten lag sein Degen, den sie nur durch die Tränen wahrnahm, die der Schmerz ihr in die Augen steigen ließ.

Er wollte Dawyd in der Stille von hinten niederstechen, wurde ihr klar. Und sollte der Fechter den Gegner im Rücken doch rechtzeitig bemerkten, war sie sein Schutzschild und sein Pfand.

Die Angst lähmte Kilianna. Schnürte ihr die Luft ab. Auch ihre Gedanken waren wie zu Eis erfroren. Der Lampenschein tanzte über die Höhlenwände, über die Kämpfenden, über das

Blut am Boden, über die Klinge ihres Peinigers neben ihr. Sie hatte noch niemals im Leben eine solche Angst verspürt.

Sie schrie erneut. Sie schrie, auch, wenn sie niemand hörte, um Angst und Scham etwas anderes entgegenzusetzen, etwas Mächtigeres: Wut.

Mit einem Ruck fuhr sie herum, trotz des unerbittlichen Griffs des Soldaten, der nun nur noch ein Büschel ihrer Haare in der Hand hielt. Den Schmerz, der sie erneut zu überwältigen drohte, schob sie mit reiner Willenskraft beiseite. Sie griff blind nach dem Krug am Boden, bekam jedoch das heiße obere Ende der Lampe zu fassen. Sie biss die Zähne zusammen, packte die Laterne und schmetterte sie dem Bärtigen ins Gesicht. Glas und Metallstreben brachen, und Flammen leckten über das Gesicht ihres Feindes. Auch seine Schreie blieben fast stumm, als er seine Hände auf das lodernde Lampenöl schlug, um es zu ersticken.

Kilianna wartete nicht, ob er es überleben würde oder nicht. Sie ergriff eine Glasscherbe der zerbrochenen Lampe und rammte sie dem Soldaten in den Nacken. Wieder. Und wieder.

Bis er liegen blieb. Erst als er sich nicht mehr rührte, bemerkte sie den brennenden Schmerz in der Hand, die sie sich an der Scherbe aufgeschnitten hatte. Ihr Blut vermischte sich mit dem des Toten, und sie musste mit der Übelkeit kämpfen.

*Er oder ich … oder Dawyd.*

Dennoch hatte sie ein Leben genommen, und das würde sie in ihren Träumen verfolgen, obwohl sich gerade nicht nur ihr Gehör, sondern auch ihr Geist taub anfühlten.

Sie schluckte, erhob sich, ihr Kleid war voll Blut und Schmutz, trotzdem hielt sie ihre verletzte Hand vor sich, um nicht noch mehr Blut darauf zu bekommen. Ihr Puls raste wie wild durch ihren Körper, auch ihr Atem wollte sich nicht beruhigen. Als Dawyd sie sanft am Arm berührte, zuckte sie zusammen. Ihr Blick irrte über vier Leichen, die im engen Stollen in ihrem Blut lagen.

Sie ließ zu, dass er ein Taschentuch hervorzog und es vorsichtig um ihre Wunde knotete. Kurz blickte er auf den verkohlten Toten am Boden, wandte sich dann wieder ihr zu.

Sie wollte ihm danken, aber das war nicht möglich mit Worten. Also lächelte sie. Er lächelte zurück, sah sie ein wenig zu lange an.

*Romantik zwischen Leichen …*

Mit einem Würgen in der Kehle wandte sich Kilianna ab. Zum ersten Mal fiel ihr Blick in eine der dunklen Nischen. Darin befand sich ein verschatteter, steinerner Kasten. Sie drehte sich langsam im Kreis. Dreizehn Nischen. Dreizehn steinerne Kästen.

*Stein …* Ihr Puls wurde langsamer, ihr Atem schmeckte in ihrer eigenen Kehle nach Blut, doch auch er beruhigte sich.

Sie mussten zu Ende bringen, weswegen sie hier waren.

Dawyds Blick klarte langsam auf, der Rausch des Kampfes verflog. Es war immer noch so dunkel, so still, nur der Herzschlag grollte in seinem Kopf, doch auch der war ruhiger geworden, obwohl sein eigenes Herz schneller schlug. Hohl hörte er seinen Atem pfeifen. Er sah sich um. Der Weg, dem sie durch zwölf Zeichen hindurch gefolgt waren, endete hier. Jemand hatte sechs Höhlen und sechs Tore tief hinein in den Fels geschlagen und hier verborgen, was nicht geöffnet werden sollte. Ein Zeichen fehlte noch – dreizehn verschiedene Zeichenstämme gab es, und jeden einzelnen hatten sie auf dem Weg nach unten vorgefunden. Nur das Steinerne Zeichen nicht.

Dawyds Gedanken rasten. Es gab dreizehn Urzeichen, aus denen die Gilden ihre Künste entwickelt hatten. Dabei wurden manche Zeichen von mehreren Gilden genutzt und andere Zeichen von keiner einzigen mehr verwandt. Doch hier ging es nicht um dreizehn Zünfte, sondern um die dreizehn Zeichen, die alten Wurzeln von Sygnas Gildensystem.

*Welche Meister aus welcher Zeit waren hier zugange?*

Er sah zu Kilianna hinüber. Sie war vor einer der Wandnischen in die Knie gegangen. Eine Art steinerner Sarkophag befand sich darin. Die Nischen waren in unregelmäßigen Abständen in alle vier Seiten des Raums getrieben. Die Kästen darin waren von geringer Größe, wie Kindersärge, bedeckt mit Inschriften, verschlossen mit marmornen Platten, die spiegelblank das Kerzenlicht in einem Kupferton zurückwarfen, der dem Stein innelag. Um die Sarkophage herum lagen Werkzeuge verteilt.

Grobe Werkzeuge, allesamt dafür geeignet, Stein aufzustemmen, aufzuschlagen, aufzubohren, abzusprengen. Hacken, Schaufeln, Stemmeisen, Bohrer, Meißel, Äxte, Beile, sogar Schwerter und Hellebarden waren an den Sarkophagen versucht worden. Kilianna wischte mit einem Finger gerade die Schmauchspur einer Muskete vom Marmor ab und sah Dawyd mit großen Augen an.

Sie wollte das Wachs aus ihren Ohren entfernen, doch Dawyd schüttelte den Kopf. Die Blauröcke waren taub gestorben. Das musste einen Grund haben – und er konnte die ausgestreckten Finger des Zeichens an seinen Ohren fühlen. Wer wusste schon, was es ihnen befehlen würde? Vielleicht würde es sie verzweifeln lassen oder machen, dass sie aufeinander losgingen?

Kilianna nahm mehrere Kerzen aus ihrem Beutel, er sah, wie ihre Hände dabei zitterten. Hektisch blickte sie immer wieder zum Eingang – sie würden nicht hören, wenn sich von dort jemand näherte! Sie entzündete die Kerzen und verteilte sie im Raum. Ihr Schein beleuchtete die seltsamen Sarkophage, sodass diese nun in aller Deutlichkeit zu erkennen waren. Kiliannas Finger wiesen auf Schriftzeichen, die hineingeschlagen worden waren. Die Meister von einst hatten also Buchstaben hineinritzen können, bevor sie die Behälter so versiegelt hatten, dass Spitzhacken, Brechstangen und Bohrer daran abbrachen und selbst gezeichnetes Werkzeug versagte!

Dawyd trat näher, behielt das Schwert jedoch in der Hand. Zum einen musste es erst geputzt werden – es war schließlich neu! –, und zum anderen fühlte er sich so wohler, falls er erneut gezwungen sein würde, sich gegen Blauröcke zur Wehr zu setzen.

*Genau genommen haben sie sich gegen dich zur Wehr gesetzt*, sagte eine kleine Stimme in seinem Inneren. Es fühlte sich seltsam an, nicht auf dem Sandplatz zu kämpfen, nicht um die Ehre des Sieges zu kämpfen, sondern auf Leben und Tod. Seltsam, weil sich beides trotzdem ähnlich war. Beides fiel ihm leicht. Er hatte erwartet, dass es ihn mehr Überwindung kosten würde, einem anderen Mensch den Todesstoß zu versetzen. Er hörte sich schlucken.

Kilianna nahm nun einen Bleistift und ein Notizbüchlein aus ihrem Beutel und begann in aller Hektik, Buchstaben hineinzukritzeln. Dawyd beugte sich vor. Die Kerzenflammen zitterten. Er sah auf die Inschrift, die in jede Front gemeißelt war. Er konnte nichts davon lesen. Er gestikulierte Kilianna zu und zuckte mit den Schultern. Sie hob einen Zeigefinger und runzelte die Stirn. Dann schrieb sie wieder einen Buchstaben auf.

Schließlich erbarmte sie sich seines ratlosen Blicks und kritzelte auf eine leere Seite: »Alt-Sygneisch«.

»Warum kannst du Alt-Sygneisch?«, fragte Dawyd in den hohl pochenden Innenraum seines eigenen Schädels. Sie antwortete natürlich nicht. Vielleicht lernte man so etwas einfach als Tochter des Großgildenmeisters. Er starrte auf die Buchstaben, die denen, die er kannte, ähnelten, jedoch keinen Sinn ergaben.

Kilianna sah ihn nach dem Entziffern der ersten zwei Zeilen ungeduldig an. Sie wies auf mehrere Inschriften – die obersten Zeilen waren stets gleich. Dann schrieb sie hastig in ihr Buch, ihre Handschrift war sehr undamenhaft: »Ist entschieden, dass es ohne Gefahr geschieht, so kann das Blut der alten Dynastien die Zeichen befreien.«

Er las es laut und griff dabei nach Kiliannas Schulter. »Die Zeichen!«, sagte er drängend. »Was für Zeichen? Sind die Blutzeichen darunter?«

Kilianna sah ihn an und versuchte, Sinn aus seinen Lippenbewegungen zu machen. Dann schrieb sie: *Urzeichen.*

»Urzeichen!«, flüsterte er. »Das ... das kann nicht sein ... Das hier sind doch nicht ... Das können doch nicht ...« Er musterte

Kilianna, die ihm mit den Fingern die Zahl Dreizehn bedeutete, dann schweifte sein Blick zu den Sarkophagen.

Beim Großen Handwerker! Die dreizehn Urzeichen waren hier unten mit enormer Kunstfertigkeit verborgen worden. Und es war möglich, sie wieder hervorzuholen – *wenn entschieden ist, dass es ohne Gefahr geschieht.* Die Handwerksmeister von einst hatten diese Möglichkeit mit einkalkuliert und die Siegel entsprechend gefertigt.

Ohne Gefahr, wie war das wohl gemeint? Mehr Gefahr als jetzt hatte Sygna und den Zeichen wohl niemals gedroht!

Dawyd sah Kilianna an und schüttelte entschlossen den Kopf. Er sah hoch – wenn es ihnen gelänge, diese Höhle zum Einsturz zu bringen ...

*Dann hacken sie sich trotzdem hier durch. Gestein hält sie nicht auf, aber die Zeichen auf den Steinen tun es anscheinend.*

Doch irgendwann würden sie durchdringen, irgendwie – sie mussten das Blut finden, das die Inschrift forderte – und wenn sie von jedem Einwohner von Sygna eine Probe hier herunterbrachten!

Kilianna hielt den Stift in der zitternden Hand, um die sich das Taschentuch mit ihrem Blut vollgesogen hatte. Er wies darauf: *Vorsicht!*

Es wäre ja geradezu lachhaft, wenn ihr Blut das geforderte wäre! Dawyd starrte erneut die dreizehn Sarkophage an – wie konnte sich ein Urzeichen in einem Steinsarg befinden?

Er blickte auf seine eigenen Hände. Kein Blut war daran, obwohl er sie sich gerade im übertragenen Sinne blutig gemacht hatte. Mit einem langen Zögern legte er seine Linke an einen der Sarkophage, doch er spürte nur kalten, glatten Stein unter seiner Handfläche. Der Herzschlag jedoch brauste in ihm auf, als würde er ihn gleich in die Bewusstlosigkeit schicken. Dawyd ließ sich auf seine Knie herunter und schob sich an der Reihe der Sarkophage entlang, während Kilianna weiter die Schriftzeichen darauf studierte und ihn nicht beachtete. Dawyd blieb vor dem zweiten von links an der langen Seite des Raums hocken, als hätte der Sarkophag ihm befohlen, das zu tun. Er atmete gepresst und sah immer wieder zum Türeingang. Doch hinter der Öffnung lag nur Schwärze.

Er legte auch auf diese Steinplatte die Hand. Der Marmor schien zu vibrieren, schwingend im Rhythmus des Pulsschlags – oder bildete er sich das ein? Er schrie auf, so sehr quälte ihn dieses fremde Gefühl in seinen Adern.

»Was ist das? Was ist das für ein Zeichen?«, fragte er sich selbst und die Stille, und mit einem Winken machte er Kilianna auf sich aufmerksam. Sie sah hinüber. Er wies auf die Steintafel mit der Inschrift, fragend, ratlos. Er konnte seine Hand kaum davon lassen, als hielte der Marmor ihn fest, ziehe ihn zu sich.

Kilianna deutete mit der Linken auf ihre verwundete Hand und dann auf den Sarkophag, nachdem sie erneut einige Buchstaben hingekritzelt hatte.

»Blut?«, fragte er, seine Lippen formten die Worte, und sie nickte. »Blut. Verdammt. Wie kann das sein?«

Es rief ihn.

Er hielt den Atem an. Sein Herzschlag und der fremde Puls waren eins. Dawyd griff an sein Schwert und zog behutsam den Daumenballen darüber. Der Schnitt war so sauber, dass er nicht einmal schmerzte. Er ließ sein Blut auf den unzerstörbaren Marmordeckel tropfen. Kilianna schüttelte heftig den Kopf, doch er spürte, dass er deswegen hier unten war. Er musste es tun. Er sah sie flehentlich an.

»Vertrau mir!«, sagte er.

Blut tropfte auf die Marmorplatte. Dawyd wartete, dass der Herzschlag ihm endlich zeigte, warum er ihn hierhergeführt hatte.

Es mochte schon auf die zweite Stunde nach Mitternacht zugehen, als Jannis, ein schmaler Mann Ende zwanzig, mit sechs Mitstreitern aller Altersstufen auftauchte. Eine von ihnen war eine Frau, die hart aufs Greisenalter zuging. Elisabeda musterte die Leute und war alles andere als amüsiert. Geschweige denn zufrieden. Ignaz ignorierte sie. Alle anderen sahen sie erwartungsvoll an, als würden sie ein Wunder von ihr erwarten.

Ein Wunder war es nicht gerade, was sie auf der Tischplatte ausbreitete. Sie hatte einen einfachen Grundriss des Theaters aufgezeichnet. Gabril und sie waren nie besonders begeisterte Theatergänger gewesen, doch mit den Kindern war sie das eine oder andere Mal zu besonders spektakulären Heldenspielen dort gewesen, und Jendra hatte ihre Erinnerung noch einmal aufgefrischt.

»Meine ursprüngliche Idee war, dass Jannis und seine Freunde eine Ablenkung inszenieren, um die Soldaten nach draußen zu locken«, begann sie. »Aber rings um das Theater herum sind die Kurgebäude, und die haben eigene Wachleute, die wir uns damit auch noch auf den Hals hetzen. Außerdem waren wir uns einig, dass wir nicht noch weiteren Zorn der Sygnaer Bürger auf uns ziehen wollen, als wir es mit einem Angriff im Theater ohnehin tun werden. Also setzen wir alle auf Heimlichkeit. Dass meine Leute dafür ein Händchen haben, weiß ich. Jannis, euch können wir nur gebrauchen, wenn ihr mir zusichern könnt, dass ihr meinen Plan befolgen könnt.«

»Was soll das denn heißen?«, fragte ein stämmiger Kerl, der nicht allzu helle aussah. Elisabeda schenkte ihm einen ungnädigen Blick.

»Ich erkläre alles nur einmal. Und dann setzen wir es um. Also pass auf, dann verstehst du es auch.« Sie wies auf den Theatervorplatz. »Das Theater hat drei Eingänge. Keiner davon wird von außen bewacht, da die Aquinzacken nicht wollen, dass die Bevölkerung mitbekommt, was im Theater vor sich geht. Aber drinnen stehen Wachtposten.«

*Ismayl, Neigel und Ignaz traten mit ziemlich schluderig aussehenden Blaurockuniformen auf den Theatervorplatz, als die Turmuhr Schlag zwei anzeigte. Da nachts keine Glocken schlu-*

*gen, hatten sie die Bewegung der Zeiger genau beachtet. Der durchlöcherte Zustand der Uniformen würde im Dunkeln zum Glück nicht sofort auffallen. Sie überquerten den Platz von drei Seiten. Neigel trat unter den Schatten des gewaltigen Säulenvorbaus des Theaters, während sich die anderen beiden an den langen Seiten des Bauwerks den Nebeneingängen näherten.*

*Sie sahen sich um und musterten besonders die umliegenden Dächer – Schützen warteten dort keine. Jendra, Jannis und zwei weitere hatten die Dächer überprüft, doch ob sie welche vorgefunden hatten, konnten die drei am Theater nicht sagen.*

*Sie klopften beinahe gleichzeitig an die unterschiedlichen Eingänge. »Neue Order von der Feste«, flüsterten sie, wie zuvor abgesprochen. Als die Türen sich einen Spalt öffneten, grüßten sie beflissen mit der Hand an ihren Mützen und schoben sich einfach hindurch. Der Soldat vor jedem von ihnen hatte die Hand am Säbel liegen, mutmaßte jedoch nichts Arges.*

*Ignaz war mit der Linken schneller geworden, und es war immer am schnellsten, wenn auch nicht am saubersten, eine Kehle zu durchtrennen, um jemanden zum Schweigen zu bringen. Er presste die Türwache gegen die Wand im Inneren des Theaters und ließ ihn auf den Brokatteppich bluten, dann senkte er den schwerer werdenden Körper langsam herab. Die Aktion würde ohnehin schnell gehen oder gar nicht, also konnte er auch darauf verzichten, seine Tat zu verschleiern.*

*Gleichzeitig wischte Ismayl, von sich selbst angeekelt, sein langes Messer am Rock des Soldaten ab. Und Neigel schloss die Tür zur Garderobe, dahinter lag ein Bewusstloser im eigenen Blut.*

Elisabeda beugte sich über die Zeichnung des Theaters und fuhr mit dem Finger eine Linie nach. »Innen gibt es einen Gang, der im Halbkreis um den Theatersaal herumführt und sechs Zugänge nach drinnen hat: vier zum Parkett und zwei breite Treppen hoch zu den Logen. Außerdem gibt es an jedem Ende jeweils einen Zugang zur Bühne, und dort gehen gleichzeitig die

Treppen hinunter in den Keller. Jendra sagt, sie bewachen das Theater gründlich, aber da es so viele mögliche Zugänge gibt, sind die Wachen sehr verstreut. Wir rechnen mit zwei Dutzend, aber wenn wir sie wirklich mehr oder weniger einzeln erwischen, haben wir eine Chance«, sagte Elisabeda und deutete auf die Punkte der Karte, wenn sie diese erwähnte.

»Wenn Ignaz, Neigel und Ismayl mit der Sicherung des Haupteingangs und der beiden Nebeneingänge fertig sind, öffnen sie den linken Nebeneingang, der am wenigsten von außen einsehbar ist. Dann kommen wir alle gleichzeitig, aber möglichst leise ins Theater und verteilen uns sofort, wie abgesprochen, auf die verschiedenen Zugänge zum Hauptraum. Jannis, vier deiner Leute nehmen die Treppen zu den Logen – ich glaube nicht, dass sie dort auf Soldaten stoßen werden, aber wenn doch, bringt sie zum Schweigen.«

Die anderen nickten andächtig und starrten auf die Zeichnung.

»Jendra, wo ist deine Position?«

*Jendra lag zunächst auf einem benachbarten Dach, um nach versteckten Wachtposten Ausschau zu halten, doch die Blauröcke schienen nach wie vor davon auszugehen, dass ihre Entdeckung im Theater noch nicht die Aufmerksamkeit der Rebellen erlangt hatte. Sie kletterte an einer Regenrinne wieder herab und landete direkt neben Elisabeda, die mit den Buckelviertelleuten an eine Hauswand gedrückt stand und mit zusammengebissenen Zähnen zum Nebeneingang hinüberstarrte, durch den Ismayl soeben ins Innere verschwunden war. Jendra rieb ihre Finger aneinander und lockerte die Gelenke, die vom Klettern verspannt waren. Vielleicht würde sie Türen öffnen müssen, zu denen es keinen Schlüssel gab, und dazu brauchte sie ruhige Hände.*

*Dann öffnete sich die Tür, ein schmaler Lichtstreifen fiel heraus und flackerte einmal kurz auf, wie abgesprochen. Elisabeda, Jendra und die Buckelviertelleute huschten durch die Gasse und glitten nacheinander geräuschlos durch die Tür und in den breiten, teppichverkleideten Gang des Theaters, in dessen Nischen so lebensechte Statuen standen, dass man sich einbilden konnte, ihre Augen folgten ihnen. Beste Sygnaer Steinmetzarbeit.*

*Ohne ein Wort zu wechseln, folgten alle Elisabedas Kommando in Form eines Nickens. Vier von Jannis' Leuten, die sich mit den großen Augen derer umsahen, die ihr ganzes Leben lang noch niemals im Theater gewesen waren, brachen zu den Logenzugängen auf. Elisabeda und Jendra wandten sich zu einer der Treppen, die in den Keller führten, zu den Requisiten und dem Orchestergraben.*

*Ignaz und Neigel warteten an einer der Türen, die hinter die Bühne führte. Auch dort würde es noch einen Zugang in den Keller geben, den sie im Auge behalten mussten. Ismayl, die alte Marjanna und die zwei weitere Buckelviertelkerle, die aussahen wie verschiedene Eier desselben Geleges, verteilten sich auf die Zugänge zum Hauptraum des Theaters, deren Türen geschlossen oder angelehnt waren. Von drinnen waren Stimmen zu hören – wachhaltende Soldaten, die sich vermutlich auf die Sitzreihen verteilt hatten. Elisabeda hoffte darauf, dass sie sich außerdem die Nachtwache schöntranken.*

*Und dass es nicht zu viele waren.*

Großer Handwerker, lass es bloß nicht zu viele sein, *schickte sie ein Stoßgebet in die Ewige Werkstatt.*

Elisabeda erläuterte den Ablauf des nächtlichen Überfalls weiter, ihre Finger erkundeten das Theater und suchten nach Schwachpunkten ihres Plans. »Jendra und ich gehen die Treppen hinunter in den Keller. Jendra, gibt es da unten Türen?«

Jendra wiegte den Kopf hin und her. »Ich vermute es. Es soll ja nicht jeder vom Hauptgang, in dem die Zuschauer unterwegs sind, in den Keller gelangen können. Ich würde sagen, da ist definitiv eine Tür.«

»Es gibt zwei Treppen hinunter in den Keller. Jendra und ich nehmen zunächst den Abgang auf der Seite, auf der wir ins Theater reinkommen. Wir schließen die Kellertür. Wenn Wachen im Keller sind, kommen sie da schon mal nicht hoch, denn Jendra macht das Schloss unschädlich. Danach müssen wir einmal ganz herum und an der anderen Kellertreppe dasselbe wiederholen.«

»Ja«, sagte Jendra, »ich weiß auch schon, wie.«

*Es klackte leise, als das Schloss einrastete. Die Tür war ausreichend stabil, das Schloss nicht schlecht – beides schützte vermutlich wertvolle Requisiten und Instrumente, die im Keller gelagert wurden. Auch hinter dieser Tür waren Stimmen zu hören. Mit einer geschickten Drehung ihrer schmalen, aber kräftigen Finger verkeilte Jendra einen Metallstift so im Schloss, dass es vorerst unbrauchbar war. Auch das knackte und scharrte im eisernen Inneren der Tür, und die Stimmen verstummten.*

Schnell jetzt!, *bedeutete Elisabeda, die mit zwei Hämmern in den Händen neben ihr stand.*

*Jendra nickte und wartete nicht ab, ob jemand von innen nach der Tür sehen würde.*

*Sie liefen wieder die Treppen zum Hauptflur hinauf, Elisabeda legte die Hämmer auf den schweren Teppich und verschränkte ihre Hände. Jendra nahm die Dietriche zwischen die Zähne und stieg mit dem Fuß in Elisabedas Hände. Der andere Fuß nutzte die Schulter der Schmiedin als Tritt. Sie öffnete die Klappe in der mit Stuckornamenten verzierten Decke über ihr. Lautlos zog sie sich hoch, hinein ins Gebälk, von dem aus die Mechanismen des Vorhangs und der Lampen gewartet und Letztere mit neuem Öl befüllt werden konnten.*

*Sie kroch hinaus auf die Verstrebungen oberhalb der Sitzreihen und zeigte Elisabeda noch kurz einen erhobenen Daumen durch die Klappenöffnung. Die Aquintianer hatten offenbar die Wachen für die Nacht reduziert. Gerade einmal vier Männer lümmelten auf den Sitzen, der Raum war nur von ein paar Funzeln erleuchtet. Diesmal würden sie keinen Notfallplan brauchen.*

*Nun mussten sie nur noch dieses Zeichen zerstören oder selbst an sich bringen. Jendra huschte wie eine Ratte durchs Gebälk, hinüber auf die andere Seite.*

»Auf der anderen Seite lässt du dich herunter und schließt die zweite Kellertür auch ab. Wir stürmen währenddessen zu sechst den Hauptraum des Theaters – wenn wir aus vier Eingängen kommen und zudem noch vier von uns auf den Logen sind, haben wir das Überraschungsmoment auf unserer Seite. Dann müssten wir eine Chance haben.«

»Wir könnten die Musketen benutzen, die wir euch letzte Woche beiseite geschafft haben«, sagte Jannis.

»Zu laut«, sagte Ignaz. »Das hört man selbst außerhalb des Gebäudes.«

Elisabeda nickte. »Wir müssen uns darauf verlassen, dass der Goldfechter sich gut schlägt. Die Jungs sind trickreich und üben auch, gegen mehrere Kämpfer gleichzeitig zu bestehen. Wir anderen nehmen Armbrüste mit – jeder hat einen Schuss, danach geht es in den Nahkampf.«

»Was ist, wenn Dawyd nicht rechtzeitig zurückkommt?«, gab Ismayl zu bedenken. »Ich meine, wir sprechen hier davon, dass er in der nächsten *Stunde* auftauchen müsste. Und er ist jetzt schon vier Stunden weg.«

Ignaz starrte ihn nur ausdruckslos an.

»Die Musketen haben auch nur einen Schuss. Wie wäre es, wenn jeder von uns eine Armbrust und eine Muskete abfeuert? Wenn auch nur die Hälfte trifft, hätten wir acht Leute ausgeschaltet. Wenn wir besser zielen, vielleicht sogar ein Dutzend!«, stimmte Ismayl nun Jannis zu. »Wie gut kann der Goldfechter schon sein, dass er das aufwiegt?«

»Den Goldfechter *hört man nicht*«, schüttelte Ignaz entschieden den Kopf. »Er wird kommen.«

»Und wenn nicht? Verschieben wir die Aktion, oder wie?«, fragte Jendra.

Neigel brachte sich nun auch erstmals ins Gespräch ein: »Ich weiß nicht. Wie lange können die Aquinzacken schon brauchen, um etwas auszugraben? Was ist, wenn sie morgen haben, wonach sie suchen? Wenn da zwei Dutzend Leute daran arbeiten, das Theater auseinanderzunehmen – dann können wir von Glück sagen, wenn sie es nicht bereits geschafft haben!«

»Wir gehen heute hinein. Und wenn Dawyd nicht auftaucht ... Er muss einfach auftauchen«, sagte Ignaz bestimmt.

»Mein Alternativplan«, lächelte Elisabeda unbeeindruckt. »Wenn Dawyd nicht auftaucht, dann schleichen Ignaz und Neigel sich durch die Garderoben hinter die Bühne und zünden da Schwarzpulver an. Jeder von uns hat einen Sack dabei. Die Geräusche, die es macht, wenn das Zeug sich entzündet, sind nicht so laut wie Musketenschüsse, aber laut genug, dass alle sich der Bühne zuwenden werden.«

»Schon ganz gut, Hauptmann«, sagte Jendra mit einem nachlässigen Salutieren. »Aber ich hab etwas noch Besseres auf Lager: Von der Bühne führt eine Falltür in den Keller. Wenn ich die Türen verschlossen hab und Ignaz und Neigel ihr Feuerwerk durch die Falltür werfen, statt es auf der Bühne zu zünden, dann bricht da unten Panik aus.«

»Sehr gut«, nickte Elisabeda. »Und genau in dem Moment stürmen wir den Hauptraum und sind in ihrem Rücken. Das wird uns einen entscheidenden Vorteil geben. Wir wissen, wie sehr Dawyd es hasst, jemanden von hinten anzugreifen, es ist also ein passender Plan für seine Abwesenheit.« Sie trommelte mit den Fingern auf den Tisch und sah noch einmal von einem zum anderen. »Ist also alles klar? Alles verstanden? Dann bereitet euch vor. Und zu niemandem außerhalb dieses Raums ein Wort.«

»Wenn er nicht kommt, kannst du dauerhaft mit seiner Abwesenheit planen. Dann dreh ich ihm nämlich den Hals um«, murmelte Ismayl leise zu Elisabeda. In der andächtigen Stille, in der jeder noch einen letzten Blick auf das gezeichnete Theater warf, war es laut genug.

Nichts geschah. Dawyd starrte auf die Blutstropfen, die auf der Marmorplatte beinahe schon ein schauriges Gemälde abgaben. Er ballte die Faust, der fremde Puls wurde wieder drängender, als wolle er sich von innen durch die Enge seines Halses in seinen Schädel drücken.

Er schob das Schwert, obwohl es noch blutverschmiert war, zurück in die Scheide und packte dann Kiliannas Arm mit beiden Händen. Sie sah ihn alarmiert an.

»Es tut mir leid. Ich weiß, dass du denkst, dass ich gerade etwas sehr Dummes tue, aber als Fechter muss man auch auf seine Instinkte hören, und ich habe den Eindruck, wenn ich ihnen jetzt nicht nachgebe, dann bringt es mich im wahrsten Sinne des Wortes um!«

Sie deutete auf ihre Ohren und schüttelte den Kopf.

Er nickte. »Ich weiß. Ich sage das auch mehr ...« Der Puls unterbrach ihn, so gewaltig dröhnte er in seinem Schädel. »... zu mir selbst.«

Er packte Kiliannas Hand und riss das blutgetränkte Taschentuch von der Wunde. Taschentuch und verletzte Handfläche presste er auf die Marmorplatte.

Das Blut der alten Dynastien – die Familie Erdhand war stolz auf ihren Stammbaum, und Dawyd hatte nach seinem nur noch ihr Blut zur Verfügung. Wenn ihres nicht alt genug war, dann würde er sich einfach hinlegen und warten, dass der Herzschlag ihn sprengte.

Nichts geschah.

Kilianna riss ihre Hand zurück. Ihr Mund bewegte sich, und er hörte wie von sehr weit weg, dass sie ihn anschrie. Er deutete auf seine Ohren und schüttelte den Kopf, ihre eigene Geste von vorhin nachahmend, und sie gab ihm mit der Linken eine Ohrfeige. Er nahm sie hin, sie war nicht besonders hart ausgeteilt, und er hatte sie verdient.

Er kniete immer noch vor dem Sarkophag. Seine Finger fuhren über die Schriftzeichen. »Geh schon auf. Geh schon auf, was immer du verbirgst, ich muss es wissen!«, flüsterte er. Mit der

Faust hieb er gegen die Steinplatte. Das konnte nicht sein, er konnte nicht wieder diesen ganzen Weg nach oben gehen! Er würde hier unten sterben!

Die Platte bewegte sich ein Stück, als sei sie eine Theaterattrappe.

*Das Theater*, schoss es Dawyd durch den Kopf. *Wie spät mag es sein?*

Ein Splitter schlechten Gewissens fuhr ihm in die Magengegend, doch dann tasteten seine Hände erneut nach der Platte – hatte sie sich wirklich bewegt?

Finger bohrten sich in seine Schulter. Kilianna, die immer noch neben ihm stand, schien selbst nicht zu wissen, ob sie ihn aufhalten oder gewähren lassen sollte. So oder so beugte sie sich über den Sarkophag. Die Laterne, die etwas weiter entfernt stand, spendete ominöses Licht und tiefen Schatten. Dawyd drehte sich zu Kilianna um – ihre Augen zeigten plötzlich hungrige Neugier und ebenso viel Furcht.

Mit einem Ruck stieß Dawyd den Sarkophag auf. Die Marmorplatte fiel herunter und erschütterte mit ihrem Gewicht den Boden unter Dawyds Knien, obwohl er sie doch hatte bewegen können wie ein Stück Holz.

Dawyd und Kilianna beugten sich über den Sarkophag, in dessen Seitenwände Miniaturen geschlagen waren. Er wirkte wie ein Puppenhaus, bei dem die Wände anstelle des Inneren gestaltet waren. Die Laterne leuchtete den Sarkophag nur spärlich aus, doch Dawyd sah Ansichten von winzigen Personen mit Waffen in den Händen. Er entdeckte Szenen, wie er sie aus Fechtbüchern kannte: Zweikämpfe, Ertüchtigungen, Ringkämpfe, Schiedsrichter, Zuschauer, Verwundete, Sterbende. Die Bilder flackerten vor seinem Auge, als die Kerze blakte. Dann fiel sein Blick auf das winzige Ding, das der Sarkophag beherbergte: Verschrumpelt und schwarz lag es da, es war ganz eindeutig irgendetwas Menschliches. Ein Herz? Ein Stück Gehirn? Eines der zahllosen Organe, die Dawyd nur von den Schautafeln während der Anatomielektionen kannte? Sowohl voller Ekel als auch voller Faszination beugten er und Kilianna sich tiefer und verschatteten damit beide das Innere des Steinkastens.

Und dann kam der Herzschlag.

Mit einer gewaltigen Schockwelle schlug er Dawyd aus dem Sarkophag entgegen, zerhieb dabei das Organ zu Staub, der ihnen in die schreckgeweiteten Augen wehte. Der Sarkophag bekam Risse. Dawyd wurde vom Puls wie mit diesem großen Hammer, den ihn Elisabeda hatte schwingen lassen, auf die Brust getroffen. Er spürte Rippen knacken, noch bevor er auf dem Boden aufprallte und sie ein zweites Mal knackten.

Dawyd starrte Kilianna an, die von dem Schlag offensichtlich nicht getroffen worden war und sich sofort über ihn beugte, die Lippen zusammengepresst. Er konnte keinen Ton sagen, und sie hätte auch keinen seiner Töne hören können. Der Druck, der sich aus dem Sarkophag entladen hatte, schien nun in seinem Körper zu stecken. Er füllte ihn von der Brust bis in die Fingerspitzen aus und brachte seinen ganzen Körper zum Beben. Kurz glaubte er, er hätte sich diesen Schlag, der ihn umgeworfen hatte, nur eingebildet, doch die Wucht eines Hiebs ging auch durch die Wände, ließ Klumpen von der Decke regnen und lief als Erdbeben durch den Stollen.

Kilianna packte Dawyds Arme und zog ihn auf die Füße. Sie griff nach der Laterne und zerrte ihn an den ausgestreckten Leichen der Blauröcke vorbei zum Tor. Dawyd wollte dort stehen bleiben, das Beben abwarten, um dann zum Sarkophag zurückzukehren und zu begreifen, was gerade geschehen war. Doch es grollte im Berg, immer mehr Steinsplitter regneten von der Decke, und ein Riss zog sich von der Stelle, an der Dawyd gelandet war, durch den Boden und die Wand nach oben. Kilianna zerrte ihn weiter. Er wollte sich wehren, doch seine Beine gaben beinahe unter ihm nach.

Er hörte immer noch den Herzschlag, doch nicht mehr wie etwas Fremdes, das in ihm widerhallte, sondern als habe es sich in ihm vergraben, unter den Schichten seines Seins, und sich zu einem Teil von ihm gemacht. Oder ihn zu einem Teil von sich?

Dawyd schauderte und ließ sich von Kilianna in den gewundenen Gang des Blutzeichens hinaufziehen. Sie tastete sofort mit der blutüberströmten Hand nach den Pfropfen in ihren Ohren und puhlte sie heraus. Als sie wieder hörte, schimpfte sie auf ihn ein, doch Dawyd war zu benebelt, um sich daran zu erinnern, woran es lag, dass er nichts mehr hörte.

Ihr wurde bewusst, dass er sich das Wachs nicht selbst aus den Ohren gepult hatte, und sie hielt inne, drehte ihn zu sich herum und zog die Pfropfen hervor.

»Ich brauche dich jetzt hier, Dawyd!«, zischte sie. »Ich kann dich nicht wie ein hirnloses Kleinkind durch diese Höhlen schleppen! Und erst recht nicht über den dunklen Abgrund, der uns in der Höhle des Verborgenen Zeichens erwartet!«

Er fühlte, dass sie zitterte, als sie weitergingen. Sie hasteten durch die Höhlen und Tore, die ihnen auf dem Weg hinunter Angst und Erstaunen eingejagt hatten. Bald malte die Laterne nur noch den kleinsten Halo um sie. Wenige Schritte noch, dann würden die Dunkelheit, die Kälte, die Stille sie packen, und nur das Seil würde ihnen Orientierung über einem unergründlichen Abgrund gewähren, in dem sicherlich bereits Aquintianer die Ewigkeit des Todes erblickt hatten.

Dawyd packte ihre Schultern. »Was war das?«, stammelte er.

»Das weiß ich nicht!«

»Das war das Blutzeichen!«, murmelte er und nickte wie zu sich selbst. Der Puls. So tief in ihm, eins mit seinem eigenen Herzschlag, doch wie eine kleine Dissonanz spürbar – als würden zwei Stimmen singen und eine davon einen kaum wahrnehmbaren Moment später einsetzen. »Das Blutzeichen!«

Sie nickte. »Wir müssen hier raus, bevor weitere Soldaten kommen, Dawyd. Vielleicht musst du kämpfen. Kannst du das? Oder soll ich dein Schwert nehmen?«

Er lachte. »Ist das ein Witz?«, fragte er. »Du suchst den Weg, und ich beschütze dich schon.«

Sie reckte das Kinn vor, verzichtete aber auf jede weitere Antwort. Stattdessen starrte sie ihn an, den Mund offen, ihre Augen verengten sich in einer Miene, die bedenklich nach Faszination gepaart mit Panik aussah.

»Was … was ist?« Sein Herz machte einen plötzlichen Sprung – das Beben, die Blauröcke, die Dunkelheit, nichts konnte ihm so viel Angst einjagen wie dieser Blick.

»Deine Augen«, flüsterte sie. »D… deine Augen!«

»Was ist damit?«, schrie er beinahe.

»Nichts«, presste sie hervor und wandte sich ab. »Greif mit deiner Hand an meinen Gürtel. Wir dürfen uns nicht verlieren. Und lass uns … uns beeilen!«

Sie zog ihn entschlossen in die Dunkelheit.

Elisabeda steckte ihre Waffen in den Gürtel und nahm die Armbrust vom Rücken. Die Sehne war bereits gespannt, und Elisabeda legte ebenso einen Bolzen ein, wie es Ismayl neben ihr tat. Sie konnte ihm die Wut darauf, dass Dawyd nicht wieder aufgetaucht war, immer noch ansehen. Sie empfand seltsamerweise weniger Wut als Besorgnis. Sie glaubte nicht, dass Dawyd aus einer Laune heraus unpünktlich war – irgendetwas musste ihn aufgehalten haben. Sie warteten auf das Entzünden des Pulvers.

Ignaz schob sich hinter dem zu zwei Dritteln geschlossenen Vorhang der Bühne vorwärts, Neigel war direkt hinter ihm. Ja, genau in der Mitte der Bühne war die Falltür in die Bühnenbretter eingelassen, wie Jendra gesagt hatte. Sie stand offen, schemenhaft war eine steile Treppe zu erkennen. Ignaz wusste, dass dieser Zugang zur Bühne bei den Vorstellungen für überraschende Effekte wie neue Requisiten oder in Rauch und Nebel verschwindende Schauspieler genutzt wurde. Die Falltür befand sich genau in der Mitte der Bühne, doch der Vorhang war weit genug zugezogen, dass das spärliche Licht aus dem Hauptraum nicht auf ihn, Neigel und die Falltür fiel. Trotzdem rückten sie auf den blankgewetzten Bühnenbrettern nur langsam Stück für Stück weiter, stets ein Knarren und Quietschen befürchtend – oder ein aufflammendes Licht, das durch die Öffnung des Vorhangs auf die Bühne fiel. Von ihrer Position aus konnten sie leider keinen Blick in den Saal des Theaters werfen.

Als sie mit angehaltenem Atem in der Mitte angekommen waren – der Vorhang in ihrem Rücken, die Öffnung zum Saal zur Rechten, ein verstaubtes Rednerpult zur Linken, die Falltür vor ihnen –, brachte Ignaz Neigel mit einer Berührung am Arm zum Stehen. Er hielt ihm den Sack mit Schwarzpulver hin, und Neigel riss ein Schwefelholz an seiner Stiefelsohle an. Ohne Federlesen zündete er die Lunte an, und Ignaz warf den Sack mit Zündpulver in niedrigem Bogen in die Falltür.

Der Sack prallte auf der untersten Treppenstufe auf. Dann brannte die Lunte ein Loch in das Tuch. Ignaz und Neigel warfen sich zurück, als eine jähe Stichflamme aus der Luke leckte. Zischen, Brausen, das Krachen von einzelnen Brocken des Pulvers, die auseinanderstoben, dann Schreie aus dem Keller. Neigel warf sich nach vorn, ließ die Falltür mit einem Knall zufallen, stieß das schwere Rednerpult um und schob es über die Falltür.

Elisabeda wartete angespannt auf das vereinbarte Zeichen. Was, wenn Ignaz und Neigel vorher aufflogen, wenn ihnen der Weg auf die Bühne gar nicht erst gelang? Sie schüttelte den Kopf. Dann brauchten sie einen weiteren Ausweichplan, so einfach war das.

Doch das Signal kam, Elisabeda hörte das Zischen und Krachen des Zündpulvers. Beinahe gleichzeitig öffneten sie und die rundum positionierten Rebellen alle Türen, die in den Saal führten. Elisabeda trat mit der Armbrust im Anschlag als Erste ein – und wie erwartet standen die Soldaten mit dem Rücken zu ihr und starrten zur Bühne, hinter deren Vorhang Rauch aufstieg und Funken sprühten. Es waren vier Männer, die Hände an den Seitenwaffen.

Nur vier – das hätte sie erleichtern sollen, doch Elisabeda stockte der Atem.

*Ist das alles?*

Irgendetwas war doch faul hier.

Jendra hörte den Krach des Zündpulvers im Kellergeschoss, während sie sich beeilte, auch den letzten Aufgang so zu verschließen, dass ihnen niemand in den Rücken fallen konnte. Man musste schließlich nicht alles blutig lösen. Als sie Alarmrufe aus dem Theatersaal und die ersten Schmerzensschreie hörte, klackte das Schloss auf die befriedigendste Weise. Jendra zog ihre Dietriche heraus und nahm den kleinen Metallstift, mit dem sie das Schloss vorerst unbrauchbar machen würde.

Als sie sich erneut im Finsteren der Treppe zum Schloss herunterbeugte, spürte sie eine Veränderung. Ihr alter Straßenkindinstinkt ließ ihr die Nackenhaare zu Berge stehen …

Sie fuhr herum. Die unverkennbare Gestalt eines Blaurocks stand zwischen ihr und dem erhellten Aufgang. Der Lauf einer Muskete war direkt auf sie gerichtet. Sie ließ den Metallstift fallen und krampfte, dem Tode geweiht, die Hände zu Fäusten zusammen.

Als Kilianna hinter Dawyd in den Vorratskeller des alten Notariatsgebäudes im Zunftviertel stolperte, klebte das Blut eines weiteren Blaurocks an der Klinge des Goldfechters. Sie waren dem Soldaten auf dem Weg nach oben über den Weg gelaufen. Mehrere andere hatten sie früh genug gehört und vorbeiziehen lassen können. Sie waren offensichtlich hinuntergeschickt worden waren, um herauszufinden, ob das Beben einen Einsturz zur Folge gehabt hatte.

Dawyd sah seine Klinge an, als sei ihm gerade erst klargeworden, dass er eine Mordwaffe mit sich herumtrug. Er tastete nach etwas – vermutlich seinem Taschentuch – und stellte dann fest, dass er es nicht mehr besaß. Seufzend schob er das Schwert in die Lederscheide an seinem Gürtel und lehnte sich an die Wand des Kellers, während Kilianna den schwergängigen Verschluss zuschob, der niemals zum Öffnen und Schließen gedacht gewesen war. Ihr Vater hatte ihn sicherlich noch ersetzen lassen, damals, als alle Zugänge neu verschlossen worden waren.

Kilianna starrte ihre Hand an. Die Scherbe hatte ihre Haut zerschnitten und die Handfläche in blutige Fetzen verwandelt. Sie presste die Hand erneut gegen den Stoff ihres dunkelgrünen Kleids, der bereits großflächig ruiniert war.

»Tut's weh?«, fragte Dawyd, dessen neuer Schmiss im Gesicht bereits zu einer braunen Kruste erstarrt war. Sie nickte.

»Ich weiß nicht, wie ich das zu Hause erklären soll«, murmelte sie.

»Aber wir sind lebendig herausgekommen. Und unentdeckt. Ich frage mich, wo all die Soldaten sind, die da unten geschuftet haben.«

»Als ich sie belauscht habe, als wir hinuntergegangen sind – an dieser Kreuzung, wo die Stollen zu den Särgen abgingen –, da haben sie doch gesagt, sie seien woandershin beordert worden. Der Rote hat sie wegbeordert. Vielleicht hatte er etwas für sie zu tun.«

Dawyd starrte sie an. Mit diesen Augen, die sich in der Höhle auf eine Weise verändert hatten, die sie noch nicht wagte, in Worte zu fassen. »Der Rote? Rufin?«

»Ich kenne nur einen, den man so nennt.«

»Aber dann …« Er fuhr sich mit beiden Händen durchs Gesicht, »dann sind sie zum Theater!«

»Das weiß ich nicht! Wie kommst du darauf?«

»Weil meine Freunde … zum Theater sind! Verdammt, wie spät ist es?«

»Mitten in der Nacht – ich weiß es nicht!«

»Verdammt, verdammt, verdammt!«, brach es aus ihm heraus, er stieß sich von der Wand ab und eilte die Treppe hinauf.

»Dawyd! Wo willst du hin?«

»Zum Theater!« Er hielt auf der obersten Stufe an. »Kilianna, es … es tut mir leid. Ich muss sofort los!«

»Dann komme ich mit«, sagte sie entschlossen, obwohl sie keine Ahnung hatte, wie sie mehr nutzen als schaden konnte.

Er schüttelte den Kopf. »Du bist mehr wert, wenn sie nicht wissen, dass wir zusammenarbeiten. Es tut mir leid, dass du verletzt bist. Ich … ich hoffe, dass ich dich wiedersehe.« Er holte kurz Luft. »Bald.«

Sie presste die Hand in ihr Kleid und verfluchte, dass er einen so vernünftigen Grund angeführt hatte.

»Ich erzähle meinem Vater, was sie da unten tun. Dawyd …« Sie hastete ihm hinterher in den Flur. Er war bereits an der Tür angelangt. »Dawyd, deine Augen – sei vorsichtig, lass sie niemanden sehen. Außer die, denen du vertraust.«

»Was ist mit meinen Augen?«, fragte er, und Angst schwang in seiner Stimme mit.

Sie raffte all ihren Mut zusammen und sprach es aus: »Es steht ein Zeichen darin.«

Er blinzelte, als würde es dann verschwinden.

»Beeil dich«, sagte sie. »Viel Glück!«

Er nickte und war verschwunden. Sie rang nach Atem und setzte sich auf die oberste Treppenstufe. Sie war kalt unter ihr. Sie musste wieder in die Verkehrte Stadt und von dort den Berg hinauf zum Palast ihrer Familie. Sie presste die unverletzte Hand an die Stirn.

Zu viel, das war zu viel. Sarkophage, gezeichnete Tore und Gänge, Erdbeben und Herzschläge … und dann das geschwungene, seltsame, rötliche Zeichen, das sich in Dawyds dunkelbrauner Iris um seine Pupille wand.

*Was ist da unten passiert?*, fragte sie sich und wickelte ihre taub pochende Hand fest in den Stoff ihres Kleids. Sie musste nach Hause und ihren Vater in das einweihen, was geschehen war.

Als Ignaz und Neigel vor den Vorhang traten, ergaben sich die vier Soldaten bereits. Zwei von ihnen lagen am Boden, einer mit einem Bolzen im Rücken, ein anderer mit einem im Oberschenkel. Sie wimmerten, und ihre beiden Kameraden hatten die Hände erhoben. Ihre Blicke irrten zwischen der Bühne und den Bewaffneten an den Eingängen hin und her. Ignaz fühlte sich wie ein Schauspieler in einem sehr improvisierten Theaterstück. Ignaz konnte das gegrabene Loch im Saal sehen, doch es war zu dunkel, um auszumachen, ob etwas darin war oder wie tief es hinabreichte.

Seine Leute kamen von den Eingängen zur Mitte und hielten die Soldaten mit Armbrüsten in Schach. Auch Ignaz schritt zur Kante der Bühne, stieg die kleine seitliche Treppe hinab und ging um den Orchestergraben herum. Schließlich erreichte er die Stelle, an der die vordersten Sitzränge abgebaut waren und das Loch gähnte.

»Ignaz, ich habe ein schlechtes Gefühl«, sagte Elisabeda vom düsteren Mittelgang aus.

Als Ignaz näher an die Grabung herantrat, wusste er, was sie meinte. Teppich und Bodendielen waren abgelöst worden. Der darunter liegende Steinboden war aufgestemmt. Nun gähnte dort ein Loch, das nicht in Stein oder Erdreich führte, sondern in die Kellerräume – und in Finsternis. Die Erde, die in unordentlichen Häufchen um das Loch herum aufgetürmt worden war, konnte nicht aus diesem Durchbruch in das tiefer gelegene Stockwerk stammen, dort waren Stein und Holzbalken durchbrochen worden, aber keine Erde.

»Du hast recht«, sagte Ignaz sofort und sah auf. »Alle …«

Sein Kommando wurde jäh unterbrochen. Zwei Männer, Jannis' Männer, wie er ohne Zweifel erkannte, fielen von den Logen. Sie schrien, ruderten mit den Armen, krachten auf die mit gedrechselten Verzierungen versehenen Stuhllehnen der Zuschauerränge und regten sich nicht mehr.

Von oben erklang eine Stimme: »Na, so etwas.«

Ignaz' Herz krampfte sich zusammen, als er sie vernahm.

Nicht der Hauch eines Zweifels blieb. Dieser Stimme begegnete er in jedem Traum. Sie verhöhnte ihn, wenn er erwachte, und manchmal liehen sich seine Selbstzweifel diese Stimme. »Das wollte ich auch gerade sagen: Sie hat recht. Gute Uhrwerke ticken im gleichen Takt, so sagt man doch, oder?«

Ein dutzendfaches metallisches Klicken zeugte vom Spannen ebenso vieler Musketenhähne. Soldaten traten an die Balustraden, Läufe wurden auf die Rebellen angelegt. Finger spielten über Abzügen.

Ignaz' verkrüppelte Hand schmerzte mit einem brennenden Verlangen danach, wieder vollständig zu sein. Er sah zu den Logen hinauf. Zwölf davon reihten sich wie dunkle Gemmen an einer zweireihigen Halskette um den Innenraum des Theaters auf – sechs unten und sechs darüber. Ignaz konnte die Soldaten im blakenden Licht weniger Lampen kaum ausmachen, doch ein Mann entging seinem Blick nicht: Lysandre Rufin, mit dem Ignaz die intimsten und zugleich grässlichsten Momente seines Lebens geteilt hatte. Er konnte sein Gesicht nicht erkennen, es war einfach zu dunkel, doch er war sich sicher, dass Rufin lächelte.

Zwei Soldaten hatten Jannis und einen seiner Männer gepackt. Sie wehrten sich nicht, sondern sahen stumm in die Öffnungen von Musketen.

»Damit ich nicht gezwungen bin, diese beiden Männer ebenfalls zu töten«, sagte Rufin mit diesem aquinzischen Singsang in der Stimme, »bitte ich euch darum, euren Dichter zu knebeln. Für alle Fälle.«

Ignaz nickte und hob die Hände. Er konnte seinen wilden Herzschlag durch seine verkrüppelte Hand pumpen fühlen, als wollten die alten Narben aufbrechen und sein Blut über den dunkelroten Teppich vergießen. Die Tür zur Rechten öffnete sich, und ein weiterer Soldat trat ein, Jendra am Kragen gepackt, der Lauf der Muskete in ihrem Nacken. Sie gab einen wütenden Laut von sich und wand sich, doch er zerrte sie unnachgiebig in die Mitte des Saals. Die zwei Soldaten, die von Elisabeda und den anderen für einen kurzen triumphalen Moment in Schach gehalten worden waren, ließen die Hände sinken.

»Treibt sie zusammen. Seht zu, dass der Dichter vernünftig geknebelt ist, und sammelt alle Waffen ein. Es ist schließlich schon spät.« Rufin wandte sich wieder in Ignaz' Richtung. »Ich dachte, ihr würdet nie auftauchen.«

Elisabeda ballte die Fäuste. Sie würde lieber auf dieser Bühne stehend sterben, von Kugeln durchsiebt, als jeden Tag ein Stück in den Folterkellern der Aquintianer. Wie hatte das passieren können?

*Lebendig kriegt ihr mich nicht, ihr Bastarde!*

Sie spannte die Muskeln, fixierte den Soldaten, der ihr am nächsten war und seine Waffe auf sie gerichtet hatte. Ihr letzter Gedanke galt ihren Söhnen, trotzig, als könne sie das Theater ausblenden.

Da stürzte ein Blaurock aus einer Loge. Sie sah hinauf … Eine Gestalt stand dort oben auf dem Geländer, er balancierte kauernd und hielt ein Schwert in der Hand. Elisabeda blinzelte und konnte nicht glauben, was sie sah.

Einer der Soldaten, die sich ihr und ihren Kameraden ergeben hatten, war wahrhaftig schneller von Begriff. Er schrie: »Der Goldfechter!«, und zeigte hinauf. Dawyd, ganz dem Geist des Theaters entsprechend, richtete sich auf dem Geländer auf und breitete die Arme aus, die neue Klinge, Elisabedas Klinge, in der Hand.

Die Blicke aller wandten sich ihm zu – bis auf Elisabedas, sie hatte genug gesehen, um zu wissen, wie der nächste Ausweichplan aussehen musste. Sie fuhr herum, packte die Muskete des am nächsten stehenden Soldaten und hieb dem völlig überrumpelten Kerl den Kolben der Waffe ins Gesicht, als sie Rufins Ruf hörte: »Tötet den Fechter!«

In diesem Moment brach die Hölle los.

Elisabeda legte mit der erbeuteten Muskete an und schoss

Jendras Bewacher nieder. Sein Finger war träger als ihrer, und Jendra hatte sich im rechten Moment zu Boden geworfen. Sterbend sank er in einen der gepolsterten Stühle, ohne seinen Schuss abfeuern zu können. Die Loge jedoch wurde von einer Salve Kugeln geradezu zerfetzt. Holzsplitter regneten herab. Elisabeda sah sich wild um – Angst, dass Dawyds blutiger Körper vor ihr in die Sitzreihen stürzen würde, durchfuhr sie. Doch er war verschwunden: Er wütete in der darüberliegenden Loge. Wie war er dort hochgekommen? War er gesprungen? Kaum hatte er einen Blaurock getötet, war er auch schon an einer anderen Stelle, sodass Klingen und Kugeln, die ihn niederstrecken wollten, fehlgingen. Er bewegte sich wie ein Scherenschnitt in einem Schattentheater, dessen Puppenspieler zu hastig war: schneller als seine träge Umgebung, ruckartig und ... unmenschlich.

»Runter!«, schrie ihr Jendra entgegen, und Elisabeda löste ihren Blick vom Fechter, der sich mit einem Satz in die nächste Loge warf. Das Straßenkind hatte ihrem toten Bewacher die Muskete entwendet und winkte Elisabeda damit zu. Mit der anderen warf sie ein mit schwerem Pulver gefülltes Säckchen, das vor Elisabeda landete.

»Das Zündpulver!«, rief Jendra.

*Das Zündpulver!*

Elisabeda löste ihren eigenen Beutel vom Gürtel, warf ihn vor sich hin und tauchte hinter die Stühle. Sie zerrte an Neigels Beutel, der ebenfalls dort Deckung gesucht hatte. Doch er saß nur auf dem Boden und starrte vor sich hin. Sämtliche Farbe war aus seinem Gesicht gewichen, und er wirkte, als hätte er soeben den Tod seines besten Freunds mitansehen müssen. Bisher hatte er noch nie die Nerven in einem Kampf verloren, Elisabeda konnte sich jetzt jedoch nicht darum kümmern. Sie warf auch sein Schwarzpulver in den Mittelgang, ein weiterer Beutel folgte.

Jendra legte auf die explosiven Säcke an, ihr Schuss knallte, und kurz danach verwandelte sich der Mittelgang in ein Inferno. Zuerst die zischende Explosion, dann fing alles Brennbare Feuer. Elisabeda rollte sich mit Neigel in den Orchestergraben und prallte schmerzhaft unten auf, als eine Woge aus Hitze über sie hinwegfegte. Es brauste und krachte, dann packte eine dreifingrige Hand ihren Unterarm. Ignaz deutete mit dem Kinn auf einen der Ausgänge. Ohne das Chaos des entzündeten Pulvers wären sie sicher längst erschossen worden – ohne Jendras schnelle Auffassungsgabe und ohne Dawyds … was auch immer mit Dawyd geschehen war.

»Tötet jeden, der sich bewegt!«, gellte die Stimme des Roten wieder durch den Saal.

Sie hörte erneut Schüsse, doch sie galten nicht ihnen. Im Laufen wandte sie sich noch einmal um. Zwischen den Trümmern der Stuhlreihen stand die alte Marjanna wie eine Eiche im Sturm. Sie hatte einen Säbel erbeutet und kreischte ihren Feinden eine wortlose Herausforderung mit schriller Greisinnenstimme entgegen. Ihre Augen wanderten von links nach rechts, sodass ihr Blick kurz den von Elisabeda traf. Wahnsinn und Tobsucht lag darin. Etwas Wildes hatte von ihr Besitz ergriffen, doch hinter der Mordlust schien ihr Blick ihnen zu bedeuten: *Lauft!*

Trotz dieser stummen Bitte und dem Befehl, den Rufin seinen Soldaten gegeben hatte, hielt Elisabeda inne – sie konnte Marjanna nicht zurücklassen!

Erst jetzt bemerkte sie, dass die alte Frau von mehreren Schüssen getroffen worden war. Die großen Einschusslöcher von Musketenkugeln klafften ihr in Bauch, Brust und – noch größer – im Rücken. Ihr Körper hätte längst zusammenbrechen müsse, doch diese Tobsucht in ihrem Blick hielt sie am Leben.

Hinter dem hungrigen Feuer erhob sich ein Blaurock. Auch er richtete seine Muskete auf Marjanna und schoss ihr durch den Hals. Die Alte zuckte, ihr Kopf pendelte in unnatürlichem Winkel, aber anstatt zu stürzen, rannte sie mit dem Säbel voran durch die Flammen auf den Soldaten zu und nagelte ihn an einen gepolsterten Sitz.

Seine Kameraden, die inzwischen offensichtlich nachgeladen hatten, schossen, Marjanna taumelte, doch sie weigerte sich immer noch zu sterben. Da nahmen die Blauröcke die Beine in die Hand. Auch Elisabeda riss sich vom zerstörten Anblick der kämpfenden alten Reckin los und stolperte fassungslos durch die Seitentür. Hinter sich hörte sie noch ein gebrülltes »Feuer!« aus der Kehle Rufins von einer Loge herab. Eine Salve folgte, Kugeln schlugen von der anderen Seite in die Wand ein. Elisabeda rannte.

»Hier entlang!«, rief Dawyd seinen Freunden zu, die hustend aus dem großen Saal entkamen. Einer nach dem anderen lief an ihm vorbei: Jendra, Ismayl, zwei, nein, drei unbekannte Gesichter, Ignaz, Neigel und schließlich Elisabeda als Nachhut. Erleichterung ließ einen Teil seiner Anspannung von ihm abfallen, ließ ihn vergessen, was er soeben vollbracht hatte ... Doch sie waren noch lange nicht in Sicherheit. Und er hatte noch keine Ahnung, wie sie alle gemeinsam durch die Gassen der Stadt entkommen sollten, selbst wenn sie es lebendig aus dem Gebäude schafften. Dawyd verrammelte hinter ihnen die Zwischentür zur säulengeschmückten Eingangshalle mit einem Musketenlauf.

»Dawyd, wie beim Krummen Mann hast du das ...«, keuchte Jendra.

»Später. Jetzt erst mal raus hier!«, entgegnete er, als sie die Doppelflügel der vorderen Eingangstür aufstießen und ihnen kühle Nachtluft entgegenschlug.

Draußen wartete eine Kutsche.

Elisabeda nickte japsend. »Du hast wirklich an alles gedacht für eine gelungene Rettungsaktion, Goldjunge!«

Dawyd starrte erstaunt auf den prunkvollen Vierspänner. Verwirrt stammelte er: »Also, ich ...« Da fiel sein Blick auf den Kutschbock, auf dem der Kutscher – nein, die Kutscherin! – kurz die Kapuze zurückschob.

»Ich dachte, ihr könntet etwas Hilfe gebrauchen«, rief Kilianna ihnen zu. Dawyd strahlte sie an.

Beim Großen Handwerker – er war verliebt!

## Kapitel VIII

Lysandre Rufin stürzte seinen Wein hinunter, bevor er den Becher einem Diener in die Hand gab und sich den Mantel überwarf. Der Gouverneur täte gut daran, alle Sygnaer aus der Feste zu verbannen, denn wem von diesen Hunden konnte man trauen?

Rufins Schlaf war ebenso schlecht wie kurz gewesen. Er hatte die Dosis der Tropfen erhöht. Und er nahm sie mit Wein statt mit Tee zu sich.

Er hatte sein Monster wiedergesehen. Es hatte ihm einen wohligen Schauer über den Rücken laufen lassen – ihr Duell, aus der Ferne geschlagen, hatte sich während seines Höhepunkts endlich wieder Auge in Auge abgespielt. Was hatte er für Pläne gehabt! Auch wenn Neigel Dreifinger offenbar nicht davon hatte überzeugen können, mehr als ein paar abgerissene Halunken aus dem Elendsviertel mitzunehmen. Dennoch: Zehn Rebellen auf einen Schlag festzunehmen und verhören zu können hätte sicherlich zum Erfolg geführt. Er hätte damit dem ganzen Rebellenpack Sygnas auf die Spur kommen können. Es *musste* einfach noch mehr geben. Ignaz und seine erbarmungswürdige Truppe waren nur die sichtbare Spitze eines viel tiefer reichenden Felsens.

Und wie wunderbar wäre es erst gewesen, Neigel zum Reden zu bringen! Rufin hatte absichtlich nicht sein Gesicht gezeigt, und wenn er mit Neigel zusammen war, sprach er ohne Dialekt und legte seine Stimme ein wenig tiefer. Sich selbst – oder vielmehr den bedauernswerten Iphram – ebenfalls als Gefangenen auszugeben und mit seinem Leid Neigel zum Reden zu bringen, das war eine seiner besseren Ideen. Und dennoch gescheitert, zumindest für heute.

Er hatte sich von Anfang an darüber gewundert, dass der Goldfechter nicht bei dem Angriff auf das Theater dabei war. Zu einem solchen Coup nahm man doch seinen besten Kämpfer mit. Doch Dawyd war offenbar die Karte gewesen, die Ignaz in seinem Hemdsärmel hatte stecken lassen, um sie im letzten Moment hervorzuzaubern: der *Puppenspieler*, die wertvollste Karte im Marionettspiel.

Rufin ließ sich auf die Sitzbank der Kutsche fallen. Ihm gegenüber schob sich Lafayet in das kleine Gefährt. Der Mann wirkte aufgelöst, sodass Rufin beinahe bedauerte, ihm nichts mehr von seinem Wein anempfehlen zu können.

»Aquinçois«, nickte Rufin ihm zu. »Ich muss mir noch etwas ansehen, bevor wir unter Tage gehen.«

»Ich weiß nicht, wie das geschehen konnte!«, brach es nervös aus dem gesetzten Mann hervor. Der gesteinskundige Wissenschaftler und Schatzsucher seiner Majestät klang wie eine aufgeregte Jungfrau beim ersten Tee mit ihrem Verlobten. »Es war schlicht und einfach *unmöglich*, Lysandre, unmöglich, die Grabversiegelungen zu öffnen!«

»Kann es sich zeitlich wie kausal umgekehrt verhalten haben? Zuerst gab es dieses Beben, und dadurch öffnete sich diese Kiste?«

»Und wie wurden dann meine Leute dort niedergestochen? Von wem stammt dies hier?« Der Geologe hielt Lysandre ein blutgetränktes Taschentuch entgegen. Es war starr und braun geworden, und Rufin rümpfte die Nase, nahm es aber trotzdem und betrachtete es im frühen, grauen Morgenlicht, das durch die Fensteröffnung der Kutsche fiel.

In engen Kehren wackelte das Fuhrwerk den Bleiberg hinab.

»Ich habe nichts angerührt. Nicht einmal die Leichen«, sagte Lafayet und kehrte langsam zu seiner würdevollen Gelassenheit zurück. »Als hätte es uns nicht schon genügend Männer gekostet, den Weg da hinunter zu öffnen!«

»Also weißt du auch noch nicht, ob die anderen Kisten ebenfalls geplündert wurden?«

»Ich habe an der vordersten gerüttelt«, gab der andere zu. »Der marmorne Deckel hielt erneut so fest, dass eher der Berg unter unseren Bemühungen einstürzt, als dass sie sich öffnet! Beim heiligen Blau des Himmels, Lysandre, ich habe keine Ahnung, wie es dazu kommen konnte.«

Rufin hob die Augenbrauen und musterte den anderen. »Sehe ich so aus, als würde ich urteilen?«, fragte er mit feinem Lächeln.

»Heute, *heute* wollte ich den Gouverneur davon überzeugen, dass er mir per Dekret die Steinmetzmeister der Stadt zu Hilfe verpflichtet.«

»Dann wäre wieder eine Welle des Unmuts durch die Bevölkerung gegangen«, sagte Lysandre. »Vielleicht ist es ganz gut, dass es anders ging.«

»Aber die anderen Sarkophage sind noch geschlossen!«

»Dann werden wir jetzt vielleicht herausfinden, wie der eine geöffnet wurde.«

Lafayets Nicken war nicht vollends überzeugt.

Lysandre nahm sein Notizbuch aus der Gehrocktasche. Er schlug es auf. »Apropos Unmut – ich muss etwas notieren.«

Mit einem kleinen Bleistift schrieb er auf: *Bekanntmachung, Rebellen töten bei Überfall auf Theater zwei Sygnaer Bürger und verletzen drei weitere schwer.*

Es wurde Zeit, dass es ihm gelang, die Stimmung gegen dieses Pack zu kippen. Er musste das heute noch veranlassen, auch wenn sein Kopf ihm nach der kurzen Stunde Schlaf wie ein Sieb erschien.

Rufin hatte eingezogene Sygnaer als Lockvögel im Theater stationiert. Die meisten Rekruten waren mit der Großen Armee zur Front gezogen, doch der eine oder andere hatte genug Schmiergeld bezahlt, um hier stationiert zu sein – und sich nun von den eigenen Landsleuten im Theater niedermachen zu lassen.

»Schade, dass es nicht die Welpen der Schmiedin waren«, murmelte er.

»Verzeihung?«

Rufin sah auf. »Ach, nichts weiter. Ich hätte nur gern ihr Gesicht gesehen, wenn die rebellische Hündin ihre eigenen Söhne von hinten absticht.«

»Die Frau, die auf den Steckbriefen beschrieben ist?«, stocherte sein Gegenüber im Dunkeln.

»Eben die. Ich habe eine Botschaft an die Front geschickt. Ich hätte ihre Söhne sehr gern wieder hier.« Er lächelte.

»Ist sie die Geliebte von einem der Rebellen?«, fragte Lafayet. Rufin musterte ihn milde erstaunt – er hatte nicht erwartet, dass der nüchterne Forscher des Untergrunds für so etwas Neugierde zeigte –, während seine Finger über etwas im blutstarrenden Taschentuch tasteten.

»Ich glaube, wenn wir so denken, unterschätzen wir, wer sie ist. Ich habe sie gerade Hündin genannt, aber das meinte ich nicht in dem Sinne, dass sie sich wie eine Straßenhündin besteigen lässt. Ich meinte es in dem Sinne, dass sie bissig ist. Als ihre Söhne eingezogen wurden, hat sie ihre Hunde – große, kräftige Biester, die die Schmiede bewachen sollten – auf die Soldaten losgelassen, Aquinçois. Die Soldaten haben erst ihren Mann erschossen, dann die Hunde – und dann die Jungen mitgenommen, aber nicht ohne Verluste. Diese Frau ist eine tollwütige, bissige, zu allem entschlossene Hündin. Nein, halt, tollwütig würde wiederum heißen, dass sie nicht weiß, was sie tut. Das weiß sie aber. Und ob sie nachts zu Dreifinger oder meinetwegen auch dem Dichter oder dem Goldfechter ins Bett kriecht, ist dabei nebensächlich.«

Lafayet nickte. »Ich dachte nur. Dass Frauen ja häufig dabei sind, weil die Liebe sie dazu treibt.«

Rufin lachte laut und viel zu lange. »Gott, Aquinçois! Du liest wohl zu viel!« Er wurde wieder ernst. »Das ist ganz und gar nicht, wie Frauen sind. Es ist, was man alle Welt glauben machen will.«

Den Rest des Wegs legten sie schweigend zurück, und Rufin wandte seine Aufmerksamkeit wieder dem zu, was er im Taschentuch ertastet hatte. Es war eine Stickerei. Bevor er das mit erstarrtem Blut verklebte Taschentuch auseinandergezogen hatte, kam die Kutsche jedoch am Altmeistertor an, wo die Altmeisterstraße, vom Schlangbecken kommend, durch die verfallende Stadtmauer in den Bezirk um den Bleiberg eintauchte.

Während Lafayet sitzen blieb, stieg Rufin aus und ging zum Wrack hinüber, um dieses genauer zu inspizieren. Die beiden unbehaglich dastehenden Gestalten, Vater und Tochter, die flankiert von zwei Soldaten daneben warteten, ignorierte er.

Es handelte sich um eine Kutsche, ein prunkvoller Vierspänner ohne Pferde, der mit der Seite gegen den Torbogen geprallt war. Ein Rad war mitsamt Achse gebrochen, die Tür der Kutsche hing schief in den Angeln. Die Pferde hatten die Kutsche mit einem bloßen Kraftakt noch einige Meter weiter gezogen. Die Lampen an den Seiten, der Zierrat der Verkleidung – all das war in der Nacht noch geplündert worden, bevor die Soldaten des Kaisers auf das Wrack aufmerksam wurden.

Vielleicht waren auch die Pferde gestohlen worden.

»Wo sind die Pferde?«, wandte sich Rufin nun den beiden Wartenden zu.

»Sie sind den Dieben offenbar entkommen und tauchten ganz verwirrt wieder am Palast auf«, sagte Fräulein Erdhand und begegnete seinem Blick betont gelassen.

»Es waren also Diebe, ja?«

»Wer sonst?«, schnaufte Großgildenmeister Erdhand und sah die beiden Soldaten links und rechts von sich und seiner Tochter an, als sei er sich nicht sicher, ob sie zu seinem Schutz abgestellt waren oder um ihn in Gewahrsam zu nehmen.

»Vielleicht ... hat einer der Euren ja die Sperrstunde zu einer wilden Jagd durch die Stadt genutzt? Es kommt mir seltsam vor, dass man so weit hoch ins Meisterviertel vordringt, um dort eine Kutsche zu stehlen. Man hätte auch ... weiter unten an eine gelangen können. Für eine betrunkene Vergnügungsfahrt. Oder nicht?«, erwiderte Rufin.

»Erwartet Ihr, dass ich mich in den Kopf von Dieben oder randalierenden Taugenichtsen begebe?«, fragte Erdhand.

Rufin lächelte. »Ihr Glücklicher. Könnt über solchem Gesindel stehen. Ich jedoch muss mich in meiner Profession stets in solche Köpfe begeben.«

»Dann seht nur zu, dass sie Eure Phantasie nicht zu sehr beflügeln«, sagte Fräulein Erdhand bissig. »Unsere Kutsche ist gestohlen worden, und Eure Soldaten haben mich und meinen Vater sehr unzureichend bekleidet den ganzen Weg nach hier unten zu Fuß laufen lassen! In dieser Sache ist das letzte Wort nicht gesprochen. Das ist Belästigung!«

»Meine Soldaten befolgten meine Anweisung.«

»Dann belästigt *Ihr* uns, Commissaire!«, sagte sie leise, und er war erstaunt, wie viel Drohung dieses dekadente Kind mitschwingen lassen konnte.

»Ich erinnere mich nicht, dass ich auf Eurer Anwesenheit beharrt hätte, Fräulein Erdhand, als ich den Besitzer der Kutsche ausfindig machen und herbringen ließ.«

»Ich begleite meinen Vater!«, zischte sie.

Er musterte beide. Das lange Haar des Großgildenmeisters war noch nicht zum Zopf geflochten, sondern lag ihm in Wellen um den Kopf. Er trug einen schweren, dunkelgrünen Mantel, zugeknöpft bis oben hin, als schäme er sich, heute ohne all seine Schärpen und Plaketten das Haus verlassen zu haben. Auch Fräulein Erdhand trug einen langen Mantel, darunter konnte Rufin den Saum eines Nachthemds hervorlugen sehen, ebenso wie teure Stiefel aus hellgrünem Leder.

»Was habt Ihr Euch denn an der Hand getan, Fräulein Erdhand?«, fragte er unvermittelt. Sie zog ihre Hand ein wenig weiter in den Ärmel ihres verzierten Mantels hinauf.

»Ein Missgeschick mit einem Weinglas. Ich weiß, Glas kommt Euch als Aquintianer sicherlich immer noch wie ein Wunder vor, doch bei meinem Vater im Haus wird daraus *getrunken.*«

Er zog die Brauen hoch und dachte an die großen Glasfenster des Stadtpalasts von Naronne.

»Na, dann solltet Ihr vorsichtiger mit Eurem Wunder sein. Ihr könnt also nichts zur Aufklärung beitragen – warum diese Kutsche in den frühen Morgenstunden so kläglich hier verendete?«

»Sie wurde geklaut. Mehr kann ich nicht sagen! Sie war ein Vermögen wert!«, brachte Erdhand hervor. Rufin kam zu dem Schluss, dass solche Kleingeistigkeit nicht vorgetäuscht werden konnte.

»Und dass es in der Nacht einen Überfall von Rebellen aufs Theater gab, bei dem Aquintianer *und* Sygnaer ihre Leben ließen – und von dem die Rebellen in einer Kutsche entkamen … auch das ist Euch neu?« Er musterte Kilianna aufmerksam. Sie sah müde aus, das Haar zerzaust, doch ihre Augen funkelten nach wie vor wütend, und er sah keinen Hauch von Furcht oder Lüge darin.

»Natürlich ist uns das neu!«, spie sie.

»Also würdet Ihr sagen, Fräulein Erdhand, dass jemand Eure Kutsche stahl, um damit Rebellen zu unterstützen?«

»Offenbar«, sagte sie. »Oder vielleicht waren auch zu Eurem großen Missvergnügen zwei Kutschen in dieser Nacht unterwegs, und keine Eurer Patrouillen hat sie bemerkt. Vielleicht waren es gar noch mehr!«

Er lächelte beflissen. »Alles ist denkbar. Auch beispielsweise, dass Ihr Euch nicht an einem Glas verletzt habt, sondern an einem geborstenen Kutschenfenster.«

»Ist das eine Unterstellung?«, brachte Erdhand hervor.

»Ja, Papa, das ist es.«

»Aber nein. Eure Tochter und ich sind lediglich Meister der Hypothese.«

»Der phantastischen Überhöhung, meint Ihr!«, presste die junge Frau wütend hervor.

»Ich bitte Euch, Eure Aussagen zu Protokoll zu geben. Danach könnt Ihr nach Hause zurückkehren. Ich weiß ja, wo ich Euch finde … sollte ich weitere Fragen haben«, sagte er und streckte die Hand aus, um die des Großgildenmeisters zu schütteln. Er gab sie widerwillig, doch seine Tochter behielt die ihre im Ärmel und wandte sich ab.

Rufins und Lafayets zweispännige Kutsche brachte sie zum hochgelegenen Eingang in die Verkehrte Stadt an der Ostflanke des Bergs.

Rufins Gedanken zogen Kreise in trübem Wasser. Wie Zitteraalen lag ihnen das Potential inne, sich zu entzünden, doch momentan stießen sie auf nichts, das eine Entladung zur Folge hätte.

Seine rastlosen Finger zogen wieder das Taschentuch hervor, fuhren über die Stelle, die sie zuvor gefunden hatten.

Als der Kutscher die Tür zum zweiten Mal öffnete, hielt Rufin das Tuch in die Sonne, die flammend zwischen entfernten Berggipfeln einem neuen Tag entgegenkroch.

»D. I. und das Wappen der Goldfechter«, murmelte er schließlich. »Stickerei mit Goldfaden, unter dem Blut. Entweder, hier will uns jemand in die Irre führen, oder Dawyd Iackmar hat tatsächlich ein Taschentuch mit seinen Initialen hinterlassen.«

Lafayet blickte ebenfalls auf das Tuch.

»Du hast recht«, sagte er dann verblüfft. »Und ich kann sagen, dass das da unten schon nach einem Fechter aussah.«

»Iackmar«, flüsterte Rufin. Er wusste, dass der Bursche nicht mehr viel mit seinen Eltern zu tun hatte – Risse hatten sich in seiner Jugend zu Klüften aufgetan, und es gab nichts, was diese danach gekittet hatte. Natürlich. Dreifinger hatte nur Leute an seine Seite geholt, die keine Verpflichtungen verspürten, keine Bande zu ihren Familien. Und dennoch: Die Schmiedin und der Fechter *hatten* Verwandte, wenn auch vielleicht entfremdete. Das greise Lehrerehepaar Iackmar an einem Pranger oder gar Galgen würde den Fechter sicherlich aus der Reserve locken. Aber es würde auch Toleranz im Volk verspielen. Er musste darüber nachdenken.

»Er hatte offenbar zu tun gestern Nacht und war an mehreren

Orten zugleich«, murmelte Rufin. »Welcher Sarkophag ist es denn eigentlich, der geöffnet wurde?«

»Wir haben *Blut* darauf entziffert. Auf Alt-Sygneisch.«

Rufin stand einen Moment lang wie angewurzelt und sah zur Plattform hinauf, über die er in die Höhlen gelangen würde. *Blut.*

Die Ereignisse der letzten Nacht entrollten sich noch einmal vor ihm, und seine Gedanken-Zitteraale rieben sich an den Erinnerungen und schlugen Funken. Rufin stieß ein selbst in seinen Ohren seltsames Geräusch aus, gleichermaßen Lachen wie unterdrückter Zorn.

Sein Herz setzte einen Moment aus, als er nach der Leiter griff, um Lafayet nach oben zu folgen. Es grauste ihn vor den Höhlen. Es grauste ihm vor diesem Pulsschlag, der darin von ihm Besitz ergriff, doch diesmal mischte sich eine fieberhafte Vorahnung in dieses Grauen.

Das Blut schoss ihm durch die Adern, als er am Ende des Stollens ankam, den Lafayet in den letzten Tagen und Wochen so mühselig freigelegt hatte. Der Forscher aus der aquinzischen Heimat war ein profunder Kenner jener Schriften, die die Sygnaer seit Jahrhunderten verbannt hatten – doch er war kein Kenner der Zeichen.

Der Weg war strapaziös gewesen, Schweiß stand auf Rufins Stirn, seine Hände zitterten. Seit er zum ersten Mal in den Höhlen gewesen war und dieser Pulsschlag von ihm Besitz ergriffen hatte, hatte er Lafayets Arbeit ignoriert. Doch nun begann sich sein Wirken mit dem von Lafayet zu überschneiden. Er versuchte, sich zu beruhigen, zwang seinen Atem zur Regelmäßigkeit und ballte die Faust um das blutige Taschentuch.

*Dawyd Iackmar. Das Blutzeichen.*

Er trat langsam näher und sah in den geöffneten Sarkophag. Nichts. Nur Staub. Iackmar hatte es herausgenommen, was immer es war. Wenn Lafayets Theorie stimmte und sie hier die vor Jahrhunderten gebannten Urzeichen gefunden hatten – in welcher Form lagen diese dann in den Sarkophagen? In Stein gemeißelt? Auf Papier geschrieben?

Nein, so funktionierten die Zeichen nicht. Wenn man sie aus Büchern hätte lernen können, hätten die Gelehrten Aquinziens sie längst erlangt.

Doch er konnte nicht mit Lafayet sprechen, ihre Ohren waren mit Watte und Wachs verschlossen. Der Forscher hatte nur vage Andeutungen gemacht, was geschehen war, als sie die Kammer ohne Vorsichtsmaßnahmen betreten hatten. Außerdem war Rufins Aufmerksamkeit von diesem immer heftiger werdenden Herzschlag beherrscht. Mit verschlossenen Ohren war es noch schlimmer. Er stützte sich auf einem der Sarkophage ab.

Und sog die Luft ein. Der steinerne Kasten schien unter ihm zu vibrieren, seine Hände saugten sich schweißnass daran fest. Er sah im Fackelschein nach unten – auch auf dieser Platte klebte Blut.

Rufin hatte den Bericht gelesen. Er sah die Übersetzung der Inschrift vor sich in Lafayets spinnenhafter Handschrift: *So kann [das Blut/das Geschlecht] der alten Dynastien die Zeichen befreien.*

Er knurrte etwas Wortloses, das ohnehin niemand hörte. Auf dem geschlossenen Deckel machte er deutlich die blutige Spur einer Handfläche aus – jemand hatte sich hier abgestützt. Rufin packte die Marmorplatte und schob.

Es war beinahe zu leicht. Die Platte rutschte von ihrem angestammten Platz und fiel mit einer spürbaren Erschütterung zu Boden. Rufin beugte sich mit angehaltenem Atem über das Innere des Sarkophags, in einem drängenden Rhythmus zwang ihn der Pulsschlag dazu. Er konnte etwas darin erkennen … Die Welt schrumpfte darauf zusammen, Lafayet existierte nicht mehr.

Rufins Lungen sogen die Luft ein, während der Herzschlag ihn durchdrang. Er atmete Staub, tastete in den Sarkophag – das verschrumpelte Etwas im Inneren des Sarkophags zerfiel unter seiner Berührung. Rufin hustete, taumelte zurück – und verlor das Bewusstsein, als die Höhle um ihn herum zu beben begann.

Das Buckelviertel war der Ort, an dem Träume endeten.

Es befand sich im Nordwesten der Stadt, direkt in dem Winkel, in dem die neue Stadtmauer auf den Berg und die alte Stadtmauer stieß. Die alte zog sich hier über den Katzbuckel und zerbröselte dort oben. Die neue endete an der Kluft. Sygna war von seiner neuen Stadtmauer scharf umrissen: Die Stadt wucherte für gewöhnlich nicht nach außen, denn wer in Sygna wohnte und zeichenkundig war, durfte die Tore ohnehin nicht durchschreiten. Somit diente die Mauer sowohl der Verteidigung nach außen als auch der in den meisten Fällen freiwilligen Gefangenschaft eines signifikanten Teils ihrer Bewohner.

Ausnahmen gab es natürlich. Im Kuser Tal am Schlanglauf, wo das Gelände die Möglichkeit bot, den Fluss zu teilen oder Nebenflüsse zu nutzen, hatten sich Mühlen angesiedelt, deren Müller teils auch zeichenkundig waren. Und auf der anderen Seite des Buckelviertels erstreckte sich jenseits der neuen Mauer die Siedlung der Unzünftigen. Handwerker von außerhalb, die der Wunsch nach mehr Wissen oder mehr Geld nach Sygna getrieben hatte und denen die Aufnahme in die Zünfte verweigert worden war, lebten dort zwischen Kluft, Stadtmauer und den Ausläufern des Gebirges.

Als Tagelöhner durften sie die Stadt betreten, und manche von ihnen kehrten nach einer Weile nicht mehr in die Siedlung außerhalb der Stadt zurück, sondern wurden an die Ufer des Elendsviertels gespült – innerhalb der Mauern, aber vielleicht noch weiter als zuvor von den Annehmlichkeiten eines Handwerkerlebens entfernt. Nur den wenigsten gelang der soziale Aufstieg.

Nachdem die Kutsche den Rebellen den Dienst quittiert hatte, waren sie nicht in die Altstadt geflohen, sondern hatten sich im Buckelviertel verkrochen. Hier hatte ihnen Jannis schon vor

Monaten einen Unterschlupf zugesichert, den Ignaz noch nie hatte in Anspruch nehmen müssen.

Doch das Eckhaus im Bakkalauviertel konnte bereits von der Geheimpolizei gefunden worden sein und beobachtet werden.

Wenn Rufin ihnen diese Falle im Theater hatte stellen können – so sicher, was den Zeitpunkt ihres Eingreifens anging, so sicher, wie ihr Plan aussehen würde –, dann musste Ignaz mit einem Leck rechnen. Vielleicht war es nicht direkt ein Verräter, und dann war das Eckhaus vermutlich sicher – aber er konnte nicht vorsichtig genug sein.

Neigel hatte ihnen die Information über das Theater gebracht. Er hatte keine so starke Motivation, gegen die Aquintianer zu arbeiten wie der Rest von ihnen. Er hatte niemanden, der ihm nahestand, verloren, wenn man vom Tod des Schlangmundmüllers absah – doch der hatte im Ruf gestanden, seine Gesellen zu schinden. Trotzdem konnte Ignaz in Neigel keinen Verräter sehen. Er war falsch informiert worden, aber hatte das in der Absicht seines Informanten gelegen, oder war auch dieser den Lügen des Roten aufgesessen?

Und woher wusste der Rote, wie er Informationen an Neigel oder Neigels Bekanntschaft füttern konnte?

Ignaz war müde, doch diese Fragen ließen ihn nicht schlafen. Sie befanden sich in einer Baracke, die aus mehreren kleinen Elendshütten bestand. Sie waren so eng aneinandergebaut worden, dass die Ecken dazwischen einfach mit Brettern bedeckt worden war, um zusätzlichen Unterschlupf zu bieten. In diesen Nischen saß meist eine Hand voll Frauen und Männer mit gleichmütigen Gesichtern und tat nichts. Ignaz und die anderen hatten sich ebenfalls in solch eine Ecke zurückgezogen, eine überdachte Gasse zwischen zwei Hütten, deren Ende eine Bretterverschalung bildete. Ignaz sah im trüben Morgenlicht, das durch zurückgeklappte Stoffbespannung hineinschien, dass alte Verzierungen auf den Brettern waren, geschnitzt und bemalt. Es waren Teile alter Möbelstücke, und er fuhr mit den Fingern darüber.

Elisabeda stieß ihn an. »Er wird wach.«

Ignaz sah zu Neigel, der jedoch immer noch schlief wie ein Stein.

»Nein«, sagte er.

»Ich meine Dawyd«, erwiderte Elisabeda mit einem seltsamen Ton in ihrer Stimme. Einem Ton, der ihm sagte: *Natürlich meine ich Dawyd, wen sollte ich denn sonst meinen?*

Natürlich, wer außer ihm dachte über Neigel nach, wenn es doch ganz andere Rätsel zu lösen galt! Dawyd wälzte sich auf seinem Mantel hin und her. Jendra und Ismayl lagen nebeneinander, Jendra hatte den Arm des Dichters gepackt und sich darunter geschoben und zusammengerollt. Sie hatten ein paar dünne Decken bekommen, doch für die knochige Jendra, die rasch fror, waren es besonders klamme und kalte letzte Nachtstunden gewesen.

Ignaz musterte sie – sie sahen alle so jung aus im Schlaf.

Jannis war nur mit zweien seiner Freunde wieder zurückgekommen, doch die Buckelviertelleute trauerten stumm. Nicht jedem war klar, gegen wen und für was sie kämpften. Und dass dieser Kampf nun einmal Opfer forderte. Vielleicht war es nicht einmal Jannis klar gewesen, als er Jendras Botschaft gefolgt war, um den Coup im Theater zu unterstützen.

*Den Coup, der keiner war.*

Sie mussten jederzeit damit rechnen, wieder zu fliehen. Alarmglocken waren vom Berg her zu hören gewesen – das erneute Beben am Morgen war bis hierher zu spüren gewesen.

*Die Verkehrte Stadt regt sich ...*

Dawyd schrak hoch, griff sich an die Kehle, hustete, stockte dann, als sei ihm aufgefallen, dass er sich das Ersticken nur eingebildet hatte, und ließ dann seinen Blick herumirren.

»Es ist alles in Ordnung«, sagte Elisabeda und war sofort an seiner Seite. »Ganz ruhig.«

Ignaz registrierte, wie sie Dawyd ansah und dieser den Blick abwandte.

»Willst ... willst du uns vielleicht jetzt erzählen, was mit dir los ist?«

Dawyd löste seinen Arm aus ihrem Griff. »Was soll mit mir los sein?«, fragte er dann.

»Du bist ... du hast uns ...«

»Gerettet. Ja, klar. Ich war ja auch zu spät aus ... aus den Höhlen zurück.« Er sagte es auf eine Weise, die klarmachte, dass er das Gespräch rasch beenden wollte.

Ignaz musterte ihn mit zusammengekniffenen Augen und weitaus argwöhnischer, als er vor sich selbst rechtfertigen konnte. *Jetzt siehst du überall Doppelbödiges. Überall Verrat. Das ist auch nicht gut.*

Doch niemand wusste besser als er, dass Vertrauen zweischneidig war. Er hatte in jener ersten Welle des Widerstands gegen die Invasoren schon einmal einer Gruppe von Menschen vertraut – Freunden, die nun entweder tot waren oder Verräter. Oder beides.

»Die Kutsche – das war Kilianna Erdhand, oder? Ich habe sie erkannt, auch wenn ich sie schon lange nicht mehr gesehen habe«, sagte Elisabeda.

Dawyd murmelte Zustimmung.

»Sie ist also Jendras Kontakt?« Elisabeda lachte auf. »Ich wusste gar nicht, dass unsere Schmal solche Freunde hat.« Sie warf einen Blick zurück. Ignaz sah sie ernst an. »Aber was ist in den Höhlen passiert?«

»Dein Schwert hat mir gute Dienste geleistet.«

»Es ist jetzt *dein* Schwert, Dawyd. Warum siehst du mich eigentlich nicht an?«

Ignaz beobachtete, dass Jendra kurz wach wurde, ächzte und sich auf die andere Seite drehte, um weiterzuschlafen. Ismayl wollte seinen Arm wegziehen, aber sie zog ihn wieder um sich.

»Komm rüber, lass die anderen schlafen«, sagte Ignaz. »Und erzähl, wie du das gemacht hast.«

Dawyd gehorchte wie ein missgestimmter Halbwüchsiger. »Training«, sagte er. »Auf dem Sandplatz.«

Elisabeda hob die Augenbrauen. Ignaz schwieg. Dawyd sah

fest entschlossen zu Boden, als er sich zu ihnen weiter nach hinten an den Bretterverschlag setzte.

»Es sind seltsame Dinge im Theater geschehen. Mit dir. Und mit der alten Marjanna«, flüsterte Elisabeda. »Ich kann mir keinen Reim darauf machen. Das Loch im Boden war doch nur eine Scharade, oder nicht? Sie haben darin doch nicht wirklich etwas gefunden, das … das irgendwie … auf solche Weise …«

Dawyd unterbrach sie. »Das war eine Frau?«

»Wer? Marjanna?«

Dawyd nickte langsam. »Das … wusste ich nicht.«

»Wenn es um unsere Freiheit geht, ist es egal, wer von uns eine Frau ist«, sagte Elisabeda mit der temperamentvoll-idealistischen Art, die Ignaz so an ihr schätzte. Er grinste kurz.

»Sie war schon so verletzt«, murmelte Dawyd. »Ich … ich dachte, sie hätte eh keine Chance mehr.«

Elisabeda starrte ihn an. »Du … warst doch ganz woanders. Du hattest doch nichts … mit Marjannas Tod … zu tun …« Die letzten Worte wurden so leise, dass Ignaz sie kaum hören konnte. Dawyd hob den Blick und sah ihr in die Augen. Sie sog die Luft ein, und sein Blick schweifte von ihr zu Ignaz, dem er ebenfalls einen Blick gewährte.

Ihre Blicke trafen sich. Ignaz sah eine verschlungene, fast blutrote Linie, die sich durch Dawyds Iriden zog. Keine Ader konnte so aussehen, dies war etwas Neues, etwas zutiefst Beunruhigendes. Etwas zutiefst anderes, als er kannte.

Aber es war auch die Wahrheit, und Ignaz konnte Wahrheiten akzeptieren, egal wie hanebüchen sie schienen. Dawyd trug ein Zeichen in beiden Augen. Ignaz' Herz schlug einen schnelleren Takt, als wolle es seine Gedanken befeuern. Die Müdigkeit war vergessen.

»Woher … hast du das?«

»Was ist das?«, fragte Elisabeda beinahe gleichzeitig.

»Ich weiß es nicht!«, wehrte sich Dawyd. »Also, ich weiß es schon, oder ich glaube es zumindest.« Er wurde wieder leiser, senkte den Blick wieder auf seine schmutzigen Finger. »Ich habe es aus der Verkehrten Stadt. Die Aquinzacken haben dort nach etwas Altem gebuddelt. Und wir … wir haben einen von dreizehn … steinernen Sarkophagen aufgekriegt. Es war aber nichts drin, nichts als Staub! Und dann kam eine … Art Druckwelle, wie von einer Explosion, und ein Beben! Ich bin nach hinten umgeworfen worden. Seitdem hab ich das. Und … das im Theater … das war auch eher *das hier* …«, er deutete auf seine Augen, »… als ich!«

»Ich habe so etwas noch nie gesehen! Werkstücke und Werkzeuge, die gezeichnet werden, selbst wenn es Zungen oder Haut sind, ja – aber noch nie Augen. Noch nie habe ich einen Menschen gesehen, der gezeichnet wurde!«, flüsterte Elisabeda gepresst. »Hat Erdhands Tochter es auch?«

»Nein, nur ich. Also, soweit ich weiß. Vielleicht weiß Ismayl etwas darüber? Aus den alten Geschichten?«

»Alle bekannten Zeichen wurden von den Altmeistern aus den dreizehn Urzeichen entwickelt«, sagte Ignaz leise. »So viel weiß jedes Kind. Doch die dreizehn Urzeichen … gingen verloren. Oder wurden vernichtet.«

»Offenbar wurden sie nur weggeschlossen. Da stand etwas, Kilianna hat es entziffert: Nur würdiges Blut kann die Steintruhen öffnen oder so etwas Ähnliches. Die Aquintianer haben sich jedenfalls an ihnen die Zähne ausgebissen.«

»Und … dein Blut war würdig?«

»Nein! Ihres! Ist das nicht verrückt? Sie konnte die Lade öffnen. Ich konnte … ich hab … Also, ich bin jetzt – so.« Er wies wieder unbestimmt auf sich selbst.

»Hm«, machte Ignaz.

Elisabeda zuckte mit den Schultern. »Ihr Blut hat es geöffnet – und *du* hast jetzt ein Zeichen in den Augen? Das verstehe ich nicht.«

»Ich auch nicht«, brummte Dawyd, doch Ignaz begriff, dass Elisabeda etwas anderes meinte.

»Du denkst, dass es logischer gewesen wäre, dass der, dessen

Blut *würdig* genug ist, den Sarg zu öffnen, auch würdig ist, das Zeichen zu tragen?«, fragte Ignaz, und sie nickte heftig.

»Genau. Jemand hat da unten etwas weggeschlossen. Und wenn das Zeichen sich einen Träger sucht, dann *will* das Zeichen offenbar etwas anderes als das, was die wollten, die Kiliannas Blut für würdig erachtet haben.«

»Mir kam es so vor, als würde mich etwas Fremdes zu diesem Sarkophag lenken«, begann Dawyd. »Wie ein fremder Wille, etwas, das Besitz von mir ergriffen hat. Nein, nicht wirklich. Etwas, das mich ruft. Und Kilianna … hat das nicht gespürt. Sie hat mich wohl mehr oder weniger für verrückt gehalten.«

»Es ist doch nicht undenkbar, dass das, was das Zeichen will, etwas anderes ist als das, was die wollten, die es versteckt haben«, flüsterte Elisabeda eindringlich.

Ignaz dachte an all die Abende, die er mit den Gleichwerkern verbracht hatte, Pläne schmiedend, wie man den Gilden die Zeichen entreißen könne. Wie man allen Menschen das gleiche *Handwerkszeug* zur Verfügung stellen könne. Aber dass ein Zeichen sich einen Menschen suchte, um ihn zu … zeichnen – das war etwas völlig Neues.

»Du musst das alles ganz genau erzählen«, bat Elisabeda. »Habt ihr mehr als einen dieser dreizehn Sarkophage geöffnet? Wart ihr allein? Wie … wie hat es sich angefühlt?«

Dawyd nickte und sah wieder auf. Ignaz blinzelte – das Zeichen in Dawyds Iris war eine verwirrende, nie zuvor gesehene Form, die nicht nur auf der Oberfläche zu existieren schien, sondern sich auch in die Tiefe zog.

Ignaz fragte sich, ob das etwas Gutes war – oder etwas sehr, sehr Schlechtes …

Als Rufin wieder zu sich kam, lag er in seinem Bett, oben in der zugigen Schlafkammer auf der Feste. Nur eine Wand des Zimmers war aus dem Stein der ehemaligen Burg gefügt, der Rest rasch zusammengezimmert. Dennoch bedeckten Schmuckteppiche Boden und Wände. Die Tücher um sein Bett herum waren zurückgezogen, und ein Heiler saß an seinem Ruhelager und schrak von seinem Tun an Rufins Arm auf, als sein Patient stöhnend den Kopf bewegte. Als sich Rufins Blick fokussierte, sah er, dass der Heiler ihn zur Ader ließ – er hatte ihm ein Zeichen in den Arm gestochen, aus dem das Blut rann. Rufin schrie auf. Es hörte sich immer noch seltsam in seinem Kopf an. Er griff nach seinen Ohren und holte den Pfropf heraus.

»Was soll das?«, fuhr er den Heiler an.

»Ein … ein stärkendes Zeichen. Es lässt die schwachen Anteile des Bluts aus Euch herausrinnen«, stotterte der Heiler. Es war der schwergliedrige Mann, den Rufin bereits kannte.

»Es reicht. Ich bin gestärkt. Vielen Dank«, knurrte Rufin und wartete ungeduldig ab, bis der Heiler die Einstichwunden verbunden hatte. Dann massierte er seinen prickelnden Unterarm.

»Was ist passiert?«

»Ihr hattet einen Schwächeanfall in den Höhlen.«

»Nein! Ich habe einen Sarkophag geöffnet!« Er packte den Heiler an den Armen und zog sich an ihm hoch. Die Eindrücke stürmten mit aller Macht auf ihn ein und entzündeten in seinen Gedanken einen Funken nach dem anderen. »Blut, das war Blut auf dem Stein – das Blut öffnet sie!« Er tastete nach seiner Rocktasche, doch man hatte ihm den Gehrock ausgezogen. »Wo ist das Taschentuch? Ist es *sein* Blut? Das von Dawyd Iackmar? Und … kannst du, Heiler, Blut wieder flüssig machen? Sodass wir auch die anderen öffnen können?«

Der Heiler sah ihn schockiert an. »Nein! Aber … Herr, Eure … Eure Augen!«

»Was? Was ist damit?«

Der Heiler sah sich suchend um, riss sich schließlich von ihm los, fand an der Ankleide einen Handspiegel und reichte ihn Rufin. Dieser hielt ihn sich mit bebender Hand vors Gesicht.

Ein silbriges Zeichen wand sich wie ein gleichmäßiger Knoten durch seine grüne Iris und um seine schwarze Pupille.

»Was ist das?«, fragte er tonlos.

»Ich habe … ich habe keine Erklärung dafür!«, stammelte der Heiler.

»Dann finde eine!« Er fing sich, immer noch in sein Spiegelbild starrend. »Nein! Bewahre Stillschweigen! Kein Wort. Hörst du? Kein Wort!«

Rufin selbst hörte, wie seine Stimme gewaltig wurde. Sie wollten in seiner Kehle jubeln, die Wände zum Einstürzen bringen, doch er zwang seinen plötzlichen Impuls zu schreien nieder. Er flüsterte stattdessen und drang mit seiner Stimme durchs Ohr in den Kopf des anderen. Er grinste breit, in einer plötzlichen, hellen Freude.

»Kein Wort!«, flüsterte er heiser.

Der Heiler nickte und sprach nie wieder.

»Zacharias und Johannis Eisenhammer?«

Zach sah vom Lager seines älteren Bruders auf. Er wusste, er sollte nicht hier sitzen, er sollte bei seiner Einheit sein. Das Übliche tun. Seinen Ranzen neu bestücken mit Dingen, die er fürs Überleben brauchte: Nahrung. Wasser, bis fast zur Ungenießbarkeit mit Essig versetzt, damit niemand davon krank wurde. Zündpulver. Kugeln. Doch ohne seinen Bruder fühlte er sich noch fremder dort, ein viel zu naher Zeuge eines plötzlich viel zu realen Krieges. Was scherte es ihn, mit wem der ehrgeizige Kaiser der Aquintianer sich schlug? Wie seine Musketen und Kartätschen und Kanonenkugeln durch ihre Gegner pflügten, dass Fleisch und Knochen offenlagen? Was scherte es ihn, ob Yulian die halbe Welt damit unterwarf?

Was hatte Zacharias damit zu tun? Was hatte Johannis damit zu tun, dessen linkes Bein schwer verletzt war und der von einem grausamen Fiebertraum in den nächsten taumelte?

Zach fühlte sich so taub, dass ihm nicht einmal der Anblick des zerfetzten Beins etwas ausgemacht hatte, als er seinen Bruder zu den Feldschern geschleppt hatte. Als er ihn festgehalten hatte, während der Feldarzt nach Knochensplittern gepult hatte.

Die Noccurner waren die Ersten gewesen, die im Wettrüsten des Krieges an den ungeschlagenen Aquintianern vorbeigezogen waren. Zach wusste nicht, wie sie es zustande gebracht hatten – mit Sygnaer Zeichenkunst oder ohne –, aber sie hatten Sprengladungen auf dem Schlachtfeld positioniert, und ein Infanteriebatallion neben dem anderen war in die Falle getappt und hatte schreckliche Wunden davongetragen.

Die Zählung hörte sich so abstrakt an. Siebentausendeinhundertvierundzwanzig Todesopfer hatten das verminte Feld und der Ansturm der noccurner Kavallerie die Große Armee gekostet. Und beinahe ebenso viele lagen schwer verletzt in den Lagern.

Darunter Johannis. Achtzehn Jahre alt. Auf seinem verschwitzten Gesicht, dem die Pein in jeder Sekunde anzusehen war, spross gerade der erste Bart, stoppelig und in Büscheln, über die sie sicher gelacht hätten, daheim in Sygna.

Zach erkannte den Mann, der ihn angesprochen hatte, nicht. Es war ein Offizier. Er hatte die Rangordnung schnell gelernt, ebenso wie er gelernt hatte, wie man nachlud und wann der Feind so nah war, dass man den Säbel zog, ihn vor sich hielt und hoffte zu überleben.

Zach hatte überlebt. Monatelang. Immer an Johannis' Seite, selbst im schrecklichsten Gemetzel hatten sie sich aneinander gehalten – solange der eine stand, würde auch der andere nicht fallen.

Sie waren sich immer schon nahe gewesen. Knapp zwei Jahre trennten sie, und sie waren einander als Kinder die besten Freunde und die engsten Vertrauten gewesen. Ihre Eltern, beide entfremdet von ihren Geschwistern, ihren Familien, hatten immer darüber gelächelt, wie nah sie einander standen.

»Ihr braucht einen anderen Namen, wenn ihr erwachsen seid«, hatte ihr Vater mehr als einmal gesagt. »Eisenhammer, Jaranjid – ihr seid eure eigenen Menschen. Sucht euch einen guten Namen und werdet etwas Neues.« Dass das zu zweit sein würde, daran hatte niemand gezweifelt. Zwei Schmiede, Zach für die groben Arbeiten, Johannis für die feinen. So hatten sie es sich vorgestellt. Keine Waffen – sondern Werkzeuge für die besten Handwerker von Sygna, in einer besseren Zeit als dieser.

»Hörst du mich, Bursche?«, fragte der Offizier mit dem langen, strengen Gesicht und dem ausgeprägten Dialekt, der nun so alltäglich war, dass Zach begonnen hatte, ihn sich selbst anzugewöhnen, um nicht aufzufallen. Er nickte.

»Seid ihr Zacharias und Johannis Eisenhammer?«

Er nickte wieder.

»Wer ist wer?«, bohrte der Mann ungeduldig nach.

Zach antwortete leise: »Ich bin Zacharias.«

»Wie steht es um deinen Bruder?«, fragte der Mann, doch Zach wusste, dass er nicht aus Mitleid fragte. Dieser Kerl hatte etwas mit ihnen vor, und es störte ihn, dass Johannis verletzt war.

»Wenn es bis heute Abend weiterfault, kommt das Bein ab«, sagte Zach und wiederholte damit die genauen Worte des Heilers.

»Das ist unschön«, sagte der Offizier. »Dann ist er nicht transportfähig?«

»Wo … wohin denn?«, fragte Zach. Nach Hause vielleicht? Nach Hause? Und wenn dieser Mann nun ihn nach Hause schicken würde und Johannis hier bleiben musste – würde er sich dann freuen oder darum betteln, bei seinem älteren Bruder bleiben zu können? Er sah wieder zu Johannis' fieberbleichem Gesicht und war sich nicht sicher, was er alles dafür geben würde, um dieser Hölle zu entkommen.

»Nach Sygna«, sagte der Offizier und entrollte dann einen Brief, den er aufmerksam studierte, während Zach zitternd mit sich selbst und seinen Gedanken rang. Dann sagte der Offizier: »Du bist der Sohn von Elisabeda Eisenhammer, geborene Jaranjid?«

Zach nickte langsam.

»Mischling, steht hier«, sagte der Offizier und besah ihn noch einmal genau, als müsse er das Offensichtliche überprüfen. »Aber du hast einen typisch Sygnaer Namen. Woher kommt deine Familie?«

»Wir sind schon sehr lange in Sygna«, murmelte Zach abwehrend.

»Lange im Sinne von ein paar Jahre oder im Sinne von ein paar Generationen?«

»Ein paar Generationen.«

»Warum ist deine Haut dann so dunkel? Man sollte doch denken, das züchtet sich raus.«

»Weil ... weil ... Ich weiß nicht«, flüsterte Zach und senkte den Kopf, weil er nicht wusste, ob er Wut oder Furcht oder Scham empfinden sollte.

»Dein Bruder ist heller. Ein Halbbruder?«, fragte der Offizier, als würde er nach einem Grund suchen, ihn als Lügner dastehen zu lassen.

»Nein. Er ist mein richtiger Bruder«, wisperte Zach und spürte, wie ihm das Blut ins Gesicht schoss. »Ich habe mich sicher nicht angemalt! Warum ... warum fragt Ihr das alles?«

»Nicht so frech!«, fuhr ihn der Offizier an. »Ich muss sichergehen, dass ich den Richtigen vor mir habe. Im Namen des Kaisers der Aquinzischen Nation und des Gouverneurs von Sygna bist du verhaftet, Junge.«

Zach öffnete den Mund und schloss ihn wieder. Nicht einmal das rührte an der Taubheit in seinem Inneren. Keine Frage stellte sich ihm, alle Fragen lagen müde inmitten all dieser Willkür. Er sah seinen Bruder an. Johannis kämpfte mit den Klauen eines ungesunden Schlafs. Er schien zu spüren, dass er aufwachen musste.

»Ich möchte bei ihm bleiben. Vielleicht stirbt er. Ist Eure Verhaftung so dringend?«, flüsterte Zach und fühlte, dass sich Tränen an die Oberfläche kämpften.

»Ich bin mit Heilern aus Sygna hier. Ich werde sie konsultieren. Wenn sie deinen Bruder auf die Beine kriegen, ist er ebenfalls verhaftet und wird dich begleiten. Wenn nicht, dann nicht. Zeit zu beten, Bursche. Wofür, das musst du selbst entscheiden.«

Der Offizier wandte sich ab und ging, und Zach versuchte, den Rat anzunehmen und zum Großen Handwerker zu beten, doch in seinem Inneren regte sich nichts. Und sein Bruder mit seinen Schmerzen und seinem von Wundbrand faulenden Bein schien ihm wie ein Beweis dafür, dass sie nichts als körperliche Kreaturen waren, deren Gedanken und Gefühle nur einen Irrtum der Natur darstellten.

Noch am selben Tag stellte ein Sygnaer Heiler seine Diagnose, sägte Johannis' Bein ab, versah den Knochen mit einem Zeichen, vernähte den Stumpf mit Hautlappen und fügte auch dort ein Zeichen hinzu.

Johannis hatte keine Kraft mehr zu schreien, doch Zach würde niemals das Zittern vergessen, das durch seinen Körper lief, und das schreckliche Geräusch, das in seiner Kehle rasselte. Er weinte und hielt Johannis' Hand, bis die Nacht ihn in dieselben rastlosen Träume schickte wie seinen Bruder.

Am nächsten Tag brachen sie mit einem Karren auf, und Zach musste Johannis alle zwei Stunden ein übelriechendes Gebräu einflößen, das ihn wieder zu Kräften kommen lassen sollte. Immer wieder wanderte sein Blick zu dem Bein, das über dem Knie abgetrennt war und wie ein nutzloses Anhängsel an Johannis' magerer Hüfte hing. Das Grauen füllte ihn so aus, dass er es ebenso wenig bemerkte wie die Luft, die auf seinen Schultern lastete.

Eine klare, sternenhelle Nacht lieferte Dawyd die perfekte Kulisse. Ismayl hatte dennoch zwei Lampen aufgestellt, vorsichtshalber, es konnte ja sein, dass der Fechter in seinem überbordenden Selbstvertrauen über die Kante in die Tiefe stolperte. Wenn auch Dawyd nicht aussah, als würde er jemals wieder stolpern.

Seit dem Brand, den die Besatzer an ihn gelegt hatten, war der Hultaturm marode, doch das Gewicht von zwei Menschen würde seine oberste Plattform nicht zum Einsturz bringen. Ziertürmchen an allen Ecken sorgten dafür, dass die flache Mitte dazwischen nicht gut eingesehen werden konnte. Die Treppen und Zwischenetagen unter ihnen waren so stark beschädigt, dass Ismayl sich geweigert hätte hochzusteigen, wenn er sich nicht zuvor bereits mehrmals mit Jendra hier oben hätte verstecken müssen. Doch auf dem Dach hatten die Flammen kaum Schaden angerichtet. Nur eine Häuserzeile trennte den Turm vom Schlangbecken und seinen majestätischen Brücken – Ismayl konnte von hier aus gut sehen, dass die umgestürzte Altmeisterstatue weggeräumt und noch nicht ersetzt worden war. Die Holzbrücke selbst wies zwar bereits neue Stützpfeiler auf, hing aber immer noch sichtbar schief. Es waren ja auch erst wenige Tage vergangen – aber was für Tage waren das gewesen!

Ismayl schlug eine neue weiße Seite seines Notizbuchs auf und schärfte umständlich den Federkiel.

»Bist du so weit?«, fragte Dawyd ungeduldig und hob mit theatralischer Geste ein Stück weißen Stoff in die Höhe, um sich die Augen damit zu verbinden. Ismayl blätterte kurz zurück und betrachtete die Kritzeleien des Abends. Er hatte mit einer Uhr und einer einfachen Strichliste die Anzahl an Schwertstreichen aufgezeichnet, die Dawyd in einer bestimmten Zeit in der Lage war auszuführen. Er hatte allerlei Obst geworfen, das Dawyd zerteilt hatte, bis hinunter zur Größe einer verdammten Himbeere. Dawyd hatte ihm die Namen der Schwerthuten diktiert – der traditionellen Ausgangsstellungen beim Fechten, die die Goldene und die Stählerne Gilde ihren Lehrlingen beibrachten. Ismayl hatte mitschreiben müssen, welches Gefühl Dawyd in einer bestimmten Hut hatte und ob er den Eindruck hatte, die traditionell überlieferten Positionen ließen sich noch zum Besseren korrigieren. Der Fechter hatte einen Holzklotz, eine Schilfmatte und sogar einen Schweineschinken mit Schnitten malträtiert. Er hatte hohe Sprünge geübt und weite, wenn auch die Größe der Turmplattform seiner Fähigkeit Grenzen setze. Er hatte versucht, seine neuen Erkenntnisse zu unterdrücken, und er hatte versucht, noch mehr herauszuholen, als sie ihm ohnehin schon gaben. Vor allen Dingen war er sehr kreativ, sehr interessiert (es ging schließlich um ihn selbst) und aufs Ermüdendste eitel. Ismayl hatte keinen blassen Schimmer, wie Dawyd all diese Dinge vollbrachte, doch er begann sich zu wünschen, er wäre einfach wieder der alte Dawyd, der ebenfalls schon schlimm genug gewesen war.

Etwas Tiefes, Verborgenes aus der Vergangenheit der Stadt – Ismayl gestand sich ein, dass er es eigentlich liebte, mehr darüber herauszufinden, doch Dawyds Art vergällte es ihm.

»Wirf etwas nach mir!«, befahl Dawyd ohne ein einziges Bitte und hob sein Schwert, blind mit der Augenbinde vorm Gesicht.

»Wäre das nicht zu einfach?«

»Ich bin blind!«

»Aber ich glaube, ich weiß schon, wie es ausgeht.«

»Das Zeichen ist in meinen Augen! Vielleicht wirkt es nicht, wenn ich blind bin«, beharrte Dawyd.

»Wir könnten etwas Spannenderes probieren.«

»Und was wäre das?«

»Wie wäre es mit: *Ich schlage dich mit diesem Stock?*«, schlug Ismayl vor.

»Das können wir machen. Aber vergiss nicht, zwischendurch aufzuschreiben, wie ich mich mache. Weißt du was, gib mir auch einen Stock. Ich will dir ja nicht wehtun.«

»Ja, bestimmt nicht«, murmelte Ismayl. Er war vielleicht auch einfach ungerecht. Natürlich musste Dawyd diese Fähigkeiten bis zu ihren Grenzen erproben. Natürlich musste jemand dabei sein, und Ismayl war sicherlich der Geeignetste. Und natürlich würde Dawyds neue Gabe den Rebellen von großem Nutzen sein. Und dennoch war es Ismayl, als würde der andere ihn mit jeder einzelnen Bewegung kränken. Natürlich strahlte Kilianna vom Kutschbock aus nicht ihn an, sondern Dawyd. Er sollte sich besser heute als morgen an den Gedanken gewöhnen, dass er Luft für sie war. Doch um in einer aussichtslosen Lage zu kapitulieren und sich jemanden zu suchen, der erreichbarer für ihn war – dafür war er zu sehr Dichter!

Er legte das Buch und die Feder beiseite, hob die Stöcke auf und warf Dawyd einen davon zu. Kurz sah es aus, als würde er Dawyd am Kopf erwischen, und schon schnappte schlechtes Gewissen nach ihm. Doch dann drehte Dawyd leicht den Kopf, mehr konzentriert nun auf den Gehör- als den Gesichtssinn, wie es schien. Seine Linke fuhr hoch und packte den anderthalb Meter langen Stab, bevor er ihm die Nase blutig schlagen konnte. Er steckte mit der Rechten das Schwert in die Scheide und wandte sich Ismayl zu.

»Dann schlag mich. Oder versuch's zumindest.«

Ismayl packte den hölzernen Stab mit beiden Händen und versuchte dabei, Dawyds Haltung – Hut – zu imitieren. Er konnte selbst ein wenig kämpfen, wenn auch mit einer einhändigen Klinge, denn längere waren niemandem außer den Mitgliedern der Fechtergilde in der Stadt gestattet. Aramaeis hatte darauf bestanden, dass er lernte, wie er sich zu schlagen hatte. Differenzen, die mit Waffen ausgetragen würden, gäbe es immer – besonders, wenn Frauen und Dichter involviert waren. Dass er selbst im Kampf sein Ende fände und sein Schüler mit dem Messer, an dem er ihn trainiert hatte, Besatzer tötete, das hatte er sich vermutlich nicht vorgestellt.

Entschlossen trat Ismayl einen Schritt vor. Dawyd schwang den Stab mühelos und tippte ihn mit einer abgestoppten Bewegung am Knie an.

»Ts. Erst den Schlag beginnen, dann den Schritt tun«, korrigierte er ihn. »Dann schützt das Schwert deine Bewegung.«

»*Du* übst hier, erinnerst du dich? Nicht ich!«

»Aber es ist doch besser, wenn ich dich daran hindere, weiterhin ein Stümper zu sein«, grinste Dawyd.

Ismayl schwieg und hieb, ohne auszuholen, nach Dawyd, um ihn von oben an der Schulter zu treffen.

»Das war besser. Ausholen ist der Tod, sagte mein Meister immer«, bemerkte Dawyd und parierte oberhalb seines Kopfes. »Und jetzt etwas schneller, wir sind ja nicht beim Wassertreten im Kurviertel!«

Ismayl gehorchte und schlug mal rechts, mal links, wieder und wieder ließ er die Schläge von oben, von der Seite, zum Kopf, zur Schulter und zur Brust auf Dawyd einprasseln. Er kam dabei nicht selten mit seinen eigenen Schritten durcheinander, während Dawyd keine einzige Parade versäumte.

»Wie machst du das, zur Hölle?«, zischte er außer Atem. »Du bist blind!«

»Dieses Ding da unten hat mich zum besten Schwertkämpfer der Welt gemacht!«, grinste Dawyd. »Ich bin der verdammt noch mal beste Fechter unter der Sonne!«

»Ich könnte kotzen!«, knurrte Ismayl.

»Was?«

Ismayl stieß mit der Spitze des Stabs auf Dawyds Brust zu – Stiche hatten sie nicht vereinbart, und Dawyd würde es wohl kaum schaffen, einen Stich zu parieren, aus dieser Distanz, mitten in einer Unterhaltung! Dawyd tat einen Halbkreisschritt zur Seite, lenkte Ismayls Stab ab und stieß ihm danach leicht mit dem eigenen Stab gegen den Adamsapfel.

»Au!«, protestierte Ismayl.

»Was hast du eben gesagt?«, knurrte Dawyd. »Was ist zum Kotzen? Dass ich uns alle aus der Scheiße ziehen werde? Dass ich schnell genug, stark genug, gut genug bin, um diese Stadt eigenhändig zu befreien?«

»Ach, und wie willst du das machen? Alle nacheinander mit einem *Schwert* töten, während deine Gegner Musketen zum Duell bringen?«

»Ich könnte es!«

»Du bist ein verdammter Idiot! Diese Art von Großspurigkeit nützt niemandem, dir nicht, Ignaz nicht …«

»Ignaz!«, spie Dawyd. »Er zögert! Er zaudert, dass man denken könnte, er arbeite für sie! Was ist, wenn der Rote ihn doch umgedreht hat? Wenn er das alles hier nur aufzieht, um fähigere Leute mit diesen kleinen unbedeutenden Missionen zu blockieren?«

»Meister Simeon war nicht unbedeutend!«

Dawyd machte einen abschätzigen Laut und musste danach einige harte Schläge parieren.

»Was, wenn ich sage, wir beenden die Besatzung hier und jetzt, gehen in die Höhlen und holen uns, was in diesen Sarkophagen ist, bevor sie die Chance dazu haben. Und dann treiben wir sie aus der Stadt! Warum zögern wir noch?«

»Niemand würde das lieber tun als ich! Was das Urzeichen der Dichter in unseren Händen bewirken könnte, Dawyd! Aber sie sichern die Höhlen mit zu vielen Soldaten!«

»Es gibt genug Leute, die uns helfen würden, wenn sie von jemand Fähigem angeführt würden!«, presste Dawyd hervor. Ismayl schlug hart gegen Dawyds Stab, wirbelte seinen in der Hand herum und wollte die Lücke nutzen – doch Dawyd war wieder schneller und traf Ismayls Hände.

»Au! Sie würden abgeschlachtet, und was ist, wenn wir Kilianna damit in Gefahr bringen? Wir sind die Einzigen, die wissen, dass es ihr Blut war, das diesen Sarkophag geöffnet hat! Wir dürfen sie da unten nicht in Gefahr bringen, solange es dort von Soldaten nur so wimmelt!«

»Wir brauchen Waffen, die etwas taugen«, sann Dawyd weiter. »Ich habe eine Idee, Ismayl. Wir plündern die Meister, diese verdammten Pfeffersäcke, die sich die Ärsche in ihren Villen breitsitzen! Wir machen einen Gleichwerkerumsturz und holen uns, was wir brauchen, um eine Armee auszurüsten!«

»Du bist irre!«

»Nein. Ich bin erleuchtet«, grinste Dawyd – es wirkte in dem spärlichen Sternenlicht wie das Lächeln eines Wahnsinnigen. Ismayl schlug noch einmal zu. Dabei jedoch rutschte sein Fuß aus, sein Stab stoppte in der Luft, und sein ganzer Körper richtete sich einmal auf und ging zugleich weiter in die Knie. Dawyd grinste noch breiter, während Ismayl sich fragte, warum er keine Kontrolle mehr über seine Muskeln hatte.

»Ich habe Lust auf etwas mehr Herausforderung«, sagte Dawyd leise.

»Was …?«, presste Ismayl hervor, doch dann sickerte ein

unbekanntes, aber nicht unangenehmes Gefühl durch seinen Körper. Er gab nach und beobachtete, wie es seine Muskeln spannte und seine Lungen weit werden ließ. Sein Blick richtete sich auf Dawyd, der mit einem konzentrierten Ausdruck im Gesicht und Anspannung im ganzen Körper in einer seiner Huten stand. Ismayl ließ den Stab in einem perfekten Halbkreis heruntersausen, tat dann erst den Schritt – welche Offenbarung, es funktionierte tatsächlich so viel besser! Dawyd parierte, doch Ismayl setzte mit einem Stich über den Stab und zur Brust hin und einem weiteren Halbschritt des vorderen Fußes nach. Mit atemloser Faszination überließ Ismayl sich dem fremden Willen in seinen Muskeln. Dawyd schob den Stich beiseite, er ging knapp über seine Schulter hinweg. Der Goldfechter trat aus der Linie heraus, schlug nach Ismayl, und Ismayl sperrte den Stab und drückte ihn hinab. Er grinste – über sein Grinsen hatte er noch selbst die Kontrolle. Dawyd wechselte die Hut, ließ die Spitze in einem raschen Kreis wandern und führte sie an sich vorbei, bevor Ismayl stechen konnte. Es ging vor und zurück und dabei berührten sich die Stäbe die ganze Zeit.

»Das Ewige Winden«, benannte Dawyd die Bewegung, und Ismayl bemerkte, dass er gleichzeitig dieselben Worte sprach.

Ismayl schüttelte fassungslos den Kopf. Dawyd kämpfte *mit* ihm! Zugleich durchfuhren ihn Erstaunen, Ehrfurcht und Angst – konnte er sich dagegen wehren, wenn er wollte?

Ungebeten stieg das Bild der von mehreren Musketenkugeln getroffenen Marjanna in seinem Geist auf – er hatte sie im Theater nur kurz gesehen, doch jetzt wurde ihm klar, warum ihr sterbender Leib sich weiter und weiter bewegt hatte: Dawyd hatte *mit* Marjanna gekämpft, mit ihrem Körper. Über Ismayls Angriffe übte er gerade eine kühle Kontrolle aus, während er im Theater Marjanna in Raserei gegen ihre Feinde geworfen hatte.

Gerade duellierte er sich mit sich selbst!

Ismayl kämpfte um Gewalt über seine eigene Zunge. Er war Dichter: Er fand sie sofort. »Ich … ich glaube, ich muss dir recht geben. Was du da gerade machst ... hat die Sonne jahrhundertelang ... nicht gesehen!«, brachte er hervor.

»Ist es wert, darüber eine Geschichte zu schreiben?«

»Oh ja«, grinste Ismayl, während sein Körper sich einem Tanz fügte, in dem Dawyd führte. »Aber du ... du musst vorsichtig sein. Du musst vorher nachdenken, Dawyd. Mach nicht den Fehler, zu zuversichtlich zu sein. Wir müssen das mit Elisabeda planen. Aber dann ... dann wird es eine große Geschichte.«

Dawyd nickte glücklich und grüßte sich selbst mit einer Bewegung seines Schwerts ab. In genau dem Moment, indem Ismayl es als unerträglich empfand, dass der Fechter die Kontrolle über seine Bewegungen hatte, entließ er Ismayl, der zurücktaumelte und einfach auf dem Hintern landete. Er blieb sitzen, und Dawyd riss sich die Augenbinde ab und kniete sich vor ihn hin, außer Atem, aber von einem Strahlen erfüllt.

Ismayls Unbehagen und Furcht legten sich langsam, er atmete durch. Er hatte Dawyd gewähren lassen, sagte er sich. Gegen seinen Willen hatte der Goldfechter keine Gewalt über ihn ...

*Oder doch?* Er sah Dawyd an, suchte nach Heimtücke oder Boshaftigkeit in seinen Augen und fand nur ein gewundenes blutrotes Zeichen und eine Begeisterung, die ansteckend war.

»Wir können das machen! Wir können es schaffen!«

Ismayl nickte schwach und fuhr sich mit den Händen übers Gesicht. Er hasste den Goldfechter immer noch, doch ein Funken Begeisterung war dabei, in ihm etwas Größeres zu entzünden. Er lachte. »Du hast diesen Herzschlag schon vor der Kammer gehört, sagst du. Vielleicht bist du vom Urzeichen genau zu diesem Zweck auserwählt worden – um diese Stadt zu befreien.«

Dawyd nickte ernst, doch dann schüttelte er den Kopf, wie um die Verantwortung abzuschütteln, die dies mit sich brächte. »Oder weil ich der verdammt beste Fechter dieser Stadt bin!«

»Oder aufgrund deiner grenzenlosen Bescheidenheit!«, spottete Ismayl und grinste nun doch auf ehrliche Weise begeistert. Vergangenheit und Gegenwart dichteten gerade eine Zukunft, die sich zu besingen lohnte. »Wir können es schaffen. Aber nicht allein, selbst du nicht. Selbst du kannst nicht alles allein bewerkstelligen, Dawyd. Du bist der Arm, lass andere das Hirn sein!«

»Hah«, brach es aus Dawyd heraus. »Es war mir schon immer klar, dass das Maul nie das Hirn genannt würde!«

Neigel konnte mit niemandem über die Zweifel sprechen, die ihn umtrieben. Er traute sich nicht, mit jemandem darüber zu sprechen, dass das Buckelviertel kein guter Ort war, um sich zu verstecken, dass Worte von Mund zu Mund und zum Ohr des Falschen getragen werden konnten, dass es sich vielleicht nur um wenige Straßen handelte, die sie weiterwandern mussten: Denn unweit vom Buckelviertel hatten sie sich häufiger getroffen, Iphram und er. In der Hühnergasse.

Er setzte ein paar Mal dazu an, Ismayl oder Ignaz zu sagen, was er vermutete. Es war ja nichts dabei. Er musste ja nicht zugeben, dass er mit seinem Informanten geschlafen hatte. Er musste seinen Kameraden nur mitteilen, wie seine Quelle hieß und wo er ihn für gewöhnlich traf. Wenn auch »Ich treffe mich für gewöhnlich mit ihm im *Verlorenen Stern*, in dem man auch stundenweise Zimmer mieten kann« in ihren Ohren vielleicht verdächtig geklungen hätte – sie hätten nicht geurteilt. Nicht über ihn. Aber ganz sicher hätten sie Iphram eine Falle gestellt, um herauszubekommen, wer er war und von wem er die Informationen über das Theater hatte.

Ignaz hatte nach Neigels Informanten gefragt, unter vier Augen, als kein anderer mithörte. Ignaz war es immer am liebsten, wenn jeder seine eigenen Geheimnisse bei sich behielt. Er hatte gefragt, wer sein Informant war und für wie vertrauenswürdig Neigel ihn hielt, was genau er am Theater gearbeitet hatte. Er hatte keinen Namen erfragt und keinen Treffpunkt.

Neigel hätte ihm beides freiwillig sagen können. Er hätte sich diese Bürde, die ihn nachts wachliegen ließ, von der Seele reden können. Aber was, wenn er sich irrte? Wenn er Iphram in große, vielleicht tödliche Schwierigkeiten brächte?

Nein, er musste es selbst klären, er musste sich selbst davon überzeugen, dass alles anders war, dass es der Hall des großen Theatersaals, der Schock, die Hilflosigkeit gewesen waren, die ihn hatten glauben lassen, Iphram könne ein Verräter sein. Oder Schlimmeres.

Es waren bereits vier oder fünf Tage seit dem Kampf im Theater verstrichen, und wie schon an den Abenden zuvor trieb sich Neigel in der Hühnergasse am Rand des Buckelviertels herum – hier, wo noch heruntergekommene Häuserblocks standen anstelle von verlotterten Hütten. Die Gegend war belebt, aber nicht auf die gute Weise. Alles mögliche Gesindel trieb sich hier herum. Jedenfalls scherte sich niemand darum, dass er eine Armbrust mit sich trug. In jedem Stiefel hier fand sich ein Messer, und selbst die, die keine Stiefel besaßen, konnten aus ihren Lumpen eine Klinge hervorzaubern.

Neigel wollte gerade den Entschluss fassen, sich wieder in ihr Versteck zurückzuziehen, als er Iphram zum ersten Mal wiederentdeckte. Er trat zwischen zwei Gebäuden hindurch auf die Hühnergasse und sah nachdenklich zum *Verlorenen Stern* hoch, der über der Eingangstür der Spelunke prangte.

Er betrat die Kaschemme nicht. Er schien unruhig, besorgt. Den Kopf mit dem roten Haar hatte er zwischen die Schultern gezogen. Er wandte den Blick vom Eingang ab und ging die Straße hinunter.

Sah so ein Verräter aus? Oder einfach jemand, der sich sorgte? Neigel konnte es nicht sagen und behielt ihn einfach im Auge. Iphram war wie stets gut, aber unauffällig gekleidet. Er wanderte rastlos in der nach einigen warmen Tagen kälter werdenden Abendluft herum, wurde von Bettlern und Straßenhuren angesprochen und lehnte es ab, mit beiderlei Sorten Gesindel zu sprechen. Er fragte niemanden nach Neigel, er schlenderte lediglich über den Hahnenbogen, die einzige breitere Straße des Viertels, die gesäumt war von kleinen, ranzigen Garküchen und Straßenkindern, die Dinge aus ihren Mänteln heraus verkauften. Neigel beobachtete ihn, die Hand an der Armbrust.

*Wenn du es bist. Wenn du mich für dumm verkauft hast. Wenn du gemacht hast, dass ich mich in dich verliebe. Wenn du meine Freunde töten wolltest. Dann bringe ich dich um. Ich bringe dich um.*

Entschlossen hallten die Worte durch seinen Kopf, doch sie trafen auf Widerstand. Neigels Herz schlug nachdrücklich, seine Sicht begann zu verschwimmen, nur die Gestalt im unauffälligen grauen Rock war klar. Iphram blieb bei einer der Garküchen stehen, sah mit hochgezogenen Augenbrauen in die große fettige Pfanne und wandte sich dann ab.

Sein Blick ging genau in Neigels Richtung. Die Straße lag wie leergefegt zwischen ihnen, auf der ganzen Länge einer moosbewachsenen Mietskaserne trieb sich niemand herum. Neigel hob die Armbrust mit schweißnasser Hand. Sie war gespannt – er hatte sich schon vorher gedacht, dass er zu keinem klaren Gedanken, zu keinem koordinierten Handgriff fähig sein würde, wenn der Moment erst einmal gekommen war. Er rang nach Luft. Der kurze, metallene, hoffentlich tödliche Bolzen zeigte nach vorn.

Iphram streckte die Hände aus, einen Ausdruck von Entsetzen im Gesicht.

Neigel trat langsam näher. Er sollte jetzt schießen. In diesem einen Moment war er sich völlig sicher, ohne dass er eine Beichte benötigte oder eine weitere Unterhaltung. Die Größe, die Statur, die Art und Weise, wie er sich umgewandt hatte – das alles passte zu jenem Mann auf der Empore. Das rote Haar, die gefällige Stimme passte genau zu dem, den man den Roten nannte.

Doch er zweifelte. Was, wenn er sich irrte?

»Gib es zu«, bat er und krümmte die Hand um den langen Abzug. Jemand schrie. Der Mann mit der Garküche verließ seinen Stand und sprang in den nächsten Hauseingang.

»Ich bin so froh, dass du lebst!«, sagte Iphram gepresst, ohne die leiseste Spur eines aquinzischen Dialekts in seiner Stimme! Wie konnte man einen Dialekt einfach fallenlassen?

»Du hast mich reingelegt!«, platzte Neigel heraus. »Du hast mich verraten!«

Iphram schloss die Augen und schüttelte schicksalsergeben den Kopf. Dann öffnete er sie wieder, und Neigel war nun so nah heran, dass er etwas Seltsames im Blick des anderen wahrzunehmen glaubte. Seine Augen wirkten anders, als er sie kannte, und das verwirrte ihn vollends. War das hier am Ende gar nicht Iphram? Und hatte Iphram ihn nun verraten oder nicht?

*Ist Iphram Rufin der Rote?*, hämmerte es in seinem Kopf, doch weder er noch die Armbrust kannten die Antwort auf diese Frage.

»Lass es mich erklären«, begann Rufin. Iphram. Neigel schüttelte erbost den Kopf. »Lass die Waffe sinken und hör mir zu. Hör mir gut zu. Du liebst mich doch, oder?«

*Ich liebe dich*. Der Gedanke war sonnenklar. Hell, wunderschön, warm. Neigel spürte, wie diese Klarheit in ihn hineinsickerte mit einer plötzlichen Gewissheit, einer Wirklichkeit, die er nie zuvor gekannt hatte. Er schluchzte auf und ließ die Waffe los, sie baumelte an ihrem Gurt um seine Brust und schlug schmerzhaft gegen sein Bein. Iphram kam auf ihn zu und umarmte ihn. Ja, etwas war mit seinen Augen, doch das war nun egal, alles war egal. Iphrams Gegenwart füllte ihn mit etwas, das ihn überfahren würde wie eine Kutsche, wenn er nicht zuließ, dass es von ihm Besitz ergriff. Er presste den schmaleren Mann an sich, vergessend, dass sie auf offener Straße standen. Vergessend, dass jeder noch so heruntergekommene Säufer Steine nach einem Mann werfen würde, der einen anderen Mann liebte.

»Ich liebe dich«, flüsterte er in Iphrams Haar.

»Ich weiß«, murmelte er. »Lass uns gehen. Ich habe Einiges mit dir vor.«

Neigel nickte und schluchzte noch einmal, seine tiefsten Sorgen lagen darin – und waren danach vergessen.

Gouverneur Tranquils kalter, rasch aus Holz gezimmerter Empfangsraum ließ die Annehmlichkeiten der Heimat vermissen: die luftige, hohe Architektur, die Wärme der Luft und, wenn die nicht ausreichte, die Fußbodenheizung. Diese Festung war das letzte Loch, kein Wunder, dass die Sygnaer sie hatten verkommen lassen. Naronne, die aquinzische Hauptstadt, war ganz und gar nicht wie dieses dunkel gemauerte Sygna. Sie lag etwas weiter im Süden, das Wetter war besser, der Stil der Gebäude und Straßen heller, weiter. Da keine Mauer und keine Verbote ihr Ausmaß beschränkten, war die aquinzische Hauptstadt weniger verwinkelt und streckte sich am Ufer eines azurblauen Meeres aus wie ein perlmuttfarbenes Meerestier, das von den Wellen an Land gehoben wurde. Doch Naronne besaß zwar Bibliotheken voll Wissen, Akademien voll Gelehrter und Paläste, in denen sich die Aristokraten vor Kaiser Yulians Gleichmachungsbestrebungen verkrochen, aber es mangelte dort an Zeichen. Gezeichnete Ware gab es bislang nur als begehrte Importe. Eine Tatsache, die sich bald ändern würde. Doch bis dahin regierte Gouverneur Tranquil übergangsweise in einer Stadt im Ausnahmezustand. Vielleicht sogar im Kriegszustand.

Nein, leider konnte man so weit nicht gehen. Wenn Kriegszustand herrschte, überlegte Rufin, der mit elf aquinzischen Beratern an der Tafel des Gouverneurs saß, dann könnte er seine Probleme ganz anders lösen. Dann hätte er eine ganz andere Handhabe. Andererseits war er Agent der Geheimpolizei. Läge es überhaupt in seiner Natur, mit offenen Karten zu spielen?

Er hatte sich an die schattigste Seite des Tisches gesetzt, sodass man im spärlichen Licht die Merkwürdigkeit seiner Augen nicht sah. Er hatte nur mit Lafayet über seine Erkenntnis gesprochen. Das Ausmaß seiner neuen Fähigkeiten durfte er nur langsam und im Verborgenen erproben, es konnte ihm gefährlich werden, wenn der Gouverneur oder der General fürchten mussten, er würde in ihre Entscheidungen eingreifen.

»Wir haben neue Erkenntnisse über die Behältnisse in den Höhlen«, begann Lafayet nun das dritte Thema auf der Tagesordnung. General Tourni und der Gouverneur lehnten sich vor, die Ellbogen auf der rohen Tischplatte.

Lafayet sah nicht zu Rufin hinüber, der äußerlich gelassen zurückgelehnt sitzen blieb. »Die dreizehn Behälter sind Zeugnisse vergangener Verbrechen. Ich habe die meisten Überlieferungen zu Sygna studiert, die an der Naronner Universität zu finden sind. Das Problem gestaltet sich derart, dass ich bisher nicht sagen konnte, welche davon unser Rätsel beschreiben, welche davon sich auf etwas anderes im Untergrund beziehen und welche davon frei erfunden sind, vielleicht auch zur Dämonisierung der alten Meister und ihres hierarchischen Systems. Ihrer … Tyrannei, würde unser geliebter Kaiser sagen. Meine Forschung nun ergab Folgendes: In der Vorzeit von Sygnakus, und wir reden hier von sicherlich anderthalb-, zweitausend Jahren, gab es die Träger der Urzeichen als menschliche … Avatare dieser uralten Kraft.«

»Urzeichen?«, warf Tourni ein. »Was soll das sein?«

»Nun, der Sage nach, und das ist Allgemeingut, General, brachten die dreizehn Altmeister der Stadt die dreizehn Urzeichen. Aus der Tiefe des Bleibergs, so heißt es. Dreizehn … Rohformen, aus denen all die anderen Zeichen entwickelt wurden, die Sygna zu solcher Größe verholfen haben. Die Altmeister starben oder … transzendierten oder was auch immer man glauben mag, doch die Urzeichen suchten sich immer wieder neue menschliche Träger, die wie Schirmherren und Mentoren waren. Sie nahmen Meister und Gesellen unter ihre Fittiche, bildeten aus, entwickelten Neues und herrschten aufgrund ihrer Fähigkeiten uneingeschränkt über ihr jeweiliges Handwerk.«

Ein kurzer, verräterischer Blick zu Rufin, dem das Herz bis zum Hals klopfte. *Herrschten uneingeschränkt*, hallte es in ihm wieder. Wollte er das überhaupt? Er war kein Herrscher – er war Diener der Revolution, des Kaisers, einer neuen Ordnung.

»Doch die Urzeichen wählten ihre Träger, ohne dass Menschen darauf Einfluss nehmen konnten, und als das Zunftsystem entstand und sich die Hierarchie der Meister gegen die alten

Strukturen durchsetzte, sorgte es immer mehr für Unmut, dass die Zeichen sich wahllos in Menschen manifestierten, also auch in nunmehr Niedriggeborenen. Es kam zu Morden an Zeichenträgern, sogar zu Hinrichtungen. Es wurden ganze Familien ausgelöscht – ein dunkles Kapitel der Stadtgeschichte. Doch die Urzeichen hatten ihren eigenen Willen und ließen sich nicht in das entstandene System pressen.«

Lafayet machte eine kurze Pause und blätterte durch seine Notizen, als suche er etwas, von dem er wusste, dass es sich nicht darin befand.

»Was dann geschah, kann ich nicht genau sagen, meine Studien geben es nicht her. Ich spekuliere nur sehr ungern, aber so viel kann ich vielleicht sagen: Die Urzeichen wurden ihren Trägern auf eine Weise entrissen, die es möglich machte, sie, die eigentlich keine fassbare Substanz hatten, einzusperren. Wir haben zwei der Behältnisse in den Höhlen geöffnet und gehen davon aus, dass das, was darin lag, Herzen waren. Oder Hirne. Menschliche Organe, so vermuten wir auf jeden Fall. Leider sind sie sofort zu Staub zerfallen.« General Tourni hob zu einer Frage an, doch Lafayet sprach rasch weiter: »Der Weg dorthinunter gestaltete sich ... schwierig, doch nicht unmöglich, und auch die Inschrift legt nahe, dass die alten Meister, die diese Herzen ... verborgen haben, es sich offenhalten wollten, die Urzeichen wieder zu bergen, sollten sie sie brauchen. Leider ging jedoch das Wissen darum verloren, und die sogenannte Verkehrte Stadt ist im Geist der Sygnaer mit einem solchen Bann und so viel Aberglauben belegt, dass sie sie seit Jahrhunderten meiden.«

»Man brauchte also uns, um diesem Geheimnis auf die Spur zu kommen«, sagte der Gouverneur. »Sehr gut gemacht, Herr Lafayet!«

»Danke«, nickte Lafayet.

»Wenn diese Herzen zerfallen sind, was bedeutet das für die Urzeichen?«, warf der General endlich seine Frage ein.

Lafayet sandte Rufin erneut einen beunruhigten Blick. »Mutmaßlich, dass sie sich Träger gesucht haben.«

Der General hob seine buschigen Augenbrauen und erwiderte nichts. Auch der Gouverneur zögerte. »Wie viele sind geöffnet worden?«

»Zwei, Sire. Wort und Blut.«

»Was bedeutet das?«, wiederholte der General.

»Das bedeutet«, sagte Rufin leise, »dass die Ereignisse im Theater rund um den Goldfechter Dawyd Iackmar darauf zurückzuführen sind, dass Iackmar der Blutzeichenträger ist.«

Ein Einatmen ging durch die zwölfköpfige Versammlung.

»Ich befehle, dass die weiteren Behältnisse geschlossen gelassen werden!«, brach der Gouverneur das entsetzte Schweigen.

Lafayet nickte. »Wir wissen noch nicht, wie die Zeichen sich die Träger suchen. Die Aufzeichnungen behaupten, dass man es auch nicht wissen könne, doch wir haben Grund zu der Annahme, dass Iackmar unten in den Höhlen war. Es ist also möglich, dass es auf denjenigen übergeht, der das Behältnis öffnet ... Doch das glaube ich nicht.«

»Möglich, aber Ihr glaubt es nicht?«, fragte der General mit einem deutlichen Poltern in der Stimme.

»Möglich, aber nicht sicher, ganz genau«, gab Lafayet zu.

»Das heißt, wir können nicht ... entscheiden, wer solch ein Zeichen erhält?«, fragte Tranquil.

»Das war ja der Grund, warum die Zeichen versteckt wurden«, erwiderte Lafayet.

»Werden sie sich auf jeden Fall Sygnaer suchen?«, hakte der Gouverneur nach.

»Auch das kann ich nicht mit Sicherheit sagen, Sire«, sagte Lafayet zögernd und mit einem weiteren kurzen Aufflackern seines Blicks in Richtung Rufin. »Aber ich vermute, dass die Urzeichen sich nichts aus Abstammung machen.«

»Dann findet es genauer heraus!«, bellte der General, der zur Rechten des Gouverneurs in seinen Launen oftmals wirkte wie dessen Wachhund. Ein muskelbepackter, bulliger Wachhund.

»Hinzu kommt, dass wir die Behältnisse ohnehin nicht öffnen

können«, fuhr Lafayet fort. »Die alten Gildenmeister verschlossen sie so, dass nur jemand von ihrem Blut sie öffnen kann.«

»Gütiger Gott«, seufzte Gouverneur Tranquil. »Und wie lässt sich herausfinden, wer vor Tausenden von Jahren diese verdammte Stadt regiert hat?«

»Das ist einfach«, sagte Rufin leise. »Es sind die gleichen Leute, die es auch heute tun. Die Etablierung der Weltordnung hat sich lange gehalten. Das Blut, das zwei der Behältnisse geöffnet hat, stammt von einem Mitglied der Familie Erdhand.«

Die Blicke aller richteten sich auf ihn.

»Was?«, entfuhr es Lafayet. »Ich dachte, Iackmar selbst ...«

»Ich habe einen Informanten im inneren Kreis der Rebellen«, sagte Rufin glatt. »Ich weiß, dass es das Blut der Erdhands war. Und die Tochter des *Großgildenmeisters«*, er sprach das Wort mit Spott, »hatte eine Verletzung an der Hand, als ich sie zuletzt sah. Ich bin überzeugt davon, dass sie mit Iackmar im Bunde ist.«

»Dann sollten wir sie verhaften!«, knurrte General Tourni, und mehrere Köpfe nickten.

»Nein«, sagte der Gouverneur, »das geht nicht.« Er trommelte mit den Fingern der flachen Hand auf dem Tisch, während sein Blick von einem zum anderen wanderte. »Zachari Erdhand ist ein Verbündeter in unserem Bestreben, diese Stadt zu regieren und zu einem Teil der Aquinzischen Nation zu machen. Wenn wir seine Tochter verhaften, verlieren wir ihn, und dann verlieren wir den Frieden in dieser Stadt.«

»Aber wenn sie eine Verbrecherin ist ... oder Beihilfe zu Verbrechen leistet«, rief Tourni.

»... dann wird sie dafür zur Rechenschaft gezogen. Aber nicht heute. Nicht jetzt, zu diesem Zeitpunkt. Wir haben eine fähige Geheimpolizei. Lasst sie beschatten, Commissaire, vielleicht nützt sie uns so noch mehr als im Gefängnis. Wir wollen die Behältnisse ohnehin noch nicht öffnen, ohne dass wir mehr über sie und ihren Inhalt wissen. Herr Lafayet hat die Erlaubnis, nach Naronne aufzubrechen, um mehr über die Urzeichen herauszufinden. Erst wenn wir uns ganz sicher sind, was wir tun, werden wir die anderen elf Behältnisse öffnen.«

»Weiß man schon, wer das Zeichen des Wortes besitzt?«, fragte General Tourni. »Selbst als ein Mann des Militärs weiß ich, dass Worte manchmal mächtiger sein können als Waffen, besonders in dieser Stadt.«

Lafayet sah Rufin auffordernd an, ein Blick, der zum Glück von den nun leise unter sich redenden Beratern übersehen wurde.

»Ich habe die Information, dass das Wortzeichen außer Reichweite der Rebellen ist.«

»Möchtet Ihr diese Information vielleicht teilen?«, knurrte der General.

»Als Commissaire der Geheimpolizei ist es meine Aufgabe, mit meinen Informationen zum Wohl aller zu haushalten. Ich werde sie teilen, wenn ich weitere Nachforschungen angestellt habe«, sagte Rufin und ließ ein wenig zuversichtliche Ruhe in seine Stimme fließen, ein wenig leise Überzeugungskraft. Der General nickte, seine Augenbrauen entspannten sich.

»Natürlich, Commissaire Rufin. Wir vertrauen Euch in dieser Angelegenheit.«

»Danke«, sagte Rufin und deutete ein höfliches Nicken an.

Als die Sitzung beendet war, gingen Rufin und Lafayet gemeinsam hinaus.

»Ich denke, ich werde tatsächlich zu Nachforschungszwecken nach Naronne zurückgehen«, sagte der Geologe.

»Ich wünsche dir Glück und Erkenntnisse, Aquinçois«, erwiderte Rufin. »Wenn du zurück bist, wird es Wege geben, das Erdhand-Mädchen ohne größeren Aufruhr zum Spenden ihres Bluts zu bewegen, da bin ich mir sicher.«

»Solange sie frei herumläuft, sollte der General alles dafür tun, dass die Höhlen bewacht sind. Vor allen Dingen vor dem Träger des Blutzeichens.«

»Ich hörte, dass er bereits Sprengfallen plant. Und die Anzahl der wachhabenden Musketiere verdoppeln lässt. Kugeln wird der Fechter kaum ausweichen können. Wir werden ihn im Zaum und die Behältnisse verschlossen halten«, versprach Rufin. »Wir werden nicht das Risiko eingehen, dass diese Zeichen dem Falschen … *ins Auge gehen.*«.

Lafayet gestattete sich ein Lächeln und nickte dann.

»Du solltest erwägen, es dem Gouverneur zu sagen«, murmelte er.

»Das sollte ich. Aber nicht, wenn seine Berater und der General dabeisitzen«, versprach Rufin. »Deine Schilderung von Assassinationen waren doch sehr lebendig.«

»Aber doch nicht an dir, Lysandre. Das würden sie niemals wagen.«

»Die Rebellen werden ihre Augen und Ohren auf die Bleibergfeste gerichtet haben. Je weniger es wissen, desto besser.« Und damit grüßte er den Forscher zum Abschied und befahl sich auf dem Appellplatz eine Kutsche, die ihn zum Zunftgefängnis bringen würde. Ein Besuch bei den Dichtern klang nach den jüngsten Ereignissen vielversprechend. Diesmal hätten sie sich wahrlich Einiges zu sagen …

# Kapitel IX

Jendra sah Ismayl von der Seite an. So kannte sie ihn gar nicht. So entschlossen. Nein, nun tat sie ihm Unrecht: Sie kannte ihn entschlossen, aber häufig begleitete ihn Resignation. Als sei er entschlossen weiterzumachen, bis er gegen eine Wand lief, aber als wisse er in seinem Inneren bereits, dass die Wand unweigerlich kommen würde. Nun wirkte er, als habe er einen Weg die Mauer hinauf gefunden.

Hinter einer Mauer befanden sie sich gerade. Die Nacht war Jendras Freund, doch die Aquintianer schienen ebenfalls der Ansicht zu sein, dass die Nacht ihnen wohlgesonnen war. Sie wussten noch nicht, dass sich die Nacht, sollte sie im Konflikt stehen, auf Jendras Seite schlagen würde. Jendra schielte durch die brüchige Mauer hindurch. Sie hatte wieder einmal einen sehr schönen, verwinkelten neuen Pfad entdeckt. Die Manufakturen wurden nun doppelt und dreifach gesichert, Jendra hatte von hier aus einen guten Überblick.

Das Schmieden eines Schwerts, die Verkehrte Stadt, das Theater, die Zeichen hatten Elisabeda zu sehr beschäftigt, als dass sie sich darüber hätte Gedanken machen können, was gegen die Manufakturen getan werden musste, und ihre Feinde hatten dies, wie üblich, genutzt, um aufzurüsten. Das ehemalige Weberviertel wurde nun taghell erleuchtet, stärker patrouilliert, alle Zugänge zu den Manufakturen wurden bewacht, und Baracken für die Arbeiter wurden errichtet, damit diese sich gar nicht mehr aus dem Bezirk entfernen mussten. Essen, schlafen und arbeiten, alles an derselben Stelle. Und keiner redete mehr bierselig dummes Zeug in Tavernen. Nun hatte Elisabeda in den vergangenen Tagen wieder die Beobachtung des Viertels angeordnet und sann darüber nach, was zu tun war. Es war kein Geheimnis mehr, dass die Besatzer etwas mit den Heilern planten. Diese waren in ihren Häusern, doch sie standen weiterhin unter Hausarrest, zu ihrer eigenen Sicherheit, hieß es. Arbeiter bauten gerade an einer neuen Halle für sie auf den ruinösen Grundmauern mehrerer Weberbetriebe.

In dieser Nacht war besonders viel im Weberviertel los. Hier wurde nicht einfach nur ein Neubau überwacht – hier fand etwas statt, doch Jendra konnte noch nicht sagen, was.

Ismayl begleitete sie, was einerseits gut war, denn ein bisschen Gesellschaft war immer willkommen, und so ging sie sicher, dass sie nicht wieder von einem Schloss in eine Musketenmündung aufblicken würde. Aber andererseits war es schlecht, denn er konnte sich bei Weitem nicht so lautlos und über solch prekäre Hindernisse bewegen wie sie. Natürlich hatte sie zur Not ihr Verborgenes Zeichen, doch es zu wirken strengte sie auf Dauer so an, dass sie es selbst vorzog, auf ihre eigene Art und Weise verborgen zu bleiben.

Immerhin hatte sie am Tag zuvor einen Weg hierher ausgekundschaftet und dafür nur ihrer geheimen Leidenschaft fürs Schlösserknacken frönen müssen. Ihr neuer Weg führte in ein von Obdachlosen besetztes Haus an der Grenze zum Weberviertel. Dessen Speicher war abgeschlossen, doch niemand schien dieser Zustand weiter zu stören oder gar neugierig zu machen, außer Jendra, die hinter jede Tür blicken musste. Wenn man in den Speicher kroch, konnte man aus einer Luke auf das flache Dach und von dort aus in ein altes Kontor kriechen, in dem mottenzerfressene Tuche gelagert wurden. Auch dieses Haus war abgeschlossen – kein Hindernis für Jendra, die über den Dachstuhl eingedrungen war. Von dort aus konnte sie ins oberste Stockwerk hinabklettern und durch einen Mauerriss über die provisorische hölzerne Umfriedung des Weberviertels auf die Baustelle der Manufakturen blicken.

Außerdem war der Riss in der Mauer des Kontors so schmal, dass sie sich nah an Ismayl drücken musste, der nie etwas dabei zu finden schien. Er bemerkte es vielleicht nicht einmal, und sie fand, er war schön warm und nicht annähernd so schmal und verfroren wie sie selbst. Sie blickten hinaus.

»Hat der Neubau etwas mit den Heilern zu tun?«, fragte Ismayl. »Schicken sie bald gezeichnete Heilmittel zur Front?«

Jendra schüttelte unwillig den Kopf, eine Bewegung, die er sicherlich spürte, und deutete auf eine Gasse zwischen zwei Hallen der Webermanufakturen.

»Siehst du die da unten? Die Frau im dunklen Mantel?« Jendra erkannte sie, sie war eine der wenigen Frauen, die in den Gilden zu etwas geworden waren. Nur die Heiler und Alchimisten nahmen offiziell auch Frauen auf.

»Ja.«

»Das ist Ignaz' *Freundin.*«

»Welche Art von Freundin hat Ignaz denn?«, grinste Ismayl wenig überzeugt.

»Die Art von Freundin, die sich damals hat weichklopfen lassen und zu den Aquintianern übergelaufen ist. Abigil Sulfadur.«

»Ah. Diese Art Freundin«, sagte Ismayl, und sie hörte, dass er mit den Zähnen knirschte. Jendra wusste, dass es eine besonders unrühmliche Tat gab, die diese Frau sich aufs Gewissen geladen hatte: Sie hatte das Versteck der untergetauchten Dichter verraten.

»Und der da auf der anderen Seite, der gerade diesen Kerl anraunzt – das ist Meister Malachias. Er darf anscheinend wieder mitspielen, obwohl ich ihn doch unter Generalverdacht gestellt habe, als ich mit seinem Kram die Brücke gesprengt hab.« Als sie spürte, wie Ismayl sich neben ihr anspannte, fiel ihr auf, dass sie zu unbekümmert darüber sprach. »Was mir leid tut … wegen Simeon. Wirklich.«

»Schon gut«, sagte er. »Sag mal, Schmal…« Sie mochte es, wenn er sie bei ihrem Spitznamen nannte. »Wonach sieht das da unten aus?«

»Da werden nicht nur Tuche und all so was hergestellt. Das, was die da verladen, ist alchimistisches Zeug. Sprengmittel, wette ich«, grinste sie. »Werfen wir etwas Brennendes rein und machen ein Feuerwerk?«

»Nein«, brummte Ismayl. »Wirklich, ihr könntet alle mal ein bisschen mehr nachdenken!«

»Dafür haben wir doch dich und Elisabeda«, schmeichelte Jendra.

»Im Schutz der Manufakturen verladen sie Sprengsätze.« Ismayl starrte nachdenklich durch die Lücke im maroden Mauerwerk. »Was wollen sie damit? Etwas in der Verkehrten Stadt sprengen? Vielleicht sogar die Höhlen zum Einsturz bringen? Oder bringen sie es zur Front und statten damit ihre Soldaten aus?«

»So oder so wollen wir das nicht, oder? So oder so können wir die Sprengmittel viel besser gebrauchen, nicht wahr?«, fragte Jendra.

Ismayl musterte sie, sein Gesicht sehr nah bei ihrem. Sie konnte seine Augen im Sternenlicht glänzen sehen. Natürlich war er wie ein großer Bruder für sie. Außerdem musste man schon mehr oder weniger blind sein, um sich in Ismayl zu vergucken, wenn er Dawyd als Konkurrenz hatte. Sofort fühlte sie sich schlecht, obwohl es natürlich nur Gedanken waren, und diese gehörten ihr allein.

»Wir sollten vielleicht zuerst hören, was Dawyd dazu sagt«, meinte Ismayl, als habe er doch in ihre Gedanken geblickt. Jendra durchzuckte kurz die Angst, die jeder heimlich vor den Dichtern hegte: Vielleicht konnte er Einfluss auf ihren Geist nehmen?

»Dawyd?«, fragte sie zaghaft.

»Dawyd hat vielleicht … ist vielleicht … Hm.« Ismayl schwieg kurz. »Jendra, ich glaube, er hat sich verändert.«

»Ja, das ist mir aufgefallen. Dieses … Zeichen hat ihn verändert«, zischte sie so leise, als könnten allein die Worte etwas aus der Tiefe heraufbeschwören.

»Aber er ist auf eine andere Weise … entschlossen als Elisabeda und Ignaz. Ich kann dir etwas prophezeien, Schmal.«

»So was kannst du?«

»Wenn wir Ignaz und Elisabeda sagen, dass dort unten zwei Alchimiemeister – mindestens zwei – ihre Waren in aller Heimlichkeit an die Aquinzacken verhökern, dann sagen sie, dass wir beobachten und nichts tun sollen. Weil auch diese Alchimiemeister, selbst diese verfluchte Verräterin Abigil, Sygnaer sind und wir uns keinen Gefallen tun, wenn wir Sygnaser angreifen oder schädigen und so weiter und so fort.«

»Und was orakelst du, wird Dawyd tun wollen?«

»Ich weiß es nicht genau. Aber ich denke, es wird entweder etwas sehr Lautes zur Folge haben, schön bunt und gleißend hell – oder wir werden etwas verstecken, um später darauf zurückzugreifen. Aber diese Wagenladungen werden nicht in die Hände unserer Gegner fallen, wenn er das Kommando hat. Hätte …«

*Hätte, hätte, Zunftratskette*, dachte Jendra. *Elisabeda ist der Hauptmann. Nicht Dawyd.*

Dawyd war gerade einmal ein Fußsoldat wie sie. Aber er hatte jetzt dieses Zeichen in den Augen, und wenn Jendra das richtig verstand, machte ihn das vom Rebellen auf Probe zu einem der wichtigsten Menschen der Stadt. Sie grinste.

»Dann sollten wir uns beeilen und es ihm erzählen«, murmelte sie, und als wären ihre Muskeln schneller als ihr Geist, war sie bereits aufgesprungen.

Sie würden es erst ihm erzählen. Und dann Elisabeda. Und dann sollte sie Ignaz überzeugen. Oder … vielleicht würden sie auch mit Dawyd allein etwas entscheiden. Wer wusste schon so genau, was die Nacht noch bringen würde?

Ismayl sah Dawyd von der Seite an. Der Fechter musterte einen Punkt an der Mauer vor ihnen, und wie sehr er nachdachte, sah Ismayl daran, wie sich seine Lippen unwillkürlich bewegten, während er gedankenverloren die Schneidezähne übereinanderschob.

»Wir müssen ihnen die Sprengmittel entwenden«, entschied er schließlich.

»Dann haben wir … ich weiß nicht, eine halbe Stunde Zeit? Eine Stunde?«, mutmaßte Ismayl.

»Das … das ist nicht viel. Warum zur Hölle haben wir immer zu wenig Zeit? Fuhrwerke, sagst du?«

Ismayl nickte. »Zwei und beide zweispännig. Die Pferde waren noch nicht angespannt, was wohl heißt, dass sie noch ein bisschen Zeit brauchen. Aber die brauchen wir auch.«

Dawyd hob endlich den Blick. Sie sahen einander in die Augen.

*Der, der es vollbringt, und der, der ihn besingt,* schoss eine alte Dichterredensart durch Ismayls Kopf, doch er wehrte sich dagegen. *Nein, ich vollbringe auch Taten. Nur wer die besingt, ist die Frage.*

»Ich weiß, dass wir … nicht die besten Freunde sind«, sagte Dawyd leise. »Aber sind wir uns dabei trotzdem einig?«

Ismayl nickte. »Ich habe gesehen, zu was du fähig bist. Und wenn wir uns einig sind, können wir Elisabeda sicher überzeugen.«

»Wir müssen Ignaz überzeugen«, widersprach Dawyd. »Elisabeda ist der Taktiker, Ignaz der Stratege. Ihr Dichter lernt wohl keine Kriegskunst während eurer Ausbildung! Wenn wir den großen Plan ändern wollen, dann müssen wir Ignaz überzeugen, nicht Elisabeda.«

Ismayl nickte.

»Ismayl«, ergänzte Dawyd. »Nutz ein Wortzeichen, wenn du musst.«

Alarmiert sah Ismayl auf. »Nein! Nein, ich habe versprochen, das nicht zu tun. Und … und sie würden es merken. Von dieser Sorte Zeichen kann ich nur ein schwaches, eines, dessen Wirkung nachlässt, sobald es auf meiner Zunge verläuft. Sie würden es merken, und dann hätte ich ihr Vertrauen verspielt und alles ruiniert!«

Dawyd sah Ignaz von der Seite an. Der andere blickte nicht auf, doch seine Augen verengten sich und verrieten, dass er Dinge für sich behielt.

»Wenn wir die Stadt befreien wollen, dann brauchen wir die Sprengstoffe. Jetzt.« Ignaz schüttelte den Kopf, und Dawyd stieß unfreiwillig einen Frustlaut aus. »Wie kannst du wieder den Kopf schütteln? Wie kannst du ... wie kannst du mich ohne Rücksicht auf ... *irgendetwas* aus meiner Gilde reißen, aus meiner Familie, aus der ... der Mitte meiner Freunde ...« Ignaz lächelte ironisch, sagte jedoch nichts. »Ohne Skrupel«, fuhr Dawyd fort, »aber bei allem anderen, bei allem anderen sagst du, dass wir es nicht tun können, weil du irgendwelche obskuren, unerklärlichen Hemmnisse siehst, irgendwelche Skrupel hast! Wir müssen! Wir müssen diese Lieferung aufhalten!«

»Und was, wenn sie uns damit wieder eine Falle stellen?«, warf Elisabeda ein. »Wie im Theater?«

»Dann wird es wie im Theater ausgehen! Ich habe in den vergangenen Tagen meine Fähigkeiten erprobt, ich ... Ach! Ismayl, sag du es ihnen!« Wütend trat Dawyd gegen eine verkrustete Schüssel, die in der Mitte ihres Barackenverstecks auf dem Boden stand.

»Als Jendra mir Dawyds Namen genannt hat, hab ich gedacht, dass er diesem Namen niemals gerecht werden kann. Der erste König des alten Sygnakus, Davyd – der sich durch die Zelte der Horde schnitt und dem selbst die Tochter des Groß-Khars verfallen war? Ein Name für Angeber! Aber unser Dawyd hier trägt jetzt ein uraltes Zeichen. Wenn einer dem Ruf des eigenen Namens standhalten kann, dann er. Früher war es die Horde, die alles überrannte. Heute sind es die Aquinzacken. Ignaz, Elisabeda – ihr wisst, dass wir jetzt nicht zögern sollten! Wir sollten uns diese Lieferung schnappen, die Soldaten in Angst und Schrecken versetzen und sie aus der Verkehrten Stadt treiben, damit diese Höhle, die Dawyd entdeckt hat, nicht länger in Feindeshand liegt ...«

»Halt«, sagte Ignaz mit einer Ruhe, die durch seine Wut immer nur noch tiefer wurde, immer nur noch undurchdringlicher. »Es ist eine schlechte Idee. Es braucht mehr als zwei Karren Sprengstoff und einen Fechter, der sich für unverwundbar hält, um unsere Probleme zu lösen.«

»Denk mal drüber nach«, sagte Dawyd drängend. »Mit dem Sprengstoff, den Waffen, jagen wir nicht nur die Aquinzacken zum Krummen Mann! Wenn wir Sygna aus der Besatzung führen, du, Ignaz, Elisabeda – Kilianna! Dann wird euer Gleichwerkertraum wahr werden! Dann entmachten wir die alten Meister und die Besatzer auf einen Schlag!«

»Und unser kleiner Traum wird wahr. Wie rührend. Und das entscheiden wir mit einem Wimpernschlag und indem wir einen Haufen Feuertöpfe und Zündpulver erobern?«, spottete Ignaz, und der Blick aus seinen hellen grünen Augen bohrte sich in Dawyds Schädel.

»Nein, das habt ihr entschieden, als ihr einen Fechter von der Straße weg rekrutiert habt, der nicht an eure Sache glaubte! Aber er tut es jetzt! Und zufällig bin ich von einer … einer uralten Macht auserwählt worden, das solltest du als Argument in Betracht ziehen.«

»Das ist kein Argument. Das bedeutet nur, dass du wertvoller bist, als wir uns haben träumen lassen, und dass wir deine Fähigkeiten so gut es geht verschleiern müssen.«

»Du bist ein Feigling!«, spie Dawyd.

Ignaz blinzelte kurz. Elisabeda sog die Luft ein, als wolle sie Partei ergreifen, aber Ignaz machte eine kurze unmissverständliche Geste mit seiner verstümmelten Hand. Dann umspielte ein Lächeln seine Mundwinkel. »Ja? Ich bin ein Feigling? Weil ich kein Schwert schwinge und mein Maul nicht aufreiße? Oder woran machst du Mut fest?«

»Daran, ob man zögert oder nicht!«, zischte Dawyd und bemerkte zum ersten Mal, dass sie die anderen Bewohner der Baracken geweckt hatten, die nun aus den Eingängen ihrer Hütten lugten.

»Was, denkst du, tun sie mit dem Sprengstoff?«, fragte Ignaz viel zu ruhig.

Dieser verdammte Bastard! Er sollte genauso wütend sein wie er selbst, dann wäre ihm Einiges leichter gefallen! »Uns Schwierigkeiten machen!«, knurrte Dawyd.

»Es sind Zweispänner, sagt ihr. Diese Wagen bringen sie nicht in die Verkehrte Stadt. Sie bringen sie zur Front«, sagte Ignaz.

»Nicht, wenn wir sie daran hindern.«

»Daran hindern? Dawyd, sie haben eine Schlacht verloren, bei der Sygnaer in der ersten Reihe standen. Wenn wir ihnen diesen Nachschub abschneiden, dann sterben *mehr von unseren Leuten.*«

Dawyd rang die Hände. »Und hier machen sie *unsere Leute* in den Manufakturen kaputt!«

Elisabeda sagte leise: »Was ihr sagt, stimmt beides.«

»Deine Söhne sind dort«, sagte Ignaz ohne Regung in der Stimme. Wie er sie ausspielte, wie er die Söhne wie eine Karte beim Marionett auf den Tisch legte! Dawyd sah Elisabeda an, die seinem Blick auswich.

»Sie werden nicht nur Sprengstoffe wegbringen, sondern auch Soldaten. Sie brauchen Nachschub. Wir schlagen zu, wenn wir wissen, dass sie schlechter bewaffnet sind, schlechter bemannt«, versuchte Ignaz, ihn zu vertrösten.

Dawyd schüttelte heftig den Kopf. »Nein. Ich bin *jetzt* bereit. *Ich* werde jetzt zuschlagen. Wer ist dabei?«

Die Zeit des Redens war vorbei. Er wollte kein weiteres Duell mit Worten ausfechten, und mochte er noch so oft *das Maul* genannt werden. Er wandte sich ab und packte Ismayl an der Schulter. »Bist du noch dabei?«

Ismayl wand sich, hob dann jedoch den Kopf und spannte die Muskeln seines Kiefers. Er nickte.

»Jendra?«

Die Kleine sah auf und deutete mit dem Kinn auf Ismayl. »Was er macht, mach ich auch. Er ist schlau.«

»Neigel?«

Neigel hatte sich hingesetzt, auf den Boden, in dem Versuch, unsichtbar zu werden. In der Dunkelheit nur weniger entzündeter Lämpchen gelang ihm das auch fast. Er schüttelte den Kopf. »Ich ... ich weiß nicht. Das ist doch Wahnsinn.«

Dawyd schnaufte wütend.

»In Ordnung! Elisabeda, ich vermute, du bleibst bei deinem Strategen? Umso besser! Dann bleiben die Alten und Trägen daheim! Wer ist von euch dabei?« Er drehte sich zu den Buckelviertelleuten um, die im Schatten ihrer Hütten zu ihnen herüberspähten. »Heute treten wir den Aquinzacken in den Arsch!«

Ignaz sah Elisabeda nicht an. Er war einfach gegangen. Ein heftiges Kopfschütteln, dann hatte er die Baracke verlassen, hatte das Buckelviertel hinter sich gelassen und war zum Katzbuckel hinaufgestiegen, dem Ort, an dem er zum ersten Mal mit Dawyd geredet hatte, während sie mit Jannis und seinen Leuten dafür gesorgt hatte, dass die entwendeten Musketen unauffindbar waren.

Jannis, der nicht gezögert hatte, sich ebenfalls Dawyd anzuschließen. Der vermutlich gerade die frisch inspirierte Freischar mit eben diesen Musketen ausstattete.

Sie hatte nicht lange gewartet, um ihm zu folgen. Es war ihr klar gewesen, wohin er ging. Auf dem Katzbuckel hatte man den Eindruck, ein wenig mehr unter freiem Himmel zu sein als im Rest der Stadt.

»Sprichst du wohl mit mir!«, forderte sie, als sie ihn auf einem Mauerrest der alten Stadtmauer sitzen sah. »Lässt du ihn jetzt einfach gewähren?«

Ignaz zuckte mit den Schultern und sah über die finstere Stadt hinweg. Im Buckelviertel wurde gelärmt. Es war nur eine Frage der Zeit, bis eine Patrouille dort nach dem Rechten sehen würde. Es war längst Sperrstunde. Die anderen mussten sich jetzt den Karren mit den Sprengstoffen widmen, bevor es zu spät war. Wenn Elisabeda ihnen helfen wollte – und in dieser Sache war sie sich noch nicht ganz sicher –, musste sie es jetzt tun.

»Ismayl und Jendra … brauchen uns vielleicht«, sagte Elisabeda und setzte sich neben ihn. »Vielleicht sollten wir …«

»Was? Gute Miene zum bösen Spiel machen?«

Elisabeda griff nach Ignaz' Arm. »Ich weiß wie jeder andere da unten, dass du mehr planst, mehr weißt, als du uns sagst. Vielleicht würde es helfen, wenn du uns einweihst. Vielleicht würden sie es dann *verstehen.*«

»Natürlich weiß ich mehr, als ich sage. Aber glaub mir: Das, was ich weiß, ist nichts, was sie umstimmen würde. Es sind … Kleinigkeiten. Es gibt …« Er schloss kurz die Augen, statt ihren Blick zu erwidern. »Kilianna ist nicht die einzige heimliche Verbündete, die wir haben.«

»Dann sag Dawyd, wer für dich arbeitet, damit er keine Dummheit begeht!«

»Das kann ich nicht, Elisabeda!«

»Warum nicht, beim Krummen Mann! Warum *redest du nicht mit uns?*«

Sie brachte ihr Gesicht vor seines, er musste nicht denken, er könnte ihrem Blick ewig ausweichen. Er sah ihr endlich in die Augen, die seinen waren dunkel in der Nacht, doch die Sterne gaben ihnen den fiebrigen Glanz eines Mannes, der von immer den gleichen Gedanken gehetzt wird. »Weil ich nicht weiß, wem ich trauen kann«, flüsterte er.

»Du weißt, dass du mir trauen kannst«, sagte sie.

Er schüttelte den Kopf, nur eine Winzigkeit, doch sie hatte es gesehen. Sie ballte die Fäuste, ihr Herz klopfte so wütend, als wolle es sich aus ihrem Brustkorb arbeiten. »Du weißt, dass ich sie hasse! Sie haben Gabril erschossen, vor meinen Augen. Ich habe ihn im Arm gehalten, als er starb. Du weißt, dass ich das niemals verzeihen werde, dass ich niemals …«

Der kleine Finger und der Ringfinger von Ignaz' Krüppelhand berührten ihre Wange. »Ich weiß«, flüsterte er. »Und ich weiß auch, was sie aus einem machen können. Ich weiß, wie sie einen dazu bringen können zu reden, die Seiten zu wechseln. Wir haben so viel zu verlieren in dieser Stadt, in der die Menschen leben, die wir lieben. Sie haben nichts zu verlieren und alles zu gewinnen. Sie gehen ohne Skrupel vor. Sie drehen uns um, indem sie unsere Schwächen ausspielen. Elisabeda, ich weiß, dass du dir nicht vorstellen kannst, unsere Sache zu verraten. Aber gib zu, dass sie Wege finden können, dich dazu zu bringen. Sie haben schon andere vor dir dazu gebracht.«

»Nicht dich«, murmelte sie. Er antwortete nicht. Der Rote hatte eine tiefe Grube gegraben, dort wo Ignaz' Herz lag. Er hatte es ausgegraben und zu seinen Trophäen gestellt. Elisabeda wurde klar, dass Ignaz ihnen allen beim Verenden zusehen würde, wenn es nötig wäre, ohne eine Silbe zu verraten. Plötzlich empfand sie Mitleid. Wie einsam musste man sein, wenn man wusste, dass man für niemanden genug empfand, um ihn über die Sache zu stellen, für die man kämpfte? Sie wich vor seinen Fingern zurück, die sanft auf ihrer Wange lagen, der Ringfinger fuhr über ihren Wangenknochen. Er ließ die Hand sinken. Elisabeda atmete aus.

»Und jetzt lässt du ihn einfach gewähren?«, murmelte sie. Sie hatte gar nicht bemerkt, dass Neigel ihnen gefolgt war. Er saß mit dem breiten Rücken zu ihnen auf der obersten Stufe der Treppe.

»Ich könnte hier sitzen bleiben und zusehen, ob Dawyd ohne Sinn und Verstand schafft, woran wir monatelang gescheitert sind«, sagte Ignaz und lachte düster. »Die Stadt befreien! Unseren Gleichwerkertraum erfüllen! Aber was, wenn wir ihnen beim Scheitern zusehen?«

»Es ist nur eine kleine Sache«, ließ Neigel sich zum ersten Mal vernehmen. Sie schrak zusammen, sie hatte nicht bemerkt, dass er ihr hier hinauf gefolgt war. »Sie stehlen dieses alchimistische Zeug und verstecken es. Wenn sie erfolgreich sind, ist es doch gut. Dann lasst uns danach mit ihnen reden.«

Ignaz regte sich nicht. Er starrte hinaus über die Stadt im Tal. Hinaus ins Weberviertel, wo zwischen den Manufakturen geschäftige Lichter leuchteten.

Rufin wusste, dass er darunter litt, Verantwortung nicht abgeben zu können. Es war seine Schwäche, nicht die seiner Untergebenen. Aber an denen – Geheimpolizisten, Soldaten, Befehlsempfängern – mangelte es eh. Die Verkehrte Stadt musste bewacht werden, bis Lafayet mit neuen Informationen zurückkehrte. Die Heiler waren aus der Stadt zur Front eskortiert worden, und die in der Stadt verbliebenen Meister der Heilkunst mussten bewacht werden, damit man sie bald in den Manufakturen in den Dienst der Aquinzischen Nation stellen konnte. Er musste Erdhand und seine Tochter im Auge behalten. Die Feste musste bewacht werden, denn es war nicht auszudenken, was für ein Chaos ausbräche, wenn Gouverneur Tranquil etwas zustieße. Außerdem mussten die Manufakturen bewacht, die Patrouillen gestellt und neue Gebäude errichtet werden.

Und die Rebellen hatten einen Krater genau in dieses letzte Unterfangen gesprengt.

Commissaire Lysandre Rufin wusste nicht, wo er anfangen sollte, jetzt konzentrierte er sich erst einmal auf die Aufgabe, die vor ihm lag.

Er verbeugte sich in der Tür der dunkelhäutigen Frau. Ezara Erzspan sah ihn mit großen Augen an. Sie war Mitte vierzig, mit dunklem langem Haar und sah ihrer jüngeren Schwester sehr ähnlich, wenn man davon absah, dass sie nicht den zu allem entschlossenen Blick besaß, den er im Theater im Gesicht der Rebellin gesehen hatte.

Erzspan war allein im Haus. Sie lebte allein, ihre drei Kinder waren bereits verheiratet. Nach dem Ruin ihrer Familie hatte ihr Mann die Ehe lösen lassen, und sie hatte danach nicht wieder geheiratet. Sie war schmal, jedoch nicht so verhuscht, wie ihn ihre Vita hätte erwarten lassen.

»Wisst Ihr, wo Eure Schwester sich aufhält?«, fragte Rufin, ohne um den heißen Brei herumzureden. Er musste seine Fähigkeiten trainieren, und wer war als Versuchsobjekt besser geeignet als eine überrumpelte alleinstehende Frau am Morgen? Bei solcherlei Fragen ließ er wenig Finesse walten. Es war beinahe, als lege er einen Rammbock aus Worten auf seine Zunge, der gegen den Willen oder die Verschwiegenheit seines Gegenübers einhämmerte.

»Welche Schwester meint Ihr?«, fragte sie. Erschrecken flammte in ihren Augen auf.

»Elisabeda Eisenhammer.«

Sie presste die Lippen zusammen, als er den Namen nannte, und schüttelte dann stumm den Kopf.

»Ihr habt keine Ahnung?«

Wieder ein Kopfschütteln. Er glaubte es ihr – er war nicht gerade subtil vorgegangen, aber was scherte es ihn, dass sie sich manipuliert fühlte?

»Dann wüsstet Ihr auch nicht, wie Ihr sie mit einer Nachricht erreichen würdet? Ihr wüsstet nicht, wie Ihr ihr sagen könntet, dass Zacharias und Johannis zurückgekehrt sind?«

Die Augen weiteten sich. Nun hatte er etwas mehr Finesse in seine Fragen gelegt. Er fand auch daran Gefallen und fuhr fort: »Sie liebt die beiden, nicht wahr? Sie würde wissen wollen, dass sie auf der Feste sind, in der Gewalt des Gouverneurs.«

Ezara nickte und flüsterte dann, plötzlich am Rande der Verzweiflung: »Es sind gute Jungs.«

»Und Eure Schwester wird so glücklich sein, sie wieder in die Arme zu schließen. Einer von beiden ist schwer verletzt worden an der Front.« Er machte eine kurze Pause, sah, wie sie schluckte. Soweit er wusste, kannte sie ihre Neffen kaum – doch das Wortzeichen spielte mit Gefühlen, beugte sie in die gewünschte Richtung. »Ich möchte keine Gegenleistung. Ich garantiere für ihre Sicherheit und die ihrer Söhne, wenn sie zur Feste kommt und sich ergibt«, sagte Rufin leise.

Ezara nickte noch einmal heftiger und sah dabei zu Boden.

»Ihr werdet«, sagte Rufin eindringlich und legte ihr einen Finger unters Kinn, bis ihre Blicke sich trafen, »nicht aufhören, nach ihr zu suchen, um ihr von ihren Söhnen zu erzählen. Richtig?«

»Richtig«, flüsterte Ezara.

Rufin wandte sich ohne ein Grußwort ab. Er musste sich immerhin nicht zweiteilen, wenn er ein paar wichtige Spielsteine so in Position brachte, dass sie ihre Züge unweigerlich zu Ende spielten.

Elisabeda und Ignaz hatten sich in einem weiteren unbewohnten Haus einquartiert. Sie hatten keine Ahnung, was aus Dawyd, Ismayl, Jendra und ihrem Unterfangen geworden war. Die Stadt brodelte mit Gerüchten, und in der Nacht hatte es nicht nur Schüsse, sondern auch eine gewaltige Explosion und ein Feuer im Weberviertel gegeben.

Keines ihrer bisherigen Verstecke hatte Elisabeda in Anbetracht dieser Umstände behagt, doch sie hatte – wie immer – noch etwas in der Hinterhand: eine aufgrund der Feuchtigkeit verlassene Wohnung direkt am Schlangbecken. Hier waren sie mitten in der neuen Stadt, mitten in ihrem vielfältigen Treiben, umgeben von ihren Gerüchen und Gerüchten. Elisabeda hatte schon in der Nacht zu zweifeln begonnen.

Dass sie bei Ignaz geblieben war – einfach nur wieder auf dem Weg zu einem neuen Versteck –, war das die richtige Entscheidung gewesen? Dawyd besaß jetzt ganz besondere Fähigkeiten, Ismayl war ein treuer Mitstreiter, und Jendra hatte eine schnelle Auffassungsgabe. Jannis war loyal und entschlossen – aber niemand von ihnen behielt eine Situation im Blick wie Elisabeda. Und sie fühlte sich, als habe sie ihre Mitstreiter im Stich gelassen. Sie alle mussten zusammenarbeiten, wenn sie erfolgreich sein wollten. Letztlich konnten sie am ehesten auf Ignaz verzichten, zumindest für den Moment. Doch vielleicht waren die anderen längst tot, gefangen, Schlimmeres …

Es war an der Zeit, mehr über ihren Verbleib herauszufinden. Elisabeda schlang sich einen Schal um den Kopf. Abgerissene Kleidung hatten die Rebellen in allen Verstecken hinterlegt, um sich bei Bedarf verkleiden zu können. Elisabeda suchte sich einige große bestickte Tücher und einen Mantel, mit dem sie in das Bild passte, das die Sygnaer von Frauen mit dunkler Haut hatten: immer noch als Fremdkörper zu erkennen, egal, wie viele Generationen die Familie schon in der Stadt lebte, Armut als Erbe, die Haare hochgebunden und mehrere Lagen Tücher gegen die Kälte um Hals und Schultern und sogar Haar und Hüften gewickelt.

Elisabeda sah immer noch ihre Mutter vor sich, wenn sie sich in diese etwas andere Art, die Sygnaer Kleidung zu tragen, hineinversetzte. In diesem Aufzug macht sie sich auf zum Markt, und obwohl es mittlerweile detailliertere Beschreibungen von ihr in den Aushängen gab, war sie niemandem einen zweiten Blick wert. Sie nahm Obst hoch und legte es wieder ab, nahm die Schelte der Standbesitzer hin und horchte dabei, ob Neuigkeiten über die vergangene Nacht ihr Ohr erreichten.

Es war schon Mittag, als sie ein bekanntes Gesicht erblickte. Einen Jungen vom *Netz*, der mit den schlechten Zähnen. Er grinste sie frech an, und ihre Hand fuhr sofort in ihre Kitteltasche, in der sie ein Messer verbarg. Bei dieser abgerissenen Bande, die wie niemand sonst über Sygna Bescheid wusste und die doch niemand achtete, wusste man nie, auf wessen Seite sie sich schlugen.

Er winkte ihr kurz und schlenderte dann davon. Sie sah sich rasch um und entschloss sich dann, ihm unauffällig zu folgen. Sie trafen an einer Stelle wieder aufeinander, die die Marktbesucher mieden. Der Abfluss des Kanals war hier verstopft, und übelriechendes Wasser schob sich in an- und abschwellenden Pfützen durch die Gasse.

»Was hast du?«, fragte sie vorsichtig, in einer Hand das Messer, in der anderen ein paar Münzen.

»Ich nehm die Linke«, sagte der Kleine frech.

»Weißt du etwas über Jendra?«, fragte Elisabeda, stand das Mädchen doch noch am engsten mit ihnen in Verbindung. Er schüttelte den Kopf. »Nichts Genaues. Aber ich weiß etwas anderes.«

»Was?«

»Die Linke!«

»Woher soll ich wissen, dass ich es wissen will?«, fragte sie, fühlte sich jedoch nicht halb so listig wie Jendra.

»Du willst es wissen, glaub mir«, sagte der Bursche.

Mit einem Seufzer warf sie ihm die Turnosgroschen zu. Er fing sie aus der Luft und grinste dann noch breiter als vorher, was seine schlechten Zähne in all ihrer Pracht enthüllte.

»Eine Frau sucht nach dir. Sie fragt jeden wie besessen.« Er zögerte kurz und senkte dann die Stimme: »Sie sagt, sie ist deine Schwester.«

»Was? Warum ... sollte mich eine meiner Schwestern suchen?« *Es sei denn, sie wird beobachtet. Oder man will mich mit ihr erpressen!*

»Sie sagt jedem, der es wissen will, dass du erfahren musst, dass deine Söhne zurückgekehrt sind. Sie sind in der Festung. Einer von ihnen ist schwer verwundet. Sie lassen sie frei, wenn du dich ergibst.«

Elisabedas Kehle schnürte sich zu.

*Schwer verwundet.* Ihr Herzschlag stampfte durch ihren Körper, sie taumelte einen Schritt zurück, stieß an die glitschige Wand, fand dort zumindest das äußere Gleichgewicht. Sie blinzelte.

»Was sagst du da?«, flüsterte sie in der Hoffnung, sie habe den Kerl falsch verstanden.

»Soll ich alles noch mal sagen? Deine Söhne, deine Schwester, Festung und so weiter.«

»Sie wollen ... Sie haben meine Söhne?«

*Zach ... Johanni...* Der Gedanke an die beiden machte, dass sie schreien wollte.

»Das sagt deine Schwester.«

»Und ich soll mich ergeben?«

»Das sagt sie auch. Sie läuft wie besessen herum, ich sag's dir. Es weiß sicher schon die halbe Stadt.«

»Hat jemand meine Söhne gesehen?«

»Der alte Abrym am Schlangtor hat gestern am späten Nachmittag gesehen, dass Verwundete heimgekommen sind. Nicht viele – ein Karren voll und ein paar zu Fuß. Man hat sie wohl hochgebracht. Er hat gesagt, es seien Aquinzackensoldaten gewesen. Aber ganz genau kann er's wohl nicht wissen.«

»Waren meine Söhne jetzt da dabei oder nicht?«, knurrte Elisabeda und war versucht, den Burschen zu packen und ungeduldig zu schütteln.

»Hey, langsam! Ich hab nur deine Schwester gehört und die Geschichte des alten Abrym und denk mir meinen Teil. Vielleicht will dich auch jemand linken. Abrym hat gesagt, da waren Verletzte dabei.«

Schlagartig sackte etwas in Elisabeda in sich zusammen. Ihr Körper blieb stehen, doch das Blut schien sich in ihrem Herzen zu ballen und ihre Gliedmaßen taub zurückzulassen und ihr Hirn zu verlangsamen. Sie presste die Lippen aufeinander. Selbst diese fühlten sich kalt an.

»Vielleicht wollen sie dich wirklich nur übers Ohr hauen«, sagte der Junge in einem offensichtlichen Anfall von Mitgefühl. Er hielt nicht einmal seine Hand ein zweites Mal auf.

*Vielleicht wollen sie mich nur übers Ohr hauen.*

Aber wenn sie wussten, wer ihre Schwester war – dann wussten sie auch, wer ihre Söhne waren. Sie hatten sie zwar schon seit Monaten ganz und gar in ihrer Gewalt, doch bislang hatte man sie nicht miteinander in Verbindung gebracht. Jetzt waren sie zurück. Als die Aquintianer ihre Identitäten erfahren hatten, hatten sie die beiden zurück in die Stadt schaffen lassen.

Es war alles so einfach.

Es ergab alles Sinn.

Elisabeda war nicht länger unangreifbar.

Ignaz hatte recht. Er konnte niemandem trauen. Bei jedem gab es Hebel, die betätigt, Weichen, die gestellt werden konnten. Sie ballte ihre Fäuste, bis ihre Fingernägel sich in ihre Handballen gruben. Bis der Schmerz ihr etwa mehr Besinnung brachte. Ohnmächtige Wut stieg ihr als Tränen in die Augen.

*Aber ich entscheide! Ich muss noch entscheiden, und jeder Hebel kann brechen!*

Doch was würde das für ihre Söhne heißen?

Ignaz wartete darauf, dass Elisabeda zurückkehrte. Er hatte Neigel zu verschiedenen Informanten geschickt, der hatte berichtet und war wieder gegangen. Ignaz saß in dem von Schimmel zerfressenen Haus am Schlangufer bei zugezogenen Fensterläden. Es war sehr dunkel, und das Einzige, was noch finsterer war als dieses halbe Tiefgeschoss unterhalb der Ebene der Straßen und Brücken, war sein Geist.

Schritte. Ein Pochen in einem Takt, den sie zuvor ausgemacht hatten.

Ignaz stellte sich vor, dass Elisabeda bereits die Nachricht erhalten hatte. Dass sie bereits Soldaten mitbrachte. Dass es vorbei war. Er grinste. Nein, das war wahrhaftig das Düsterste, was er sich ausmalen konnte. Aber es schadete ja nichts, mit dem Schlimmsten zu rechnen.

Die Tür öffnete sich. Ignaz saß auf einer Truhe. Darüber hinaus gab es nur noch wenige Möbel in diesem Raum, alle zu sehr vom Schimmel beeinträchtigt, um noch irgendetwas wert zu sein.

»Ganz schön dunkel hier«, sagte Elisabeda, als sie eintrat. Allein, natürlich. Keine Blauröcke im Schlepptau. Er lächelte, doch er hatte das Gefühl, dass es ihm misslang.

»Ich habe die Läden geschlossen.«

»Das sehe ich. So misstrauisch, hm? Und wenn es jetzt jemandem auffällt, dass die Läden sonst nie geschlossen sind?«

»So nah am Ufer treibt sich doch nur Gesindel herum. Was sollen die Aquintianer auf Gesindel hören?«

Schweigen. Dann seufzte Elisabeda. »Du hast es also schon gehört.«

»Du also auch.«

Sie trat ein, schloss die Tür, und wieder war es dunkel bis auf die schmalen Streifen Licht, die durch die Ritzen fielen.

»Du weißt, dass er will, dass wir einen Befreiungsversuch wagen. Sonst wären sie nicht hier«, sagte Ignaz.

»Er will, dass ich mich im Austausch für sie ergebe«, korrigierte sie.

»Ja, das wäre ihm am liebsten, aber er weiß, dass es nicht so einfach funktioniert.«

»Und meinst du, der Rote kann all unsere Gedanken und Pläne voraussehen? Jede mögliche Art und Weise, wie wir versuchen könnten, ihm ein Schnippchen zu schlagen? Das kann er nicht, Ignaz. Wir müssen nur ... möglichst kompliziert denken. Wir müssen *ihm* Fallen stellen, nicht er uns.«

Sie trat näher, stand unentschlossen in der Mitte des Raums.

»Sag mir, dass du mir hilfst!«, forderte sie dann. »Dass du mir sagst, wie er denkt! Rufin hatte dich in seiner Gewalt, und jetzt hat er meine Söhne. Du weißt, wie er mit Menschen spielt. Du weißt aber auch, ob er etwas übersieht! Wo sein blinder Fleck ist!«

»Da, wo er blinde Flecken hat, stehen Hunderte seiner Soldaten«, erwiderte Ignaz.

»Was soll das heißen?«

»Dass ich keinen Weg sehe, Zach und Johanni zu befreien. Nicht jetzt. Nicht wenn sie nur darauf warten, dass wir verzweifelt genug sind, es zu versuchen.«

»Und das heißt?«, fragte sie, und ihre rohen, zurückgehaltenen Emotionen sprühten Funken bis zu ihm hinüber.

Ignaz stand auf. »Das heißt, dass du mich einen Feigling schimpfen wirst. Und dann wirst du sagen, dass Dawyd nicht zögern würde. Und dann wirst du gehen. Dawyd hat übrigens Sprengstoff. Nicht alles, ein ganzer Wagen ist ihnen und den Blauröcken um die Ohren geflogen. Aber er hat Sprengstoff, Leute und das Blutzeichen.«

»Ich schimpfe dich keinen Feigling. Hör auf, dich in Selbstmitleid zu suhlen und zu glauben, dass wir alle nur darauf warten, dich im Stich zu lassen! Wenn du etwas über Dawyd weißt – wenn er erfolgreich war –, dann lass uns zu ihm gehen und gemeinsam nachdenken, was wir als Nächstes tun.«

Ignaz schüttelte den Kopf und ging zum Fenster. Es ging nun einmal nicht, er konnte in dieser Sache keinen versöhnlichen Schritt auf Dawyd oder Elisabeda zugehen. Er öffnete den Laden einen Spalt breit und atmete die Luft vom Ufer ein, die brackig nach Algen und Fisch roch, da die Schlang im Becken gestaut wurde. Er fühlte sich grauenvoll, wie in einem Gefängnis, in dem er sich selbst eingesperrt hatte. »Du meinst, wenn wir jetzt zu ihm gehen, können wir das Ganze noch zum Besseren wenden?«

»Ja. Er hatte seinen Erfolg und wird …«

»Und er ist nicht die Art Mensch, der Erfolg zu Kopf steigt und die die Gelegenheit nutzen wird, uns ein für allemal zu seinem Fußvolk zu degradieren?«

Elisabeda lachte, ein kurzes gepresstes Geräusch. »Er ist nicht so übel.«

Ignaz sah nach draußen: Grau die Flut des Schlangbeckens. In der Ferne der Schatten der Mittelbrücke, die über die Maßen prunkvoll lediglich zwei Gassen miteinander verband und vor allen Dingen darum existierte, weil jemand hatte beweisen wollen, dass er eine noch schönere Brücke bauen konnte. Eitles Sygna.

»Und mehr sagst du nicht? Du kennst Zach und Johanni – beide! Du weißt, dass sie dich anhimmeln, deinen Mut, deinen Überlebenswillen.«

»Ich wünsche ihnen beides«, sagte Ignaz und versuchte, nicht an die beiden Jungen zu denken.

»Also bleibst du tatenlos?«, flüsterte sie.

»Es gibt nichts, was ich tun kann.«

»Deinen Stolz überwinden!«

Ignaz zuckte mit den Schultern und zwang sich, gleichgültig zu erscheinen. »Ich warte lieber ab. Vielleicht ist es gut, eine Weile aus dem Fokus zu rücken. Vielleicht … ist es gut, eine Weile nichts zu tun.«

Sie holte Luft. Stieß sie wieder aus und mit ihr den Hauch, der sich in ihrer Kehle gesammelt hatte und der ein Schrei hätte sein sollen.

»Ich brauche dich aber.«

»Ich kann im Moment nichts tun.«

»Dann nenne ich dich einen Feigling«, flüsterte sie. »Wie du gesagt hast. Wenn es das ist, was du willst.«

»Nenn mich so.«

Sie schnaubte und wandte sich wieder zur Tür ab. »Ich werde einfach nicht schlau aus dir, Ignaz!«

Natürlich nicht. Darauf zählte er. Darauf zählten alle.

»Der alte Elya weiß, wo Dawyd ist.«

»Also in der Kluft?«

»Das ist mein letzter Stand.«

»Dann weißt du, wo du mich finden kannst, wenn du genug im Dunkeln gefaulenzt hast«, knurrte Elisabeda. Er lächelte, doch wieder verkam es zu einer Grimasse.

Sie ging.

Ignaz sah noch aus dem Spalt des Fensterladens, bis die Dunkelheit hereinbrach. Die Nacht war die Stunde der Rebellen, der Diebe, der Verborgenen, und er war ein wenig verdrossen, dass der Frühling sie ihm immer später brachte.

Er horchte auf seine eigenen Gedanken. Wusste er, was er tat? Er wusste, dass Dawyd bis zu einem gewissen Maße recht hatte, dass Elisabeda in vielen Belangen recht hatte. Mussten sie erst einmal scheitern, damit er die Genugtuung empfinden konnte, ihnen wieder den Weg zu zeigen, den er eigentlich hatte gehen wollen?

Nein, so war das nicht. Das war nicht der Grund, warum er hier saß, untätig und verdrossen. Er drehte seine Handfläche ins Licht der Straßenlaternen, die gerade am anderen Schlangufer anzündet wurden und ihre Strahlen über die spiegelnde Oberfläche sandten.

Er legte einen Finger auf die winzige Kerbe in seinem Handgelenk, dort, zwischen seinen Sehnen. Er schloss die Augen. Es war ein Verborgenes Zeichen. Ein Zeichen, dem er zugestimmt hatte wie jeder andere, der damals im Raum gewesen war. Ein Zeichen, das verhinderte, dass er aussprach, was die anderen von ihm wissen wollten.

Es gebot ihm Schweigen. Es gebot ihm, niemanden in jenes größere Ganze einzuweihen, dessen Entdeckung für so viele so gefährlich wäre – und für die Geheimpolizei so erstrebenswert war.

Der Seneschall vom Verborgenen Hof hatte es gewirkt, als letzte Tat. Denn nur der, der es wirkte, konnte es lösen, bevor die damit verbundene Bedingung eingetreten war. Er war ein alter Mann gewesen, wenn auch noch kein Greis. Danach war er verschwunden, und das Gerücht ging, dass er sich in der Schlang ertränkt hatte, damit niemand das Zeichen lösen konnte, das Ignaz' Zunge band – und die Zungen anderer.

Ignaz hatte der Vorsichtsmaßnahme zugestimmt, damals, als jene Stränge, die sich nun zu Stolperstricken verhedderten, geknüpft wurden. Er war gerade erst Rufins Fängen entkommen und hatte die Furcht vor dem Tod verloren. Der Tod war sein Gast geworden, jemand, dem er die Tür geöffnet, den er eingelassen hatte und der nun bei ihm wohnte. Ganz wie in der Sage seines Namensvetters, »Jegnaz und der Tod«, in der der alte Jegnaz so viele Schnäpse mit dem Tod trank, dass dieser bei ihm einzog. Jeden Abend soff und spielte der Tod mit ihm und ließ den Alten jahrzehntelang weiterleben, stets mit der Hand des Todes auf der Schulter. Ignaz hatte sich damals leer und dem Wahnsinn nahe gefühlt. Nichts konnte ihn noch verletzen. Niemand konnte ihn zu etwas zwingen. Ihm blieb immer die Wahl, sich dem Tod zuzuwenden und zu sagen: »Und nun ist es genug«, so wie Jegnaz es in der Sage schlussendlich getan hatte.

Er hatte geglaubt, dieser Zustand würde für immer andauern. Doch er fühlte sich nicht mehr unangreifbar. Der Gedanke, Elisabeda zu verlieren, machte ihm Angst. Die Ahnung, dass Dawyd Jendra und Ismayl kein Glück bringen würde, ließ seinen Atem gepresst gehen.

*Was kann ich tun?*, fragte er sich. Er grübelte, im Dunkeln. Sie waren nicht an seinen Eid gebunden. Wenn er sie gewähren ließ, überschritten sie vielleicht die Grenze, die er nicht überschreiten konnte. Vielleicht war es gut, um andere zu schnellerem Handeln zu bewegen.

Das Zeichen des Seneschalls bewirkte, dass er diese Grenze nur überschreiten konnte, wenn eine der vorher festgelegten Bedingungen einträte. Dann würde das Zeichen seinen Bann von ihm heben. Vielleicht würde eine dieser Bedingungen schneller eintreten, wenn er Dawyd gewähren ließ.

*Ich muss die anderen warnen*, dachte er. *Oder ich muss ihn machen lassen und sehen, was dabei herauskommt. Wem vertraue ich mehr? Ihnen – oder ihm? Ich drehe mich im Kreis*. Er lächelte grimmig.

Ein Klopfen an der Tür. Neigel war zurück.

*Nur noch er. Als bräuchte ich einen Leibwächter. Vielleicht sollte auch er gehen.*

Es knarrte, Schritte erklangen im Flur, dann öffnete sich die Tür. Es war dunkel, doch Neigel trug eine Lampe in der Hand. Er blieb im Türrahmen stehen, Schatten tanzten, als sein Arm unter den schluchzenden Atemzügen bebte.

»Was … was ist passiert?«, presste Ignaz hervor und sprang auf – endlich, endlich hoch von dieser wurmzerfressenen Truhe.

Neigel griff sich mit einer zitternden Hand ans Ohr, rieb es und keuchte dabei, als sei er gerannt.

»Wirst du verfolgt?«

Langsam schüttelte der große Kerl den Kopf, stellte die Lampe auf den Boden, wo sie nun stabilere Schatten warf. »Ignaz, ich …«

Da hörte Ignaz die Schritte. Am Ufer und auf der Straße. Stiefel. Schäfte von Hellebarden, die aufgesetzt wurden.

»Sie sind dir gefolgt!«, stieß Ignaz hervor, die Gedanken galoppierten bereits voraus – einen Keller gab es in diesem feuchten Loch nicht, nur eine Stiege nach oben. Das Dach war ihre letzte Chance – und das ganz ohne Jendras Beistand.

Dawyd hatte einen Fehler gemacht.

Nur weil er halbwegs überzeugt war, dass diese neue Fähigkeit, die funktionierte, ohne dass er einen Gedanken daran verschwenden musste, und die wie eine frische Bogensehne auf seine gespannten Reflexe gezogen war, ihn beinahe unbesiegbar machte, hieß das nicht, dass das auch für die galt, die er nun führte. Es bedeutete im Gegenteil sogar, dass es für sie in seiner Gegenwart besonders gefährlich wurde.

Er war immer noch nur ein einzelner Mensch, und seine Freunde waren zu sehr damit beschäftigt, am Leben zu bleiben, um den Überblick zu behalten. Den Überblick zu behalten war seine und Jendras Angelegenheit. Das Mädchen sollte sich heraushalten, so hatten sie es vereinbart. Sie sollte im Schatten bleiben und, wenn notwendig, im Schutz ihres Verborgenes Zeichens Unterstützung leisten.

Es ging alles viel zu schnell – seine Gedanken hielten nicht mit seinen Impulsen mit, seinen Instinkten, diesem Muskelgedächtnis, das seine Klinge vor und zurück zucken ließ. Er konnte nahezu zeitgleich an unterschiedlichen Orten sein, seine Beine schnellten ihn in einem Sprung zum nächsten Pulk Gegner: Wachmänner ohne die blauen Röcke der Garde, die vom Gelände der neuen Manufakturen zu Hilfe eilten. Sofort fielen drei von ihnen seinen Hieben zum Opfer. Dann war er bereits an Jannis' Seite, der unter den Schlägen eines Wachsmann gestrauchelt war. Dennoch vermochte Dawyd es, eben nur *nahezu zeitgleich* an verschiedenen Orten zu sein.

Er konnte nicht sagen, warum sich Jendra aus der Deckung des düsteren Labyrinths der niedergebrannten Weberbetriebe begab, aber sie schrie und rannte auf einen der Wagen zu. Dawyd verstand nicht, was sie wollte – und selbst er konnte in diesem Durcheinander Jendra nicht zur Hilfe eilen, ohne Jannis im Stich zu lassen! Dawyd sah etwas flackern, und das war es auch schon. Jemand – Freund oder Feind – hatte Feuer an den Wagen gelegt, einfach eine der aufgestellten Fackeln auf die Plane geworfen, die sich nun ein Loch zur Ladung darunter brannte.

Jendra zerrte an der Plane, wollte sie lösen, ungeachtet des Chaos um sie herum. Doch das hungrige Feuer war einfach viel zu schnell – schnell und bösartig wie Dawyds neue Reflexe, wie das hungrige Blutzeichen, das in ihm tobte. Er keuchte auf und setzte zu einem Sprint an, um das Mädchen vom Wagen zu zerren ... vergeblich!

Es fing mit einer kleinen Explosion an. Ein Krach wie von einer Donnerbüchse, und er dachte schon, sie seien glimpflich davongekommen. Aber dann pflanzte es sich fort, wurde zu einem Lauffeuer, eine Kette von Detonationen folgte, ein alles verzehrendes Feuer, das vom Karren in alle Richtungen spie wie der Hustenausbruch einer gewaltigen Monstrosität, einer Naturgewalt; nur von Menschen gemacht. Von Menschen und hungrigen Zeichen. So wie die Feuer sich steigerten, bunter und greller wurden, so folgte auch Lärm auf Lärm, baut sich zu einer ohrenbetäubenden Kakophonie auf, bis der Krach ihm die Trommelfelle zu zerreißen drohte. Er wurde mitten im Sprint zurückgeworfen und prallte gegen die hölzerne Begrenzung, die die Aquintianer um die Manufakturen gezogen hatten.

Er dachte nur ein einziges Wort, einen Namen: *Jendra ...*

Dawyd riss die Augen auf. Er keuchte und griff nach etwas, das sich zusammen mit seinem Traum auflöste.

Es war hell – allerdings nicht so hell wie nach der Explosion des Fuhrwerks, nur das Licht einiger kleiner Lampen, die an Haken an den Felswänden hingen. Es war still, sein eigener Atem unendlich laut – und immer noch hallte der ohrenbetäubende Krach der Explosionen nach. Doch es war nicht das Echo des Traums. Die Geschehnisse der Nacht ließen es in seinen Ohren immer noch rauschen und pfeifen.

Ein kleines, rattenhaftes Gesicht schob sich vor seines. Jendra entblößte beim Grinsen ihre schiefen Zähne. »Hast du mich gerade gerufen?«, fragte sie. Sie sah nicht gut aus, trotz des tapferen Lächelns, das ihr Gesicht eher in eine Grimasse verwandelte.

Eine Seite ihres Kopfes war verbunden, ein Auge zugeschwollen. Sie konnte von Glück sagen, dass sich der Splitter hatte entfernen lassen, ohne das Auge gleich mitzunehmen. Ihr Arm steckte in einer Schlinge, und sie bewegte sich sehr vorsichtig, beinahe wie eine greise Version ihrer selbst.

»Nur … ein Traum …«, murmelte Dawyd und blinzelte heftig. Es war das erste Mal, dass er Schlaf gefunden hatte seit den Ereignissen. Sein Herz hatte noch stundenlang danach gerast. Seine Lippen waren ausgetrocknet gewesen, als sei er durch eine Wüste gelaufen. Seine Finger hatten gezittert, als suchten sie weitere Männer mit Waffen, die er seiner eigenen Klinge zum Fraß vorwerfen konnte.

»Schreit nicht rum«, kam eine grimmige Stimme vom Ausgang. Dawyd musste sich kurz orientieren: In der Kluft waren Nischen und Höhlen weiter oben zu Häuschen ausgebaut worden, kleine hölzerne Türen wiesen in die Klamm, die von Brücken und Steigen durchzogen war, bei deren Anblick es einem schwindlig und bei deren Baufälligkeit es einem schlecht wurde. Tiefer unten in der schroffen Schlucht hatte niemand sich mehr die Mühe gemacht, die Mulden, kurzen Tunnel und Vertiefungen in der Felswand zu etwas Wohnlichem herzurichten: flache, gemeißelte Stellen, auf die man seine Decke zum Schlafen werfen konnte, Haken oder Halter für Lampen und Fackeln in der Wand, zugänglich nur über Leitern, bei denen meist jede zweite Strebe fehlte. Sie befanden sich in einer dieser unwohnlichen Höhlen.

Von oben tropfte Wasser am Eingang der kleinen, armseligen Behausung vorbei, schleimiges Moos und Algen ernährten sich davon. Dawyd konnte einen Streifen grauen Himmels sehen. Einer von Jannis' Freunden, Abner, hielt Wache und saß auf dem kleinen Felsvorsprung vor der Höhle. Dawyd glaubte, ihn *von früher* zu kennen, von seinen Flegeljahren in der Halbwelt Sygnas, hatte aber nicht mehr Worte als notwendig mit ihm gewechselt. Sie gehörten wieder zwei verschiedenen Welten an. Hatten das eigentlich auch damals schon getan, denn es war immer ein Unterschied, ob man freiwillig in die Gosse ging, um sich dort zu amüsieren, oder ob man dort gelandet war und niemals einen Weg hinaus finden würde.

Jendra sah Dawyd immer noch mit ihrem heilen Auge an.

»Du hast geträumt, ich wär tot?«, fragte sie. »Deshalb hast du so geschrien? Das ist irgendwie süß. Und wir träumen schon die gleichen Träume, denn ich hab auch geträumt, ich wär tot. Bumm. Romantisch, nicht?« Damit wich sie zurück und setzte sich mit einem Ächzen auf den blanken Fußboden.

»Das ... Ich ... Vergiss es«, brummte er.

»Wir werden wohl alle noch wochenlang davon träumen, wie du mit dem Karren in die Luft fliegst, Jendra. Das war zu knapp«, murmelte Ismayl irgendwo in Dawyds totem Winkel. »Wie du aus den Flammen gestolpert bist ...« Ein hörbares Schaudern durchlief den Dichter.

Dawyd setzte sich auf. Jeder Muskel in seinem Körper schmerzte. Er verkniff sich das Stöhnen – er war schließlich unverletzt.

»Wie sieht's oben in der Stadt aus?«, fragte er Abner. Erneut starrte er misstrauisch in die finstersten Winkel der Höhle, doch er wusste, dass es hier keinen Zugang zur Verkehrten Stadt gab. Und dennoch nagte diese Höhlenunterkunft an ihm, erinnerten ihn an den Pulsschlag, der ihn gelockt hatte ... Dass Ismayl gesagt hatte, er kenne viele Geschichten, die sich um die Kluft rankten, aber keine davon würde zu ihrer Erheiterung beitragen, machte es nicht besser.

»Die Blauröcke suchen noch nach uns. Waren auch hier in der Kluft, aber nicht so tief unten. Hab mit Schönauge die Leiter versteckt. Die kommen hier nicht hin, das kann ich dir garantieren. Sind sie noch nie.«

»Mag sich ändern«, murmelte Dawyd. »Wir haben auch noch nie zwölfeinhalb Zentner Sprengstoffe vor ihnen versteckt. Da suchen sie vielleicht gründlicher als sonst.«

Abner blinzelte. »Ja, vielleicht. Und noch was.«

»Ja?«, fragte Dawyd ungeduldig, als der ältere Kerl mit dem dünnen Bart nicht von selbst weitersprach.

»Die Eisenhammer. Sie sucht dich, Maul.«

»Ja?«, wiederholte Dawyd.

»Ja. Sie weiß, dass wir in der Kluft sind, aber sie weiß nicht, wo.«

»Und warum gebt ihr ihr keinen Tipp?«

»Weil wir dich erst fragen wollten. Vielleicht ist sie übergelaufen.«

»Schwachsinn. Sie ist niemand, der wegen verletzten Stolzes überläuft«, ließ Ismayl sich vernehmen. »Wir können ihr immer noch vertrauen. Wir haben nur gerade ... unterschiedliche Ideen.«

»Methoden. Bumm«, sagte Jendra und kicherte, was jedoch schnell in Schmerzenslaute überging.

»Wegen verletztem Stolz nicht«, knurrte Abner, »aber das Netz munkelt, ihre Söhne seien zurück und in der Gefangenschaft des Roten. Einer soll im Krieg zum Krüppel geworden sein. Ich weiß ja nicht, was sie dafür gäbe, sie wiederzusehen.«

Dawyd wandte sich um und tauschte einen Blick mit Ismayl. Ein besorgter Schatten wanderte über das Gesicht des Dichters, doch er schüttelte den Kopf. »Nein. Dann braucht sie unsere Hilfe, aber verraten würde sie uns nicht. Wir treffen uns mit ihr.«

Dawyd nickte und nahm seinen Schwertgurt mitsamt Elisabedas vorzüglicher Klinge vom Boden auf. Er zog sie ein Stück aus der Lederscheide und fuhr mit dem Finger über eines der Eisenzeichen. Er spürte, wie das Urzeichen in seinem Inneren damit in einer Resonanz schwang. Er spürte, dass es in ihm brannte, als sei es ihm eingeschmiedet worden. Er stieß den Atem aus und schob das Schwert zurück. »Lass uns mit ihr reden«, sagte er.

»Aufs Dach!«, zischte Ignaz und wollte sich an Neigel vorbeidrängen.

»Ich ... ich ...«, presste der Müllerbursche hervor und verstummte dann, und bevor Ignaz begriff, dass er eine Waffe hätte ziehen sollen, war Neigel bei ihm und versuchte, ihm die Faust gegen die Schläfe zu donnern. Ignaz wich zurück, entging dem Schlag nicht ganz und wurde schmerzhaft gestreift. Sein Kopf stieß an die Wand. Ohne die Möglichkeit, noch weiter zurückzuweichen, traf ihn die andere Faust erst gegen den Kiefer, dann in den Magen. Er klappte mit einem Keuchen zusammen, Sterne tanzten heller vor seinen Augen als das Licht der Laterne. Stimmen von draußen, er konnte nicht sagen, ob von der Uferseite oder von der Straße.

Neigel war so viel stärker. Er gab immer noch diese Laute von sich, diese schrecklichen Schluchzer, als zerreiße es ihn innerlich.

*Warum?*, wollte Ignaz schreien, doch seine Lungen konnten kein Wort durch das Blut in seinem Mund und den Schmerz in seinem Magen schieben.

Ignaz' nun letzter steter Gefährte, der Tod, sah gelassen zu, als ein weiterer Hieb auf ihn niederging und Neigel dann seine Hände auf den Rücken zerrte, um ihn festzuhalten wie ein Tier, das man aus einer Falle holt, um es nur Augenblicke später zu schlachten.

Aber der Tod schritt nicht ein, denn er wusste, heute Nacht würde er wieder die Unterhaltung geboten bekommen, nach der es ihn gelüstete.

Ismayl machte all der Sprengstoff nervös. Jannis' Leute hatten die eine gerettete Wagenladung auf mehrere Höhlen aufgeteilt, und trotzdem waren die Kisten mit Sprengtöpfen, die Feuertöpfe und die Fässer mit Zündpulver auch hier in ihrem Versteck zahlreich genug, um an seinen Nerven zu kitzeln. Er sah immer wieder hinüber, doch das Raubgut lag im Dunkeln. Nichts deutete darauf hin, dass gleich etwas davon in die Luft gehen würde. Niemand kam mit einer Laterne in die Nähe. Und – der Große Handwerker bewahre! – niemand warf eine Fackel danach, wie es im Weberviertel passiert war. Er wusste nicht, wer es gewesen war, auch wenn Abner die Alchimistin verdächtigt hatte, die, so sagte er, ihre Spuren habe verwischen wollen. Aber welche Spuren sollten das sein? Dass sie kollaborierte, wusste bereits jeder, und auch dass die Geheimpolizei sie beschützte. Ismayl glaubte eher, dass ein Soldat die Fackel geworfen hatte, vielleicht mit der Order, die Ladung eher zu vernichten, als in ihre Hände fallen zu lassen. Nein, Buckelviertelleute wie Abner hassten nur eines mehr als die Besatzer, und das waren reiche Bürger, die sich ihren Status dadurch sicherten, dass sie den Nacken vor den neuen Herren beugten, wie sie ihn zuvor vorm Gildenrat gebeugt hatten.

*Letztlich muss man die Stadt von zwei Jochen befreien. Letztlich müssen wir nicht nur die Aquinzacken zum Krummen Mann jagen, sondern auch die Gildenvorstände und den Klüngel der Meister.*

Erst dann wäre die Freiheit erreicht, die so viele sich wünschten. Ironischerweise hatte der aquinzische Kaiser seinem Volk genau solche Freiheit – Gleichheit für alle – versprochen, als er sich an die Macht putschte.

Aber gab es überhaupt wahre Freiheit, oder würde nur wieder jemand die Gelegenheit ergreifen, sich zum Ersten unter Gleichen zu machen? Ismayl hätte gern gewusst, was jemand wie Kilianna dazu zu sagen hätte, die im Verborgenen gegen die Hierarchie gekämpft hatte, deren Kind sie war. Er jedenfalls war überzeugt: Hier und heute hatte die Stunde des Volkes geschlagen.

Elisabeda saß ungerührt auf einer vernagelten Kiste, deren Inhalt noch unbekannt, aber vermutlich mindestens giftig, wenn nicht gar explosiv war. Sie hatte ihnen in leiser Stimme erzählt, wie sie von ihren Söhnen erfahren hatte, dass sie es für wahr hielt und dass sie nicht tatenlos zusehen, aber ebenso wenig auf die Forderungen eingehen konnte.

Dawyd hatte sofort einen Lösungsvorschlag parat. Offenbar musste er sich nicht mit ihnen beraten. »Wir haben eine Wagenladung Sprengstoff«, sagte er. »Wir kriegen die beiden da raus.

Wir müssen herausfinden, wo sie sind, und dann finden wir einen Weg oder sprengen uns einen. Die Dichter, die sie nicht getötet haben, sind im Zunftgefängnis, vielleicht sind auch einige in der Feste. Mit etwas Glück können wir mehrere Fliegen mit einer Klappe schlagen. Es wird höchste Zeit.«

Ismayl sah den nagenden Zweifel auf Elisabedas Gesicht. Immerhin war ihren Feinden bekannt, dass sie eine Wagenladung Sprengstoff in ihren Besitz gebracht hatten. Und sie hatten sicherlich besondere Schutzmaßnahmen getroffen. Er war heilfroh, dass Elisabeda wieder da war, ihr Hauptmann, ihr Taktiker. Mit ihr würden sie einen wirksamen Plan entwickeln.

Die Felsspalte, in der sie sich befanden, lag noch nicht am Boden der Kluft, doch Ismayl fühlte sich, als wären sie bereits auf dem tiefsten Punkt angekommen. Doch wer konnte das schon genau sagen – vielleicht ging es immer tiefer hinab.

Zumindest waren sie in dieser Spalte gut verborgen. Zwischen den zwei scharfkantig aufragenden Felsplatten waren die üblichen Befestigungen des Buckelviertels angebracht worden: Planen, Holz und Versatzstücke aus zusammengebrochenen Häusern. Ein Schmugglerversteck. Vielleicht sogar ein Ausweg aus der Stadt, falls sie das wollten, denn die Kluft führte an der Seite des Bleibergs aus Sygna und dem Schlangtal heraus in die Gebirgsausläufer des Ostens. Eine wenig vielversprechende Richtung, denn lange zurückliegende Erdbeben hatten den Landstrich in ein unwegsames, unzivilisiertes Gebiet verwandelt, dessen Erschließung nicht lohnte. Trotzdem gab es Schmuggler, die auf diesem Wege an Sygnas Waren heranwollten. Zeichenkundige waren bereits auf diesem Wege aus der Stadt geflohen. Doch diese Richtung war entbehrungsreich und sicher niemandem zu empfehlen, der nicht gut zu Fuß war. Und was wollten sie außerhalb der Stadt? Wenn die Soldaten auch die Kluft durchkämmten, dann wäre es vielleicht eine Möglichkeit, für einige Zeit in den Gebirgsausläufern unterzutauchen.

Doch Patrouillen gab es auch schon hier unten im Stockfinstern nicht. Alles war schlüpfrig, modrig und führte ins Nirgendwo der Kuser Berge. Der Sternenhimmel war nur als ferner Streifen über dem beinahe zusammengepressten Maul der Schlucht sichtbar. Ein perfekter Ort für ein Verschwörertreffen.

Jannis' Trupp war inzwischen auf mehr als nur eine Hand voll Männer und Frauen angewachsen. Natürlich vertraute Jannis ihnen allen bedingungslos, aber Ismayl hielt ihn für nicht ganz helle. Jeder von den Versammelten hatte Gründe, die Besatzer zu hassen, und jeder übertrumpfte den anderen mit einer neuen Idee, wie man den Zuständen in der Stadt ein Ende machen konnte. Die meisten Ideen hatten mit den Früchten des gestrigen Raubzugs zu tun, die sich um sie herum stapelten, doch Ismayl war sich nicht sicher, dass sie die Lösung all ihrer Probleme darstellten.

Dawyd versuchte, das Wort wieder an sich zu reißen, und sah dabei flehentlich Elisabeda an, die den Blick abwandte.

*Jetzt muss er die Suppe auslöffeln, die er sich eingebrockt hat. Und ich. Eigentlich bin ich auch mit schuld.* Ismayl trat näher an Dawyd heran.

»Hört zu!«, sagte er, während Abner gerade phantasierte, dass die Besetzung des Klotzes im Schlangtal der Schlüssel war, um Sygna zurückzuerobern. »Hört jetzt zu!«

Zwei wandten sich ihm erwartungsvoll zu, eine hübsche Frau mit schwarzem Haar, die Sarai genannt wurde, und ihr Liebhaber, ein Kerl, der alles tat, um sie zu beeindrucken. Ismayl zog sich ein paar Schritte ins Dunkel zurück, obwohl ihm der Blick der Frau folgte. Innerlich seufzend griff er im Dunkeln außerhalb des Lichtkreises der Fackeln an seinen Beutel am Gürtel und holte die Feder und das Tintenfässchen hervor. Er wünschte sich von Herzen ein Wortzeichen, das einem Sprecher Ruhe verschaffte, doch er war sich nicht sicher, ob das nicht ein Widerspruch in sich war. Ein Zeichen, um das Publikum für sich einzunehmen, das war jedoch etwas, das er beherrschte, doch sie sollten ihm nicht dabei zusehen, wie er es sich auf die Zunge malte. Bevor sie die halbe Stadt in den Untergang rissen, musste er Dawyd Gehör verschaffen.

Lysandre Rufin hatte einen Tag voller Einsichten und einiger interessanter Stunden mit Neigel hinter sich.

Er hatte Abmachungen mit Neigel getroffen, die diesem keine Wahl ließen. Neigel war zum vereinbarten Zeitpunkt am vereinbarten Ort gewesen, er hatte niemandem die Identität seines Liebhabers verraten, und er hatte Rufin alles gesagt, was er wusste. Er war jedoch unglücklich dabei. Rufin musste nicht der Menschenkenner sein, der er war, um das zu sehen. Der Jüngere hatte versucht, ihm zu sagen, dass er ihn nicht wiedersehen wollte, dass ihr Zusammensein falsch war. Er leistete innere Gegenwehr gegen das Wortzeichen, was Rufin interessant fand. Er fühlte sich darin bestätigt, dass er Neigel richtig eingeschätzt hatte: Er war nicht so dumm, wie seine große, schwerfällige Statur und sein breites Gesicht oberflächlichen Betrachtern glauben machten. Zudem war er stur, und seine Sturheit versuchte, die Macht, die Rufin über ihn hatte, aufzuweichen, an ihr zu nagen wie an Fesseln. Es würde ihm sicher irgendwann gelingen, sich von dem Wortzeichen zu befreien, aber noch nicht heute.

Als Rufin ihm befohlen hatte, ruhig zu sein, hatte der abgehackte Strom von Bitten und Einwänden geendet, den Neigel hervorstammelte. Müde hatte sich Rufin auf die Bettkante gesetzt. Es war das Zimmer des Etablissements, in dem sie sich bereits ein paar Mal getroffen hatten. Nur dass sie jetzt lediglich redeten. Rufin lächelte schmal und sah zu Neigel auf, der stumm unter dem Gebot der Ruhe dastand und ihn in einer seltsamen Mischung aus erzwungener Zuneigung und darunterliegender Abscheu ansah.

Rufin war froh, ihn zu haben. Es hatte seine Zeit gebraucht, um herauszufinden, wo sich der Laufbursche des Reichen Müllers verkrochen hatte – doch ihn wiederzufinden, ihn kennenzulernen, das hatte sich mehr ausgezahlt, als er erwartet hatte. Rufin selbst hegte keine bemerkenswerten Leidenschaften fleischlicher Art, aber er fand es interessant zu sehen, wie Verbote, Zwänge und Gelüste einen Menschen verzweifeln lassen und wie sehr Anerkennung, Freiheit, Erfüllung ihn formen konnten. Rufins Leidenschaft galt dieser Art des *Formens*, und es war ihm nicht schwergefallen, dafür auch die Hüllen gängiger Konventionen fallenzulassen. Er war die Hand gewesen, die Neigel befreit hatte – und jetzt schmeckte der Zwang umso bitterer, das sah er ein. Das las er in Neigels sommersprossigem Gesicht. Er musterte ihn. Die befohlene Ruhe dauerte an. Neigel standen Tränen in den Augen.

Rufin hatte von ihm erfahren, dass Dreifinger nicht in den Raub der Sprengstoffe verwickelt gewesen war. Die Gruppe hatte sich getrennt, im Streit. Rufin wusste nicht, ob das gut oder schlecht war, doch es schaffte für den Moment den unberechenbaren Goldfechter mit seinen neuen … Fähigkeiten aus Ignaz' unmittelbarer Nähe, und diese Gelegenheit würde er nicht verstreichen lassen. Er würde in dieser Nacht zuschlagen.

Dass er den Schreiner damals freigelassen hatte, war kein Fehler gewesen.

Zum damaligen Zeitpunkt war es angebracht gewesen und auch in den Monaten darauf – es war nicht schädlich gewesen, den Krüppel eine Rebellion anzetteln zu lassen, wenn man ihn früher oder später dazu zwang, jene revolutionären Geister, die als Funken ohnehin im Gebälk der Stadt geschwelt hatten, zu offenbaren, bevor sie ein ausgewachsenes Feuer entfachen konnten. Er hatte gehofft, eines glorreichen Tages mehrere Fliegen mit einer Klappe schlagen und Dreifinger zusammen mit seinen wichtigsten Komplizen in die Enge treiben zu können.

Doch mit Neigel und Dreifinger in seiner Gewalt und dem Wortzeichen in seinem Blut würde er nicht lange brauchen, um ihnen allen auf die Schliche zu kommen. Um die kleinen Funken auszuschlagen.

Rufin unterbrach die Stille: »Du wirst meine Leute zu Dreifingers Versteck führen. Du wirst dafür sorgen, dass wir ihn lebend bekommen. Du darfst jetzt wieder sprechen, aber nicht über mich und deinen Auftrag. Hast du alles verstanden, was ich dir gesagt habe?« Rufin formte die Wörter in Neigels Geist. Waren die minderen und höheren Zeichen der Dichter elaboriert, auf einen konkreten Zweck ausgerichtet und wirkten nur mit Wenns und Abers in bestimmten Fällen auf bestimmte Weise, so war das Urzeichen roh und erdrückend wie eine Naturgewalt. Rufin fehlten Muße und Geduld, um einen feinsinnigeren Einsatz zu versuchen, zum Beispiel um Neigels Liebe ins Unermessliche zu steigern oder seinen Geist so geschickt zu verwirren, dass er Freund und Feind verwechselte. Simple Befehle hatten etwas für sich, auch wenn Rufin früh aus dem Militär ausgeschieden und sich für die Geheimpolizei entschieden hatte, weil er geglaubt hatte, dass blanke Befehlsgewalt immer nur kurzfristig erfolgreich war.

Mit dem neuen Auftrag hatte er Neigel aus seiner Gegenwart, doch nicht aus seiner Macht entlassen. Und nun wartete Rufin am Ufer des Schlangbeckens darauf, ein nächtliches Gespräch mit seiner allerersten Kreatur führen zu können, einem verbitterten, zerstörten, aufrührerischen Schreiner mit drei Fingern.

Er schlenderte die Ufertreppe hinauf. Es hatte nicht viel Geschrei gegeben, keine hässlichen Manöver in Hausfluren und auf Treppenstiegen, keine Stürze von Dächern und keine Körper, die in den Fluten der Schlang versanken. Zwei Soldaten hielten einen Mann auf den Knien, dessen Kopf nach vorn baumelte. Neigel stand abseits, als ekle es ihn und als müsse er sich jeden Moment übergeben. Er wandte sich von der Szenerie ab, doch Rufins Aufmerksamkeit galt nun ohnehin nicht mehr dem kleinen Spion des Schlangmundmüllers. Er trat vor, griff in die dunklen, graudurchzogenen Locken seines Gegners und zog, bis er in das Gesicht des anderen blicken konnte. Von der Augenbraue lief Blut über ein Augenlid und eine Wange, das andere Auge flackerte unfokussiert, bevor es aufklarte und Rufins Blick fand. Der Gefangene stöhnte.

»Da bin ich wieder, mein alter Freund«, sagte Rufin leise und dann zu den Soldaten gewandt: »Bringt ihn … in die Feste.«

Die Soldaten nickten. Ignaz zeigte mit keiner Reaktion, ob er ihn verstanden hatte. Rufin hörte Neigel leise schluchzen.

Ihm sollte es recht sein. Rufin wandte sich zum Gehen und

fühlte sich zum ersten Mal seit Wochen etwas leichter ums Herz.

»Natürlich können wir den einen oder anderen, der kollaboriert hat, überfallen«, antwortete Dawyd auf die mürrische Nachfrage eines Schnauzbartträgers namens Josiff.

»Die haben doch alle kollaboriert!«, knurrte Josiff. »Die Meister haben alle Dreck am Stecken!«

»Aber wir überfallen nur die, von denen wir es genau wissen. Wir können nicht alle unter Generalverdacht stellen!«, sagte Ismayl, und das Zeichen der gefälligen Rede auf seiner Zunge ließ die Worte schmeichelnd klingen statt so entnervt, wie er sich fühlte. Es schmeckte bereits bitter wie der Saft der Bitterorangen, die man früher auf dem Markt gefunden hatte. Es zerlief auf seiner Zunge und würde bald nur noch den Geschmack und nicht mehr die Wirkung zurücklassen. Sarai musterte ihn mit verengten Augen. Warum nur versuchten vor allen Dingen hübsche Frauen, sich seinen Zeichen zu entziehen?

Nein, für diese verdrießlichen Gedanken war jetzt keine Zeit! Er musste noch Dinge klarstellen, bevor sie wieder beginnen würden, Dawyd und ihn zu übertönen. »Der Alchimist Malachias zum Beispiel. Und wir haben einen Kontakt zu den oberen Rängen der Stadt, über den wir Informationen sammeln können.«

»Kilianna Erdhand?«, fragte Jannis sofort. »Die mit der Kutsche zum Theater kam?«

Ismayl starrte ihn an. Das hatte Jannis unmöglich gesagt! Bislang hatte immer jemand gemurmelt, aber jetzt schwiegen alle andächtig, bis der Erste fragte: »Die Tochter des Großgildenmeisters?«

»Hört doch mal zu!«, bat Ismayl. »Wir wollen keine Namen nennen und auch keine verbreiten. Bitte verbreitet auf keinen Fall Namen!«

»Natürlich nicht!«, sagte Josiff. »Aber wir hier sind der harte Kern, du kannst uns vertrauen.«

»Also, Meister Malachias«, kam Dawyd etwas verdattert wieder zurück auf das, was zuletzt gesagt worden war. »Bei ihm können wir uns vielleicht weiter ausrüsten.«

»Aber bei den Alchimisten ist doch nichts mehr zu holen! Das wird doch alles auf den Karren gewesen sein!«, protestierte ein Bursche, der vielleicht gerade einmal fünfzehn war, ebenfalls so schwarzhaarig wie Sarai.

»Wir brauchen nicht nur Dinge, die Krach machen und explodieren«, sagte Ismayl und verzog das Gesicht, so bitter schmeckten die Überreste des Zeichens. »Wir können auch Heiltinkturen gebrauchen und was die Alchimisten noch so alles zusammenbrauen. Säuren! Gifte!«

»Waffen brauchen wir! Wir müssen einen der Schmiedemeister plündern!«

»Es geht hier nicht um Plünderungen!«, rief Dawyd, sichtlich an seiner eigenen Grenze. »Bevor wir die Waffen ziehen, müssen wir versuchen, diese Leute von unserer Sache zu überzeugen!«

»Du hast gesagt, den einen oder anderen, der kollaboriert hat, können wir plündern«, warf Jannis ein, und Ismayl sandte Dawyd einen vorwurfsvollen Blick.

»Habe ich plündern gesagt?«, fragte Dawyd. »Ich meinte ...«

»Ja, hast du«, sagte Jendra und grinste wenig hilfreich. Ismayl sah, dass Elisabeda Dawyd und ihn anstarrte. Er konnte ihre Miene nicht lesen, doch sie war keinesfalls erfreut.

»Nun ja, wir brauchen die Dinge natürlich, die sie in ihren Lagerhäusern horten, falls die Aquinzacken sie nicht längst in Besitz genommen haben. Deshalb wäre das Plündern im Sinne von ... Wenn sie sich nicht von uns überzeugen lassen, dann ...«

»Und wenn sie alles schon verkauft haben, dann nehmen wir eben das Geld«, sagte der Freund von Sarai, und sie nickte: »Klar, warum nicht? Hauptsache, sie merken, dass es uns ernst ist. Wer kollaboriert, soll uns mehr fürchten als den Gouverneur und seine Leute.«

»Das ist doch Unsinn«, sagte Ismayl, aber sein Zeichen war

zerlaufen. Sie warf ihm ein halbes Lächeln zu, ein verdammt überhebliches halbes Lächeln.

»Ach ja? Wie soll der Aufstand glücken, wenn wir nicht geschlossen agieren? Die sollen ruhig Angst haben, denn wenn sie mehr Angst vor uns als vor den Aquinzacken haben, dann schließen sie sich uns schon an!«

»Weil die Soldaten ihre aquinzischen Uniformen und Rüstungen tragen, liegt noch viel altes Rüstzeug in den Lagern der Harnischmacher«, wusste ein angemaltes Mädchen mit zu wenig Kleidung am Leib, und Ismayl fragte sich sofort, was eine Straßenhure über Rüstungen wissen konnte.

»Aber das Rüstzeug würde uns nicht gegen die Kugeln helfen«, sagte Dawyd. »Die Panzer werden davon durchbohrt.«

»Aber besser, wir haben Harnische an, als dass wir in Lumpen gegen ihre Mauern anrennen! Sie müssen schon gut treffen, um einen Harnisch zu durchschlagen!«, warf ein muskelbepackter Tagelöhner ein. Andere stimmten zu.

»Wir plündern die Harnischmacher. Die Schmiede, die Alchimisten. Die haben Zeug, das wir brauchen können! Wir bewaffnen uns und alle, die dann zu uns kommen!«, spie Josiff und reckte eine Faust in die Luft. Und das war der Zeitpunkt, an dem alle wieder anfingen, wild durcheinanderzureden. Ein kalter Wind fegte durch die Schlucht und löste einen Schauer von Wassertropfen von den Felswänden. Ismayl fror.

*Wir hatten eine Rebellion. Und nun haben wir einen Mob.*

Dawyd sah sich hilflos nach Elisabeda um, die die Augenbrauen hochzog.

»Scheiße, dass sie Kiliannas Namen genannt haben«, fluchte er leise genug, dass es durch den Lärm niemand außer Ismayl hörte.

»Es tut mir leid«, sagte Ismayl. »Meine Dichtkunst taugt hier nichts.«

Josiff lud sich ein Fässchen Zündpulver auf.

»Was?«, rief Dawyd. »Stell das wieder hin, wir entscheiden gemeinsam, was wir …«

Josiff lachte auf. »Wenn ich darauf warte, dass man gemeinsam was entscheidet, werd ich hier unten alt. Ich sage, wir gehen hoch und lassen sie nicht erst Atem schöpfen. Letzte Nacht das Weberviertel, heute Nacht die Harnischmacher!«

Leute jubelten. Dawyd redete auf Josiff ein. Ismayls und Elisabedas Blicke trafen sich, und er las keine Befriedigung in dem ihren, kein »Mit Ignaz wäre das nicht geschehen«. Nur Ratlosigkeit.

*Je unkoordinierter wir jetzt sind, desto unwahrscheinlicher wird es, dass sie ihre Söhne heil wiedersieht.*

## Kapitel X

Kilianna befand sich in der Gewalt des Feindes.

Sie wusste es. Lysandre Rufin mochte ein subtiler Mann sein, die Männer, die sich auf den übersichtlichen Straßen des Meisterviertels herumtrieben, waren es weniger. Sie wusste, dass sie beobachtet wurde.

Ihre Gefangenschaft war eine im goldenen Käfig, aber im Moment wäre ihr ein feuchtes Kellerloch lieber gewesen. Wie die, in denen die Dichter gelandet waren, mit denen der Commissaire der Geheimpolizei nicht zimperlich – und nicht geheim – verfahren war. Kilianna wurde eben immer privilegiert, selbst wenn sie unter dem Verdacht stand, Rebellen zu unterstützen.

Sie wurde nicht am Verlassen des Hauses gehindert. Doch sie wurde beobachtet, von morgens bis abends – sogar nachts. Sie wusste nicht, wie sie Dawyd kontaktieren sollte, sie wusste nicht, wie sie entkommen konnte, ohne die anderen zu gefährden, und sie hoffte, dass niemand mit ihr Kontakt aufnahm, ahnungslos der Falle gegenüber, in die er oder sie laufen würde.

Sie verbrachte Zeit in der Bibliothek ihres Vaters und fragte das Hausmädchen Merie nach all den Neuigkeiten aus der Stadt, und Merie erzählte bereitwillig. Zum Wehrdienst gezwungene Sygnaer waren von der Front zurückgekehrt, aber in die Feste gebracht worden. Ein Raub war in einer Explosion gegipfelt. Meisterin Abigil Sulfadur war dabei verwundet worden, und wer konnte sagen, wer noch? Die Neuigkeit, die verbreitet wurde, war, dass die Rebellen einen Karren mit für die Front bestimmten Sprengstoffen hochgejagt hatten und dass dabei eine noch nicht bekannte Anzahl Männer und Frauen aus ihren eigenen Reihen das Leben gelassen hatten.

Dann ging das Gerücht, dass die Eingänge zur Verkehrten

Stadt bewacht wurden – *Alle?*, fragte sie sich, denn das schien ihr unmöglich –, aber dass dort nicht weiter gearbeitet wurde.

*Sie bewachen die Sarkophage*, war Kilianna sich sicher, *damit nicht noch mehr geöffnet werden.*

Sie starrte auf ihre Hand, die vorsichtig eines der unergiebigen Bücher hielt, mit denen sie aus der Ferne die Tiefe zu erforschen suchte.

Ihr Blut war es, das die Behälter öffnen konnte. Sie schauderte. War es gut oder schlecht, wenn das, was darin war, jemanden … *infizierte?* Und würde es sich einfach den Nächstbesten aussuchen? Oder war es wählerisch? Musste man direkt am Sarkophag stehen, um gezeichnet zu werden, oder würde es sich auch Menschen erwählen, die weiter entfernt waren?

*Dawyd ist Goldfechter, und er wurde wie … Eisen zu einem Magneten zum Zeichen gezogen.*

Was würde passieren, wenn sie die Behältnisse allein öffnete? Würde der Inhalt sich einfach in Staub auflösen? Würde er sie zeichnen?

Die Bücher frustrierten sie. Die alten Meister hatten den Schleier des Vergessens über die Verkehrte Stadt gebreitet, vor Jahrhunderten hatten sie harte Strafen verhängt für all jene, die davon erzählten oder danach forschen wollten. Und nun wurde ihnen genau dieses Verhängen zum Verhängnis!

Ohne es zu wollen, musste sie an Ismayl Schönauge denken. Er hatte stets nach der Vergangenheit der Stadt gegraben, und er war dabei unbeirrbar gewesen. Wer wusste schon, was in Friedenszeiten geschehen wäre, was er herausgefunden hätte, wenn die Aquintianer nicht eingefallen wären?

*Vielleicht nichts, vielleicht hätte er nicht mehr gefunden. Vielleicht hätten aber auch die Meister ihn zum Schweigen gebracht. Allen voran mein Vater!*

Sie schnaubte und musste alle Willenskraft aufbringen, um das Buch nicht in die Ecke zu schleudern. Alles drohte sie zu ersticken – die Vorhänge, die schweren Läufer, die Wandbehänge … der goldene Käfig.

Zacharias befand sich in der Gewalt des Feindes.

Er war von seinem Bruder getrennt worden und hockte nun in einem steinernen, feuchten Kellerloch. Eine schwere Holztür, die älter war als die Regentschaft von Gouverneur Tranquil, verwehrte ihm den Weg nach draußen. Obwohl das meiste der Festung neu auf alte Mauerreste aufgepfropft worden war, hatten die Kerker im steinernen Untergrund offensichtlich die Zeit überdauert, in der es keinen adligen Herrscher der Stadt mehr gegeben hatte. Zach kauerte vornübergebeugt vor der Holztür und presste sein Ohr an die Klappe, durch die man ihm das Essen reichte. Es war stockdunkel.

Anfangs hatte er Angst gehabt. Anfangs hatte er nach Johannis gerufen. »Johanni! Hörst du mich? Bist du da? Bist du irgendwo? Kannst du mich hören?« Doch diese Versuche hatte er nun aufgegeben, vom Rufen war seine Kehle ganz heiser. Beinahe fiebrig fühlte sich die Sorge nach seinem schwer verletzten, älteren Bruder an. *Verkrüppelt, das ist er,* machte er sich klar. Das hatte etwas so Endgültiges.

*Oder vielleicht ist er doch noch an der Wunde gestorben.* Zach schluckte – das fühlte sich noch endgültiger an. Von dem Bruder getrennt zu sein, den er mehr als alles andere beschützen wollte, grub sich wie ein Messerstich in seinen Bauch.

Er hatte jeden Sinn für Zeit verloren. Selbst die Mahlzeiten boten ihm keinen Anhaltspunkt. Mal hatte er das Gefühl, bis zur nächsten schier zu verhungern, mal kamen sie in einem so kurzen Abstand, dass er sich fragte, ob er eingeschlafen war, ohne es zu merken. Es war Soldatenkost, Haferbrei – mal mit ein paar undefinierbaren Stücken Gemüse darin, mal mit ein paar Brocken Fleisch, mal nur mit einem Kanten Brot. Er kannte das von der Front und ging davon aus, dass man nichts besonders Widerwärtiges für die Gefangenen zubereitete, sondern dass er einfach eine Ration der gleichen Mahlzeiten bekam wie die Soldaten in der Festung.

Eine halbe Ewigkeit war ins Land gezogen, als sich die Tür öffnete.

Ein Mann trat ein. Er trug – wie Zach auch – die blaue Uniform der Aquintianer, jedoch mit einem ihm fremden Rangabzeichen versehen, einem roten Band, das mit einem spitzen Knick um seinen linken Oberarm lief.

»Wo ist mein Bruder?«, fragte Zach und blinzelte gegen das Licht an, das den Mann begleitete. Vor der Tür konnte er noch zwei Soldaten erkennen, Hellebarden in der Hand.

Der junge Mann, der vielleicht nur fünf, sechs Jahre älter war als Zach und sein Haar etwas länger trug, als unter den Soldaten üblich war, packte ihn am Arm und zog ihn in die Höhe. »Schütze Zacharias Erdhand?«

Zach nickte – warum fragte der Mann das? Es war doch sonnenklar, wer er war.

»Wo ist mein Bruder?«, wiederholte er daher nur.

»Ich bin Brigadier der Geheimpolizei Justien Damalour.«

»Warum … warum bin ich ein Gefangener? Ich habe für Aquintien gekämpft, und mein Bruder hat ein Bein dabei verloren. Wir haben uns nichts zuschulden kommen lassen. Ihr habt kein Recht, uns gefangen zu halten!« Er versuchte, wieder in den Dialekt der Aquintier zu verfallen, vielleicht half das.

Der Mann schloss die Tür hinter sich, er schien nicht zu fürchten, dass Zach ihn als Geisel nehmen würde. Er lag richtig damit: Zach war niemand, der einen Bewaffneten mit bloßen Händen überwältigte und sich dann mit ihm den Weg nach draußen erpresste.

Der Geheimpolizist stellte die Lampe auf dem Boden ab, und Zach blinzelte gegen das Licht an, das ihm absurd hell erschien. »Schon mal von Sippenhaft gehört?«, fragte der Brigadier mit einem schmalen Lächeln.

»Nein«, behauptete Zach, obwohl es durchaus Fälle davon gegeben hatte, auch unter der Herrschaft der Gilden. Wenn jemand besonders hartnäckig versucht hatte, Zeichen oder sich selbst aus der Stadt zu schmuggeln …

»Was würdest du tun, um deinen Bruder freizubekommen?«, fragte der Geheimpolizist unumwunden.

Zach presste die Lippen aufeinander. *Alles,* dachte er. Und: *Nichts.* Alles für Johannis – nichts für diesen Burschen, der ihn so überheblich aus seinen eng zusammenstehenden Augen betrachtete.

»Wer aus meiner Sippe hat sich denn etwas zuschulden kommen lassen? Meinen Vater habt ihr erschossen. Und meine Mutter …«

Der Brigadier hob eine Augenbraue. »Deine Mutter?«, hakte er dann nach.

»Meine Mutter trauert sicher immer noch um ihn«, endete Zach dumpf. Wären sie doch damals Ignaz gefolgt – der hatte das Richtige getan! Stattdessen hatten sie abgewartet, die Köpfe unten behalten. Gefürchtet, dass sie zu viel zu verlieren hatten. Er knirschte mit den Zähnen.

»Ich sage dir genau so viel«, sagte der Mann ausdruckslos: »Es ist deine Mutter, die hier sitzen sollte. Wenn sie im Kerker setzt, entlassen wir ihre … *Sippe* aus der Haft. Dich und deinen Bruder. Dann kannst du dich um ihn kümmern.«

»Meine Mutter?«, flüsterte Zach.

»Elisabeda Eisenhammer, geborene Jaranjid. Das ist doch deine Mutter, richtig?«

Zach nickte.

»Denk dir was aus. Sag uns, wie wir an sie herankommen. Wo sie sein könnte. Sobald sie hier einsitzt, siehst du deinen Bruder wieder. Gesund wieder.« Der Mann trat wieder zur Tür, klopfte. Ein Schlüssel drehte sich im Schloss.

»Wartet!«, rief Zach.

Der Mann trat aus der Zelle und warf die Tür hart hinter sich zu.

Ignaz Dreifinger befand sich in der Gewalt seines Erzfeindes. Es wunderte ihn nicht, dass das Schicksal noch nicht fertig mit ihnen war. Er hätte es wissen müssen.

Als Lysandre Rufin den Verhörraum in der Festung betrat,

hob Ignaz die unversehrte linke Hand, die mit einer eisernen Schelle an einem schweren Holztisch befestigt war. Die rechte konnte man nirgends mehr anketten, der Verlust des Daumens hatte das unmöglich gemacht. Ignaz war nicht entgangen, dass es sich um einen Tisch handelte, den er selbst gefertigt hatte. Auf Wunsch der Witwe Fehrenhild wies er Schnitzereien mit Szenen aus dem Leben ihres Mannes, eines reichen Tuchhändlers, auf. Ein kitschiges Ding, eines der Werkstücke, die ihn eine Zeitlang ernährt, aber nicht mit Freude erfüllt hatten. Und dennoch fragte sich Ignaz, wie Rufin an ihn herangekommen war.

Der Rote hatte Ignaz im Dunkeln warten gelassen. Der Raum lag unterirdisch, und Ignaz' freie Rechte war wieder und wieder über die Szenen gewandert, bis er erkannt hatte, was sie zeigten und somit auch, an welchen Tisch er gefesselt war. Er kannte Rufins Spiele schon. Es war nicht verwunderlich, dass er so etwas auftrieb, um damit … was? Sein Gegenüber zu beeindrucken? Zu ängstigen?

Ignaz musste eingestehen, dass ihm beides gelang. Außerdem lag etwas in seinem Blick, etwas Seltsames, ein helles Flackern, das Ignaz nicht einordnen konnte und nicht kannte.

Rufin trug zivile Sygnaer Kleidung, an der Seite im Gürtel steckte eine kleine Waffe, die Ignaz nicht einordnen konnte.

Ignaz wackelte mit den fünf Fingern der linken Hand. »Bist du gekommen, um dir noch ein paar zu holen?«

»Ich vermisse den Lärm deiner Schreie«, flüsterte Rufin ohne eine Sekunde des Zögerns. »Und dennoch: nein.«

»Du hättest dir keinen schlechteren Zeitpunkt aussuchen können, um mich zu holen, Lysandre. Ich weiß nicht, wo meine Freunde sind. Ich weiß nicht, wer sie anführt und was sie tun. Du kannst mich noch ein wenig quälen, wenn du magst. Aber es wird dir nichts bringen.« Ignaz schenkte Rufin ein gelassenes Lächeln.

Ja, er hatte Angst gehabt. Angst vor Schmerzen. Angst davor, erneut in Lysandres Gewalt zu sein. Doch dieser hatte ihn lange genug im Dunkeln sitzen gelassen, dass er sich hatte beruhigen und die Angst bezähmen können. Er hatte sie im Käfig seiner Rippen weggesperrt. Ignaz hatte ein Leben lang auf die harte Weise lernen müssen, dass es Dinge gab, mit denen man sich abfinden musste. Er war ein Mann, der zwölf Mal in geheimem Auftrag anderer Gesellen Meisterstücke angefertigt und damit seinen Lebensunterhalt bestritten hatte, ohne von den Gilden gewürdigt zu werden. Ein Mann, der von den Gilden zähneknirschend zum Meister erhoben worden war, ohne dass ein Gildenmeister jemals ein Wort mit ihm wechseln wollte. Ein Mann, der zweieinhalb Finger und somit sein ganzes bisheriges Leben verloren hatte. Solch ein Mann erwartete die Ankunft der nächsten Unvermeidlichkeit erhobenen Hauptes.

»Ich weiß. Dein Freund hat es mir bereits gesagt. Neigel.«

Ignaz presste die Lippen aufeinander. *Neigel.*

»Aber vielleicht schere ich mich auch nicht länger um deine kleinen Aufständler. Vielleicht ist es das große Ganze, das ich sehe.« Lysandre klopfte mit den Knöcheln auf den Tisch. »Die Szenen hierdrauf – sie zeigen einen Mann, der Tuch verkauft. Einen Mann, der heiratet. Eine Frau mit vier Kindern. Eine Armenspeisung am Haus eines gutgestellten Wohltäters. Die einzelnen Szenen haben keine Relevanz, aber der Tisch als Ganzes. Er erzählt mir sowohl deine Geschichte – die frustrierende Geschichte über einen kleinen Mann, dem stets die Anerkennung verwehrt bleibt, die ihm zusteht – als auch die Geschichte der Frau, die ihn in Auftrag gab. Und es ist ein Tisch. Wenn ich ihn zerschlage, kann ich kein Glas mehr darauf abstellen.«

»Oh ja, ich erinnere mich wieder. Vor dem Teil, bei dem ich so unterhaltsam schreie, hast du mich mit diesen Belanglosigkeiten gelangweilt, die du geistreich findest.«

»Ach, Ignaz«, seufzte Lysandre und setzte sich nun endlich. »Wir haben einander gefehlt.« Er schenkte Ignaz ein wölfisches Grinsen. »Was ist eigentlich besonders an Schreinerzeichen, frage ich mich. Wie viel Macht können Zeichen haben, die in Holz geschnitten werden? Was macht das aus einem Tisch, wenn du ein Zeichen reinschneidest?«

»Das kommt darauf an, was du von einem Tisch verlangst«, sagte Ignaz, als säßen sie beim Tee. »Der gängigste Wunsch wäre vielleicht, dass er stabil ist. Oder dass er nicht verschmutzt.«

»Das könntest du bewerkstelligen? Einen Tisch, den man niemals abwischen muss?«

»Nein«, erwiderte Ignaz. »Zum einen habe ich nicht mehr genügend Finger, und zum anderen müsste man ihn wohl weiterhin abwischen. Es würde aber kein Schmutz ins Holz ziehen. Man könnte ihn auch der Witterung aussetzen.«

»Ein Tisch für die Ewigkeit.«

»Was will man mehr von einem Tisch?«

»Und wovon lebt ein Schreiner, wenn alle Tische ewig halten?«, spottete Lysandre.

»Vom Wunsch der Menschen nach neuen Dingen. Von neuen Moden und Launen. Davon, dass man in der Lage ist, Dinge noch kunstfertiger zu gestalten als die Handwerker vor einem.«

»Also – Möbel. Dafür schlug dein Herz?«, bohrte Lysandre weiter.

»Fürs Holz«, erwiderte Ignaz freimütig. »Holz wächst, man muss es nicht spinnen und weben wie Tuch. Man muss es nicht der Erde entreißen und verhütten wie Erz. Man muss es nicht zusammenbrauen wie die Tinkturen und Gesöffe der Alchimisten und Braumeister. Man muss es nicht einmal auf dem Feld pflegen wie Weizen, Emmer und Dreikorn, die der Müller auf den Stein schüttet. Jeder Baum hat seine ganz eigene Richtung. Aus jedem wird etwas Eigenes. Mit etwas so Geringem wie einem Messer kann ich an Holz ansetzen und es zu etwas Neuem machen, zu etwas, das ich in ihm sehe. Ich muss es nicht erhitzen, nicht mit großer Kraft verformen.«

»Welche Macht im Holz liegt«, sagte Lysandre tonlos.

Ignaz lächelte. Er wusste, dass der Rote es nicht verstand. Dass er es auch nicht verstehen wollte. Er wollte auf ihn herabblicken. Auf den einfachen Handwerker, der Bretter zusammenzimmerte.

»Ich glaube, ich habe deine Wuchsrichtung damals nicht ganz erkannt. Mir fehlte das Auge des Schreiners, Dreifinger«, fuhr Rufin fort. »Ich habe nicht erkannt, zu was du wachsen wirst. Wie dich das, was ich dir abgeschnitten habe, verändern würde.«

»Das sagst du schön«, lobte Ignaz.

»Aber das ist schon in Ordnung, so wie es ist. Du bist das Gesicht, das den Unbekannten vorsteht, Dreifinger. Wärst du nicht zu dem geworden, was du jetzt bist, wer weiß, wie ich dann an die Unbekannten herankäme?«

»Also schneidest du mir jetzt weitere Finger ab? Oder hast du neue Einfälle, um mich zum Reden zu bringen?«

»Zum einen habe ich Neigel.«

»Der mich verraten hat. Er soll in der Hölle deines Gottes brennen.«

»So einfach ist es nicht. Du darfst ihm nicht böse sein. Er hatte keine Wahl.«

»Schlange. Womit hast du ihn erpresst?«

»Das war nicht nötig, und deshalb sind solche Maßnahmen auch bei dir nicht nötig. Ich habe Eisenhammers Söhne in meiner Gewalt. Ich habe Neigel. Ich könnte ihnen wehtun, bis du Mitleid hast.«

»Du weißt, dass kein Band mich bindet«, erklärte Ignaz und versuchte, ruhig zu atmen. Nichts zu empfinden. Er legte seine Rechte auf den Tisch neben die Linke. »Es würde mir leid tun um alle drei Burschen, aber was soll ich machen? Ich wäre nicht der, der sie verletzt. Das wärst du, und ich lade keine Schuld auf mich, wenn du Gräueltaten verübst.«

»Wie raffiniert. Obwohl ich dich an den Hebel setzen würde, der mich aufhören ließe?«

»Ich bediene keine Hebel mehr«, sagte Ignaz. »Ich sage mich davon frei, Teil deines Getriebes zu sein.«

»Ignaz!«, rief Rufin, warf den Kopf in den Nacken und lachte. »Wie habe ich die Gespräche mit dir vermisst!«

Das konnte Ignaz nicht von sich behaupten, aber er blieb ruhig sitzen und betrachtete seinen Feind, der sich mit einem

Tüchlein die Augen wischte. Dann wurde der Rote ernst und erwiderte Ignaz' Blick beinahe mit Bedauern.

»Aber diesmal bin ich nicht darauf angewiesen, dich zu beugen. Diesmal kann ich dich einfach brechen«, sagte er leise. »Siehst du, die Hölzernen Zeichen – ich kann mir einfach nicht vorstellen, dass man nach der Macht über Holz strebt, wenn es in dieser Stadt doch die Macht gibt, Wörter zu verformen. Gedanken.«

Ignaz gefror augenblicklich das Blut. Sein Herz tat einige kurze, rasche, flache Schläge, als arbeite es gegen die Eissplitter an, dann erst hämmerte es heftig, sodass Ignaz es bis in seine Schädelplatte spürte. »Du hast Wortzeichen erlernt«, zwang er sich zu sagen. »Respekt.«

»Danke!« Lysandre lächelte erneut wie ein Raubtier. »Doch das ist noch nicht alles. Was mit Iackmar geschehen ist … Du erinnerst dich vielleicht: Er ging in die Verkehrte Stadt, öffnete einen Sarkophag und kehrte mit Zeichen in den Augen zurück.«

Rufin drehte das Licht der Öllampe heller und beugte sich nun über den Tisch vor, bis Ignaz klar sehen konnte, was ihn schon am Anfang des Gesprächs an seinem Feind irritiert hatte: Etwas in seinen Augen hatte sich verändert – wie Dawyd trug er ein Zeichen in der Iris. Ignaz keuchte, Fassungslosigkeit schob die Angst wieder aus seinem Inneren hoch, und er bezwang beides. Doch Lysandre hatte es schon bemerkt, und eine tiefe Befriedigung glomm in seiner Miene auf.

»Ganz recht. Ich bin nun der Meister der Wortzeichen.«

Er lehnte sich wieder in seinem Stuhl zurück. Die Lampe flackerte hell. In Rufins grüngrauen Augen spiegelten sich die Flammen.

»Ich werde deinen Geist aufbrechen, Ignaz Dreifinger. Ich werde all deine kleinen Geheimnisse herausholen, blutig und schleimig werde ich sie in den Händen halten. Wer an deinen Fäden zog, bevor ich sie diese Nacht übernehme. Wem du zuarbeitest. Wer mit drinhängt. Ich werde dich lesen wie ein Buch, und diesmal wirst du mir nicht zerfleddert entkommen. Diesmal werde ich dich lesen und danach verbrennen.«

Ignaz starrte ihn an, ohne zu blinzeln. Er atmete flach. Der Seneschall des Verborgenen Hofs hatte für diesen Fall vorgesorgt – für den Fall, dass Zwang ausgeübt wurde. Aber ob das Zeichen des Seneschalls gegen jemanden bestehen würde, dem das Wortzeichen in die Augen gebrannt war? Er nickte. Er würde es bald herausfinden.

»Du kannst es versuchen«, flüsterte er.

»Man liest zwar, dass Revolutionen selten eine wohlgeordnete Angelegenheit sind, aber ich hätte nicht gedacht, dass die Lage derart schnell außer Kontrolle gerät.« Ismayl blickte fassungslos um sich.

Brandgeruch lag in der Luft. Ein Funkenschwarm stob vom Gebälk eines Häuserdachs in den Nachthimmel, nur wenige Gassen von der alten Stadtmauer entfernt und viel zu nah am Bleiberg, seinen alten Vierteln und Werkstätten – und der Aquintianerfeste auf seinem Buckel, die jederzeit Soldaten ausspeien konnte. Zum Glück bestanden die meisten Gebäude des Funkenviertels – es hatte nie passender geheißen – aufgrund der vielen Essen, Renn- und Schmelzöfen aus Stein und waren mit Schiefer gedeckt – ansonsten hätte sich das Feuer, das die Plünderer um Josiff entfacht hatten, zu einem Stadtbrand ausgewachsen.

Eine Glocke rief schrill nach Eimerketten und Löschwasser. Josiffs Bande von sicherlich drei, vier Dutzend Menschen aus den Elendsquartieren zog johlend weiter durch das Funkenviertel der Eisenverarbeiter in die Meister-Johatus-Straße mit ihren hübsch verzierten Läden, sprengte Türen auf, drang in Werkstätten ein und riss heraus, was darin zu finden war, selbst wenn es nur unverarbeitete Eisenstangen oder Werkzeuge waren.

Fensterläden wurden aufgestoßen, Schreie der aus dem Schlaf gerissenen Bewohner waren in den Häusern zu hören. Die Menschen, die Ismayl hatte inspirieren wollen, hatten sich in eine Truppe von Marodeuren verwandelt. Es war unmöglich, sie aufzuhalten. Dawyd schrie Einzelne an, sich zusammenzureißen, aber das täuschte nicht über die Tatsache hinweg, dass er der Menge nicht Herr war.

»Du musst etwas unternehmen, deinem Maul hört hier keiner mehr zu!«, rief Ismayl. »Sonst geht das hier als Mordtat in die Geschichte der Stadt ein, und die Aquinzacken werden als Helden gefeiert, wenn sie uns endlich aufgehalten haben werden und hinrichten!«

Dawyd sah den Dichter an und schüttelte den Kopf, als wolle er aus einem bösen Traum erwachen. Ismayl war sich nicht einmal sicher, wie viel er durch den ohrenbetäubenden Lärm von Hilfesuchenden, prasselndem Feuer und johlenden Plünderern hören konnte. Der Träger des Blutzeichens war hilflos.

Auch Ismayl hatte sich noch nie so sehr nach Ignaz' Anwesenheit gesehnt wie in diesem Augenblick. Wenn wenigstens Simeon noch am Leben wäre! Er hatte gemahnt, Ismayl habe seinen Blick zu sehr in die Vergangenheit gerichtet. Doch wenn er Geschichten zum Besten gab, hingen die Menschen an seinen Lippen. Wenn es um Leben oder Tod ging oder um das Planen einer Revolution, dann gehorchten sie ihm hingegen nicht.

Plötzlich sah Ismayl neues Leben in Dawyds Augen erwachen. Der Blick des Fechters fiel auf einen Karren, den Jendra mit Hilfe von Jannis und einem verwirrt dreinblickenden Esel herbeigeschafft hatte. Sie trug den Arm nicht mehr in einer Schlinge, doch der schiefe Kopfverband ließ sie ein wenig wahnsinnig wirken. Die Rebellen sammelten sich um den Karren, denn Jendra, die sich im Übrigen nicht schlecht zu amüsieren schien, stellte sich auf das Fuhrwerk und verteilte die Musketen, die sie vor gar nicht langer Zeit mit Dawyds damals noch unfreiwilliger Hilfe den Aquintianern abgejagt hatten.

»Nein, nein! Halt sie auf, sie soll die Musketen nicht rausgeben!«, flehte Ismayl Dawyd an, als dieser schwungvollen Schrittes zum Karren trat. Der Fechter witterte eine Chance, tat einen Satz auf das kleine Fuhrwerk und zog seinen Anderthalbhänder, während Jendra breit grinsend Waffen aushändigte.

»Wir sind noch nicht am Ziel!«, schrie Dawyd und schwenkte die Waffe in Richtung eines großen Herrenhauses – jenseits der alten Stadtmauer, an der Flanke des Bleibergs. »Lasst uns weiterziehen und uns holen, was uns zusteht!«

»Nein!«, protestierte Ismayl, die Enttäuschung über Dawyds und Jendras Unvernunft machte ihn noch wütender als vorhin. Jetzt war er also wahrhaft der Einzige, der noch bei Sinnen war! »Wir sollten nicht zu nah…«

Die Schar musketenbewehrter Männer und Frauen war größer geworden – niemand aus dem Funkenviertel schloss sich an, dort herrschte Entsetzen und Geschrei, doch aus der Unterstadt waren Menschen zu ihnen gestoßen. Sie alle folgten Dawyd, der sich mit festem Schritt, und ohne sich nochmal umzusehen, auf den Weg machte.

»…an die Festung heran«, schloss Ismayl den Satz und fluchte. Elender Angeber! An diesem plötzlich aufgeflammten Feuer konnte sich nur Chaos entzünden. Ismayl wusste, dass es klüger gewesen wäre, sich nach diesem ungeplanten Plünderungszug zurückzuziehen und weitere Aktionen im Sinne der Rebellion besser zu durchdenken, doch der Mob war nicht aufzuhalten, sondern machte sich auf den Weg zum Haus des Gildenmeisters der Rüstschmiede.

Ismayl sah sich ratlos um. Elisabeda kam in seine Richtung, rußverschmiert, als habe sie an der Esse gearbeitet, und mit wildem Blick. Hinter ihr begannen Sygnaer Bürger, eine Eimerkette zum nächstbesten Brunnen zu bilden.

Improvisation – darauf verstand sie sich, doch darüber hatte sie Dawyd aus den Augen verloren, dem Jendra bereits siegestrunken hinterhertaumelte.

»Wir müssen ihm folgen! Er bringt uns noch alle in die Küche des Krummen Mannes!«, raunzte Elisabeda Ismayl an, der immer noch rat- und fassungslos im Licht eines brennenden Schmiedeschuppens stand. Sie packte ihn, und beide folgten

Dawyd und seinem nun wieder halbwegs geordneten, Musketen in die Luft reckenden Trupp. Ismayl sah jedoch, dass sich erneut kleine Grüppchen von zweien oder dreien aus der Schar absetzen und in den Gassen verschwanden.

*Verdammte Plünderer*, befürchtete er – aber Elisabeda hatte Recht: Sie mussten Dawyd und seinen Mob davon abhalten, größeren Schaden anzurichten.

Der vom Commissaire der Geheimpolizei für seinen Einsatz im Weberviertel degradierte ehemalige Korporal Mathisse salutierte vor Lieutenant Noveau.

Drei Patrouillen hatten sich auf dem verlassenen Grünemarkt versammelt. Sie waren in zwei Reihen angetreten. In den Häusern um den Platz herum herrschte gespenstische Ruhe, und doch fühlte Mathisse, dass Dutzende, vielleicht Hunderte Augen durch die Schlitze von Fensterläden auf sie gerichtet waren.

Die Hellebardiere standen im Zentrum, die Musketiere flankierten sie. Am Ende der Buurstraße war bereits das Getöse zu hören, das mit der sich entladenden Wut unzufriedener Zivilisten einherging. Etwas weiter entfernt, mutmaßlich vom maroden Altmeistertor her, erscholl nun Kampflärm, der darauf schließen ließ, dass die Unzufriedenen dort auf aquinzische Soldaten – oder kaisertreue Untertanen – gestoßen waren.

»Schütze Mathisse?«, fragte Noveau mit seinem heftigen, nervösen Blinzeln. Seine zahlreichen Leberflecke sprangen Mathisse aus dem bleichen, fackelerhellten Gesicht regelrecht an. Das Blinzeln war ihm immer zu eigen, doch noch nie war es so ausgeprägt gewesen wie jetzt. Es griff bereits schier auf Mathisse über und ließ seine Finger im gleichen unsteten Rhythmus zittern.

»Sergeant Pière ist bereit einzugreifen und die Ruhe wiederherzustellen, braucht aber Verstärkung, Lieutenant!«, bemühte Mathisse sich, mit fester Stimme gegen die Nervosität anzukämpfen. Er war von Sergeant Pières Einheit aus dem Weberviertel vorausgeschickt worden, um vorzuschlagen, die Patrouillen zu einer schlagkräftigen Truppe zu vereinen. Vielleicht war dies die Gelegenheit für Mathisse, sich wieder zu beweisen. Schütze Mathisse – das hatte keinerlei Klang, und wie würde seine Familie den geringeren Sold aufnehmen, den er nach Hause schickte?

»Wie schätzt der Sergeant die Lage ein, Schütze?«

Noveau wirkte überfordert. Wenn er nun wirklich alle in der Unterstadt verbliebenen Soldaten anführte, dann entsprach sein Rang nicht der Verantwortung, die gerade auf seinen Schultern lastete, und er war sichtlich erleichtert darüber, in Mathisse jemanden vor sich zu haben, der als ehemaliger Korporal mehr Erfahrung aufzuweisen hatte als ein bloßer Schütze.

»Unübersichtlich. Bürger aus dem Funkenviertel haben uns um Hilfe gebeten. Es gibt Feuerherde, aber auch Löschbemühungen. Die Sygnaer gehen sich gegenseitig an die Gurgel. Plünderungen und, wenn sie nicht die erhoffte Beute finden, Brandstiftung. Vielleicht ist ein Streit zwischen den ehemaligen Gilden eskaliert. Es laufen eine Menge Marodeure herum, dennoch sollten wir mit Euren und Sergeant Pières Jungs dem Treiben ein Ende setzen können. Die Marodeure dringen derzeit in die Altstadt vor. Wenn wir Verstärkung aus der Feste erhalten, können wir sie in die Zange nehmen. Allerdings …« Mathisse brach seine Ausführung hier ab, rang mit sich, ob er frei sprechen sollte.

»Allerdings?«

»Es könnte auch eine Falle sein, Lieutenant. Das Ganze riecht verdächtig nach Aufstand. Wenn in der Unterstadt …«, er gestikulierte vage in Richtung der sie drohend umstehenden Häuser, »… noch mehr zu Waffen oder Behelfsmäßigem greifen, dann könnten sie auch uns von zwei Seiten in die Mangel nehmen. Nachts sind schätzungsweise vier bis sechs Dutzend Soldaten in der Unterstadt unterwegs. Und die, die da eben mit Fackeln und Brechstangen am Weberviertel vorbeigezogen sind … waren viel mehr.«

Wie um dies zu bestätigten, erklangen vereinzelte Musketenschüsse.

»Ich teile Eure Einschätzung, Korpo... Schütze Mathisse. Wenn wir hier warten, werden wir bald eingeschlossen sein. Sergeant Pière hat richtig gehandelt, indem er nicht vorschnell eingegriffen hat.«

Noveau schwieg einen Augenblick, überdachte die Situation. Tatsächlich war der Lärm derart angeschwollen, dass Mathisse bezweifelte, dass sie mit dem auf dem Grünemarkt versammelten Trupp die nördliche Unterstadt schnell befrieden konnten. Der Schein eines Feuers war nun bereits im unteren Ring des Bakkalauviertels zu erkennen, Rauchgeruch lag schwer in der Luft. Noveau schien einen Entschluss gefällt zu haben und winkte einen weiteren Soldaten herbei.

»Ich brauche einen Boten. Eine Nachricht an den Gouverneur. Es ist so weit! Mit diesem Aufstand treten die Notfallbefehle in Kraft. Lassen wir doch erst einmal die Sygnaer sich gegenseitig umbringen!« Er erhob die Stimme. »Alle Mann, wir ziehen uns zurück!« Er wandte sich Mathisse zu. »Sagt das auch Sergeant Pière. Rückzug über die Schlang und durchs Gildentor, solange es noch möglich ist. Das Wichtigste ist jetzt das Bemannen der Feste, damit es diese Meute nicht noch zum Äußersten kommen lässt. Alles andere lässt sich erst einmal verschmerzen. Der Gouverneur wird meine Auffassung teilen.« Die Augenlider zuckten heftig. »Meint Ihr nicht auch?« Beinahe schon ein Betteln.

Mathisse beeilte sich zu nicken, schulterte sein Gewehr und löste sich widerwillig von dem waffenstarrenden Zusammenschluss der drei Patrouillen.

Sie verschwanden in der Nacht und überließen das Chaos sich selbst.

»Hier werden wir keine Waffen finden, nur Patrouillen.«

»Nein, hier finden wir etwas viel Besseres. Die Patrouillen

haben gerade anderes zu tun, vertrau mir«, sagte Nikolay zu Abner, als er den schweren Hammer hob, den er aus einer Schmiede im Funkenviertel hatte mitgehen lassen. Einige Gassen unterhalb des Bakkalaurings, etwas entfernt von den Werkstätten der Harnischmacher, war es geradezu unheimlich ruhig. Der Mob war fern, und kein auf seinen Besitz bedachter Handwerker würde sich hier auf der Straße sehen lassen. Schließlich wollte man die drohende Gefahr aus der Meister-Johatus-Straße nicht durch eine unbedachte Handlung in seine Nachbarschaft holen. Keiner von diesen braven Kollaborateuren wusste, dass die Gefahr bereits hier war.

Der Schlag des Hammers zerbrach die hoffnungsvolle Stille genauso wie den verschlossenen Fensterladen.

Abner schaute sich panisch um. »Warum beim Krummen Mann habe ich mich da von dir reinziehen lassen, Niko? Hier zeigen wir den Aquinzacken doch nicht, wie aus einer Hand eine Faust wird! Das hier ist ... ein Verbrechen!«

»Blödsinn, wer nicht für uns ist, ist für die Aquinzacken. Und wer Geschmeide an feine aquinzische Damen verkaufen kann, der kann auch braven Sygnaern etwas abgeben! Willst du morgen lieber ein reicher Dieb sein oder ein toter Rebell?«

Abner sah aus, als hätte er in faules Obst gebissen, folgte Nikolay aber dennoch durch das zerschlagene Fenster.

Bis gestern war Nikolay ein tadelloser Geselle bei einem Fassadenmaler gewesen. Ein einfacher Mann ohne besondere Ambitionen, der ein langweiliges Leben führte und zufrieden damit war. Mit der Besetzung der Stadt hatte er sich arrangiert, hatte er zumindest gedacht. Aber als der Goldfechter zum Aufstand rief, war auch Nikolays Empörung über die Fremdherrschaft in seiner Heimatstadt hochgekocht. Er war stolz darauf, freier Sygnaer zu sein! Abner hatte ihn zum Treffen der Aufständischen mitgenommen, und er hatte sich von den Emotionen dort mitreißen lassen. Sie waren gemeinsam losgezogen, alle diesem Josiff hinterher. Mit Hilfe des Zündpulvers waren die ersten Feuer rasch gelegt, und mit ihm entflammten das Chaos und die

Erkenntnis, dass all die Regeln, die sein Leben bis heute bestimmt hatten, nichts waren als Schall und Rauch. Jetzt war es an Nikolay, die Führung zu übernehmen, zumindest über Abner, der zuvor bereits bei dem schon legendären Kampf im Theater und dem Raub der Sprengkörper dabei gewesen war. Aber was scherten Heldentaten einen Malergesellen? Nikolay wollte nicht zwischen der Knute der Meister und der Kaiser Yulians entscheiden. Heute schlug seine Stunde! »Mit ein wenig Dreistigkeit kommt man weiter im Leben«, hatte sein alter Herr immer gesagt. Er würde eine solche Gelegenheit nicht verkennen!

In dem Haus mit dem Goldschmiedewappen vor der Tür suchten sie nach Beute, und der Hammer tat ihnen gute Dienste, um Schränke aufzubrechen und Glas zu zerschlagen.

Sie waren nicht die Einzigen mit solchen Ideen. Je größer die Gruppe, desto weniger scheute sie Gewalt gegen die aufrechten Bürger, die hofften, dass der Kelch mit dem viel zu heißen Gebräu der Revolution an ihnen vorbeiging. Mit jedem Sygnaer, der in dieser Nacht handelte wie Nikolay und Abner wurde ein wenig von dem siedend heißen Inhalt vergossen – bis die Gefahr bestand, dass nichts mehr zurückblieb.

Lysandre Rufin hatte Folter niemals sonderlich gemocht. Er sah sich selbst als einen Mann, der Gewalt nur als letztes Mittel akzeptierte. Das körperliche Leid anderer war ihm zuwider, er hasste den Geruch von Blut, das Geräusch brechender Knochen. Er wusste nicht, was in einen Menschen fahren musste, damit er als Folterknecht diente, und er würde niemals mit solch einem Menschen engeren Kontakt haben, als er unbedingt musste. Er mied Kerkermeister Jeronne, den Mann ohne Nachnamen, der sich auf der Festung herumtrieb, wann immer es ihm möglich war. Manchmal ging es allerdings nicht. Manchmal musste man rasche Ergebnisse erzielen.

Manchmal musste man Angeklagten etwas nehmen, was ihnen wichtig war, damit sie gestanden.

Rufin betrachtete Ignaz' Rechte, die ruhig auf dem Tisch lag, dieses vernarbte, schmale, gespenstische Ding, an dem die zweieinhalb Finger immer noch Schwielen aufwiesen nach einem Leben voll harter Arbeit. Er wusste, dass man sich in der Stadt erzählte, er selbst habe ihm den Daumen bis hinunter zum Gelenk abgeschlagen. Doch das war ganz und gar nicht Rufins Art – so etwas überließ er Jeronne.

»Ich kann nicht«, presste Dreifinger hervor, Schweiß stand ihm auf der Stirn. Die Hand lag jedoch ruhig, als erinnere sie sich nicht mehr an ihre Begegnung vor zehn Monaten.

Rufin trank an seinem Tee und biss in eine Scheibe Brot. Er seufzte und massierte sich die Schläfen.

»Was ist das für ein verdammter Mist?«, knurrte er. Er knirschte kurz mit den Zähnen, als könne er die Worte in seinem Mund damit schärfen, dann wiederholte er, langsam und deutlich und mit aller Macht, die das Urzeichen ihm gewährte: »Du wirst mir sagen, mit welchen Mitgliedern des Gildenrats du in Verbindung stehst.«

Ignaz schüttelte den Kopf, erst heftig, dann immer langsamer. Schließlich sagte er ruhig: »Du siehst doch, dass es nicht geht. Ich würde es dir sagen, wirklich. Aber leider kann ich nicht.« Dabei flackerte ein Grinsen in seinen Mundwinkeln auf. Rufin wünschte sich plötzlich, er hätte Jeronne mitgebracht, damit er Dreifinger ein paar Fußnägel zog.

»Und warum kannst du es nicht sagen?«, zwang er sich zu fragen. »Du wirst mir darauf antworten«, fügte er hinzu, und Ignaz zuckte zusammen, als habe er mit einem Zimmermannshammer gedroht. Wie damals. Als Jeronne dem Tischler die Fingerkuppen zerschlagen hatte. Das war einen Tag, bevor er die Säge hatte zücken müssen. Vielleicht war auch Jeronne diese Arbeit zuwider – aber irgendwer musste sie ja tun.

»Es ist vor mir selbst verschleiert.«

Rufin starrte Ignaz an. Die grünen Augen des Rebellen blickten arglistig wie stets, doch eine Lüge stand nicht darin. »Ein Verborgenes Zeichen?«, flüsterte er. »Ist es das? Und du denkst, ein armseliges Zeichen von den Dieben in der Gosse hält mich davon ab, in deinem Verstand zu wühlen?«

»Ja«, sagte Ignaz, »das denke ich.«

»Du hast keine Ahnung, was ihr entfesselt habt. Du – und der Fechter. Was für eine Macht ihr mir gegeben habt. Ihr habt keine Ahnung. Ich werde ...« Er beugte sich über den Tisch, und der Teller klapperte. »Du wirst kein Geheimnis vor mir bewahren können. Ich reiße sie Stück für Stück aus dir heraus, bis ich alles habe, was du verbirgst. Bis du nichts mehr bist.«

»Bisher sind das alles leere Drohungen, Urzeichenträger. Was ich dir damals sagte, trifft auch jetzt noch zu. Denkst du, du könntest die Zeichen beherrschen, obwohl du nicht ermessen kannst, was sie bedeuten? Du hast getrickst, da unten in der Verkehrten Stadt. Du hast dir unrechtmäßig Macht verschafft. Aber du kannst nichts mit ihr anstellen. Gebellte Befehle und plumpe Fragen. Du bist kein Dichter. Du kannst nur davon träumen, das Wortzeichen zu beherrschen.«

Wieder dieses Grinsen. Rufin fühlte, wie die Wut sich zu etwas Lebendigem in seinem Brustkorb ballte. *Warum bist du so wütend?*, fragte er sich selbst und zwang sich, ein- und auszuatmen. *Weil ich weiß, dass er recht hat.* Nein! Er gehörte den höchsten Rängen der Geheimpolizei des Kaisers an. Worte waren es, denen er all dies verdankte. Er war ein Meister der Worte, auch wenn er keine Sygnaer Meisterprüfung abgelegt haben mochte.

»Du hast recht. Ich habe zu viel um den heißen Brei herumgeredet. Leere Worte. Sag mir, Ignaz Dreifinger. Hilft Kilianna Erdhand deiner kleinen Rebellion?« Er schob den Befehl durch Ignaz' Willensstärke hindurch in die verwundbaren, weichen Schichten dahinter. Es war nicht schwer – dieser Teil seines Geistes wurde nicht von einem Zeichen versiegelt. Ignaz schloss die Augen, doch seine Ohren konnte er nicht verschließen. Dann nickte er.

»Dann werde ich sie nun verhaften lassen. Anschließend sehen wir weiter. Vielleicht kann ich dich ja doch erweichen. Oder sie.«

Rufin stand auf, nahm die Laterne und ließ seinen Gefangenen am Tisch des kalten dunklen Verhörraums zurück.

»Gebt ihm einen Eimer, damit er nicht in die Ecken pisst«, befahl er den beiden Wachen vor der Tür. »Und gebt ihm ein Stück Brot.«

Dawyd stürmte durch die wuchtige Tür, die Klinge in der Hand. Das Schloss hatte sich Jendra nur wenige Augenblicke lang widersetzen können. Doch anstatt auf eine überrumpelte Wache zu stoßen oder auf ein verlassenes nächtliches Lager voller Kürasse und Sturmhelme, die für die Front und die Große Armee des Kaisers gedacht waren, bot sich ihm ein völlig unerwartetes Bild.

Sie hatten das Herrenhaus Meister Dengelschlags umgangen. Als Meister von altem Schlag erstreckten sich seine Werkstätten hinter seiner Wohnstätte statt an einem anderen Ort in der Stadt. Sie waren erst in eine leere Werkstatt und dann in den Keller darunter eingedrungen, der Herrenhaus und Werkstatt verband und in dem sie Dengelschlags Lager vermuteten. Das Kellergewölbe war groß, steinerne Bögen stützten das Gebäude darüber, und der Schein von Öllampen und einem halben Dutzend Schmiedefeuern erleuchtete das Gemäuer taghell – so hell, dass Dawyd die Augenlider kurz zu Schlitzen verengen musste.

Er sah einige Harnische in verschiedenen Stadien der Fertigstellung: von groben Platten bis hin zu poliertem Stahl, dem gerade ein Zeichen eingestanzt wurde und der damit seine Vollendung erfuhr. Gefertigt wurden die Stücke von schwitzenden Gesellen, sicher zwei Dutzend an der Zahl. Dawyd erkannte sogar einige Rüstschmiedemeister, die hier, im Keller des Zunftmeisters, eine Nachtschicht einlegten, was gegen die sittlichen Regeln des Großen Handwerkers ebenso verstieß wie gegen das Gesetz der Sperrstunde, das der Gouverneur erlassen hatte.

Überrascht ließen die Schmiede allesamt ihre Hämmer und Zangen sinken, genau wie Dawyd sein Schwert. Er wurde durch den Druck der Menge, die ihm folgte, noch einige Schritte nach vorn geschoben, dann kamen auch seine Verbündeten zum Stehen. Verblüfftes Schweigen trat ein. Beide Parteien gafften einander mit offenen Mündern an.

Die Arbeiter wirken vollkommen überrumpelt. Der Keller musste durch ein Zeichen versiegelt sein, sodass der Arbeitslärm nicht nach draußen drang, der Lärm des Aufstands aber auch nicht hinein.

Eine Tür knallte gegen eine Steinwand. Über eine holzbeschlagene Wendeltreppe polterte ein Mann aus dem Erdgeschoss ins Gewölbe hinunter.

»Sofort …«, herrschte er in befehlsgewohntem Ton in die Runde, sobald er sich über das Geländer beugen konnte, verstummte dann jedoch, als er die Eindringlinge sah und ihm bewusst wurde, dass seine Ermahnung zu spät kam.

Es war der Herr des Hauses. Meister Dengelschlag trug edle, pelzbesetzte Kleidung, die sich über seinem tonnenförmigen Bauch spannte, sowie eine bedeutungslos gewordene Amtskette aus dicken vergoldeten Gliedern. Seine Glatze glänzte im Schein der flackernden Feuer. Auf dem Fuße folgte ihm niemand anderes als Meister Malachias, der Zunftmeister der Alchimisten, dessen hageres Gesicht wie das Gegenstück zu Dengelschlags feister Erscheinung wirkte. Malachias trug eine enge Robe, die seine drahtige Figur betonte – ungewöhnlich für einen Mann, der kaum körperliche Arbeit verrichtete, sondern nur in Töpfchen und Tiegelchen rührte.

Dawyd wunderte sich, gleich zwei Zunftmeister vorzufinden. Was heckten die hier aus?

»Das ist zu früh! Was treibt ihr denn hier, in Dreidrudsnamen? Ihr gefährdet alles! Was hat dieser Holzkopf Ignaz Eicks wieder ausgeheckt?«, durchschnitt die Stimme Dengelschlags die Stille. Keine Angst flackerte in seinem Blick, nur ein kluges Missvergnügen.

Die Frage überrumpelte Dawyd. »Ignaz hat nichts damit zu schaffen.«

»Aber du bist doch sein Goldfechter, oder? Das Maul?«, warf Meister Malachias mit einer so schneidenden Stimme ein, als hätten die alchimistischen Dämpfe seine Stimmbänder blankgeschmirgelt.

»Ja, das bin ich, aber diese Rebellen hören heute nicht auf Ignaz' Befehle!« Dawyd entdeckte erneut sein Selbstvertrauen, mochten diese Gesellen und ihre zwei Meister ihn noch so seltsam ansehen! »Und wir klopfen hier an deine Tür, weil wir finden, dass du statt Kaiser Yulian auch mal unsere Rebellion unterstützen könntet! Nicht wahr, Sygnaer?«

Die Meute hinter ihm fand ebenfalls ihre Stimme wieder und jubelte. Die Ersten strömten hinter Dawyd hervor in den Keller, doch bevor sie sich an den Werkstücken zu schaffen machen konnten, gebot ihnen das machtvolle »Halt!« Meister Dengelschlags Einhalt. Die Autorität in seiner Stimme verschaffte ihm trotz der Übermacht, die gekommen war, um seinen Besitz zu entwenden, einen Moment der ungeteilten Aufmerksamkeit.

»*Anklopfen*? Ihr steht doch längst in der Stube, ohne hereingebeten worden zu sein. Ihr *findet*, wir könnten euch auch mal unterstützen?«, zerpflückte ihn Dengelschlag mit bebendem Kinn und kalt brennenden Augen. »Ihr Idioten! Ihr macht alles zunichte, was wir aufgebaut haben!«

»Doch, gute Arbeit, sehr schön. Wenn es euer Ziel war, die Aquintianer zu warnen«, ergänzte Malachias mit beißendem Sarkasmus. »Wer ist ihnen gerade hilfreicher: wir vermeintlichen *Kollaborateure* oder ihr feinen Aufwiegler?«

Dawyd verstand nichts mehr. Er starrte Dengelschlag an, dann Ismayl und Elisabeda, die inzwischen neben ihn getreten waren. In Ismayls rundem Gesicht fand er ebenfalls Verwirrung, doch Elisabedas geweitete Augen zeugten von einer schrecklichen Erkenntnis.

»Warnen?«, fragte sein Maul nichtsdestotrotz und weigerte sich, sich einsichtig zu zeigen. »Was sollte Euch das stören? Ihr seid doch die, die für sie arbeiten! Ihr verkauft ihnen Güter für ihre Kriege! Ihr habt feine Arrangements getroffen, um Eure Reichtümer nicht zu verlieren! Verräter!«

»Verräter!«, fiel Jannis erleichtert in den Ruf ein und schritt mit dem Knüppel in der Hand auf die beiden Zunftmeister zu. Drei weitere Buckelviertelleute folgten ihm, einer von ihnen trug eine Muskete. Von hinten erklang ein »Setzt dem Gewäsch ein Ende!« Da trat Elisabeda vor den mehr als einen Kopf größeren Jannis, der abrupt stehen blieb, als sei er gegen eine Mauer gelaufen.

»Das reicht!«, fuhr sie ihn an. »Ich übernehme hier. Mach mal die Augen auf, Dawyd! Das hier ist offenbar Teil eines größeren Vorhabens, von dem wir keine Ahnung haben! Die arbeiten doch nicht zum Spaß nachts und im Verborgenen. Wir sind tatsächlich Idioten!« Sie funkelte Jannis an und fuhr fort: »Jannis, schaff die Leute hier raus, sie sollen oben warten und sehen, ob die Aquintianer schon anrücken. Wir müssen hier reden!«

»Die Aquintianer hätten längst hier sein müssen«, ließ sich Malachias' Messerstimme hören, während er die letzten Stufen hinter sich brachte. Jendra, die dem Alchimisten mehr als einmal geschadet hatte, wand sich unter dem Blick des Gildenratsmitglieds. Malachias fügte hinzu: »Ich fürchte, es bedeutet nichts Gutes, wenn sie keine Patrouillen schicken. Dann bereiten sie etwas Größeres vor!«

Eine plötzliche Katerstimmung breitete sich aus. Die meisten folgten Jannis ins Freie, einige zögerten, enttäuscht, dass das Schauspiel schon beendet sein sollte. Dawyd scheuchte alle außer Elisabeda, Ismayl und Jendra heraus, und niemand wagte es, sich mit ihm anzulegen.

»Berichtet uns doch bitte endlich, was hier gespielt wird«, bat Ismayl kleinlaut. Die Arbeiter hatten ihr Werk niedergelegt, die Essen, die nicht mehr geschürt wurden, glommen matter. Mit hängenden Armen standen die Gesellen und Lehrlinge da.

Dengelschlag winkte seinen Arbeitern. »Jetzt bringt uns schon was zu sitzen, meine Knie tun mir weh!«, knurrte er. Sie brachten einen Hocker, worauf sich der gewichtige Meister mit knackenden Gelenken niederließ, während die verbliebenen Rebellen ihn umstanden wie einen Großvater, der für das Verteilen von Süßigkeiten bekannt ist. Dawyd scharrte mit den Füßen.

Dengelschlag sprach, der Zorn in seiner Stimme war Resignation gewichen: »Einige Zunftmeister und andere einflussreiche Leute bereiten schon seit dem Fall von Sygna die Befreiung der Stadt vor. Ignaz sollte die Aquintianer beschäftigen, während wir uns vorbereiten. Der Plan war gut, die halbe Stadt spielt uns in die Hände, ohne es zu wissen. Wir waren auf dem besten Weg, die Vorbereitungen liefen gut und ohne dass wir entdeckt wurden, aber es ist zu früh, um gegen die Soldaten in einen offenen Kampf zu ziehen. Wir sind noch nicht so weit.«

Ismayl stieß einen saftigen Fluch aus. »Toll, ganz toll! Und wann, meine Herren, hattet ihr vor, uns einzuweihen? Uns, die wir jeden Tag unsere Leben aufs Spiel gesetzt haben?«

»Pass auf, jetzt sagen sie gleich wieder: *Nein, nein, was, wenn euch die Aquinzacken gefangen hätten?* Ein so billiges Ablenkungsmanöver wie wir hat kein Stück Ehrlichkeit verdient, dann schweigt es auch unter der Folter«, zischte Jendra. »Verdammt soll Ignaz sein, dieser Bastard!«

»Warum hat Ignaz nichts gesagt? Warum hat er zugelassen, dass wir uns von ihm abwenden?«, murmelte Elisabeda beinahe gleichzeitig.

Dawyd schwieg. Das Gefühl, einen großen Fehler gemacht zu haben, senkte sich auf seine Schultern nieder. Aber, beim Krummen Mann, wie hätte er von diesem großen Ganzen wissen sollen, wenn man ihn nicht einweihte! Vielleicht logen Dengelschlag und Malachias auch, um ihre Waren zu retten! Um sie im Morgengrauen an die Aquinzacken zu verkaufen! Nein, dieser Gedanke passte nicht mehr ins Bild. Dengelschlags und Malachias' Vorwürfe fühlten sich zu echt an. Doch warum hatte Ignaz seine Leute, seine Freunde, nicht eingeweiht? Sicher – er wollte diesen Plan schützen im Falle der Gefangenname eines Einzelnen, aber warum hatte er ihn, Dawyd, und selbst Elisabeda alles zerstören lassen, was er zuvor aufgebaut hatte? Hatte er am Ende mit kalter Berechnung gehandelt? Wollte er vielleicht doch den Zunftmeistern schaden und spielte ein doppeltes Spiel? Lag er nicht ohnehin mit Dengelschlag im Streit wegen dieser Gleichwerker-Geschichte?

Malachias schüttelte den Kopf auf Elisabedas Frage hin. »Er konnte nicht. Wir waren sehr vorsichtig und haben uns vom Zeichen der Verschwiegenheit binden lassen, gewoben vom Seneschall des Verborgenen Hofs.«

Jendra kniff die Augen skeptisch zusammen: »Der ist tot! Am Ende sagt ihr noch, ihr habt ihn beseitigt, um euer Geheimnis zu wahren, was? Aber es ist sowieso eine krumme Lüge: Unter dem Zeichen der Verschwiegenheit könntet auch ihr uns nichts erzählen. Vom Zeichen nicht, vom Plan nicht. Nix.«

Malachias streifte den Ärmel seiner Robe zurück. Auf dem linken Unterarm war die Tätowierung eines kleinen verschnörkelten Zeichens zu erkennen, deren schwarze Verschlingungen langsam verliefen wie verschüttete Tinte.

»Wenn du dich so gut auskennst, Straßenratte, dann weißt du wohl auch, dass das Zeichen der Verschwiegenheit an Bedingungen geknüpft wird. Tritt eine der Bedingungen ein, hebt sich das Zeichen auf. Sonst könnten wir unseren Plan ja niemals in die Tat umsetzen. Wenn wir sehen, dass die Stadt bedroht ist, dass Sygnaer getötet werden, Häuser brennen – oder etwas in die Richtung, mehr als eure kleinen Aktionen im Untergrund –, sodass unser Wissen voneinander lebensnotwendig wird, dann löst sich das Zeichen auf. Als ich eben aus dem Fenster geschaut habe und die Feuer sah und eure wütende Gossenrevolution, da ist das Zeichen sichtbar geworden und begann zu verlaufen.« Er spie die Worte geradezu aus. »Ab jetzt sind wir angreifbar! Ab jetzt ist es wieder möglich, dass wir einander verraten! Wisst ihr, was für ein Unheil ihr heraufbeschworen habt?« Malachias' Gesicht bekam rote Flecken.

»Ich habe bereits Boten zu den Häusern der anderen Verschwörer geschickt. Das Versteckspiel hat nun keinen Sinn mehr.

Es ist nicht der beste Zeitpunkt, uns zu offenbaren, wahrlich nicht, denn den hätten *wir* festlegen sollen und nicht irgendwelche Narren von der Straße!«, blaffte Dengelschlag und tupfte sich mit einem bestickten Taschentuch die hohe Stirn.

Malachias streifte den Ärmel wieder über die Tätowierung. »Aber jetzt bleibt uns keine Wahl. Jetzt müssen wir euer Spiel mitspielen. Nach *unseren* Regeln, denn für die haben wir länger als ein paar Minuten voller gegrölter Parolen gebraucht!«, zischte er giftig und fixierte dabei erneut Jendra, als habe sie besonders seinen Hass verdient. »Und ja, der Seneschall ist gestorben, aber er hat seinen eigenen Tod aus freien Stücken herbeigeführt, für die Stadt. Für *unseren* Widerstand. Ein Halsabschneider wie er, der sich für das Gemeinwohl opfert. So viel Ehre findet man wohl selten unter Dieben.«

Jendra kniff die Augen zusammen und setzte zu einer Entgegnung an, doch Elisabeda richtete das Wort an Dengelschlag. »Ignaz und Ihr ... man kann Euch nicht gerade als Freunde bezeichnen. Eure Stimme war eine der lautesten beim Wettern gegen die Gleichwerker. Ihr habt die Klage des Zunftgerichts im Eisenhammer-Jaranjid-Fall geleitet. Nicht dass die Resultate beim Kombinieren von Zeichen noch zu einer Konkurrenz für die Rüstschmiede geworden wären! Meinen Mann habt Ihr ein halbes Jahr ins Zunftgefängnis geworfen, weil er im Verdacht stand, Zeichen weitergegeben zu haben – an mich. Sehr unwahrscheinlich also, dass Ihr Euch mit Ignaz gemein macht.«

Dengelschlag zog lediglich eine buschige Augenbraue hoch und erwiderte nichts.

»Aber für eine gemeinsame Sache dieser Größenordnung würden sogar zwei Sturköpfe wie Ihr zusammenarbeiten, was?«, fuhr Elisabeda fort. »Verflucht, ja, ich glaube Euch.«

»Wir ...« Flüsternd wandte sich Ismayl an Dawyd, der immer noch keinen klaren Gedanken fassen konnte und einfach nur die Stimmen der anderen durch sich hindurchrauschen ließ. Was für ein riesiger Misthaufen, in den er den Karren da gesteuert hatte! »Wir haben Ignaz Unrecht getan. Wenn er jetzt auch nicht mehr unter dem Bann dieses Verborgenen Zeichens steht, dann sollten wir uns mit ihm beraten! Er wird wissen, was ...«

Malachias fiel ihm ins Wort: »Das ist der Grund, warum ich hier bei Dengelschlag bin, mitten in der Nacht und just, als ihr uns diese unangenehme Überraschung bereitet habt. Über einen Informanten vom Netz – ich vermute, ihr verfügt dort über eigene Kontakte – habe ich erfahren, dass man Dreifinger auf die Bleibergfestung gebracht hat. In Ketten. Der Rote hat ihn.«

Die Worte durchdrangen die Wolke, die Dawyds Kopf umgab wie einen Berggipfel, und ließen einen eisigen Hagelschauer auf ihn nieder. Elisabeda neben ihm gab ein Stöhnen von sich, als hätte sie jemand in den Bauch geboxt.

»Was?«, fragte er heiser.

»Wir müssen ihn da rausholen!«, rief Ismayl, ohne zu zögern. Jendra packte seine Linke mit beiden Händen und zerrte daran, als könne sie den Dichter dazu bewegen, sofort mit ihr zur Festung zu laufen. »Ist Neigel bei ihm?«, fragte sie, und ihre Finger bebten sichtbar, während sie an Ismayl zog und rüttelte.

Elisabeda flüsterte: »Ich hätte Ignaz und Neigel niemals allein lassen dürfen.«

Dengelschlag erhob sich ächzend, seine gewaltige Stimme ließ erneut alle schweigen. »Ja, er darf nicht in der Hand des Roten bleiben. Wenn er bereits von der Gewalt in der Stadt weiß, wenn sich auch sein Zeichen gehoben hat – dann sind wir alle in Lebensgefahr! Einen schlechteren Zeitpunkt hättet ihr nicht wählen können für euren Aufruhr! Wir müssen entscheiden, was jetzt zu tun ist. Wir haben eine wildgewordene Meute da draußen. Eure Meute. Sollen wir die Leute zurückrufen? Den Schaden begrenzen und hoffen, dass es der Gouverneur als eskalierten Gildenstreit abtut und Ignaz nicht redet? Oder schließen wir uns an und beginnen nun doch den großen Aufstand, auf den wir so lange hingearbeitet haben?«

»Mit ein paar wütenden Bettlern? Unmöglich! Wir sollten eine dritte Möglichkeit überdenken: Flucht. Raus aus der Stadt. Ins Gebirge. Wir kehren zurück und fangen neu an, wenn sich der Staub gelegt hat.« Der Vorschlag des Alchimisten tropfte zwischen sie wie eine Säure, die nichts so sehr verätzte wie die Moral.

Dawyd riss sich zusammen. Nun war sein Bauchgefühl gefragt, sein Fechterinstinkt. Er hatte Fehler begangen, aber er sah nur einen Weg, der sie nicht in eine Sackgasse führte. Er schaute sich im Gewölbe um. Die Arbeiter hatten sich alle um sie geschart, manche tuschelnd, andere stumm.

»Nein!«, verkündete Dawyd entschlossen. »Wir machen weiter!« Er blickte in skeptische Gesichter. »Keine Sorge, nicht unter meiner Führung. Ich bin ja nicht völlig uneinsichtig. Aber jetzt steckt der Wagen im Schlamm, und wir können ihn nur mit Gewalt wieder rausziehen, nicht mit Gerede. Wir haben überhaupt keine Wahl, denn hier geht noch viel mehr vor sich, als Ihr Euch vorstellen könnte!« Er holte kurz Luft und setzte dann nach: »Die Urzeichen sind erneut ans Tageslicht getreten, und wenn wir nichts unternehmen, ist es nur eine Frage von Tagen, bis die Aquinzacken sie sich unter den Nagel reißen und unbesiegbar werden. Gute Nachricht für Euch …« Dawyd trat näher an den untersetzten Dengelschlag heran: »Ich bin der Träger des Blutzeichens, was auch immer das letztlich heißt.«

Dengelschlag wich einen Schritt zurück, als Dawyd ihn mit wild aufgerissenen Augen anstarrte und die verschlungenen Linien darin offenbarte. Er sah das Aufflackern von Furcht im Gesicht des reichen Meisters nicht ohne Freude. Malachias hingegen kniff die Brauen zusammen und lehnte sich vor. »Was bedeutet das?«

»Keine Zeit für Märchenstunde!«, stieß Dawyd hervor. »Tut mir einen Gefallen, werte Meister Puppenspieler: Schickt jemanden, um Kilianna Erdhand zu holen, bevor die Aquinzacken sie sich schnappen. Wir haben eine Stadt zurückzuerobern! Und wir fangen bei den Manufakturen an!«

Rufin kam nur in Begleitung von zwei Soldaten zurück, missgestimmt. Die Tür schlug er hinter sich ins Schloss.

»Hatte Fräulein Erdhand etwa keine Zeit?«, fragte Ignaz. Eine Welle der Erleichterung verlieh ihm Auftrieb. Er hatte vielleicht eine Stunde im Dunkeln gesessen. Jetzt richtete er seine Aufmerksamkeit auf das, was von den beiden Soldaten ausging: Nervosität. Unsicherheit. War es Commissaire Rufin, der sie nervös machte – oder ging etwas in der Stadt vor? War Kilianna gewarnt?

»Haltet ihn fest«, schnarrte Rufin. »Legt ihn auf den Tisch.«

Ignaz runzelte die Stirn. »Und ich dachte, du hättest unsere Gespräche vermisst und nicht die Folternummer.« Gleichzeitig schlug sein Herz in einem beunruhigenden Rhythmus, langsam und schicksalsergeben.

»Sei still«, sagte Rufin leise, und Ignaz verspürte sofort den Hauch des Zeichens, das der Rote so über die Maßen einsetzte. Ein Zeichen, das befehlen konnte, was seinem Träger beliebte; ein Zeichen, das – vielleicht nicht ohne Grund – in der Stadt niemandem mehr bekannt war. Ignaz war still.

Die beiden Soldaten gehorchten ebenfalls, zogen Ignaz hoch, schlossen die Handschelle auf und pressten ihn mit dem Rücken auf den kalten Tisch. Rufin nahm sich einen Stuhl und setzte sich so hin, dass er sich zu Ignaz' Ohr vorbeugen konnte.

»Hör mir zu. Du hattest recht. Ich habe keine Ahnung von euren Zeichen Ich bin nicht damit großgeworden. Ich habe keines eurer Gewerke erlernt. Ich kann nur begreifen, was sich mir erschließt, und eines weiß ich ganz gewiss, seit ich der Gezeichnete dieses Urzeichens bin: Es war sehr weise, es zu verbergen und nur ein paar daraus extrahierte, schwache Zeichen für Dichter und Schauspieler zu behalten, denn … du hast es ja bei deinem Goldjungen gesehen: Was ihm offenstand, waren nicht nur besondere Fechtbewegungen oder was auch immer man von einem Zeichen, das die Fechtergilden begründet hat, erwartet. Das Zeichen des Blutes, da erwartet man, dass der Fechter mit besonders schwungvollen, geschickten Bewegungen seinen Namen auf den Torso seines verblüfften Feindes ritzt, oder nicht?« Rufin bewegte seine Finger, als würde er seinen Namen schreiben. »Das, was dein Goldjunge in sich trägt, ist der Keim, die Ursubstanz, das rohe, brachiale Erz des Kampfes selbst. Er ist der perfekte Kämpfer. Und ich? Bin ich nun der perfekte Redner? Nein, Ignaz, ich werde dir zeigen, was das Wortzeichen bewirkt. Warum befehle ich dir immer nur, wenn ich dir auch schmeicheln könnte, wenn ich dich auch beeindrucken oder manipulieren könnte? Weil die Befehle ... auf direktem Wege ... in deine Gedanken gehen.« Ignaz konnte genau den Punkt bestimmen, an dem Rufin begann, seine Zeichen zu formen. Es machte dem Roten scheinbar keinerlei Mühe, er musste nichts Bestimmtes dafür sagen oder tun. Was Rufin aussprach, glitt von seiner Zunge, rollte über seine Lippen in Ignaz' Ohr. Erneut schloss er die Augen, als könne er damit auch das Hören einstellen.

»Ich kann es spüren, weißt du«, fuhr Rufin fort. »Dieses Zeichen, von euch Wortzeichen genannt, beginnt mit Worten, doch es ermöglicht mir eine Verbindung. Es ermöglicht mir, etwas zu berühren, das unantastbar ist. Es öffnet mir den Weg in anderer Menschen Geist.«

Das letzte Wort zischte unangenehm in Ignaz' Ohr. Er versuchte, sich zu wehren, doch die Soldaten pressten ihn auf den Tisch. Er warf den Kopf hin und her, aber einer der Männer griff nach seiner Stirn und hielt ihn wie mit einer Eisenklammer fest.

»Hör auf, dich zu wehren. Es ist bereits zu spät«, flüsterte Rufin, und der Triumph lag wie die verzerrte Maske des Krummen Manns auf seinem Gesicht. »Ich kann dich sehen, Ignaz. Auf dem Hultamarkt, damals, als er vor allen Dingen noch ein Umschlagplatz für Holz gewesen ist – nicht wahr? Du treibst dich da herum, längst Spielball deiner Obsession, und schaust, ob Abfallstücke für dich herausspringen, die du mit deinen kleinen Messern bearbeiten kannst. Du schnitzt Tiere daraus. Wenn du ein Mädchen besonders magst, schenkst du ihr eins, aber nur

Lidia weiß diese Geste zu schätzen. Sie ist nett zu dir. Die anderen Mädchen lachen. Für sie bist du der seltsame Junge, der Einzelgänger. So einen wie dich gibt es immer, damit die anderen sich besser fühlen. Lidia stirbt mit – wie alt ist sie? – dreizehn, vierzehn? Du weißt es selbst nicht mehr. Sie stirbt am Jännerfieber. Im selben Jahr wie dein Vater, das war ein schrecklicher Winter. Alles ist grau, kein Schnee fällt, aber es regnet und regnet, und die Stadt erstickt in Krankheiten, obwohl die Heiler die Weisung haben, ihre Tinkturen kostenlos herauszurücken. Du durchschaust bereits, dass es nicht genug gibt, dass sie das Verbliebene strecken und dass die Herren aus dem Gildenrat mit ihren Familien nicht krank werden, oder wenn, dass sie schnell wieder gesunden. Während die Menschen um die Kneipe deiner Mutter herum verrecken.«

Ignaz riss die Augen wieder auf, als die Bilder zu lebendig wurden. Er starrte an die weiß gekalkte Decke, doch davor tanzten weiterhin die Abbilder seiner Erinnerung. Er atmete schwer. Er hatte kaum bemerkt, dass Rufins lange Finger federleicht auf seinem Kinn lagen.

»Aber lassen wir diese dunklen, elenden Zeiten hinter uns.«

»Nein«, keuchte Ignaz, als die Erinnerung dunkel wurde.

»Oh. Was ist das?« Rufin beugte sich vor. Seine Finger spannten sich an und bohren sich in Ignaz' Bart und die Haut darunter. »Kann ich sie dir wegnehmen?« Er war nun so nah, dass Ignaz die Lippen des Roten an seinem Ohr spürte. »Du kannst dich ohnehin kaum noch an Lidias Gesicht erinnern, nicht wahr? Alle Frauen werden von einem Gesicht überschrieben. Sie sind da, aber darunter, das andere Gesicht flackert immer auf, wenn du an diese Frauen denkst. Ist das immer so? Dass du an sie denkst, wenn du deine verflossenen Liebschaften im Sinn hast? Lidia war hellhäutig, aber dunkelhaarig, und darüber flackert ein älteres Gesicht, dunkelhäutig. Ich habe sie ja nur einmal gesehen, aber das könnte sehr wohl Elisabeda Eisenhammer sein. Wenn du ohnehin nur sie siehst, dann brauchst du Lidia ja nicht mehr, oder?«

Ein grässliches Gefühl bohrte sich in seinen Kopf. Ein körperlicher Schmerz als Reaktion auf etwas Geistiges. Ignaz knirschte mit den Zähnen, doch er konnte sich nicht dagegen wehren. Wie in einem Jahrmarktsstand, in dem der Verkäufer einen Stab in die Zuckerwatte hält, um die klebrigen Fäden aus der Masse in seiner Trommel zu ziehen, zog Rufin an Lidia. Ignaz biss sich auf die Zunge in dem Versuch, ihn mit Hilfe des Schmerzes aus seinem Geist zu katapultieren. Er schmeckte Blut, aber Rufin kicherte nur, und dann war es vorüber. Ignaz begriff, dass ihm etwas fehlte, doch er konnte sich schon nicht mehr daran erinnern, was es war.

»Das vermag das Wortzeichen, Ignaz«, flüsterte Rufin freudig erregt. »Worte sind überall in unseren Köpfen. Vielleicht sollten wir es von nun an das Urzeichen der Gedanken nennen. Des Geists. Der Emotionen. Wie weise es war, es wegzusperren. Denk nur, welche Macht es einem einzelnen Menschen gibt! Ich könnte den Kaiser vergessen lassen, wer er ist. Ich könnte den Gouverneur in den Wahnsinn stürzen und den ganzen Gildenrat zu sabbernden Kindern degenerieren, indem ich ihnen alles nehme, was sie ausmacht. Was für ein Glück, dass es sich jemanden wie mich gesucht hat, der im Grunde seines Herzens nicht herrschen will, sondern dienen. Einer gerechten Sache dienen.«

Ignaz lachte, es war ein kurzes, trockenes Lachen, er konnte nicht anders. »So siehst du dich?«, knurrte er, und das Blut aus seinem Mund benetzte seine Lippen und Rufins Finger. Er schluckte es herunter, ein schrecklicher Geschmack von Sterblichkeit.

»Vergiss nicht«, sagte Rufin tonlos. »Ich kann in dich hineinsehen, du nicht in mich.« Er löste seine Finger wieder, sein Kopf lag nun neben Ignaz' Kopf auf dem Tisch. Ignaz sah weiterhin an die Decke, weiß gekalkt mit Rissen darin und Spinnweben darunter. Er heftete seinen Blick darauf, versuchte, mit dem Blut auch die Angst herunterzuschlucken. Die Scham. Das Gefühl, vollkommen nackt und ausgeliefert zu sein mit allem, was ihn im Innersten ausmachte.

»Kommen wir zu Elisabeda zurück. Ich nenne sie eigentlich lieber Jaranjid als Eisenhammer. Was habt ihr Sygnaer mit euren Nachnamen? Ihr gebt euch neue, wenn euch der Sinn danach steht, um euren … was? Handwerksbetrieb damit zu adeln? Eisenhammer, natürlich ist das der Nachname eines Schmieds, aber bei aller Liebe Gottes, was für ein unmelodisches Konstrukt! Jaranjid hingegen! Ich dachte immer, ihr seid euch erst nahegekommen nach dem Tod ihres Mannes. Doch in deinem Geist sehe ich, wie viele Jahre du schon nach ihr schmachtest. Das hätte ich nicht gedacht, wirklich nicht. Eine verheiratete Frau mittleren Alters mit zwei Söhnen und, wie man hört, in einer guten Ehe. Und du konntest dir einfach nicht helfen, hm? Du warst natürlich zu gut mit Gabril befreundet, um aus der Sehnsucht jemals etwas anderes werden zu lassen. Hasst du dich für dieses klammheimliche Gefühl der Erleichterung, als er tot war? Oh ja. Dein Freund war tot, aber die Frau, die du liebst, Witwe. Was das mit dir angestellt hat. Ich kann es lesen. Wie Wörter in einem Buch. Du warst bei seiner Einäscherung bereits ein gesuchter Mann. Du bist erst gekommen, als alle fort waren. Als nur Elisabeda noch dastand, vor der Steinplatte, in die frisch der Name ihres Mannes eingraviert war. Fassungslos, ohne Tränen. Vor den schwelenden Ruinen ihres Lebens.« Ignaz presste die Lider aufeinander. Sein Innerstes fühlte sich roh an, abgewetzt. Er wartete darauf, dass Rufin ihm auch diese Erinnerung nahm, doch der andere lachte leise.

»Nein, nein. Diese hier quält dich doch viel zu sehr. Und gleichzeitig ist sie so schön. Wenn ich sie dir nehme, dann macht das einen ganz anderen Menschen aus dir.«

Er fühlte, wie Rufin sich in all diesen widerstreitenden Gedanken und Gefühlen umsah, in diesem Chaos, das nie so ein dunkler Strudel wie in den letzten zehn Monaten gewesen war.

»Verbrennt die Verräter!«

Das Haus des Goldschmieds war umstellt. Eine Fackel flog in das Fenster, das Nikolay eine Viertelstunde zuvor eingeschlagen hatte. Unten waren Werkstatt und Verkaufsraum untergebracht, im ersten Stock befand sich die Wohnstube. Von dort rief die Frau des Schmieds verzweifelt um Hilfe, ein Kleinkind auf ihrem Arm fiel in das schrille Geschrei ein. Sie konnte nicht aus dem Fenster auf die Straße hinunterklettern, doch oben würde sie früher oder später Opfer von Rauch und Flammen werden.

Ihren Ehemann würde es jedoch noch früher dahinraffen. Nikolay hatte ihn mit dem Hammer niedergeschlagen. Es war nicht seine Absicht gewesen, aber der Kerl hatte ihn überrascht, da hatte er einfach zugeschlagen, und nun lag der Goldschmied blutend und bewusstlos in seiner Werkstatt. Kurz nach der Tat – dem Mord? – waren die anderen draußen erschienen mit Fackeln und waffenschwingend. Eine der Fackeln war durchs Fenster geflogen: weil der Hausherr ein Kollaborateur war und es nicht anders verdient hatte! Da hatten es Nikolay und Abner vorgezogen, sich dem Mob anschließen, um nicht weiter aufzufallen. Immerhin ein wenig Beute in Form von silbernen Halsketten hatten sie zu diesem Zeitpunkt gemacht, mehr war in der verdammten Werkstatt einfach nicht aufzutreiben gewesen.

Um seine Motivation vor den anderen unter Beweis zu stellen, nahm er sich eine der Fackeln und holte zum Wurf aus. Der Goldschmied tat ihm leid, aber er musste sicherstellen, seine vorherige Anwesenheit zu verschleiern. Er wusste nicht, wie seine neuen Gefährten zu Plünderern standen.

Bevor er die Fackel ins Haus schleudern konnte, wurde sein Arm nach hinten gezogen. Nikolay fuhr herum und blickte dem Goldfechter ins wutverzerrte Gesicht, dann sah er dessen Faust auf sich zukommen. Schmerz explodierte. Schwärze umfing Nikolay.

»Diese stinkenden Schwänze!« Jendra war außer sich. Sie trug das kleine Mädchen, das sich so lebendig und trotzdem so schwach in ihren Armen anfühlte, ins Freie. Elisabeda stützte währenddessen die Mutter, die sich unter Hustenanfällen krümmte. Und Dawyd trug gerade den bewusstlosen Vater in Sicherheit – endlich eine Aufgabe, die sie ihm eher zutraute als das Anzetteln von Revolten.

Schmal trat dem Kerl mit der kraterüberzogenen Säufernase, den Dawyd niedergeschlagen hatte, kräftig in die Rippen. »Das wird dich lehren, Hilflose anzugreifen, du fieser stinkender Hurenbock, du Hundebesteiger, du Vater von räudigen Ratten!« Ihre Stimme bebte unter ihren wüsten Flüchen, Tränen standen ihr in den Augen. So war das nicht gedacht gewesen, ganz und gar nicht!

Um sie herum scharte sich eine ansehnliche Truppe Aufständischer, die Jannis tatsächlich wieder unter Kontrolle gebracht hatte, verstärkt von einigen Gesellen und Lehrlingen Dengelschlags, aber sie hatten längst nicht alle versprengten Gruppen wiedergefunden und auf Linie gebracht. Von denen, die die Fackeln geworfen hatten, hatten sich die meisten verdrückt. Aus der Unterstadt waren noch mehr Menschen ins Bakkalauviertel gekommen, aufgestaute Wut entlud sich in den Straßen, und der Aufstand war viel größer geworden, als Jendra es in ihren kühnsten Träumen gehofft hatte. Und viel unberechenbarer.

Elisabeda überließ die gerettete Familie nun sich selbst, packte Dawyds Schulter und drehte ihn zu sich herum. »Wenn wir nicht irgendetwas unternehmen, wird das hier in einem Blutbad enden. Bisher sind mehr Sygnaer verletzt und getötet worden als Aquintianer. Beim Krummen Mann, ich weiß gar nicht, ob wir überhaupt schon einen einzigen Uniformierten erwischt haben! Sie haben sich offenbar noch nicht zum Gegenschlag formiert, aber sobald der kommt, werden sie diese versprengten Leute einfach aufmischen. Außerdem müssen wir die Gewalt von wehrlosen Opfern weglenken!« Sie deutete auf die Frau, die sich nun über ihren Mann beugte, der langsam das Bewusstsein wiedererlangte und eine heftig blutende Wunde am Kopf davongetragen hatte. »Und zwar in Richtung unserer wirklichen Feinde. Hin zum Weberviertel!«

Jendra stieß Ismayl an. »Hör ihr gut zu, Schönauge. Mach auch mal was. Du bist der, der mit Worten jonglieren kann wie mit Bällen!«

Er sah sie mit seinen großen, jungenhaft staunenden Augen an.

»Mach schon«, sagte sie eindringlich. »Lass dir was einfallen.«

»Ja«, sagte Ismayl, und sie konnte die wirbelnden Gedanken durch seine schönen Augen hindurch beinahe sehen. Er ließ sich was einfallen. Sie packte seine Arme und schüttelte ihn, als könne sie es damit beschleunigen.

»Ja, ich weiß, was wir machen! Wir müssen die Leute damit packen, wer sie sind. Dass sie Sygnaer sind. Dass es um die Stadt geht, um unsere Stadt, die nie einem Reich oder einem Kaiser oder einer Nation angehört hat! Es geht um eine gemeinsame Sache. Keine drei Straßenzüge von hier steht das Zeughaus, im Höveschviertel. Da wird der alte Kram zur Feier des Wintnachtsfests gelagert.«

Elisabeda fragte irgendetwas, aber Jendra hörte es kaum, denn sie hüpfte vor Ismayl auf und ab.

»Trommeln und Pfeifen?«, brachte sie hervor.

»Trommeln und Pfeifen und dazu die alten Fahnen der Gilden für die Umzüge. Ich glaube nicht, dass sie jemand nach der Besatzung von dort weggeschafft hat. Sie sind teilweise mit Zeichen versehen, um Aufmerksamkeit zu erregen!«

»Ja!«, jauchzte Jendra und küsste Ismayl einfach auf den Mund, auch wenn sie ihn eher zwischen Mund und Nase erwischte.

»Ich verstehe«, sagte Elisabeda so ruhig, als könne keine noch so gute Idee sie erschüttern. »Schnapp dir ein paar Leute. Wir treffen uns an der Umfriedung der Manufakturen.«

»Ich muss auch … etwas erledigen«, stammelte Dawyd.

»Ich … Kilianna … Wenn sie sie in die Finger bekommen, haben wir keine Möglichkeit, an die anderen … an die Urzeichen zu gelangen.«

Wenn Jendra es richtig verstanden hatte, würde das Blut von Kiliannas Vaters zwar dasselbe bewerkstelligen, aber sie wusste, dass Dawyd weniger am alten Erdhand lag als an dessen Tochter. Jendra hingegen hoffte, dass sich die Chance ergeben würde, mit Kilianna in die Höhlen hinunterzuschleichen und das Verborgene Zeichen zu öffnen. Dann würde sie die Königin der Diebe und Halsabschneider werden, und dann hätte sich das Ganze ja noch richtig gelohnt.

»Nein.« Elisabeda deutete auf sie. »Schmal, du siehst nach, ob die Meister ihr Wort gehalten und Kilianna aus dem Meisterviertel gebracht haben! Maul, dich brauchen wir hier. Zeit, um die Grenzen deiner neuen Kräfte in der vordersten Reihe auszuprobieren. Sie haben meine Söhne und unseren Freund. Wir können von hier aus nur vorwärts.«

»Erst die Manufakturen. Dann die Feste«, flüsterte Dawyd, und seine Schultern strafften sich, die Hand fuhr zum Schwertgriff.

Elisabeda nickte. »Ich werde sie nicht verlieren«, flüsterte sie, wie zu sich selbst, doch mit Stahl in der Stimme.

*»Es ist zu gefährlich für dich hier«, flüsterte sie mit rauer Stimme. Ihre Augen waren trocken, doch sie sah bleich und hohlwangig aus, ungesund in ihrem Gram.*

*»Deshalb bin ich so spät«, sagte Ignaz. Sie sah ihn an, sah ihm in die Augen, und er trat noch einen Schritt näher, zweifelnd, ob er sie in den Arm nehmen sollte. Sie hatten sich immer nahegestanden, und er hatte immer mehr für sie empfunden, und falls sie es bemerkt hatte, hatte sie stets eisern vorgetäuscht, nichts zu ahnen. Er wusste nicht, ob es richtig war, dass er nun hier war.*

*Sie wandte den Blick ab und starrte erneut auf die Gedenk-*

*tafel. Stille lag darüber. Sie schwankte ein wenig. Ignaz streckte die Hand nach ihrer Schulter aus und ließ sie dann doch sinken.*

*»Wie viele helfen dir?«, flüsterte sie.*

*»Wir sind zu viert«, erklärte er leise und musterte die Hand, die beinahe nach ihr gegriffen hatte. Der Anblick der Verstümmelung schrie ihn stets an, dass es einer Hand oblag zu handeln, auch wenn sie nur noch halb da war. »Und ein paar Wohlgesonnene.«*

*»Fünf wäre eine gute Zahl«, sagte sie. Er streckte nun doch die Hand aus, legte sie auf ihren Arm. Doch es fühlte sich irgendwie falsch an, diese Geste von jemandem, der immer für sich gewesen war.*

*»Bitte. Was ich gesagt habe tut mir leid«, sagte er. Er hatte immer noch vor Augen, wie Gabril schmerzvoll das Gesicht verzogen hatte, als Ignaz ihn einen Feigling genannt hatte: »Ich kann nicht, Ignaz. Dieser Kampf ist Selbstmord.«*

*»Nicht zu kämpfen war auch Selbstmord«, wisperte Elisabeda, die gleiche Erinnerung zur gleichen Zeit im Sinn. »Was soll ich tun, Ignaz? Willst du mich noch für deine Sache? Muss ich mehr mitbringen als Hass und Trauer?«*

*»Klugheit und Entschlossenheit«, sagte er, »aber die führst du immer mit dir.« Seine verstümmelte Hand wanderte höher, strich über das schwarze Tuch, das sie um den Kopf geschlungen hatte, über ihr Ohr und verharrte an ihrem Kiefer. Sie neigte den Kopf gegen seine Hand und presste die Lippen zusammen, doch keine Tränen kamen.*

*»Triff mich zwei Stunden vor Mitternacht am Teufebrunnen«, sagte er, und sie nickte. »Wenn du bereit bist. Überleg es dir gut. Bist du erst einmal dabei, gibt es kein Zurück. Bring mit, was du brauchst, versteck den Rest. Schließ deine Tür und hinterlasse niemandem eine Nachricht. Verschwinde einfach, als wärst du niemals da gewesen. Ich brauche nur Leute, die alles zurücklassen. Überleg es dir gut. Wenn du nicht da bist, werden wir uns nicht wiedersehen.«*

Ignaz spürte wieder Rufins Finger, die wie Spinnen über sein

Gesicht krochen. Er erstickte an den eigenen Erinnerungen. Wenn Rufin auf diesen Saiten spielte, war es, als erlebe er sie noch einmal, unbehauener und auf das Wesentliche reduziert.

»Du hast es auch ihr nie gesagt? *Ein paar Wohlgesonnene.* Zeig sie mir, wenn du mir schon nicht von ihnen erzählen kannst.«

Doch die Finger blieben angespannt, keine Bilder tauchten auf. Diese Erinnerung blieb versiegelt.

»Ich werde sie ausgraben«, drohte Rufin. »Ich hole Stückchen für Stückchen hervor und lösche jede Erinnerung aus, bis ich dieses Zeichen unter meinen Fingern habe. Und dann werde ich es zerquetschen.« Und er ging an die Arbeit.

Trommeln und Pfeifen gegen Steine und Knüppel. Ismayl war innerlich nicht annähernd so zuversichtlich, wie er sich äußerlich gab. Er führte als Trommler einen kleinen Trupp an, flankiert wurde er von Pfeifern und Hornbläsern, und dann kamen die Fahnenträger. Bunt und vielfältig wie die Gilden und Zünfte Sygnas zierten die Fahnen die kleine Schar. Sie waren auf keinen Widerstand gestoßen, als sie ins Zeughaus eingedrungen waren. Sie hatten die Instrumente und Fahnen aus verstaubten Kisten gerissen und an jeden verteilt, der bereit war, ihnen beizustehen.

Als sie in die Bitumenstraße einbogen, fuhr es Ismayl durch den Kopf, dass sich an dieser Stelle zeigen würde, ob sein Plan aufging. Doch als er die Glassplitter auf dem Boden bemerkte, die zertrümmerten Auslagen der Gewerbe sowie das Feuer, das in einer Schankstube loderte und den ganzen Häuserzug in ein unheilvolles Licht tauchte, schwand seine Zuversicht. Und als er die Wut in den Augen der Umstehenden sah, die Lust an der Gewalt, schwand sein Mut. Die Gruppe, die sich hier zusammengerottet hatte und offensichtlich Urheber dieser Verwüstungen war, überstieg die Zahl ihrer Schar sicherlich um das Doppelte. Er würde kläglich scheitern, Fahnen und Musikinstrumente waren lächerlich angesichts eines wütenden Mobs.

Abschätzige Blicke trafen sie und ihre bunten Fahnen, verfolgten Ismayl, während er vorbeizog. Ein Spektakel aus besseren Zeiten, ein Wintnachtsumzug.

*Lachhaft …*

Ismayl trommelte. Er sollte die ganze Aktion abbrechen, die Beine in die Hand nehmen und seinen Leuten zurufen, dass sie sich in Sicherheit bringen sollten. Doch er trommelte weiter. Sein Blick traf den einer Tagelöhnerin am Straßenrand. Sie war in Lumpen gehüllt mit einem Schal vor dem Mund, daher konnte er nicht mehr von ihrem Gesicht erkennen als ihre Augen. Augen, die ihn prüfend musterten. Die Frau hielt eine Holzlatte in der Rechten, gesenkt, aber fest umklammert. Das obere Ende war zerbrochen.

Sie war der Schlüssel. Ismayl hielt ihrem Blick stand, bis er sie mit nur einem Meter Abstand passierte. Jetzt würde sich entscheiden, ob er hier den lächerlichen Wintnachtsumzug einer Horde Verrückter vor der Kulisse eines Weltuntergangs anführte, oder den Anfang einer Rebellion, die der Stadt die Freiheit schenken würde.

Die Tagelöhnerin nickte fast unmerklich, und er tat nichts weiter, als zu trommeln und zurückzunicken. Sie hob die Latte, streckte die Waffe gen Himmel und schrie Ismayl einen heiseren, wortlosen Ruf entgegen. In diesem Schrei lag mehr als nur Wut: eine Forderung nach Gerechtigkeit, eine Forderung nach Freiheit.

Sie verstummte. Viele Augen ruhten auf ihr. Nach endlosen Sekunden schleuderte sie die Holzlatte achtlos von sich und ergriff stattdessen den Griff einer Fahne, die ihr einer von Ismayls Gefährten aus dem Zug heraus reichte. Mit dem Schwenken der Fahne brach der Bann. Eine weitere Gestalt folgte ihr, fast noch ein Kind. Der Junge schnappte sich eine Trommel und hieb sein Verlangen nach Freiheit, seine Wut auf die Besatzer auf das Fell. Sofort reihte sich ein riesiger Kerl mit Schlachterschürze ein, dann eine Frau mit der Tracht eines Dienstmädchens, dann eine Gruppe Töpfergesellen. Selbst ein Greis brüllte: »Freiheit für

Sygna! Freiheit für das Handwerk! Tod den Aquinzacken!« Und so viele Stimmen fielen ein!

Als sie in den nächsten Straßenzug einbogen, war ihre Schar bereits zu einer ansehnlichen Kolonne angewachsen. Mehr und mehr Leute fielen in den Takt von spontanen Melodien ein, folgten den alten Liedern, den Liedern der Gilden. Bald jedoch änderten sich die Rhythmen. Der Junge mit der Trommel hatte sich mit zwei Pfeifern zusammengetan: einer Dienstmagd und einem jungen Bettler, der bereits beim Zeughaus zu ihnen gestoßenen war. Gemeinsam spielten sie eine neue Melodie, eine Melodie, die wie ein Schlachtruf der Befreiung klang.

Trommeln und Pfeifen erklangen in den Gassen Sygnas, von der Unterstadt bis hinauf zum Bakkalauviertel. Sie erreichten, was die Stimmen der Vernunft nicht vermocht hatten: Sie bändigten die wilden Wogen des Aufstands, gaben der Wut der Unzufriedenen, die bislang chaotisch getobt hatte, ohne Freund und Feind zu unterscheiden, eine Richtung. Aus vielen Wogen wurde ein Wellenberg, der den Ruf der Rebellion über die Stadt spülte.

Nicht einmal fünf Stunden, nachdem Ismayl ins Zeughaus eingedrungen war, wehten die Flaggen mit den Gildensymbolen überall in den Straßen der Stadt. Hammer und Amboss, Meißel und Zirkel, Federkiel, Goldklinge und Stahlschwert.

Die Melodie des Trommlers, der Pfeiferin und des Bettlers, der sich schließlich als Sängergeselle herausgestellt hatte, der dem Griff der Geheimpolizei in der Gosse entkommen war, erklang überall. All das war bereits jetzt eine großartige Geschichte, und Ismayl ging darin umher wie ihr Protagonist! Er grinste breit.

Der Aufstand tobte in der ganzen Stadt und stieß kaum auf Widerstand. Einzig die hohen Mauern des zeichengesicherten Zunftgefängnisses boten ihnen in der Unterstadt die Stirn, Soldaten hatten sich dort verschanzt. Im Weberviertel brannten die Manufakturen, Symbol der Unterdrückung, lichterloh. Die Stadt erzählte sich von einem Kämpfer mit dem Langen Schwert, der dort mitten unter seine Feinde gefahren war, von Dächern herabstoßend, an Häuserwänden entlanglaufend, tötend und sofort wieder verschwindend. Unaufhaltsam. Die Manufakturarbeiter, die noch ein wenig Kraft in sich hatten mobilisieren können, hatten sich ihnen angeschlossen. Jetzt oder nie, entweder jetzt frei oder ewig Sklave.

Stolz sah Ismayl Dawyd und Elisabeda entgegen, die grimmig und rußverschmiert aus dem Weberviertel zurückkehrten. Auch sie führten eine große Schar von Rebellen an, die bewaffnet war mit vertrauten Werkzeugen, Schwertern aus den Schmieden und dazu den erbeuteten Musketen.

Elisabeda griff an Ismayls Schulter, und er spürte den Druck ihrer starken Finger. Sie nickte ihm zu, zu der düsteren Entschlossenheit in ihrem Gesicht gesellte sich Dankbarkeit.

Er nickte zurück.

*Wir befreien deine Söhne*, dachte er, doch er sprach es nicht aus, denn es war eh zu laut um ihn herum.

Zum manchmal misstönenden, aber immer aufrührerischen Klang von Pfeifen und Trommeln marschierten sie die steilen Straßen und Treppen zur Bleibergfeste hinauf und wirbelten die Mützen besiegter Soldaten in die Luft.

Im Osten graute zwischen den Gipfeln der Berge ein neuer Morgen.

Gouverneur Tranquil legte eine Hand an die Holzbefestigungen der alten Höhenfeste auf dem Bleiberg. Er stand auf dem Wehrgang der Palisade und sah hinunter in die Stadt. Steil fiel sein Blick den Fels hinab bis zu den Dächern der Villen und den Kronen der Bäume im obersten Ring des Meisterviertels. Nur eine einzige Straße wand sich von dort an der Bergflanke hinauf zur Feste. Eine Straße, die beinahe unbegehbar gewesen war, bevor Tranquil sie wieder hatte herrichten lassen. Erst danach hatten

Baumaterial, Waffen sowie das Notwendigste zum Leben hinaufgebracht und Soldaten einquartiert werden können. Es war ein bescheidenes Leben in der mit Ausnahme der Grundmauern hölzernen Bleibergfeste, und Tranquil dachte mit Schaudern an die vergangenen Wintermonate zurück.

Seine Finger fuhren über das Holz. Es hätte ihn beunruhigen müssen. Holz brannte, und die Aufrührer, die dort lärmend und quälend langsam die Ringe der Altstadt hinaufstiegen, brachten Fackeln und Zündpulver. Holz konnte brechen, und die Feinde des aquinzischen Sygna brachten Stemmeisen, Hämmer und Äxte. Tranquils Finger fanden, was sie suchten: Ein Zeichen, verschlungen ins Holz geschnitten – alle paar Meter war es in die hölzerne Umwehrung eingelassen, an jeder Seite, in jede Wand.

Gouverneur Tranquil hatte schon vor Monaten befohlen, dass die besten Sygnaer Tischler und Zimmermänner hier ihre Spuren hinterließen. Lysandre hatte schon vor Monaten dafür gesorgt, dass man sich auf ihre Fähigkeiten verlassen konnte. Der Geheimpolizist kannte die Stellen, an denen er ansetzen musste, damit Menschen taten, was er sich wünschte. Tranquil vertraute Rufin, und Rufin vertraute sich selbst. Und somit vertrauten sie den Zeichen.

Der Gouverneur lächelte dennoch ein wenig nervös, als er sich zu General Tourni umwandte, der neben ihm über die Brüstung sah.

»Ich mag Belagerungen nicht. Nicht, wenn ich vor den Mauern ausharre«, gab Tranquil zu, »und nicht, wenn ich darin festsitze.«

»Es gibt keinen Grund zur Beunruhigung«, sagte Timido Tourni mit fester Stimme. »Die Notfallbefehle sind in Kraft getreten, wir haben alles unter Kontrolle. Für uns war es nur gut, dass sie so kopflos vorgegangen sind in den ersten Stunden dieses … Aufstands.«

»Es ist kein Aufstand. Nur eine … Unruhe.«

»Jawohl, Sire«, bestätigte Tourni mit grimmigem Lächeln hinter seinem Bart. »Wir sind bestens vorbereitet. Leider bedeutet das auch, dass wir ein Blutbad nicht vermeiden können. Die Kanonen sind in Stellung und mit Kartätschen geladen. Die Musketiere können den Zugang zur Feste von drei Seiten unter Beschuss nehmen.«

»Und die Steilhänge sichern.«

»Natürlich«, nickte der General knapp. »Für den Fall, dass sie mit Leitern kommen. Und genug Wahnsinnige dabeihaben.«

»Ein Blutbad …«, meinte Gouverneur Tranquil unglücklich. Er war vom Kaiser persönlich in Sygna eingesetzt worden, damit eben das nicht geschah. Er war kein Mann des Krieges, sondern ein Politiker, und er war gut darin, Allianzen zu schmieden, was ihm mit den höchsten Köpfen der Stadt gelungen war. Er hatte gehofft, die Stadt ruhig halten zu können, wenn er ihren ehemaligen Regenten Zucker gab, doch er hatte ignoriert, was Lysandre ihm bereits vor langer Zeit gesagt hatte: Sygna brodelte.

Wenn er dem Commissaire glauben durfte, dann hatte ein Umsturz der Gilden kurz bevorgestanden, als Yulian der Coup gelang, die Stadt einzunehmen. Letztlich war dies vielleicht genau der Grund gewesen, der jemanden wie Erdhand dazu veranlasst hatte, den Besatzern die Hand zu reichen. Vielleicht hatte er gehofft, der Einfluss von außen würde die brodelnde Gefahr im Inneren bezähmen.

Nun, es hatte offenbar weiter gebrodelt. Und nun stieg das heiße Wasser den Bleiberg hinauf und wollte sie bei lebendigem Leibe kochen. Der Gouverneur strich sich unbehaglich über die Uniform. Er war zwar Politiker, zeigte sich jedoch gern im blauen Rock der Armee seiner Majestät.

»Ich bitte Euch darum, Euch ins Haupthaus zurückzuziehen, Rodolphe«, sagte Tourni nun mit leiser Stimme, als habe auch er just in diesem Moment über die Uniform seines Gegenübers nachgedacht und ihn als nicht-tauglich eingestuft. »Wenn wir diesen Mob zerschlagen haben, müsst Ihr als die Stimme des Kaisers weiter über die Stadt befehligen.«

»Ja, natürlich«, sagte der Gouverneur. Er war über die eitlen romantischen Phantasien der Jugend erhaben und wusste, dass er kein Vorbild im Kampf abgeben würde. »Ich ziehe mich zurück. Ihr habt das Kommando, General.«

Timido verzog sein Gesicht zu der bärbeißigen Grimasse, die er Lächeln nannte – als wolle er fragen, wann er das Kommando jemals nicht innegehabt hatte! Tranquil klopfte ihm auf die Schulter und trat auf die knarzende Stiege.

Das Lied der Musikanten endete plötzlich auf einer schrillen Note. Der Zug aus Waffen-, Fahnen- und Fackeltragenden kam ins Stocken, und Ismayl drängte sich zwischen zwei stämmigen Kerlen aus dem Buckelviertel hindurch und näher an Dawyd heran, der es sich nicht nehmen ließ, sein kleines Heer anzuführen.

Ismayl sah sofort, dass Dawyds Gesicht zu einer Maske der Wut erstarrt war. Um ihn herum herrschte noch genug Lärm, sodass er nur die letzten, gebrüllten Worte seines Freundes mitbekam: ». . . wagst es, dich uns in den Weg zu stellen?«

Ismayls nervöse Finger griffen nach dem Beutel am Gürtel. Er verfluchte seine minderen Zeichen, die so herrlich wenig nutzten, wenn es darum ging, spontane Situationen nicht eskalieren zu lassen. Auf der Allee, die sich von einer Terrasse des mittleren Meisterviertelrings zur nächsten zog, über breite alabasterne Treppen, zwischen knotigen Pinien und im Morgenlicht glänzenden Marmorstatuen hindurch, waren ihnen Gerüstete in den Weg getreten. Helme, Harnische, Armschienen – auf allem prangte ein Gildenwappen, das Ismayl sofort erkannte. Das der Stählernen Gilde.

Einer der Fechter trug den Helm unterm Arm, seine Wange zierte der charakteristische Schmiss, seine goldenen Haare wehten als perfekter Schopf im Wind, und ein viel zu gepflegt aussehender Dreitagebart zierte Lippe und Kinn.

Ismayl kannte den Kerl, und kurz schnürte ihm allein die Erinnerung an ihn die Kehle zu. Danil Vierweg, der dritte Sohn von Aaron Vierweg, dem einzigen Bewohner des oberen Meisterviertes, der kein Handwerk beherrschte. Vierweg war Händler und nicht irgendeiner. Vierweg war der reichste Magnat der Stadt, alles, was aus der Stadt herausging, hatte irgendwann einmal seine gierigen Hände berührt, denn er entschied über Genehmigungen, Preise und Zertifikate. Sein Siegel garantierte anderen Städten, dass es sich um Sygnaer Ware handelte, und er bezahlte Strippenzieher in aller Herren Länder dafür, dass ihm diese Position kein Zweiter streitig machte.

Vierwegs Kinder waren allesamt von missratenem Charakter, und Danil hatte es geschafft, aus der Goldenen Gilde geworfen zu werden. Außerdem hatte Danil versucht, Ismayl einzuschüchtern, als er bemerkt hatte, dass dieser Kilianna Erdhand mehr Aufmerksamkeit schenkte, als Danil lieb war. Das Einschüchtern war ihm vortrefflich gelungen, bei Kilianna Eindruck zu hinterlassen war ihm dagegen verwehrt geblieben, was Danil bei gesellschaftlichen Anlässen zu einem noch unangenehmeren Zeitgenossen gemacht hatte, als er ohnehin schon war. Ismayl fühlte noch den Griff des Anderthalbhänders, den der Kerl einmal gegen seine Kehle gepresst hatte in der Hoffnung, Ismayl für einige Zeit seine Stimme zu nehmen. Unwillkürlich fuhr seine Hand an diese Stelle, und er betete zum Großen Handwerker darum, dass Danil nicht der Triumph vergönnt war, es zu bemerken.

»Die Spatzen pfeifen die interessantesten Dinge von den Dächern«, sagte Danil unbeeindruckt. »Es heißt, die Fechterzeichen sind zurückgekehrt.«

»Heißt es das?«, spie Dawyd wenig schlagfertig.

»Ja, es wird viel erzählt. Das Volk aus der Gosse, es redet gern. Das muss eine wahrhaft grandiose Vorstellung gewesen sein, wie passend, dass sie *im Theater* stattgefunden hat!«

»Mach den Weg frei, ich habe keine Zeit für dein Geschwätz. Rede weiter mit Spatzen!«, brüllte Dawyd über den Lärm der Umstehenden hinweg. Die Stählernen Fechter traten langsam näher, die langen Klingen gezogen.

»Wir sind das eine oder andere Mal aneinandergeraten, Iackmar.«

»Du hast das eine oder andere Mal von mir aufs Maul bekommen, Vierweg. Zum Genüge der Goldenen Gilde!«

»Zum Genüge der Stählernen Fechter«, entgegnete der andere nicht ohne Stolz, doch beide blieben auf Abstand, wenngleich diese Worte normalerweise Blutvergießen einleiteten. »Sieh uns an – beide von der Goldenen Gilde im Stich gelassen! Der Stählernen ist nicht wichtig, was du getan hast. Bei der Stählernen zählt nur dein Können.«

Dawyd lachte schnaubend.

»Wir haben keine Zeit für solche Albernheiten!«, schrie Ismayl. »Schließ dich Dawyd an, umgekehrt wird kein Schuh draus. Und dann beweise, dass du mehr bist als ein missgünstiges Vatersöhnchen mit einem zu langen Messer.«

Der Blick des Blonden flackerte zu Ismayl. »Was für Freunde du jetzt hast, Iackmar. Ich weiß nicht mal mehr, wie dieses wimmernde Häuflein Elend neben dir heißt. An sein hässliches Gesicht kann ich mich erinnern. Aber …« Er hob abwehrend eine Hand. »… an der Visage bin ich nicht schuld. Die haben seine Eltern ganz allein zustande gebracht.«

»Geh aus dem Weg, oder deine Eltern haben morgen einen Sohn weniger!«, rief Dawyd und richtete seine Schwertspitze auf den anderen. Der nahm die abwehrende Hand nicht herab.

»Iackmar! Lass uns die Witzeleien beenden. Das sparen wir uns für Friedenszeiten auf.« Danil räusperte sich. Langsam kamen die Rebellen aus den hinteren Reihen ebenfalls zur Ruhe, spitzten die Ohren. Die Morgenbrise knatterte in den Fahnen und raschelte im jungen Laub der Linden. »Meine Freunde und ich kämpfen an deiner Seite. Gegen die Aquinzacken. Stahlkürass gegen Blaurock. Unsere Klingen haben schon lange genug von all den höflichen Duellen.«

»Ach so?«, fragte Dawyd, ließ das Schwert aber nicht sinken.

»Wir kämpfen für dich, Iackmar. Und wenn du überlebst, lehrst du uns Fechtzeichen. Wenn es wahr ist, dass du gelernt hast, was verloren war.«

»Es ist wahr«, bezeugte Ismayl.

Danil nickte mit breitem Grinsen. Eine Hälfte eines Schneidezahns blitzte golden. »Dann werde ich alles dafür geben, dass du unversehrt bleibst, Iackmar. Ein einziges Mal in meinem Leben werde ich dafür sorgen, dass keine Klinge deine Lunge durchdringt, nicht mal meine eigene.«

Dawyd lachte abfällig, verzichtete jedoch tatsächlich auf eine prahlerische Antwort. »In Ordnung.«

»Halt!«, rief jemand von weiter hinten. Erneutes Gedrängel. Getuschel. Der Himmel wurde heller.

»Je länger wir uns hier streiten ...«, begann Elisabeda, doch dieselbe Stimme, die Einhalt geboten hatte, unterbrach sie. Ein Mann drängte sich vor. »Dawyd Iackmar!«, rief er.

»Gordeon Zornhau«, erwiderte Dawyd, zugegeben irritiert, und drehte sich zwischen Danil und Gordeon auf der Stelle.

Ismayl zählte eins und eins zusammen, obwohl er Gordeon nicht kannte: Der war ein Mitglied der Goldenen Gilde. Der Mann wirkte, anders als Danil und seine Kumpane, als habe er sich nur hastig ankleiden können, nachdem ihn der Lärm eines Aufstands aus dem Bett geworfen hatte. Er trug jedoch auch einen Anderthalbhänder an der Seite, die Allzweckwaffe beider Fechtgilden.

»Als rechtmäßiger Vertreter von Zunftmeister Timotis Seidenschneid verfüge ich deine Wiederaufnahme in die Goldene Gilde.«

»Ach, na so was!«, rief Dawyd aus. »Wie schnell es gehen kann, wenn man ein Heer zu den Toren des Feindes führt und vom Urzeichen des Blutes ... auserwählt wurde!«

Die Fechter starrten ihn allesamt kurz an, als hörten sie nicht richtig, dann schienen sie gleichzeitig zu beschließen, nicht weiter nachzuhaken.

»Ich bitte dich für heute, alle politischen Gedanken außer

Acht zu lassen, Dawyd«, flehte Gordeon. »Wir werden reden, wenn die Waffen ruhen. Eines nur, eine Nachricht!«

»Ich höre?«

»Die Erdhands sind bei Meister Seidenschneid in Sicherheit gebracht worden. Ich dachte ... das solltest du wissen.«

Ismayl traf die Erleichterung ebenso heftig wie der Stich der Eifersucht. Dawyd nickte etwas steif.

»Dann organisier so viele von der Goldenen Gilde wie möglich. Wir stürmen die Feste und brauchen jede Klinge!«

Gordeon schien kurz zu überlegen. Natürlich, es gab Übereinkünfte zwischen den Aquintianern und allen Zunftmeistern im Gildenrat, und es galt abzuwägen, ob man auf das richtige Pferd setzte, denn nach dieser Nacht würde der Gouverneur nicht zimperlich sein. Doch wenn der Gouverneur unterlag – wenn Sygna siegte –, dann hatten die Fechter die Chance, ihre lange verlorenen Zeichen wieder zu erlernen. Ismayl sah, wie Entschlossenheit über das Gesicht des anderen wanderte, als ziehe er sich eine Maske herab. Er nickte.

»Ich werde mobilisieren, wen ich kann.« Und damit wurde er von der jubelnden Menge geschluckt, die das als Aufruf zu verstehen schien, ihren Marsch fortzusetzen.

Elisabeda packte Ismayl an der Schulter. »Jungs«, sagte sie, laut genug, dass auch Dawyd es hören konnte, obwohl die Pfeifen wieder schrill aufspielten. »Die Blauröcke haben Musketen, und das Tor ist mit Sicherheit verschlossen.«

Dawyd wandte sich zu ihr um, sein Blick verfinsterte sich. »Ich hoffe, dass dir etwas einfällt, bis wir oben sind.«

Ismayl sah hinauf, jenseits der Alleelinden sah er den unheilvollen Ring der Fackeln, die die Brüstung der Feste erhellten. Jede von ihnen stand für die Wachsamkeit, mit der die Aquintianer ihr Vorwärtskommen beäugten.

»Wir brauchen einen Plan.«

»Wir werden immer mehr«, sagte Dawyd zuversichtlich und gestikulierte hinter sich.

»Und du hoffst, dass du einfach ein paar von ihnen erübrigen kannst, die ... was tun? Das Tor einreißen? Als verlorener Haufen über die Wälle klettern?« Elisabeda schüttelte den Kopf. »So kann das nicht funktionieren. Wir brauchen einen gescheiteren Plan!«

»Wir müssen das ... das Moment der Bewegung nutzen! Wir haben jede Menge Zündpulver! Damit sind wir schneller durch das Tor, als wir *Aquinzacken* sagen können!«, rief Dawyd. »Das ist wie beim Fechten: Wenn die Klinge schon fällt, musst du die Bewegung ausnutzen und in einen sauberen Schnitt umwandeln.«

»Aber was, wenn wir kein Schwert sind, sondern nur eine stumpfe Faust, die sich an einem Helm wundschlagen wird?«

»Was schlägst du vor?«, fragte Ismayl. »Glaubst du nicht, dass es funktioniert mit dem Zündpulver?«

Elisabeda wiegte zweifelnd den Kopf. »Die Aquinzacken könnten versuchen, es zu entzünden, bevor wir es vernünftig angebracht haben. Und dieser Haufen hier kennt sich weder im Kampf noch mit alchimistischen Pulvern aus. Was ist, wenn sie dabei zu Schaden kommen? Wollen wir daran schuld sein? Ich sage: Wir bringen diese Leute hoch zum obersten Meisterviertelring. Da haben wir das Tor der Feste im Blick, sodass die Aquinzacken nicht aus ihrer Feste herauskommen, ohne dass wir es sehen. Gleichzeitig warten wir darauf, dass auch die trägeren Elemente dieses Aufstands ineinandergreifen.«

Dawyd verzog das Gesicht, nickte aber. »Ja, die Meister brauchen etwas mehr Zeit, um ihre breitgesessenen Ärsche hochzubekommen. Aber ob das hier die Truppe ist, um eine Belagerung durchzuführen?«

»Willst du sie lieber in den Tod führen? Geben wir dem Gouverneur das Gefühl, er könne verhandeln. Wir schicken Unterhändler zu den Toren, Ismayl lullt ihn mit Worten ein. Sollte er persönlich die Feste verlassen, nehmen wir ihn gefangen. Sollte er sich Bedenkzeit ausloben – bitte sehr, dann haben wir ebenfalls Zeit, in der die Aquintianer nichts unternehmen und wir mehr Leute, mehr Waffen und mehr Ausrüstung mobilisieren können. Mehr Zeit, um Schwachstellen zu identifizieren und die Sprengfässer dort anzubringen!«

Ismayl tastete erneut nach seinem Beutel mit Tinte und Feder und nickte dann. Seine Zunge war bereits in Erwartung des bitteren Zeichens trocken und schwer.

»Ja. Ja, du hast recht«, stimmte Dawyd verhalten zu. »Wir halten uns an deinen Plan. Wir müssen nur zusehen, dass wir diese Leute unter Kontrolle bekommen. Und wenn die restlichen Fechter hier sind – dann stürmen wir das Tor.« Er grinste in wilder Vorfreude.

# Kapitel XI

Kilianna saß in der Nähe der Salontür. Sie fühlte sich nicht mehr wie der Vogel im goldenen Käfig. Nein, eine kleine Stimme in ihr behauptete steif und fest, dass dieser Käfig Vergangenheit war – und mit ihm die Ära ihres Vaters. Bei diesem Gedanken stellten sich ihr die Haare auf den Armen auf. Es machte ihr Angst, aber sie empfand auch eine abartige kleine Vorfreude auf das Neue, das nun folgen würde. Ihr Vater polterte ab und zu seine Entrüstung über den eigenen Machtverlust heraus, doch an der langen Tafel redeten vornehmlich Meister Seidenschneid, Meister Dengelschlag und einige andere Verschwörer.

Sie war immer noch wie berauscht von der Erkenntnis, dass es eine Verschwörung vor ihren Augen gegeben hatte, während sie ihre eigene Verschwörung geplant hatte! So viele Fäden hatten die Meister gesponnen, und sie liefen in keiner Hand ineinander, sondern man hatte darauf vertraut, dass sie sich von allein verweben würden. Nicht eingeweiht hatte man Großgildenmeister Zachari Erdhand. Zu Recht. Er war kein Verschwörer, kein Revolutionär. Er stand gern auf der sicheren Seite. Kilianna wusste, dass ihr Vater mehr zum Fall der Stadt beigetragen hatte, als er jemals zugeben würde. Er hatte den Pakt mit den Aquintianern aus Angst vor persönlichen Veränderungen geschlossen, doch damit Veränderungen heraufbeschworen, die er nie und nimmer hatte kalkulieren können, bei all seiner Liebe zu Zahlen.

Kilianna blickte durch die bunten Mosaikglasscheiben in den Empfangsraum der Seidenschneidvilla. Sie sah den Rücken einer Bediensteten, die durch das runde Fenster der Eingangstür in den dämmrigen Morgen starrte, bereit, Alarm zu schlagen, sobald sie Bewaffnete sähe.

Der Geheimpolizei waren die Erdhands nur knapp entkommen. Tag und Nacht waren Männer um ihr Haus herum positioniert gewesen, die Kilianna beobachteten und ebenso die Knechte und Mägde, ihren Vater, ihre älteren Geschwister, wenn diese vorbeischauten, und ihre Mutter, wenn sie ihr abgedunkeltes Zimmer verließ.

Als der Trupp Soldaten aus der Feste angerückt war, hatte Kilianna wenig Zweifel gehabt, weshalb sie gekommen waren. Rufin oder der Gouverneur hatte offenbar genug davon, abzuwarten und zu beobachten.

Kilianna hatte den säbelrasselnden Trupp vom Dachzimmer aus beobachtet, in dem sie sich eine Lagerstatt hergerichtet hatte, um dort zu schlafen. Hier oben hatte ihre Mutter sich vor Jahren ein Atelier eingerichtet, das jedoch zunehmend verstaubte. Kilianna konnte dort oben nicht beobachtet werden – sie konnte jedoch von dort ebenso wenig ungesehen verschwinden wie aus den unteren Stockwerken.

Dass sie am Fenster gestanden und die Soldaten gesehen hatte, hatte sie dem Läuten von Glocken in der Unterstadt verdankt, die sie aus dem Schlaf gerissen hatten – Feuer! Hin- und hergerissen stand sie am Giebelfenster, bereits vollkommen angekleidet, aber noch zaudernd. Was geschah dort? Sollte sie versuchen, sich aus dem Haus zu schleichen? Sollte sie nach Dawyd suchen? Bei dem Gedanken an ihn machte ihr Herz einen waghalsigen Satz, als springe es eine Klippe hinab.

Dann hatte sie die Blauröcke auf der breiten erleuchteten Straße des Meisterviertels gesehen, allesamt mit Musketen bewaffnet. An den Flanken hatten jeweils zwei von ihnen wachsam über Kimme und Korn die Allee hinauf- und hinabgespäht.

Vor dem Anwesen angekommen, sprach der Trupp Soldaten mit dem hochgewachsenen Schönling, den Kilianna zuvor bereits als Anführer der Geheimpolizisten ausgemacht hatte. Sie begriff, dass der Moment gekommen war, an dem ihr Vater das Ende seiner Familie besiegeln würde, indem er weiterhin schweigend mit gefalteten Händen am Schreibtisch sitzen blieb.

Sie war schneller die Stiege hinunter, als sie »halsbrecherisch« hätte sagen können, und stieß die Tür ins Schlafzimmer ihres Vaters auf. Zachari Erdhand stand bereits am Fenster – immerhin das.

»Die Verkehrte Stadt!«, stieß Kilianna so leise wie möglich hervor. Sie musste ihnen jetzt offenbaren, dass sie die Tunnel und Höhlen dort unten kannte und sie in Sicherheit bringen könnte. »Wir müssen alle hinunter. Auch Mutter.«

Ihr Vater sah sie mit ratlosem Blick an. »Aber … da unten wimmelt es von Soldaten!«

»Hier oben wimmelt es auch von Soldaten! Wenn wir jetzt nicht fliehen, dann bringen sie uns auf die Feste, und da sind wir in ihrer Gewalt! Vertrau mir *ein einziges Mal.* Ich kenne Leute … in der Unterstadt.«

Er fragte nicht. Er zauderte noch einen Wimpernschlag, dann kam ein rasches Nicken. »Hol deine Mutter.«

Doch bevor sie etwas hatte unternehmen können, waren Rufe auf der Straße erklungen. Dann der Knall einer Muskete, scharf wie yiragischer Pfeffer. Ein langgezogener Ruf, so etwas wie »Wohohoo«, dann Schreie hinter dem Haus, von denen einer zu einem gurgelnden Schmerzensschrei wurde. Schließlich, sie wusste nicht, wie es vonstattengegangen war, platzten zwei von der Goldenen Gilde ins Haus, durch die Gartentür des Teezimmers, und gleichzeitig hämmerten die Soldaten an die Vordertür. Ihr Vater stürmte im Morgenrock die Treppe hinunter, ihre Mutter im Nachtmantel. Die beiden Dienstmädchen, die auch des Nachts im Erdhandanwesen blieben, verließen das Haus bereits wie Einbrecher, die keine Beute gemacht hatten, ebenfalls durch die Hintertür.

»Der Garten wird auch überwacht!«, zischte Kilianna, als sie unten ankam.

»Nicht mehr«, erwiderte einer der Goldfechter, ein Mann um die vierzig mit einer Nase, die von der Begegnung mit zahlreichen Fäusten und Schwertknäufen sprach.

Zachari fluchte und riss seine Amtskette vom hölzernen Halter, der in der Eingangshalle seine breite Brust nachbildete. Und dann stürmten sie alle in den Garten.

Ein eisengepanzertes Fuhrwerk, angetrieben von zwei mit den Augen rollenden Hengsten, brach wenige Minuten später auf der Höhe der Kusan-Villa auf die Straße. Kilianna und die anderen aus dem Erdhand-Haushalt kauerten auf dem Boden der finsteren Kutsche. Ihre Mutter betete inbrünstig – so viele Worte hatte sie seit Jahren nicht gesprochen!

Schüsse hallten durch die Nacht, eine Kugel durchschlug die gepanzerte Kutsche, verfehlte jedoch die Insassen.

Wenig später hatten sich die Türen der Stallungen von Meister Seidenschneid hinter ihnen geschlossen.

Entkommen. Den kaiserlichen Soldaten. In einer kaiserlich besetzten Stadt.

Sehnsüchtig starrte Kilianna durch die Scheiben der Salontür – sie wollte Teil dessen sein, was gerade in der Stadt geschah, und nicht hier herumsitzen!

Die Buntglasscheibe bildeten eine unspektakuläre Szene aus dem Leben des Altmeisters der Fechter. Plötzlich erklang ein Rumpeln aus dem Flur dahinter, als stoße sich jemand an einem Möbel. Aufgeschreckt davon eilten die Schritte der Bediensteten weg vom Beobachtungsposten und rasch den Korridor hinab. Kilianna stutzte.

Hatte die Frau etwas gesehen? Drang jemand ins Haus ein? Kilianna öffnete leise die Tür zum Korridor. Von der Hausangestellten keine Spur. Kilianna ging zur Eingangstür und spähte durch das runde Glas. Der kiesbestreute Weg vor dem Anwesen lag verlassen da, grau im Morgenlicht. Ein Räuspern erklang rechts von ihr. Sie schrak zusammen und fuhr herum. War die Angestellte nicht nach links verschwunden?

Eine magere Gestalt in einem geflickten Wollmantel und mit einem schiefen Kopfverband schob sich auf nackten Füßen aus dem Schatten einer übertrieben prunkvollen Statue. Es war das Mädchen aus Ignaz' Truppe. *Schmal*, nannten die anderen sie. Kilianna starrte sie stumm an.

»Die wäre abgelenkt. Gehen wir?«, fragte Schmal, als befänden sie sich mitten in einem Gespräch, und zwinkerte ihr zu. »Hier entlang.«

Kilianna hielt die Luft an.

»Was? Wohin? Meine Eltern werden den Verstand verlieren, wenn ich jetzt gehe.«

»Schreib ihnen halt einen Brief. Aber nicht hier. Woanders, wo ich nicht auf frischer Tat ertappt werde mitten in der schönsten Entführung.«

»Entführung? Warum willst du mich entführen?«

Schmal spreizte die Finger. »Dawyd schickt mich«, sagte sie, als wäre das Erklärung genug. Kilianna schluckte, als ihr bewusst wurde, dass ihr diese Erklärung tatsächlich ausreichte. *Zu Dawyd! Zum Aufruhr in der Stadt!* Ihr Herz klopfte auf sehr merkwürdige Weise, als Schmal Dawyd erwähnte. »Da drinnen lassen sie dich doch eh nicht mitreden. Also, lässt du dich jetzt entführen oder nicht?«

Kilianna grinste. »Was ist denn das für eine Entführung, bei der ich etwas mitzureden habe? Ich werde keinen Widerstand leisten.«

Und damit folgte sie der Straßengöre durch eine knarrende Tür in die Bibliothek, in der große Folianten, Fechtschriften, aufgeschlagen auf Tischchen lagen. Dahindrapiert – nicht wirklich in Nutzung.

»Soll ich dir was Lustiges sagen?«, fragte Schmal nicht über die Maßen leise und öffnete dabei das Fenster. Sie wandte sich um und wedelte mit der Hand. »Schreib deinem Vater doch eine Nachricht in irgend so ein dummes Buch.«

Kilianna zögerte kurz, doch es juckte sie tatsächlich in den Fingern – vielleicht war es auch einfach nur die verheilende Wunde. Sie fand eine Feder, ein Tintenfass und schrieb über zwei Männer, von denen der eine die Halsschlagader des anderen zerschnitt, eine kurze Nachricht an ihren Vater.

»Also, das Lustige.« Schmal lehnte sich aus dem Fenster und sah in den Garten hinaus, in dem Vögel so irrwitzig ihre frühmorgendliche Melodie sangen, als gäbe es keine Besatzer und keine Widerständler. »Das Lustige ist: Die Soldaten, die euch nicht gekriegt haben, sind desertiert. Sie haben ihre blauen Röcke in die Rinnsteine geworfen und laufen jetzt irgendwo in der Stadt herum. Trauen sich nicht zurück in die Feste und machen einen auf Sygnaer Bürger.«

»Haben sie Angst vor dem Aufstand oder Angst vor ihrem Herrn?«

»Hab sie nicht gefragt. Kommst du?«

»Wohin gehen wir?«, fragte Kilianna.

»Durch die Verkehrte Stadt, damit dich keiner sieht. Und dann zu den anderen. Vielleicht können wir helfen. Du weißt schon, nicht als Kämpfer, anders. Ismayl fällt sicher was ein, was wir tun können.«

Ein Schauder durchlief Kilianna. Wie sollte sie den anderen helfen? Gerade sie, von allen in der Stadt!

*Ich kenne die Verkehrte Stadt vielleicht besser als jeder andere Sygnaer. Ich kann Menschen in Sicherheit bringen oder von einem Ort zum anderen, ungesehen …*

Sie atmete tief durch, der Wind, der durchs Fenster hereinwehte, war kalt und klar und vertrieb den muffig-heimeligen Geruch der Folianten. *Ich habe immer geglaubt, dass der Tag kommen würde, an dem ich kämpfe. Ich dachte nur nicht, dass es so sein würde.* Sie hatte gedacht, sie würde an jenem Tag, auf den sie hinfieberte, eine Rede halten. Die Gleichwerker bei einem Streik anführen. Doch sie würde jetzt nicht kneifen, nur weil der Kampf ein anderer war, als sie es sich vorgestellt hatte. Dawyd hatte auch gedacht, er würde sein Leben lang Duelle fechten, und nun …

»In Ordnung«, sagte Kilianna und folgte Jendra durch das zweiflüglige Fenster hinaus in den Gesang der Frühlingsvögel.

Ein Sturm war entfesselt. Elisabeda versuchte, ihn in die richtigen Bahnen zu lenken, doch ein Sturm ist kein Fluss und noch schwerer zu kontrollieren.

Während sie das letzte Stück der Straße hinauf zur Feste auskundschaften ließ, warfen die ersten Aufständischen bereits übermotiviert Feuertöpfe in Richtung der Mauern. Natürlich fielen sie viel zu kurz und landeten statt an der Palisade im Gesträuch des verwilderten Parks um die Festung herum. Einige kullerten sogar den Berg hinab zurück zu ihnen. Gras entflammte und musste gelöscht werden. Die Sträucher waren jedoch glücklicherweise noch regengetränkt. Trotzdem brachte das Feuer einige Aufwiegler auf Ideen. Die Palisade war schließlich aus Holz, dann konnte man doch auch hoffen, dass man sie früher oder später kleinbekam – und wenn man dafür den Park niederbrennen und warten musste, bis das Feuer den Gipfel erreichte!

Wie sollte Elisabeda diese Marodeure zu einem Heer einen? Die beiden Bewegungen mussten zusammenfinden – die eilige Bewegung, die Dawyd ins Rollen gebracht hatte, und jene zähe, die Ignaz, Dengelschlag und all die anderen so lange vorbereitet hatten. Der Schlüssel dazu war Ismayl.

»Du musst ihnen klar machen, worum es geht, Ismayl!«, schrie sie den jungen Dichter über den Lärm des Mobs an. Es waren Tausende, die aus der Unterstadt in die Altstadtringe gestürmt waren. Die Stadt war entfesselt, und wieder und wieder flackerten Brände weiter unten auf oder wurden Scheiben eingeworfen, Ställe und Schuppen aufgebrochen und manchmal sogar die von privaten Wachleuten beschützten Herrenhäuser.

Elisabeda war der Hauptmann einer kleinen, zumindest etwas disziplinierteren Truppe, die sich unter die Banner geschart hatten, die Ismayl organisiert hatte. Der Rest lief nach wie vor Amok.

»Das kann ich nicht!«, jammerte Ismayl. »So etwas kann ich nicht! Die einzige Möglichkeit ist …«

In diesem Moment ertönten Schüsse. Es klang wie eine Salve, die auf einen Befehl hin gefeuert worden war, ging es Elisabeda noch durch den Kopf. Dann folgten auch schon die Schreie.

»Verdammt«, stieß Dawyd hervor.

Elisabeda stürmte bereits an ihm vorbei. Kristallklar erkannte sie, was sie übersehen hatte.

»Wo ist Rufin?«, polterte Gouverneur Tranquil im Haupthaus der Feste. Ein paar Soldaten, die hier stationiert waren, sahen ihn ratlos an, dann ermannte sich einer von ihnen: »In den Kerkern, Sire? Bei den Gefangenen?«

»Ist das eine Frage oder eine Antwort?«, bellte Tranquil.

»Eine Antwort, Sire?«, fragte der Soldat erneut. Tranquil verspürte das Bedürfnis, ihn zu schlagen.

»Dann geh und hol ihn!«, schrie er. »Vielleicht hat er noch nicht begriffen, dass gerade nicht die Zeit für seine Grillen ist!«

Der Soldat wandte sich auf der Hacke um und beeilte sich, zu den Treppen zu kommen.

Tranquil brauchte Rufin. Natürlich war die Verteidigung der Feste beim General in den fähigsten Händen, doch es gab anderes zu tun. Tranquil musste entscheiden, ob der Kaiser alarmiert werden sollte. Er musste entscheiden, ob die Verkehrte Stadt gesichert werden sollte und wie das am besten zu tun war. Nun, da Aquinçois Lafayet in die Heimat zurückgekehrt war, war Lysandre derjenige, der zuletzt den Zustand der Gänge und Kavernen in Augenschein genommen hatte.

Nervosität hatte von Tranquil Besitz ergriffen. Sie waren durch die stümperhafte Ausführung des Aufstands zwar gut vorbereitet, aber er hatte gehofft, deutlich mehr Zeit für die weitere Strategieentwicklung zur Verfügung zu haben. Zur Nervosität gesellte sich Enttäuschung. Enttäuschung über die Kaisertreuen unter den Bewohnern Sygnas, die den Rebellen zu wenig Widerstand geboten hatten. Die zugelassen hatten, dass die Stadt in wenigen Stunden verloren war und die Gesetzlosen inzwischen kurz vor den Mauern und Palisaden der Gouverneursfeste standen. Vielleicht hätte er die Notfallbefehle noch nicht in Kraft setzen sollen. Hätte er lieber seine Soldaten frühzeitig gegen den Aufstand werfen sollen, um die Kaisertreuen zu unterstützen?

Der andere Soldat blinzelte Tranquil unruhig an.

»Zwei Schreiber und zwei Brieftauben«, befahl Tranquil. »In meiner Schreibstube, in zwei Minuten.«

Zwei Minuten später diktierte er einem Aquintianer und einem Sygnaer, dessen Hände nervös zitterten, zwei identische Briefe. Darin eine Schilderung der Lage. Keine Bitte, keine Strategie, keine Vorschläge. Was zu tun war, würde der Kaiser selbst am besten wissen. Tranquil beabsichtigte, zwei Tauben zu entsenden, denn der Weg zur Front im Nordwesten war lang, und seine Nachricht musste den Kaiser mindestens einmal erreichen. Sygna war eine der wichtigsten Eroberungen im bisherigen Verlauf des Kriegs, wenn es auch nur ein kleiner Flecken Land war gemessen an den Weiten, die die Große Armee zugleich unterjocht und befreit hatte.

Als der Brief beinahe fertig war, wehte der Lärm von Musketen und von Angst- und Schmerzensschreien hinein. Nein, die Feste würde nicht fallen.

Lysandre Rufin war ein Raubfisch in der Tiefe.

Er wusste nicht, wie er es tat, doch was er tat, erfüllte ihn mit Triumph. Mit Leidenschaft. Mit einer Freude, die er nie zuvor verspürt hatte. Die Tiefe, durch die er sich bewegte, war Ignaz' Leben. Nein, mehr als das, es war sein Geist, seine Gedanken, seine Gefühle. Alles, was aus Worten bestand, lag klar vor ihm, und alles, was nicht daraus bestand, floss als Ahnung an ihm vorüber, und auch das konnte er spüren.

Sie befanden sich nicht mehr im kargen Verhörraum des Kerkers. Keine Geräusche drangen an ihre Ohren. Sie waren ganz allein miteinander, und Rufin wusste nicht, wie viel Zeit verstrich. Er nahm sich Erinnerungen vor, eine nach der anderen, und zog sie aus dem Schwarm, in dem sie schwammen. Er zermalmte sie zwischen seinen Kiefern, bis sie fort waren. Und schließlich fand er, was er suchte: Das Verborgene Zeichen lag vor ihm.

Er hatte alle Erinnerungen darum herum aufgespürt und vernichtet – die an den Eid und die an den Seneschall. Nicht jedoch jene, auf die es Rufin ankam, denn diese lagen hinter dem Zeichen. Doch jetzt konnte er sie sich holen! Das Zeichen schwamm in Ignaz' Seele, losgelöst vom Untergrund und allen Erinnerungen. Rufin nahm es und zerbröselte es. Ignaz war frei.

Er öffnete die Augen.

Er sah in ein Soldatengesicht, dessen Lippen zusammengepresst waren.

Er sah Spinnweben, Risse in der Decke. Er spürte, wie Hände ihn auf die Tischplatte pressten. Er bewegte sich.

Und dann hörte er Schüsse.

»Was … was geschieht da?«, fragte er.

Der Soldat antwortete nicht, er schoss nur einen Blick zu seinem Nebenmann, dessen Hände Rufin ebenfalls spürte.

»Antworte mir!«

Dann durchschaute er, was er getan hatte. Er lachte heiser. Seine Stimme – sie klang ganz anders in seinen Ohren. Er sah durch Ignaz' Augen! War in dessen Körper! Ein heftiges Blinzeln führte ihn zurück in die Tiefe seiner Kreatur. Dann ein innerliches Aufbäumen … Er schnappte nach Luft und fuhr hoch, wieder er selbst, wieder im Körper von Lysandre Rufin.

»Und jetzt sag mir, Ignaz Eicks: Wer sind deine Mitverschwörer?« Er hätte die Erinnerungen auch einfach so haben können. Doch er bevorzugte es, die Wahrheit aus Ignaz' Mund zu hören. Zu beweisen, dass er seinen Widerstand gebrochen hatte.

Ignaz kam mit einem herzzerreißenden Stöhnen zu sich. Ob die Erinnerungen Narben hinterließen, wenn sie fehlten? Wie die Finger? Rufin war erstaunt, als das Stöhnen in Lachen umschlug. Woher nahm Dreifinger nur immer dieses Lachen?

»Der Gildenrat, außer Erdhand und drei andere. Meister aus der Ober- und Unterstadt. Buckelviertelleute. Gleichwerker. Zu viele, Rufin, zu viele, um sie alle zu nennen. Zu viele, um sie wieder niederzutreten, wenn sie sich einmal erhoben haben. Jeder von uns in Unwissenheit der meisten anderen, jeder von uns auf ein bestimmtes Ziel hin … Und … Sind das Schüsse da oben? Was hat das denn zu bedeuten?«

Rufin erwachte wie aus einem Traum. In der Nacht war die Feste abgeriegelt worden. Doch sie war uneinnehmbar – geschützt von Hölzernen Zeichen, bemannt mit Hunderten von ausgebildeten Soldaten.

Eine Faust hämmerte gegen die Tür des Verhörraums. »Commissaire! Der Gouverneur befiehlt euch nach oben.«

Ignaz lachte. Rufin hob eine Faust und ließ sie auf ihn herabsausen. Blut spritzte aus Nase und Lippe, doch das Grinsen wich nicht aus dem Gesicht seines Erzfeinds.

»Nichts wert«, brachte Ignaz hervor. »All die Mühe, nichts wert.«

Rufin packte den Kiefer des Mannes, bohrte seine Finger hinein und beugte sich über ihn. »Nichts wert? Dass ich die wahre Macht meines Zeichens kenne? Dass ich jedes dreckige Geheimnis von dir kenne, inklusive all der beschämenden Momente?« Er lächelte nun auch, doch er wusste, dass es nicht mehr als eine Fratze war. »Vertrau mir, es war die Zeit wert.«

Elisabeda erkannte, dass sie etwas übersehen hatte. Die verwilderten Gärten um die Festung herum verhüllten ein unbefestigtes Gewirr kleiner Pfade und Treppchen, die an steilen Stellen Abkürzungen boten und sich zwischen Felsblöcken dahinschlängelten. Diese Pfade durften von der Festung aus eigentlich nicht erreichbar sein – die verriegelten Ausgänge der Festung hatten ihre Aufständischen im Blick. Doch offenbar hatten sich einige Soldaten an verborgenen Stellen von der Palisade herabgelassen oder versteckte Mannlöcher benutzt.

Sie hatten sich zwischen den Felsen verschanzt. Hatten eine erste Salve abgefeuert …

Die Schreie wurden lauter, als Elisabeda sich den Verwundeten näherte. Es hatte die Ungeduldigen getroffen, die immer wieder versucht hatten, Feuertöpfe zur Festung hinaufzuwerfen, und sich doch nie nah genug an die Palisaden herangetraut hatten. Musketen schossen nun einmal weiter, als Menschen werfen konnten.

»Dawyd!«, schrie sie über die Schulter. »Bring die Leute in Sicherheit!«

Sie deutete wild auf einen Karren. Es handelte sich um den Eselskarren, auf dem Jendra die Musketen heraufgebracht hatte. Er befand sich im Gewühl ein Stück hinter ihr. An der Felswand in einer engen Straßenkehre war er geschützt vor den Schüssen von der Palisade, aber nicht geschützt vor dem Ausfalltrupp aus der Feste.

Auf dem Karren mit seinem nervös schreienden Esel befanden sich keine Musketen mehr – aber alchimistisches Zündpulver, Feuertöpfe und allerhand mehr. Nach dem Verteilen der Musketen hatten viele ihre in der Eile aus der Kluft mitgenommenen und unter den Aufständischen verteilten Sprengstoffvorräte darauf abgeladen. Pulver und Kugeln, um die Musketen Runde um Runde nachzuladen, befanden sich ebenfalls darauf.

Die ersten Aufständischen feuerten bereits zurück, hinauf ins Labyrinth der vermeintlich unzugänglichen Felsen und Dornbüsche.

»Dawyd!« Während Elisabeda noch schrie, sah sie, dass er vor ihr kehrtgemacht hatte und zu ihr zurückkam.

»Du unsere Leute!«, brüllte er. »Ich die Soldaten!«

Mit einem langen Sprung gelangte er auf den Karren und von dort aus an die schroffe Felsflanke. Zwei, drei Bewegungen, und er war irgendwie oben. Pure Körperspannung schien ihn anzutreiben. Ein Schuss knallte, er wich scheinbar im selben Moment aus, als habe er die Gabe der Vorsehung. Die Kugel verfehlte ihn. Schon war er beim Schützen, der ihm mit aufgerissenen Augen entgegenstarrte. Der Blaurock hatte nicht einmal mehr Zeit, um auch nur den Musketenkolben zu heben. Dawyds stach seine

Klinge in den Gegner, der mit einem Poltern und dem Rasseln kleiner Steine den Hang hinunterfiel und unten auftraf.

Es war eine Sache weniger Augenblicke. Elisabeda riss ihren Blick von Dawyd los – sie hatte selbst eine Aufgabe zu erledigen. Sie musste ihre Leute in Sicherheit bringen.

»Weg vom Wagen!«, schrie sie. Leute gehorchten und wandten sich um, doch es drängten zu viele Menschen an. Ein wüstes Gerangel entstand. Panik und Desorientierung waren die Früchte davon.

Elisabeda wurde näher an den Rand der Straße geschoben, an die felsige Kante, unter der Dächer in der Morgensonne schimmerten, Bäume in jungem Frühlingsgrün aus dem Meisterviertel aufragten. Verzweifelt griff sie nach ihrem Vordermann, um sich festzuhalten. »Verdammt!«, rief sie.

Und dann hörte sie Ismayls Stimme.

Ismayl hatte sich zwischen zwei moosüberwachsene Felsen gekauert. Der Bereich um die Feste war seit Jahrhunderten wild und lag brach. Er hielt eine der Fahnen in der Hand, als wolle er ein Zeichen geben, damit man ihn besser traf.

Nein, hier war er sicher, redete er sich ein.

Er konnte einer solchen Masse von Leuten nichts befehlen. Doch das mindere Zeichen, das er auf die Zunge malen konnte, bewirkte, dass man geneigt war, ihm zuzuhören, dass er vertrauenswürdig erschien, dass Menschen in Betracht zogen, was er sagte. Die leuchtenden Farben der Standarte sicherte ihm die Aufmerksamkeit einiger Umstehender zu. Doch ein Zeichen, das es möglich machte, eine Streitmacht um sich zu scharen, gab es schlichtweg nicht.

*Oder man hat dafür gesorgt, dass es vergessen wird.*

Das Zeichen, das Meister Simeon ihn gelehrt hatte, machte noch etwas anderes möglich: Menschen hörten ihn, obwohl er nicht neben ihnen stand.

Seine Finger zogen das vertraute mindere Zeichen auf das weiche Fleisch seiner Zunge. Vertraut zog der Geschmack der Tinte in die Poren. Dann schloss er die Augen und konzentrierte sich auf die Menschenmassen, die vor seinem Versteck vor und zurück wogten.

Er wirkte gleichzeitig Meister Simeons Zeichen. Der Hauch seiner Worte floss in Knotenmustern an seiner gezeichneten Zunge vorbei.

»Ihr müsst mir zuhören. Wir sind in Gefahr! Musketiere beschießen uns von den Felsen aus, und wenn sie den Sprengstoffkarren erwischen, sieht es schlecht für uns aus. Weicht alle zurück, auch die Nachkommenden. Lasst Platz, bergt die Verletzten und kümmert euch darum, dass alle in Sicherheit sind. Wenn niemand mehr feuert, sichert den Karren.«

Er hatte leise gesprochen, doch alle Rufe und Schreie außer den Schmerzensschreien verstummten. Dann begann eine Bewegung, wie ein Schwarm Bienen, der sich bemühte, in seinem Handeln eins zu werden.

Füße scharrten, Menschen murmelten, Stimmen warnten einander. Der große Zug der Aufständischen bewegte sich vorsichtig rückwärts.

Die Soldaten über ihnen feuerten ihre zweite Salve, und Ismayl konnte nur beten, dass er die Leute rasch außer Reichweite geschafft hatte.

Dawyd stellte mit Erstaunen fest, dass die Kugel schneller aus dem Lauf schoss, als der Knall an sein Ohr drang. Worauf er reagierte, ob auf den Anblick der Kugel oder die Bewegung des Fingers am Abzug, wusste er nicht. Er wusste nur, dass er auswich, über die Kugel hinwegsetzte und mit Füßen und Schwertspitze gleichzeitig auf der Brust des Schützen auftraf. Der Mann wurde mit einem hässlichen Knacken seines Rückgrats zu Boden gepresst, ächzte, dann brachen seine Rippen. Gleichzeitig drang die Klinge ihm ins Herz.

Das Geräusch und die Druckwelle erreichten Dawyd gleichzeitig, warfen ihn von den Füßen und schleuderten ihn wie eine nutzlose Puppe auf einen Felsen. Noch während er mit rudernden Armen durch die Luft geworfen wurde, hörte er den schrecklichen letzten Schrei des Esels.

Das war keine Explosion von Zündpulver – das explodierte nicht, wenn das Fass von einer Kugel durchschlagen wurde. Es musste irgendetwas von dem anderen Zeug sein, das auf dem Wagen lag. Die Feuertöpfe, Brandbomben, alchimistischen Wurfgeschosse explodierten, das Zündpulver fing mit einem Brausen Feuer, das fast noch beängstigender war als der Knall, der dem voranging.

Die Kugel, der er ausgewichen war, hatte dieses Inferno ausgelöst, schoss es ihm durch den Kopf. Vielleicht wäre sie in seinem Bein besser aufgehoben gewesen als dort, wo sie jetzt gelandet war.

Dawyd prallte mit dem Kopf auf, während die Hitze über ihm zusammenschlug. Das unheilvolle Poltern losgelösten Gesteins begleitete ihn in die Bewusstlosigkeit.

Gouverneur Tranquil sah die Stichflamme am Geröllhang im Südosten emporschießen. Er stand im Dachgiebel des Hauptbaus der Festung und sah hinaus.

Mehrere Detonationen waren die Folge. Felsen lösten sich vom Boden. Schreie stiegen aus Kehlen auf, und das Erdbeben, das kurz darauf begann, war beängstigend.

Wenn die Feste doch nicht hielt! Wenn die Kavernen, die den Bleiberg höhlten, zusammenbrachen! Er schluckte, die Hand am Fensterrahmen, während um ihn herum alles knirschte und rumpelte, die Balken ächzten und die Wände krächzten.

Er winkte einem jungen Rekruten, der den Taubenkäfig in der Hand hielt.

»Wann, wenn nicht jetzt?«, murmelte Tranquil. »Lass die verfluchten Vögel frei, möge das geheiligte Blau des Himmels geben, dass sie es zu unserem Kaiser schaffen.«

Der Soldat öffnete die Käfigtür, griff hinein und warf die beiden Vögel nacheinander in die Luft.

Ismayl stolperte aus dem Dunst der Explosion. Unter ihm bebte die Erde. Er hustete, seine Lunge schien angefüllt mit Staub, der sich mit dem Zeichen auf seiner Zunge zu einem ekelerregenden Gemisch verband.

Keuchend wankte er die Straße hinab. Überall lagen Verwundete, Leichen, wie Spielzeug dahingeworfene Rebellen. Manche mit Schusswunden. Manche von Steinen erschlagen. Manche von der Detonation gefällt. Ismayl sah sich wie betäubt um, die Schreie klangen dumpf nach dem Krach der Detonation, und genauso unwirklich schien ihm der Anblick der Verletzten.

*Zu spät*, hämmerte es in seinem Kopf. *Ich war zu spät! Zu langsam!*

Das Gefühl des persönlichen Versagens vermischte sich mit der eiskalten Vorahnung, dass ihre Revolution hier zu Ende war.

Hier und da rappelten sich Menschen wieder auf, hielten sich die Köpfe, die Ohren oder geschundene Gliedmaßen. Zu viele blieben liegen. Die Felswand über dem Eselskarren war zerborsten, Geröll hatte sich über die Straße ergossen. Die ersten Sygnaer begannen anzupacken und die großen Brocken von den Verschütteten zu zerren und zu schieben.

Wie viele verletzt, blutig, aber noch am Leben waren, konnte Ismayl in Chaos und Staub nicht erfassen. Einer ballte sofort die Faust, als er Ismayl sah. »Wir machen weiter!«, schrie der Mann, dem Bruchstücke vom Karren die rechte Gesichtshälfte zerfleischt hatten. Aber Ismayl sah auch Desorientierte und Verängstigte, die den Rückzug antraten. Er hörte Alarmglocken in der Stadt läuten. Unter ihnen dröhnte das Beben, das sich immer noch durch den Berg zog, und über ihnen an der Flanke des Felshangs rumpelten noch mehr Geröllbrocken herab. Beunruhigt sah Ismayl auf – nicht dass eine weitere Geröllawine noch mehr von ihnen unter sich begrub …

Als er den Blick hob, sah er zwei flatternde Schemen über dem aufgewirbelten Staub. Er erkannte Brieftauben, wenn er sie sah. Seine Augen waren nicht nur schön, sondern auch scharf; er konnte sogar das verdammte Röhrchen an ihren Beinen erkennen.

»Schießt die Tauben aus dem Himmel!«, röchelte er, und mehr unbewusst als mit klarem Verstand formte er auch diese Worte mit Simeons Zeichen. Keine zehn Sekunden vergingen, da feuerten Dutzende Musketen in die Luft.

Federn stoben auf, und zwei zerfetzte Vögel fielen herab und landeten in den Trümmern der Explosion.

Jemand packte Dawyd am Schlafittchen und verpasste ihm zwei Ohrfeigen.

»Komm schon«, sagte eine Stimme. Widerwillig verließ er die Dunkelheit, in der er Kiliannas Gesicht vor sich gesehen hatte. Er wollte zurück zu ihr …

Dann erinnerte er sich plötzlich wieder daran, was geschehen war und wo er sich befand. Er lag zwischen den Trümmern eines gewaltigen Felsens und konnte von Glück sagen, dass er noch lebte.

»Wach auf!«, drängte die Stimme erneut. »Du bist einer von uns, Iackmar! Wir wussten immer, dass Großes aus dir wird! Du musst uns die Zeichen beibringen! Wach schon auf!«

Er lachte und hustete bellend.

»Ihr wusstet … es schon immer?«, krächzte er und lachte erneut. »Meine Eltern haben euch viel Geld in den Rachen geworfen, damit ihr mich überhaupt bei euch aufnehmt.« Er riss die Augen auf. Vor ihm verschwamm das Gesicht von Gordeon Zornhau. »Und ihr habt mich in einem Wimpernschlag an die Aquinzacken verraten!«

»Hauptsache, du bist wieder wach. Merk dir, Iackmar, ich war das nicht. Das war Seidenschneid.« Er setzte sich keuchend auf, fassungslos konnte er eine Gruppe hoch motivierter Tagelöhner ausmachen, die einen der kleineren Pfade heraufstürmte – immer noch wild entschlossen, trotz der Explosion, trotz des Bebens, trotz der Toten, die auf der Bergflanke verstreut lagen. Dawyd sah nicht genau hin, er heftete seinen Blick lieber auf die abgerissenen Kämpfer, die in einem seitlichen Bogen zu den Musketieren, die immer wieder Schüsse nach unten abgaben, hochstürmten und sich ihnen von der Seite im Schutz einiger Felsen nähern wollten. Doch hinter diesen Felsen liefen sie geradewegs vor die Rohre einer Geschützbatterie der Festung. Pulverdampf verschluckte die Männer und Frauen geradezu. Die Schrappnelle der Kartätschenladungen richteten sie furchtbar zu, verwandelten eben noch lebende Menschen in blutiges Fleisch in zerfetzter Kleidung. Die wenigen Überlebenden rannten, humpelten oder stürzten den Abhang wieder hinab.

Dawyd blieb der entsetzte Schrei im Hals stecken. Er wandte mühsam den Blick ab und duckte sich tiefer hinter einen Felsbrocken. Musketenkugel zischten über ihn hinweg. Gegen den Lärm der Schüsse richtete er das Wort an Zornhau, der neben ihm kauerte.

»Was machst du hier, Zornhau?«

»Die Goldfechter sind da! Und haben dich kämpfen sehen!«

»Ich hätte die Kugel kassieren sollen …«, stöhnte Dawyd.

»Wer denkt denn so was?«, grinste Gordeon und zog ihn zurück in Deckung.

»Sie wäre nur ins Schienbein gegangen, das hätte ich überlebt. Aber der Karren …« Es rumpelte unter ihm im Berg.

»Deine Grübelei bringt nichts. Es sei denn, du kennst ein Blutzeichen, das die Zeit zurückdreht.«

»Kenne ich nicht«, gab Dawyd zu. »Wenn die Fechter da sind – dann müssen wir nun irgendetwas tun, womit die Aquinzacken nicht rechnen!«

»Dein kleines Heer hat seine Kraft verloren. Es gibt keine Sprengstoffe mehr. Alle lecken ihre Wunden.«

»Aber jetzt seid ihr da«, sagte Dawyd störrisch, auch wenn ein Blick genügte, um ihm zu sagen, dass Zornhau recht hatte. »Es kann nicht vorbei sein. Wir sind an der Waffe ausgebildet.«

»Sie haben Musketen. Wir nur Schwerter. Wir wären ein verlorener Haufen.« Trotzdem blitzte etwas in Zornhaus Augen.

»Ein verlorener Haufen«, wiederholte Dawyd und hustete. Seine Lunge schmerzte, aber er war noch nicht gewillt, alles als verloren zu geben. Ihr Aufstand konnte nicht vorbei sein. Nicht hier. Ein verlorener Haufen – das war der Trupp, der gegen alle Hoffnungen eine Mauer erstürmte ... »Haben wir die Harnische von Dengelschlag?«

»Sie sind unterwegs.«

Dawyd nickte. Für einen verlorenen Haufen musste er Elisabeda finden.

»Du hast mich gerufen, Rodolphe?«, erklang Lysandres angenehme Stimme hinter Tranquil. Der Gouverneur starrte mit wutentbranntem Blick auf die Stelle, an der die Tauben ihr Leben gelassen hatten.

»Habt Ihr nichts Besseres zu tun, als Eure Zeit mit dem Gefangenen zu vergeuden? Seht Ihr nicht, was hier los ist, Commissaire?«, sprach Tranquil Rufin förmlicher an, als dieser es ihm gegenüber getan hatte.

»Was erwartet Ihr von mir? Was unternimmt ein Geheimpolizist während einer Belagerung nach Eurer Meinung?«, fragte der andere gelassen.

»Gibt es Wege von der Festung in die Verkehrte Stadt? Gibt es Möglichkeiten, dieses Pack einzukesseln? Habt Ihr vielleicht sonst etwas beizutragen?« Tranquil schrie beinahe. Die Verkehrte Stadt rumpelte unter ihnen wie ein Biest, das Hunger hat. »Oder bringt eine verdammte Nachricht zum Kaiser! Nur verplempert Eure Zeit nicht im Keller!« Jetzt schrie er tatsächlich.

Rufin sah ihn so seltsam an. Irgendetwas stimmte nicht mit seinen Augen. Sie hatten einen fiebrigen Glanz, und waren sie nicht heller als zuvor?

»Die Nachricht zuerst«, sagte Rufin leise und trat neben Tranquil ans Fenster. Der Commissaire schloss die Augen, bevor Tranquil zu intensiv hineinblicken konnte. Tranquil sah, wie Rufin schwankte und an den hölzernen Fensterrahmen griff. Es war rohes Holz. Splitter ragten daraus hervor, denn die Feste war mit mehr Eile als Sinn für Ästhetik errichtet worden.

»Zur Hölle, was macht Ihr denn da?«

Rufin hob einen mahnenden Finger. Dann begann er zu sprechen. »Marschall Soussin.«

Tranquil starrte ihn an. Der Mann hatte den Verstand verloren.

»Marschall Soussin.«

»Was soll der Unsinn?«

Erneut eine unverschämte Geste mit dem Finger, die ihm über den Mund fuhr. Kurze Stille.

»Marschall Soussin.« Diesmal klang er ungeduldiger, und zugleich kam es Tranquil so vor, als höre er einen eigenartigen Unterton in Rufins Stimme – einen Hall, als werde seine Stimme durch zahllose Tunnel getragen.

»Hier spricht Lysandre Rufin, Commissaire der Geheimpolizei von Sygna und Träger des Urzeichens der Worte.«

Tranquil gaffte ihn an.

»Teilt dem Kaiser mit, dass Sygna aufständisch ist. Unsere Kräfte haben sich in die Festung zurückgezogen, der Rest der Stadt ist in der Hand von Rebellen. Solltet Ihr keine Nachricht mehr von mir erhalten, benötigen wir dringend militärische Unterstützung. Nach Beweis einer Illoyalität von diesem Ausmaß empfehle ich seiner Majestät jedoch auch im Fall unseres Sieges die Ausführung von Maßnahme neun der Notfallbefehle. Der Verrat ist eine Pest, die ganz Sygna erfasst hat.«

Tranquil öffnete den Mund und schloss ihn wieder.

»Meine Nachricht ist beendet.« Damit öffnete Rufin wieder die Augen.

»Was hat das zu bedeuten?«, flüsterte Tranquil.

»Rodolphe, mein Freund. Das bedeutet, dass ich Brieftauben obsolet mache«, lächelte Rufin.

»Aber … das Urzeichen … und Maßnahme neun?«
»Welche andere Wahl bleibt uns?«

Jendra und Kilianna löschten in der Dunkelheit der Verkehrten Stadt das Licht in ihrer Laterne. Jendra war zwar Finsternis gewöhnt, doch ohne eigenes Licht in dieser nur von den kleinen Inseln aus Fackellicht durchzogenen Schwärze zu hocken schnürte ihr die Kehle zu. Sie zitterte vor Kälte und verstand gar nicht, wieso Kilianna sich über die Hitze hier unten beschwerte.

Die Inseln aus Fackellicht spendeten ihr auch keinen Trost: Die Einzigen, die mit Licht in den Kavernen und Tunneln herummarschierten, waren Soldaten. Vielleicht Truppen aus der Stadt, die sich in die Höhlen zurückgezogen hatten. Vielleicht Truppen aus der Festung, falls es von dort Zugänge gab. Vielleicht Truppen, die ohnehin hier unten stationiert gewesen waren im Bestreben, diese Zeichensarkophage, von denen Dawyd erzählt hatte, zu beschützen.

So oder so waren es so viele, dass Jendra selbst im Dunkeln und mit ihrem Verborgenen Zeichen in der Hinterhand damit rechnen musste, von ihnen entdeckt zu werden. Sie fluchte lautlos vor sich hin. Kilianna saß neben ihr im Dunkeln. Hin und wieder beugte sie sich zu Jendra hinüber und flüsterte ihr Vorschläge ins Ohr, die Jendra jedoch gleich wieder verwarf. Es war nutzlos, sie saßen in dieser Höhle fest.

Sie begriff nicht, warum sie so zitterte vor Kälte. Es war, als würden eiskalte Finger nach ihr greifen, unterschiedlich fest zudrücken und mal schwache, mal starke Schauder durch ihren Körper schicken. Sogar ihr Atem kondensierte vor ihrem Mund, während Kilianna darauf beharrte, dass ihr viel zu warm hier unten war.

Etwas Seltsames ging hier vor. Sie mussten schnellstmöglich wieder hinaus – nach oben! Doch selbst wenn die Höhle weiträumig genug wäre, um an den Soldaten vorbeizuschleichen –

wohin würden sie die Tunnel führen? Zu noch mehr Soldaten, die um ihre Lämpchen kauerten, die Gesichter nach außen gerichtet, die Musketen und Hellebarden bereit! An die Sarkophage heranzukommen war ebenso unmöglich, wie einen Weg in die Festung hinein zu finden. Jendra sehnte sich irgendwohin, wo sie sich an Schlössern betätigen konnte, wo sie Kisten öffnen, Kerkertüren aufreißen und Leute retten konnte. Ignaz zum Beispiel oder diese beiden Jungen, dessen Mutter Jendras Hauptmann war. Jendra grinste bei diesem Gedanken.

*Ich bin nicht deine Mutter, Schmal!* Lange schien der Streit her zu sein.

*Bist du doch*, dachte sie trotzig. *Und ich rette meine Brüder. Und meinen Vater. Und ich such mir selbst aus, wer das sein soll.*

Sich seine Familie selbst auszusuchen funktionierte ohnehin besser. Sah man ja an Kilianna. Mit dem alten Erdhand wäre Jendra jedenfalls nicht glücklich geworden.

Stattdessen saßen sie hier fest, und das Einzige, was ihnen blieb, war, die Soldaten zu belauschen.

Die redeten von Wegen in die Stadt. Davon, was man angreifen sollte. Was sich lohnte. Dass man die Soldaten, die die Schanzfestung vor der Stadt, den Klotz, bemannten, alarmieren sollte. Sie erfuhren auch, dass dort kaum noch zwei Dutzend stationiert waren – gegen wen sollten sie Sygna schließlich verteidigen, wo alles Umland doch nun zur Aquinzischen Nation zählte? Dass man den Rebellen in den Rücken fallen sollte.

»Oben an der Feste werden sie ohnehin auseinandergenommen. Danach werden nur noch versprengte Trüppchen übrig sein. Dann kriegen wir sicher die Order, sie fertigzumachen«, wusste einer von denen, die mehr silberfarbene Troddeln an ihren Schulterklappen hatten. Jendra kniff Kilianna. Irgendetwas mussten sie unternehmen.

Plötzlich rumpelte es über ihnen. Weit entfernt schien es, der Stein machte die Entfernung unwägbar. Doch wenn der Stein sich einmal in Bewegung setzte, stießen seine Bewegungen tief in die Erde vor.

Der erste Erdstoß kam von oben. Kilianna packte Jendras Hand und sprang aus ihrer kauernden Position auf. Ein zweiter folgte, dann kamen auch von unten her Erdstöße wie ein Echo der ursprünglichen. Um sie herum erzitterten die Wände. Mit unterdrückten Schreien pressten sich Jendra und Kilianna an die Wand. Jendra starrte über sich in die Dunkelheit. Stürzte die Höhle ein? Die Angst vor der Dunkelheit, vor den Gesteinsmassen über ihr packte sie und schüttelte sie.

Die Soldaten waren aufgesprungen, auch ihre panischen Rufe wurden vom Donnern über ihnen geschluckt.

Und dann gab es ein dumpfes Dröhnen. Ein Bersten. Ein Krachen. Als der erste frische Stützbalken schnalzend unter dem Gewicht der Decke nachgab, wurde Jendra klar, dass es nun egal war, wer Rebell und wer Soldat war in dieser finsteren Todesfalle.

Jendra lief los und zerrte Kilianna mit sich mit.

Die Rebellen hatten einen Punkt gefunden, an dem sie sich sammeln konnten, ohne dass weiter auf sie geschossen wurde. Etwa drei Dutzend umstanden Ismayl, Elisabeda und Dawyd müde, andere bargen die Verletzten und kümmerten sich um ihre Wunden. Wieder andere saßen einfach herum und starrten über die Stadt oder hinauf zur Festung. Die Musketiere hatten sich zurückgezogen. Trümmer, Tote, Verletzte – all das war etwas weiter voraus, und Ismayl versuchte, für den Moment nicht daran zu denken.

Für den Moment sahen ihn alle an.

»Was?«, erwiderte Ismayl auf Elisabedas irrwitzige Idee.

Elisabeda, Staub im Gesicht und eine lange Schürfwunde am Arm, verzog den Mund zu einem halben Lächeln. Die andere Hälfte schien eher Hilflosigkeit auszudrücken.

»*Du* bist doch unser Hauptmann! Oder – bei so vielen Leuten – eher schon ein General!«, flehte Ismayl. Seine Hand knüllte sich in die Fahne, die dank eines Gewobenen Zeichens das herabfallende Geröll und den Staub blitzsauber überstanden hatte.

Elisabeda wies um sich. »Und was für einen Schlachtplan soll ich mir ausdenken, wenn das hier die Grundlage ist? Hunderte Verletzte, der Rest demoralisiert nach einer Explosion und einem Erdbeben und Schüssen in die Menge? Wir müssen uns um die Verletzten kümmern und die Unverletzten sammeln. Wir müssen uns koordinieren. Und dafür brauchen wir *dich*.«

»Kein Mensch braucht Dichter beim Entwickeln eines Schlachtplans«, murmelte Ismayl. »Und ich bin ziemlich erschöpft. Ich schaffe es vermutlich nicht, noch mal zu so vielen gleichzeitig zu sprechen! Und beim letzten Mal war es auch zu spät.«

Die Leute um ihn herum starrten ihn an.

»Das stimmt nicht«, sagte eine Frau leise. »Es sind viele zurückgewichen. Es wäre viel schlimmer geworden ohne dich.«

»Und jetzt willst du alles wieder von mir abhängig machen?«, murmelte Ismayl. »Leben oder Tod? Sieg oder Verderben?«

Elisabeda nickte, alle anderen sahen ihn an, als sei ihnen soeben bewusst geworden, wie aussichtslos es sein musste, wenn sie sich auf den kleinen, hässlichen Ismayl verließen. Wenn sie sich darauf verließen, dass er den Tag rettete.

Es war Vierweg, der schließlich sprach. Er war nicht einmal gehässig, nicht wie damals, als er Ismayl gedroht und ihm den Schwertgriff gegen die Kehle gepresst hatte. »Wir haben die Stadt in unserer Hand. Wir sollten dankbar dafür sein. Wir können nicht in die Feste gelangen, aber sie können auch nicht hinaus. Ich sage, es gibt keine Chance, wie wir mit der losen Zunge eines Dichters da reinkommen. Wir haben unser Glück genug auf die Probe gestellt. Sygna ist wieder frei.«

Kurz murmelten die Umstehenden zustimmend.

»Sygna hat die Pest am Hals, wenn die Aquinzacken da oben sitzen. Früher oder später wird Verstärkung kommen«, knurrte Dawyd, dessen Gesichtsfarbe grau wirkte, und Ismayl fürchtete, dass es nicht am Staub lag. Rote Adern zogen sich durch das

Weiß seiner Augen. Ismayl kannte dieses Symptom, spürte es bereits an sich selbst: Die Zeichen im rechten Maß zu benutzen war ein Drahtseilakt. War Dawyd dabei, den Kampf um die Kontrolle zu verlieren und sich zu verbrennen?

»Früher oder später wird Verstärkung vom aquinzischen Heer kommen, ob sie nun da oben sitzen oder nicht. Dann können wir auch unsere Leben schonen und den Angriff aufgeben«, gab Zornhau Danil Vierweg recht. Es war selten, dass ein Goldener einem Stählernen beistand.

Um sie herum begannen sich traurige Trüppchen zu bilden. Die meisten waren entschlossen weiterzukämpfen, aber Ismayl sah, wie abgerissen sie waren, viele verwundet, alle mit dem Kater einer vergangenen Hochstimmung in den Mienen.

»Nein«, sagte Ismayl entschlossen, und Elisabedas Lächeln eroberte ein wenig mehr von ihren Lippen. »Das geht nicht. Sie haben alle Truppen da hochgezogen. Das sind Hunderte ausgebildete Soldaten. Wenn wir die in unserem Rücken haben, während die Große Armee von außen anrückt – dann werden wir zermalmt zwischen Hammer und Amboss. Und falls es von dort oben Wege in die Verkehrte Stadt gibt – dann wendet sich das Blatt vielleicht noch früher, und sie werden zu denen, die nachts Anschläge verüben und uns zermürben.«

Elisabeda legte eine Hand auf den Arm, mit dem Ismayl die Standarte umklammert hielt. »Wir haben eine Chance. Sie ist klein, aber vorhanden. Es gibt Sygnaer innerhalb der Feste, Ismayl. Schreiber. Knechte. Arbeiter. Du musst sie alle erreichen.«

Ismayl sah seiner Generalin in die Augen, Hoffnung glomm dunkel darin. Mit ihrer anderen Hand schob sie mit sanfter Gewalt eine Frau nach vorn, die erschöpft, abgemagert und zermürbt aussah, doch das gleiche Glimmen wie Elisabeda in den Augen trug. Sie sah ihn zaghaft an, dann schob sie ihren Ärmel zurück und offenbarte entzündete Wunden, erhabene Narben, schwarz durchzogenes Fleisch. »Ich kenne einen Weg, dir Kraft zu geben«, flüsterte sie. Ismayl stieß die Luft aus.

»In jedem Plan werden die Dichter vergessen«, nickte er schließlich, und der Funke in Elisabedas Augen flammte über ihr ganzes Gesicht.

Lysandre Rufin stand im Innenhof und sah hinauf in einen endlosen blauen Himmel – das Reich des Allmächtigen, den die Sygnaer entweder nicht kannten oder in ihrer Einfältigkeit den Großen Handwerker nannten. Keine Taube durchquerte diesen Himmel. Keine Wolke störte ihn an diesem kühlen, klaren Morgen, und auch der Staub hatte sich wieder gelegt.

Etwas zog ihn zu Ignaz. Er spürte es und musste darüber lächeln.

Hatte Neigel sich so gefühlt, als er immer wieder zu Iphram gegangen war, egal welche Gefahren ihn umgeben hatten? Rufin fühlte sich körperlich so wenig von Ignaz angezogen, wie er sich von Neigel angezogen gefühlt hatte, doch das innere Drängen und Sehnen war, als taumelten ihre Seelen aufeinander zu wie zwei Magnete.

Ignaz war sein Gegenpol. Nur durch ihn konnte Rufin nach dem greifen, was ihm bestimmt war zu sein.

Er atmete ein und aus. General Tourni wurde gerade Bericht erstattet: Es gab zwölf Gefallene beim Ausfall und dem Gefecht und Erdbeben in den Hohlwegen. Das Mannloch war nach der Rückkehr der Soldaten wieder verschlossen und verriegelt worden. Das Tor mochte nur aus Holz sein, doch ohne Alchimie würde für Aufwiegler und Rebellen kein Weg hindurchführen.

Rufin wandte sich ab. Als Geheimpolizist hatte er bei einer Belagerung frei. Es trieb ihn geradezu in den Kerker, um dort zu sehen, zu welchen Einsichten Ignaz ihm noch verhelfen konnte.

Rufin betrat die Baracke der alten Festungsruine. In der Eingangshalle, die für die Zwecke des Gouverneurs mit Gobelins und Wandbehängen repräsentativ ausgestattet worden war, stand Neigel mit hängenden Schultern. Eine Holztreppe führte nach oben und unten, und er stand seitlich davon im Schatten. Es roch nach Pisse. Eine Kleinigkeit, die Rufin bei seinem Befehl vergessen hatte und über die Tranquil nicht amüsiert wäre, wenn er sie mitbekäme.

Neigel sah ihn nicht an. Vor ihm hatte sich im Teppich ein dunkler Fleck gebildet. Seine Hose war nicht befleckt, offenbar hinderte ihn Rufins Zeichen daran, sich von der Stelle zu entfernen, jedoch nicht daran, sich auf eine Weise zu erleichtern, die seine Kleidung schonte.

»Du stehst also noch da«, sagte Rufin in milde erstauntem Ton, obwohl er nicht im Mindesten erstaunt war. Würde das Zeichen irgendwann seine Macht über Neigel verlieren? Rufin ging nicht davon aus.

Sein ehemaliger Liebhaber nickte, das Gesicht eine verzerrte Grimasse aus Wut und Reue.

»Bist du zornig, Neigel? Liebst du mich etwa nicht mehr?«, spottete Rufin.

»Ich liebe dich noch«, brachte Neigel hervor, ganz gehorsam.

»Warum siehst du mich dann so an?«

»Du hast mich … gezwungen … meinen Freund …« Neigel verstummte.

»Sprich weiter«, flüsterte Rufin und trat etwas näher.

Neigel sprach weiter, er konnte gar nicht anders: »Du hast mich gezwungen, meinen Freund zu verraten. Alles zu verraten, alles, was wichtig war. Liebe tut so etwas nicht. Also liebe ich dich nicht. Jemanden wie dich kann ich nicht lieben. Aber … ich tue es trotzdem, und ich weiß nicht, warum.«

»Das Leben kann so poetisch sein, Neigel«, murmelte Rufin. »Es macht das Unmögliche möglich. Liebe und Hass formen uns zu Gestalten, die wir nicht mehr wiedererkennen.«

»Du liebtest mich nie. Wie kannst du das also wissen?«, brachte Neigel hervor, und Tränen rannen ihm die Wangen herab.

»Das stimmt. Was auch immer ich tue, tue ich nicht, um einem Mann zu gefallen oder einer Frau. Berührungen bedeuten mir nichts. Was ich tue, mache ich aus der Liebe zu einer Idee heraus. Und diese Idee ist die Aquinzische Nation, Neigel.« Rufin zögerte. »Glaub mir bitte, dass ich Folgendes weiß: Wenn ein Dichter diese Geschichte erzählen würde, wäre ich nicht der Held.« Er grinste. »Aber du auch nicht.«

Er ging hinüber zur Stiege, die in die Kellertiefen der gemauerten Festungsreste führte. Er sah sich kurz um, sagte dann jedoch nichts mehr. Was sollte er auch? Sollte er Neigel etwa befehlen, zusammen mit den Soldaten von der Mauer herab auf seine Freunde zu schießen?

*Nein. Ich bin nicht der Held. Aber solch ein Schurke bin ich auch wieder nicht.*

Und dann hörte er ein Wortzeichen und schwankte auf der Stiege nach unten.

Ismayl sah in die Augen einer alten Frau. Sie hockten auf den Knien voreinander und blickten einander an. Der graue, dünne Schleier ihres Haars und die müden Augen waren Beweis dafür, dass sie vor der Zeit gealtert war. Obwohl mit dieser Art von Alter keine Weisheit kam, sah sie ihn mit einem weit wissenderen Blick an, als ihm lieb war.

»Ungelernte können die Zeichen abmalen, und es passiert nichts. Aber wenn wir dem Zeichen einen Weg öffnen, wenn wir ihm etwas von uns *geben*. Dann gibt es auch zurück.«

»Ich beherrsche meine Zeichen«, sagte er mit einem Kloß im Hals.

»Ich weiß«, sagte sie, während sie ihm eine ihrer dünnen Nadeln wieder und wieder in die Pulsader stieß und sein Blut zum Vorschein brachte. »Aber wir mussten sehr viel Tuch fertigen und zeichnen, und da waren auch Gesellen dabei, die Zeichen beherrschten. Wenn sie keine Kraft mehr hatten, taten sie das Gleiche wie wir: Geben, um zu erhalten. Du gibst dein Blut, das Zeichen gibt dir Kraft.«

»Warum ... warum funktioniert das?«, flüsterte Ismayl, während das Blut aus einem Dutzend Stichen seinen Arm herabrann.

»Das ist eine Geschichte, der du noch auf den Grund gehen musst, Dichter.« Sie sah ihn mit einer solch unermesslichen Traurigkeit an. »Es gibt zu Vieles, was wir vergessen haben und was unsere Feinde wiederentdeckten.«

»Warum habt ihr das getan? Euer Blut gegeben? Für sie?«

»Ich musste meine Familie ernähren. Was blieb mir sonst übrig?«

Ismayl schloss die Augen. Er dachte an Simeon. Er dachte an die Manufakturen und den Schrecken, die sie dem alten Dichter eingejagt hatten. War es nicht grässliche Ironie, dass sich die Gräueltaten, die die Aquintianer dort verübt hatten, und das Zeichen des alten Meisters nun verbanden?

Um das Zeichen auf Schwingen über ganz Sygna flattern zu lassen, brauchte Ismayl mehr als seine Kunstfertigkeit als Dichter. Er brauchte die rohe Gewalt, mit der die Aquintianer die Sygnaer Arbeiter zwangen, die Zeichen zu wirken. Er öffnete den Mund und stieß einen wütenden Schrei aus, und er hörte, wie seine Stimme mit aller Gewalt in Tausenden Geistern widerhallte wie das Echo der Detonation auf dem Bleiberg. Der Schrei vergoss sich in Kaskaden in die Tiefe. Er hallte wider in der Verkehrten Stadt. Er brachte Dinge zum Einsturz – Angst, Unentschlossenheit, Zaudern – und baute Neues auf. Er formte Elisabedas Plan.

Yonah saß bei den Taubenkäfigen. Ihm tat der Magen weh, wann immer einer der Soldaten an ihm vorbeiging und er einen Blick von ihnen auffing. Es war nur eine Frage der Zeit, bis man sie als Geisel nehmen würde. Oder direkt an der Palisade aufstellen und erschießen. Es war nur eine Frage der Zeit, bis man auch sie verdächtigen würde, auf der Seite des Aufstands zu stehen!

Dabei arbeitete Yonah schon seit Monaten in der Festung. Als

Zimmermann hatte er geholfen, die Palisade zu errichten. Und nun baute er Kräne und Verschalungen, die dabei halfen, das Haupthaus der Feste wieder in ein steinernes Bauwerk zu verwandeln, eines, das des Herrschers über Sygna würdig war. Wenn er oder die anderen Arbeiter in die Gebäude der Feste gelassen wurden, dann nur unter Bewachung, denn der Gouverneur hatte seit jeher Angst, attackiert zu werden. Sie schliefen in einer Holzbaracke und waren seit Monaten nicht bei ihren Familien in der Stadt gewesen.

Yonah wusste nichts von einer Revolution. Hatte er zumindest gedacht.

Er presste die Finger seiner rechten Hand auf sein linkes Armgelenk. Dort war ein schwarzes Zeichen sichtbar geworden, und mit ihm war die Erinnerung zurückgekehrt. Das Zeichen war zerlaufen, doch die Schlieren lagen noch unter seiner Haut.

Yonah hatte zehn Monate an der Festung gearbeitet. Und gleichzeitig an ihrem Untergang.

Sein Herz klopfte ihm bis zum Hals, als die Stimme über ihn hinweg- und durch ihn hindurchdonnerte. Sie begann mit einem Schrei, der sich in Worte verwandelte: »Bürger von Sygna. Ich bin Ismayl Schönauge, letzter der freien Dichter, doch erwartet keine Rede von mir. Wenn ihr Sygna zurückhaben wollt, wenn ihr euch von einem Kaiser, der von Freiheit und Gleichheit spricht und nur Zwangsarbeit und Armut bringt, lossagen wollt, dann hört mir jetzt zu! Wir sind alle bereit: Meister und Gesellen, Lehrlinge und Tagelöhner, Männer und Frauen, Alte und Junge, um jetzt zuzuschlagen, um jetzt zu zeigen, dass Sygna nicht einfach eine Stadt ist, die sich eine Armee, und sei sie noch so groß, einverleiben kann! Sygna ist eine höhere Macht. Sygna ist der Punkt, an dem die Adern der Welt sich zu einem einzigartigen, kunstvollen Herz verbinden, und Sygna gehört niemandem als sich selbst. Erhebt euch alle! Erhebt euch jetzt! Lauft gegen die Mauern an! Steckt die Feste in Brand! Öffnet von innen die Tore! Brecht durch die Gänge der Verkehrten Stadt! Wir sind Tausende. Tausende sind Sygna!« Die Stimme verstummte. »Nun gut, das war jetzt doch eine Rede«, endete sie kleinlaut.

Gleich darauf hörte Yonah ein Brausen und Dröhnen, ein Jubeln von Stimmen von überallher, und er sah, wie die Soldaten auf den Palisaden vor Schreck erstarrten.

Dann gellte die Stimme des Generals: »Leere Worte! Ladet die Kanonen! Bringt die Musketen in Anschlag! Macht euch bereit zum Feuern! Diesen Tag wird Sygna nicht überleben – aber wir!«

Yonah stand auf. Er rang nach Luft. Er fasste sich an die Brust und wartete kurz, bis sein rasendes Herz sich nicht mehr so anfühlte, als müsse er vor Angst sterben. Dann zog er sich langsam zurück. An den Taubenkäfigen vorbei. An der Baracke vorbei.

Soldaten scharten sich nun am Tor zusammen – einige wandten sich zu ihm um, als verdächtigten sie ihn, es von innen öffnen zu wollen. Yonah hob beide Hände, während er sich vom Tor entfernte. Er war sicherlich nicht derjenige, der durch einen Trupp Blauröcke stürmte, um sterbend einen zeichenverstärkten Balken zu heben.

Er wich rückwärts an die Palisade zurück. Der Herzschlag in seiner Brust drohte, ihn um den Verstand zu bringen. Zwei Soldaten sahen vom Wehrgang auf ihn herab, alle anderen starrten über die Brüstung hinweg.

»Weg von der Palisade!«, bellte ein Sergeant, nun doch besorgt. Yonah hob die Hände noch höher, sie zitterten. Was sollte schon ein einzelner Zimmermann ausrichten gegen eine Wand aus mannsdicken Holzbalken? Doch der Sergeant hob die Muskete und richtete sie auf Yonah. Yonah legte seine erhobenen Hände auf das Zeichen in einem der Holzstämme.

Jenes Zeichen, das ein wenig anders aussah als all die anderen Zeichen in der Palisade. Die Augen der Soldaten sahen nichts in den komplizierten Verschlingungen. Sie hatten es überprüft, hatten auf die Wände gefeuert und mit Äxten auf sie eingeschlagen, und nur ein paar Splitter hatten sich gelöst. Dieses Zeichen war anders. Yonah berührte es, das kleine Schnitzwerkzeug in seiner Hand tat eine einzige Bewegung, um es zu vervollkommnen, der Sergeant sah es nicht einmal richtig.

Dann schloss Yonah seine Augen.

Er würde nicht der Einzige sein, der bei dem Sturm auf die Festung sein Leben ließ. Aber der Erste.

Er konnte fühlen, wie das Zeichen hinter ihm seine Kraft entfaltete. Das Holz machte ein Geräusch wie ein Kieferknochen beim Gähnen. In nur einem Moment alterte es, faulte und zersetzte sich, als rännen Jahre voll Regenwetter durch es hindurch. Den Balken rechts und links davon widerfuhr dasselbe, die Fäulnis zog sich fort, bis sie sicherlich sechs Meter Holzpalisade erfasst hatte. Über Yonah knirschte die Verankerung des Wehrgangs. Seitlich von ihm schrie der Sergeant. Und dann feuerte er.

Yonah spürte den Schmerz, der sein Herz endlich zur Ruhe brachte. Und er spürte den Triumph.

Rufin hörte, wie Neigel in der Eingangshalle gleichzeitig lachte und schluchzte. »Sie kriegen dich, Lysandre!«, schrie er mit einem plötzlichen Aufflackern des Hasses durch den Gehorsam. »*Wir* kriegen dich!«

Doch er blieb stehen. Rufin hatte noch Macht über ihn. Die hallenden Worte über der ganzen Stadt – sie waren kein Befehl gewesen. Sie hatten keine Kontrolle ausgeübt. Sie waren nur eine Bitte.

Rufin konnte Kontrolle ausüben. Er stolperte die letzten Stufen hinab und von dort aus gegen die feuchte Steinwand des Kellers. Er ballte die Fäuste. Ganz Sygna sollte *ihm* gehorchen, wie Neigel es bereits tat.

Sein Geist erfasste die Menschen um ihn herum. Sein Geist griff nach Ignaz und Neigel. Sein Geist wehte durch den Gouverneur, durch den General und all ihre Offiziere. Sein Geist durchfuhr die Soldaten auf den Mauern. Rufin spreizte die Finger, versuchte, nach Sygna zu greifen wie nach einem Seil, das seine Rettung wäre.

Er keuchte, als das Seil durch seine Finger glitt. Die Kraftanstrengung war zu gewaltig, selbst für ihn. Es wurde schwarz um ihn herum, seine Augen begannen zu brennen, als bohre sich das Zeichen tiefer in seine Iris hinein.

*Welchen Preis würde ich zahlen müssen, damit ganz Sygna auf meinen Befehl hört?*, schoss es ihm durch den Kopf. *Sie kommen ohnehin nicht hier hinein. Rebellenpack. Der General wird es niederschießen lassen.*

Aber die Vorstellung, es zu *können*, ließ ihn nicht los. Die Vorstellung, all diese Menschen umkehren zu lassen. Die Vorstellung, dass sie sich selbst an Wände stellten, an denen sie erschossen werden würden. Die Vorstellung, sie aufeinander losgehen zu lassen wie wütende Hunde.

Er versuchte es.

Erst als seine Stirn den Boden berührte, sein Körper zusammengesunken auf die Knie, gestand er sich ein, dass er noch nicht der Meister war.

Er war der Lehrling des Urzeichens.

Elisabeda schloss das Visier ihres Schallers. Sie brauchte ein paar beklommene Atemzüge, um sich an die Enge des stromlinienförmigen Helms mit dem langen Nackenschutz zu gewöhnen. Sie hatte nie zuvor einen Harnisch getragen, und obwohl ein Zeichen dessen Gewicht verringerte, lastete die Rüstung schwer auf ihr.

Ismayl Schönauge schien sich ähnlich unwohl zu fühlen in seiner Rüstung, hörte aber endlich auf, ständig an den Schnallen der Platte zu hantieren. Er hatte auf einen Helm verzichtet. Dawyd hatte ihn für wahnsinnig erklärt, aber er wollte, dass ihn alle erkennen konnten. Ihn, den Rebellen, dessen Stimme alle gehört hatten – nun sollten auch alle sein Gesicht sehen. Er trug anstelle einer Waffe die Standarte mit dem alten Wappen der Stadt, das die dreizehn Gildenwappen in einem Kreis vereinte, Grün auf Schwarz. Das Gewobene Zeichen ließ die Fahne unbefleckt wehen, doch kugelsicher machte es sie nicht, und Ismayl hatte allen Grund, sich im Schatten der Standarte zu fürchten.

Dawyd wartete an der Spitze ihrer gewappneten Schar aus Rebellen und Gildenfechtern, die Linke in die Luft gereckt. In blank poliertem Eisen machte ihr Haufen nun einiges her. Es blieb zu hoffen, dass sie so souverän kämpfen würden, wie sie aussahen. Die Brustplatten, Arm- und Beinlinge sowie Helme waren mit hoher Kunst von Dengelschlags Gesellen gefertigt worden, und ihre spitzen Auswölbungen würden Geschosse ablenken, wie Elisabeda mit dem Sachverstand einer Schmiedin feststellte. Dengelschlags Arbeiter hatten im Geheimen die hoffentlich perfekte Wehr gegen Kugeln gefertigt. Seine Leute hatten einige Zeit benötigt, um die fertigen Harnische aus ihren verstreuten und versiegelten Verstecken den Bleiberg hinaufzuschaffen. Der Zunftmeister selbst hatte sie alle mit einem neuartigen Zeichen versehen, das er extra entwickelt hatte, damit das Metall den Verheerungen von Musketenkugeln widerstand. Sie hoffte inständig, dass das Zeichen seine Feuertaufe bestand. Wenn es versagte, würden niemand aus ihrer Schar diesen Tag überleben.

Vor ihnen klaffte seit Ismayls Rede eine ansehnliche Lücke in der Befestigung, durch die sie hineinstürmen würden wie ein Fluss durch einen gebrochenen Damm. Ein Mädchen aus Jannis' Truppe, die sich als Späherin nach an die Festung herangewagt hatte, hatte gesehen, wie das Holz dort einfach zusammengesunken war. Das war vielleicht eine halbe Stunde her, und die Aquintianer versuchten seither, die Lücke zu verbarrikadieren, doch sie konnten die Schwachstelle nicht wirksam befestigen. Ein halbes Dutzend Kämpfer konnten nebeneinander herein, wenn sie erst einmal den letzten steilen Anstieg und das Geröllfeld hinter sich gebracht hatten. Mit Musketen feuerten Sygnaer Schützen von Felsen aus in die Bresche, sodass kein Blaurock seine polierten Knöpfe oder seine Mütze darin zu zeigen wagte. Der Geruch des Zündpulvers war allgegenwärtig, ebenso wie die Geräusche des verbissenen Nachladens und Stopfens der einschüssigen Waffen.

Elisabeda maß die Entfernung mit Blicken: Sie mussten einen hölzernen Trümmerhaufen hinauf- und dann wieder hinabklettern, und währenddessen bildeten sie lebendige Zielscheiben. Dawyd hatte immer noch die Linke erhoben und blickte die Schmiedin fragend an.

*Irgendjemand muss diese Aufgabe schließlich erledigen*, schoss es ihr durch den Kopf. Irgendjemand musste als verlorener Haufen die Bresche einnehmen und so lange halten, bis das inzwischen auf Tausende bunte Streiter angewachsene Heer von Rebellen in die Bleibergfeste gelangte und diese einnehmen konnte.

*Und dabei befreien wir meine Söhne.* Sie packte den langstieligen Streithammer in ihren Händen fester und nickte Dawyd zu. *Und zwar bevor die Aquintianer auf die Idee kommen, sie uns als Geiseln zu präsentieren.*

Der Fechter ballte seine Hand zur Faust. Das Signal zum Angriff. Ismayls Fahne wehte im Wind, und ihr Knattern begleitete das Geschrei der Kämpfer wie Zungenschnalzen, als der Dichter zusammen mit drei Dutzend Schwergerüsteten auf die Bresche zustürmte.

Lieutenant Noveau war von optimistischer Erregung ergriffen. Nachdem ein Verräter innerhalb der Feste mit seiner Zeichenhexerei eine Bresche in die Palisade gerissen hatte, war beinahe eine Panik ausgebrochen. Noveau hielt nichts von diesen Zeichen und erachtete ihren Nutzen für das Volk als deutlich geringer als die Gefahr, die sie mit sich brachten. Seine Versetzung nach Sygna hatte er beinahe als Strafe verstanden, aber nun ergab sich vielleicht die Gelegenheit, seiner Karriere einen entscheidenden Stoß zu versetzen. Der monatelange Drill der kaiserlichen Soldaten hatte sich ausgezahlt, und geübte Handgriffe und trainierte Reaktionen auf gebellte Befehle waren an die Stelle des Fluchtinstinkts getreten. Sergeant Pière und Schütze Mathisse, der an die Stelle seines im Chaos der zusammenbrechenden Palisade gefallenen Korporals getreten war, hatten ebenfalls einen klaren Kopf bewahrt und ihm beim Aufrechterhalten der Schlachtordnung gute Dienste erwiesen. Der Feind auf der anderen Seite der Befestigung hatte die Gunst der Stunde nicht zu nutzen gewusst. Anstatt wenige Herzschläge nach dem Palisadenbruch loszuschlagen, hatte er gezögert und sich erst aufstellen und ordnen müssen.

*Das passiert, wenn man Tagelöhner und Handwerker die Arbeit von Soldaten machen lässt – und das noch unter stümperhafter Führung.* Noveau konnte es nur recht ein. Jetzt standen ihre Reihen dicht, teils auf dem Hof, teils hinter eilig errichteten Barrikaden. Unzählige Musketenläufe waren auf die Bresche gerichtet. Selbst einige Kanonen und einen Mörser hatten sie in Stellung gebracht.

Und da, endlich, mit der Sonne im Rücken stürmte der Feind schwerfällig über die Trümmer durch die Bresche.

»Klar zum Feuern!«, hallte Sergeant Pières Befehl über den Hof, in den die Angreifer jeden Moment gelangen würden. Eine hässliche Narbe entstellte das Gesicht des Offiziers, auch das Werk dieser Rebellen. Sie würden dafür büßen müssen wie für all die anderen Verbrechen gegen die Gesetze des Kaisers, derer sie sich schuldig gemacht hatte. Die Stadt hatte ihre ansehnlichen Privilegien verspielt. Wer nicht hören wollte, musste durch Schläge lernen. So Musketen noch auf Schultern ruhten, wurden sie nun in Position gebracht.

»Wartet noch«, befahl Noveau, während sich immer mehr gepanzerte Aufständische plump über die Trümmer hievten. Musketenkugeln würden durch Panzerplatten dringen, und diese würden mit ihren scharfen Kanten Krater ins Fleisch sprengen und hässliche Wunden beim Ausziehen der Rüstung reißen, sollte der Getroffene den Schuss lange genug überleben. Noveau schmunzelte über die veraltete Taktik des Feinds.

»Warten!«, rief Pière. Erklärend knurrte Noveau zu Pière und Mathisse: »Wir warten, bis genügend von der Bande in Schussweite sind, um maximale Wirkung zu erzielen.«

Pière nickte mit konzentriert verengten Augen.

Die ersten Rebellen gelangten in den Hof – sichtlich erschöpft von der Kletterpartie. Unter ihnen der Standartenträger der Einheit, der bereits seinen Helm verloren oder gar nicht erst einen aufgesetzt hatte. Neben ihm ein Kerl mit einem langen Streithammer. Ansonsten in der Vorhut vor allem Männer mit Anderthalbhändern – wahrscheinlich Duellanten aus den Fechtergilden, völlig unbrauchbar in einer richtigen Schlacht.

Rufe hallten durch Helme in den Hof der Feste: »Zum Genüge der Goldenen Gilde!« – »Zum Genüge der Stählernen Fechter!«

»Feuer«, sagte Noveau gelassen.

»Feuer!«, nahm Pière den Befehl auf und brüllte ihn über den Hof.

Die Welt verschwand in Pulverdampf.

Elisabeda blieb stehen, ihr Herz drohte ihre Rippen zu sprengen. Sie senkte den Kopf, um den Sichtschlitz nach vorne abzuschirmen, und presste die Arme an den Körper. Beim Krummen Mann, am liebsten hätte sie sich eingerollt wie ein Igel! Noch nie in ihrem Leben hatte sie sich so ausgeliefert gefühlt, nicht einmal, als Gabril getötet worden war. Sie schloss die Augen, als Kugeln und Schrapnelle aus Kartätschen auf sie einprasselten. Die Salve traf sie mit unbeschreiblicher Gewalt wie ein heftiger Hagelsturm, warf sie zwei, drei Schritte zurück. Sie taumelte und kämpfte um ihr Gleichgewicht. Dann war es vorbei. Sie stand noch auf den Beinen, blickte an sich herab, fühlte in sich hinein. Kein Blut. Kein unerträglicher Schmerz.

Links von ihr schrie jemand, durch das Pfeifen in ihren Ohren drang es auf sie ein. Sie schaute zu ihrem Nebenmann. Splitter waren in die Gelenke seiner Panzerung gedrungen, hatten ihn zu

Boden gerissen, wo er sich in Schmerzen wand. Ein weiterer lag neben ihm, reglos. Ohne Kopf. Dahinter sah sie einen in der Brust eingedellten Harnisch, der seinen Träger zerquetscht hatte. Blut sickerte an allen möglichen und unmöglichen Stellen aus der Rüstung, als sei er nichts als eine reife Frucht gewesen. Das massive Geschoss aus einem Zwölfpfünder hatte die beiden getötet, Elisabeda sah es noch auf dem Boden. Aber Kartätschen und Musketenkugeln, die ihre Truppe sonst einfach in Stücke gefetzt hätten, waren an den Harnischen abgeprallt, und es standen weit mehr Aufständische wie sie herum und blickten sich um, fassungslos, noch am Leben zu sein.

»Nicht herumstehen und glotzen! Weiter vorwärts!«, schrie Elisabeda in ihrem Helm.

Dengelschlags neues Beschusszeichen hatte die Feuerprobe bestanden!

Ismayl blutete bereits am Kopf, aber er schwenkte die Standarte und brüllte, und der ins Stocken gekommene Angriff gewann neue Kraft – die Rebellen folgten seinem Ruf. Elisabeda raffte all ihren Mut zusammen und rannte vorweg auf die zwei Reihen von Schützen zu, schwang den Hammer und schlug einem Aquintianer, der gerade nachlud und ihr ungläubig entgegenstarrte, den Schädel ein. Zwei seiner beiden Kameraden nahmen die Füße in die Hand.

Doch ein weiterer Soldat ließ im Zurückweichen die Muskete zu Boden fallen und zog ein Rapier – spitz und dünn. Der Blaurock würde versuchen, ihr Visier zu erwischen oder ihre Achsel. Elisabeda trug einen Streithammer, doch im Kampf Frau gegen Mann war der nicht gerade die vorteilhafteste Waffe. Sie holte Luft – erneut schnürte das Gefühl der Enge in dem Helm ihr die Kehle zu –, hob den Hammer und rannte auf den Kerl zu. Ein zweiter Soldat sprang mit gezückter Blankwaffe von der Seite aus der aufgelösten Schlachtreihe auf sie zu. Sein erster Stich ging an ihrem Brustpanzer fehl, doch wenn die beiden sie in die Zange nahmen, würden sie eine Schwachstelle finden.

Sie musste einfach hindurch, schließlich war sie eisengepanzert! Sie durfte nicht zögern, musste ihre Gegner einfach im Sturm überwinden. Sie schlug wild mit dem Hammer zu, der Soldat mit dem Rapier wich zwei Schritte zurück, die Spitze auf ihr Gesicht gerichtet. Sie senkte den Kopf, wollte das Visier erneut verbergen, doch ohne zu sehen, würde sie nicht weit kommen … Sie hieb wild mit dem Hammer um sich. *Hauptsache auf Abstand halten und dann weiter!*

In diesem Moment hörte sie ein Stöhnen und einen entsetzten Schrei. Sie sah auf. Der Rapierträger hatte seinem Kameraden die Kehle durchschnitten mit einem einzigen, sauberen Schlag. Rot troff es auf den blauen Rock, und der Mann brach gurgelnd zusammen, während sein Mörder noch einmal nachsetzte, erneut mit einem Schrei. Sein Gesicht war verzerrt, sein Blick wild.

»Elisabeda!«, schrie Dawyds Stimme. »Weiter!«

Mit einem Mal begriff sie, was hier vor sich ging. Sie riss sich von dem grässlichen Angriff los, während der Rapierfechter sich umwandte und einem weiteren Mitstreiter, der hinter einem Bruchstück der Palisade nachlud, die Seite aufschlitzte. Wie in einem Blutrausch!

Das Werk von Dawyds Blutzeichen.

Sie suchte mit ihren Blicken nach dem Urzeichenträger und fand ihn: Dawyd war in voller Rüstung über eine Barrikade aus Holzkarren und Sandsäcken gesprungen und wütete nun dahinter. Der Mann mit dem Rapier brach schluchzend zusammen.

Elisabedas Vorstoß war zum Stehen gekommen. In Ermangelung eines weiteren Gegners fuhr Elisabedas Blick nach oben. Auf den Zinnen eines kleinen Innenturms stand ein Leutnant der Blauröcke, vielleicht der kommandierende Offizier dieses Palisadenabschnitts, und blickte herab. Blankes Entsetzen sprach aus seinem Blick.

*Das ist vollkommen unmöglich!*

Die Salve hätte die Aufständischen vernichten sollen. Und wenn nicht die erste, dann die unmittelbar danach nach vorn rotierte zweite Reihe mit der zweiten Salve. Stattdessen musste Noveau mitansehen, wie seine Kompanie im Nahkampf in Stücke gehauen wurde. Er beobachtete fassungslos, wie sich ihre Reihen auflösten wie ein Schluck Sahne im Tee. Ihre Kolben, Degen und Säbel hatten keine wirkliche Chance, die Rüstungen der Angreifer zu durchdringen, und ihre Uniformen boten im Gegenzug keinerlei Schutz vor Schwerthieben.

Eilig blickte er sich nach Colonel Lepage um, der die Organisation der Verteidigung vertrauensvoll in Noveaus Hände gelegt hatte und diese aus vermeintlich sicherer Entfernung beaufsichtigte: verschwunden. Er musste sich bereits nach der ersten nutzlosen Salve aus dem Staub gemacht haben. Panik griff nach Lieutenant Noveaus Kehle. Er war jetzt der ranghöchste Offizier in Sichtweite. Und unter ihm verwandelte sich soeben sein erstes großes Kommando in ein Debakel. Sein nach unten gerichteter Blick traf sich mit dem des streithammerbewehrten Kerls. Irgendetwas an diesem Blick durch dunkle Sehschlitze potenzierte Noveaus Unruhe. Diese Sygnaer waren wahnsinnig. Sie ließen sich mit finsteren Zeichen und diesem Dämon von Krummem Mann ein. Wie konnte man ein solches Volk bezwingen? Warum sollte man das überhaupt wollen?

Er löste den Blick von dem Hammerträger, wandte sich um und setzte zu einem lauten Befehl an. »Rückz…« Ein Faustschlag ins Gesicht ließ ihn verstummen. Mehr verwundert als unter Schmerzen, sah er in das entstellte Gesicht Sergeant Pières, der gerade seinen Säbel zog und den Kopf schüttelte.

»Kein Rückzug, Ihr Feigling!«, schnaubte er wutentbrannt, dann drehte sich der Soldat um und rief: »Der Lieutenant verlangt nach schwerer Infanterie an der Bresche! Sofort!«

Schmerz und Resignation drohten Noveau zu Boden zu zwingen. Was war dagegen einzuwenden, an die Zinnen gelehnt auf den Tod zu warten? Vielleicht würde es der Kämpfer mit dem Hammer sein, der ihm ein Ende bereitete.

Ein Hammer. Welch seltsame Waffe in einem Gefecht wie diesem. In einer Zeit wie dieser.

Mit einem Schlag, als hätte Pière, dieser Wahnsinnige, noch einmal nach ihm ausgeholt, dämmerte ihm, dass er es mit einem Schmied zu tun hatte.

*Einer Schmiedin!*

Vielleicht war die Hoffnung, den Tag nicht nur zu überleben, sondern sogar befördert zu werden, noch nicht ganz vergebens! Noveau rappelte sich auf und machte sich an eilig vorrückenden Hellebardenträgern in Kürass und Helm vorbei auf den Weg in die Eingeweide der Feste.

Der Stich mit der zeichenverstärkten Klinge fuhr durch den stählernen Kürass des aquinzischen Infanteristen. Doch Dawyd blieb keine Zeit, um seinen Triumph auszukosten, denn einer der besiegt Geglaubten stürzte just in diesem Moment auf ihn zu. Der Mann hatte mit der Linken einen langen Dolch gezogen, denn die Rechte mit dem Säbel hatte Dawyd ihm wenige Augenblicke zuvor abgeschlagen.

Dawyd trat dem Heranstürmenden unters Kinn. Sein Körper war wie eine gespannte Armbrust, sein Bein der Bolzen. Der Tritt hob den Aquintianer vom Boden. Dawyd nutzte das Moment der Bewegung, um sein Schwert aus dem Kürass zu befreien. Ein von unten geführter Schnitt tötete den Mann mit Dolch.

Das Urzeichen ließ Dawyd durch das Gemetzel wandeln. Er besiegte Gegner um Gegner, ganz so wie sein Namenspatron Davyd sich einst durch die Übermacht der Horde geschnitten hatte. Er spürte, wo sich seine Feinde befanden, wo seine Verbündeten Hilfe benötigten. Er wusste genau, wann er sich auf seinen Harnisch verlassen konnte, wie viel Kraft er benötigte, um die Rüstung eines Feinds zu durchschlagen. Und wenn einer seiner Hiebe fehlging, stoppte er ihn stets mühelos, ohne sich die Blöße eines durchgezogenen Schlags zu geben.

Sein Körper gehorchte ihm blitzschnell und mit unmenschlicher Kraft. Er spürte sogar das pulsierende Blut von Freund und Feind um sich herum und konnte es zu seinem Nutzen in Wallung bringen, auch wenn er sich darauf konzentrieren musste. Auf diese Weise wirkte er seine Kunst auch durch andere Kämpfer und lenkte für zwei, drei Schläge ihre Hand. Er weckte einen Rausch des Todes in ihnen, der weder Freund noch Feind noch eigenen Schmerz kannte. Er schmiedete die Schlacht, wob den Tod, Dawyd war der unangefochtene Meister seines blutigen Handwerks.

Trotzdem war er nicht unverwundbar. Da, ein Hieb, der ihm gefährlich werden konnte. Die Klinge fuhr wie aus dem Nichts auf ihn zu! Er trat aus der Linie, schlug das immer noch namenlose Schwert hart zwischen sich und den Angreifer. »Die Mitte erobern« hatte sein erster Fechtlehrer das genannt, denn nun war er nicht nur geschützt vor dem Degen seines Gegenübers, sein Ort, die Schwertspitze, war zudem auf das Gesicht seines Feinds gerichtet. Eine Gewichtsverlagerung, und das von Elisabeda geschmiedete Schwert drang durch den Schädel des Aquintianers.

Die Duelle auf dem Sandplatz waren weniger blutig gewesen. Wunden waren sofort versorgt worden, Stiche wie dieser waren verboten gewesen … Er sah nicht genau hin. Das Sterben überall um ihn herum, oft durch seine Hand, schrillte wie ein misstönendes Lied in seinem Schädel. Er konzentrierte sich auf seine Mission, er würde später darüber nachdenken, ob diese Rebellion ihn zu einem Monstrum gemacht hatte.

Dawyd bestürmte einen Soldaten, der sich mit dem Säbel decken wollte, doch ein schneller Wechsel des Angriffswinkels, und es war vorbei. Seine Sinne nahmen nirgendwo neue Feinde wahr. Zeit, kurz durchzuatmen.

Elisabeda kam keuchend an seiner Seite an, zusammen mit Gordeon Zornhau und Danil Vierweg. Ausgerechnet diese beiden. Sie hatten sich in einen weiteren, kleineren Hof vorgekämpft. Dieser Hof war umgeben von uraltem, bröckligem Steingemäuer, auf dem sich in diesem Augenblick Musketenschützen postierten. Vor ihnen sprang eine Tür zu einem gedrungenen alten Bau auf, und Aquintianer stürmten hervor, genauso wie aus einem Gang links von ihnen. Der Versuch eines Hinterhalts?

Die Feinde waren nun besser für einen Nahkampf gewappnet – schwere Infanterie! Sie trugen allesamt Kürasse, ausladende Helme und führten Hellebarden, mit denen sie vor allem versuchten, sich in Dawyds Gliedmaßen einzuhaken, um ihn zu Boden zu werfen. Eine gute Idee, aber vergebens.

Das Urzeichen des Bluts erlaubte keinen fairen Kampf, stellte Dawyd mit ein wenig Enttäuschung fest. Der faire Kampf war ein Leben lang der Kern seiner Ideologie gewesen, das hohe Ideal seiner Gilde. Damit war es vorbei. Er stürzte sich auf den Feind, der wie ein offenes Buch vor ihm lag. Es stand nicht sonderlich viel darin geschrieben.

Elisabeda musste sich keine Sorge um ihre linke Flanke machen, denn da wusste sie Dawyd. Wenn sie rechts an dem gedrungenen Bau vorbeikäme, der in den alten Zeiten der Feste als Rüstkammer gedient hatte, könnte sie von dort aus einen Weg hinab zu den Kerkern finden – zu ihren Söhnen. Es nagte an ihr, ihre Freunde für eine gewisse Zeit im Stich lassen zu müssen. Sie war der Hauptmann, sie trug Verantwortung. Aber sie hatte dieser Rebellion schon viel gegeben, diese Sache musste sie für sich erledigen. Außerdem hatte Dawyd die Lage unter Kontrolle. Ein Schlag mit dem Kriegshammer, und sie war durch den Pulk der Hellebardenträger hindurch. Zwischen ihr und dem dunklen Steinbau entdeckte sie einen neuen Feind. Aus dem Eingang trat der Leutnant, der von der Mauer aus auf sie herabgegafft hatte, Panik im Gesicht. Die Panik war verschwunden. Jetzt grinste er ihr mit blutig geschlagener Lippe entgegen. Vor sich hielt er einen Gefangenen, dem er eine Messerklinge so fest an die Kehle presste, dass Blut aus dem Schnitt quoll. Elisabeda hielt inne. Der heftige Herzschlag, der ihr den Takt gegeben hatte, der jede ihrer Bewegungen mit Kraft versehen hatte, stolperte und schien dann ihre Rüstung mit seinem dumpfen, bebenden Dum-Dum auszufüllen.

»Nein!«, rief sie, blechern im Helm, und warf den Hammer zu Boden. »Nein, lasst ihn!«

Sie hob die Hände, sprachlos, gedankenlos. Ihr Herzschlag war der Trommelwirbel ihrer letzten Momente. Drei Soldaten stürmten hinter dem Leutnant hervor, packten ihre Arme und zerrten Elisabeda vorwärts. Sie war gefangen.

Dawyd brachte die Mauer der Baracke in seinen Rücken und tötete in rascher Folge drei Soldaten. Einer von ihnen hatte ihn mit Wucht am Helm erwischt, aber außer einem pochenden Kopfschmerz hatte er keine Verletzung davongetragen. Immer noch erklangen keine Musketenschüsse von oben.

*Worauf warten sie?*

Er musste zwar keine Feinde im Rücken mehr fürchten, aber seine Mitstreiter verfügten nicht über sein Können und waren nun von ihm abgeschnitten und in arger Bedrängnis, wie Dawyd feststellte. Zornhau lag bereits blutend am Boden, Danil stand über ihm und verteidigte seinen einstmaligen Konkurrenten, so gut es ging. Wer hätte so etwas gestern noch für möglich gehalten, Gold und Stahl vereint? Elisabeda spürte er weiter rechts – ihre Anwesenheit war nur eine Ahnung, doch er glaubte sie ebenfalls in Gefahr.

Er durfte keine Zeit verschwenden. Dawyd stieß sich von der Wand ab, ließ seine Waffe weit kreisen und hielt die Hellebardiere auf Abstand. Dann ein Satz, ein kurzer Sprint an der Wand, doch der Trick war den Aquintianern nicht mehr neu, einer der Feinde erwartete ihn bereits. Keiner der Hellebardiere, sondern ein Kerl in Unteroffiziersuniform ohne Rüstung. Klirrend schlug Dawyd ihm den Säbel aus der Hand, und sein eigenes Schwert glitt abstoßend widerstandslos in den Bauch des Gegners. Doch anstatt wie seine Kumpane einfach zu sterben, packte der Kerl Dawyds Arm, zog die Klinge tiefer in seinen Körper und presste sich fest an den Fechter.

»Erkennst du mich, Maul?«

Ja, Dawyd erkannte ihn. Es war der Kerl, den er auf der Zimmerleutsbrück im Gesicht erwischt hatte – die Narbe entstellte ihn immer noch.

»Wisse, dass Sergeant Pière dich besiegt hat, Maul«, spie Dawyds Gegenüber und zerrte ihm den Helm vom Kopf. Verdammt, irgendwann musste der Riemen gerissen sein, ohne dass Dawyd es bemerkt hatte. Ein blöder Zufall, aber Kämpfe wie Schlachten wurden nicht selten von solchen Zufällen entschieden.

Das war der Moment, auf den die Schützen gewartet hatten. Dawyd, oder vielmehr sein Urzeichen, erkannte in ihnen wahre Krieger, mehr als einfache Soldaten. Scharfschützen. Die Hellebardenträger sollten Dawyd nicht bezwingen, sie sollten nur eine Lücke öffnen für die Musketiere.

Wie schnell machte ihn das Blutzeichen wirklich? Drei Kugeln rasten gleichzeitig auf ihn zu. Dawyd hob den sterbenden Pière nach oben, und zwei Kugeln fuhren in dessen Leib, aber die dritte kam aus einem anderen Winkel. Dawyd riss den Kopf zurück, doch es war zu spät: Die Kugel fuhr durch ihn hindurch und sprengte Splitter aus der Wand hinter ihm. Dann erst drang der Knall der Schüsse an sein Ohr, und Schmerz explodierte in seinem Kopf und tauchte alles in Schwärze.

Dawyd fühlte den Boden und das Blut unter sich. Blut rann auch seine Kehle hinab und Splitter kratzten darin. Er keuchte und hustete, dass der Schmerz ihm wie ein Messer in den Kopf fuhr. Mit allem, was noch an Kraft in ihm war, beruhigte er sich, nahm den Schmerz, hüllte ihn in eine dicke Schicht aus wächsernem Willen und vergrub ihn in sich – er bewahrte ihn für später. Er wusste, dass das Zeichen ihm jeden Herzschlag an Pein zurückzahlen würde, aber es erlaubte ihm, für den Moment handlungsfähig zu bleiben.

Die Kugel war durch seine Wange gefahren und hatte seinen Kiefer zertrümmert.

*Immer auf das Maul,* ärgerte er sich. Er war zu Boden gegangen. Beide Seiten hatten Verstärkung erhalten, und ein heftiger Kampf tobte in dem kleinen Hof. Die Blauröcke jedoch waren klar auf dem Vormarsch, und sie hatten ein Ziel. Sie wollten die Sygnaer nicht nur aufhalten, sie wollten ihn – den am Boden liegenden Vorkämpfer der Rebellen – töten.

Doch nun hatte das Zeichen wieder die Oberhand, ließ ihn die Wunde vergessen.

Er nahm innerhalb eines Wimpernschlags eine gute und eine schlechte Entwicklung wahr. Die gute: Mehr und mehr aufständische Kämpfer hatten den Bleiberg erklommen und waren auch auf den Wehrgang vorgedrungen, sodass sich auch die Schützen auf den Mauern gegen Aufständische in den Nahkampf hatten werfen müssen. Damit waren sie vorerst beschäftigt. Die schlechte: Ein Leutnant der kaiserlichen Armee hielt Elisabeda eine kurze Klinge durch die Lagen ihrer Rüstung seitlich an die Nieren und benutzte sie als lebendigen Schutzschild. Ein junger Mann in schmutziger Soldatenkleidung lag bewusstlos vor den beiden am Boden und blutete am Hinterkopf. Elisabeda war von Feinden umgeben, die mit ihren Degen und Musketen die Hellebardiere unterstützen.

Dawyd hätte mit den Zähnen geknirscht, doch da waren nur Blut und grässliche Ahnungen von zertrümmerten Knochen und Zähnen und ein tauber Lappen von Zunge. Er musste etwas tun. Er musste das Blatt wieder zu ihren Gunsten wenden.

Er hievte die Leiche des Sergeanten von sich und stemmte sich gegen den Boden, um sich zu erheben. Rufen konnte er nichts mit den Resten seines Kiefers, doch er brauchte sein Maul auch nicht zum Fechten. Er stand auf und knickte sofort wieder ein.

Ein zweiter Versuch scheiterte ebenso kläglich. Blut lief ihm in einer breiten Bahn über den Hals. Seine Beine wollten ihn einfach nicht tragen.

Er war zu schwach – wie viel Blut hatte er verloren? Versagte das Zeichen? Forderte es einen Tribut für die bisherige Unterstützung während der Schlacht? Es gab keinen schlechteren Moment: Blauröcke schnitten ihn von seinen Freunden ab und waren nun fast heran, um ihm den Tod zu bringen.

Dawyd hing sehr an seinem Leben, außerdem war er der Vorkämpfer und die Symbolfigur dieser verdammten Rebellion!

*Sie haben dann nur noch Ismayl, falls man ihm nicht auch längst Kugeln in den Kopf geschossen hat.*

Er verzichtete auf einen neuen Versuch, sich zu erheben, und blickte zu Elisabeda. Dawyd wollte ein vertrautes Gesicht sehen, wenn er abtrat, nicht die hasserfüllte Fratze eines Aquinzacken. Ob Kilianna es schaffen würde?

Elisabeda entgegnete den Blick durch die Reihen derer, die sie umstanden, der Dolch an ihrer Niere schien das Feuer in ihren Augen nicht zu dämpfen. Ihr Mund formte Worte: *Tu es!*

*Tu was?*

Seine Sinne begannen, an den Rändern auszufransen, doch als er begriff, fokussierten sie sich wieder. Sie stand im Rücken ihrer Feinde, bewacht von nur einem verweichlichten Offizier, vor ihr eine Schlachtenreihe Musketiere.

*Mit einer Messerspitze an den Eingeweiden!*

Nein, das würde ihr Ende bedeuten, er konnte das nicht tun! Elisabeda schrie ihn nun an. Er konnte sie nicht hören über den Schlachtenlärm, aber er sah ihre Wut, ihr Flehen. Nicht jeder ihrer Schreie schien ihm zu gelten. Sie stieß den Soldaten am Boden mit ihrer Fußspitze an, doch der rührte sich nicht. Ein dunkelhäutiger Knabe, vielleicht sechzehn, siebzehn. Dawyd blinzelte.

*Ihr Sohn.*

Ihr Sohn lag dort wie tot.

*Ich hab ihr versprochen, dass wir ihre Söhne rausholen.*

Elisabeda schrie jetzt an einem Stück.

*Ach, was soll's!* Sie und Dawyd, sie waren ohnehin verloren, auch wenn er nichts unternahm. Eine letzte Tat – wenn Ismayl noch lebte, sollte er schließlich etwas zu dichten haben, das Epos vom Tod zweier Helden des Aufstands.

Dawyds Lider flatterten, Blut rann ihm die Kehle herab. Er schluckte und fühlte, wie sein Magen revoltierte, dann vergaß er all das, als er nach Elisabeda griff, nach ihrer Wut. Nach ihrem Blut. Er sah den Funken ihres Kampfeswillens. Er entzündete ihn zu einem Feuer, zu einem Inferno.

Es war nicht schwierig. Sie umarmte das, was er ihr gab, mit allem, was sie noch hatte.

Ihre Augen schlossen sich kurz, sie verstummte, dann schlug sie ihren Ellbogen in das Gesicht des Leutnants. Den Schmerz seiner zustechenden Waffe spürte sie nicht. Sie riss einem der vor ihr stehenden Musketiere, die nur darauf warteten, dass die Schlacht wieder bei ihnen ankam, den Säbel aus der Scheide, schlug ihm den Griffkorb in den Nacken und zog dann einen Schnitt über den Rücken seines ahnungslosen Nebenmanns. Doch die Klinge des Offiziers steckte tief in ihrem Leib. Dawyd zuckte Mal um Mal zusammen, als sie nacheinander von drei Degen und einer Musketenkugel durchbohrt wurde, als wären ihm selbst diese Wunden zugefügt worden. Doch weder Kugeln noch Klingen konnten Elisabeda in ihrem Rausch stoppen. Das Blutzeichen hatte Macht über sie, und Dawyd hatte Macht über das Blutzeichen. Die nach vorn gerichtete Kraft der Soldaten an der Baracke geriet in Unordnung, während Elisabeda Kehle um Kehle durchschnitt, Lunge um Lunge durchstach.

Als Dawyd Elisabeda schließlich wieder freigeben musste und sie zu Boden ging, hatte sie die Wende bereits herbeigeführt. Sygnaer Bürger, vom Fechter in Vollplatte bis zum Müller mit Knüppel, erdrückten den Widerstand ihrer Feinde und stürmten in die Feste.

General Tourni war all dies zutiefst zuwider. Natürlich war ihm bewusst, dass der Gouverneur in Sicherheit gebracht werden musste, und auch, dass Commissaire Rufin nicht in die Hand des Feindes fallen durfte. Ja, auch er, der General der in Sygna stationierten Besatzungsmacht, fühlte sich nicht verpflichtet, mit seinen Truppen zu sterben. Fähige Kommandanten gab es schließlich nicht wie Sand am Meer.

Aber durch die Verkehrte Stadt zu fliehen kam ihm falsch vor. Er sollte die Feste in dem Moment zurücklassen, in dem man ihn dort oben am meisten brauchte? Vielleicht hätte er das Blatt noch wenden können ... Doch der Gouverneur hatte befohlen, und er hatte gehorcht.

Auch durch die Feste gelangte man in die unterirdischen Tunnel, die den Bleiberg durchzogen, jedoch waren hier, seit die Festung zerfallen war, die tieferen Zugänge verschüttet. Um also von dort oben in die tiefen Fundamente zu gelangen, waren diese Gänge nicht geeignet. Aber diesmal war es ja auch nicht der Geologe Lafayet, der einen Weg in die Eingeweide der Erde suchte, und General Tourni war es ganz lieb, an der Oberfläche zu bleiben, einen geschützten Ausgang zu finden und unerkannt zur Zitadelle im Tal zu entkommen.

Und von dort aus zum Kaiser.

Oder ausharren, bis Verstärkung anrückte.

Der Gouverneur hatte einen dunklen Mantel übergeworfen, doch bei Tag in der Stadt würde man weder ihn noch die Soldaten, die er dabeihatte, verkennen. Tourni konnte nur hoffen, dass die meisten Sygnaer diesem vermaledeiten Ruf in ihren Köpfen gefolgt waren und die Stadt brachlag.

Der Soldat vor Tourni hielt an und hob die Laterne.

»Was ist los?«, fragte der General ungeduldig.

»Das Beben ... es hat den Gang verschüttet«, meldete der Soldat. Tourni sah keine Stelle, an der etwas frisch verschüttet war. Aus dem Gestein ragte ein Stützbalken.

»Aber ... aber der Gang zu Eurer Linken ist offen, Sire«, stotterte der junge Lieutenant, der die Forschungen in der Tiefe mit beaufsichtigt hatte. Tourni wandte sich nach links. Alt und dumpf atmete ihm die Dunkelheit entgegen. Er schluckte.

»Dann nehmen wir diesen Weg«, befahl Tourni, als gäbe es irgendeine andere Möglichkeit.

Direkt hinter ihm ging Rufin, der grässlich aussah. Als habe er nächtelang gesoffen, mit geplatzten Äderchen in den Augen, fahler Haut und kränklich schimmerndem Schweiß auf der Stirn. Im Schein der Laternen erhaschte Tournis Blick den Tischler. Eicks – Rufin hatte darauf bestanden, den Kopf der Rebellion mitzunehmen, und es sprach nichts dagegen. Es war immer gut, eine Marionettkarte auf der Hand zu haben, mit der man Paroli bieten konnte. Auch Eicks bewegte sich wie ein Mann, dem man Drogen verabreicht hatte. Er war nicht gefesselt, doch offenbar brach das gute Dutzend Bewaffneter, das sie dabei hatten, seinen Widerstand. Tourni wandte sich nach vorn, als der Soldat auf die oberste Stufe einer roh gehauenen Treppe trat, deren Kanten Tourni wie Zähne durch seine Stiefelsohle spüren konnte.

Jendra rüttelte an Kilianna, deren Kopf hin und her schlug.

*Verdammt, verdammt, verdammt!* Wenn die Tochter des Großgildenmeisters nun tot war und Jendra diejenige, die sie mit in die Tiefe genommen hatte, dann würde nicht nur Erdhand sie umbringen, sondern auch Dawyd!

Sie waren blind in irgendeine Richtung gerannt, ohne Zeit, vorher ihre Laterne anzuzünden. Hinter ihnen war die Kaverne, in der sie festgesessen hatten, zusammengebrochen. In ihrer Panik waren sie gegen Steine und Felswände geprallt, waren Treppenfluchten hinabgefallen und in Katakomben hinein. Die Verkehrte Stadt als Grab – wie passend, hatte man doch früher hier die Toten bestattet. Und doch war Jendra hier unten noch auf kein einziges Grabmal, keinen Sarg und keine Knochennische gestoßen. Plötzlich war wieder etwas von oben herabgestürzt, beim Aufprall in Millionen Steinsplitter und Tausende großer Trümmerbrocken zerbrochen und hatte Kilianna und Jendra unter sich begraben.

Jendra war unter einem Felsblock zu sich gekommen, der sich so über ihr verkeilt hatte, dass sie zwar zwischen Felsen eingeschlossen, aber nicht zerquetscht war. Kilianna ertastete sie nach einer Schrecksekunde nah neben sich, aber bewusstlos. Jendras Kopfverband hatte sich mittlerweile verabschiedet. Sie wusste nicht, wann, aber die Aufregung hatte ohnehin jeden Schmerz verjagt.

Jendra tastete nach ihrer Tasche und fand sie zu ihrer Linken. Sie zog sie heran und kramte einen Kerzenstummel und ein Zündholz hervor. Wie gut, dass sie immer alles Mögliche dabeihatte. Sie entzündete den Kerzenstummel und konnte endlich nach Kilianna sehen. Wie eine schlafende Schönheit aus einem von Ismayls Märchen lag sie da. In ihre Haare war dickes, klebriges Blut gesickert – sie war am Kopf getroffen worden.

Das, was um sie herum herabgefallen war, war etwas gewesen wie … Waben? Häuser, die unmöglich verschachtelt aus der Decke wuchsen? Das Beben hatte überall Geröll gelöst. Jendra sah sich um – steckte sie hier fest? Im Licht der Kerze fand sie eine Art Fensteröffnung und kroch hindurch. Als sie den Kopf nach draußen schob, fühlte sie, wie sich der Staub legte – sie konnten noch nicht lange in den Trümmern liegen.

Sie pflanzte die Kerze auf einen Felstrümmer und schob sich wieder zurück in den Schutt. Sie packte Kilianna, zerrte sie mit sich durch die Öffnung nach oben und keuchte und fluchte unter dem Gewicht der größeren Frau. Schließlich rutschte sie mit ihr auf der anderen Seite des Trümmerstücks in die Weite einer Höhle und dankte dem Großen Handwerker für ihr Überleben. Sie sah im schwachen Licht hinauf. Wieder bildete ihr Atem kleine Dunstwölkchen vor den Lippen.

*Sind das Grabstätten gewesen?*, wunderte sich Jendra über die Waben, die sie ominös über sich hängen sehen konnte. Sie gab Kilianna kleine Ohrfeigen. Dann stärkere.

»Jetzt sei nicht blöd! Und vor allem: Sei nicht tot!«, zischte sie. »Wir müssen weiter! Willst du gar keine Heldentaten mehr vollbringen, Gleichwerkerin? Gar keine Stadt mehr befreien?

Du hast Ismayl doch gehört in deinem hübschen, dummen, angeschlagenen Kopf!«

Jendra hatte ihn gehört – doch während um sie herum Felsen herabprasselten, hatte sie wenig Zeit für seine Worte gehabt. Immerhin hatte sie auch keine Soldaten mehr gesehen.

Doch auch in dieser Angelegenheit hielt ihr Glück nicht an, denn plötzlich nahm Jendra den trommelnden Rhythmus laufender Schritte wahr. Und Stimmen, angespannt, nervös. Dann sah sie das Licht mehrerer Laternen. Jendra blies gerade noch rechtzeitig ihre Kerze aus. Sie tätschelte Kilianna. »Bleib bloß liegen«, bat sie lautlos und kauerte sich ins Dunkel hinter die herabgestürzten Trümmer.

Die Höhle erstreckte sich weit und kalt und dunkel um sie herum. Konnte sie einen Blick wagen? Einer der Blauröcke sagte: »Ich glaube, ich kann mich wieder orientieren, Sire. Es scheint ... sehr große Schäden gegeben zu haben, aber ich denke, ich weiß, wo wir sind.«

»Dann redet nicht, sondern geht voran«, knurrte eine Stimme. Das Echo mochte Jendra täuschen, doch sie schätzte, dass die Soldaten mindestens zehn, fünfzehn Meter Abstand zu ihr hatten. Wenn sie sich einfach still verhielten, würden sie an ihnen vorbeilaufen.

Jendra schob sich Haaresbreite um Haaresbreite über die Wabenwand vor ihr, in die unregelmäßige Vertiefungen wie von pressenden Händen eingelassen waren. Als sie den Soldatentrupp sehen konnte, stockte ihr das Herz.

In ihrer Mitte lief Ignaz.

Lysandre Rufin hatte über jeden Anwesenden mehr Gewalt als über sich selbst, so schien es ihm. Er spürte, dass weniger als das Wackeln eines Fingers notwendig wäre, um den Gouverneur tun zu lassen, was er befahl. Doch seine eigenen Beine vorwärtszubewegen war ein Graus. Sie waren wie wortlose kleine Tiere, die zu beschränkt für seine Befehle waren und ihn nicht tragen wollten. Die Soldaten fächerten sich in der Trümmerlandschaft der großen Kaverne auf, um den besten Weg zu finden.

Ignaz ging einfach weiter voran.

»Halt«, befahl Rufin müde.

Ignaz hielt an.

»Du wirst mich stützen«, murmelte Rufin. Ein seltsamer Blick des Generals traf ihn – sollte er doch schauen. Die Hände der Soldaten brauchte er an den Waffen, Ignaz' siebeneinhalb Finger hingegen konnten ihm unter die Arme greifen, bevor die Schwäche ihn wieder niederschlug.

*Es war die Reise in seinen Geist, die mich so ausgelaugt hat. Ich muss an meinen Fähigkeiten arbeiten.*

Aber Ignaz war ja da. Er war nun wahrhaftig seine Kreatur, und Rufin würde an ihm üben, bis er das Wortzeichen gemeistert hatte. Der gehorsame Schreiner kehrte um und stützte Rufin.

Kilianna wurde wach und wusste sofort, dass sie keinen Ton von sich geben durfte. Eine Kopfwunde pochte dunkel, und dunkel umlagerte sie auch die Verkehrte Stadt. Sie spürte einen Körper an ihrem, hob die Hand und bohrte ihre Fingerspitzen in einen Arm. Schmals Arm. Das Mädchen schrak zusammen, gab jedoch keinen Laut von sich. Kilianna zog sich mit schmerzhaftem, aber lautlosem Atmen an ihr hinauf in die Hocke und kauerte sich neben sie. Beide starrten gebannt in die Höhle.

Sie sah, dass Jendra einen länglichen Steinsplitter über den seltsam bearbeiteten Felsen vor ihr wandern ließ. Sie kratzte etwas Geschwungenes hinein. Das Geräusch war nicht weit zu hören, dafür machten die Soldaten zu viel Lärm.

Kiliannas Kopf schien platzen zu wollen, so sehr wütete der Kopfschmerz darin. Gegen die Helligkeit der Laternen blinzelnd, starrte sie zu Rufin und Ignaz hinüber, die sich Schritt um Schritt durch die trümmerübersäte Höhle auf sie zubewegten. Kilianna packte erneut nach Jendras Arm und beugte sich so nah an das Mädchen heran, dass ihre Lippen beinahe deren Ohr streiften.

»Das ist Rufin. Und er wirkt ein Wortzeichen«, wisperte Kilianna. »Haben wir Wachs?«

Jendra nickte heftig und griff nach einem Kerzenstummel, der auf einem Felsbrocken ruhte.

Woher hatte der verdammte Rote ein Wortzeichen? Und dann auch noch eines, mit dem er Befehle erteilen konnte? Kilianna nahm die noch warme Kerze und teilte die weiche Masse in vier kleine Portionen. Sie drückte zwei davon in Jendras Hand. »Ohren«, flüsterte sie, und Jendra nickte wieder. »Damit wir ihn nicht hören und durch irgendeinen Zufall von ihm beeinflusst werden.«

»Wir befreien Ignaz«, stieß Jendra hervor und hielt Kiliannas Hand fest, bevor diese sich die Ohren verschließen konnte.

»Was? Das sind ein Dutzend Soldaten!«, wisperte Kilianna.

»Mit meinem Verborgenen Zeichen. Ich mache es dunkel, du rempelst diesen fiesen Scheißkerl aus dem Weg, und wir fliehen einfach mit Ignaz.« Jendra befreite ihre Hand und verschloss ihre Ohren, als wolle sie keine Einwände von Kilianna hören.

»Das ist doch Wahnsinn!«, presste Kilianna ungehört hervor, doch Jendra aufzuhalten würde ihr nicht gelingen, ohne Lärm zu machen. Jendra zwinkerte ihr zu und wies auf ihre Ohren. *Ich mach das schon*, schien ihr das Zwinkern sagen zu wollen.

»Stopf dir endlich die Ohren zu!«, flüsterte das Straßenkind.

Kiliannas Nackenhaare stellten sich auf, doch sie gehorchte. Was, wenn jemand hinter ihr war? Was, wenn jemand gerade den Hahn spannte, um auf sie zu schießen? Sie würde ihn nicht hören …

Jendra gab ihr ein Zeichen. Zusammen zogen sie die Köpfe ein und warteten, beinahe blind und absolut taub.

Jendra wartete auf den richtigen Moment. Sie spähte immer wieder aus ihrem Versteck, während die Soldaten sich näherten.

Rufin und Ignaz waren langsamer, offenbar war Rufin verletzt oder stark angeschlagen. Kilianna starrte sie im Schatten des unsteten Lichts der Laternen an.

Jendra presste die Lippen zusammen und hob dann die Hand, wie sie es bei Elisabeda gesehen hatte. Erst drei Finger. Kilianna wagte einen Blick, nickte. Zwei Finger. Kilianna spannte sich an und atmete noch einmal ein tief durch, Jendra sah es an ihren geschürzten Lippen, wie bei einem Wettläufer. Ein Finger. Dann ballte sie die Faust und zog gleichzeitig mit der Rechten den Schwung des Zeichens durch.

Schatten hüllten sich um sie. Die Kälte fiel wie eine zermalmende eisige Hand auf sie herab. Dunkelheit und Kälte griffen auf ganz andere Weise nach der Höhle, als sie es kannte.

Die Verkehrte Stadt schien Kälte und Dunkelheit aufzusaugen wie ein hungriges Wesen. Hier unten geschah etwas anderes mit den Zeichen. Jendra spürte, dass hier keine Zeichen erwünscht waren oder zumindest nicht von ihr! Sie schrie auf, Kälte kroch in ihren Mund und fraß alle Laute.

*Wir sind eins.*

*Du bist keins.*

*Wer stört uns?*

*Ich will mehr!*

Ihre Finger berührten in der Dunkelheit die seltsamen Beulen an der Wand der herabgefallenen Wabe. Diese Beulen, als hätten Kreaturen, die im Inneren gehaust hatten, ihre Hände gegen die Wände gedrückt, ohne jemals entkommen zu können. Jendra presste ihre Hand gegen die Wand, als könnten sie unter ihr lebendig werden und sie verschlingen.

Sie würde den Höhlen nicht mehr entkommen.

Dunkelheit senkte sich um Rufin herab. Er schrie auf, doch sein Schrei kam aus Ignaz' Mund. Er konnte spüren, dass er Ignaz hatte schreien lassen, doch hören konnte er es nicht, denn mit der Dunkelheit kam Kälte, und mit der Kälte kam eine unnatürliche

Stille, als lege sich eine Decke auf sie und dämpfe alle Geräusche.

Und dann erfasste ihn ein Gewicht, das gegen ihn prallte und ihn von Ignaz trennte.

Er fiel. Sein Körper schlug auf dem Boden auf, hart landete jemand auf ihm. Knie, Ellbogen, Fäuste trafen ihn und trieben die Luft aus ihm heraus und Schmerz in ihn hinein. Rufin trug seine Steinschlosspistole am Gürtel, eine Errungenschaft so neu, dass seine Pistole eine der ersten sechs Prototypen war. Sonst trug er keine Waffe bei sich – keinen Dolch, um ihn dem Angreifer in die Rippen zu stoßen, keinen Degen, um wie einer der Soldaten zu kämpfen.

Er tastete nach der Pistole, ein Sklave alter Gewohnheiten, konnte er doch mit einem Wort dafür sorgen, dass sich sein Gegner selbst das Leben nahm! Als ihm dieser Gedanke durch den Kopf schoss, hatten er und sein Gegner bereits beide die Hand an der Waffe und zerrten hin und her. Er hörte kaum etwas, nur die gedämpften Geräusche einer weiblichen Stimme über ihm sowie die Alarmrufe der Soldaten. Er wurde von einer Frau angegriffen. Wer hatte ihnen hier unten aufgelauert?

»Lass das sein und töte dich selbst!«, schrie Rufin sie an und legte all die ruchlose Gewalt hinein, die er zustande brachte.

Seine Hand löste sich von der Pistole – dem Werkzeug ihres Selbstmords. Das Gewicht des Körpers seiner Angreiferin ließ mit einem Mal von ihm ab. Dann durchschnitt ein Schuss die Stille des Verborgenen Zeichens.

Jendra hatte einen gewaltigen Fehler gemacht. Hier unten … dieses Zeichen zu wirken. Ihr Verstand konnte nicht fassen, was daran falsch war, aber hier in der unterirdischen Stadt verkehrte sich alles, was oben richtig war, ins Verkehrte!

Sie spürte es – eine Präsenz in der Dunkelheit der Tiefe.

Es kam, und Jendra konnte nicht schreien. Die Luft schmerzte eiskalt in ihrer Luftröhre.

Ihr Zeichen schluckte alles Licht.

Nichts sehen – nichts hören – und dennoch spürte sie, wie es näher kam: Es lief auf langen Zehen und auf den Fingerknöcheln verdrehter Hände. Nägel kratzten über den Boden, wie Jendras Stein das Zeichen in den Felsen gekratzt hatte. Sie hörte es, nein, sie spürte es, wie ein Zupfen an ihren Nervenenden, ein filigraner Schmerz, der sie von unten nach oben durchlief.

Der Atem traf sie im Nacken wie alter, feiner Staub. Und dann krümmten sich Finger über sie. Sie würde büßen für diesen Fehler, für dieses verkehrte Richtige. Hier unten war kein Platz für das Zeichen einer Straßenratte. Kein Platz für Zeichenwirker wie sie.

Jendra rang nach Luft, als Finger mit zu vielen Gliedern sich um ihren Hals legten. Als große, schorfige, abgeblätterte Fingernägel sich in ihren Nacken bohrten. Sie wagte es nicht einmal, seinen Namen zu denken.

Aber leugnen konnte sie ihn jetzt auch nicht mehr.

Rufin hörte den Schmerzensschrei. Es war die Stimme des Generals. War es Tourni gewesen, der ihn angefallen hatte? Unmöglich, er hatte doch die Stimme einer Frau über sich gehört!

*Wer ist da? Wer gehorcht da nicht? Wer gehorcht dem Urzeichen der Worte nicht?*

Rufin grub. Ohne Sicht und ohne Gehör blieb ihm nur zu erfühlen, was um ihn herum lebte, was Gedanken kannte, *Worte.* Er spürte blind, worüber er Gewalt erringen konnte. Und dann wurde ihm wie mit einem Schlag ins Gesicht bewusst, dass sie nicht allein waren.

Etwas war da, das ihn so klein erscheinen ließ wie einen Splitter unter einem verschorften, geborstenen Fingernagel. Wie hatte er es nicht spüren können! Seine Präsenz erfüllte die ganze Kaverne … mit nichts als Tod.

Rufins Körper wurde bewusstlos, als die Präsenz ihn traf. Doch seine Worte waren noch lebendig.

Kilianna konnte nichts sehen. Sie fühlte Blut, doch es war das, was ihr immer noch aus der Kopfwunde rann, nun wieder stärker. Sie roch Schießpulver, und den Knall hatte sie durch das Wachs hindurch gehört. Sie hatte Rufins Waffe blind gepackt, hatte mit ihm darum gekämpft. Immerhin besaß ihr Vater auch eine der ersten sechs Steinschlosspistolen, und sie hatte gesehen, dass Rufin die seine am Gürtel mit sich führte.

Dann war sie gepackt und zurückgezerrt worden. Kilianna hatte im Garten einmal mit der Pistole geschossen und wusste, wie man den Hahn spannen musste, wie man sie halten musste. Jemand lag jetzt schreiend vor ihr, sie spürte seinen sich windenden Körper an ihren Füßen und hörte seinen Schrei wie von weither durch das Wachs dringen. In ihrer Hand lag die abgefeuerte Pistole, und sie wünschte sich nichts sehnlicher, als etwas sehen zu können. Sie wich vor dem schreienden Verwundeten zurück. Dieser Mann hatte sie von Rufin heruntergezerrt, aber wo war der Rote jetzt?

*Hoffentlich habe ich nicht Ignaz getroffen*, schoss es ihr durch den Kopf.

Und dann spürte sie, wie zweierlei Finger nach ihr griffen.

Einmal waren es die Finger eines eiskalten Hauchs; ein Hauch, der nur vom Tod selbst stammen konnte. Etwas Grässliches hatte sich aus den Schatten gequetscht, und Kilianna spürte, wie es sie am Kopf berührte und dabei mit heiserem Erkennen in ihrem Verstand flüsterte: »Du!«

Ihre Wunde schmerzte mit einem Mal, als würde ihr Schädel bersten.

Das Zweite, was nach ihr griff, war ein Befehl. Sie spürte es.

Sie spürte, wie etwas sich durch den Wachsklumpen arbeitete, sich mit winzigen Klauen immer tiefer in ihr Hirn grub. Sie hörte nichts außer ihrem eigenen Schrei.

»Du!«, raspelte das Wesen. Es sprach nicht, Kilianna hörte es jedoch im Rauschen ihres eigenen Blutes. »Was tust du hier? Hier ist nur der Tod.«

*Nein, nein! Nicht so, nicht … Nicht Jendra! Nicht ich!*, flehte sie, während seine Hand auf ihrem Schädel ruhte.

Es schien zu lachen. Es war das scheußlichste Geräusch, das Kilianna jemals gehört, nein, gespürt hatte – ein Beben voller Abscheu und Alter und Grimm. Währenddessen griffen die Klauen von Rufins Wortzeichen nach ihr. Sie konnte nicht sagen, was grässlicher war: Sie fühlte, wie das Zeichen sich mit aller Verzweiflung in ihren Geist schnitt, und gleichzeitig lachte die Dunkelheit der Tiefe ihr entgegen. Rufin verdrehte ihre Gedanken wie ein zu eiliger Handwerker. Grob und ungestüm griff er in sie hinein. Schon zweifelte sie. Schon glaubte sie, dass sie es war, die sterben musste. Dass sie ihr Leben diesem Wesen anbieten musste, um das Leben aller anderen zu retten.

»Nein«, fuhr der Krumme Mann in ihren Geist und zerschmetterte Rufins Griff mit seinen Worten. »Du nicht. Du bist unantastbar.«

Und damit ließ er sie los. Er ließ auch Jendra los. Seine Wut hatte ein neues Ziel.

Kilianna brach im Dunkeln zusammen, und ihr Blut floss aus ihrer Wunde am Kopf, warm und lebendig.

Als es Abend wurde, taumelte der Gouverneur ins Freie. Sein Mantel war zerrissen, seine Hände und Knie zerschunden. Zwei Soldaten waren noch bei ihm. Einer war abgestürzt, als er ein Seil gespannt hatte. Drei waren fortgelaufen. Alle anderen waren in der Höhle … in dieser Dunkelheit … verloren gegangen.

Der Gouverneur sah lange Schatten, die ein Muster aus zerklüfteter Schwärze vor ihm malten. Über ihm, unter ihm, auf der anderen Seite der Schlucht waren Tür- und Toreingänge, Fenster, Höhlen, Baracken, Brücken und Leitern. Er sog die klare Luft ein.

»Sire?«, fragte der junge Lieutenant Sarmand neben ihm. »Ich schlage vor, dass wir tiefer hinuntersteigen und der Kluft ins Gebirge folgen.«

»Wisst …« Die Schwäche klang deutlich aus den Worten des Gouverneurs heraus. Er räusperte sich. »Wisst Ihr, wie wir zur Großen Armee finden?«

Der andere zögerte, dann sagte er schließlich: »Ich bin mir sicher, wenn wir erst einmal aus den Bergen heraus sind, wird es keine Schwierigkeiten mehr geben.«

Der Gouverneur nickte. »Bringt mich zum Kaiser.«

»Jawohl, Sire.«

Jendra trieb ohne klares Bewusstsein in der Finsternis dahin, nur ausgefüllt von der Angst, *er* könne noch in der Dunkelheit lauern. Sie fühlte sich, als sei sie weit gelaufen. Eisige Finger tasteten nach ihren Ohren, und sie fuhr hoch. Sie rang nach Luft und atmete Staub. Doch nun konnte sie wieder hören. »Jendra«, drängte eine Stimme. »Jendra, wie geht es dir?«

»Ignaz?«, flüsterte sie, und dann endlich konnte sie ihre Finger bewegen und sich an ihn klammern. Sie öffnete die Augen, aber es war immer noch stockfinster. Sie drückte ihren Kopf gegen seine Schulter. Nach einem kurzen Augenblick des Zögerns legte sich seine Hand auf ihre Schulter.

»Es tut mir leid!«, brachte sie hervor.

Er lachte heiser, und sie wusste genau, wie er aussah, denn trotz all der grimmigen Mienen, die er zog, blieb sein Gesicht am besten in Erinnerung, wenn es lachte. »Es kann dir leidtun, wenn du sagst, dass du weder Kerze noch Schwefelhölzer dabeihast.«

»Hab ich beides dabei.«

»Dann gibt's nichts zu entschuldigen.«

»Kilianna?«, flüsterte Jendra, während sie in ihren unerschöpflichen Taschen nach beidem tastete.

»Ich bin auch gerade erst aufgewacht.« Ein Schaudern lag in Ignaz' Stimme. Hatte er ihn auch gefühlt? War er real gewesen? Sie vertrieb die Fragen und die Antworten darauf, indem sie das Schwefelholz entzündete und kurz danach den zweiten Kerzenstummel.

Kilianna lag in einer Pfütze aus Blut, doch sie atmete.

Jendra rannte zu ihr. Ignaz stand ebenfalls auf und ging langsam, sehr langsam zu einer Gestalt hinüber, die am Boden lag. Er beugte sich über den reglosen Haufen und tat dann lange nichts, während Jendra Kiliannas Wunde untersuchte.

»Was ist das?«, fragte sie schließlich und hob den Blick, Kiliannas Kopf in ihrem Schoß, während der Atem der jungen Frau ruhig und regelmäßig ging.

Ignaz sah immer noch hinab, voll Widerwillen und gleichzeitig voll Faszination. »Lysandre Rufin«, sagte er schließlich.

Jendra atmete mit einem Zischen ein. Was dort lag, hatte kaum noch Ähnlichkeit mit einer menschlichen Leiche. Es wirkte roh und zu klein, gleichzeitig eingetrocknet und von einer dunklen Feuchte überzogen. Es schienen nur noch Stränge aus öligem Leder zu sein. Eine Figur, von einem Kind mit zerstörtem Geist zusammengeklebt.

»Der Krumme Mann hat ihn geholt«, flüsterte Ignaz.

# Kapitel XII

»Mama«, flüsterte Zach. Erst jetzt hatten die Heiler ihn ins Zimmer gelassen, obwohl Zach doch schon dabei gewesen war, als man seinem Bruder ein Bein abgenommen hatte. Johanni lag im Nachbarzimmer, nach wie vor ohne Bewusstsein, aber nun in sauberer Bettwäsche, sauberer Kleidung. Selbst der Himmel vor dem Fenster war sauber, der Regen hatte einen blutigen Frühling fortgewaschen.

Zach setzte sich vorsichtig auf einen Hocker und betrachtete die schmale Gestalt im Bett. Seine Mutter sah mager und älter aus, ein harter Zug lag selbst im Schlaf um ihren Mund. Ihr bewusstloses Gesicht und Johannis bewusstloses Gesicht wurden vor Zachs verschwommenem Blick eins. Er presste die Fingerspitzen gegen die Augenlider und versuchte, nichts zu denken. Die Tür öffnete sich hinter ihm.

»Die Kugeln sind entfernt, die inneren Blutungen gestoppt, die Wunden versorgt«, sagte eine Stimme hinter ihm. Zach nickte in seine Hände.

»Ich weiß«, murmelte er abweisend. Er erinnerte sich nur an einen blutigen Nebel. Man hatte ihn mit einem Gewehrkolben bewusstlos geschlagen, und als er wieder zu sich gekommen war, hatte man gerade seine Mutter niedergestochen, niedergeschossen. Er versuchte, nicht zu schluchzen, doch es gelang ihm nicht. »Lass mich«, bat er mit einer Stimme wie raschelndes Papier.

»Ich lasse euch allein«, sagte Ignaz. »Gib ihr etwas Zeit. Es kommt alles wieder in Ordnung.«

Er schloss die Tür hinter sich, und Zach war wieder mit jemandem allein, der nur halblebendig war. Ein Schauder durchlief ihn. Manchmal wünschte er sich, er sei derjenige, der mit dem Tod rang und um den sich andere sorgen mussten.

Bis die Große Armee der Aquinzischen Nation am Horizont zu sehen war, vergingen drei Wochen.

Drei Wochen, in denen Marschall Soussin an der Front Truppen entsandte, die frei von Sygnaern und somit frei von Verrat waren.

Drei Wochen, in denen diese Truppen von der Front nach Sygna zogen.

Drei Wochen, in denen die Festung und der Klotz von den Sygnaern erobert, die Soldaten getötet oder inhaftiert wurden.

Drei Wochen, in denen der in den Höhlen angeschossene General Tourni von den Aufständischen verhört und Briefe mit Forderungen von Friedensverhandlungen aufgesetzt wurden.

Drei Wochen, in denen das Zunftgefängnis geöffnet und die Dichter und die anderen Inhaftierten nach teils über zehn Monaten Haft in die Freiheit taumelten, wo sie unter Jubelstürmen empfangen wurden.

Drei Wochen, in denen Sygna seine Mauern mit neuen Zeichen versah, in denen die erbeuteten Waffen an die Bürgerwehr verteilt wurden und die Köpfe der Rebellion neue Strategien ersannen.

Drei Wochen, in denen Nahrungsmittel aus dem längst ebenfalls zu Aquintien gehörenden Umland in die Stadt gebracht und gehortet wurden.

Drei Wochen, in denen Hunderte Sygnaer an den Folgen der Rückeroberung ihrer Stadt starben oder mit ihren Verletzungen kämpften.

Drei Wochen, in denen Arbeiter in die Verkehrte Stadt zogen, um die verschütteten Gänge zu öffnen, die zu den Urzeichen führten, obwohl immer wieder Leute dort unten zu Schaden kamen.

Drei Wochen, in denen Sygna sich so einig war wie nie zuvor. So friedlich, trotz Kriegsvorbereitungen. Dass der Gildenrat noch nicht wiedereingesetzt war, führte zu keinen Unruhen. Über Gildenrat und Großgildenmeister würde entschieden, wenn Sygna Aquintien endgültig in seine Schranken gewiesen hatte.

In diesen drei Wochen war Sygna ein Symbol für Solidarität. Heiler arbeiteten unentgeltlich. Alles, was hergestellt wurde, wurde frei ausgegeben, und jeder nahm sich nur, was nötig war. Später würde es Kompensationen geben und Berechnungen. Später würde es Gerede geben. Heute nicht.

Heute gab es das strahlende Sygna, das Ideal einer Stadt, das Sinnbild von Ordnung und guter Handwerkskunst.

Sogar das Wetter war besser als in den Wochen zuvor, und ein glänzender Sonnenaufgang nach dem anderen malte seine Farben über Mauern, die unter Kampf und Brand gelitten hatten.

Elisabeda war nach zwei Wochen wieder aufgewacht. Wie sehr sie noch Schmerzen plagten, behielt sie meist für sich. Sie hätte eigentlich tot sein müssen, und da war es ein Privileg, noch so viel zu fühlen, dass beinahe jeder Schritt wehtat.

Der siebte Morgen, seit sie wieder erwacht war, dämmerte. Sie sah vom Bett aus in das fahle Licht, das den Sonnenaufgang ankündigte. Sie liebte diesen stillen Moment, kurz bevor die Stadt erwachte. Kein anderer Moment des Tages schien so friedlich und gleichzeitig so voller Möglichkeiten.

Eine Hand malte eine vorsichtige Linie auf ihren Arm. Sie drehte sich herum und sah Ignaz an. Er schlief seit vier Tagen in ihrem Bett, und jeden Morgen stellte er die gleiche Frage. »Wie geht es dir?« Sie grinste.

»Ich lebe.« Jeden Morgen gab sie die gleiche Antwort.

Sie musterte ihn im schwachen Licht. Ihre Gesichter waren sich so nah, dass sie das Zeichen in seinen Pupillen sehen konnte. Dass sie einst so dunkel gewesen waren, fiel ihr erst jetzt auf, wo die silbrigen Linien sie so hell erscheinen ließen. Das Rätsel um die Urzeichen war immer noch genau das: ein Rätsel.

Er beugte sich vor und küsste sie, vorsichtig und nur auf die Stirn. Sie schliefen in einem Bett, weil es sich so ergeben hatte, abends nach einem viel zu langen, erschöpfenden Gespräch mit viel zu vielen Menschen über die Zukunft der Stadt im Krieg gegen Aquintien.

»Ich muss nach Johanni sehen«, sagte sie. Der Junge war nun drei Wochen lang nicht aufgewacht. Seine Lider flatterten, wenn man ihn ansprach. Er schluckte, wenn man ihm Suppe einflößte oder Wasser, in dem nährende Substanzen gelöst waren. Hier, im Weißen Hof in der Seidengasse, dem besten Gasthaus der Stadt, in das sie einquartiert worden waren, als Elisabeda noch ebenso bewusstlos gewesen war wie ihr ältester Sohn, schlief Zach mit Johannis in einem Zimmer. Elisabeda spürte erneut den Biss des schlechten Gewissens. Hier lag sie mit einem anderen Mann als dem Vater ihrer Kinder im Bett, elf Monate, nachdem sie Gabril verloren hatte.

»Wenn die Späher recht haben, wird die Armee heute in Sichtweite der Stadt kommen«, sagte sie, versessen, mit dem Tagwerk anzufangen. Körperlich konnte sie keines verrichten, aber ihr Geist war geschärft wie die Klingen, die Gabril und sie gefertigt hatten. Ignaz sah sie immer noch einfach nur an. Aus diesen dunklen, fremden Augen.

»Dieses Zeichen hätte solch eine Macht«, sagte Elisabeda bedauernd. »Wenn es kann, was du beschreibst, dann könnten wir uns die Aquintianer damit vom Hals halten. Sie überreden, dass sie ein Bündnis mit uns eingehen, statt Handelsblockaden oder Belagerungen zu veranlassen.«

Er zuckte mit der Schulter, auf der er nicht lag. »Ich werde weiter versuchen, es zu beherrschen. Aber ich bin kein Dichter, und ich bin mir nicht sicher, ob Ismayl einen aus mir machen kann.«

»Rufin war auch kein Dichter.«

Ignaz verzog schmerzhaft das Gesicht. »Aber ... trotzdem der geeignetere Träger. Ich stand nur am nächsten neben ihm, als er starb. Es war Zufall.«

»Zufall«, wiederholte Elisabeda nachdenklich. »Nach allem, was in der Verkehrten Stadt passiert ist – dass Kilianna und Jendra genau zu dem Zeitpunkt unten waren, als ihr unten wart –, kann ich kaum glauben, dass diese Zeichen sich dem Zufall unterordnen.«

»Und doch tun sie es offenbar.«

»Oder es hat einen anderen Grund, dass du … gezeichnet bist.«

»Oder das.« Er lächelte selbstironisch. »Aber mehr Aufmerksamkeit als im Moment ist mir nicht lieb.«

Sie stemmte sich auf die Ellbogen hoch. Atmete, als der Schmerz sie erneut wie ein stumpfes Messer attackierte. Langsam arbeitete sie sich weiter hoch.

»Es ist noch früh.«

»Ich muss nach Johanni sehen«, wiederholte sie störrisch.

»Wenn etwas wäre, wäre Zach längst hier.«

Sie seufzte und setzte sich ganz auf. Langsam ließ der Schmerz nach. Es war immer nur diese erste Bewegung, mit der sie die Muskeln in ihrem Körper anspannte, die besonders wehtat.

»Ich … Ignaz … Irgendwie ist es nicht richtig. Dass ich hier bin. Und nicht … bei ihnen.«

»Du warst schwer verletzt«, sagte Ignaz und griff nach ihrer Hand. Zweieinhalb Finger griffen nach ihren fünfen.

»Aber jetzt nicht mehr. Ich sollte … Wir sollten … das hier … auf später verlegen. Also, ich meine, wenn all das hier vorbei ist. Johanni aufgewacht ist. Die Stadt … Wenn wir wissen, wie es weitergeht.«

»Wenn die Große Armee heute in Sicht kommt, Elisabeda, dann kann es sein, dass es diese Zeit nie geben wird. Du … du hast gesagt, dass du … dass wir zusammen sein sollten.«

»Nein. Das hast du gesagt«, lachte sie.

»Ja«, gab er zu. »Weil ich dich schon sehr lange liebe. Und vielleicht nicht mehr lange Zeit habe, es dir zu zeigen.« Er zwinkerte. »Wer weiß, wie viel Zeit uns bleibt?«

Sie nickte langsam. »Ja, wer weiß.«

Er hatte recht. Eigentlich wusste sie, dass er recht hatte. Und doch fühlte sie sich nicht wohl dabei.

Und mit diesem Gefühl stand sie auf.

Dawyd konnte erst seit drei Tagen wieder ohne Schmerzen sprechen. Die Meisterheiler hatten ihr Bestes gegeben, seine Knochen wieder zu richten, doch sein Gesicht war schief geblieben. Ismayl hatte bereits Witze darüber gemacht, als Dawyd noch goldene Drähte aus dem Knochen ragten und schwarzblaue Schwellungen sein halbes Gesicht überzogen hatten.

»Ich bin nach wie vor der Hässliche von uns beiden, aber werde Schönauge genannt. Da ist es nur gerecht, dass du, der Schöne von uns beiden, Schiefmaul als Spitzname verpasst bekommst.«

Dawyd hatte ihm auf einen Zettel geschrieben, dass er Ismayls Leben beenden würde, wenn er jemals hörte, dass jemand ihn »Schiefmaul« nannte. Bislang nannten sie ihn alle »Meister Iackmar«. Und sie katzbuckelten und baten ihn um Unterrichtsstunden. Es hätte ihm gefallen müssen, doch in den vergangenen drei Wochen war jeder Gedanke an Kampf undenkbar gewesen, und »Meister Iackmar« machte ihm weit mehr Angst als der respektlose Spitzname eines Dichters. Schmerzmittel kreisten in seinem Körper, und er spürte immer noch die Erschöpfung in den Knochen, die das Zeichen in ihm hinterlassen hatte.

Aber heute war der Tag, an dem die Armee am Horizont des Sunter-Flachlands erschienen war, das meldete die Besatzung des Klotzes gegen Mittag.

Die Kunst der Blutzeichen war zurückgekehrt. In einer Schlacht musste ihnen das den entscheidenden Vorteil bringen. Aber was konnte ein einzelner gezeichneter Kämpfer gegen eine solche Übermacht ausrichten?

Vielleicht konnten die restlichen Urzeichen aus der Tiefe ihnen zum Sieg verhelfen. Dawyd weigerte sich zu glauben, dass er die einzige Hoffnung der Stadt war. Eingebildet war er gern, doch das war zu viel Gewicht auf seinen Schultern.

An diesem Tag stand Dawyd auf der Vortreppe des Sandplatzes. Vor ihm vier Dutzend angespannte Gesichter, und wer von den Fechtern der Stählernen Gilde angehörte und wer der Goldenen, das war anscheinend gleichgültig.

Dawyd spürte das Urzeichen in sich, aber wie er es weitergeben konnte, wie er es lehren konnte – wie er es in die verlorenen minderen und höheren Zeichen umwandeln konnte, das wusste er noch nicht.

Kilianna war mehr als einmal bei ihm gewesen. Immer mit Notizbüchern unterm Arm. Und mit alten, knochentrockenen Schriften. Mit Fechtfolianten aus Seidenschneids Haus. Sie hatte versucht, ihm mit der Rekonstruktion zu helfen. Keiner von beiden hatte etwas anderes gewagt, als zu arbeiten. Lediglich rasche Blicke ab und an. Er hatte sich sicherlich hundert Mal an einem Lächeln versucht, bevor es zum ersten Mal wieder gelang. Als die Drähte herausgenommen worden waren und das Heilzeichen die letzten Wunden schloss, waren ihre kühlen Finger über seine Wange gewandert. Aber es war nicht die Zeit für mehr als das, sie wussten das beide. Ein wenig fühlte es sich an, als würden sie wieder umeinander tanzen mit dem Zweck, Informationen zu koordinieren.

Vielleicht würde ihre Zeit kommen. Dawyd wusste es nicht. Er sah jetzt anders aus im Spiegel. Das Zeichen in seinen Augen, die Überbleibsel der Verwundung. Vielleicht war er auch nicht der Richtige für sie.

Er lenkte seine Gedanken wieder ins Hier und Jetzt und blickte von der Vortreppe des Sandhauses über die versammelte Menge von Fechtern. Die Mauerpforte zum Sandplatzhof öffnete sich, und Kilianna trat ein, von niemandem bemerkt außer ihm, und blieb einfach in der hintersten Reihe stehen.

»Ich ... ich habe eine schlechte Nachricht für euch und eine gute«, begann er. Die Bewegungen zogen in seinem Kiefer, aber es war kein Schmerz mehr, nur noch ein unangenehmes Gefühl. Die Fechter, jung und alt, vom Lehrling bis zum Meister, sahen ihn an und regten sich nicht. Es waren auch ein paar neue Gesichter dabei. Sogar zwei Frauen, bemerkte Dawyd und wusste, dass das mit Kilianna zu tun hatte. Dafür fehlten einige Bekannte. Zornhau und Vierweg hatten beide den Sturm der Feste nicht überlebt, und mit ihnen waren viele andere gefallen.

»Die schlechte Nachricht zuerst: Das Zeichen des Blutes, von dem aus die Zeichen der Fechtergilden von den Meistern Isenort und Lechterau abgeleitet wurden, ist kein Zeichen des ehrenhaften Duells, des meisterlichen Fechtens und des edlen Krieges.«

Sie rührten sich immer noch nicht, warteten auf die gute Nachricht. Er sah Kilianna an, die ihm aufmunternd zulächelte.

»Das Zeichen des Blutes will Blut. Es ist ein Zeichen von Kampfrausch und Gewalt und Tod, und ich glaube, dass die minderen und höheren Zeichen und die Ehrenregeln unserer Fechtergilden dazu gedacht waren, es im Zaum zu halten. Deshalb weiß ich noch nicht, wie ich euch Ehre geben kann. Meisterschaft. Edlen Krieg. Jetzt kommt die gute Nachricht: Die Aquinzacken, die uns in weniger als zwei Tagen belagern werden, bringen keinen edlen, sondern einen schmutzigen Krieg vor unsere Tore. Meisterschaft können wir später erringen. Jetzt müssen wir einen Krieg gewinnen.«

Sie sahen ihn immer noch gespannt entgegen, manche nickten. Keiner jubelte. Aber alle wirkten entschlossen, und das war besser als Jubel.

Dawyd trat von den Stufen herunter.

»Ich werde versuchen, euch zu zeigen, was möglich ist. Zwei Tage sind zu kurz, das ist keine Frage, aber die Mauern werden die Große Armee vorerst aufhalten, und es wird Verhandlungen geben, die Zeit kosten. Gebt einfach euer Bestes für den Fall, dass es wieder zum Äußersten kommt. Ihr alle habt schon gezeigt, dass ihr bereit seid. Stellt euch in Zweiergruppen auf.«

Und nun klafften die alten Differenzen doch wieder auf – Stählerne auf der einen Seite, Goldene auf der anderen, und rasch stand fest, dass man sich aneinander messen würde, verbissen wie eh und je. Dawyd ging zwischen den beiden Reihen hindurch. Ganz hinten stand Kilianna in einem hellblauen Kleid, ein Degen an ihrer linken Hüfte, die Pistole ihres Vaters an der rechten.

»Ich muss zugeben, dass es dir steht«, gab Dawyd zu, als er bei ihr ankam. Sie zog den Degen und hielt ihm die Spitze vor die Brust. »Weißt du, was die Aquintianer sagen?«, grinste sie, und sein Herz klopfte schneller. »En garde!«

Ismayl saß mit Jendra und Neigel auf einem Turm der Stadtmauer, dessen oberste Spitze zu baufällig war, als dass jemand anderes außer Jendra jemanden hinaufführen würde. Sie hatte ihnen die Tritte gewiesen, und Ismayl hatte Vertrauen darauf, dass diese ihn halten würden, sofern sie Neigel trugen – weswegen er ihm den Vortritt gelassen hatte.

Neigel wirkte wie ein Schatten seiner selbst, aber auch Ismayl hatte Gewicht verloren, nachdem ihm die Manufakturarbeiter geholfen hatten, das Zeichen über die Grenzen seiner eigenen, freiwillig gegebenen Kraft und Kunstfertigkeit hinaus zu sprechen. Die Einstiche in seinen Armen waren immer noch geschwollen und entzündet, und keine alchimistische Salbe hatte dem Abhilfe verschaffen können.

Hier oben saßen sie nun und sahen hinaus auf die Ebene.

Jendra baumelte mit den Beinen über dem Abgrund.

»Ihr seid immer so schweigsam in letzter Zeit«, sagte sie vorwurfsvoll. »Seht nur diese Aussicht, Kinder! All die blinkenden Waffen und die lange schwarze Linie eines feindlichen Heereszugs!« Sie lachte. »All die Geschichten, die es zu erzählen gibt, wenn wir überleben.« Sie stieß Ismayl an, der zu ihrer Rechten saß. »All die großen Taten, die man vollbringen kann!« Ihr Ellbogen traf Neigel zu ihrer Linken.

»Ich habe noch keine einzige große Tat vollbracht«, flüsterte Neigel. Ismayl fragte sich, ob er ihn jemals hatte laut sprechen hören, seit sie ihn auf der Feste gefunden hatten. »Ich bin der Verräter in Ismayls Geschichte.« Er versuchte, ein Lachen anzuhängen, als habe er einen Witz gemacht, aber es verkam zu etwas Rauem, Raspelndem. »Der Schwächling.«

»Rufin war der Urzeichenträger des Wortzeichens!«, protestierte Ismayl. »Glaub mir, niemand macht dir einen Vorwurf.

Wir haben großes Glück, dass er gestorben ist, bevor er entdeckt hat, was er alles vermochte!«

»Wir haben großes Glück, dass Jendra da war, um ihm den Garaus zu machen«, sagte Jendra und schauderte.

»Ich dachte, es war Kilianna«, sagte Ismayl. »Und die Geschichte, die sie erzählt, birgt noch ganz andere Gräuel, die mich mehr beunruhigen als alles andere. Und Geschichten sorgen bei mir normalerweise eher für Verzücken.«

»Es waren Kilianna und ich, mit Glück und Heldenmut an der richtigen Stelle. Mehr soll dazu in keiner Geschichte erzählt werden, hörst du?«

Ismayl nickte. Sie schwiegen eine Zeitlang. Unter ihnen schlug eine Uhr die fünfte Stunde des Nachmittags. Sie konnten den Heerwurm in der Ebene jenseits des Klotzes wahrnehmen, und er bewegte sich quälend langsam, aber unaufhaltsam. Eine Feldschlacht da draußen war undenkbar.

»Habt ihr gehört, dass Ignaz rausgeht? Als Unterhändler?«

Neigel sah Ismayl an und hob die Brauen. Jendra nickte.

»Er hat sich schon verabschiedet«, sagte sie leise.

»Von mir nicht«, murmelte Neigel. »Aber warum auch?«

»Er macht dir keinen Vorwurf«, beharrte Ismayl. »Er ist auch vom Roten misshandelt worden. Kontrolliert. Gefoltert.«

Neigel schwieg lange und starrte hinaus in das kahlgerodete Tal mit den zunächst flach, dann steil ansteigenden Flanken der Kuser Vorberge.

»Ich bin gar nicht von ihm gefoltert worden«, sagte er dann, nach einer zu langen Pause. »Ich dachte, ich würde von ihm … geliebt.« Das Wort kostete ihn viel Überwindung und war so leise, dass Ismayl es mehr ahnte als hörte.

»Das war einfach nur eine andere Form der Kontrolle. Der Folter«, beharrte Ismayl.

»Außerdem hat er ja gemacht, dass du ihn liebst. Normalerweise würdest du doch als Mann keinen anderen Mann lieben«, sagte Jendra neunmalklug.

Neigel sah sie kurz an, dann wandte er sich ab und zog die

Schultern hoch. Ismayl musterte ihn, wusste aber nicht, was er sagen konnte. Was ihn trösten würde. Ob es überhaupt Trost gab.

Und ob Neigel ihn von jemandem akzeptieren würde, der Wortzeichen beherrschte.

Es war das erste Mal seit Menschengedenken, dass Zeichenträger die Stadt mit Billigung der Zunftmeister verließen. Entkommen waren immer mal wieder Handwerker, die einem Konflikt entflohen waren oder die es in die Ferne gezogen hatte oder die die Kunstfertigkeit von Sygna an die Nachbarnationen hatten verraten wollen.

Elisabeda ritt neben Ignaz und zwei jungen Fechtern. Sie konnten allesamt mehr schlecht als recht reiten, denn es gab in der Stadt wenig Grund und Gelegenheit, es zu lernen, doch die Gäule waren phlegmatische Befehlsempfänger, die sie ohne Probleme die Straße zum Klotz hinabtrugen.

Elisabeda hatte darauf bestanden mitzukommen. Nicht aus Liebe, nein, sie wünschte sich, dass so etwas nicht mehr ihre Entscheidungen beeinflusste. Nicht wie damals, als sie zum ersten Mal aus der Stadt geflohen war. Mit einem Fechter. Sie schielte nach rechts und links. Sie fühlte sich nach wie vor als Ignaz' Hauptmann und bestand darauf, dass ein Gespräch mit dem Feind nicht nur den Strategen, sondern auch den Taktiker erforderte.

Das Kuser Tal roch ganz anders als die Stadt. Reiner, weniger menschlich. Die Schlang trug die Ausdünstungen der Stadt zwar noch mit sich, doch am Schlangmund verband sie sich mit der klaren Twalle, die aus dem Gebirge kam.

Es stürmten mehr alte Erinnerungen auf Elisabeda ein, als ihr lieb war: Sie war siebzehn gewesen, als sie mit einem Fechter aus ihrer Ehe mit Gabril geflohen war. Einem Fechter wie Dawyd: schön, jung, waghalsig. In Nacht und Nebel hatten sie sich aus der Stadt gestohlen, und es hatte keine zwei Monate gedauert, bis sie auf sich allein gestellt war, weil sie das Interesse aneinander verloren hatten. Es war eine dumme, verrückte, egoistische Tat gewesen, aber eine, die ihr ganzes Leben trotz allem zum Besseren gewandelt hatte. Sie schob die Erinnerungen bis auf diese letzte beiseite.

Auch dieses Verlassen der Stadt würde ihr Leben zum Besseren wandeln. Und nicht nur ihres.

Als sie in den langen Schatten eines Frühsommerabends am Klotz ankamen, standen die dorthin beorderten Abteilungen der Bürgerwehr bereits mit der Parlamentärsfahne und dem in Geiselhaft befindlichen General Tourni auf den Zinnen der Schanzfestung.

Das feindliche Heer hatte ein Heerlager außerhalb von Kanonenschussweite aufgeschlagen. Für Elisabeda war es schier unmöglich, die Zahl der Gegner zu schätzen. Sygna mochte mehr Einwohner beherbergen, aber die versteckten sich in den zahllosen Häusern, Baracken und Werkstätten. Es mussten Tausende sein, nein, Zehnttausende. Vielleicht sogar über einhunderttausend Kämpfer. Alle angetreten, um sich mit ihnen zu schlagen. Vielleicht ein Fünftel der Großen Armee Aquintiens lag ausgestreckt vor der Schmiedin, wie um sich zu präsentieren und um die Sygnaer durch die schiere Zahl an blauen Röcken und weißen Zelte einschüchtern zu wollen. Und über allem wehten die Flaggen der Aquinzischen Nation, der goldene Dreizack auf blauem Grund.

Ignaz, Elisabeda und die beiden Fechter wurden bereits vor dem Lager von sechs Kavalleristen im Empfang genommen, die sie schweigend und mit grimmigen Mienen zwischen eilig aufgeschlagenen Zelten und Soldaten in Habachtstellung hindurcheskortierten bis zu einem großen Zelt in dunklem Blau, der Farbe der Aquinzischen Nation.

Vor diesem Zelt standen, ebenfalls inmitten von Soldaten, die die Blicke stur geradeaus hielten, der Marschall – der höchstrangige aquinzische Militär –, ein Mann ohne Uniform und eine bekannte, berüchtigte Person. Älter, als man sie in Sygna gekannt hatte. Siebzehn Jahre älter, um genau zu sein.

Es war Timon Bleiglanz: verurteilt, geächtet, geflohen. Nun der Alchimist des Kaisers. Seiner Kombination von Alchimie- und Eisenzeichen verdankten die Aquintianer ihre Musketen. Ihm verdankte der Kaiser das Gelingen seines Staatsstreichs, daheim in der aquinzischen Hauptstadt Naronne, wo er die Adelshäuser gestürzt hatte, um sich selbst zum Ersten unter Gleichen zu machen. Er verdankte Timon die Expansion und die gewonnenen Schlachten seiner Großen Nation, die über die Grenzen der menschlichen Vorstellungskraft hinausgingen.

Elisabeda sah auch die Gesichter der beiden Fechter erstarren. Man erinnerte sich in Sygna noch gut an Meister Bleiglanz. Sie konnte sich gut vorstellen, was in ihnen vorging, auch in ihr brodelte der Zorn auf. Doch auch Bleiglanz, ein in allen Belangen durchschnittlich aussehender Mann mit beginnender Glatze, sah ihnen nicht mit Triumph entgegen, sondern mit einer Wut, die von der Entschlossenheit auf seinen Zügen nur schlecht verhehlt wurde.

»Es wäre gut, wenn ihr draußen bleibt«, sagte Ignaz zu ihr und ihren Begleitern, als er aus dem Sattel stieg.

Elisabeda und die beiden Goldfechter nickten. Sie saßen nicht ab, sondern blieben einfach in den Sätteln sitzen. »Es wäre gut, wenn ihr den Marschall, den Alchimisten. Lafayet und mich allein und ohne Störung sprechen lasst«, sagte Ignaz unbestimmt in die Runde aus starren Gesichtern und präsentierten Gewehren.

»Bleibt einfach genau so stehen«, lächelte er und betrat das Zelt.

Auf dem Tisch stand eine Flasche aquinzischer Kognak mit einigen ineinander gestapelten Zinnbechern. Marschall Soussin setzte sich wortlos, nahm vier der Becher und goss zwei Fingerbreit malzfarbene Flüssigkeit ein.

»Ihr seid Ignaz Eicks?«, fragte der Marschall und nickte zu

einem der Stühle. Ignaz nahm Platz und lächelte. Mit seiner unversehrten Hand nahm er einen der Becher auf. Er musterte der Reihe nach den Marschall, den Alchimisten und den Geologen Lafayet, der aus Naronne wieder zum Heer gestoßen war.

»Kommen wir direkt zum Punkt, Eicks: Ihr könnt diese Stadt nicht halten. Nicht gegen diese Streitmacht und schon gar nicht gegen die, die der Kaiser noch an der Front befehligt. Ich schlage vor, um die Verluste auf beiden Seiten gering zu halten, wir vereinbaren hier und heute Übergabekonditionen.«

»Ich schlage vor, wir halten an der Maßnahme neun fest«, sagte Ignaz in sein Glas hinein.

Der Alchimist und der Marschall starrten ihn an. Lafayet runzelte die Stirn und sah an die Decke.

»Macht Ihr Euch über uns lustig?«, fragte Soussin schließlich.

Ignaz trank, langsam, aber bis zum letzten Schluck, und dann stellte er sein Glas auf dem Tisch ab.

»Lysandre Rufin ist nicht tot«, sagte er dann einfach und legte etwas Nachdruck in seine Worte. »Ich würde sagen, wir brechen die Verhandlungen ab und gehen sofort zu den Planungen über, um diese Stadt dem Erdboden gleichzumachen, alle Zeichenkundigen zu verhaften und sie nach Naronne zu deportieren. Dann gehen die Arbeiten in der Verkehrten Stadt weiter, unter der Leitung von Lafayet. Sygna wäre dahin, aber all ihre Macht wäre unser. Meint Ihr, das wäre etwas, das den Kaiser erfreuen würde?«

Schweigen. Der Marschall räusperte sich. Der Alchimist starrte Ignaz an. Beide griffen beinahe gleichzeitig nach ihren Bechern.

»Es lebe der Kaiser!«, sagte der Marschall heiser.

Lysandre Rufin war nicht tot. Er fragte sich nun bereits geraume Weile, *was* er war, denn zu sagen, Ignaz Dreifinger sei an seiner Stelle und in seinem Körper gestorben, traf es auch nicht ganz.

Dass er morgens an Elisabedas Seite erwachte, obwohl er sich so wenig aus ihr machte, wie er sich aus Neigel gemacht hatte?

Das war Ignaz' Persönlichkeit, jedoch gesteuert von Lysandres Entschlossenheit.

Lysandre wusste nicht, was geschehen war und wie es geschehen war, nur dass er einen großen Fehler begangen hatte: Er hatte versucht, Kilianna Erdhand mit dem Wortzeichen den Befehl zu geben, sich selbst zu töten. Sie schien unter höherem ... oder vielmehr tieferem Schutz zu stehen. Was auch immer dort in der Tiefe hauste, es hatte ihm das Genick gebrochen. Das Leben ausgesaugt. Seinen Körper vertrocknen, verschrumpeln, zu etwas Ekligem verrotten lassen, das immer noch da unten lag, ohne Bestattung, ohne Ehren.

Sein Glück war gewesen, dass er sich zum Zeitpunkt seines Todes nicht vollständig in seinem Körper befunden hatte. Er war so angeschlagen gewesen, so ausgelaugt, dass er bereits durch Ignaz' Augen gesehen hatte und mit Ignaz' Beinen gegangen war.

Was auch immer noch in seinem eigenen Körper zurückgeblieben war, es war nun weg, und Lysandre vermisste es ebenso wenig, wie Ignaz die Erinnerungen vermisste, die er ihm genommen hatte.

Jetzt hatte Lysandre Ignaz' Leben übernommen.

Die Stadt war an jenem Tag wieder in die Hand der Sygnaer gefallen. Aber nicht für lange, das schwor er sich dann und dort.

Monstren, die in der Tiefe lauerten – nicht mehr lange! Nicht mehr lange, und er würde wieder Lysandre sein können. Mit anderem Gesicht zwar, mit anderem Körper und mit nicht mehr als siebeneinhalb Fingern, aber Lysandre Rufin. Der Bezwinger, Vernichter der Stadt Sygna. Der Befreier der dreizehn Urzeichen. Der Mann, der dem Kaiser zu ewigem Ruhm, ewigem Sieg und zu einem Reich verhelfen würde, das den Weltkreis bis zu den Ufern der Yuguren umspannte.

Mit der Substanz, die Timon Bleiglanz ausgeheckt hatte, würde er die Stadt ein weiteres Mal ins Elend stürzen. Was für ein Mann, gleich zweimal deren Untergang zu besiegeln!

Rufin trank einen letzten Kognak – das Metall des Bechers gab ihm einen eigenartigen Nachgeschmack mit, doch er würde sich nicht beklagen. Lange hatte er die Arznei nicht mehr nehmen müssen, die ihm gewährleistet hatte, dass er nur wenige Stunden in der Nacht schlafen musste. Zurzeit schlief er ausgezeichnet.

Timon Bleiglanz stellte eine Glasflasche neben den Kognak.

»Das ist es?«, fragte Lysandre. Die Flasche war gut verschlossen, der Korken zusätzlich mit einer wächsernen Kordel umwickelt.

»Ja, das ist es. Zu spät fertiggestellt, um das Debakel gegen die Noccurn-Allianz zu verhindern. Wir haben genug für einen Gegenschlag, aber der Kaiser hat entschieden, dass Sygna nun wichtiger ist. Ich habe alle Flaschen, die für die Front gedacht waren, dabei.« Er griff nach einem Beutel hinter seinem Stuhl. »Seid Ihr Euch sicher, dass Ihr diese Sünde auf Euch laden wollt, Commissaire?«, fragte Bleiglanz dann ohne jedes ironische Grinsen.

»Sünde ist eine Begrifflichkeit, die mir nichts sagt. Hat der Kaiser Maßnahme neun beschlossen oder nicht?«

»Das hat er«, sagte der Marschall.

Bleiglanz zog eine gefaltete Lage dicken Stoffs aus dem Beutel.

Lysandre lächelte, als er die Gewobenen Zeichen darauf erkannte.

»Damit müsst Ihr Euer Gesicht verhüllen, wenn es so weit ist. Der Dunst greift nicht nur die Atemwege an, sondern auch die Augen. Das Tuch ist verhältnismäßig durchsichtig.«

»Ich weiß. Ich habe die ersten Produktionen in den Manufakturen überwacht«, erwiderte Lysandre. »Wie viele Flaschen brauche ich?«

»Alles, was ich hier habe. Eine Wagenladung.«

Lysandre musterte den Mann mit dem schütteren graublonden Haar und den bemerkenswert belanglosen Gesichtszügen. »Wie soll ich die in die Stadt bringen?«

Lafayet erhob zum ersten Mal die Stimme, seit sie auf den Kaiser angestoßen hatten: »Lysandre, du kannst anderen befehlen wegzuschauen, zu vergessen. Nicht wahr?« Seine Stimme wurde beinahe sanft. »Ich habe so viel über dieses Zeichen gelesen, als ich wusste, wonach ich in Naronne suchen muss. Bring diesen Wagen in die Stadt und befiel halt allen, die dich sehen, sich in der Schlang zu ertränken!« Er lachte.

Der Alchimist lachte nicht, seine Augen weiteten sich ein wenig.

»Das ist sehr riskant. Ich habe noch keine Meisterschaft über das Zeichen«, gab Lysandre zu bedenken.

Der Marschall schüttelte widerwillig den Kopf. »Dann müssen wir es auf andere Weise tun. Eine saubere Belagerung. Ich hasse dieses Gerede vom Vergiften von Flüssen und Brunnen. So führt Aquintien keinen Krieg!«

»Unsinn«, schnarrte Bleiglanz. »Die Zeiten ändern sich.«

»Der Commissaire kann uns doch einfach die Tore öffnen, wenn er vermag, was Ihr sagt!«, sagte Marschall Soussin.

Lysandre schüttelte den Kopf. »Nein. Dann kommt es zu Kämpfen. Dann sterben Soldaten – und Zeichenkundige. Die Zeichenkundigen sollen unangetastet bleiben. Vergesst nicht, dass ich auch dafür noch sorgen muss! Ich kann aber veranlassen, dass die Wagenladung auf den Klotz gebracht wird. Ich habe bereits dafür gesorgt, dass der Klotz in der Verteidigungsstrategie der Stadt von keiner Bedeutung ist. Die Sygnaer verstärken stattdessen ihre Stadtmauern. Nach und nach werden Waffen vom Klotz zurück in die Stadt gebracht. Die wenigen Soldaten, die das in die Hand nehmen, kann ich kontrollieren. Sie werden Eure … neue Erfindung in die Stadt bringen und an einem Ort lagern, den ich sie vergessen lasse.«

»Seid Ihr sicher, dass Ihr uns nicht enttäuscht?«

»Wenn ich Euch enttäusche, könnt Ihr immer noch Eure saubere Belagerung und Euer blutiges Gemetzel durchführen, Marschall Soussin«, spottete Lysandre. »Stattet die Soldaten mit dem Manufakturtuch aus. Morgen Nacht wird es eine Besprechung aller Zeichenkundiger auf dem Bleiberg geben. In derselben Nacht versenke ich Eure Wagenladung in der Schlang und den

Zuflüssen, und die Unterstadt wird von Eurer … neuen Erfindung dahingerafft. Die überlebenden Zeichenkundigen auf dem Bleiberg werden Eurer Streitmacht nichts entgegenzusetzen haben.«

Der Marschall nickte bedächtig. »Dann lasst uns nun die Detailfragen klären.«

Er schenkte eine dritte Runde aus, doch Lysandre legte die Hand auf den Becher. Zu viel Alkohol würde seinen Verstand trüben, und der war schließlich alles, was ihm geblieben war.

»Ja«, sagte Lafayet. »Ich habe außerdem neue Erkenntnisse zu den Zeichen, die ich dir unbedingt mitteilen muss, Lysandre.«

Das Anwesen der Erdhands hatte während des Aufstands beträchtlich Schaden genommen, doch die alten Verhältnisse waren insofern wieder eingekehrt, als dass Zachari Erdhand umgehend genügend Arbeitskräfte zur Verfügung standen, um das Haus und die Nebengebäude in altem Glanz erstrahlen zu lassen. Neuer Glanz würde wohl folgen, wenn gewährleistet war, dass er sich weiterhin Großgildenmeister nennen durfte, wofür er schon eifrig Stimmung zu machen versuchte. Dass er jedoch in die Planung des Umsturzes nicht eingeweiht gewesen war, sprach Bände.

Doch heute folgten sie alle seiner Einladung. Der Große Salon war bis auf einige Tischchen leergeräumt worden. Dabei geholfen hatte, dass Plünderungen vor der Erdhand-Villa nicht haltgemacht hatten.

Kilianna fehlte nichts von dem, was geplündert worden war. Das Gefühl, das sie erlebt hatte, als sie mit Jendra geflohen war, dieses vogelfreie Gefühl, alles auf Nimmerwiedersehen hinter sich zu lassen, das hatte sich nicht mehr eingestellt, seit sie wieder hier wohnte.

Etwas klickte an ihrem Fenster wie der Schnabel eines Vogels oder ein Steinchen. Sie warf einen kurzen letzten Blick in den Spiegel, dann trat sie ans Fenster und sah hinaus. Dawyd stand unten und warf ein Steinchen nach dem anderen hoch, breit grinsend.

Sein Grinsen sah anders aus als früher. Sie öffnete das Fenster.

»Möchtest du mir ein Ständchen bringen?«, fragte sie.

»Wenn du ein Ständchen willst, hättest du Ismayl wählen sollen«, sagte er. Direkt hinter ihm stolzierten Seidenschneid und Malachias den Kiesweg hinauf zum Erdhandanwesen und warfen ihnen irritierte Blicke zu.

»Wählen? Zu welchem Zweck denn *wählen?*«, fragte Kilianna und stellte sich dumm.

»Als … als jemand, der dir Ständchen bringt«, wand Dawyd sich aus der Frage. Sie stützte sich auf den Fensterrahmen und grinste.

»Und warum klopfst du ans Schlafzimmerfenster einer Dame?«

»Damit du weißt, dass ich da bin, runterkommst und mir Gesellschaft leistest, falls ich mich zwischen all diesen Großgildenmeistern, Strategen und Taktikern zu Tode langweile.«

»Davor werde ich dich retten. Notfalls zeige ich dir im Garten, dass ich jetzt alle Fechthuten beherrsche.«

Er sah sie ein wenig seltsam an. »Du musst nicht mehr kämpfen, weißt du. Ich … Wir werden dafür sorgen, dass du nicht mehr kämpfen musst.«

»Dawyd«, sagte sie ruhig, »die Verhandlungen mit den Aquintianern sind gescheitert. Es wird zu einer Belagerung kommen. Und wir werden wieder kämpfen müssen.«

Er machte eine hilflose Geste, und sie schloss das Fenster und ging hinunter.

Im Großen Salon hatte sich bereits der Großteil der Gäste eingefunden. Sich beklagend, dass die Verhandlungen zu nichts geführt hatten. Planend, wie die Stadt noch besser befestigt werden konnte.

Kilianna bemerkte, dass bei allem, was sie tat und sagte, stets Ismayls Blicke auf ihr lagen. Wenn sie seine Blicke entgegnete, starrte er in sein Glas oder auf ein Gemälde, und er sprach sie auch nicht an, wie er es früher stets getan hatte. Sie war wütend auf ihn – sie könnten vielleicht gute Freunde sein, wenn er nicht so grundlos vernarrt in sie wäre!

Sie wandte sich von Ismayl ab und Baumeister Timothein Kusan zu, der auf einem der wenigen Tische eine Karte entrollt hatte. Die Karte sah neu aus, und große Teile davon waren weiß. Es dauerte keine drei Sekunden, da stand Ismayl schon neben ihr. Auch jetzt sah er ihr nicht direkt in die Augen, sondern starrte auf die Karte. Es gab immerhin noch eine Sache, die ihn mehr faszinierte: Unbekanntes aus dem Bauch der Stadt.

Kilianna spürte ein Rumoren in ihren Eingeweiden, das nicht vom Schluck Zunftmeisterbrand in ihrem Tee stammte.

»Meister Kusan«, sagte sie leise zum Baumeister, bevor er seinen Tagesordnungspunkt zur Sprache bringen konnte. »Habt Ihr dort unten … irgendetwas von dem bemerkt, von dem … von dem ich Euch erzählte?«

Der vierschrötige Mann mit der stets geröteten Haut sah sie unruhig an. »Nein. Außer dass diejenigen unter den Arbeitern, die Zeichen beherrschen, diese Kälte fühlen, wenn sie da unten sind. Wie Ihr uns geraten habt, Fräulein Erdhand, setzen wir keine Zeichen ein. Aber die Männer sind trotz aller Vorsichtsmaßnahmen nervös.«

»Wir sollten … die Verkehrte Stadt vielleicht wieder verschließen. Ich werde diesen Vorschlag vorbringen, wenn es Euch recht ist«, tastete Kilianna sich vor.

Ismayl starrte sie nun doch an. »Nein! Wir müssen die Urzeichen herausholen!«

Sie beschloss, ihn zu ignorieren. Ihn und seine lächerliche Faszination für etwas, das sie nicht mehr ruhig schlafen ließ. Das ihre Stadt mit einem unheilvollen Schleier überzog, den sie immerwährend spürte, mit dem Atem eines Monstrums. Sie hatte das ungute Gefühl, dass sie etwas da unten geweckt hatten, das sich nun nicht wieder schlafen legen ließ.

Kusan wiegte ebenfalls zweifelnd den Kopf. »Das hier«, brummte er und deutete auf die verschachtelte Karte, »ist nur das

Gebiet, das auch die Aquintianer schon erforscht haben. Wir fanden Stützbalken und Spuren in vielen Teilen der Verkehrten Stadt. Aber trotzdem ist das nur ein Bruchteil der Gänge da unten.«

»Wie weit seid Ihr … denn schon gekommen? In Richtung der betreffenden Stelle?«, murmelte sie möglichst gelassen.

»Es ist, als hätten sich da unten Wände verschoben. Fugenlos. Ohne Trümmer. Einfach umgeschachtelt. Ganz sicher geht da nicht alles mit rechten Dingen zu. Aber wir sind fast durch. Wir sind fast dort. Es ist … Weil alles von Zeichen geschützt ist, kommen wir nur langsam voran, und die Arbeiten sind … Na ja, es fühlt sich keiner wohl dabei, sagen wir es mal so. Aber bald sind wir da. Dann tun wir, was Eicks vorgeschlagen hat, und danach werden wir sicherlich die Stadt wieder verschließen und alles da unten begraben, was vergraben gehört.«

Kilianna öffnete und schloss ihre Hand, über deren Handfläche sich eine weiße Narbe zog.

»Kilianna«, sagte eine Stimme hinter ihr. Es war Ignaz. Sie wandte sich um, beinahe erschrocken, obwohl sie nicht wusste, aus welchem Grund. »Ich würde mich freuen, wenn du nachher ein paar Minuten für mich übrig hast.«

»Natürlich«, sagte sie. Ihre Finger berührten erneut die Narbe auf ihrer Hand.

Es ging um ihr Blut.

Ismayl konnte einfach nicht anders. Die Würdenträger der Stadt redeten, planten und berieten sich, zeigten Karten und Verteidigungspläne. Ismayl starrte Kilianna an.

Sie war einfach auf solch eine bemerkenswerte Weise hübsch. Manchmal glaubte er, ihr Gesicht sei wie eine Zeichnung oder eine Erscheinung. Und verdammt! Warum konnte sich Dawyd mit ihr unterhalten, als wäre nichts dabei, sie zum Lachen bringen? Und warum trug sie jetzt auch noch einen Degen und kokettierte damit? Um Dawyd zu beeindrucken?

Ismayl wusste, dass er sich benahm wie ein Narr.

Und trotzdem stand er nun im Garten des Erdhand-Anwesens und lauschte Kiliannas Stimme. Sie hatte sich nicht mit Dawyd in die Büsche geschlagen, sondern schlenderte mit Ignaz durch den Garten, der dunkel dalag. Nur der Mond und die ersten Glühwürmchen spendeten ein wenig Licht.

Kein Wunder, dass Ignaz eine Pause brauchte. Er hatte gerade erneut vorgeschlagen, das Kombinationsverbot der Zeichen, das seit jeher nur für die Heiler gelockert war, aufzuheben, um eigene Musketen und Kanonen herzustellen. Seitdem schrien sich drinnen wieder mehrere Fraktionen aufgeregt in Grund und Boden. Ignaz schien hingegen völlig ruhig.

»Kilianna«, sagte er gerade, und noch bevor er weiterredete, stellten sich Ismayls Härchen an den Armen auf. Es war nicht richtig, dass er den beiden gefolgt war, aber etwas stimmte hier nicht. »Du wirst heute Nacht um drei Uhr in der Verkehrten Stadt sein, im Mausoleum der Urzeichen. Da wirst du mir helfen.«

»Ja«, sagte Kilianna, und ihre Stimme klang flach und nüchtern – keine Fragen, kein Einwand.

»Zieh dir das hier über den Kopf, wenn du durch die Unterstadt gehen musst. Du wirst mit niemandem über unser Gespräch sprechen.« Er gab ihr etwas in die Hand, Ismayl konnte es nicht ausmachen.

»Mit niemandem«, bestätigte sie.

Ismayl stockte das Blut in den Adern. Er wagte nicht zu atmen. Ignaz sah sich um, das konnte Ismayl durch den Lorbeer hindurch sehen, von dem aus er gelauscht hatte. Ein plötzlicher Instinkt brachte ihn dazu, sich zwei Finger in die Ohren zu stecken und sich in der Hocke zu Boden zu ducken.

Ignaz wirkte das Wortzeichen, das er in den Augen trug und von dem er behauptet hatte, es als Schreiner nicht wirken zu können! Ismayl schützte seinen eigenen Verstand davor, verschloss seine Ohren, doch seine Augen waren weit offen und sahen, wie sich Ignaz' Lippen noch einmal bewegten. Ismayls

Lungen brannten, so lange hielt er bereits die Luft an. Nachdem Ignaz irgendetwas in die stille, dunkle Runde des Gartens gesprochen hatte, wandte er sich von Kilianna ab und ging zurück in den Salon der Erdhands. Ismayl keuchte endlich auf und öffnete seine Ohren wieder.

Kilianna starrte ihn an, als er aus dem Gebüsch torkelte. »Ismayl! Was machst du da?«

»Ich … mich ausruhen?«, brachte er hervor.

»Du beobachtest mich«, zischte sie.

»Nein!« Er trat näher. »Ich … war die ewigen, im Kreis führenden Auseinandersetzungen dort drinnen leid und hab … in die Sterne gestarrt!«

Sie musterte ihn – der Schreck musste ihm in den Augen stehen.

»Was hat Ignaz mit dir besprochen?«, fragte er beiläufig, doch sein Herz raste.

»Wir haben nichts besprochen. Wir haben vielleicht auch beide nur in die Sterne gestarrt.«

»Er hat dir etwas gegeben«, beharrte Ismayl und scharrte mit den Füßen.

Sie funkelte ihn an. »Lass mich endlich in Ruhe!«, stieß sie hervor.

Zum Krummen Mann mit der Vorsicht! Er musste sie konfrontieren – wenn er sich irrte und Ignaz doch kein Wortzeichen gewirkt hatte, würde er es an Kiliannas Antwort merken.

»Ich hab es gehört, Kilianna. Warum will er sich mit dir in der Verkehrten Stadt treffen? Du hast gesagt, dass du nie wieder einen Fuß hineinsetzen willst!«

Sie holte Luft, dann fuhr sie einfach herum und wollte ihn stehen lassen. »Das werde ich auch nicht! Lass mich einfach in Ruhe!«, grollte sie im Gehen.

Sie prallte gegen einen Mann, der so plötzlich aus dem Dunkel des Gartens auftauchte, dass Ismayl zu Tode erschrak in der Furcht, Ignaz könne zurückgekehrt sein. Doch dann erkannte er Dawyd und atmete erleichtert auf.

Dawyd packte Kilianna reflexartig an den Armen und blieb dann mit ihr stehen. »Schönauge. Kilianna will keine Ständchen, hat sie mir gesagt«, sagte er dann.

Das hier war definitiv noch der Dawyd, wie er ihn kannte. Dawyd das Maul und niemand, der von einem Zeichen geblendet wurde. Bei ihm würde er vielleicht Hilfe bekommen.

»Dawyd, hier geht etwas vor! Ich hab ein ganz schlechtes Gefühl ...«

»Ismayl hat mir hier im Garten aufgelauert«, fiel Kilianna ihm ins Wort. Sie warf Ismayl einen gehässigen Blick zu.

»Soll ich ihn für dich töten?«, grinste Dawyd, und für einen kurzen Moment glaubte Ismayl, seine Welt stelle sich auf den Kopf. Dann fuhr Dawyds Faust vor und tippte ihn spielerisch an die Schulter. »Kabumm. Ich hab gewonnen. Hör auf mit dem Mist, Schönauge. Wir haben keine Zeit für so was. Die Aquinzacken sind auf dem Weg und ...«

Ismayl trat näher an Dawyd heran. »Goldjunge, Ignaz hat ein Wortzeichen auf Kilianna gewirkt«, flüsterte er.

»Das ist nicht wahr!«, protestierte Kilianna.

»Das ist doch Unsinn«, stimmte Dawyd zu, doch sein Blick flackerte zwischen ihnen beiden hin und her.

»Frag sie, was sie heute Nacht um drei Uhr tun wird!«, forderte Ismayl ihn auf.

»Schlafen!«, protestierte Kilianna.

Verdrossen hob Ismayl die Arme in die Luft. »Er hat ihr *befohlen,* in die Verkehrte Stadt zu gehen! Zu den Urzeichen!«

»Dann will er sie öffnen«, mutmaßte Dawyd. »Das ... ist doch nichts Schlechtes! Warum sollte er dazu ein Wortzeichen wirken? Das kann er gar nicht, hast du selbst gesagt!«

»Warum macht er die Öffnung der Sarkophage dann nicht öffentlich? Warum sagt Baumeister Kusan, die Gänge seien noch verschlossen? Was hat Ignaz vor?«

»So ist Ignaz eben. Er hat immer irgendetwas vor und sagt es niemandem. Vielleicht ist es eine gute Idee. Wir haben ihm schon einmal misstraut, und das hat viele Menschenleben gekostet!«

»Dawyd, Kilianna steht unter einem Zwang! Zeig uns, was er dir gegeben hat!«

Kilianna blinzelte, schien mit sich zu ringen, aber dann zuckte sie mit den Schultern und zog ein Päckchen festen Stoffs aus ihrem Ärmel hervor.

»Das hier. Nur Stoff.«

»Was soll das sein?«, fragte Dawyd.

»Nur Stoff«, beharrte Kilianna.

»Darf ich ihn sehen?« Dawyd wartete nicht ab, dass sie ihm den Fetzen reichte, sondern griff danach und entfaltete ihn. Es handelte sich um eine Art Kapuze mit Gesichtsschleier. Ismayls griff ebenfalls danach, und seine tastenden Finger fanden rasch ein eingewobenes Zeichen oberhalb des Scheitels.

»Was soll das sein?«, fragte er. Unbehaglich griff Kilianna wieder danach. »Ich weiß auch nicht«, gab sie zu. »Aber ich ... ich vertraue ihm!«

Ismayl schnaubte. »Behalten wir ihn im Auge. Ignaz ist nicht der offenherzigste Mensch, aber er hat keinen von uns je gezwungen! Und das, worunter sie gerade steht – das klang sehr nach einem Zwang!«

Kilianna erwiderte nichts, sie presste ihre Lippen zusammen, und Ismayl hatte den Eindruck, in ihre Augen zu stürzen.

»Kilianna, wirst du ihn warnen, wenn wir ihn beobachten?«, flüsterte Ismayl. Kilianna schloss die Augen und schüttelte dann heftig den Kopf. Er wollte sie also nur dazu zwingen, nachts in die Tiefe zu gehen, übte keine Kontrolle über sie aus. Ismayl sah, dass Dawyd sie immer noch an den Armen gepackt hielt und dass ein heftiges, widerstreitendes Schaudern durch sie hindurchlief.

*Wir müssen nur dafür sorgen, dass sie ihr Zimmer heute Nacht nicht verlässt. Und herausfinden, was Ignaz mit ihr vorhat.*

Die Blicke der beiden Männer trafen sich, und sie nickten einander zu.

Es klopfte an der Tür.

Elisabeda war beinahe erleichtert. Johannis lag im Bett, und sein Atem ging gepresst, weil er wieder etwas träumte, das keiner ergründen konnte. Warum er nicht wach wurde, wusste kein Heiler zu sagen. Vielleicht war die Verwundung auf dem Schlachtfeld schuld, vielleicht der Aufenthalt in Rufins Kerker. Auch Zach war immer noch geschwächt. Elisabeda hatte geglaubt, er sei tot, als sie die Wahl getroffen hatte, sich von Dawyd und vom Blutzeichen beherrschen zu lassen, doch er war lediglich bewusstlos gewesen.

Es war seltsam mit Zacharias. Er saß ihr gegenüber an dem kleinen blumengeschmückten Tischchen des Zimmers im Weißen Hof. Es war mehr als unbehaglich, mit ihm allein zu sein. Mit ihm zu reden fiel ihr schwer. Noch schwerer fiel ihr, nicht mit ihm zu reden. Zach war an der Front so rasch erwachsen geworden, dass er wie eine zu stark gespannte und verdrillte Armbrustsehne in den Ursprungszustand des unreifen Jugendlichen zurückgeschnellt war, sobald er sich wieder in ihrer Nähe befand. Sie hatte nur kurz mit ihm reden wollen, ihn fragen wollen, was geschehen war, wie er sich fühlte. Wie er damit klarkam. Dass sie ihm keine Schuld gab, nicht für ihre Verletzungen und nicht für Johannis.

Sie dachte an die Versammlung in der Erdhand-Villa, wo sich gerade alle trafen … außer ihr. Alle, die Ignaz für irgendwie wichtig erachtete – sie sollte auch dort sein, denn alle, die ein Zeichen beherrschten, waren dort zusammengerufen worden. Dass er es war, der die Maßnahmen zur Verteidigung der Stadt koordinierte, hatte niemand in Zweifel gestellt.

Es klopfte erneut – draußen war es bereits dunkel, vielleicht hatte er jemanden geschickt, um sie zu holen. Sie war spät dran.

»Herein.«

Die Tür öffnete sich. Neigel stand im Türrahmen. Mit hängenden Schultern. Irgendwie kleiner als früher. Elisabeda sprang auf. »Was ist passiert?«

»N-nichts«, schluckte er, und dann sah sie seinen gehetzten

Blick. Sie roch seinen Schweiß, sah die feuchten Strähnen seiner roten Haare.

»Nichts?«, vergewisserte sie sich. Neigel sah Zach kurz an. Ihr Sohn stand auf und ging zum Fenster, überließ seinen Stuhl dem Müllerburschen. Neigel trat ein und schloss die Tür hinter sich.

»Kannst du mich einsperren?«, fragte er.

»Was? Bist du … bist du verrückt?« Ihr dämmerte, dass sie wenig hilfreich war, also manövrierte sie Neigel zum Tisch und schob ihn unsanft auf den Stuhl. »Setz dich. Warum soll ich dich einsperren?«

»Manchmal hört man doch von Leuten, die es spüren, wenn jemand tot ist, den sie lieben, oder?«

Elisabedas Blick flackerte zu Johannis in seinem Bett, ohne dass sie es verhindern konnte. *Hätte ich gespürt, wenn er gestorben wäre?*

»Das hört man«, sagte sie mit möglichst ruhiger Stimme. Auch Zach wirkte angespannt.

»Ich … ich … Elisabeda, es macht mich wahnsinnig, aber ich glaube … ich glaube, dass Rufin noch lebt. Ich kann … ich kann ihn spüren. Seine Präsenz. Seinen … Willen. Seine Macht.«

»Er hatte dich unter seiner Kontrolle. Vielleicht sind es Nachwirkungen.«

Neigel schüttelte zweifelnd den Kopf. »Anfangs war es nicht so. Da … da war ich wieder frei von ihm. Aber in den letzten Tagen – seit die Aquintianer am Klotz lagern … seitdem *spüre* ich ihn. Wenn er es wollte, könnte er mich rufen, und ich würde zu ihm gehen, Elisabeda, das weiß ich. Ich weiß es einfach!«

Elisabeda musterte ihn, sein breitknochiges Gesicht voller Sommersprossen. Sie nickte. »Dann müssen wir herausfinden, wie das sein kann. Ob er bei den Aquintianern ist. Wir müssen die anderen warnen.«

»Vielleicht weiß Ignaz etwas. Er war dabei, als er starb. Er trägt dieses Zeichen von ihm. Vielleicht kann er seine Anwesenheit auch spüren. Hast du im Lager der Aquintianer etwas gesehen?«

»Nein«, sagte Elisabeda. »Nur Soldaten, Zelte. Das war's.«
»Und bei den Verhandlungen?«
»Ich war nicht dabei«, sagte sie leichthin. »Ich habe vor dem Zelt gewartet.«
Neigel starrte sie an. »Warum?«, fragte er.
Eine kalte Hand griff nach ihrem Herz. Sie starrte auf ihre Hände, die eine der blauen Blumen aus der Vase vor ihr genommen hatte und sie zerpflückte.
»Ich ... ich weiß es nicht«, gab sie zu.

Lysandre Rufin musste sich beeilen. Sein alter Feind, das Gefühl, es müsse für seinen Plan drei oder vier seiner Sorte geben, schlug wieder zu. Und weniger denn je zuvor wagte er es, andere seine Arbeit tun zu lassen, indem er noch mehr Befehle wirkte, denen niemand widerstehen konnte.

Manche Arbeiten musste man selbst erledigen. Es fiel ihm schwer genug, Ignaz' Geistesreste zu kontrollieren. Er konnte nicht darauf vertrauen, dass er bereits genug Kraft besaß, um andere Menschen komplexe Aufgaben verrichten zu lassen.

Eine Aufgabe jedoch erledigte nun die Eitelkeit. Die Meister und zeichenkundigen Gesellen waren gern seinem Vorschlag nachgekommen, in der Erdhand-Villa die kommenden Ereignisse zu planen. Jeder hielt sich selbst für unabkömmlich. Selbst der eine oder andere vom Verborgenen Hof war gekommen, manche von ihnen mit lächerlichen Gesichtsmasken oder Tüchern, die alles außer ihren Augen verbargen. Es würde keine einfache Aufgabe sein, sie nach Naronne zu verfrachten, aber dafür war dann Marschall Soussin mit seiner Armee verantwortlich. Lysandre war nur dafür verantwortlich, dass der Rest der Stadt keinen Widerstand bot.

Kilianna jedoch würde er selbst unter Kontrolle behalten. Sie war der Schlüssel zu den Urzeichen, und er würde sie, wenn die Ereignisse der Nacht erst ins Rollen kamen, nicht aus den Augen lassen.

Seit die Gruft der Urzeichen wieder geöffnet worden war, juckte es ihn in den Fingern hinabzusteigen. Baumeister Kusan schwieg darüber, weil er von Lysandre den wortzeichenverstärkten Befehl erhalten hatte, und noch fürchtete Lysandre den Zorn dieses Wesens, das seinen Körper getötet hatte.

*Der Krumme Mann.*

Er hatte ihn für einen Kinderschreck gehalten, der in den Köpfen der Sygnaer in den Rang eines Dämons aufgestiegen war. Wie es sich tatsächlich mit ihm verhielt, konnte Lysandre nicht sagen, aber er weigerte sich zu glauben, dass er eine höhere Existenz vor sich gehabt hatte. Der Krumme Mann war einfach nur ein hungriges Biest aus der Tiefe, ohne Verstand, einsam und uralt. Irgendeine Monstrosität, die noch kein Naturkundler Aquintiens zu Gesicht bekommen hatte. Das würde sich vielleicht irgendwann ändern – doch so lange konnte Lysandre nicht damit warten, in die Verkehrte Stadt zurückzukehren. Nein, er würde es heute Nacht tun müssen.

Lafayets Erkenntnisse durften nicht ignoriert werden. Die Zeichen suchten sich keine Meister. Keine Zeichenkundigen. Das hatten sie nie getan, diese Erkenntnis hatte Lafayet in Naronne errungen. Und wenn nur die Gezeichneten von Sygna überlebten und ein Heer einfacher Männer vor den Toren lag …

Lysandre entschuldigte sich mit wenigen, aber sehr überzeugenden Worten von Zachari Erdhand und verließ das Anwesen. Sein Herz – nein, Ignaz' Herz – schlug ihm bis zum Hals, als er aufbrach, um das Ende von Sygna einzuläuten.

Das Netz aus Bettlern, Tagedieben und Straßenkindern erstreckte sich wie eh und je über Sygna. Es war träge und änderte sich nicht, nur weil sich gewisse Verhältnisse änderten. Und niemand konnte dieses Netz gegen den Willen derer, die zum Netz gehörten, einholen.

Irgendwer vom Netz war immer wach, und heute war es

Schlack, der Beute aus den zahlreichen Einbrüchen, die er während des Aufstands begangen hatte, Säckchen für Säckchen zu einem Hehler brachte. Es war schwierig, in Sygna Diebesgut zu verkaufen. Irgendwem fiel immer auf, woher es stammte, dazu war die große Stadt nicht groß genug. Aber Schlack kannte einen Kerl in der Altstadt, der gut darin war, Dinge aufzupolieren und umzugestalten.

Er sah den Zinken des Netzes an einer Häuserwand. Er war so frisch, dass die schleimige Schicht, die die Spitze des Nagels aufgekratzt hatte, noch in einem langen Faden herunterhing wie die Kruste einer Wunde.

Er wandte sich um und seufzte. Er hatte eigentlich anderes zu tun, aber das Netz hatte ihm schon oft genug Gutes getan, und jeder Höfling des Verborgenen Hofs war dem Netz etwas schuldig.

Schlacks Klopfzeichen an der Kohlenschütte alarmierte die Ratten. Die Ratten schliefen niemals fest, und sofort stießen zwei den Verschlag auf und kamen heraus.

»Zielperson?«, fragte die mit den schmutziger verfilzten Haaren.

»Ein Kerl, schlank, mittelgroß. Gut gekleidet. Gehört hier nicht hin«, sagte Schlack.

»In Ordnung«, sagte die schmutzige Straßenratte und hievte sich mit einem kleinen Ächzen aus dem Kohlenkeller.

Die Straßenratte stieß Deliah mit dem Fuß an. Sie lag neben ihrem Liebchen, von dem niemand wusste, ob es ein Mann oder eine Frau war. Deliah war früher Arbeiterin in den Manufakturen gewesen, aber als man dazu überging, die Arbeiter in den Baracken gefangen zu halten, war sie entkommen. Man sah ihr die zehrende Arbeit in den Manufakturen noch an, sie hatte den Charme einer Straßenhure mit einer Vorliebe für Grellstaub.

»Arbeit für dich«, sagte die Straßenratte, und Deliah rieb sich stöhnend die Augen und schob den steifen Stoff von sich, den sie ergattert hatte, als sie die Manufakturen nach der Revolution geplündert hatten.

Deliah hörte den Ruf eines Turmkauzes von rechts und antwortete darauf mit einem lauten Lachen. Simon, Timos und Jalmid sagten den schwarzen Schwestern Bescheid. Jeder von ihnen besaß bald ein Puzzlestück, wie den Fetzen einer Karte.

Es war Rori, der diese Informationen sammelte und an die feinen Pinkel herantrat, die den schmalen Kerl verfolgten.

Elisabeda schloss die Tür ab. Neigel hatte sich bereitwillig neben die Wäschemangel im Keller des Weißen Hofs gesetzt, und sie hatte seine Arme mit einem Seil daran festgebunden und seine Ohren mit Wachs verschlossen, auch wenn er gewarnt hatte, dass diese Maßnahme wenig Widerstand gegen Rufins Macht bieten würde. Auch die Tür würde Neigels breiten Schultern nicht auf Dauer widerstehen, wenn es ihm gelänge, sich loszureißen. Aber Elisabeda war zuversichtlich, dass es ihn zumindest verlangsamen würde.

Sie lehnte sich mit dem Rücken gegen die Tür und schloss die Augen. Ihr Atem ging rasch.

*Das kann nicht sein.*

Rufin. Hockte er beim aquinzischen Heer? War er in der Stadt? Ihr Hals schnürte sich zusammen. Wurde Ignaz von ihm beherrscht? Ein wilder, wortloser Widerspruch rührte sich in ihr.

*Das kann nicht sein.* Sie stieß den Hinterkopf gegen die Tür, bis es schmerzte. *Ich liebe ihn.*

Sie dachte darüber nach. Ja, sie liebte ihn, tief in ihr drin sehnte sie sich mit jeder Faser nach Ignaz. Und das war nicht sie. Nicht, wenn ihre Söhne zurückgekehrt waren. Nicht, wenn Gabril gerade einmal elf Monate tot war.

In diesem Moment hörte sie eine Stimme im Flur des Gasthauses: »Elisabeda!«

Es war Jendra. Elisabeda tauchte aus ihren Gedanken auf, rieb sich den schmerzenden Hinterkopf und rief: »Ich bin im Keller.«

Mit hechelndem Atem sprang Jendra mehrere Stufen auf einmal herab. »Elisabeda, ich habe eine Nachricht von Ismayl und Dawyd.«

Elisabeda starrte Jendra an, die ganz aufgelöst vor ihr zum Stehen kam.

»Ich bin durchs Fenster rein, und Zach hat gesagt, du sperrst Neigel im Waschkeller ein!«

»Geht es um Ignaz?«, unterbrach Elisabeda sie.

Jendra nickte.

Elisabeda stöhnte auf. »Und das heißt?«

»Er macht irgendwas Seltsames. Vielleicht ... hat er wieder eigene Pläne.«

»Nein«, flüsterte Elisabeda. »Das ist der Plan eines anderen.«

»Du wirst Wachs brauchen«, sagte Jendra, ohne dass sie weitere Worte verschwendeten. »Und eine Waffe.«

»Ich habe beides hier«, presste Elisabeda hervor.

Ismayl drückte sich hinter eine Häuserecke. Es war eines der letzten richtigen Steinhäuschen, alt und von einer zähen Schicht aus Ruß, Schmutz und Moos bedeckt, vor den Baracken des Buckelviertels. Dawyd stand schräg vor ihm, das Schwert gezückt.

»Jetzt?«, formten seine Lippen.

Ismayl schüttelte den Kopf. »Wir müssen wissen, was er vorhat.«

»Aber jede Sekunde, die wir vergeuden, erhöht die Wahrscheinlichkeit, dass er uns entdeckt und uns auch Flausen in den Kopf setzt.«

Kilianna zog eine missbilligende und leicht beschämte Miene.

Sie hatte darauf bestanden mitzukommen, doch wenn Ismayl ehrlich zu sich war, dann konnte er nicht sagen, wie gut die Idee war. Er fragte sich, ob Ignaz Kilianna nicht stärker kontrollieren konnte, als sie zugab. Im Moment schien sie jedoch entschlossen, Dreifinger einen Kopf kürzer zu machen.

Ignaz' einsame Gestalt wurde von den Schatten des Buckelviertels verschlungen. Ismayl, Dawyd und Kilianna wagten sich aus ihrem Versteck.

»Er wird uns bemerken«, orakelte Ismayl düster.

»Uns bestimmt«, sagte Dawyd und drehte sich langsam um. Er wies auf den Säufer in der Ecke, den niemand von ihnen bemerkt hatte. »Aber jemanden wie den da nicht. Der gehört zum Netz des Verborgenen Hofs. Ich kenne ihn noch aus meiner ... na ja. Meinen Spielerjahren.«

Ismayl wollte ihn fragen, was es damit auf sich hatte, doch der Säufer begann sich zu regen und stieß ein helles, dünnes Kichern aus.

»Und du erkennst mich noch, Goldjunge?«, stieß er dann hervor und hustete ausgiebig. Dawyd zuckte ein wenig zögerlich mit den Schultern. Auch Kilianna sah ihn von der Seite an.

»Rori, richtig?«, seufzte Dawyd, als gäbe er mit dem Namen auch einen besonders schändlichen Teil seiner Vergangenheit zu.

Rori spreizte die Finger.

»Richtig, Goldjunge. Und was ich mich frage: Sollen wir jetzt euch an ihn verraten oder ihn an euch?«

»Wem habt ihr denn dieses Angebot zuerst gemacht?«, wisperte der Fechter.

»Na, du bist doch ein alter Freund«, sagte Rori und hielt nun die Hand auf.

Ismayl schüttelte den Kopf. »Wie wär's, wenn ihr mal nicht für Geld das Richtige tut, sondern weil es das Richtige ist?«

Kilianna seufzte ungeduldig, es klimperte in ihrer Tasche, und zwei Gulden fielen in Roris Hand.

»Ich habe mehr davon, aber nicht dabei. Ihr könnt uns helfen ...«

Jendra packte Elisabeda am Arm. »Hörst du das?«

»Spricht Ismayl in deinem Kopf?«, fragte Elisabeda, und Jendra nickte. Endlich – sie hatten nichts tun können, ohne zu wissen, wohin Ignaz aufgebrochen war. Stattdessen waren sie zum Katzbuckel hinaufgestiegen, um einen Überblick zu haben, doch die Stadt lag vollkommen ruhig zu Elisabedas Füßen.

Was, wenn er in die unterirdischen Gänge gestiegen war? Wenn Dawyd und Ismayl ihn dort verloren, würden sie ihn nicht wiederfinden.

Als Elisabeda ungeduldige Fragen stellen wollte, hob Jendra die Hand. Ihr schmales Gesicht war blass.

»Ismayl sagt, Ignaz ist in einem Lagerhaus im Funkenviertel. Einer von den Schuppen, der gebrannt hat. Er hat dort irgendetwas versteckt.«

»Sag ihm, wir sind unterwegs.«

Jendra verdrehte die Augen. »Ich kann ihm nichts sagen! Es funktioniert nur in eine Richtung!« Sie lauschte noch ein paar Sekunden. »Und ich habe noch eine sehr schlechte Nachricht.«

Lysandre Rufin hörte, wie sie näher kamen. Er konnte es nicht nur hören, nein, er roch es auch, sie stanken aus allen Poren.

Er saß zwischen den verkohlten Wänden eines niedergebrannten Lagerhauses auf einem Fuhrwerk, dessen Plane zurückgeschlagen war. Das Fuhrwerk war leer.

Der Keller des Lagerhauses, in dem er die Flaschen und Fässer von Meister Bleiglanz versteckt hatte, roch zwar nach Brand und Asche, doch er war anders als das Gebäude darüber während des Aufstands unversehrt geblieben. Um zu verhindern, dass seine kostbare Ware tagsüber entdeckt wurde, hatte er Jendra dazu gebracht, ihr Verborgenes Zeichen auf die Fässer und Flaschen gewirkt. Die Erinnerung daran hatte Rufin ihr genommen. Sie schien danach sehr erschöpft gewesen zu sein, denn das Zeichen musste einen ganzen Tag lang anhalten, und die Mühsal hatte bei dem schmalen Mädchen ihren Tribut gefordert. Aber darauf hatte er keine Rücksicht nehmen können.

Das Zeichen hatte sich mittlerweile gehoben – aber es hatte seinen Dienst ohnehin bereits lange genug verrichtet.

Nun saß Rufin auf dem Fuhrwerk, die Beine untergeschlagen, die Augen geschlossen. Eingehüllt in das Tuch aus den Manufakturen.

»Geht hinab in den Keller«, befahl er leise.

Die Bettler und Nichtsnutze, die Säufer und Huren, die zuvor noch auf die Entfernung um ihn herumscharwenzelt waren wie um einen Fremdkörper in ihrem Revier, gehorchten ihm.

»Wer stark ist, nimmt sich ein Fass. Wer schwach ist, nimmt sich eine Flasche.« Er wartete eine ganze Weile, bis unten wieder Ruhe herrschte. Dann atmete er tief ein. Befehle unterlagen Interpretationen. Heute durfte er sich nicht mit der Rolle einer Bienenkönigin zufriedengeben. Heute musste er der Schwarm sein.

Es kostete ihn Überwindung, sich selbst loszulassen.

Nein, er hatte sich schon einmal losgelassen. Hatte sich in Ignaz' Geist geworfen und alle Seile gekappt. Aber seitdem klammerte er sich dort fest, hilflos, körperlos, und dort seinen Griff zu lösen, um nach weiteren kleinen schwachen Geistern zu greifen … Ein Schauder überlief ihn. Kurz war es, als buckelte etwas unter ihm, um ihn abzuwerfen, loszuwerden.

*Ignaz, Ignaz … Bist du etwa immer noch da?*

Er musste die Kontrolle behalten. Nur noch heute – das war seine größte Prüfung. Danach würde alles besser werden, ruhiger. Danach würde es nur noch die Zeichen und ihn geben, eine Zukunft, die ganz anders war als die eines Geheimpolizisten.

Er hatte stets die kleinen Geheimnisse aufgedeckt, die Menschen bewahrten. In Kürze würde er die großen Geheimnisse aufdecken. Die Geheimnisse, die eine ganze Stadt seit Jahrtausenden bewahrte. Und die Stadt würde ihm dabei keinen Widerstand mehr bieten.

Entschlossenheit rieselte in ihn hinein. Er fand den Mut loszulassen. Funken von ihm rieselten in die Geister seiner neuen Verbündeten und fingen dort Feuer. Wie ein Flächenbrand lagen diese willigen Geschöpfe vor ihm. Sein Schwarm.

Mit Fässern und Flaschen beladen machte er sich auf, um die Schlang und all die kleinen Flüsse und Bäche zu vergiften, die vom Bleiberg in die Unterstadt flossen.

Elisabeda starrte hinüber zur Lagerhalle von Meister Faltstahl. Faltstahl war einer derjenigen gewesen, die während der Plünderungen ihr Leben gelassen hatten. Ein Opfer der wildgewordenen Massen der Sygnaer. Auch solche hatte es gegeben.

»Nicht näher heran«, warnte Ismayl sie.

»Was passiert da?«

»Ignaz ist da drin! Er kontrolliert diese Leute. Sie sind vom Netz und haben ihn für uns beobachtet!«

Sie biss sich die Lippen blutig. Ihre Eingeweide fühlten sich so an, als hätte man Knoten hineingebunden.

»Aber warum?«

Alle schwiegen.

»Das Urzeichen der Worte«, sagte Dawyd endlich und zuckte mit den Schultern, als würde die Rätselhaftigkeit der Urzeichen alles erklären.

»Er wird von Rufin kontrolliert«, flüsterte Elisabeda, und ihre eigene Stimme war ihr fremd.

Es war Kilianna, die sprach. »Rufin ist tot, Elisabeda. Ich habe seine Leiche gesehen.«

»Du hast gesagt, sie war beinahe unkenntlich.«

»Das stimmt. Sie war *beinahe* unkenntlich. Aber er war es.«

»Was willst du dann sagen? Dass es Ignaz selber ist, der das da unten tut, was immer es ist?«

Kilianna zögerte. »Ich habe etwas gespürt in der Verkehrten Stadt.« Sie knetete zwei Wachspfropfen in ihren Händen. Dawyd und Ismayl starrten sie ratlos an. »Rufin hat … er hat versucht, nach meinen Gedanken zu greifen.« Kilianna sah

Ismayl an. »Das Urzeichen der Worte … kann auch Gedanken formen. Ist das möglich?«

Er sah sie mit großen Augen an und wiegte dann den Kopf. »Vielleicht«, meinte er zögerlich.

»Was, wenn noch letzte Gedanken, Befehle … von Rufin in Ignaz sind?«

Sie spähten von der Höhe der alten Stadtmauer zum Lagerhaus hinüber. Ein Löschbach grenzte das Funkenviertel von dem danebenliegenden Viertel ab.

Ein Straßenkind blieb an diesem Bach stehen. Elisabeda fuhr in die Höhe, erfasst von der Ahnung eines erprobten Anführers, dass etwas Schreckliches bevorstand. Doch das Kind war zu weit entfernt, um es noch rechtzeitig aufzuhalten. Elisabeda musste erst über die Trümmer der Stadtmauer nach unten auf die Straße, von dort zum Löschbach …

»Großer Handwerker!«, flüsterte Kilianna. »Das Tuch, das er mir gegeben hat …«

Das Kind zerschlug die Flasche im niedrigen Wasser. Der Inhalt ergoss sich mit einem Fauchen ins Wasser. Grauer Dunst bildete sich auf der Oberfläche, den weder Mondlicht noch das Licht der Straßenlaternen durchdringen konnten. Dann griff das Kind mit den verfilzten Haaren an seine Kehle und gab ein jämmerliches Röcheln von sich. Es brach stumm zusammen, ein Platschen, dann lag es im Löschbach, umgeben von dem Dunst, der den Blick auf seine letzten Qualen verhüllte. Mit dem fließenden Wasser waberte auch der Dunst weiter, wurde von Stromschnellen mehr und mehr aufgewirbelt und ergoss sich über die angrenzenden Straßen.

Elisabeda rannte los, beide Hände fuhren zu ihren Ohren, um sich zu vergewissern, dass die Wachspfropfen saßen. Dann zog sie den Hammer vom Gürtel. Die Rufe der anderen hörte sie nicht mehr.

Jendra war beinahe ebenso schnell unten wie Elisabeda. Sie hatte die Ohrpfropfen fallen gelassen. Dieses Straßenkind – sie kannte es vom Sehen –, es durfte nicht sterben! Es wurde von diesem verdammten Wortzeichen kontrolliert, das weitere tausend Jahre weggesperrt gehörte, und wenn sie es eigenhändig machen musste!

»Jendra! Für das Kind ist es zu spät!«, schrie Ismayl. Eine Hand riss sie plötzlich zurück. Sie taumelte gegen Ismayl – wie konnte das sein? Er war doch sonst viel langsamer als sie! Doch die blanke Angst in seinem Gesicht schien ihm Flügel verliehen zu haben. Er humpelte, und sie erkannte, dass er ihr einfach von der Mauer herab hinterhergesprungen war.

»Zieh dir das Tuch über! Von Kilianna!«, schrie er sie an und drückte ihr ein kleines Päckchen in die Hand. »Wir müssen die anderen aufhalten!« Der giftige Dunst war zu einer Mauer angewachsen, die sich den Löschbach entlangschob. Durch ihn hindurch konnten sie Dutzende Schemen sehen, die nun in die Nacht davonwankten, gesteuert von einem fremden Willen.

»Ich halte die Leute auf – du bringst sie aus der Gefahrenzone!« Sie nickte heftig und schlug das Tuch aus.

»Über den Kopf damit!«, drängte Ismayl.

Sie hatte Tränen in den Augen, als sie gehorchte, doch das konnte auch von den ersten Böen kommen, die den giftigen Dunst auf sie zutrieben. Unter dem Tuch ließ es sich besser atmen, und sie stürmte vor und zerrte trotzdem an dem Mädchen, das im Dunst zusammengebrochen dalag.

»Dawyd, halt diese Leute auf, bevor noch mehr von diesem Zeug zu Bruch geht!«, befahl Ismayl, und es war beinahe, als hätten auch seine Worte Befehlsgewalt. Der Fechter setzte in einem Sprung von der Mauer. »Kilianna! Hilf Jendra!«

»Nein«, sagte die Tochter des Großgildenmeisters mit so viel Gift in der Stimme, als hätte sie eine dieser Flaschen geleert. »Ich bringe Dreifinger um.«

Lysandre spürte, dass er Gesellschaft hatte. Er rang nach Luft. Der Tod des Mädchens, das bereits im Giftgas gestorben war, hatte ihm einen Schlag verpasst. Er hatte diesen Tod deutlich gespürt – und er musste noch mehr davon aushalten.

Er wandte sich seiner neuen Gesellschaft zu. Elisabeda hatte den heruntergebrannten Schuppen betreten.

»Halt«, befahl er ihr leise. Er wartete, bis ihre Schritte innehielten. »Du liebst mich doch, oder?«

Er löste einen weiteren Gedankenfinger aus diesem Körper, der ihn trug, und streckte ihn nach Elisabeda aus.

»Ich kann dich nicht hören«, sagte sie mit vor Wut triefender Stimme. »Du musst schon etwas lauter sprechen.«

Und dann tat sie einen Satz nach vorn. Er griff mit einem Schrei nach ihren Gedanken, doch wenn sie ihn nicht hören konnte, brauchte er mehr Zeit – und er durfte die Kontrolle über Ignaz und diese Straßenratten nicht verlieren! All seine Träger hielten plötzlich inne, zögerten, als er sich auf Elisabeda konzentrieren musste. Und dann kam noch jemand hinzu. Instinktiv griff Rufin auch nach ihrem Verstand – sie waren nur zu zweit, er konnte das tun, es konnte ihm gelingen!

Dann wurde ihm bewusst, wen er vor sich hatte.

*Nein*, flüsterte die Erinnerung an die Kreatur, die ihn getötet hatte. *Sie ist unantastbar.* Er schreckte so vor dieser Erinnerung zurück, dass er zögerte. Eine Sekunde nur.

Kilianna wusste, dass es nur auf ihre Schnelligkeit ankam. Sie durfte keine Skrupel haben. Durfte sich nicht daran erinnern, wie sehr sie Ignaz bewunderte. Wie sehr er sie inspiriert hatte.

Sie hob die Pistole, spannte den Hahn und schoss. Der schwache Gestank des giftigen Dunstes wehte herüber, mischte sich mit dem scharfen Geruch des Zündpulvers. Die Kugel fuhr dem Mann auf dem Karren in den Leib. Sie hörte seinen Schrei nicht durch das Wachs in ihren Ohren, doch sie sah im Mondlicht, das durch die verkohlten Dachbalken fiel, dass er zusammenbrach.

Elisabeda war sofort bei ihm, den Hammer erhoben.

Kilianna zitterte, während sie darauf wartete, dass der Hammer fiel, wieder und wieder auf Ignaz' Kopf. Doch der Moment blieb aus. Elisabeda stand zusammengekrümmt über Ignaz.

Der Mann, der wie Ignaz aussah, rührte sich nicht. Vermutlich war er bereits tot. Konnte sie es also wagen, ihr Gehör wieder freizulegen? Vorsichtig zog sie das Wachs aus einem Ohr, während die andere Hand noch die rauchende Pistole hielt. Sie sollte nachladen. Noch einmal schießen.

»Wir müssen das Richtige tun«, hörte sie Elisabedas Stimme.

»Wir müssen ihn töten«, sagte Kilianna und klang dabei entschlossener, als sie sich fühlte. Sie wusste nicht, ob die Schmiedin sie hören konnte. Mit zitternden Fingern griff sie nach dem Pulverbeutel an ihrem Gürtel und der Kugel in ihrer Papierhülle. »Lebt er noch?«

Ja, sie hörte seine gepressten Atemzüge. Endlich fuhr Elisabedas Hammer auf seinen Schädel herab.

Dawyd fing eine der Flaschen noch im Fallen. Der Träger des Gefäßes, ein Mann mit vom Aussatz abgefaulter Nase, hatte sie vor Schreck fallen gelassen. Etwas weiter entfernt krachte es, als Glas auf dem Boden der Straße zersplitterte. Auch hinter ihm klirrte plötzlich Glas, und Dawyd hielt den Atem an und machte sich auf das Schlimmste gefasst. Mit einem Satz sprang er zum nächsten Mann, einem abgerissenen Manufakturarbeiter mit von Einstichen zerschundenen Armen und Hals. Dawyd riss ihm das Fass aus den Händen. Seine Augen brannten, und als er sich umdrehte, stellte er fest, dass sich auf dem Boden hinter ihm gerade eine Dunstwolke bildete. Die Frau, die die Flasche fallen gelassen hatte, begann zu schreien und stolperte nach hinten in den Rinnstein.

Dann hörte er Ismayls Stimme: »Ihr müsst jetzt ganz ruhig sein. Stellt ab, was ihr in der Hand haltet. Entfernt euch vorsichtig davon. Seid ganz ruhig, dann wird euch nichts geschehen.«

Dawyd packte ein Straßenkind, hob es einfach von den Füßen und zerrte Kind, Flasche und Fass mit einiger Mühe von der Dunstwolke weg. Ein Blick über die Schulter verriet ihm, dass sich der grausilbrige Nebel, in dem sich das Mondlicht verfing, bereits verflüchtigte. Er lachte auf.

*Es reagiert mit Wasser! Hier ist kein Wasser!*, dachte er und fühlte sich so klug, als müsse er sich doch demnächst »das Hirn« statt »das Maul« nennen.

Er stellte Mädchen, Fass und Flasche ab und sah sich um. Von Ignaz' Einfluss befreite, zitternde Menschen stellten ab, was sie in den Händen hielten, wichen an die Häuserwände zurück und nahmen die Beine in die Hand. Dawyd blieb stehen, spürte dem eigenen Beben seiner Nervenenden nach und wischte sich den Schweiß von der Stirn. Geschrei erklang aus den benachbarten Häusern, doch Ismayl koordinierte bereits die Evakuierung fort vom Löschbach.

*Wir haben zum zweiten Mal die Stadt gerettet. Diesmal will ich einen Orden!*

Elisabeda war schon häufiger hier gewesen, als sie es sich wünschte. Als die Jaranjids und die Eisenhammers gegen die Gesetze der Zunft verstoßen hatten, hatte ihr Vater in diesem Gefängnis gesessen. Dem Zunftgefängnis.

Kilianna saß neben ihr auf der Bank der prunkvollen Eingangshalle. In der Decke war der verschnörkelte Text der alten Sieben Gesetze der Stadt eingelassen, golden und silbern erstrahlten sie im Licht der Lampen.

Stockwerke tiefer blieb nichts von diesem Protz. Dort unten hatten die Dichter gesessen. Dort unten hatte ihr Vater gesessen. Dort unten lag nun ein Schreiner mit einer verkrüppelten Rechten, einer Kugel in den Eingeweiden und einer Platzwunde am Schädel. Sie hatte weniger fest zugeschlagen, als sie beabsichtigt hatte.

»Wir sollten ihn töten«, sagte Kilianna mit heiserer Stimme, als mache sie Elisabeda gerade einen Vorwurf für diesen halbherzig geführten Schlag. »Niemand kann ohne Gefahr zu ihm. Kein Heiler. Kein Richter. Kein Henker. Es wäre besser, wir hätten ihn gleich getötet.«

Elisabeda versuchte zu verbergen, wie sehr sie zitterte, wie nah sie daran war, in Tränen auszubrechen. »Was, wenn er immer noch Ignaz ist? Wenn er nur beherrscht wird?«

Kilianna sah sie an. »Was würde Ignaz dann wollen?«

Elisabeda vergrub ihr Gesicht in den Händen. Sie liebte Ignaz. Nicht so, nicht auf die Weise, wie er sie in den vergangenen Wochen glauben gemacht hatte. Sie liebte ihn seit Jahren – für seine Freundschaft, seine Sanftheit hinter all der Entschlossenheit, für seinen Mut und seinen Willen. Hass hatte sie zu ihm getrieben, hatte sie zu seinem Hauptmann gemacht, doch wenn sie an die vergangenen Monate dachte, dann dachte sie auch an zerbrechliche Momente, in denen seine Hand auf ihrer gelegen hatte. In denen sie geredet und den Eindruck gewonnen hatten, niemand könne sie verstehen auf dieser Welt außer der andere. Momente, in denen sie sich sicher gewesen waren, dass sie eines Tages aufwachen würden, und alles wäre in Ordnung.

Aber die letzten Wochen hatten diese Hoffnung mit Hohn bedacht. Sie keuchte hinter ihren Händen. »Er würde wollen, dass wir ihn töten«, brachte sie hervor. »Er würde wollen, dass wir uns nicht von Hoffnung kompromittieren lassen. Oder Liebe.« Sie wusste nicht, ob sie die letzten beiden Worte herausgebracht hatte. Sie steckten ihr im Hals fest wie der zu große Bissen aus einem sauren Apfel.

»Dann sollten wir es tun, solange er noch bewusstlos ist. Immerhin das sind wir ihm schuldig. Statt ihn verrecken zu lassen«, sagte Kilianna.

Elisabeda nickte.

»Ich ... ich werde mit meinem Vater reden. Das Zunftgericht muss einen Henker hinunterschicken. Ich werde es ganz sicher nicht selbst tun«, murmelte sie.

Elisabeda nickte erneut.

»Geh nach Hause«, sagte Kilianna sanft. »Zu deinen Söhnen.«

Lysandre Rufin kam zu sich. Er spürte seine Wunden mit dröhnendem Schmerz. Er war an Händen und Füßen gefesselt. Mit einer eisernen Halsschelle an der Wand befestigt. Eine Maske lag ihm um den Kiefer und über den Augen und verhinderte sowohl das Sehen als auch das Sprechen.

Lysandre kannte diese zeichenversehenen Masken. Sie hatten sie auch den Dichtern angelegt.

Eine Kopfwunde. Eine Schusswunde im Bauch. Beides zerrte heftig an seinem Bewusstsein und versuchte, ihm dieses zu entziehen.

Er hatte versagt.

Er würde hier sterben.

Ein hohles, pfeifendes Geräusch bildete sich in seiner Kehle. Ein Lachen oder ein verzweifelter Schrei? Er raffte seine letzten Funken wachen Verstands zusammen und wartete.

Neigel brach die Tür des Waschkellers auf. Er hatte lange gebraucht, um die Fesseln zu lösen, doch jetzt hastete er die Treppe hinauf.

Rufin war verletzt. Gefangen. Er hatte es gespürt, so wie er es Elisabeda gesagt hatte.

Eine Stimme, die nicht Rufins und doch Rufins war, trieb an die Oberfläche seiner Erinnerung. *Wenn ich gefangen genommen werde, wirst du es sein, der mich befreit*, sagte die Stimme. *Versprich es mir.*

Er hatte es versprochen. Er würde sein Versprechen halten.

Er machte sich auf den Weg durch die nächtliche Stadt. Zum Zunftgefängnis.

Dawyd und Ismayl kamen mit Zachari Erdhand am Zunftgefängnis an. Elisabeda kauerte immer noch in der großen Halle auf einer Bank. Eine Turmuhr schlug drei Uhr nachts.

»Wo ist Kilianna?«, fragte Dawyd die zusammengesunkene Schmiedin.

»Sie wollte ... zu Euch, Herr Erdhand.«

»Dann muss sie mich verpasst haben.«

Ismayl packte Dawyd so plötzlich, dass dieser gegen eine der mit goldenem Mosaik verzierten Säulen prallte. »Beim Großen Handwerker, Dawyd!«

Dawyd entgegnete den plötzlich fiebrigen Blick des Dichters. Sein Mund wurde trocken, als ihm dämmerte, was sie vergessen hatten. Die Uhr schlug zum dritten Mal.

Um Punkt drei Uhr nachts traf Kilianna im Mausoleum der Urzeichen ein.

Sie war ganz allein.

Alle Gänge waren wieder freigelegt worden. Das Rauschzeichen verhängt, das Verborgene Zeichen mit einem Seil versehen, das die Richtung über die Brücke wies. Vor dem Durchgang des Wortzeichens hatte sie sich Wachs in die Ohren gestopft.

Es war nicht schwierig gewesen, ins Mausoleum zu finden. Sie kannte den Weg. Sie war ganz ruhig.

Ehrfurchtsvoll strich Kilianna über die Grabplatten der Zeichen. Erst über die beiden geöffneten, dann über die anderen.

Sie spürte die Präsenz. Auf Fingerknöcheln und Zehen ruhte das Wesen in der Finsternis. Doch Kilianna hatte keinen Grund, es zu fürchten.

Das Wesen beobachtete sie. Es beobachtete, wie sie ihren Degen ein Stück aus der schmalen Scheide zog, die sie am Gürtel trug. Es beobachtete, wie sie die Hand an die Schneide legte und sich daran schnitt.

*Jetzt*, dachte Lysandre, und Ignaz' Herz pochte so heftig in seiner Brust, als vermisse es das Blut nicht, das aus seinen Wunden rann.

*Sollte ich es nicht nach dort unten schaffen, wirst du die Sarkophage öffnen. Wenn ich es nicht schaffe, ist das mein Vermächtnis an die Welt.* Das hatte er Kilianna im Garten gesagt, bevor sich ihre Wege getrennt und erst wieder gekreuzt hatten, als sie ihm in den Bauch geschossen hatte. Sie würde gehorchen, solange er noch atmete. Noch lebte.

Und er lebte noch.

Kiliannas Blut tropfte auf die Steinplatten. Eine, zwei, drei … neun, zehn, elf. Sie schritt die Reihe erneut ab, verwischte ihr eigenes Blut und schob die Platten mit der anderen Hand von ihren Sarkophagen. Sie hörte den Knall nicht, mit dem jede einzelne auf dem Boden auftraf. Sie war wie in Trance.

Als sie den letzten Sarg öffnete, als das letzte Herz zu Staub zerfallen war, ließ sie sich an der Höhlenwand nieder und schloss die Augen. Sie rang nach Luft und presste ihre unverletzte Hand auf die blutende Rechte.

*Beim Großen Handwerker …* Sie starrte in die kerzenflackernden Schatten. *Was habe ich getan?*

Sie presste die Linke auf die blutende Rechte. Sie hatte *gewusst*, dass er sie beherrschte, Ismayl und Dawyd hatten es gewusst … und doch hatte sie seinen Befehl ausgeführt, und die beiden hatten in den Wirren der Nacht vergessen, dass sie sie aufhalten mussten!

*Was habe ich getan? Ich habe die Urzeichen befreit …*

Zitternd saß sie da, unter den Augen des Geschöpfs aus der Tiefe. Die Erde begann zu beben.

Zum Guten oder zum Schlechten – alle dreizehn Urzeichen waren frei.

# Kapitel XIII

Aquinçois Lafayet sah den Marschall an, der die Stadt mit einem Fernrohr betrachtete. »Kein Signal?«

Langsam hob sich die tiefste Dunkelheit der Nacht, sie franste am östlichen Rand aus wie ein schlecht gewobenes Tuch.

»Das seht Ihr doch selbst«, sagte Soussin, nahm das Fernrohr herab und stieß wütend den Atem aus.

»Dann ist es also Plan B.« In diesem Moment kam das Beben bei ihnen an, ein entferntes Rumpeln aus den Eingeweiden der Stadt.

Lafayet stieß ein beinahe jugendliches Jauchzen aus. »Kein Signal – aber das Beben!«

»Und das gefällt Euch? Das eine ohne das andere – das Beben ohne die Kontrolle über die Stadt? Das ist die schlechteste Variante, ein hundsmiserabler Plan«, urteilte Soussin.

»Mir gefällt er auf eine ... eher akademische Weise.«

»So oder so werden wir im Morgengrauen mit der Belagerung beginnen.«

»Das ist sicherlich sinnvoll. Ich bin sehr gespannt, mit welcher Unterstützung wir rechnen können.«

»Es ist völlig unwägbar, was jetzt passiert! Die Sygnaer könnten jetzt stärker als je zuvor sein!«

»Nein, nein, Marschall. Seid unbesorgt. Meine Studien sind eindeutig: Die Urzeichen hatten stets ihren eigenen Willen. Sie erwählten sich Menschen mit Widerstandsgeist. Menschen, die aus der Stadt ausbrechen wollten. Menschen, die sich nach Freiheit sehnten. Damit sie Neues erschufen! Die alten Meister sahen in den Urzeichen eine Krankheit, die sich nicht kontrollieren ließ und die die althergebrachte Ordnung stürzen wollte.«

Der Marschall schien unbeeindruckt.

»Wenn Rufin die Urzeichen befreit, werden sie sich Träger suchen«, fuhr Lafayet fort.

»Das weiß ich! Und damit unseren Feinden Kräfte verleihen, die wir nicht einschätzen können! Die wir nicht verstehen!«

»Seit ich den Weg in die Kammer fand, rufen sie nach ihren Trägern. Mit einem gewaltigen Pulsschlag, der unwiderstehlich von ihnen Besitz ergreift.«

Der Marschall hob erneut das Fernglas ans Auge, als könne ihn der Ausblick erhellen. »Das ist mir zu viel Glauben und zu wenig Wissen.«

Hinter ihnen ertönten Schritte. Lafayet wandte sich um, das Herz schlug ihm bis zum Hals. »Komm näher, Rubert«, sagte er und hob seine Laterne. »Wie geht es dir?«

Der junge Mann rang nach Luft, als sei er weit gelaufen. Er zitterte, und das Hemd, das er zur Nacht trug, wies große Schweißflecken auf.

»Ist es nun besser?«

Der Soldat griff sich an den Kopf und nickte dann.

»Hörst du es nicht mehr?«

»Doch«, stammelte er, »aber anders.«

»In dir drin statt außerhalb von dir?«

Der Soldat nickte.

»Dann lass mich in deine Augen sehen, Bursche.«

Rubert trat näher, und Lafayet hob die Laterne noch ein Stück weiter.

Johannis träumte von Hitze und Kälte und Schmerzen. Die Träume fühlten sich an, als würden sie endlose Tage andauern. Vieles von dem, was er im Traum erlebte, fühlte sich real an, doch an den Rändern von Fieber zerfasert. Er träumte, dass er lief und lief und dass er ewig weiterlaufen würde, wenn nicht ... Immer wieder fetzte sich diese Explosion in dieses Gefühl, diese Bereitschaft zu laufen, bis er tot umfiele. Immer wieder stürzte er, und immer wieder sah er die Fetzen seines Beins, sah bloße Knochen,

Blut und Fleisch, das an ihm herabhing, als gehöre es nicht zu ihm.

Und härter als die Explosion traf ihn jedes Mal die Gewissheit: Nichts würde mehr sein, wie es war.

Nach und nach veränderten sich die Träume. In den letzten Dunkelheiten seiner langen Bewusstlosigkeit rannte er durch Höhlen. Mit keuchendem Atem, dem eigenen Herzschlag im Ohr. Oder war es nicht der seine? War es der Herzschlag eines anderen, nicht ganz synchron mit seinem eigenen? So tief und laut, während seiner so rasch war und so sterblich.

Immer wieder stürzte er, immer wieder folgte der Schock, die Gewissheit, der Schmerz. Und dann setzte sich etwas auf seine Brust, ein Gewicht wie der Krumme Mann, wenn er sich Kinderseelen holt. Etwas schlug auf Johannis ein, bohrte sich durch seinen Brustkorb hindurch, umfasste sein Herz mit einer Klaue, drang wie mit Eiszapfen durch seine Augen in sein Hirn. Er spürte all das, als wäre sein Geist losgelöst von seinem Körper. Danach wurde es schwarz um ihn herum.

Das Nächste, was er wahrnahm, war Hitze.Ihm war, als rase eine Wolke aus glühender Asche über ihn hinweg, durch ihn hindurch. Die vertraute Kälte und die Schmerzen lauerten nur noch am Rande seines Seins. Er atmete. Wie ein plötzlicher Schreck durchfuhr ihn die Erkenntnis, dass er wach war.

Trotz seiner geschlossenen Lider begriff er, dass es dahinter hell war. Es roch sauber, wie frisch gewaschene Bettwäsche. Er nahm allen Mut zusammen und blinzelte.

Er befand sich nicht mehr in einem schmutzigen Zelt an der Front. Er lag nicht mehr auf einem rumpelnden Karren. Und auch nicht mehr in einem finsteren Keller.

Der Raum, in dem er erwacht war, war weiß getüncht und schmucklos. Sein eigener Körper fühlte sich seltsam an, so als passe er nicht richtig hinein, wie ein abgetragenes Kleidungsstück. Während er immer noch versuchte, schlau aus seiner Situation zu werden, polterte es. Schritte auf dem Holzboden, dann ein Gewicht neben ihm auf der Matratze.

»Er ist wach!«, schrie eine Stimme und überschlug sich dabei. Johannis versuchte zu grinsen. Sein Bruder, doch noch nicht so erwachsen, was?

»Zach«, flüsterte er. Er spürte, wie seine Hand ergriffen wurde, und Zachs Gesicht schob sich in Johannis' Blickfeld, schmal und grau und viel zu alt für einen Jungen, der noch nicht erwachsen war. Aber jetzt leuchtete es geradezu.

»Du bist wach!«, sprudelte es glücklich aus Zach heraus, doch dann wandelte sich der Gesichtsausdruck, Zach runzelte die Stirn, seine Hand klammerte sich um die von Johannis. Kalte Angst packte ihn.

»Johanni«, sagte Zach und klang dabei noch mehr als zuvor wie ein Kind. »Was ist mit deinen Augen passiert?«

# Dank

An jedem Buch sind immer eine ganze Menge Menschen aktiv oder auch unwissentlich beteiligt, denen wir Dank schulden. Besonders möchten wir uns diesmal bedanken bei unserer Lektorin Julia Abrahams, deren wertvolle Vorschläge für eine bessere Geschichte gesorgt haben; Kartenzeichnerin Hannah Möllmann für ihr Können, ihre Fähigkeit, sehr schnell zu lesen, und ihre Freundschaft; Testleserin Mia für ihre Tipps, ihren Zuspruch und ihre Zeichenkünste; Testlesern Melissa und Tobias Ja. fürs Teilhaben an ihren »Live Reactions« im Chat; Klaus und Tobias Ju. für ihre immerwährende Hilfsbereitschaft; unseren Kindern für ihre Geduld mit unserer Schreiberei; und schließlich allen Lesern, die unseren Weg bis nach Sygna begleitet haben!